『十二五』国家重点图书出版规划项目
国家社科基金重大项目成果

新中国60年外国文学研究

（第四卷）

外国文论研究

申　丹　王邦维　总主编

周小仪　张　冰　主编

北京大学出版社
PEKING UNIVERSITY PRESS

图书在版编目（CIP）数据

新中国60年外国文学研究．第4卷，外国文论研究 / 申丹，王邦维总主编；周小仪，张冰主编．—北京：北京大学出版社，2015.9

ISBN 978-7-301-26282-5

Ⅰ．①新… Ⅱ．①申… ②王… ③周… ④张… Ⅲ．①外国文学—文学研究 ②外国文学—文学理论—研究 Ⅳ．①I106

中国版本图书馆CIP数据核字（2015）第210652号

书　　名	新中国60年外国文学研究（第四卷）外国文论研究
著作责任者	申　丹　王邦维　总主编　周小仪　张　冰　主编
组稿编辑	张　冰
责任编辑	李　娜
标准书号	ISBN 978-7-301-26282-5
出版发行	北京大学出版社
地　　址	北京市海淀区成府路205号　100871
网　　址	http://www.pup.cn　　新浪微博：@北京大学出版社
电子信箱	zbing@pup.pku.edu.cn
电　　话	邮购部62752015　发行部62750672　编辑部62759634
印 刷 者	北京中科印刷有限公司
经 销 者	新华书店
	720毫米×1020毫米　16开本　19印张　390千字
	2015年9月第1版　2015年9月第1次印刷
定　　价	68.00元

新中国60年外国文学研究(第四卷)
外国文论研究
编撰人员

总主编/申丹　王邦维

本卷主编/周小仪　张冰

撰写人

总论:申丹、王邦维

绪论:周小仪、张冰

第一、二章:赵毅衡

第三章:陈晓明

第四章:陶家俊

第五章:汪民安

第六、七、十一章:周小仪

第八章:陈永国

第九章:王丽亚

第十章:刘象愚

第十二、十四章:张冰

第十三章:丁国旗、吴元迈

第十五章:夏忠宪

第十六章:王立业

目　录

总 论

文学是语言的艺术,是文化的沉淀,是人类精神生活的宝库。研究外来的文学,既是语言的阐释,也是文化的交流和思想的对话。在中华民族走向现代化、中外文明相互交融这一世界发展总格局的进程中,外国文学研究发挥了越来越重要的作用。外国文学研究是我国学术和文化建设的一个重要组成部分,有助于中国在深层次上了解世界,吸纳世界文明的精华。新中国成立后,受到政治、社会、文化、经济等各种因素的影响,我国的外国文学研究走过了一条曲折坎坷的道路,但同时也取得了辉煌的成就。新中国60年外国文学研究既丰富多彩又错综复杂,伴随着对研究目的、地位、作用、性质、方法等诸多方面的探索与论争,在中国社会发展的各个阶段积累了很多经验,也留下不少教训。系统梳理与考察新中国60年来外国文学研究的发展历程,并在此基础上,对其进行中肯而深入的分析,一方面可对我国外国文学研究界60年所做的工作做一个整体观照,进行经验总结;另一方面可通过反思,发现存在的问题,提出解决的办法,为外国文学研究的发展指出方向,进而为我国的文化建设和社会主义核心价值体系的构建提供重要参考。基于以上思考,国家社科基金重大项目"新中国60年外国文学研究"坚持历史唯物主义观点,采用辩证方法,自2010年1月立项至2013年底的四年中实事求是地展开全面工作。[①] 本项目设以下八个子课题:(1)外国文学作品研究之考察与分析(下分"诗歌与戏剧研究"和"小说研究");(2)外国文学流派研究之考察与分析;(3)外国文学史研究之考察与分析;(4)外国文论研究之考察与分析;(5)外国文学翻译之考察与分析;(6)外国文学研究分类考察口述史;(7)外国文学研究数据库;(8)外国文学研究战略发展报告。本书共六卷七册,加上数据库与战略发展报告,构成了本项目的

① 同时立项的还有陈建华担任首席专家的同名项目,该项目分国别考察外国文学研究,本项目则对外国文学研究按种类进行专题考察;两个项目之间有所不同,一定程度上可以互补。

最终研究成果。

本项目首次将外国文学研究分成不同种类,每一种类又分专题或范畴,以新的方式探讨新中国成立后60年外国文学研究的思路、特征、方法、趋势和进程,对重要问题做出深度分析,从新的角度揭示外国文学研究的得失和演化规律,对未来的外国文学研究进行前瞻性思考,以求推进我国外国文学研究的学术史建构。

国内现有的相关研究成果大致分成以下三类。其一为发展报告类,如《中国高校哲学社会科学发展报告1978—2008文学卷》《新中国社会科学五十年》等。这些成果提供了不少重要信息和资料,但关于外国文学研究的部分篇幅有限,留下了进一步研究的空间。四川外国语大学组织编写出版了2006—2009年度的《外国语言文学及相关学科发展报告》(王鲁南主编),其主要目的是收集信息、提供资料。其二为年鉴类和学术影响力报告类,如《北京社会科学年鉴》(2000—)、《中国学术年鉴》(人文社科版,2005—)、《中国人文社会科学学术影响力报告2000—2004》等。其重点在于介绍影响力较大的代表性成果或获奖成果,其中有关外国文学的部分篇幅不多,仅涵盖少量突出成果,且一般是从新世纪开始编写出版的。其三为学术史类,如龚翰熊的20世纪中国人文学科学术研究史丛书文学专辑《西方文学研究》(2005)、王向远的《东方各国文学在中国——译介与研究史述论》(2001)、陈众议主编的《当代中国外国文学研究(1949-2009)》(2011)等,这些史论性著作资料丰富,有很好的历史维度,但均按传统的国别和语种对外国文学研究进行考察,没有对其进行区分种类的专题探讨。近年来还出版了一些颇有价值的外国作家或作品的批评史研究专著,不过考察的主要是国外的研究成果。

新中国60年的外国文学研究以1978年十一届三中全会为界可大致分成前30年和后30年两个大的时间段。前30年又可分为前17年[①]和"文化大革命"两个时期;后30年也可进一步细分为改革开放初期,80年代中后期到90年代末,以及新世纪以来等三个时期[②]。这些不同时期外国文学研究的指导思想、范围、模式、角度、焦点等都有不同程度的变化,与社会变迁也产生了不同形式和特点的互动。

本套书前五卷的撰写者以分类研究为经,历史分期研究为纬,在经纬交织中对五个不同种类的外国文学研究展开系统深入的专题考察,探讨特定社会语境下相关论题的内容、方法、特征、热点和争议。纵向研究提供了每一类别(以

---

① 就前17年而言,1957年"反右"运动前后以及1962年中共中央批转《关于当前文学艺术工作若干问题的意见》前后也有所不同。

② 我们没有要求一定要这样来细分后30年,撰写专家根据考察对象的实际情况进行了不同的细分。

及各类别中每一专题的研究)在不同历史时期的不同表现和发展脉络;横向研究则展示了同一时期各个类别(以及其中不同专题的研究)之间的相互关联和相互影响。第六卷为外国文学研究口述史,受访学者是上述五个分类范围某一领域或多个领域的代表性资深专家。这一卷实录的生动的历史信息可与前面五卷的各类专项探讨互为补充、交叉印证。如果读者在前面五卷专著中读到了对某位学者某方面研究的探讨,想进一步了解该学者和其研究,就可以阅读第六卷中对该学者的访谈。

这样的分类探讨不仅有助于揭示每一个类别外国文学研究的范围、热点、特点、方法和得失,而且可以从新的角度达到对60年发展脉络和演化规律的整体把握和深刻认识,推进我国外国文学研究的学术史建构。本套书在撰写过程中,有七十余篇阶段性成果公开发表,其中五十余篇发表在《外国文学评论》《国外文学》《外国文学》《外国文学研究》《当代外国文学》《中国比较文学》《中国翻译》等CSSCI检索的核心期刊以及国际权威期刊 *Milton Quarterly* 上,也有论文被《新华文摘》和《人大复印资料》转载;《北京大学学报》(哲社版)和《浙江大学学报》(哲社版,先后推出三期)等开辟专栏,集中刊登本项目的阶段性研究成果。这从一个侧面体现出本套书分类考察的研究价值、研究意义和研究深度。

新中国60年外国文学研究涉及面很广,尽管采取了分类探讨的方法来限定各卷考察的范围,但考察对象依然非常繁杂,如何加以合理选择是保证研究成功的一个重要前提。第一卷作品研究子课题组在广泛收集已有研究成果的基础上,重点考虑国内的关注度、影响力、代表性、研究嬗变等多种因素,在征求专家意见的前提下最终选择了27位外国诗人和戏剧家的作品和42位外国小说家的作品分别作为第一卷上册和下册的专题考察对象。[①] 第二卷是我国第一部专门探讨外国文学流派研究的专著。为了突出重点,该卷以世纪为中轴组篇,每部分均以“总况”开始,概述相关范畴流派研究的全貌,然后对重要流派进行较为细致深入的专题考察,着重剖析涉及热门话题的代表性论文和著作。鉴于文学流派与特定时代的哲学、政治、文化、社会思想等有着密切关联,因而该卷的探讨在某种程度上也具有思想史研究的意义,可以帮助研究者更好地了解新中国外国文学流派乃至整个外国文学研究的思想语境。第三卷是我国第一部专门探讨外国文学史研究的专著,有利于更好地看到文学史研究的特点和发展规律。该卷在对外国文学史著作全面梳理研讨的基础上,对外国文学史的重要学者和优秀成果进行专题探讨,深入分析各个时期的写作特点和一些重要问

---

① 不少作家既创作小说,也创作诗歌和/或戏剧,但往往一个体裁的创作较为突出,也更多地受到新中国学术界的关注,因此被选作第一卷上册或者下册的考察对象。但也有作家不止一个体裁的创作成就突出,也同时受到我国学者的较多关注,因此被同时选为第一卷上册和下册的考察对象。

题。第四卷"外国文论研究"在总结历史经验、提供翔实材料的基础上,侧重新中国各历史时期文论研究重点关注的问题,对一些重要的理论、理论家和理论流派的研究加以专题考察和深度剖析,并以此来把握外国文论研究在我国的整体状况。这种以问题统帅全局的篇章结构,试图为新中国60年的研究成果整理出一个整体思想框架,以便读者更好地理解各种理论流派和理论家之间的内在联系和发展传承。第五卷"外国文学译介研究"借鉴译介学的视角,着力考察新中国政治、文化、学术语境中外国文学的翻译选择、翻译策略、翻译特点和读者接受,揭示外国文学翻译的发展脉络和发展规律。该卷将宏观把握与微观剖析相结合,在考察十余个语种翻译状况的基础上,在我国率先对外国文学史、外国文论、外国通俗文学的译介和文学翻译期刊的独特作用等进行专题探讨,并对经典作品的复译、通俗文学的翻译等热点问题进行深入分析。本套书开拓性地将文献考察与实地调研相结合。第六卷是我国第一部外国文学研究口述史,观念上和方法上具有创新性。该卷旨在通过直接访谈的形式来抢救和保留记忆,透过个体经验和视角探寻新中国学者走过的道路,进而多层面反映外国文学学科的发展历程及其与社会变迁互动的状况。这一卷实录的个体治学经验、对过往研究的反思和未来发展的建议是对前面五卷学术研究专著生动而有益的补充。为了更全面地反映新中国外国文学研究的面貌,还采访了主要从事教学、出版和比较文学研究的学者。

应邀参与各卷撰写的都是各相关领域学有所长的专家,不仅有学识渊博的资深学者,也有学术造诣精湛的中青年才俊,均具有相当好的国际视野。全体撰稿者严谨踏实的学风、精益求精的精神和通力协作的态度是本套书顺利完稿的保证。

总体而言,本套书具有以下特点:

一、重问题意识和分析深度 对外国文学研究进行分类专题考察,主要目的之一是力求摆脱以往的学术史研究偏重资料收集、缺乏分析深度的局限,做到不仅资料丰富,而且有较为深入的分析判断,以帮助提高学术史研究的水平。本套书注重问题意识,力求在对相关专题进行全面考察的基础上,以点带面,提炼重大问题,分析外国文学研究的局部和整体得失,做出中肯的判断和深入的反思,为今后的研究提供鉴照和参考。

二、重社会历史语境 密切关注国内及国外社会历史语境和外国文学研究的互动,挖掘影响不同种类外国文学研究的政治、社会、文化、学术、经济、国际关系等原因,揭示出影响新中国外国文学研究的深层因素,同时也关注外国文学研究对中国文学、文化和社会等方面所产生的影响。在作品研究卷的上、下两册中,每一个专题都按历史阶段分节,以便在共时轴上很好地展示不同作品的研究在同样社会环境制约下形成的共性,以及在历时轴上显示不同作品的研究随大环境变化而变化的类似特点，从而凸现文学研究与社会变迁的互动。与此同时，由于研究对象、研究者、研究方法、所涉及的社会环境因素等存在着差异，新中国对不同作品的研究也具有不同之处，这也是评析的一个重点。

三、重与国外研究的平行比较 引入国外相关研究作为参照，在更广阔的学术视野下探讨国内学者对相关问题的研究所处的层次，通过比较对照突显国内研究的特点、长处和不足之处。这样做不仅有利于提高分析的深度，在与国外研究的比较中，还能凸现新中国的学术研究与社会文化语境的密切关联。在外国受重视的作者，在我国的社会文化语境中有可能被忽视，反之亦然。文学研究方法也是如此。与国外研究相比较，还有利于揭示新中国的研究与对象国的研究在各自社会文化语境中的不同发展进程。

四、重跨学科研究 具有较强的跨学科性质，注重考察外国文学研究与哲学、语言学、比较文学、历史学、心理学、社会学、宗教学等学科的关联。

五、重前瞻与未来发展 在对新中国成立前的研究进行回顾并全面系统探讨新中国60年研究经验和教训的基础上，找出和反思目前存在的问题，对如何解决这些问题提出对策，对未来的研究方法和研究方向提出建议。这对我国外国文学研究的发展和文化建设、精神文明建设均有重要参考价值。

通过对新中国60年的外国文学研究进行分类考察和深度评析，总结经验与教训，并在此基础上进行前瞻性思考，本套书力求从新的角度解答以下问题：(1)各个种类的外国文学研究在不同时期具有哪些不同特征、哪些得失，呈现出什么样的发展规律？不同种类的研究之间有什么样的互动关系？(2)哪些外部和内部因素决定了新中国成立以来外国文学学科走过的道路？(3)新中国60年的社会文化发展历程如何在外国文学学科发展中得到反映？(4)新中国成立以来外国文学研究与其他人文、社会学科之间存在哪些互动关系？(5)我国外国文学研究目前存在什么问题，如何解决这些问题？(6)怎样避免我国外国文学研究对对象国研究话语和方法的盲从？怎样提高自主意识和创新意识？怎样更好更快地赶超国际前沿水平？(7)外国文学研究的经验与教训如何为未来的社会主义文化建设提供依据和参考？外国文学学科如何更好地服务于我国的文化建设和精神文明建设？

下面就本套书的编写做几点说明：

1. 从国内学科的布局和现状来讲，外国文学研究可以分为东方文学研究和西方文学研究两大块。新中国成立后的60年间(其实新中国成立前也是如此)，西方强，东方弱，西方文学研究的总量大大超出东方文学研究的总量，因此本套丛书中对西方文学研究的考察所占比例要大得多。

2. 本项目的任务是考察新中国的外国文学研究，因此港澳台同行的研究成果没有纳入考察范围。

3. 本项目2010年1月正式立项,有的研究完稿于2010年,考察时间截止到2009年。但有的研究2013年才完稿,因此兼顾到外国文学研究近两年的新发展,对此我们予以保留。

4. 新中国60年以及此前的相关研究著作和论文数量甚多,而丛书篇幅有限(作品研究卷的篇幅尤其紧张),对考察范围的研究资料需加以取舍。专著的撰稿者聚焦于新中国60年来出版发表的相关研究专著和期刊论文(新中国成立前和新中国成立初期的考察对象包括报纸文章)。① 需要说明的是,除了本套六卷七册书提供的翔实资料和信息外,本项目的第八个子课题"外国文学研究数据库"也系统全面地提供了丰富的资料。② 数据库采取板块形式,搜集新中国60年外国文学研究的各方面资料,包括研究成果类信息(含专著和论文)、翻译成果类信息、研究机构类信息、研究人物类信息、研究刊物类信息、研究项目类信息(国家社科基金等基金的立项情况)和奖项类信息。对新中国60年外国文学研究资料信息感兴趣者,还可以登录本项目数据库网址进行查询(http://sfl.net.pku.edu.cn:8081/)。

5. 因篇幅所限,书中的文献信息只能尽量从简。在中国期刊网、国家图书馆网站和本项目数据库中,只要给出作者名、篇目名和发表年度,就可以很方便地查到所引专著和论文的所有信息。本套书中有的引用仅给出作者名、篇名和发表年度。

本研究能够顺利完成,得益于各子课题负责人的认真负责和通力协作,也得益于全体参与者的大力支持和无私奉献,对此我们感怀于心。本课题在立项和研究过程中曾得到众多专家学者的指导和帮助,在此深表感谢;特别要感谢陈众议、吴元迈、盛宁、陆建德、戴炜栋、刘象愚、张中载、张建华、刘建军、罗国祥、吴岳添、严绍璗等先生的帮助。需要特别说明的是,本项目的研究,不仅得到国家社科基金的资助,也得到北京大学主管文科的校领导、北京大学社会科学部和北京大学外国语学院的极力支持和多方帮助,对此我们十分感激。感谢北京大学出版社对本套丛书的出版立项,尤其感谢张冰主任为本套丛书付出诸多辛劳。

由于这套丛书时间跨度大,涉及面广,难免考虑欠周,比例失当,挂一漏万。书中的诸多不足和错谬之处,恳请各位专家和读者批评指正。

---

① 博士论文往往以专著形式出版,重要部分也往往以期刊论文形式发表。

② 本项目的战略发展报告中也有不少资料信息。

绪 论

1949年以来,外国文论在中国的影响是非常大的。这种影响不仅表现在学术领域,同时也表现在社会政治领域,甚至还关涉我们对世界的认知和理解方式。外国文论不仅为我们带来了许多新的理念和批评方法,也极大地促进了文学史研究和文学批评的繁荣发展,并对我们融入世界以及重新审视东西方之间的关系起到了重要的作用。而我国的外国文论研究的主体是俄苏文论和西方文论,对我国的文学创作、文学研究和文学批评起到至关重要影响的也是俄苏和西方的文学批评流派和文学理论概念。因此本书仅对这两个领域我国学者的研究进行总结,而有关东方文论的研究就只能暂付阙如了。

但仅就外国文论这两个方面进行研究和总结也并非易事。这不仅因为所涉及的资料和成果十分丰富驳杂,也因为在各个不同的历史时期,我国学者在社会政治因素的介入下对外国文论的选择与偏好有很大不同。在新中国成立后的前30年,俄苏文论显然占有绝对主导的地位,其权威性和影响力不容置疑。在这一时期,西方文论基本上是作为批判的对象被接受的。而在接下来的三十多年中,西方文论则受到更多的重视,当然巴赫金和洛特曼理论的重要性近年来也与日俱增。为了方便和明晰起见,本书分为上、下两编。上编对西方文论研究进行回顾和评价,下编对俄苏文论研究做出考察和总结。以下分别就这两个方面对本书的主要内容进行介绍和概括。

一、新中国60年西方文论研究

近年来关于西方文论在中国的影响与传播的相关著作以及对西方文论所引发的方法论革新的反思和研究逐渐增多,成为学术研究中备受重视的领域之一。这方面可以举出的研究成果有很多,比如陈厚诚和王宁编的《西方当代文学批评在中国》(2000)、代迅的《西方文论在中国的命运》(2008)、冯黎明的《走向全球化:论西方现代文论在当代中国文学理论界的传播与影响》(2009)等。[①]这些著作全面介绍了我国学者在不同历史时期对外国文论的接受与研究,对我们了解西方文论在中国的传播起到了重要作用。由于已有这些成果,本书的结构做出了相应的调整。我们对不同时段的理论有所侧重和删减,对各历史阶段的关注程度也有所不同,并对各种流派和理论家进行了取舍。本书的目标不在于面面俱到:对所有被引介和研究的西方文论家进行地毯式扫描。虽然现在网络搜索系统十分完善,资料的收集也不是难以克服的障碍,但是全面铺陈容易导致重点无法深入,对资料的过多分析往往会挤占对观点的理解和把握。上述相关著作与坊间流传的研究综述和资料汇编类的著作,已经为读者提供了全面掌握外国文论在我国的研究状况所需要的信息,但对有的问题尚未展开全面深入的思考,再添加类似的一本也未必能够做得更好。因此在编撰过程中我们尽量以重点问题为纲目安排上编的结构,对一些主要的文论概念和流派进行总结,希望能够超越史料的范围和局限,参与当代学界对某些重点问题的讨论。在评述前人研究成果的利弊得失的基础上,重点关注西方文论中一些核心观点,力求增进读者对相关难题和方法论的理解,为以后更加深入的研究做些准备工作。当然这一目标也过于宏大,身体力行之时深感力不从心。本书能够达到几分预期的效果还不得而知,但我们将其作为努力方向尽力为之。

西方文论编侧重于对当代文论研究的评述。相对于20世纪之前的西方文论,现当代西方文论作为批评理论不仅更加成熟和系统,而且对我国学界和文学批评界的影响也要大很多。从数量上看,当代西方文论研究的论文和专著与古典文论研究相比也不可同日而语。更重要的是,现当代文论的研究对我国当代文学观念的形成和文学批评实践起到了关键性作用,它所引发的争议以及本身所具有的社会政治意义也远非古典文论能够相比。因此本书的主要篇幅集中在现当代文论的研究上,它对文学批评和文学研究方法论和某些文学观念的产生和变革所发生的影响是本书兴趣之所在。

这一指导思想决定了本书西方文论编的篇章结构。根据西方文论诸流派的发展和相互关系,我们将西方文论编诸章分为三大部分。[②] 第一部分(第一、

---

① 陈厚诚、王宁编:《西方当代文学批评在中国》,天津:百花文艺出版社,2000年;代迅:《西方文论在中国的命运》,北京:中华书局,2008年;冯黎明:《走向全球化:论西方现代文论在当代中国文学理论界的传播与影响》,北京:中国社会科学出版社,2009年。

② 参阅拉曼·塞尔登编:《文学批评理论:从柏拉图到现在》,刘象愚等译,北京:北京大学出版社,2003年。此书将西方文论分为五个部分,其中有主体理论、形式理论和社会历史理论三编。近年出版的文论教材也将20世纪西方文论划分为"以语言、结构、文本为圆心的形式批评""以创作、接受、阅读为圆心的意义批评"和"以话语权力、意识形态为圆心的文化批评"三部分,与此类似。见杨慧林、耿幼壮:《西方文论概览》,北京:中国人民大学出版社,2013年,第292页。赵毅衡在本书第一章第四节也讨论了分类问题。

二、三章)是有关形式主义文论的研究,包括英美新批评、符号学和解构主义各章。形式主义是20世纪西方文论的起点,也是中国20世纪70年代末改革开放之后引发理论研究转向和文学研究变革的关键因素之一。因此无论是从时间上看还是就文论的性质而言,形式主义研究都应该是最优先处理的。新批评和符号学两章的作者赵毅衡与解构主义一章的作者陈晓明充分评估了我国关于这些流派的研究对学界所起到的重要作用。赵毅衡指出,新批评的引介所产生的影响涉及中国文学研究的各个领域,包括中国古代文学研究,是第一个引发轰动式效应的西方文论流派。而此后兴起的符号学研究所涉及的学科领域更为广泛,其研究论文和论著的数量超过世界上任何一个国家,成为名副其实的"显学"。英美新批评和结构主义符号学对20世纪80年代我国学界文学观念的变革起到了重要的推动作用,随后我们看到了文学批评方法论上的转向:从"外部研究"转向"内部研究"。陈晓明告诉我们,解构主义在中国的传播并没有阻止形式主义的这一发展趋势,特别是耶鲁大学解构主义"四君子"的文学批评实践,为我们提供了很好的文本分析工具,并极大地满足了我国批评家的"创新追求"。赵毅衡和陈晓明都是当年引介和研究新批评、符号学和解构主义的著名学者,他们对相关研究的总结和评价是相当权威和中肯的,并有切身感受作为支撑。叙事学是我国形式主义研究的另一"显学",由于申丹在陈众议主编的《当代中国外国文学研究》(2011)一书中已有较为全面的介绍[①],本书就没有设立单章讨论,只在符号学和解构主义章节中有所涉及。

本书西方文论编的第二部分(第四、五、六章)可以冠以主体理论之名。主体问题是英美20世纪中叶文论界关注的重点问题,也是中国自20世纪80年代以来所热烈讨论的核心问题。具体到文学研究,主体理论可分为读者理论和作者理论。现象学、阐释学和接受美学显然超越了形式主义文论纯客观评判的局限,将读者作为一个重要维度引进文学批评,开辟了一个广阔的研究领域。而张隆溪1983—1984年在《文艺研究》和《读书》杂志上发表的有关阐释学和接受美学的文章曾令学界耳目一新,对当时我国关于主体问题的讨论起到了推波助澜的作用。[②] 陶家俊在评述了我国研究阐释学和接受美学的大量成果之后,特别强调了这一领域的跨学科性质以及在中国的本土化趋势。阐释学不仅作为理论创新和批评方法对我国的文学研究功不可没,它还打破了单纯引介理论本身的局限:我国学者在理解和阐发西方文论理论时也可以有更多的空间,发挥更多的能动性和创造性。本土化的含义也正在于此。而这些都在阐释学和接受美学中找到了相应的理论支持。

---

① 陈众议主编:《当代中国外国文学研究》,北京:中国社会科学出版社,2011年。

② 这些文章随后结集出版,见张隆溪:《二十世纪西方文论述评》,北京:三联书店,1986年。

与阐释学、接受美学的现象学和存在主义等人文主义哲学背景完全不同的是以福柯、阿尔都塞和拉康以结构主义为背景的非人文主义主体理论。阿尔都塞的理论在论述马克思主义文论的章节中还要提及,而福柯早中期的著作对主体问题的论述可以看作是主体理论的重要代表。汪民安是国内最早一批研究福柯的学者之一,出版和编译了有关福柯的多本著作。“福柯在中国”这一章是他在给法国某杂志的一篇相关论文的基础上改写的,其中特别强调了福柯有关规训和凝视的理论对于国内主体研究所产生的影响。此外,本章对福柯有关权力和历史的观点所引起的广泛关注也进行了论述。如果说读者理论所倡导的人文主义主体性在福柯的理论框架中没有立锥之地,那么拉康晚期的思想则为主体性的回归提供了一个坚实的精神分析基础。不过拉康的理论与传统的人文主义无关,是对主体性更高层次的理解。这有些类似于黑格尔正反合辩证法的逻辑。这一趋势在当今西方文论主体性理论中表现明显,在中国学界也影响日增。本书关于拉康的一章遵循了这一思路,试图从我国对拉康的研究和接受过程中,梳理出理解主体概念的这一“否定之否定”发展轨迹。这不仅是对我国多年来关于主体问题讨论的初步总结,也是为了应对全球政治经济一体化对传统文学观念所提出的挑战。文学批评和文论研究的重新政治化成为可能,拉康的思想为此提供了充分的理论依据。

需要说明的是,本书在涉及精神分析理论的章节中,关于弗洛伊德研究的总结暂付阙如。陈厚诚和王宁主编的《西方当代文学批评在中国》一书中已有很大篇幅介绍我国对弗洛伊德的接受,而本书也旨在避免重复以往的研究。此外,近年来我国拉康研究的热度远远超过弗洛伊德,其深度和广度都更值得称道。这并非说明弗洛伊德的重要性在降低,相反,现在学界越来越清楚地认识到,拉康对于弗洛伊德的继承不亚于他对弗洛伊德的超越。这正是拉康所谓“回到弗洛伊德”的含义之所在。但遗憾的是,我国近年来对弗洛伊德的研究还远远跟不上对他的重要性的再认识。我们还需要从拉康的角度重新发掘弗洛伊德的精神遗产。而本书只能将这一课题留给未来的研究者了。

20世纪70年代末以后,英美学界的读者反应理论逐渐式微,代之而起的是社会历史文化批评。这个时期的口号是文本从封闭走向开放,而文学批评的政治化倾向也愈加明显。进入新世纪以来,社会历史文化研究的热度有增无减,当然同时对形式审美研究的兴趣也有所回归。本书西方文论编的第三部分(第七、八、九、十、十一章)涉及中国学界对这种新型的“外部批评”的理解、研究和接受,篇幅也有所增多。“典型论”一章虽然也讨论了传统社会历史批评的性质与状况,但重点仍然放在改革开放之后。这一章的主要观点是,典型论的方法论意义和现实性并非体现在当时政治化的研究内容上。它所倡导的阶级论实际上是关于东西方文化关系的一种象征性表述。只有从全球化的角度才能正确评价典型论的成败得失,理解它在批评实践中的偏激和牵强诸特点。它曾经为当时人们的精神存在创造出一种独特的话语空间。

社会历史文化批评在西方马克思主义文论中表现突出。而在当代中国,詹姆逊(又译杰姆逊)无疑是“最负盛名”的一个。陈永国所撰写的这一章充分评估了詹姆逊作为“历史主义思想家”的影响:以詹姆逊 1985 年“北大演讲”开始、2012 年“北大演讲”结束。在近三十年间,詹姆逊对文化批评、后现代主义和马克思主义文论在中国的研究和发展起到至关重要的作用。他以全新的马克思主义文论家的面貌出现,不仅坚定了“第三世界”知识分子的民族立场,而且更新了他们的知识装备。詹姆逊曾经是我们当年理解五花八门、晦涩难懂的西方文论诸概念的一座桥梁。按照他的说法,他为我们提供了一张有关西方文论的“认知地图”。陈永国认为,他在中国的学术活动和影响已经成为“中国当代学术史的重大事件”。

关于女性主义文论研究,王丽亚特别提到了女性主义的政治意识批评对于 20 世纪 80 年代中国形式主义美学的补充和平衡作用。这是我们理解我国女性主义研究的意义与功绩的一个特殊的学术背景。这一章还讨论了女性主义文学研究和文化批评在各个领域的影响。女性主义文论的特殊研究对象和它对性别意识的关注,使文学研究领域各个学科之间联系更为明显。这无疑推动了形式主义文论走向更为广阔的社会文化领域。

刘象愚关于后现代主义与后殖民主义研究的章节以及周小仪关于消费文化研究的评述反映了我国学术兴趣的晚近发展。在全球化时代,后现代主义与后殖民主义批评对于我国学界的意义日益显著。全球经济发展的一体化促成了文学和文化观念在世界范围内的流传与共享。但吊诡的是,由于世界上各个不同国家在世界体系中的分工与地位不同,使这些貌似中立的观点与各方的利益关联迥然相异。比如,20 世纪 80 年代我国学界所追求的普遍主义审美理想在后殖民主义批评的视野下就需要对其政治立场进行必要的反思。而今天,对自我、身份、认同、阶级、民族等概念的重新审视也正方兴未艾。实际上,我国学者对于后现代主义与后殖民主义文论的兴趣已经反映出这一思想倾向。刘象愚以其亲历者的身份和广阔的文化视野,描述了两“后”理论在中国学界的“旅行”,并深入探讨了它们对当代中国文学的深远影响以及与中国文化的“碰撞”所引发的一系列问题与讨论。

文化研究在我国的兴起,使学术研究更加贴近现实生活。过去我们所推崇的一些文学和美学观念如今已经无法容纳一日千里的社会变革和全球化趋势。虽然国内外对文化批评的褒贬不一,评价多元,否定之声也始终不曾间断,但这并没有阻碍文化研究在我国的兴盛和迅猛发展。特别是近些年来,文化批评的研究著作、选本、译本和专题杂志层出不穷,人们已经不能忽视它给学术界带来的冲击和创新能量。本书选取消费文化研究作为文化批评的代表,希望借此对这一丰富多彩的研究领域管窥一斑。随着中国经济总量不断上升,消费文化无论是作为社会现象还是作为生活理念,都和文艺学的发展和文学研究的变革密切相关。虽然目前社会学界关于消费文化研究的成果最为突出,而有关鲍德里亚(又译波德里亚)的研究著作主要来自马克思主义哲学史领域,但以消费文化为题的文学研究和文论研究正在逐渐增多。我们在下面将看到,西方文论研究者也是最早将鲍德里亚介绍到国内的学者之一。我们以消费文化为中心总结国内外的研究成果旨在促进这一新兴研究领域的发展。本书在这一章中概述了近年来社会学、哲学和文学批评中消费文化研究的内容和趋势。这些研究成为我们理解和把握当代意识形态发展的一个重要维度,使我们对资本的文化属性和审美的资本属性有了更为清醒的认识。

综上所述,本书的西方文论编在为读者提供了一些必要的研究资料和信息的前提下,也试图为新中国60年中国学者这些丰盛的研究成果整理出一个整体思想框架,以便理解各种流派和理论家之间的内在联系和发展传承。我们所设想的是以问题统帅全局,尽量兼顾全面。因此本编以西方文论中的一些关键性问题作为纲目,以期抛砖引玉,引发更加深入的讨论。

二、新中国60年俄苏文论研究

与新中国西方文论研究的发展轨迹类似,新中国俄苏文论研究的60年也是一条不平坦的道路。一般认为它大致可以划分为前30年和后30年两个阶段。第一阶段则又可以分为两个时期,从新中国成立到1966年为前期,从1966年到1976年的“文化大革命”时期为后期。第二阶段也可以粗略划分为两个时期,从1976年到1978年为拨乱反正时期,而从1978年到2008年为后期,也是30年。

第一阶段的两个时期呈现出截然不同的特点:新中国成立以来,文化和制度建设上一切向苏联看齐,呈现“一边倒”的局面。具体而言,在对待俄苏文论方面,表现为全盘接受,这种现象一直持续到60年代中期。从1966年起,我国进入“文化大革命”时期,在此期间,俄苏文论开始作为修正主义“标本”,成为批判对象。这个阶段可以被视为是“顺应”与“逆反”阶段。从1976年开始至今,俄苏文论研究进入了一个空前繁荣兴盛的阶段。

以上按时序划分。如果按内容划分,则第一阶段我国对俄苏文论介绍和研究的重点,是以别林斯基、车尔尼雪夫斯基和杜勃罗留波夫为代表的俄国现实主义文论。别林斯基是当时俄国社会中革命民主主义知识分子取代贵族知识分子的前驱，是俄国文学批评之父，也是19世纪俄国现实主义美学的奠基人。其历史批评与审美批评有机统一的主张，对于我国文论的建设具有很大的影响。别林斯基在美学和文论、文艺批评方面的主要建树，在于确立了现实主义、唯物主义美学观。他在文艺批评领域里提出的一系列具有生命力的范畴，成为我国现实主义文论的奠基石，如文学的人民性、民族性、真实性、典型性、形象思维论和情致说。别林斯基文论和文艺批评，为我国文论的建设提供了一种社会历史批评的典范样本。他有关批评是“运动中的美学”的观点，得到我国广大研究者的首肯和赞誉。他有关形象思维的论述，也成为我国讨论形象思维问题时的主要依据。进入新世纪以来，曾经一度被边缘化了的文学批评大家别林斯基的精神和伟大人格典范，在我国文艺批评普遍陷入“失语”和“缺席”状态下得以凸显。别林斯基文艺批评的精神，就在于他始终坚持文艺批评要以人民性为“土壤”。文艺批评以人民为标尺，才能把握正确的方向，才能成为实际指导文艺运动的坐标。今天我们呼唤别林斯基，呼唤别林斯基精神，就是要倡导别林斯基那种一切以人民为旨归，敢于为了文学而坚持真理、不徇私情、正直无私的精神。别林斯基是文学尊严的代名词。别林斯基不仅以其辉煌的批评论著，更以其伟大的文学批评家的人格，为文学批评树立了典范。作为19世纪俄国文艺批评的“三驾马车”之一的车尔尼雪夫斯基，则以唯物主义美学的奠基人而著称。他以现实为旨归的文学批评对于俄国现实主义美学和批评的发展和成熟具有很大意义。车尔尼雪夫斯基唯物主义美学的奠基之作《艺术与现实的审美关系》，是唯物主义美学的纲领性文件，取代了康德、黑格尔唯心主义的自上而下的美学。“美是生活”这个重要命题，在中国美学发展史上具有划时代的重要意义和理论价值。自车尔尼雪夫斯基译介到中国之后，这一命题就成为家喻户晓的批评原则。车尔尼雪夫斯基将文艺当成“生活的教科书”，提出文学既要忠实地再现生活，又要对生活下判断的唯物主义美学观和现实主义美学原则。他要求俄国现实主义文学不仅要揭露现实的黑暗、探究解决问题的答案，而且要展示社会理想。进入新世纪以来，车尔尼雪夫斯基“美是生活”的命题更是与我国当代人本主义的生态美学相呼应，为美学紧密联系实际，改造和创造生活开辟了新的道路。作为19世纪俄国文艺批评中的“尼古拉三雄”之一的杜勃罗留波夫，是现实批评的倡导者，也是俄国现实主义美学批评的奠基人物之一。他虽然只活了25岁，但他短暂的生命却“由于热爱人民而燃烧”(车尔尼雪夫斯基语)。他的革命民主主义美学思想和文艺思想，是对别林斯基开创的现实主义传统的继承和发展，也是对车尔尼雪夫斯基奠定的美学原则的实践和补充。

60年中对我国文艺理论影响最大的当然是马克思主义文论。俄苏马克思主义文论很早就被引入我国文论界。属于该派的几位代表作家，如普列汉诺夫、列宁、卢那察尔斯基和托洛茨基，都对马克思主义文艺理论做出了突出的贡献。正如丁国旗和吴元迈在本书第十三章中所指出的,俄苏马克思主义文论在我国文论界有如下发展轨迹:"前'17年'虽然中苏关系面临了许多问题与考验,但总体上说是俄苏马克思主义文论在我国最受追捧的时期,出现了新中国成立后译介与研究的第一次高潮。'文化大革命'十年是'极左'文艺思潮泛滥的时期,包括俄苏马克思主义文艺理论在内的整个马克思主义文论都遭到了前所未有的破坏和曲解。新时期之初,伴随着学术界对机械反映论以及庸俗的经济决定论文艺观的批判与论争,对俄苏马克思主义文艺理论的研究再一次出现了高潮。然而随着之后西方文艺理论思想及新方法论的大量引入,西方文论慢慢起来,地位逐步提升,而包括俄苏马克思主义文艺理论在内的整个马克思主义文艺理论不再拥有一家独大的地位。今天,经典马克思主义文艺理论、俄苏马克思主义文艺理论、西方文论(包括现当代西方马克思主义文论)与中国古典文论一起,共同成为我国文艺理论进步发展的资源与基础。"

丁国旗和吴元迈同时也注意到,进入新世纪以来,"经历了西方文论大量译介后的众声喧哗,以及全球化思潮、消费文化和网络图像带给文学艺术的冲击,我国学术界已经变得更加多元。中西文化交流和对话以及西方兴起的文化研究热引发了文学与文学研究的'越界'与'扩容'、文学社会学的回归和文学反映论思想的重提。这为马克思主义文艺理论的复兴创造了条件。俄苏马克思主义文论在这种新的条件下,作为我国文论发展的重要理论资源,重新引起了学界的重视。人们开始以一种真正客观和科学的研究态度来审视它的价值与意义。"

在新时期,中国的俄苏文论的翻译和介绍、传播和接受曾经面临来自欧美文论研究方面的竞争压力,以至于出现了被边缘化的局面。虽然面临冲击,但是俄苏文论并没有在中国学界完全"失语"。尽管相关研究在量上有所下降,而且国内文化市场的认可度也相对降低,但是在质的方面却取得了两项重大成果:俄国形式主义文论和对巴赫金文艺思想的引进和研究。这两种文论不仅弥补了之前俄苏文论在接受过程中过于注重政治性、忽视艺术性的偏差,而且还对于中国当代学界、文化界的话语重建产生了巨大影响。现在任何一个略通文艺理论的中国学人,对于"陌生化""狂欢化"和"对话"等术语应该都不会感到陌生。

俄国形式主义的引进和研究之所以能在新时期受到高度重视,一个最重要的原因就是它对文艺学本体论价值的张扬和对文学的本质特征——文学性——的坚持。文学究竟是自律还是他律?随着对俄国形式主义文论研究的深入,这一问题成为我国文坛的讨论热点。这一点与西方文论中的新批评类似,而两者均成为形式主义文论中最主要的流派,并对文学本质的研究做出重要贡献。在讨论中,学界对于一些长期以来颇感困惑的问题,如内容与形式的关系问题、文学的外部研究和内部研究的问题进一步加深了认识。文学诚然不可能脱离它的环境而存在,但文学的发展自身,却不是单单可以凭借其外在环境而决定的。文学的发展在许多情况下和他自身的规律和特点有关,虽然内部规律也非唯一支配因素。一个比较能为大多数学人接受的结论是:文学既为内部规律所决定,也为其外部规律所支配。文学的演变和发展是内外部规律共同作用的结果。因此,文学既具有一定的独立性,也和其他文化领域有着密不可分的联系。

以陌生化理论为基础建构起来的俄国形式主义的文学史观,也在一定程度上影响了中国学者的文学史研究。文学的自动化一陌生化一再自动化规律,这种被俄国人称为迪尼亚诺夫-什克洛夫斯基定律的公式,可以在古今中外文学史上找到鲜明的佐证。我国学者应用陌生化理论解读五四时期的新文化运动,以及对新时期以来由朦胧诗向先锋诗的转化过程的研究,可以看作是这一定律在文学史研究和文学批评实践中的出色应用。

这一时期,与俄国形式主义相伴随进入中国并产生了重大影响的俄苏文论还有巴赫金的文艺思想。1982 年,《世界文学》刊载了夏仲翼翻译的巴赫金《陀思妥耶夫斯基诗学问题》一书的第一章,由此拉开了以"复调理论""对话理论""狂欢化"为焦点的中国"巴赫金"译介和研究的大幕。80 年代围绕巴赫金复调小说理论所展开的对话和争论,将中国的"巴赫金"接受和研究事业推向了一个高潮。进入 20 世纪 90 年代,巴赫金思想中的"对话理论"和"狂欢化"问题逐渐被推上了研究和讨论的前台。1998 年由钱中文主编的 6 卷本《巴赫金全集》正式出版,这是中国巴赫金研究和接受的一个重要成果,具有里程碑意义。90 年代以来,关于巴赫金的研究著作纷纷问世。这个时期的著作已经不仅仅局限于介绍和阐释巴赫金的思想观点,而是强调他在文化诗学层面的意义。一些研究也超越了文学理论自身的范畴,而是涉及哲学、文化、意识形态和社会学各个方面。[①] 一时间,中国学界掀起了阵阵"巴赫金热":研究论文、研讨会不胜枚举,文论研究者几乎"言必称巴赫金"。本书对于学界围绕巴赫金的复调小说、狂欢化、时空体、对话主义等理论问题展开的争论,分不同历史时期做了梳理和介绍,并着重对巴赫金研究现状进行了分析思考。

应该说,俄国形式主义和巴赫金思想的接受是中国新时期俄苏文论本土化过程中的两件大事。它们的到来为曾经颓势的中国俄苏文论的译介和传播工作注入了强大的活力。这个时期值得注意的还有我国对于以洛特曼为代表的塔尔图学派的引进和介绍。洛特曼与俄国形式主义和巴赫金的关系密切。在

---

① 可参见邱运华:《19—20 世纪之交的俄国马克思主义文学思想史论》第七章,北京:北京大学出版社,2006 年。

当今俄国,他和巴赫金、利哈乔夫被称为俄国文化的“三巨头”。洛特曼一生留下了上千篇文章和数十部著作。作为一位结构主义符号学家,洛特曼长于文本分析;其文化诗学对于世界产生了巨大的影响。毋庸讳言,我国对于洛特曼的研究尚处于起步阶段,但涌现的成果已经相当可观。可以预期在未来的岁月里,洛特曼文化诗学研究必将在我国形成一个继巴赫金热之后的又一个高潮。

以上对本书上、下两编的主要内容做了一个简要的介绍,其中对全书构思、整体结构和重点关注的问题也做了说明。我国外国文论研究的内容非常丰富,时间跨度也相当长,值得探讨的地方还有很多。本书各章的作者或从自己的亲身经历出发,或以自己的研究专长为依据,从不同角度绘制了一幅外国文论在中国接受与传播的图谱,为今后更加深入的研究做了一个铺垫。随着东西方文化交流和互动不断加强,我们对外国文论在中国的历史作用与现实意义的认识也不断提高。可以看出,我国外国文论研究的社会属性十分明显,对其运作机制的理解离不开对我们当代社会和复杂的国际关系的理解。如前所述,这制约了我们对于各流派的安排和资料的取舍。对于任何一个文论史项目而言,对重点的关注和对全面的渴求始终存在着难以调和的矛盾,而如何把握两者之间的平衡往往需要煞费苦心。本书没有涉及的研究成果并非说明它们不重要,而只是意味着编者顾此失彼:强调某些重点必然以其他方面的缺场为代价。但是如果将客观描述看成是一种主观表达,把资料的取舍看成是某种观点的曲折陈述,那么这些欠缺也许可以得到理解。因为毕竟,表达对我国外国文论研究和社会思想变革的看法,是本书的初衷所在。诚如王尔德所言,文学批评不过是批评家的自传。而克罗齐则说过,一切历史都是当代史。因此,本书所提供的研究内容也仅仅是对当代社会生活的一种理解和表达方式。

上　编

新中国60年西方文论研究

第一章
新中国的新批评研究

一、新批评派与中国的渊源

新批评派是一个“已经结束”的文论派别,有些人认为新批评在中国的历史也已经终结。本文的任务看来只是一个历史回顾,做一个盖棺定论,其实不是,任何在理论史上起了重大作用的派别都必须重视,和过去所有重要的学派一样,新批评作出了今天的文学批评家无法跳过的重大贡献。新批评在今天更值得我们重视:新批评派已经结束,但是新批评的影响远远没有结束。

原因有二。第一,新批评派引发的许多讨论,已经成为当代批评理论的基础共识,它的许多重要观念(例如瑞恰慈的意义理论),已经成为形式论的集大成学派——符号学——的重要组成部分;它主张的许多方法(例如细读法),已经成为当代批评实践的基本方式。如今的文学评论,无法不使用新批评留下的一些基本的分析路线,例如张力、复义、反讽、悖论等。新批评与作品结合得很紧,主要的新批评派人物大多兼善创作,很少做架空之论,其批评方法具有强烈的可操作性,哪怕不引用新批评派原作,也可以不露痕迹地运用新批评的观点与方法。

第二,中国批评家重视新批评派,是因为这个理论派别与中国现代理论界有缘。新批评重要人物与中国现代学术的关系,是一个非常重要但是至今没有得到充分研究的课题:瑞恰慈 1930 年首次来清华大学执教(不是如罗素、杜威那样演讲访问),前后 6 次到中国来,在中国大学中总共留了五六年,对中国情有独钟,1979 年 6 月在青岛讲堂上倒下,陷入昏迷再没有醒来;燕卜逊在西南联大与中国师生共同坚持抗战,戎马倥偬中,靠记忆背出莎剧,作为英语系课本;1949 年坚持在北京大学教课迎接新中国成立,成为中国教育史上的一则传奇。

新批评是中国知识分子从20世纪二三十年代就心向往之的学派。中国学者对新批评的介绍,几乎与新批评的发展同步:卞之琳、钱锺书、吴世昌、曹葆华、袁可嘉等先后卷入新批评经典著作的翻译,朱自清、叶公超、浦江清、朱希祖、李安宅等,都对新批评情有独钟。可以说,整整一代中国文学理论家,落在新批评发展的"同步"影响中。

瑞恰慈的《科学与诗》1929年刚在英国出版,"伊人"的翻译,也由华严书店出版,这是新批评的著作第一次翻译到中国,可谓及时。30年代初,当时的清华大学学生曹葆华重译此书,1934年清华大学叶公超为此书写了精彩序言;同一年卞之琳应叶公超之约为《学文》杂志翻译了新批评的开山之作,艾略特的《传统与个人才能》;1937年商务印书馆出版了曹葆华的翻译文集《现代诗论》,其中包括艾略特与瑞恰慈的五篇长文。①

如果不是抗日战争打断了这个中西思想畅通交流,新批评的思想会深厚地影响中国现代文学的进程。朱自清、李长之、袁可嘉等在30年代末40年代初的文学批评,已经有明显的新批评色彩,运用细读方法已经相当精微。刘西渭(李健吾)与卞之琳等人讨论卞之琳诗歌的来回辩驳文章,在细读上下的功夫,至今堪为文本细读批评样本,也是文学家好友即诤友这种健康风气的楷模。60年后,垂垂老矣的袁可嘉回顾这一时期,称之为"中国诗歌批评的一次现代主义浪潮"②。

六七十年代末,这些燕京—清华—西南联大的前辈,先后都在中国社会科学院(当时沿用苏联体制,称为"中国科学院哲学社会科学学部")任职。50年代出现了对"资产阶级文艺思想"的检讨运动,60年代"高举阶级斗争旗帜"进入批判阶段。为了提供批判材料,一系列新批评派的著作被翻译出来,这是30年代翻译潮之后的又一次机会:蒋孔阳翻译了韦勒克,伍蠡甫翻译了维姆赛特(又译卫姆塞特或维姆萨特)与布鲁克斯,作家出版社1964年出版《现代资产阶级文艺理论论文选》,其中第一篇就是卞之琳重新翻译的艾略特《传统与个人才能》,那是无人能重做的定译。此书中还有杨周翰译瑞恰慈,张若谷译兰色姆,麦任曾译燕卜逊,袁可嘉译布鲁克斯,几乎是在"批判资产阶级"的名义下一场与老友、老同事的聚餐会。以批判的名义做学派思想的介绍,主要见于袁可嘉的一系列文字。③ 但是60年代中期后,"文化大革命"风暴袭来,以批判的名义

① 这个时期中国学者与新批评派人物的关系,如今得到了比较深入的研究。例如邵朝阳:《论新批评理论与袁可嘉新诗现代化理论》,《四川教育学报》2008(06);又如曹万生:《1930年代清华史学家的新批评引入与实践》,《西南师范大学学报》2005(11)。

② 袁可嘉:《40年代中国诗歌批评的一词现代主义总结》,《文艺理论研究》1997(04)。

③ 袁可嘉:《托·史·艾略特:美英帝国主义的御用文阀》,《文学评论》1960(06);《"新批评派"述评》,《文学评论》1962(02)。

翻译介绍也成为不可能。

而这段时间，形式文论在台湾、香港蔚然成风，1956年夏济安的《文学杂志》开始系统介绍新批评，颜元叔办的《中外文学》继起领导潮流，王梦鸥、余光中、叶嘉莹、叶维廉、李英豪、黄维梁、龙应台、欧阳子等整整一代批评家，为形式文论应用于中国文学做出了巨大贡献。他们的介绍，后来在80年代通过一系列文章和出版物[①]，影响了中国内地批评界。[②]

在日丹诺夫式的"社会主义现实主义"理论的粗暴统治的30年中，中国知识分子心中还记得另一个传统。这个多年的潜流，起的作用远远超出中国现代文学史已经讨论到的深度。

二、新批评与新时期

三四十年代的"新批评热"，取得了巨大的成绩，只是因为抗战救亡的迫切性而未能充分展开；60年代畸形的"新批评批判热"，也被"文化大革命"飓风挂到一边。到70年代末新时期开始时，世界批评理论已经进入新阶段，各种文学理论繁荣，20世纪作为"理论世纪"的景象，已经充分展现，甚至形式论各派也已经归入结构主义大潮，而且已经开始自我突破成后结构主义。在这个"打开窗子"的时期，中国学界目不暇接，忙不迭地介绍各种理论。偏偏又是新批评成为这个理论热潮流的前驱。其原因可能是因为中国学界对新批评原来就熟悉的一代人还活跃在学术界.另一个可能的原因是新批评是一种比较容易理解、比较容易上手运用的方法论，不像其他潮流那样从基础上就卷入过多的理论纠葛。

当然新批评是有立场的，而且有鲜明的立场，那就是从文本的"形式化存在"出发，讨论复杂的文学问题。这对于从50年代一直延续到70年代末的"文学反映现实"论，以及由此发展出来的"内容决定形式"批评观，是一种截然相反的立场。要引进这种立场，对新时期的理论界，是一个巨大的挑战。

在70年代余下的几年中，新批评只是被人小心翼翼地偶尔提及。新时期第一篇郑重地介绍新批评的论文，是1980年杨周翰的长文《新批评派的启示》[③]，这篇文章预兆了80年代的"新批评热"，更预示了新批评在中国的"实际"作用：对中国文学研究以及创作提出新的理论支持。杨周翰仔细介绍新批评的

---

① 陈钳：《唐诗传统章法与新批评》，《四川教育学院学报》1987(04)。

② 高友工、梅祖麟：《唐诗的魅力》，上海：上海古籍出版社，1989年。

③ 杨周翰：《新批评派的启示》，《外国文艺》1980(03)。

一系列观点，最后却点明：为什么王蒙等人的"形式实验"在当时中国文坛引发如此多的争议？因为我们过于热衷于把内容放在第一位，认为形式的实验只能削弱文学内容的清晰性。而新批评认为文学从根本上说是一种形式的存在，正因为此，杨周翰此文对当时文学界震动极大。

1982年赵毅衡发表了一篇更长的文章《"新批评"——一种独特的形式主义文论》，[①]此文原是赵毅衡1981年在卞之琳指导下完成的硕士论文。后来发展成国内关于新批评的第一本专著。[②] 此文比较详备地总结了全部新批评派的著作，以及重要的关于新批评派的文献。这段时期介绍新批评的文章，有影响的还有多篇，例如胡经之、张首映的《新批评派》[③]，张月超《对美国新批评派的评价》[④]，孙津的《新批评之发旧——兼评〈新批评〉》[⑤]。

也在这个时期，刘象愚等人翻译的韦勒克《文学理论》全书出版[⑥]，而赵毅衡完成了五十多万字的《"新批评"文集》[⑦]的编选译校，此二书提供了新批评派的重要原始文献，为下一阶段新批评引发的国内文学界讨论提供了文献基础：此后讨论者不再只凭片言只语的引用而遽下判断。此后，1987年，台湾颜元叔翻译的《西洋文学批评史》在北京重印[⑧]，丁泓等译的韦勒克《批评的诸种概念》[⑨]，史亮编选的《新批评》[⑩]，1992年杨自伍翻译的瑞恰慈《文学批评原理》[⑪]，也为提供第一手新批评文献做出了贡献。

韦勒克将文学批评分成"外部研究""内部研究"两个大方向，表面上不偏不倚，承认外部批评的重要性，不像维姆赛特与比尔兹利的《意图谬见》《感受谬见》两文那样完全把文本与外界隔绝。但是，所有的理论都有个语境：在美国语境下，可能是从新批评立场后退一步，承认外部研究的重要性；在中国几十年只有外部研究的环境下，"内部研究"的提出，就是一个振聋发聩的提醒，就是在提出一个重大的补缺。这就是为什么此书的架构，在中国掀起的波澜远远超过在西方引起的注意。

1985年刘再复发表《文学研究思维空间的拓展》一文[⑫]，提出文学研究"近

---

① 赵毅衡：《"新批评"——一种独特的形式主义文论》，《外国文学研究辑刊》1982(05)。

② 赵毅衡：《"新批评"——一种独特的形式主义文论》，北京：中国社会科学出版社，1986年。

③ 胡经之、张首映：《新批评派》，《文学知识》1986(02)。

④ 张月超：《对美国新批评派的评价》，《南京大学学报》1990(01)。

⑤ 孙津：《新批评之发旧——兼评〈新批评〉》，《当代作家评论》1988(02)。

⑥ 韦勒克、沃伦：《文学理论》，刘象愚等译，北京：三联书店，1984年。

⑦ 赵毅衡：《"新批评"文集》，北京：中国社会科学出版社，1988年。

⑧ 卫姆塞特(维姆赛特)、布鲁克斯：《西洋文学批评史》，颜元叔译，北京：中国人民大学出版社，1987年。

⑨ 韦勒克：《批评的诸种概念》，丁泓等译，成都：四川文艺出版社，1988年。

⑩ 史亮：《新批评》，成都：四川文艺出版社，1989年。

⑪ 瑞恰慈：《文学批评原理》，杨自伍译，南昌：百花洲文艺出版社，1992年。

⑫ 刘再复：《文学研究思维空间的拓展》，《读书》1985(04)。

年来的中心已经转到内部规律”。此文引起轩然大波，赞同者、反对者纷纷著文。最后陈涌为此发表文章《文艺学方法论问题》[①]，认为“文学与经济基础即上层建筑中其他意识形态的关系……不但不是什么‘外部规律’，相反的，正好是文学艺术最根本最深刻的内部规律。”这话意思是：不能如韦勒克那样区分外部与内部，外部就是最重要的内部。一时围绕“外”与“内”形成激烈争论，成为新时期文学理论的一场重大争论。此后，新批评的“本体论”又成为一个争论题目，其核心问题依然是形式的地位。由于发表陈涌文章的刊物是政治刊物《红旗》，这场争论不可避免地带上了 80 年代特有的“左”“右”斗争的政治色彩。

甚至，有一度时期，新批评的影响被夸张了，尤其被反对的人夸张。1985 年，广东文学讲习所所长谢望新在《学术研究》上总结当时批评界情况：“现在较一致的看法，中国‘新批评派’大概有三派，一派是吴亮为代表的‘审美派’；一派是鲁枢元的‘心理派’；再有一派是林兴宅等人的‘系统科学方法派’；也包括（刘再复等人）‘主体派’，如果把朱光潜、李泽厚他们较早借鉴外国美学的方法也算作一派的话，那就是四派。”[②]如此一网打尽，也未免株连过多。不过那时在中国，可能真有些人觉得新批评是山雨欲来风满楼，当然也有人在欢呼暴风雨的到来。这种被夸大的命运，恐怕是新批评派自己从来没有想到的。

而到 90 年代后，由于文学批评实践问题的迫切性有所降低，关于新批评的讨论也渐渐沉稳了，但是各种介绍西方现代文学理论的书籍和教科书，几乎无例外地辟出“新批评”一章。这个时期的学术讨论尖锐不足，但是比较沉潜，比较扎实。例如陈本益的《新批评的文学本质论及其哲学基础》[③]，蓝仁哲的《新批评》[④]。而且讨论也逐渐具体化，如蒋道超、李平的《论克林斯·布鲁克斯的反讽诗学》[⑤]，李嘉娜的《重审布鲁克斯的“反讽”批评》[⑥]，朱合欢的《日趋个性化的“新批评”群体》[⑦]。支宇的新批评系列文章，包括《复义——新批评的核心术语》[⑧]、《文本语义结构的朦胧之美》[⑨]等文章，对新批评各种概念的研究已经非常细腻。对比 80 年代对新批评介绍文字，横扫全局而不必仔细甄别的态度，与这批论文的学术态度不可同日而语。应当说，这是中国学术的进步。

---

① 陈涌：《文艺学方法论问题》，《红旗》1986(08)。

② 谢望新：《再评“传统批评方法”与“新批评方法”的功与过——答〈学术研究〉编辑部曾旭升》，《学术研究》1986(01)。

③ 陈本益：《新批评的文学本质论及其哲学基础》，《重庆师范学院学报》2001(01)。

④ 蓝仁哲：《新批评》，《外国文学》2004(12)。

⑤ 蒋道超、李平：《论克林斯·布鲁克斯的反讽诗学》，《外国文学评论》1993(02)。

⑥ 李嘉娜：《重审布鲁克斯的“反讽”批评》，《外国文学评论》2008(01)。

⑦ 朱合欢：《日趋个性化的“新批评”群体》，《社会科学报》2002(05)。

⑧ 支宇：《复义——新批评的核心术语》，《湘潭大学学报》2005(01)。

⑨ 支宇：《文本语义结构的朦胧之美》，《文艺理论研究》2004(05)。

此后,一直到新世纪,新批评的影响不再是轰动性的,却渐渐深入,表明中国青年学者对新批评的兴趣渐渐化作知识性的追求。2006年,兰色姆的《新批评》翻译出版[①],主编李欧梵说:"我知道上一代的中国学人对于新批评不是没有研究——燕卜逊还到过中国任教——为什么后继无人?难道都被弃之于'历史的垃圾堆'了?难道在'长江后浪推前浪'的浪潮中只有'后浪'独领风骚而没有'前浪'可言?难道西方文论都被'后现代'解构殆尽,无人问津?"他的一连串询问,也是笔者心里的想法:不必赶时髦,读书求有用。因此厚重的《"新批评"文集》被重印[②]。2004年外语教学与研究出版社出版了《理解诗歌》与《理解小说》的英文原本,看来是作为英语系的教材,后者由主万、草婴两位著名翻译家译成中文,改题《小说鉴赏》[③]。2008年布鲁克斯《精致的瓮》这本新批评细读名著的中译本出版[④]。

百花文艺出版社还出版了赵毅衡《重访新批评》一书[⑤]。从下一节的讨论可以看到,新批评已经成了中国批评界的批评实践习用的方法之一,对新批评的兴趣已经融化到中国学者的血液中。从80年代至今,几乎没有一本《文学概论》之类的书,不单独辟一章讨论新批评,西方的文学概论书籍,大多数只是在"形式论"一节讨论新批评派。中国文论书籍的特殊做法,是新批评在中国影响的明证。

三、新批评方法的实践

中国批评家的"新批评式"批评实践,证明新批评适用于中国当代文学的研究。这方面的文章很多,很早就有人发现:新批评对文本结构的看法,更适合现代文学,新批评的批评路子,甚至会鼓励文学创作走向结构精致、意义复杂,充满张力和反讽。艾略特承认他们的理论是为现代派的诗歌服务的,"从而有一种紧迫感,一种推崇和呼吁的热情"[⑥]。

这方面做得尤其出色的,是一系列中国当代重要的批评家。孙绍振的《名作细读——微观分析个案研究》[⑦];王先霈的《文学文本细读讲演录》[⑧],具体演

---

① 兰色姆:《新批评》,王腊宝、张哲翻译,南京:江苏教育出版社,2006年。

② 赵毅衡:《"新批评"文集》,天津:百花文艺出版社,2001年。

③ 布鲁克斯、沃伦:《小说鉴赏》,主万、草婴译,北京:世界图书出版公司,2008年。

④ 布鲁克斯:《精致的瓮》,郭乙瑶译,上海:上海人民出版社,2008年。

⑤ 赵毅衡:《重访新批评》,天津:百花文艺出版社,2009年。

⑥ T. S. Eliot, *To Criticize the Critics*, London: Faber & Faber, 1965, p. 16.

⑦ 孙绍振:《名作细读——微观分析个案研究》,上海:上海教育出版社,2009年。

⑧ 王先霈:《文学文本细读讲演录》,桂林:广西师范大学出版社,2006年。

示如何做细读；青年学者王毅的《细读穆旦"诗八首"》[①]。他们的分析探幽入微，深得布鲁克斯的名著《精致的瓮》之神韵。大量用新批评方法分析中国现当代小说与诗歌的文字，不胜枚举，一时中国批评界许多人不事声张地采用了新批评的方法。姜飞对此局面有个不无幽默的总结："新批评驳杂的理论一度被批评家们精简为张力与反讽……张力一般用于诗歌分析，反讽则大抵用于小说探讨"[②]。

但是新批评理论家为了证明他们的理论具有普遍意义，更注重用这些理论来分析古典文学。燕卜逊《含混七型》分析了二百多个例子，只有两个取自现代诗；布鲁克斯《精致的瓮》细致分析十部作品，只有叶芝一首现代诗。这种"从难入手"力求服人的方式，也被中国批评界学到手。

新批评在中国文学理论界受到热烈欢迎，相当重要的原因是可以用来重新阐释中国古典文学。最早的论述，可能是1989年杨晓明的《英美新批评与中国古典诗学》[③]一文，认为梅尧成"诗有内外意"是绝佳的"张力论"；90年代初王富仁发表于《名作欣赏》的数十篇文章，组成了《旧诗新解》系列，极为精彩，引发了大量讨论，掀起的波澜久久不息。后来出现的许多文字，将新批评与《文心雕龙》《沧浪诗话》等做对比。李国辉的《含混与复义：燕卜逊与刘勰意蕴论比较》[④]、李清良的《气势与张力》[⑤]、方新蓉的《"以意逆志"与英美新批评》也是重新审视中国古典诗学[⑥]，冉思玮写了《〈文心雕龙〉与英美新批评关于文学性的共同"诗心"》[⑦]；任先大写了一系列比较严羽思想与新批评的文章，例如《"兴趣"与"张力"：试比较严羽诗学与英美新批评》[⑧]；朱徽发表于《外国语》的系列论文，将新批评观念与中国古典诗学的范畴一一相较，相当全面[⑨]。在这方面做得最出色的可能是周裕锴，他的《宋代诗学通论》用到了新批评的许多概念，他的讲解不满足于简单比附，而进入理论阐发。他认为宋人"工拙相半"符合瑞恰慈"包容诗"原则，这观点很有创造力。陆正兰以钱锺书"拟声达意"论与布拉克墨尔的"姿势语"理论相比较[⑩]，指出这种特殊的语言用法，从《诗经》到当代中国

---

① 王毅：《细读穆旦〈诗八首〉》，《名作欣赏》1998(02)。

② 姜飞：《英美新批评在中国》，陈厚诚、王宁主编：《西方当代文学批评在中国》，天津：百花文艺出版社，2000年，第89页。

③ 杨晓明：《英美新批评与中国古典诗学》，《文艺理论与批评》1989(05)。

④ 李国辉：《含混与复义：燕卜逊与刘勰意蕴论比较》，《求索》2008(01)。

⑤ 李清良：《气势与张力》，《湖南师大学报》1993(04)。

⑥ 方新蓉：《"以意逆志"与英美新批评》，《东北师大学报》2010(01)。

⑦ 冉思玮：《〈文心雕龙〉与英美新批评关于文学性的共同"诗心"》，《重庆教育学院学报》2008(07)。

⑧ 任先大：《"兴趣"与"张力"：试比较严羽诗学与英美新批评》，《云梦学刊》2001(07)。

⑨ 朱徽这些论文最后合集为《中英比较诗艺》，成都：四川大学出版社，1996年。

⑩ 陆正兰：《"拟声达意"与"姿势语"》，《中国比较文学》2007(01)。

歌词,都一直在使用,只是我们没有注意而已。

将新批评理论运用于中国古典诗歌分析,很早就出现了。最早的可能是1985年苏丁《空间张力的效果和运用方式——比较赏析中外两首诗》[①],而中国古代诗人最适合新批评式分析的,似乎是李商隐,这方面文章之多,让人目不暇给,有人甚至把李商隐比之于英国的玄学派。这方面最早的文章出现于90年代,张文飞《从新批评角度论李商隐诗之艺术魅力》[②]。此后又不断出现,例如胡菁娜《李商隐诗的张力美》[③];有的细读做得很到位,例如区蕴珊《"无题:相见时难别亦难"的新批评解读》[④]。

而中国古典小说中,结构严密,最适合新批评式细致分析的,可能就是《红楼梦》了。新批评的方法,比较适合诗歌,用于小说一直有点捉襟见肘:布鲁克斯与沃伦的《理解诗歌》一书,成功程度远远超过他们写的《理解小说》,就是明证。在这方面,中国学者拓宽了新批评的阵地。乐黛云作于1984年的《文学是一种特殊的语言形式——新批评派与小说分析》[⑤]已经成为中国比较文学中的名文。此后继续在这个方面努力的有范冬冬《文本细读与红楼梦》[⑥]等。他们的这种比较工作,常被人指责为"比附"或"局部中国化",笔者觉得此种苛责完全没有道理。迄今为止,中西比较文学最切实的成果,依然来自这些点点滴滴,但是切切实实的研究累积。

近十年,出现了一连串的总结新批评在中国影响的文章。姜飞的《新批评在中国的实践》发表于20世纪最后一年[⑦],后来扩展成4万字的长文《英美新批评在中国》[⑧],此文出色地总结了新批评在中国的历史,其中对中国文论界从30年代到90年代一代代批评家如何讨论新批评,做了精细的总结,本书也从姜飞的文章中获益不少。近年进一步总结新批评的文章有代迅的《中西文论"异质性"研究——新批评在中国的命运》[⑨],黄平的《文本与人的企图——新批评与八十年代文学本体论》[⑩],张惠的《新时期"新批评"译介在中国的命运》[⑪],支宇

---

① 苏丁:《空间张力的效果和运用方式——比较赏析中外两首诗》,《名作欣赏》1985(01)。

② 张文飞:《从新批评角度论李商隐诗之艺术魅力》,《浙江师大学报》1997(01)。

③ 胡菁娜:《李商隐诗的张力美》,《龙岩师专学报》2001(06)。

④ 区蕴珊:《"无题:相见时难别亦难"的新批评解读》,《科教文汇》2007(08)。

⑤ 乐黛云:《文学是一种特殊的语言形式——新批评派与小说分析》,此文后来收入乐黛云:《比较文学与中国现代文学》,北京:北京大学出版社,1987年。

⑥ 范冬冬:《文本细读与红楼梦》,《红楼梦学刊》2010(07)。

⑦ 姜飞:《新批评在中国的实践》,《四川大学学报》1999(12)。

⑧ 该文原为陈厚诚与王宁主编的《西方当代文论在中国》一书的第二章。

⑨ 代迅:《中西文论"异质性"研究——新批评在中国的命运》,《西南大学学报》2007(09)。

⑩ 黄平:《文本与人的企图——新批评与八十年代文学本体论》,《当代文坛》2007(09)。

⑪ 张惠:《新时期"新批评"译介在中国的命运》,《学术论坛》2011(01)。

《雷纳·韦勒克对中国新时期文论的影响及其话语变异》[1]等。可见新批评依然在吸引青年学者[2],依然值得一次次讨论。

四、当代批判理论的“银河效应”

新批评派在发展过程中不断卷入争论,可以说是在争议中成长的,恰恰是反对的声音,使新批评成为第一个“轰动性成功的”形式论派别,而我们也只有在论战辩驳中才能看清这个理论。本书把新批评以及形式论放在更大的学术背景中,看新批评“之后”,形式论与其他批判理论派别的分合大势。

20 世纪初是个很神奇的时代:艾略特和瑞恰慈或许与罗素相熟,但是什克洛夫斯基或雅各布逊;索绪尔与皮尔斯完全没有听说过对方名字,各自为符号学作了奠基工作;正在英国开始叙述研究的詹姆斯、福斯特、勒博克等人,完全不知道在德国或俄国出现的叙述形式研究。近年有人追述说形式论潮流起自德国,这种历史追索反而可能是“非历史的”。20 世纪初尚无“国际学界”这个概念,学术的翻译不发达,不同语言的学界之间几乎不通气,英语尚未成为“世界语言”。因此这些形式论理论家不形成一个“学界”:形式主义文论的各流派,自发同时出现在欧美各国,从莫斯科、彼得堡、布拉格、日内瓦,到大洋两岸的两个剑桥,他们不了解别人也在思考类似的问题。他们很不同的回答发展出不同的思想体系,相似课题就有了多种多样的解答。

比较文学家多勒采尔在《西方诗学传统与进程》一书中称这种现象为“星座(Constellation)效应”:相近学派几乎同时出现,群星灿烂,虽然没有中心,但围聚在相似问题周围。多勒采尔认为这是由文化气候决定的:“浪漫主义之后,形形色色的诗学有个共同点,都是广义上的形态学研究”[3]。他们可能感到,却不可能知道,西方整个哲学思潮在经历一个“语言转折”。既然所有的思想问题都被归结为语言问题,文艺学必定成为这个潮流的领军者。

如果放宽眼界,我们可以看到:20 世纪文论的群星爆发,规模大得多。这个现在称为“批评理论”(critical theory)的庞大理论集群,是由 20 世纪初同时

---

① 支宇:《雷纳·韦勒克对中国新时期文论的影响及其话语变异》,《学习与探索》2009(09)。

② 这几年文本细读是批评佳作不断。例如马文美:《无关紧要的紧要之处:读薛亿沩小说〈无关紧要的东西〉考察文化标出性》,《中外文化与文论》2011(20);再例如孙金燕:《如何“再短一点”——评洛夫的诗〈昙花〉兼谈小诗》,《华文文学》2010(10)。笔者的《重访新批评》(百花文艺出版社,2009)则选用了三篇细读作为附录——王毅:《一个既简单又复杂的文本,细读伊沙〈张常氏,你的保姆〉》;陈建华:《读茅盾〈创造〉:“时代女性”与革命公共空间》,以及陆正兰:《“拟声达意”与“姿势语”》。

③ Lubomír Dolozel, *Occidental Poetics, Tradition and Progress*, Lincoln: University of Nebraska Press, 1980, p. 34.

出现的四个支柱理论体系汇合起来形成的,形式论是其中之一。

20世纪文论的第一个支柱理论体系,是马克思主义文化理论。马克思主义虽然是19世纪下半期形成的,却在20世纪初年由普列汉诺夫、卢卡奇、葛兰西、布洛赫、布莱希特等一大批人推动了马克思主义的文化转向,法兰克福学派完成了这个转向。对当代批评理论影响最大的福柯思想,也可以看成是马克思主义文化理论的延伸。当代大多数马克思主义者,从事的是批评理论而不是革命实践;而当代著名批评理论家,大多数受到马克思主义的影响。

当代文论的第二大理论体系,是精神分析。这一支的发展,在大部分国家不被看好(例如鲁迅的讥评,巴赫金的嘲笑,新批评派斥之以“意图谬见”,伊格尔顿近年的讽刺),但是其发展势头一直不减,大师不断。我想一个基本原因,是当代社会明显的闲适化、娱乐化,温饱解决之后,社会福利有了基本保障之后,“快乐原则”必然渐渐超出“现实原则”,从而使弗洛伊德理论不再显得那么怪异奇特。精神分析用于文化批评,适用性超过其他学派,就是证明。

第三个理论体系,是现象学/存在主义/阐释学,这条发展线索,是典型欧洲传统的形而上学讨论,虽然他们一再声称在终结形而上学传统。悖论的是,这个几乎是纯思辨的学派,使以“入世”为号召的存在主义在本世纪余音不断。现象学与阐释学方法的结合,并非没有困难:伽达默尔与德里达在80年代的著名论争,显示了严谨的方法论,与解放的哲学观之间的差别。最后在利科等人手中,阐释学与形式论终于结合在一道。

形式论/符号学/叙述学,这一体系,是现代文论中最重要的方法论来源。从“前结构主义”的各学派(新批评、俄国形式主义、布拉格学派、前期叙述学),到结构主义汇合各种理论,不久自我突破进入后结构主义,形式分析的基本着力点一直没有变。近年的“叙述转向”导致了形式论与泛文化研究的结合,而符号学是这一系列学派最后的集大成者,而且符号学最终找到了与马克思主义、与精神分析、与阐释学结合的路子。新批评是形式论的起端,他们全力以赴收紧形式论的领域,可能没有料到形式论最后成为文本与社会文化连接的跳板。

对当代文论做出重大贡献者,侧重各有不同,却总是结合几个体系来形成自己的独特思路,而且其中少不了形式论。30年代初燕卜逊、伯克(Kenneth Burke)等人试图把新批评的形式论与马克思主义和弗洛伊德主义相结合,当时被认为是奇谈怪论。此后,多学派结合成了文论家开创新路的常规。80年代后,越来越多的人,采用三学派结合:例如克里斯蒂娃的学说中女性主义,加符号学,加精神分析;巴特勒用的是后结构主义,加性别研究,加符号学;齐泽克的汪洋恣肆,不脱精神分析,加意识形态研究,加新马克思主义;鲍德里亚对当代商品社会的研究,是符号学加马克思主义社会学。当然他们不是做一个简单的混合,这里说的是他们独特理论的渊源。

这些支柱理论的有效性，不完全在于理论本身的价值，而在于它们在文学/文化批判实践中的应用：弗洛伊德主义，常被心理学家看成“不是专业理论”；马克思主义作为一种实践的革命理论，与马克思主义文化批判理论，有相当的差异，这在阿多诺与他的激进学生打官司事件中早就可以看出；历史学界许多人批评福柯，认为他不是合格的历史学者，哲学界更多人批评德里达，认为他不是严格的哲学家。符号学作为一个独立学科，与专业逻辑学家或语言学家，也往往立场冲突；至于新批评讨论反讽，与哲学家很不相同。新批评讨论“文本本体性”，文本实际上并没有本体存在的可能，他们实际上是比喻性地使用哲学词汇。

不过我们可以看出，“星座效应”实际上是“银河效应”，也就是说，喷薄而出的是一批而不是一个星座，这四个“星座”同时产生，它们共同的路线是“元批评”(meta-criticism)，是穿过现象寻找底蕴：马克思主义找到意识形态，弗洛伊德找到力比多，胡塞尔找到意向性，而新批评与其他形式论派别找到意义表达的形式构造。寻找底蕴运动的大潮，使20世纪变成了理论世纪：人们突然发现，经验现象固然有趣，范型的变化可以使现象更加丰富。文论各派争夺真理的解释权，可以势同水火，但是论辩的方向都是揭示底蕴，这才使它们能在20世纪最后的年代，融合汇通成批评理论的洪流。

新批评派的燕卜逊、伯克等人率先把形式论与马克思主义和弗洛伊德主义相结合，当初这是令人侧目的怪异做法，到六七十年代之后，成为学界常规。可以说每个重要的批评家，都是这四派理论的继承者：每个理论家都熟悉这些支柱理论，只是每个人用不同搭配，朝不同应用对象推进。而大部分“后”字头的学派：后结构主义、后现代主义、后殖民主义以及性别理论(如果我们能称之为“后男性主义”)，实际上都是四种基础理论结合、派生、应用的产物。

这种困惑，是最近20年出现的。先前至少界限比较清楚：文学理论、艺术理论、文化理论、社会批评理论，因对象不同而分清界限，现在的文学系教师，成了理论万金油。开的课名称五花八门，内容却基本重复，学生反复学同样内容，没有大致弄清任何一门。学生毕业后，学到不少叫作“理论”的东西，小说却没有读几本，诗歌没有读几首，只是知道了一串术语，写了几篇东抄西凑的作业。

在这个时候，我们可能很愿意重新回到新批评这种扎扎实实的文学批评。新批评的文本中心主义，一直被批为狭隘，现在却显出可爱之处：毕竟，文学批评还是要读作品、写作品、评作品。一味云里雾里谈大道理，固然能满足知识分子褒贬天下的雄心，到最后，毕竟批评者还是必须懂得如何分析作品。

五、从新批评看“价值化”与“师范化”

当代批评理论,是一种激进的批评,因此译为“批判理论”可能更为合适。文化批判是当今理论的大规模扩容,本来应当是任何学科的人,只要开始进行社会批判了,就加入了批评理论队伍。困难之处,在于专业依然还是专业,在专业中进行批判,依然需要专业知识,批判本身却不能代替专业知识。

很多专业,往往要求价值中立,要求不偏不倚,要求专业人士不预先采取立场。这恰恰是批评理论反对的。批评理论往往是矫枉过正的,不管批评家如何抨击,社会主流文化体制却不会被学院批评撼动,因为文化产业已经充分体制化了:决定其命运的是艺术作为商品的销售。

但是当代文论还有另一个更基本的任务:大学文科教学。新批评曾被人讽刺是“师范事业”(pedagogical business)。“如果没有一个固定标准,给学生文章打分就让教师头疼。有了一套理论,打分几乎与批改数学作业一样有个标准。”[①]这个攻击,应当说是击中要害的:当代理论的繁荣,的确是世界上大部分国家进入“普及化高等教育”的结果。20世纪中后期,在欧美各国,大学生人数先后接近同龄人的一半,加上大中小学语文教师梯队的需要,各大学的文学系更成为特大系。新批评首先在美国繁荣,是因为美国高等教育最先进入普及化,至今各派批判理论,走的路子依然是“在欧洲出现,在北美打天下”。现在中国大学生人数接近同龄人的四分之一,批判理论果然也到了繁荣时期。

当代理论激进化为“后理论”,带来的一个重大后果,就是“对象规定性”:研究者采取的立场,往往由被批评的文本类型预先决定。讨论女作家,用女性主义;讨论第三世界作家,用后殖民主义;讨论俗文学,用后现代主义。看题目就知道其论辩路径,知道其结论,甚至知道此论文将引用何人的哪一本著作,论文读起来实在像新八股。我认为,这将会是批评理论最大的危机。

这种局面,让我们怀念新批评的文本中心主义。维姆赛特的“意图谬见”和“效果谬见”,历来被认为是新批评“自织紧身衣”。维姆赛特把新批评派的策略转化为原则,显然很不明智。“意图谬见”反对文本之前有决定意义的先决条件,显然任何艺术表现、作者意图不可避免地通过各种途径表现出来。但是如果一切由作者的社会关系、文化地位前定,如果东方女性主义必须由东方女作家作为表意主体,无须好好分析作品,就可以预判结论必定如此,那么批评再度

---

① Vicent B. Leitch, *American Literary Criticism from the Thirties to the Eighties*, Columbia: Columbia University Press, 1988, p. 39.

简单化为千篇一律。

今日有必要重新访问新批评：或许新批评的文本摆脱意图，只在文本中寻找认知价值，只是一种幻想，但却是值得追求的幻想，尤其在作为一种教师训练法的时候，恐怕更是重要。形式论似乎是排斥伦理道德的，实际上追求文本的有效性，就是以追求“真相”为己任，关于“真相”独立存在的观念早就过时，但是一般心理学、历史学等，依然认为被追寻出来的“真实性”中包含着“有效性”，此时，真实性就变成了“文本的可信度”问题。

这个问题可能比较玄，但是新批评承上启下的核心人物兰色姆早就把这个问题说得很明晰，1941 年他那本给这一派命名的书《新批评》最后一章，即宣布新批评立场的名文《呼唤本体论批评家》。此文用绝大部分篇幅与符号学家查尔斯·莫里斯(Charles Morris)讨论文学艺术的本质。莫里斯遥遥呼应早逝的皮尔斯，那时正在发展符号学的美国学派。在 30 年代末，无论是莫里斯或是兰色姆的形式论都尚未成形，这场讨论充满真知灼见：兰色姆几乎提前半个世纪预见到形式论将会落实到作品的文化效用上，朝文化—伦理意义转过头去。正是形式分析为这种转向提供了基础，今日理论的文化—伦理关怀，是建筑在对艺术文本形式之上的，是从文本里细读出来的意义。

自新世纪开始后，新批评方法依然在中国批评界盛行，好文章层出不穷，与今日中国的文学创作和文化实践结合得很紧：读者重访新批评，不会空手而归，因为这依然是一座宝山。

第二章
符号学在新中国

一、中国符号学的黎明

现在已经很难考证何人首先用“符号学”一词翻译 semiology 或 semiotics，只能肯定，此词不像中文其他学科译名称经常来自日语，日语的译名为“记号学”。至今有一部分中国大陆学者以及一部分台湾学者，坚持用“记号学”一词[①]，也有大陆学者把学科 semiotics 译为“符号学”，但把 sign 称为“记号”[②]。此种命名，常见但并不通用，经常引起读者困惑。

学界做此种区分的原因，可能是由于西方通用的“符号学”一词 semiotics，与符号 sign 不同，而且符号学的定义建立在此种不同上：“Semiotics is the study of the sign”。实际上西语中此定义是希腊词源“符号”(semeion)与拉丁词源“符号”(signum)的同义词循环定义。[③] 中文没有必要跟西人转词圈子。笔者认为，中文翻译成“符号”与“符号学”，很自然，而符号学则可以简明地定义为“关于意义的学说”。[④]

对符号学的最早介绍，出现在五六十年代的语言学或哲学资料中。第一篇文字可能是周熙良 1959 年翻译的波亨斯基《论数理逻辑》，发表于《现代外国哲学社会科学文摘》[⑤]。此后周熙良在一系列翻译中使用此词。1961 年贾彦德、吴棠翻译《苏联科学院文学与语言学部关于苏联语言学的迫切理论问题和发展

① 例如何秀煌：《记号学导论》，台北：台北文星书店，1965 年。

② 例如维特根斯坦：《逻辑哲学论》(郭英译，北京：商务印书馆，1985 年)一律译作“记号”；又如李幼蒸：《理论符号学导论》第 3 版，北京：中国人民大学出版社，2007 年。

③ 关于此定义的辨析，见赵毅衡：《符号学：原理与推演》，南京：南京大学出版社，2011 年，第 1 页。

④ 赵毅衡：《符号学：原理与推演》，南京：南京大学出版社，2011 年，第 3 页。

⑤ 《现代外国哲学社会科学文摘》1959(07)。

前景的全体会议》一文，算是用正式文件把此词正式化了。[①]

此阶段学界受到政治运动一潮接一潮的冲击，对偶然出现的“符号学”一词，学界连好奇心都不一定有，此后此词也果然在中国消失近二十年，不为人知。甚至五六十年代出版的影响巨大的一些“内部批判材料”，例如1964年的《现代资产阶级文艺理论论文选》，汇集了许多名家译文，却没有符号学的文章，也没有对符号学的批判：学界还没有认为符号学已经成为“资产阶级文艺理论”中成气候的潮流，情况也的确如此，符号学当时在西方也只是在语言学中有一定影响。

符号学这个词再次出现于中文出版物中，要到新时期。与五六十年代相同，依然仅仅出现于外国哲学语言学的翻译介绍之中。1978年方昌杰翻译著名学者利科对法国哲学的介绍文章，是符号学重现于中文的第一篇文字。[②] 真正中国学者讨论符号学的第一批文章，出现于20世纪80年代：胡壮麟的《语用学》[③]，岑麒祥的《瑞士著名语言学家索绪尔和他的名著〈普通语言学教程〉》，徐志明的《索绪尔的语言理论》，徐思益的《论索绪尔的语言哲学》。显然80年代早期的“符号学觉醒”集中于索绪尔语言学，关心者大致上也是语言学界，这也正常，是在补结构主义语言学的课。

真正把符号学当做一门单独的学科来讨论，是我国著名东方学家金克木1963年在《读书》第五期上发表的文章《谈符号学》。这篇文章是印象式的漫谈，论点有点散乱，但却是中国学者第一次拿出自己的观点来，不再是仅仅介绍国外理论，所以至今被论者引用。

80年代中后期，随着“文化热”的迅速升温，国内学界对符号学的兴趣陡增，各界学者开始应用于不同学科之中，为符号学在中国发展做了一个良好开端。1985—1987年出现了一系列在各种学科中运用符号学的文章：安和居《“符号学”与文艺创作》[④]，安迪的《短篇小说的符号学》[⑤]，胡妙胜的《戏剧符号学导引》[⑥]，艾定增的《运用建筑符号学的佳作：评西双版纳体育馆方案》[⑦]，徐增敏的《电影符号与符号学》[⑧]，李幼蒸的《电影符号学概述》[⑨]，周晓风的《朦胧诗

---

① 《苏联科学院文学与语言学部关于苏联语言学的迫切理论问题和发展前景的全体会议》，贾彦德、吴棠译，《语言学资料》1963(05)。

② 李科尔：《现代法国哲学界的展望——特别是自从1950年之后》，方昌杰译，《哲学译丛》1978(03)

③ 胡壮麟：《语用学》，《国外语言学》1980(03)。

④ 安和居的《“符号学”与文艺创作》，《文艺评论》1985(03)。

⑤ 安迪：《短篇小说的符号学》，《文艺研究》1985(10)。

⑥ 胡妙胜：《戏剧符号学导引》，《戏剧艺术》1986(04)。

⑦ 艾定增：《运用建筑符号学的佳作：评西双版纳体育馆方案》，《建筑学报》1986(07)。

⑧ 徐增敏：《电影符号与符号学》，《当代电影》1986(08)。

⑨ 李幼蒸：《电影符号学概述》，《世界哲学年鉴》1986(01)。

与艺术规律:对于现代诗歌的一个符号学探讨》[①],曾大伟的《试论符号学理论与接受理论在教学上的应用》[②]。郑伟波的《从符号学角度看翻译等值的限度》[③],郭昀的《情报与符号:从大情报观看情报载体》[④]。符号学一开始就呈现了跨学科的特征,覆盖面之广已经令人惊奇。此时也出现了一些对这门学科做总体介绍的文字,例如毛丹青的《符号学的起源》[⑤],陈波的《符号学及其方法论意义》[⑥]。

到80年代将结束的时候,符号学在中国呈现爆发的形态,开始出现综合与汇流。1988年1月,李幼蒸、赵毅衡、张智庭等在北京召开了"京津地区符号学讨论会",这是中国符号学界的第一次集会;1988年12月,李先焜开始连载他的《符号学通俗讲座》(最后几讲由陈宗明负责)[⑦];80年代开始,中国符号学的最早几本专著开始出版:林岗于1985年出版的《符号·心理·文学》可能是我国第一本将符号学应用于文学研究的专著。接下来是何新1987年将符号学应用于艺术研究的《艺术现象的符号—文化学阐释》,以及俞建章、叶舒宪1988年出版的《符号:语言与艺术》;肖峰《从哲学看符号》(中国人民大学出版社,1989)可能是第一本符号学哲学专著;1989年还出版了杨春时的《艺术符号与解释》,与赵毅衡的《文学符号学》[⑧]。

可见,80年代中期,符号学在中国已经相当繁荣,应用范围之广、讨论之深入,令人惊奇:文科各业各行对符号学均有所探索。有的学者认为,在中国早期对符号学感兴趣的多半是文学理论家,从上面的扫描可以看出,这个看法可能不够全面。或许我们可以指责说当时的研究深度不够,但是绝对不能说中国学界对符号学兴趣阙如。1988年美国符号学界的领军人物西比奥克检查了世界上27个国家的符号学研究状况,唯独没有中国。他认为中国"缺乏足够的符号学机构和研究活动"[⑨];他的判断明显源自于信息不足。

---

① 周晓风:《朦胧诗与艺术规律:对于现代诗歌的一个符号学探讨》,《重庆师院学报》1987(12)。

② 曾大伟:《试论符号学理论与接受理论在教学上的应用》,《外国语》1987(12)。

③ 郑伟波:《从符号学角度看翻译等值的限度》,《中国翻译》1988(01)。

④ 郭昀:《情报与符号:从大情报观看情报载体》,《情报科学》1988(06)。

⑤ 毛丹青:《符号学的起源》,《哲学动态》1987(04)。

⑥ 陈波:《符号学及其方法论意义》,《中国人民大学学报》1988(03)。

⑦ 连载于《逻辑与语言学习》1988(12)—1989(9)。

⑧ 此书为中国社科院文学所主持的"文学新学科丛书"之一,于1988年交稿,因某种特殊原因出版社推迟到1990年才出版。

⑨ 转引自丁尔苏:《符号学研究:东方与西方》,见其文集《符号学与跨文化研究》,上海:复旦大学出版社,2011年,第8页。

二、符号学与结构主义的纠缠

80年代关于符号学的讨论，一个重大特点是与结构主义混杂在一起，两者不分。这个问题实际上妨碍了符号学在中国的展开，到后来变成符号学界不得不花力气摆脱的一个纠缠。应当说，这种纠缠是世界符号学运动六七十年代的特点，只不过中国符号学认识到必须分开这两个概念时，时间稍微滞后了一点。

结构主义是符号学在学界掀起大潮时采取的第一个形态，中国学界80年代讨论结构主义的文章，基本上把它当作符号学的同义词。两种文章都是从索绪尔原理与术语开始，只不过讨论范围比符号学的范围广一些。讨论结构主义时论及列维-斯特劳斯、阿尔都塞、福柯、拉康、戈尔德曼等人的思想，这些思想家现在不被视为符号学家。看一下80年代中文刊物上发表的文章，就可以明白，以结构主义为题的文字远远超过讨论符号学的文字。1980年袁可嘉、王泰来等人已经开始相当系统地介绍结构主义。李幼蒸从1979年开始翻译研究结构主义，1981年写了《关于结构主义与符号学的辨析》一文，基本上认为两者是同一个运动的两个不同名称。[①]

这个局面实际上不是中国学界搞错了，而是结构主义在70年代尚未充分地成长为结构主义阶段，即索绪尔语言学模式阶段。特伦斯·霍克斯出版于1977年的《结构主义和符号学》于1987年翻译成中文出版[②]，因为写得通俗易懂，在中国影响极大。佛克马与易布思同样作于1977年的《二十世纪文学理论》在中国也很受欢迎[③]，其第一、二章用几乎半本书介绍结构主义，其中提到了"苏联符号学"，这也给人符号学从属于结构主义的印象。这几本书翻译成中文，比在西方出版滞后了10年；60、70年代在西方，80年代在中国，这两者的确几乎是同义词。

晚至1984年，也就是说与符号学在中国兴起大约同时，美国符号学家西比奥克大声疾呼要求推翻这个历史陈案："霍克斯说符号学与结构主义的研究范围相同……这种对事实真相的误解大错特错。"[④]可见在西方80年代，这种混淆

---

① 李幼蒸引用瓦尔说明这两者的关联："任何学科的任何部分，内容均可看作是结构主义的研究，只要它坚守能指一所指型的语言学系统，并从这一特殊系统取得其结构"，见李幼蒸：《结构和意义：人文科学跨学科认识论研究》，北京：中国社会科学出版社，1996年，第130页。

② 霍克斯：《结构主义和符号学》，瞿铁鹏译，上海：上海译文出版社，1987年。

③ 佛克马、易布思：《二十世纪文学理论》，林书武等译，北京：三联书店，1988年。

④ 转引自丁尔苏：《符号学研究：东方与西方》，见其文集《符号学与跨文化研究》，上海：复旦大学出版社，2011年，第7页。

依然是个问题,而且是继承皮尔斯衣钵的一些符号学家在大声疾呼要求澄清。最后是符号学本身的发展,才让符号学最终与结构主义脱钩。

中国的符号学长期搭载在结构主义的车上。这种情况对中国符号学的发展很不利:符号学学科长期被结构主义所掩盖,以至于一些重要著作只讨论结构主义而不讨论符号学。[①] 更重要的是,当结构主义在西方被宣布"过时"、被突破成后结构主义后,符号学本身的学术承继突然中断,以至于不少人认为符号学与结构主义一起过时了,或是认为皮尔斯的符号学与索绪尔没有相通之处。在追赶学术时髦潮流成为痼疾的中国学界,这个误会是致命的。马克思主义后现代论者詹姆逊多次到中国讲学,在中国影响极大。但是他本人对符号学怀抱热情,在北京大学演讲时,用格雷马斯符号方阵来解析《聊斋》中的"资本主义萌发因素"[②]。中国学生觉得是"结构主义残余",为尊者讳而故意忽略。至今中国讨论詹姆逊思想的人多矣,没有人讨论他对符号学的贡献。

在西方七八十年代,索绪尔语言学模式的符号学,被皮尔斯的逻辑-修辞学模式符号学所替代。有西方论者甚至认为符号学发展到当代,索绪尔对符号学理论的贡献只能说"相当微小"(only minor)[③],"符号学之父"竟然已经被符号学近年的发展边缘化了,可谓大出意外,也可以看出当代符号学发展之迅疾。不过这看法可能言过其实:索绪尔的许多观念,依然是符号学的出发原理。

20世纪大部分时期,虽然有莫里斯、米德等人的坚持,皮尔斯模式还是受到冷落。到70年代,符号学界"重新发现"皮尔斯、西比奥克、艾科等人,把符号学推进到后结构主义阶段。皮尔斯理论成为当代符号学的基础理论,成为符号学最重要的模式。此种模式考量所有的符号类型,而不以语言学为模式。这个出发点促使符号学向非语言式、甚至非人类符号扩展。更重要的是,皮尔斯模式提出了符号意指的一系列三分式,符号的解释成为进一步表意的起点,由此打开系统,向无限衍义开放。

90年代开始,中国的符号学运动进入了一个新阶段。

---

① 可以举几本影响最大的书:从1983年第4期开始,张隆溪以"西方文论略览"为总标题,在《读书》上连续发表了11篇介绍现代西方文论的文章,其中以专论结构主义的最多,共有4篇。他讨论的结构主义,包括布拉格学派,也包括符号学与叙事学。王岳川1999年的《二十世纪西方哲性诗学》,以及他2008年的《当代西方最新文论教程》,都只有一节"结构主义符号学";陈厚诚、王宁主编的重要参考书《西方当代文学批评在中国》(百花文艺出版社,2000),没有符号学,却有"结构主义";朱立元、李钧主编的《二十世纪西方文论选》(高等教育出版社,2002)下卷第一部分为"结构主义、符号学、叙述学"。

② 杰姆逊(詹姆逊):《后现代主义与文化理论》,唐小兵译,北京:北京大学出版社,1997年,第120—130页。

③ Winfried Noth, *Handbook of Semiotics*, Bloomington & Indianapolis: Indiana University Press, 1990, p. 64.

三、中国成为符号学大国

90年代的特点，是中国学者们静下心来读书研究，稳步前进。到了2000年后的新纪元，符号学在中国学界换挡加速。这一点很容易用数字证明。当然网上检索是片面的：很多文献实际上在用符号理论，从标题检索上却没有体现。符号学理论可以使用不同术语，也无法简单通过检索数字统计。如蒋荣昌的《消费社会的文学文本：广义大众传媒时代的文学文本形态》（四川大学出版社，2004）所使用的"广义语言学"，实际上就是"文化符号学"，没有读过此书，也就无法统计在内。即便如此，符号学实际应用面与量，恐怕比下面提供的数字还要大得多。

如果我们大致上把1980—1989年算作中国符号学的第一个十年，1990—1999年算作第二个十年，2000—2010年算作第三个十年。我们可以看到第一个十年总共有符号学论文约两千篇，[①]第二个十年大约发表论文近六千篇，[②]而且每一年都在加速，到第三个十年终了的2010年，此年中国发表以"符号学"为主题的大约有近千篇，而题目中有"符号"两字的有近万篇。[③] 这也就是说，目前中国学界，每天刊出讨论符号学的论文近三篇，每天涉及符号讨论的论文近30篇。[④] 另据统计，中国大学开出的符号学课程，或是课程中包括符号学部分的，共有二百多个。[⑤] 这是一个极其惊人的数字，这是符号学在中国已经成为显学的明证。

这个时期的翻译活动异常活跃，索绪尔的《语言学概论》几种版本都被翻译过来。巴尔特的著作已经全部翻译，广受欢迎，只是因为版权被不同的中国出版社买到，未能形成一套全集。格雷马斯与艾柯的著作大部分已经出版，有几本遗漏的正在被译出。各行各业应用符号学的书籍，尤其是对当代文化进行符号学分析的书籍，翻译数量极大。把大量的翻译与专著一并考虑，这20年中国出版的符号学著作大约四百多本，也就是说平均每年有二十多本，每个月大约

---

① 第一个十年，以"符号学"为主题在CNKI上进行检索，结果为275篇；同期，以"符号"为主题在CNKI上进行检索，结果为2764篇。

② 第二个十年，以"符号学"为主题在CNKI上进行检索，结果为766篇；同期，以"符号"为主题进行检索，结果数为6983篇。

③ 第三个十年，以"符号学"为主题在CNKI上进行检索，结果为4027篇；同期，以"符号"为主题进行检索，为49743篇。

④ 仅2010年一年中，以"符号学"为主题在CNKI上进行检索，结果为844篇；同期，以"符号"为主题进行检索，结果数为9372篇。参见四川大学《符号学论坛》上胡易容的文章《符号学在我国的发展》。

⑤ 参见四川大学《符号学论坛》上马文美的文章《我国大学所开符号学课程》。

出版两本。其实到2010年后,符号学著作以每月3本的速度推出,好几个出版社(例如中国人民大学出版社、四川教育出版社、百花文艺出版社、南京大学出版社、苏州大学出版社、上海东方出版中心等),都在推出符号学翻译或专著系列,可见读者需要量之大。

数量不能说明问题,尤其是在中国这样一个人口大国,高等教育的规模不可避免的非常庞大,但是中国符号学运动,就规模而言,的确已经达到世界之最:中国已经成为符号学运动最为活跃的国家,符号学在中国已经成为一门跨学科的显学。

由此,本章以下的讨论,就不再提及单篇论文,而以专著为主。

四、中国传统符号学

我们首先要重视的不是数量。我们仔细分析一下中国学者在做的工作,在讨论的问题,我们可以说中国学界已经不再满足于介绍国外符号学者的说法,或像80年代那样点缀一些中国传统的符号学思想,而是开始提出中国学者自己形成体系的见解。

我们可以着重讨论几个重要趋势:

首先是中国符号学传统的发掘。80年代末中国学者的眼光已经开始注视到中国自身的符号学传统,胡绳生、余卫国的《〈指物论〉,文化史上的第一篇符号学论文》[①],是第一个讨论中国符号学传统的文章。此文对先秦名家的定位也很有意义,虽然准确与否可以讨论。90年代这个工作就做得相当仔细了。1993年李先焜的《公孙龙"名实论"中的符号学理论》,许艾琼的《荀子正名理论的符号学意义》,1994年周文英的《〈易〉的符号学性质》,1996年李先焜的《〈墨经〉中的符号学思想》,1997年高乐田的《〈说文解字〉中的符号学思想》等,都是重要的开路之作。1995年苟志效、沈永有、袁铎的《中国古代符号思想史纲要》[②],虽然并不完美,却是第一次以专著形式对此课题作系统的讨论。此后在这个方向上努力的有詹石窗的《易学与道教符号揭谜》[③](2001)、朱前鸿的《名家四子研究》(2005)。2004年陈宗明出版的《符号世界》对中国符号学传统论述颇详。而张再林的《作为身体哲学的中国古代哲学》(2008)则提出独特的见解,把《周易》解释为身体符号与古人的生殖崇拜遗迹。

另外一个让全世界学者感兴趣,但是只有中国学者能说清楚的课题,是对

---

① 胡绳生、余卫国:《〈指物论〉,文化史上的第一篇符号学论文》,《宝鸡师院学报》1988(09)。

② 苟志效、沈永有、袁铎:《中国古代符号思想史纲要》,西安:三秦出版社,1995年。

③ 因本书正文提到书名数量众多,为行文流畅,部分书名后没有注出出版社信息。

汉字形成过程的符号学解读。在这个方面做出突出贡献的是陈宗明、孟华、申小龙等。陈宗明的《汉字符号学：一种特殊的文字编码》(2001)、孟华的《汉字：汉语和华夏文明的内在形式》(2004)是这个方面突出的成果。

接近这个方向上的另一种引人注目的学术探索，是把符号学用到中国古典文学的研究上，如齐效斌的《〈史记〉文化符号论》(1998)、辛衍君的《意象空间：唐宋词意象的符号学解释》(辽宁大学出版社，2007)。文一茗的《〈红楼梦〉叙述的符号自我》(2011)是符号学进入文学经典研究的最新尝试，值得注意。

另一个有中国特色的符号学开拓领域，是符号人类学。西方的人类学往往到偏僻的国外进行猎奇式的调查，中国人类学者经常就中国人本身进行研究，应当说中国学者的方向更有意义，更能避免"外来人"猎奇式观察的各种弊病。陈来生的《无形的锁链：神秘的中国禁忌文化》(1993)、孙新周的《中国原始艺术的文化破译》(1998)，都是早期的例子。文学人类学家叶舒宪的著作借道符号学，深入中国古代精神世界，例如他的《中国古代神秘数字》(1996)。当然中国人类学学者也有把眼光投向少数民族的，如杨鹃国的《符号与象征：中国少数民族服饰文化》(2000)。杜勤的《"三"的文化符号论》(1999)，是作者留日时的博士论文，是角度新颖的中西比较宗教学论著。

在用符号学整理中国思想上做出独特贡献的，是在北京大学任教的台湾学者龚鹏程。他的《文化符号学：中国社会的肌理与文化法则》(2009)，以及在这个基础上做的"北大演讲系列"《文化符号学导论》(2005)是对中国传统语文学的一种全新的系统阐释。最近则有台湾学者周庆华的《语文符号学》(2011)，在这条路上继续探索。

就中国面广量大的符号学遗产而言，至今中国学界做得还远远不够。例如佛教(尤其是唯识宗与禅宗)对中国思想影响极大，现象学界已经对此课题有相当的研究，但是符号学界至今尚未见到尝试；《周易》被认为是人类第一个解释世界的符号体系，至今我们的研究远远不足；中国传统的诗话词话式批评，至今尚未见到比较全面的符号诗学总结。

五、符号学理论的发展

在这个阶段，符号学理论的探讨更加深入。

研读介绍西方符号理论家固然受到重视，不少著作已经脱离了80年代以猎奇为主调的介绍。

中国学界向来对卡西尔-朗格符号美学比较感兴趣，这可能是出于美学在中国学界的特殊地位。这方面的论著一直比较多，其成果近年有汇总的趋势，例如吴凤的《艺术符号美学:苏珊朗格符号美学研究》(2002)、谢冬冰的《表现性的符号形式》(2008)。

对俄苏符号学的介绍,也有从三篇论文转向专著的趋势:曾军的《接受的复调:中国巴赫金接受史研究》(2004),张杰、康澄的《结构文艺符号学》(2004),王立业主编的《洛特曼学术思想研究》(2006),为这个潮流作了系统化的总结,但是这方面的研究依然不够。

介绍西方符号学时,索绪尔依然受到最大推崇,这可能与文献的相对齐备有关。近年专著有张绍杰的《语言符号任意性研究:索绪尔语言哲学思想探索》(2004),赵蓉晖的《索绪尔研究在中国》(2005);不少著作已经能够与国外学界比细究"第一手材料",例如屠友祥对索绪尔笔记的细致考证《索绪尔手稿初检》(2011)在"国家哲学社会科学成果文库"中出版。我国西学往往有大而化之不追求细节的毛病,似乎西学是客学,有用拿来即可,不必如中国古典那样锱铢必较地考证校勘。屠友祥的工作细致程度在中国很少见,却是一个良好开端。把西学当作吾家事,这是一个学术大国的著作应有的风范。

对于布迪厄、鲍德里亚等人学说的介绍,一时热闹非常。评价布迪厄的社会符号学的主要著作有高宣扬的《布迪厄的社会理论》(同济大学出版社,2004)、张意的《文化与符号权力:布尔迪厄的社会文化学导论》(中国社会科学出版社,2005)、刘拥华的《布迪厄的终身问题》(上海三联书店,2009)。评价鲍德里亚商品符号学的著作主要有仰海峰的《走向后马克思:从生产之镜到符号之镜》(2004)、戴阿宝的《终结的力量:鲍德里亚前期思想研究》(2006)、高亚春的《符号与象征:波德里亚消费社会批评理论研究》(2007)、郑也夫的《后物欲时代的来临》(2007)。介绍这两位法国当代知识分子的著作之多,让人惊叹。(详见本书第十一章)此种巨大兴趣,来自中国学界对"解决"当代社会文化大问题的热衷,而不见得来自对法国符号学运动的推崇。

这个时期开始出现中国符号学家自己的符号学理论体系。90年代出现了一系列符号学理论书籍:首先是李幼蒸的《理论符号学导论》。此书初版于1994年,再版于1997年,2007年由中国人民大学出版了增补的第三版。这本长达八百多页的书,对自20世纪初以来的西方符号学作了最详尽最系统的介绍,其最后一章则对符号学在中国的发展前途做出展望。1999年孟华出版了《符号表达原理》、苟志效出版了《意义与符号》,2001年王铭玉、李经伟出版了《符号学研究》,2004年出版了黄新华、陈宗明主编,由中国符号学界八位学者合作的《符号学导论》,2008年郭鸿出版了《现代西方符号学纲要》。这些著作都在总体介绍的名义下,从不同的方位对符号学进行开拓发展。2011年赵毅衡的《符号学:原理与推演》,则在总结各家学说的基础上,试图提出一个重在接受,重在文化制约作用的符号学体系。

符号学理论的建构,也开始落实到一系列重大问题上。2002年齐效斌的《人的自我发展与符号形式的创造》提出了人的生存之符号本质。2006年李子荣的《作为方法原则的元语言理论》发展了雅各布逊提出的文本元语言性;韩丛耀2008年出版的《图像:一种后符号学的再发现》则试图在超越符号学的立场上发展一种图像表意理论。

语言学在中国始终是符号学最重要的基地,也是中国学者做出最多成绩的领域。2000年丁尔苏出版《语言的符号性》,而丁尔苏在新世纪的符号学论文收集在2011年他出版的文集《符号学与跨文化研究》(2011)。2005年王铭玉的《语言符号学》被教育部指定为研究生用书。杨习良的《修辞符号学》则用符号学讨论语言修辞问题。语篇研究一直是语言学与符号学共同的领域,陈勇的《篇章符号学:理论与方法》(2010),则把这两个方面结合起来。

理论符号学还有一个非常必要的方面,即是对广大公众进行符号学的通俗讲解:我们生活的世界并不直接显露为符号,但是实际上很大部分由符号组成,人们往往对此不自觉。通俗符号学在这个方面为学者提供有意义的启示,也能帮助符号学拥抱生活。1992年王红旗的《生活中的神秘符号》,在1996年重版时改写为《符号之谜:生活中的神奇符号》;李伯聪于2001年出版了《高科技时代的符号世界》,则用符号学讲解了我们周围正在发生的数字革命;有时候,符号学可以与广泛的日常生活相联系,陈丽卿的《职场仪礼:你的成功符号学》(2010)提供了很有趣的启示:符号学其实就在我们身边。

六、应用符号学活跃

很多人认为符号学至今是一种文学批评理论,这个误会来自两个方面:从国外来说,结构主义文学—符号学理论家如巴尔特、托多洛夫、格雷马斯等,都是文学理论出身,而他们的符号学影响极大;从国内来说,80年代的方法论热,首先从文学理论开始,当时的文科大部分学科(如新闻传播)都尚在起步,正在做职业和技术训练,而中文系与英文系的学术气氛已经比较成熟。但是看一下90年代以来的符号学专著,可以看到符号学的重点已经转向艺术、传播、影视、社会、文化、经济等各种非文学领域。

文学作为符号学的传统阵地,并没有被放弃。周晓风继续坚持诗歌符号学研究,1995年出版了《现代诗歌符号美学》;2004年邓齐平的《文字·生命·形式:符号学视野中的沈从文》;丁建新的《叙述的批评话语分析:社会符号学模式》(2007)分析的对象是英语童话。2002年巫汉祥出版专著《文艺符号学新论》。黄亚平出版的《典籍符号与权力话语》(2004)则从文学批评转向文化批判,用符号学阐发文学中的权力关系。

而艺术学以前处于缺乏理论的状态,现在成为比文学更为重要的符号学领域。黄汉华的《抽象与原型:音乐符号论》(2005)是国内仅有的音乐符号学著作;臧策2006年的文集《超隐喻与话语流变》是用符号学研究摄影;陆正兰的《歌词学》(2007)则用符号学研究流行歌曲。张振华的《第三丰碑:电影符号学综述》(1991)、张讴的《电视符号与电视文化》(1994)、袁立本的《演出符号学导论》(2010)则是中国符号学者在影视与戏剧等表演艺术方面的最早努力。戴志中等人的《建筑创作构思解析——符号、象征、隐喻》(2006)表明符号学在建筑艺术理论界似乎受到最大的欢迎。

传播研究领域与符号学的关系极其密切而复杂,甚至有学者认为传播学与符号学同一(皮埃尔·吉罗)。翻开任何一本传播学教程,都会辟专章谈符号问题。如传播学集大成者施拉姆的经典之作《传播学概论》,其中辟专章写"传播的符号"。目前,国内倾向于为认同菲斯克对于传播学研究的二分法:过程学派与符号学派。前者以媒体实践为主要导向,后者则从传播文化学角度引入符号。中国学者对传播符号学贡献良多:李彬的《符号透视:传播内容的本体诠释》(2003)、余志鸿的《传播符号学》(2007)、胡易容的《传播符号学:后麦克卢汉的理论转向》(2011)是其中令人注目的成果。

新闻是传播学理论首先必须实践的场所。刘智的《新闻文化与符号》(1999)是符号传播学应用于新闻的最早努力,此后陈力丹在这个领域做了大量工作,包括《传播学是什么》(2007)以及与闫伊默合著的《传播学纲要》(2007)。在他的传播学著作中,符号学占有特殊地位。徐建华的《电视符号·广告论》(2004)、崔林的《电视新闻语言:模式·符号·叙事》(2009)则用传播符号学解释了各种门类的新闻实践。

广告则是传播学各科目中最迫切需要理论讲解的地方。1997年吴文虎的《广告的符号世界》应当是中国学者在传媒领域中最早应用符号学的努力,在广告分析上做出最大贡献的应当是李思屈(李杰),2003年李思屈出版了《东方智慧与符号消费——DIMT模式中的日本茶饮料广告》是做得非常仔细的案例分析和理论推导,2004年李思屈主持编写的《广告符号学》由四川大学出版社出版。近年来他的符号研究推向广义的文化创意产业,如《传媒产业化时代的审美心理》是符号学方法论进行的个案的研究的对象拓展。

社会学则是对符号学适用性的最具体挑战:社会问题非常具体,往往很难容忍符号学的抽象思维方式。但是社会问题也不能就事论事地做过于实际的处理,符号学的可操作方式提供了一种比较普泛的理解方式。如苟志效与陈创生合著的《从符号的观点看:一种关于社会文化现象的符号学阐释》(2003)、卢德平的《青年文化的符号学阐释》(2007)。台湾学者林信华的《社会符号学》

(2011)则试图用中西汇通的方式处理社会符号学问题。

在数量极大的中国符号学著作中,我们就遇到"半文科"的一些科目,如经济、营销、设计、商标,法律、逻辑、计算语言,甚至生物、生理等,但是我们必须在某个地方打住,科学和逻辑的符号学,当然是符号学的重要方面,但不是人文社科的符号研究所能处理的,除非我们把它们人文化,例如把生物符号学转化为生态符号学。用符号学把科学技术问题人文化,这方面的工作西方学者做了不少,在中国尚不多见。

结语:前程展望

从以上的文献综述,我们可以看到符号学在中国,如同在世界上一样,迅速兴起成为显学[①]。我们应当说,从数量上看,的确如此:中国目前产生的符号学论文与专著,数量超过世界上任何国家。而国际符号学学界也日益注意到这个历史性的事件正在发生,世界符号学的重心有可能向东方迁移。[②] 只要我们解决一个问题,即把数量变成质量,把"中文的符号学"变成"中国符号学"。这不是那么容易解决的问题。纵观中国符号学界 30 年来取得的成就,应当说有几个现象不得不引起我们的注意。本章在此坦白指出,以期引起同行们的讨论。

首先,很多作者总共只写了一本符号学书籍,往往是他们的博士论文(诚然博士论文是他们写得最用心、最有锐气的著作)。许多有才能的青年学者,在写出大放异彩的论文后,再无第二部符号学著作,就此从符号学界消失。这不是因为他们忽然对符号学失去了兴趣,或是不愿意深入研究符号学问题,相当大的原因是到了高校任教后,大部分教师(尤其是青年教师),不得不教"概论性课程",例如文学概论、影视学概论、新闻学概论、文化批评理论、传播理论,那些开出的"概论课"往往无特色、重复过多,学生从本科到博士要反复学几次。学科体制的分割,很难自我突破,不太允许教师开"符号学影视理论""符号学传播理论"这样的课。其实中国的大学教师很多,完全可以让不同研究方向的老师,教

① 近年叙述学在中国兴旺,有不少人认为符号学不容易如叙述学那样容易传开。实际上符号学在中国,在某种意义上规模已经超过叙述学。用"百度"搜索:"符号学"一词达 1,800,000 条,"叙述学"与其另一种说法"叙事学"合起来 626,000 条,比"符号学"少三倍。用比较学术的"百度文库"搜索:"符号学"近九千条,而"叙述学""叙事学"合起来三千多条,比例差始终是三倍左右。西文方面,差别更大。用 Google Scholar,以及 Google Books 分别搜索 Semiotics 与 Narratology,或搜索 Semiologie 与 Narratologie:符号学始终比叙述学稳定地多八倍。为什么我们感觉上似乎叙述学更普及?可能的原因是叙述学适合中文系与英文系的教学研究,针对性较强,而符号学的应用面遍及整个文科,研习者散于各种系科。正因如此,用符号学理论集合这个学科,更为重要。

② Yiheng Zhao,"The Fate of Semiotics in China", *Semiotica*, 184(2011), pp. 271—278.

学和研究有自己不同的重点。过于死板的教学和研究分科,严重妨碍了研究人才成长为真正的专家。

第二个大问题是我国高校的学科划分,大半是五六十年代划定的陈旧的条条框框,而符号学这样的“新”领域,符号学的跨学科性质,很难归入任何一块,使他们进退失据。例如中国至今没有“文化研究”这科目,因为这科目“太新”,成为学术重点“不过”二十多年。而文化研究则是符号学最重要的用武之地:学了符号学,写了符号学的论文,进行了这个方向的研究,就业时却被抱怨“不对口”“没有此专业”而遭拒绝,这已经是全国符号学学生的噩梦。目前符号学的研究分散在哲学、传播学、影视研究、文艺学、语言学、人类学等许多学科,学科多样化本应当是符号学作为文科总方法论的优势所在,但是在科层化的体制中,却落入无所归属的困境。

第三个问题是符号学的专业刊物付诸阙如。中国的刊物之多,为世界之最,但是因为从50年代继承下来的体制原因,大部分文科刊物是包揽大学文科全部科目的“学报”类刊物,为了照顾各种学科的发表需要,课题极端分散。符号学文章得到发表,往往是由于刊物编辑个人的兴趣,成为偶一为之的题目。至今中国只有两个符号学刊物,一是南京师范大学“国际符号学研究所”出版的英文刊物 *Chinese Semiotics*,二是四川大学“符号学—传媒学研究中心”出版的《符号与传媒》,这两种刊物都没有新闻出版总署给予的刊号,作者在上面发表的文章都不能算“学术成果”。正因为此,相当大部分符号学交流活动集中到网上,例如四川大学办的“符号学论坛”。做学问固然要不计名利,但得不到承认总是令人丧气的事。

90年代以来的二十年来,全国开了近三十次符号学会议。三个符号学学会——全国语言与符号学会、全国逻辑符号学学会、全国哲学符号学学会——基本上每隔两三年举行一次集会。大规模的集会有2002年中国社会科学院与浙江大学在杭州召开的“符号学与人文科学学科方法学术研究会”、同年武汉大学举行的“第三届东亚符号学国际会议”、2003年四川大学举行的“比较符号学讨论会”、2004年7月在里昂举行的“中西比较符号学圆桌会议”、2005年北京社会科学联合会举行的“符号学与人文科学国际讨论会”、2007年社科院哲学所举行的“全国语言逻辑与符号学叙述会议暨庆贺李先焜教授80华诞学术讨论会”等。在专业会议上发表的演讲本来是同行直接切磋的成果,在各国都是学术发展的重要里程碑。但是在中国,大部分这种会议甚至没有兴趣印出会议论文集:在上面发表的文章在目前高校体制中不算学术成果,使这些会议重要性大打折扣。

这些问题,都应当说只是局部性问题,不会成为中国符号学向前发展不可逾越的障碍。中国符号学的进展迄今已经取得非常了不起的成绩。1988年在

“京津符号学座谈会”上，笔者做了一个符号学运动现状的报告，大致上只能介绍国外的发展[①]；1994年苟志效写了《回顾与展望——中国符号学研究5年》[②]，2002年王铭玉写了《中国符号学研究20年》[③]。笔者本章小文，算是延续他们的努力。从以上综述中已经可以看到，符号学这门学科不是突然来到中国，而是在中国学者们的集体努力下一步步成长起来的。

纵观全局，符号学的发展在中国不断加速积累，无论在质和量上，都已经喷薄欲出。现代符号学近一百年进展迅猛，经过一系列学派的竞争更替、经过各国学者的努力，已经发展成一门比较成熟而系统的学科。而且，符号学理论并不封闭，它至今有大量未解决的问题：符号学“原理”，不是公式，而是发展可能；符号学“现有看法”不断受到挑战，无法定于一尊。在应用过程中，符号学不断有新的问题暴露出来，新的疆界不断被拓展，而中国学者在这个学科中极为活跃，虽然西方符号学界成绩斐然，中国学界并没有“鹦鹉学舌”，而是提出了自己的看法；而且，我要强调这一点：这不仅是用中国传统的符号学遗产，补充符号学理论体系（许多民族遗产不比中国差，例如印度富丽多彩的梵文诗学），而且是在符号学发展前沿上提出新的体系。

而符号学注定繁荣，另一个原因恐怕更加重要，这就是当代文化的需要：最近二十多年，我们亲眼目睹了人类历史上从未有过的一场剧变。当代文化迅速冲进一个“高度符号化时代”：符号消费已经远远超过物质消费，相应地，符号生产也不得不超过物质生产。我们对这局面及其重大历史后果，至今没有充分的理解；我们对当代社会符号生产和消费的规律，至今没有认真的研究和争辩。在社会各阶层的对抗中，在国际范围内的文化冲突中，对“符号权”的争夺，越来越超过其他实力宰制权的争夺。无论我们是关心人类的命运，还是只想弄懂我们在各自的生活中的幸福与苦恼，不理解符号，就无法弄清我们落在什么境地，我们就无法理解过去，无法看透现在，更无法把握将来。

因此，新世纪的第二个十年，将是符号学在中国成为显学的岁月。这个小小的综述有权利，也有必要，以一个乐观的前瞻作结。

---

① 赵毅衡：《京津符号学座谈会在京举行》，《哲学动态》1988(04)。

② 苟志效：《回顾与展望——中国符号学研究5年》，《哲学动态》1994(03)。

③ 王铭玉：《中国符号学研究20年》，《外国语》2003(01)。

第三章 美国解构主义研究

美国解构主义在中国的引介与传播，可以说生不逢时而困难重重。解构主义在中国的传播以法国的德里达思想为主导，而美国的解构主义文学批评则只是作为附加的介绍起辅助的作用。究其原因，在于文学界追求思潮的渴望超过追求方法的热情，德里达的解构主义是作为一种思潮进入中国的，而美国的解构主义难以承担起思潮的重任，只是作为批评方法来引介，其影响就要小得多。当然，这与中国本土的思想文化构成，以及文学批评方法的前提与根基有直接关系。固然，我们看到80年代上半期，文学界有过"方法论"热，自然科学界的系统论、信息论、控制论，对文学批评方法起过相当大的影响。但仔细推敲，这次"方法论"的影响，还是思潮性质的影响。因为那个阶段正是科学主义影响中国的时期，实现四个现代化是时代的意识形态，所有西方外来的影响都要放在"实现四个现代化"的名下才具有合法性，而科学主义则抹去了意识形态的"政治色彩"。作为方法论的文学批评引入中国一直水土不服，因为我们的文学批评方法始终是观念性的和价值论的（根本上则是道德主义的）批评占据绝对主导地位。自"新批评"以来的欧美现代批评方法，并未在中国扎下根来。中国当代批评没有一个对欧美文本细读的批评方法的训练、接受和吸收过程，解构主义这样的批评，也只是作为一种批评观念起作用，作为方法吸收进中国当代文学批评，则还有一条漫长的道路要走。

一、德里达"麾下"的美国解构主义

解构主义在中国的传播，如前所述，是80年代思想解放运动推动的产物。80年代，为了冲破"左"的思想禁锢，思想界寻求西方现代思潮破解单一僵化的思想观念与方法，在实现四个现代化的时代意识引领下，现代主义开始进入当代中国[1]。这也注定了解构主义主要是作为一种思潮观念影响80年代以来的中国学术界。虽然说，解构主义在文学界的影响要远大于哲学界，但文学界寻求观念性变革的渴望也大于实际的方法论。顽强地破解历史的客观性与必然性，逃离真理的绝对性与整体性的支配，构成了80年代中期以来文学界的先锋性思潮。在这一意义上，解构主义提供了最为有效的思想资源。因此，以法国德里达解构主义为先导的影响开辟了中国当代文学创作与批评的一方天地。在很长时间里，解构主义几乎是以德里达一人之名在中国文学批评领域发生影响作用的。只是在经过一段时间后，作为对德里达的解构主义的补充，美国的解构主义才开始有所引介。

徐崇温撰写的《结构主义与后结构主义》(1986)一书在当时是介绍结构主义和后结构主义影响最大的一本著作，对后结构主义的介绍也还是限于法国理论，对美国的解构主义则未能提及。但在同一年，文学理论和文学批评领域在引介解构主义的同时，也涉猎到美国的解构主义，主要是对耶鲁学派做了相关阐述。1986年，三部当代西方文论的译著出版，即特里·伊格尔顿的《二十世纪西方文学理论》、安纳·杰弗森所著的《西方现代文学理论概述与比较》、罗里·赖安等编著的《当代西方文学理论导引》。这些译著均有专章涉及德里达后结构主义思想或耶鲁学派的解构批评。伊格尔顿的著作还有两个译本，一部为文化艺术出版社出版的《文学原理引论》(1987)，另一部由王逢振译，中国社会科学出版社出版的《当代西方文学理论》(1988)。其中罗里·赖安编著的《当代西方文学理论导引》似乎更全面，在颇为深入讨论德里达的解构理论之后，也讨论了希尔斯·米勒和保罗·德·曼的解构批评[2]。显然，罗里·赖安是把德里达作为解构批评的祖师爷来对待，不只是把美国的解构主义批评作为德里达理论在美国派生的成果，而且对这些成果的评价也依照它们是否保持了德里达理论的原汁原味来展开。他对米勒的批评的主要观点在于："米勒极其害怕分解程序的虚无主义，将德里达的理论错误地理解为一种文学本文的价值稳定论，这样，给分解程序安了一个'底座'。"[3]赖安认为，在所有受德里达影响的美国理论家中，"保尔·德·曼最为始终如一地运用了德里达的理论框架，因而他

---

① 参见徐迟：《现代化与现代派》，《外国文学研究》1982(01)。徐迟的文章引发了那个时期关于现代派文学的讨论。可见现代派引介的合法性是建立在"现代化"的前提下。

② 有关论述亦可参见陈晓明、杨鹏：《结构主义后结构主义在中国》，北京：首都师范大学出版社，2002年，第186页。本章有少量资料参考这本笔者多年前与杨鹏合作的著作，在此向杨鹏表示感谢。

③ 这段话出自罗里·赖安引述里德尔的话，显然，赖安是十分赞同里德尔的观点的。里德尔的原文参见：《米勒的故事》，《辩证批评》1975(05)，第65页。(J. N. Riddell, "A Miller's Tale," *Diacritics* 5 〈1975〉, p. 65.)

对具体本文的研究,就不仅只是有点德里达策略的味道了。"[①]

赖安的这一说法值得玩味,美国的解构主义只有在始终如一地运用德里达的理论框架时,才有超出德里达新的解构意味出现。很多年之后,德里达在为纪念保罗·德·曼而做的《多义的记忆》一书中说道:"战后过了二十余年,保罗·德·曼发现了解构。"保罗·德·曼最初谈论解构是在《盲视与洞察》这部论文集中,但这部论文集直到1971年才出第1版,1983年再版,其中的论文如果有谈到解构的话,也不会早于1966年。如此说来,德里达称保罗·德·曼"发现了解构",只能理解为德里达把保罗·德·曼过去做的修辞学批评也视为解构批评。当然,也是保罗·德·曼不遗余力,才把德里达的"解构"引进到美国。1966年,他们在美国的约翰·霍普金斯大学一见如故,开始了他们的坚定同盟。德里达认为保罗·德·曼是解构主义在美国的中坚,是他的真正同道,是解构的开创者和实践家。德里达说道,如果没有保罗·德·曼,在美国的解构就不可能是其所是。很显然,德里达是坚持认为保罗·德·曼的解构批评有其自身的起源与开启,但欧美和中国的翻译家和研究者大都把美国的解构主义只是当作引介德里达的补充,即使在欧美学界也是持这种态度。

伊格尔顿基于他的马克思主义左派立场,对解构主义批评显然持批判态度。对于美国的解构主义,准确地说,对于耶鲁学派,他更为重视保罗·德·曼。他看到保罗·德·曼的解构批评所具有的修辞学意义,他认为保罗·德·曼的批评是在证明文学语言不断地在破坏自身的意义,文学语言恰好在好些最具有说服力的地方显露出自己的虚构与武断的本质。但同时,他也肯定保罗·德·曼对隐喻的重视也揭示出文学语言的复杂性与丰富性意味。鉴于特里·伊格尔顿的译著《文学原理引论》在中国影响颇大,他的这些见解当给中国文艺理论与批评研究者以深刻印象。

1987年,王宁发表《后结构主义与分解批评》,这篇文章在详细介绍德里达的解构理论的同时,也介绍并概括了耶鲁学派的理论及其特征:(1)耶鲁学派的理论是一种"危机的理论",即他们发现了原先所接受的理论孕育着危机;(2)耶鲁学派不是铁板一块,而是在解构实践中恪守自己的原则;(3)耶鲁学派因其仍然注重本文和结构分析而未完全摆脱形式主义的轨迹。[②] 王宁对耶鲁学派的分析开始具有研究的眼光,去探究美国解构主义兴起的批评理论的背景,以及美国解构主义在理论上独具的特性,其文学性特征还是与德里达的基于哲学的解构有明显不同。

1988年,赵一凡在《读书》发表《耶鲁批评家及其学术天地》,算是较早直接介

---

① 罗里·赖安等编:《当代西方文学理论导引》,成都:四川文艺出版社,1986年,第138页。引文中人名的译名与本书正文不统一,为求忠实于原文,引文按原文译名。

② 王宁:《后结构主义与分解批评》,《文学评论》1987(06)。

绍探讨美国解构主义的文章。当然，这还是一篇随笔式的文章，轻松俏皮的文风颇得当时《读书》杂志的风尚。这篇文章前两部分相当巧妙地介绍了耶鲁在美国文学批评格局中的地位，以及在批评转向中的变化。后一部分对耶鲁批评家的简要评析还是透示出米勒、保罗·德·曼、布鲁姆、哈特曼各自的批评要点及风格。赵一凡看到，在文学批评方法陷入困局与价值虚无之后，耶鲁学派还是以它的方式开启当代文学批评的另一条路径，历史最终何去何从，固然不是耶鲁学派几个人可以左右的，但他们无疑在语言学兴盛时代，使批评具有了语言哲学的意义，并且与主流语言哲学抗衡，开启文学批评的一方天地。赵一凡的文章相当鲜明地透示出一个信息，即当代批评正在历经深刻的转变，这种转变对于中国当代理论批评界与其说具有指示意义，不如说如同当头一棒。因为中国当代文学理论批评界还在新批评、符号学、阐释学、结构主义等 20 世纪上半期的批评理论流派中初尝禁果，不想"流水落花人去也"，形式主义的补课，还未开始怎么就结束呢？好在关注这种信息只是极少数人，甚至追寻"新批评"一类的现代文论也是少数人，中国当代理论批评才保持住了自己一如既往的体制与惯性。实际上，这个时期的中国当代文学理论与批评，一方面受制于"实现四个现代化"的时代意识，另一方面为思想解放运动所推动。前者生发出对西方现代理论批评的引介热情，后者则使人道主义、主体论、"大写的人"的美学占据理论批评的主导地位。

值得注意的是佘碧平在《"无底的棋盘"：解构主义思想概要》(1992)一文中比较耶鲁学派与德里达的差异。文章先分析了耶鲁学派的主要观点。作者分析说，在耶鲁学派中，最为突出的是保罗·德·曼的文学批评。他一直试图证明文学语言在不断地破坏自身的意义。因为所有的语言必定都是隐喻式的，它们对知识的一切主张都是通过各种比喻和形象的结构来表达的，这就是文本自行解构的依据。作者认为，在相对主义和虚无主义的道路上，保罗·德·曼比德里达走得更远。佘碧平似乎试图为德里达的"虚无主义"和"非理性主义"辩护，而赋予保罗·德·曼的解构以更为激进的色彩。[①] 但陆扬的看法则倾向于认为德里达更彻底激进。在《德里达：颠覆传统的二项对立概念》一文中，陆扬认为德里达的解构理论存在"相对主义的危险"。陆扬在《意义的困顿》一文中指出，就德里达之后的解构批评而言，这种解构阅读并不等同于随心所欲的相对主义模式，因为这种解构阅读给予文本以能动性，使文本自身有一种"生产性"。陈晓明也认为，德里达热衷于发现非文学因素是如何决定文学因素的，从而把文学推向了一个非文学的疑难重重的领域，这种偏离文学的立场在打开阐释空间的同时，也使文学性无法辨认。而耶鲁学派的思想家们却始终关注文学文本，尽管他们在解构文学的意义的同一性，但他们并不从根本上偏离文学，而

---

① 佘碧平：《"无底的棋盘"：解构主义思想概要》，《上海文论》1992(05)。

是具有相应的建设性态度。[①]

二、与新批评及叙事学共存的美国解构主义

80年代是寻求思想观念变革的时代,因而德里达的解构主义才有广泛的影响力。美国的解构主义尽管在文学理论与批评方面更具有实践性和可操作性的特征,但它也不得不附属于德里达的思想旗帜之下。很显然,80年代的思想解放其实限度清晰,知识分子都知道界限在哪里。并不是因为解放的吁求太过激烈才有风起云涌的思想博弈,实在是因为限度太窄意外触礁,才有事故频仍。德里达的解构理论恰恰是因为语焉不详、晦涩难懂,才在八九十年代不胫而走。解构主义在中国的传播就像一场哑剧表演,有很热闹的手势语,但并没有声音——声音是不在场的,因为只有能指而没有所指。解构主义在中国就这样不知不觉形成一种声势,其意义也逐渐明确了起来。但美国的解构主义批评在中国则有脱离德里达的迹象,实际上,在中国的理论批评语境中,美国的解构主义略为丰富些之后,它却显得与法国人的解构主义大异其趣。把美国的解构主义安置在新批评、阐释学、结构主义、叙事学的序列里,似乎更为妥当。事实上可能也正是如此,美国的解构主义徒有解构主义的虚名,而行振兴文学批评之实。它们在"文学批评的黄金时代"(米彻尔语)应运而生也正说明了这点。直至多年后,米勒说"文学死了",人们这才看清,耶鲁学派实则是文学史上抱残守缺的未亡人。布鲁姆的《西方正典》不过是长歌当哭,负隅顽抗的证词。

80年代后期,经历过马克思《1844年经济学—哲学手稿》的洗礼,也经历过人道主义、人性论、主体论以及科学主义的"新三论"的讨论,袁可嘉那套《西方现代派作品选》影响甚大,创作界对西方现代派也是顶礼膜拜。《上海文学》放出"现代派"的"四只小风筝"[②],理论批评界对西方现代文论投入了充足的热情。1988年,王逢振的《今日西方文学批评理论》由漓江出版社出版,本书汇集了欧美14位著名的批评家访谈记录,其中对"耶鲁学派"的访谈,可以说是在当时介绍最为详尽的资料。例如,对"耶鲁激进分子"米勒的访谈,讨论了米勒对弥尔顿《失乐园》第四部的解读方式,由此透示出耶鲁解构学派修辞性分析的批评特征。米勒的解构式的修辞阅读努力去揭示出内在的矛盾关系[③],这样的解

---

① 陈晓明:《解构的界限》,《外国文学评论》1992(01)。

② 高行健于1981年在花城出版社出版《现代小说技巧初探》,引起王蒙、李陀、冯骥才和高行健之间讨论;他们四人之间的通信和讨论被称为"现代派的四只小风筝"。见《上海文学》1982(08),"关于当代文学创作问题的通信"专栏。随后《文艺报》《人民日报》《读书》展开关于现代派问题的讨论。

③ 王逢振:《今日西方文学批评理论》,桂林:漓江出版社,1988年,第62—63页。

构，与其说解构了文学作品，不如说以独特的方式释放出了独特的文学性。因为人们关注的并不是那些意义的非完整性、矛盾和悖论，而是批评能以如此细致复杂的方式运作，文本可以展示出如此细密的修辞层次。

1988年，陆扬的《解构主义批评简述》就保罗·德·曼对卢梭的《忏悔录》的“解构”展开分析。这是较早的在介绍中就有自己的观点的文章。陆扬认为保罗·德·曼对卢梭的诘难明显有东一锤西一棒似是而非的解构批评特征，其偏见狭识，更是毋庸赘述的。在陆扬看来，保罗·德·曼的解构存在着自相矛盾之处：一面使出全身解数，遏阻作者意向的实现，另一方面又苦心孤诣，鼎力开掘另一意义。陆扬说保罗·德·曼之前早有人对卢梭的作品做过类似的批评发挥，保罗·德·曼的观点算不上是一种新见。陆扬甚至认为，保罗·德·曼的局限事实上也是整个解构主义的局限。[①] 陆扬在那个时期就试图发现解构主义的问题，这种理论意识是可贵的，但他对保罗·德·曼的批评显然还是没有抓住保罗·德·曼解读卢梭的要义所在，保罗·德·曼的修辞学解构，其内在意义也相当复杂，在解构的同时，也释放了卢梭的《忏悔录》的更为丰富的意义。在保罗·德·曼要把批评变得更为复杂的理论结构时，如果把它还原到明晰性这一点上加以质疑，可能还显得不够充分。

包亚明的《躺在解剖台上的〈忏悔录〉》(1991)也关注到了保罗·德·曼对卢梭《忏悔录》的解构式重读。包亚明试图打开保罗·德·曼的重读，他阐释说，保罗·德·曼就《忏悔录》中的辩解与忏悔、羞耻心与暴露欲构成的多重歧义和差异展开分析，去揭示保罗·德·曼阅读的独特方式：“文本和作者已经变成了一个神秘莫测的作案高手，而读者只有从蛛丝马迹中重读出各种互相抵触的意义，才不至于沦为受害者。”[②]这些引介未必十分周密和到位，但给当时的中国文坛输送的理论批评信息则是令人兴奋的。

郑敏的《20世纪大陆文学评论与西方解构思维的撞击》对解构主义理论与批评做了肯定性的引介[③]，主要是探讨了德里达的解构思想，未涉及美国解构主义。在90年代对耶鲁学派介绍较为详细的论文当推盛宁的《后结构主义的批评：“文本”的解构》。这篇文章分别评析了保罗·德·曼、米勒、布鲁姆、哈特曼的解构批评，对各自的解构批评的特点要点做了相当精当的概括，比较清晰地勾勒了耶鲁学派的批评图景。

对耶鲁学派的关注重点一直在保罗·德·曼和米勒身上，这或许在于这二人的解构特征更为鲜明。也可能是因为，保罗·德·曼在耶鲁解构学派一直是领头羊，而米勒与中国关系密切，多次来过中国。相比较而言，对布鲁姆和哈特曼的

---

① 陆扬：《解构主义批评简述》，《学术月刊》1988(02)。

② 包亚明：《躺在解剖台上的〈忏悔录〉》，《中文自学指导》1991(12)。

③ 载《当代作家评论》1992(04)。

关注则少得多。张德兴的《哈特曼解构主义理论述评:在批评的“荒野”中求索》(1988)一文较早关注到哈特曼的解构批评。作者分别从语言的错综复杂、意义的不确定性、作为文学的文学批评、英美批评与德法哲学结合起来的思路等方面归纳哈特曼的批评思想,比较准确全面地概括了哈特曼的批评理论。当然,作者只是依据《在荒野中的批评》一书,哈特曼著述甚丰,一篇文章也未必能全面反映哈特曼的批评思想。罗选民、杨小滨的《超越批评的批评》是一篇对哈特曼的访谈录。在访谈中,哈特曼谈到了自己对阐释学、英美批评、比较文学、福柯的看法,并提及了哈特曼对诗人华兹华斯的解读,对研究者具有一定的参考价值。[①]

哈罗德·布鲁姆在中国的研究则要晚近得多,在引介德里达的解构思想时,顺便谈到耶鲁解构批评,主要也是保罗·德·曼和米勒,布鲁姆则更是少见。王万昌在《解构主义美学观及其方法论》(1994)中对“耶鲁四君子”的思想进行了总结,这篇文章论述到布鲁姆,他主要是对布鲁姆写于1973年的《影响的焦虑》一书的观点做评述。他认为:布鲁姆受到弗洛伊德的影响而提出“影响的焦虑”这一理论。每个诗人(包括作家)都面对传统的压力,要追求独创性就要同前辈对抗,但又摆脱不了前辈阴影,因而陷于影响的两难处境。这篇文章还讨论到布鲁姆的《误读与指南》(后翻译为《误读图示》),王万昌认为这部著作超越了“文本交织”的新批评理论,而使批评转向解构方法,开启了更为活跃的解构批评空间。[②] 这篇文章同时也看到,耶鲁批评家们去除了文学创作与批评的区别,文学批评家们因此获得极大的精神自由,这就是文学批评的解放。

1995年,张德劭翻译的M. H. 阿布拉姆斯的《解构主义的天使》[③]一文分析了德里达和米勒的思想,尤其对米勒进行了尖刻的批评。这篇文章在美国影响甚大,在中国则反应平平。在美国,这篇文章几乎标志了新批评与解构学派的决战;在中国显然没有这样的语境,也没有这样的预期。阿布拉姆斯在中国以《镜与灯》著名,影响早于米勒。他这篇文章的英文原文发表于1977年,正是美国耶鲁解构批评方兴未艾之时。阿布拉姆斯作为新批评的宿儒,此番出马对米勒开刀,文章写得酣畅淋漓,可见宝刀未老。针对米勒宣称的文本无法确立自身的意义、文本的内在分裂倾向于文本没有意义,阿布拉姆斯则首先承认他选择的文本意义是含混的,不能完全确定的,但有一种解释是可能的,是有意义的,而这一种意义对于他要讲述的故事就足够了。阿布拉姆斯认为,米勒的问题在于认为“所有的意义都是不可能正确的”,这种说法难以成立。而且他也不同意米勒下述的说法:文本没有一种正确的解释,一旦确立一种正确的解释,其

---

① 罗选民、杨小滨:《超越批评的批评:杰弗里·哈特曼教授访谈录》,《中国比较文学》1997(03)。

② 王万昌:《解构主义美学观及其方法论》,《内蒙古社会科学》1994(03)。

③ 该译文载《文艺理论研究》1995(02)。

他不同的解释就会抵制这种解释。米勒受到尼采的影响，认为文本的意义是从外部注入的，而文本本身是没有意义的，是“无”。意义取决于谁是主人，谁输入了意义。阿布拉姆斯不认同米勒这种说法。阿布拉姆斯也引述米勒的“迷宫说”，但他认为，阅读与批评就是循着阿里阿德涅的那根线，忒修斯就是循着这根线走出迷宫的。米勒则认为，文本有这样的一根线，批评家循着这根线则要走到死胡同，那就是文本/解释的终点。这根线与其说指明逃出迷宫，不如说制造了迷宫。

阿布拉姆斯分析了米勒的那些鲜明而极端的说法，从而使其自相矛盾。这是对解构的解构，虽然坚持的是新批评立场。阿布拉姆斯说，所幸的是，米勒并非对自己所言是认真的，他是“双面间谍”，一套是解构主义的言说，另一套是可以与他交谈的言论。他确信，米勒是可以准确表达他的思想及意图的，也能为大家理解接受。思考的主体表现出独特而稳定的气质，带有自我的情感。让米勒回归意义的可理解性，阿布拉姆斯也用这种方式解构了米勒。解构“解构批评”的方式，可能就是让其回归可理解性，以及意义的准确与完整。阿布拉姆斯对解构的批评，也给国内批评理论提示了一个反思的角度，但实际的情形是，国内的文学批评并不在乎米勒们是否否定文本意义的可理解性和完整性，而是从他们解读文本的细致方法中去探寻中国文学批评的新途径。

进入 90 年代后，女权主义批评在中国开始崭露头角，美国的女权主义批评也陆续被介绍到中国，而这些女权主义批评有相当多都受到解构主义影响，也可以归属于解构主义批评的行列。张京媛翻译的美国批评家玛丽·朴维的论文《女性主义与解构主义》中，朴维试图把解构主义引入女性主义，以此达到双重改写的目的，既去除解构主义的父权制残余，也去除女性主义的神秘性。这篇文章同时指出法国女性主义与解构主义的结合存在的问题，即依然与父权主义有同谋的嫌疑。作者要使解构主义与女性主义的结合达成一种更有效的境地。“如果解构主义认真对待女性主义，它将不再是解构主义；如果女性主义按照解构主义所说的来理解解构主义，我们就可以开始拆毁把所有妇女都归纳到单一特征和边缘位置的系统。”[①]作者给出了一种理想的方案。因为这个方案太过完美和理想，以至于它很有可能也留下了更多的解构的把柄。

林树明翻译的克里斯·威登的《女性主义与后结构主义》试图拓展女性主义的理论空间，建构一种女性主义的后结构主义，关注语言的意义问题，把阶级、种族以及与之相关的父权社会的局限性结合在一起来考察，由此揭示女性的审美途径。作者指出，只有广泛而缜密的当代分析才能展示妇女特性的范围及其成因。作者试图从解构主义的内在对立项，引向对外在的社会情境考察，

---

① 玛丽·朴维：《女性主义和解构主义》，张京媛译，《上海文论》1991(05)。

去关注主体性、话语与权力,寻求一种对所有的社会与政治实践都适应的框架。[①]

王宁在1998年发表《解构、女权主义和后殖民批评》,从解构的角度来论述斯皮瓦克的批评理论,王宁把女权主义和后殖民批评的理论方法归结为解构,这是有见解的。斯皮瓦克是翻译德里达的《文字学》在美国学界崭露头角,她的女权主义锐利之处也在于她较早掌握了解构主义的方法。相比较而言,中国当代的女性主义研究,还是在观念意义上强调女性的立场和价值关怀,因为缺乏解构的观念与方法,中国的女性研究还很难具有激进性和批判性。斯皮瓦克后来把女权主义观念与后殖民理论结合起来,女权主义一旦打上种族的烙印,实际上是被种族问题所替换。

1998年,中国社会科学出版社出版一套"知识分子图书馆"丛书,这套书由王逢振任主编,另一主编名为希尔斯·米勒赫然在目。这应该是美国解构主义在中国传播最有力度的一个事件,尽管很可能米勒的主编只是一个象征,但这一象征足以表明美国的解构批评在中国有了立足之地。这套丛书在90年代后期直至21世纪初期影响甚大,其中有乔纳森·卡勒的《论解构》(陆扬译)、希尔斯·米勒的《重申解构主义》(郭英剑等译)、保罗·德·曼的《解构之图》(李自修等译),可以说是美国解构主义在中国最为隆重的一次集体登陆。这几本书都是美国解构批评的代表之作,《论解构》是卡勒单独成书的作品,《重申解构主义》则是米勒专为中国读者选择的代表论文的汇集,《解构之图》没有版本出处,封底说明是米勒和保罗·德·曼遗孀共同选定的编目。陆扬的翻译因为是个译,功夫到家,另两本是多人合译,显得有些匆忙。但这几本书作为解构主义文学批评在中国的示范与普及,也是绰绰有余的。德里达的解构理论因其哲学性较强,且涉猎的哲学背景和思路怪异,可以启迪,难以仿效;美国的解构批评毕竟是直接拿文学作品操刀,故而方法论的示范意义就现实得多。

2002年,北京大学出版社陆续出版一套由申丹教授主编的"新叙事理论译丛",首先面世的米勒的《解读叙事》,可以说是解构主义的叙事理论。当然,解构主义根本上是反叙事学的理论化倾向的,米勒的《解构叙事》也被视为"反叙事"。随后陆续出版的几本叙事理论著作,如《女性主义叙事理论》《修辞性叙事理论》《新叙事学》《后现代叙事理论》等,在不同程度与方式上,都与解构主义文学批评发生关联。

2008年,天津人民出版社出版一套由朱立元主编的耶鲁学派解构主义批评译丛:保罗·德·曼《阅读的寓言》(沈勇译)、米勒《小说与重复》(王宏图译)、布鲁姆《误读图示》(朱立元、陈克明译)、哈特曼《荒野中的批评》(张德兴译)。

---

① 克里斯·威登:《女性主义与后结构主义》,林树明译,《山花》1993(05)。

这套书包括了耶鲁学派的代表作，对于中国文学理论批评建设，可以起到相当积极的作用。

三、中国视域中的美国解构批评

相对于德里达的思想和著作在中国的研究传播，美国的解构主义批评则直至 20 世纪 90 年代后半期才陆续展开，介绍性的文章居多，深入的研究就较为有限。这些文章主要还是关注它与德里达解构思想之同异比较，国内的接受也乐于在新批评与叙述学这个理论框架里来讨论耶鲁学派，并未更多关注它与新批评和叙述学的区别。20 世纪 80 年代以来的中国文学理论批评，也一直想补上文本细读这一环节，这与文学创作"向内转"的先锋派文学潮流多少能够呼应上。但批评实践显然没有跟上趟，只是有限的浏览和局部的借鉴；而研究性的评述要多于在批评实践中运用的借鉴。

如前所述，王逢振较早介绍耶鲁学派及米勒的批评，他依据于当时国内对现代派的形式主义研究，在文学理论的意义上则是尽可能与叙述学相结合。因为当时国内对文学理论与批评最为焦虑的创新追求，那就是形式方面的意义。王逢振的书一俟出版，当时的马克思主义理论权威程代熙就写有书评发表，这篇文章发表于《文艺理论与批评》1989 年第 2 期，其页末标注时间是 1989 年 1 月 16 日。那时正值新一轮"反对资产阶级自由化"不了了之，国内改革呼声重新抬头，思想解放运动又有所推进，也就是改革的思潮占据主动地位，故而一向批判西方现代派的程代熙，也撰文对西方现代派宽容有加，甚至认为米勒这种解构批评学派也很有启发意义。但是，显然与著者王逢振偏向于叙事学和修辞学方面对米勒的介绍不同，程代熙从王逢振对米勒的介绍中，读出了米勒对 20 世纪 90 年代西方文学和文化研究预测的核心思想是：文学创作要走出作家的象牙之塔，文学以及文化的研究绝不是对文学和文化自身的研究。对文学和文化的研究要与时代的发展同步，要进行跨学科和交叉学科的综合研究。

程代熙认为：米勒的这个思想比起那种认为文学研究就是研究文学"内部规律"的所谓理论来，倒更符合文学的实际。他依据的是米勒下列言论："文学理论基本上是对实际条件作出反应的唯一方式，也可以说是对文学研究得以展开的文化条件、经济条件、社会条件和技术条件作出反应的唯一方式。"他说："退一步讲，分解主义者希・米勒的这些预言即使在下一个十年全都没有言中，他的这个启示也是有价值、有意义的。"[①]程代熙对米勒的肯定，在于把米勒

---

① 参见程代熙：《西方文论的新信息——读〈今日西方文学批评理论〉》，《文艺理论与批评》1989(02)。

的批评理论与现实、时代发展这些现实主义理论联系在一起,这显然有些误读。对于程代熙这样的马克思主义权威来说,他要肯定西方某种理论批评,只有与马克思主义基本原理不相背离才有可能。他对王逢振这部书的关注,也是关注那些能与马克思主义批判理论联系在一起的论题,如詹姆逊的第三世界理论、新历史主义批评。对新历史批评他引述有巴勒斯坦背景的赛义德的观点,他强调新历史主义回到历史实际的可能性,对耶鲁的解构批评则试图发掘它与现实主义的基本规范不相矛盾,这些都显示了程代熙"独具慧眼"的发挥。这也说明一个时期的外来的理论,如何被本土的理论批评语境所"规训",理论旅行终究在归属地获得了另一种意义。

耶鲁学派的解构批评在中国当代的翻译和研究中,并未追究其解构思路的运作,而是关注其文本细读方法。在国内的研究者看来,耶鲁解构学派与新批评、叙述学相去未远,或者说同属于一个批评谱系。这一点可能是中国文学批评理论建设的态势使然。因为,新批评和叙述学也才方兴未艾,正在打基础,猛然间出现耶鲁的解构学派,新批评和叙述学似乎已经被超越。这显然不利于中国的文学理论批评的基础建设,只有把耶鲁解构学派融进新批评和叙述学的语境,可能才有利于其传播与理解。如果没有新批评和叙述学的知识前提,要理解耶鲁解构批评可能会困难得多。也正是在这个意义上,国内的研究者在叙述学的谱系中来讨论耶鲁解构学派。

也是在这种语境中,申丹在她的《叙述学与小说文体学研究》(1998)中对米勒关于小说重复的理论展开讨论。申丹着重探讨了米勒对《德伯家的苔丝》的重复问题的研究,也关注米勒的重复问题引向文本之外的社会现实、生活心理等。重复再现了作家在其他文本中出现的因素,也再现了具有社会历史内容的神话和传奇的模式。申丹谙熟欧美批评的知识谱系,她指出了米勒对互文性的探讨与叙述学和文体学的差异,把解构批评放在叙述学中来探讨,目的还是着眼于解构批评的文本细读和对文学性的更为自由的释放。2003年,申丹在《结构与解构——评J.希尔斯·米勒的"反叙事"》一文中相当全面地评析了米勒的"反叙事学"[①]。围绕米勒的《解读叙事》,申丹一直关注米勒的解构批评与叙事学融合的地方。她认为,米勒对解构主义的信念从根本上说没有动摇,但他在新的形势下"对解构主义批评显然也进行了一些反思"。申丹对米勒的"反叙事学"的解读表明,米勒这样的解构批评也在吸收一些文化批评的因素,名之曰"反叙事学",实则在一定程度上调和了结构主义与解构主义的对立,米勒明显有意吸取了结构主义叙事学的一些批评术语和概念,"这给他的解构分析提供

---

① 申丹:《结构与解构——评J.希尔斯·米勒的"反叙事"》,载《欧美文学论丛》第3辑,北京:人民文学出版社,2003年。

了很好的技术分析工具；与此同时，米勒的'反叙事学'也在很多方面，尤其是在宏观层次，为结构主义叙事学提供了颇有价值的参照和借鉴"[1]。申丹也力图把米勒后期的批评思想赋予更充足的建设性意义，与中国当代的叙事学研究语境有更大程度的协调。这一路径可能更具有实践意义，中国当代的观念性解构由德里达给予的解构理论已经足以承担（本来就是有限的解构），而批评方法和文本细读的理论借鉴，则需要更加多样的理论批评的参照，把米勒及耶鲁解构学派归为新批评和叙事学这一脉络，可能更具有现实感。

中国的文学理论与批评一直深受观念性的支配，尽管现在的意识形态规训实际并不能直接起作用，但长期形成的在观念意义和价值意义上讨论文学的思维方式难以改变，这就是"新批评"以来的文本细读批评在中国始终没有真正扎下根来的缘由。耶鲁的解构学派要直接与"新批评"对抗，在"新批评"把文学文本神圣化和审美化之后，新一代的文学批评如何开拓自己道路，这是一个困难的问题。耶鲁的解构学派声称要往外拓展出社会现实内容，实际上他们也只是在修辞的天地里扯开一道裂罅，透进一点社会现实的光亮而已。耶鲁学派也只是扰乱了"新批评"的意义整合性和完整的内在结构，它们本质上都属于文本细读的批评方法，在渴望批评全部外部世界的文学批评群体中，这样的文本细读显然不能满足其从来没有压抑下去的社会现实关切心理。在欧美，文本细读的解构批评方法也必然要被更加宽泛和广阔的新历史主义、后殖民研究、女权主义、性别身份研究、流散研究等更具有社会现实性的批评视角所取代，文学批评已经不可抗拒转化为文化批评。但耶鲁解构学派的文本分析方法，已经深深渗透进欧美的批评实践，只是被观念性的弥漫所遮蔽而已。布鲁姆后来在《西方正典》（英文版 1994，中文版 2005 ）里批评那些运用后结构主义理论形成的各种流派，不无严厉地斥责为"憎恨学派"，但布鲁姆也回天无力，文学批评之衰落被文化研究所取代是难以避免的学术潮流，历史总是在变异中重新开始，但文化研究涵盖一切的做法，仿佛在表明变异的终结，甚至方法论的终结，这倒是一个不祥的后果。

但对于中国的文学理论批评来说，可能还有自我更新的机遇。因为中国文学理论批评始终没有补上文本细读这一课，也始终没有真正深入全面地吸取欧美文学批评的理论与方法的成果，它还是停留在浏览与"拿来主义"的阶段。因为它也没有欧美批评那种秩序井然的替代式进步，如此，它可以在重新综合与广泛吸取的基础上，寻求批评方法的综合运用。另一方面，当下中国的文学创作还是相当旺盛，传统文学的写作者业已老道，汉语白话文学的语言也已炉火纯青，这给文本细读的文学批评提供了充足的场域。当然，这有赖于中国当代

---

[1] 参见申丹：《结构与解构——评 J. 希尔斯·米勒的"反叙事"》，第 271 页。

文学理论批评界摒除浮躁功利的学风,真正立足于中国文学的问题,以开放、自由、睿智的形式,广泛吸取欧美文学理论批评已经取得的成果,形成能充分体现汉语文学艺术品质的文学批评,中国文学批评才可能真正在世界文学领域占据一席之地。

第四章
阐释学的引进与读者理论研究

西方阐释学与读者理论在中国的接受和研究是一复合课题。20世纪西方学术语境中哲学阐释学和文学研究中的读者理论不断变革图新,且推动不同知识领域的跨学科对接。同时它们与中国思想现代性遭遇相逢,深刻地嵌入20世纪后半叶中国人文学术研究的肌理,形成方法论取向各异的研究路径,产生不同历史时期具有鲜明特色的学术思想争鸣。

前　言

以1960年汉斯·伽达默尔[1]的《真理与方法》问世为标志,哲学阐释学在20世纪六七十年代的欧洲成为显学。其理论喉舌包括德国的伽达默尔、尤根·哈贝马斯和龚特·阿贝尔,法国的保罗·利科[2]、雅克·德里达[3],美国的小E.D.赫施和理查德·罗蒂,意大利的E.贝蒂。同样在20世纪六七十年代,德国康斯坦茨学派的伍尔夫冈·伊瑟尔[4]和汉斯·罗伯特·尧斯,美国的斯坦利·费什[5]、罗曼·霍兰德,法国的罗兰·巴尔特等汲取当代阐释学精华,提出各种令人耳目一新的读者理论。

---

① Hans-Georg Gadamer, *Truth and Method*, London: Continuum International Publishing Group, 2005; *Philosophical Hermeneutics*, Berkeley: University of California Press, 1976.

② Paul Ricoeur, *Freud and Philosophy*, New Haven: Yale University Press, 1970.

③ Jacques Derrida, *Margins of Philosophy*, Chicago: University of Chicago Press, 1985.

④ Wolfgang Iser, *The Implied Reader*, Baltimore: The Johns Hopkins University Press, 1978; *The Fictive and the Imaginary: Charting Literary Anthropology*, Baltimore: The Johns Hopkins University Press, 1993; *The Range of Interpretation*, New York: Columbia University Press, 2000.

⑤ Stanley Fish, *Is There a Text in This Class? The Authority of Interpretive Communities*, Boston: Harvard University Press, 1982.

需特别关注20世纪德国哲学阐释学与读者理论的跨学科对接，及其在当代美国学术生态环境中的新变化。马丁·海德格尔[①]的《存在与时间》完成了对施莱尔马赫和狄尔泰的阐释学认识论的本体论改造。他提出，阐释学的根本问题是对理解的本体探究。在《论艺术品的起源》中，他将艺术与真理并列，借真理的烛光映照艺术的面孔——一种诗思比邻、美真同榻境界。

受海德格尔启迪，伽达默尔在《真理与方法》中返归本真的艺术体验，探索艺术的秩序和结构，揭示理解的本质特征——预断(prejudice)。所有解释行为都受预断制约，又总是适应解释境遇。因此理解的重要特征是对话性——我们固有的认识与对艺术品的理解间的对话。预断与历史境遇之间不断商榷，不同视界相互融合，不同范畴、价值和意义相互对话转换。

伍尔夫冈·伊瑟尔则受伽达默尔点化，浸淫于对话阐释学。他在《隐含的读者》(1972)中提出读者反应理论。20世纪80年代末，他旅居美国，进而提出文学人类学理论，探讨文学阐释对人和文化的塑形功能，即文学阐释促成文化间对话和转化。

正是在海德格尔的思想中发生脱胎换骨变化之际，阐释学与中国思想现代性相遇。海德格尔本体精神昭示下的阐释学及其生发开来的读者理论成为几十年来中国哲学、文学批评界研究的主要对象。

一、中国研究阐释学与读者理论的三条路

20世纪阐释学在中国留下印迹，有三位学者的研究奠定了中国语境中阐释学的研究基础和范式构架。首先是20世纪30年代中国留德青年学者熊伟对海德格尔的研究和介绍。[②] 作为海德格尔在弗赖堡大学教过的学生(1934—1936)，熊伟在博士论文《论不可说者》中比较研究海德格尔思想与中国思想，成为中国研究海德格尔的第一人。1942年他撰写哲学论文《说，可说；不可说，不说》，这是国内第一篇公开发表的海德格尔研究论文。他在文章中挑战冯友兰代表的主流中国哲学史观，直陈其概念上的含混和学理上受西方哲学学科分类的禁锢。但是直到80年代，熊伟以海德格尔为核心的研究才全面铺陈开来。他培养的学生(包括王庆节、陈嘉映、姚志华、张祥龙[③]、孙周兴、张汝伦、靳希平)成为改革开放以来首批研究译介西方阐释学的青年学人。

---

① Martin Heidegger, *Being and Time*, Albany: State University of New York Press, 1996; *Poetry, Language, Thought*, New York: Harper & Row Publishers, 1971.

② 熊伟:《自由的真谛——熊伟文选》，北京：中央编译出版社，1997年。

③ 张祥龙、杜小真、黄应全:《20世纪现象学思潮在中国》，北京：首都师范大学出版社，2002年。

第二位开拓性的学者是钱锺书。他在《谈艺录》(1948)和《管锥编》(1979)中不限于一家一时之论，而是穿越时空，持续打通各门学问，立阐释研究中西文学的一家之法。如他在《谈艺录》初版中旁征博引古希腊哲学、《周易》、17世纪法国的帕斯卡尔、《淮南子》、白居易、苏东坡等，论证文艺创作和阐释的圆通之说。大学问、真艺术都达到道体无界、光明清澈之境，“无起无讫，如蛇自嘬其尾”[①]。在1984年的《谈艺录》增补本中，他进一步援引西方当代接受美学和解构主义理论来佐证其阐释理论——诗艺的圆通。[②] 又如在《管锥编》中他将清代乾嘉考据学与西方阐释学的阐释循环论交互阐发，印证自己提出的阐释圆通观。其核心思想可概括为：“积小以明大，而又举大以贯小；推末以至本，而又探本以穷末；交互往复，庶几乎义解圆足而免于偏枯，所谓‘阐释之循环’者是矣。”[③]

第三位是20世纪末的汤一介，他倡导建构中国阐释学。从1998年至2000年汤先生相继发表四篇同一主题的文章，即《能否创建中国的解释学》《再论创建中国解释学问题》《三论创建中国解释学问题》及《四论创建中国解释学问题》。[④] 他在这些文章中分头梳理中国和西方的阐释传统以及西方自施莱尔马赫和狄尔泰以来日臻完善、不断丰富的现代阐释学。借此他贯穿四篇文章的根本问题是：是否可能在借鉴西方阐释学的基础上将中国的阐释传统推陈出新，创建中国特色的阐释学理论和研究方法？

上述三位学者立足不同历史语境，探索西方阐释学中国化的三条不同道路：中国语境中西方阐释学经典人物和重要理论的译介和研究；西方阐释学方法及理论与中国传统人文学问的打通融合；在西方阐释学的旧藤上结出中国阐释学的新果。

但是在中国当代学术语境中，真正有规模、有群体效应的阐释学研究和读者理论研究始于20世纪80年代，自此形成三期发展态势，即20世纪80年代、90年代和21世纪前十年。

二、20世纪80年代

20世纪80年代西方阐释学在中国的译介，以《哲学译丛》1983年第3期登

---

① 钱锺书：《谈艺录》，北京：中华书局，1984年，第112页。

② 同上书，第611页。

③ 钱锺书：《管锥编》(1—5)，北京：中华书局，1994年，第170—172页。

④ 汤一介：《能否创建中国的解释学》，《学人》(第13辑)，南京：江苏文艺出版社，1998年；《再论创建中国解释学问题》，《中国社会科学》2000(01)；《三论创建中国解释学问题》，《中国文化研究》2000年夏之卷；《四论创建中国解释学问题》，《学术月刊》2000(07)。

载的R.E.帕尔默的文章《解释学》中译为起点。继之《哲学译丛》1985年第4期登载了加拿大华人学者陈艾伦的文章《伽达默尔的解释学和对传统的理解》;1986年第3期实为"德国哲学解释学专辑",集中介绍节译海德格尔、伽达默尔、利科和哈贝马斯的著述。1987年集中出现了5本阐释学、接受美学和读者理论经典译著:海德格尔的《存在与时间》(陈嘉映、王庆节译)、伽达默尔的《真理与方法》(王才勇译)、H.R.尧斯的《接受美学与接受理论》(周宁、金元浦译)、P.利科的《解释学与人文科学》(陶华远译)及美国学者D.C.霍埃的《批评的循环》(兰金仁译)。1988年夏镇平翻译伽达默尔的《赞美理论》;薛华等翻译伽氏的《科学时代的理性》。1989年刘晓枫编译《接受美学译文集》[①]。

在哲学阐释学研究方面,王晓明发表了《解释学——当代哲学的新潮流》,殷鼎发表了《合法的"偏见"——当代哲学解释学研究之一》。此外还有刘康发表了《从胡适的方法论到伽达默尔的解释学》,黄勇发表了《论伽达默尔解释学的实存主义倾向》[②]。

1989年出现了我国第一篇阐释学研究博士学位论文,即钱中文指导的博士生张首映撰写的《文学阐释学》。读者理论研究论文包括王逢振的《文坛"怪杰"斯坦利·费什》、申丹的《斯坦利·费什的"读者反应文体学"》、金惠敏和易晓明合写的《意义的诞生》、朱立元的《略论文学作品的召唤结构》[③]。

1988年、1989年文学阐释学研究专著共有三部,即王逢振的《意识与批评:现象学、阐释学和文学的意思》[④]、张思齐的《中国接受美学导论》和朱立元的《接受美学》。哲学阐释学研究专著对西方阐释学进行整体评价和思考,如张汝伦的《意义的探究——当代西方释义学》(1986)、高宣扬(香港)的《解释学简论》(1988)、殷鼎的《理解的命运》(1988)、陈俊辉(台湾)的《迈向阐释学论争的途径》(1989)。同时哲学阐释学研究又延伸到中西文化和审美比较,如美籍华人学者成中英的《从本体诠释学看中西文化异同》(1988)[⑤]、台湾学者王建元的《现象诠释学与中西雄浑观》(1988)。

80年代的阐释学和读者理论研究在中国和华语文化圈中尚处于起步阶段。始于哲学经典著述之译介,逐渐受惠于时代的思想探索和求新氛围,终于

---

① 刘晓枫:《接受美学译文集》,北京:三联书店,1989年。

② 王晓明:《解释学——当代哲学的新潮流》,《探索》1986(2);殷鼎:《合法的"偏见"——当代哲学解释学研究之一》,《哲学研究》1987(10);刘康:《从胡适的方法论到伽达默尔的解释学》,《读书》1987(12);黄勇:《论伽达默尔解释学的实存主义倾向》,《学术月刊》1988(08)。

③ 王逢振:《文坛"怪杰"斯坦利·费什》,《外国文学》1988(01);申丹:《斯坦利·费什的"读者反应文体学"》,《山东外语教学》1988(03—04);金惠敏、易晓明:《意义的诞生》,《外国文学评论》1988(04);朱立元:《略论文学作品的召唤结构》,《学术月刊》1988(08)。

④ 王逢振:《意识与批评:现象学、阐释学和文学的意思》,桂林:漓江出版社,1988年。

⑤ 成中英:《从本体诠释学看中西文化异同》,北京:三联书店,1988年。

这十年结尾时出现更多的文艺精神之求索和中西比较研究。

三、20世纪90年代

20世纪90年代的阐释学译介除了对伽达默尔的经典著作更系统的译介之外，还有对西方的阐释学和读者理论研究著作的译介。伽达默尔著作翻译包括：《美的现实性》（张志扬等译，1991）、《伽达默尔论柏拉图》（余纪元译，1992）、《伽达默尔论黑格尔》（张志伟译，1992）、《哲学解释学》（夏镇平等译，1994）、《伽达默尔集》（严平编译，1997）、《真理与方法》（上、下卷，洪汉鼎译，1999）。西方的阐释学研究著作翻译包括：L.德赖富斯和保罗·拉比诺的《超越结构主义与解释学》（张建超等译，1992）、卡尔-奥托·阿佩尔的《哲学的转变》（孙周兴等译，1994）、R.C.赫鲁伯的《接受美学理论》（董之林译，1994）、汉斯·罗伯特·尧斯的《审美经验与文学解释学》（顾建光等译，1997）、D.特雷西的《阐释学·宗教·希望：多元性与含混性》（冯川译，1998）、《斯坦利·费什读者反应批评：理论与实践》（文楚安译，1998）。

有影响的哲学阐释学研究论文包括：《中国社会科学》上发表的裴程的《从保罗·利科尔的本文解释学理论看解释学的发展》、安延明的《施莱尔马赫普遍解释学中的几个问题》、李翔海的《本文诠释学与西方当代诠释学》；《国外社会科学》上刊登的智河的《瓦提莫的后现代解释学》及张汝伦的《解释学在二十世纪》；《哲学研究》上刊登的朱士群的《现代释义学原理及其合理重建》、潘德荣的《现代诠释学及其重建之我见》；《复旦学报》（社科版）发表了佘碧平的《文本域诠释：当代解构哲学与解释学论争述略》、汪行福的《解释学：意义的理解还是意识形态批判：伽达默尔和哈贝马斯的解释学之争》。此外是汤一介1998年发表于《学人》第13辑的《能否创建中国的解释学》。[①]

这一时期出现了更多的读者理论研究论文。其中有影响者包括：王逢振的《费什的新作〈任其自然〉》（1990）、张中载的《阅读、误读的神话——诠释学随笔》（1992）、金文俊的《读者反应批评及其心理效应》（1992）、冯俊的《保罗·利

---

① 裴程：《从保罗·利科尔的本文解释学理论看解释学的发展》，《中国社会科学》1990(03)；安延明：《施莱尔马赫普遍解释学中的几个问题》，《中国社会科学》1993(01)；李翔海：《本文诠释学与西方当代诠释学》，《中国社会科学》1993(04)；智河：《瓦提莫的后现代解释学》，《国外社会科学》1991(11)；张汝伦：《解释学在二十世纪》，《国外社会科学》1996(05)；朱士群：《现代释义学原理及其合理重建》，《哲学研究》1992(09)；潘德荣：《现代诠释学及其重建之我见》，《哲学研究》1993(03)；佘碧平：《文本域诠释：当代解构哲学与解释学论争述略》，《复旦学报》（社科版）1992(02)；汪行福的《解释学：意义的理解还是意识形态批判：伽达默尔和哈贝马斯的解释学之争》，《复旦学报》（社科版）1995(06)；汤一介：《能否创建中国的解释学》，《学人》1998年第13辑。

科的人学理论》(1993)。值得关注的是朱刚在这一时期内连续发表了费什和伊瑟尔的读者理论研究系列文章:《阅读主体与文本阐释——评费希的意义构造理论》(1994)、《不定性与文学阅读的能动性——论 W.伊瑟尔的现象学阅读模型》(1998)、《论沃·伊瑟尔的"隐含的读者"》(1998)及《从文本到文学作品——评伊瑟尔的现象学文本观》(1999)。[①]

与80年代相比,90年代的阐释学研究博士论文增加到7篇。其中4篇博士论文都研究同一主题,即伽达默尔阐释学(如张德兴1990年完成的博士论文《伽达默尔的解释学美学》)。复旦大学朱光撰写艺术阐释博士论文《当代艺术解释论》(1998)。中国人民大学周辉撰写了西方女权阐释学研究博士论文《西方女性主义阐释学研究》(1999)。南京大学袁莉撰写了文学翻译博士论文《文学翻译主体阐释学研究》。不难看出,这一时期的博士论文在专题研究的集中程度和深度、在拓展阐释学研究的跨学科范围方面进行了新的尝试。

这一时期研究接受美学的代表性专著包括:陈敬毅的《艺术王国里的上帝:尧斯〈走向接受美学〉导引》(1990)、章国锋的《文学批判的新范式:接受美学》(1993)[②]、王卫平的《接受美学与中国现代文学》(1994)、金元浦的《文学解释学:文学的审美阐释与意义生成》(1997)[③]、杨大春的《文本的世界:从结构主义到后结构主义》(1998)。

这一时期仍有部分哲学专著集中于利科、伽达默尔等阐释学大师研究,如90年代初高宣扬的《李克尔的解释学》(1991)、90年代末章启群的《伽达默尔传》(1998)。但是阐释学研究的主题已进一步延伸到科学、语义学、中国传统思想和宗教及中国化的阐释学研究。代表之作包括施雁飞的《科学解释学》(1991)、饶尚宽的《古籍语义阐释学》(1996)、李翔海的《寻求德性与理性的统一:成中英本体诠释学研究》、林镇国的《空性与现代性:从京都学派、新儒学到多音的佛教诠释学》(1999)。

与80年代相比,90年代的阐释学研究和读者理论译介更呈一番深刻、宽阔、稳健的气度,对文艺阐释和美学的研究成为新的高潮,对阐释学涉及的跨学科问题以及中国本土化问题日趋成为学术界的兴奋点。由此也就不难理解为什么在世纪末国内阐释学研究领域出现汤一介创建中国阐释学这样的呼吁,为

---

① 王逢振:《费什的新作〈任其自然〉》,《外国文学评论》1990(04);张中载:《阅读、误读的神话——诠释学随笔》,《外国文学》1992(05);金文俊:《读者反应批评及其心理效应》,《外国文学研究》1992(04);冯俊:《保罗·利科的人学理论》,《学术月刊》1993(12);朱刚:《阅读主体与文本阐释——评费希的意义构造理论》,《当代外国文学》1994(03);朱刚:《不定性与文学阅读的能动性——论 W.伊瑟尔的现象学阅读模型》,《外国文学评论》1998(03);朱刚:《论沃·伊瑟尔的"隐含的读者"》,《当代外国文学》1998(03);朱刚:《从文本到文学作品——评伊瑟尔的现象学文本观》,《国外文学》1999(02)。

② 章国锋:《文学批判的新范式:接受美学》,海口:海南出版社,1993年。

③ 金元浦:《文学解释学:文学的审美阐释与意义生成》,长春:东北师范大学出版社,1997年。

什么对海外华人学者(如成中英等)的阐释思想的梳理和研究成为新课题。

四、21世纪前十年

21世纪初的十年里,西方阐释学之译介以洪汉鼎重译的阐释学经典《真理与方法》《理解与解释——诠释学经典文选》拉开帷幕。此后译介的范围和主题完全超越了此前的两个十年,涉及神学(左心泰译《神学阐释学》,2007)、佛学(周广荣等译《佛教解释学》,2009)、教育学(张光陆译《解释学与教育》,2009)、史学(朱腾译《从编年史到经典:董仲舒的春秋诠释学》,2010)、主体性(佘碧平译福柯的《主体解释学》,2010)。

除了汤一介以创建中国阐释学为题的一组文章外,这一时期值得究读的论文还包括景海峰的《解释学与中国哲学》(2001)和《中国哲学的诠释学境遇及其维度》(2001)、黄俊杰的《孟学阐释史中的一般方法论问题》、薛华的伽达默尔纪念文章《诠释学与伦理学——纪念伽达默尔逝世五周年》(2007)。[①]

这一时期的读者理论研究论文在继续关注伊瑟尔、费什、尧斯之外,还扩展到弗莱、德里达等理论家、关键词梳理和读者理论的跨学科嬗变。有影响的论文包括:刘锋的《适用于甲者未必适用于乙:斯坦利·费什论学术自由》(2000),金惠敏的《在虚构与想象中越界——[德]沃尔夫冈·伊瑟尔访谈录》(2002),张中载的《误读》(2004),李砾的《阐释/诠释》(2005),任虎军的《从读者经验到阐释社会——斯坦利·费什的读者反应批评理论评介》(2005),汪正龙的《沃尔夫冈·伊瑟尔的文学虚构理论及其意义》(2005),赵一凡的《胡塞尔与现象学的初衷》(2006),李旭的《伊瑟尔与德里达文本观之哲学溯源》(2006),喻琴的《弗莱和伊瑟尔的文学人类学思想之比较》(2008),陶家俊的《客体、文学与接触空间——通向接触空间诗学之路》(2008)、《后伽达默尔思潮的文学人类学表证——论读者反应论之后的文学研究》(2009)和《后模仿时代文学的转化之力——从域限视角论伍尔夫冈·伊泽尔的批评理论》(2010)。此外还有龙云的《斯坦利·费什的阅读观与女性主义文本》(2009)、朱刚的《伊瑟尔的批评之路》(2009)、侯素琴的《姚斯和伊瑟尔的接受理论与文学批评异同析》(2009)、孟红梅的《伊瑟尔的"文学本质观"及其方法论启示》(2010)和文浩的《伊瑟尔理论中

---

① 景海峰:《解释学与中国哲学》,《哲学动态》2001(07);景海峰:《中国哲学的诠释学境遇及其维度》,《天津社会科学》2001(06);黄俊杰:《孟学阐释史中的一般方法论问题》,《中国哲学》第22辑;薛华:《诠释学与伦理学——纪念伽达默尔逝世五周年》,《学术研究》2007(10)。

的文本事件性初探》(2010)。①

这十年间博士论文猛增到数十篇,分别涉及英语文学和西方文论、哲学、宗教学、文艺学、法学、比较文学与世界文学甚至建筑学等不同学科。英语文学和西方文论研究博士论文有中国人民大学姚建斌、李世涛2001年完成的詹姆逊研究论文(分别为《詹姆逊的马克思主义阐释学研究》和《詹姆逊文学阐释思想研究》),中国人民大学惠鸣、田方林2005年完成的狄尔泰研究(分别为《生命解释与文本释义:狄尔泰解释学思想研究》和《通达生命之境:狄尔泰生命解释学研究》),北京师范大学王业伟、厦门大学肖建华分别于2005年和2008年完成的伽达默尔美学研究(分别为《论伽达默尔美学对审美现代性的批判》和《伽达默尔解释学的审美主义转向研究》),中山大学梅园2006年、赵东明2008年完成的罗兰·巴尔特和利科研究(分别为《文本的维度:罗兰·巴尔特文本观念阐释》和《利科的诠释学隐喻理论研究》),山东师范大学孙慧2009年完成的博士论文《艾柯文艺思想研究》。

文艺学和比较文学研究领域的博士论文有北京大学犹家仲的《〈诗经〉的解释学研究》(2000)、浙江大学刘毅青的《徐复观解释学思想研究》(2006)、华中师范大学邓新华的《中国古代诗学解释学研究》(2006)、华东师范大学张震的《理解的真理及其限度》(2006)、南开大学陈鸥帆的《文本解读中的解释学循环》(2007)、复旦大学韩振华的《王船山美学基础:以身体观和诠释学为进路的考察》(2007)。

哲学方面的博士论文涉及外国哲学(如浙江大学马良的《后现代马克思主义阐释学》,2002)、宗教学(如中国人民大学杨慧林的《神学诠释学》,2002)、马克思主义哲学(如武汉大学皮家胜的《马克思主义哲学中国化中的解释学问题》,2006)、中国哲学(中山大学曾海军的《易道的神明与幽微:〈周易·系辞〉解释史研究》,2007;北京大学甘祥满的《从方法到本体:对〈论语义疏〉的一种诠释

① 刘锋:《适用于甲者未必适用于乙:斯坦利·费什论学术自由》,《国外文学》2000(02);金惠敏:《在虚构与想象中越界——[德]沃尔夫冈·伊瑟尔访谈录》,《文学评论》2002(04);张中载:《误读》,《外国文学》2004(01);李砾:《阐释/诠释》,《外国文学》2005(02);任虎军:《从读者经验到阐释社会——斯坦利·费什的读者反应批评理论评介》,《四川外语学院学报》2005(01);汪正龙:《沃尔夫冈·伊瑟尔的文学虚构理论及其意义》,《文学评论》2005(05);赵一凡:《胡塞尔与现象学的初衷》,《外国文学》2006(01);李旭:《伊瑟尔与德里达文本观之哲学溯源》,《理论学刊》2006(07);喻琴:《弗莱和伊瑟尔的文学人类学思想之比较》,《理论月刊》2008(03);陶家俊:《客体、文学与接触空间——通向接触空间诗学之路》,《当代外国文学》2008(04);陶家俊:《后伽达默尔思潮的文学人类学表证——论读者反应论之后的文学研究》,《民族文学》2009(03);陶家俊:《后模仿时代文学的转化之力——从域限视角论伍尔夫冈·伊泽尔的批评理论》,《外国文学》2010(03);龙云:《斯坦利·费什的阅读观与女性主义文本》,《安徽大学学报》(哲社版)2009(05);朱刚:《伊瑟尔的批评之路》,《当代外国文学》2009(01);侯素琴:《姚斯和伊瑟尔的接受理论与文学批评异同析》,《理论导刊》2009(04);孟红梅:《伊瑟尔的"文学本质观"及其方法论启示》,《国外社会科学》2010(06);文浩:《伊瑟尔理论中的文本事件性初探》,《中国文学研究》2010(02)。

学考察》,2008;中国社会科学院周元侠的《〈论语集注〉的解释学研究》,2009)、科技哲学(华南师范大学石丽琴的《科学编史学与认识论解释学:从解释学的观点看拉卡托斯的科学编史学》,2007)。

法学研究博士论文既有对法学理念的阐释学反思(苏州大学王蕾的《诠释学视域下的宪法平等规范》,2007),也有对中国传统律法的阐释学研究(王志林的《〈大清律例〉解释学考论:以典型律学文本为视域》,2009)。值得注意的是,这一阶段出现了首篇建筑学阐释研究博士论文,即天津大学庄岳2006年完成的《数典宁须述古则,行时偶以志今游:中国古代园林创作的解释学传统》。

这十年里,文艺阐释研究专著之代表作有彭公亮的《审美理论的现代诠释——通向澄明之境》(2002)、邹其昌的《朱熹诗经阐释学美学研究》(2004)、台湾学者颜昆阳的《李商隐诗笺释方法论:中国古典诠释学例说》(2005)、华裔学者张隆溪的《道与逻各斯:东西方文学阐释学》(2006)[①]、朱健平的《翻译:跨文化解释:哲学诠释学与接受美学模式》。特别是在2009年一年内就有下列有影响甚至开风气的著作问世:牟中三弟子、台湾学者林安梧的《中国人文诠释学》(2009)[②]、裘姬新的《从独白走向对话:哲学诠释学视角下的文学翻译研究》、赖贤宗的《意境美学与诠释学》、周庆华的《文学诠释学》[③]、孙丽君的《哲学诠释学视野中的艺术经验》(2009)。

不难看出,上述研究将阐释学和读者理论研究引向四个新的维度:一、对中国古典文艺和传统学术的阐释方法和理论之研究;二、对中西文学阐释理论和方法的打通研究;三、从跨文化、跨学科和大的人文学科出发的阐释学理论创新;四、中国阐释学的创建。邹其昌的研究旨在梳理重构朱熹代表的宋儒治学释经中的义理之学。张隆溪明显承继了钱锺书打通文化和历史隔膜、促进中西学术思想对话交融的治学境界和理路。林安梧受乃师牟中三教化,得西方学术洗礼,返归文化精神本体,与美国的成中英、傅伟勋,中国大陆的汤一介,中国台湾的黄俊杰等遥相呼应,志在立中国诠释学派。顺带提及的是,与汤一介2003年开始主持的重大"儒藏"研究工程对应,台湾学者黄俊杰主持的大项目"东亚近世儒学中的经典诠释传统"已形成"儒学与东亚文明研究丛书"。丛书包括黄俊杰著的《东亚儒学的新视野》,李明辉、杨儒宾编的《中国经典诠释传统》三辑,张宝三、杨儒宾编的《日本汉学研究论集》。

这一时期可查阅的哲学阐释学著作多达六十多部,在数量、主题尤其是与中国文化、历史和现实的契合方面同样远远超越了前两个阶段。对西方哲学家

---

① 张隆溪:《道与逻各斯:东西方文学阐释学》,南京:江苏教育出版社,2006年。

② 林安梧:《中国人文诠释学》,台北:台湾学生书局有限公司,2009年。

③ 周庆华:《文学诠释学》,台北:里仁书局,2009年。

阐释思想的再阐发仍是这个时期的主题之一。这些哲学家包括卡尔·曼海姆(台湾学者黄瑞祺的《曼海姆:从意识形态论到知识社会学诠释学》,2000)、弗·詹姆逊(陈永国的《文化的政治阐释学:后现代语境中的詹姆逊》,2000)、伽达默尔(何卫平的《通向解释学辩证法之途:伽达默尔哲学思想研究》,2001)、海德格尔(王庆节的《解释学、海德格尔与儒道今释》,2004)。

但是巍然而成气象者数以中国文化本位意识驱动下的理论创新。2003—2010年,山东大学洪汉鼎主编的《中国诠释学》共出版七辑。本世纪初成中英先后出版《何为本体诠释学》(2000)和《本体诠释学》(2002)[①]。此后数年间先后问世的著作有:刘耘华的《诠释学与先秦儒家之意义生成》(2002)、周裕锴的《中国古代阐释学研究》(2003)[②]、潘德荣的《文字、诠释、传统:中国诠释传统的现代转化》(2003)、赖贤宗的《佛教诠释学》(2003)及两部新作《儒家诠释学》和《道家诠释学》(2010)、李幼蒸的《仁学解释学》及两卷本的《儒学解释学:重构中国伦理思想史》(2009)、曹海东的《朱熹经典解释学研究》(2007)、台湾学者卢国屏的《训诂演绎:汉语解释与文化诠释学》(2008)。

结 语

概括地讲,并非如部分中国学者所论,西方阐释学和读者理论在中国的接受和研究在时间上滞后于西方学术思想。相反它基本上与西方学界和思想界保持着同步发生的态势。主要的差别是在20世纪40、50、60、70年代的中国思想学术语境中,它没有形成与西方对应乃至抗衡和对话的研究大潮及广泛的影响。这40年间,中国的知识分子受法西斯战争、解放战争、政治动乱诸多影响,只有少数受西学洗礼、潜心学术的学者以一种先行者的探索精神维系着两个不同学术语境之间的沟通和交流。

熊伟、钱锺书和汤一介分属于不同时代的学者。他们探索的三种阐释学和读者理论研究方法实际上奠定了20世纪80年代以来华语语境中阐释学和读者理论研究的哲学、文学研究范式基础。这三种范式是:一、对西方阐释学思想原汁原味地透彻理解和体悟,在此基础上反思中国现代学术话语并积极地以译介方式将西方阐释学经典理论引入中国学术话语场;二、打破中西文化、思想隔膜,突破历史界限,不局限于一家一派的学术定见,不沉溺于狭小的学科分支,

① 成中英:《何为本体诠释学》,北京:三联书店,2000年;成中英:《本体诠释学》,北京:北京大学出版社,2002年。

② 周裕锴:《中国古代阐释学研究》,上海:上海人民出版社,2003年。

用实际的阐释行为来践行文学研究的文本阐释方法，进而实现思想学术层面的多维、多元对话交流；三、在当代全球化语境中，将西方阐释学研究与中国文化思想本位意识、中国传统学术思想的梳理重构、中国当代文化精神的熔铸有机对接，在实现对西方学术思想的精神去殖民化基础上，探索既立足中国又面向世界、回应世界、启迪世界的中国阐释学思想理论。

过去30年来我国的阐释学和读者理论以经典译介为先导，以文艺批评和哲学探究为主阵地，走过了一条扎根起步、沉着拓展、全面反思创新的道路。为憾者，对西方阐释学和读者理论的研究多着力于欧陆学术圈，偏向于哲学和纯理论引入，忽略了对欧陆以外尤其是在英美学术生态环境中德法阐释学和读者理论的新进展和新变异，忽略了在文艺批评实践层面上的应用。为豪者，前辈学人为我们标示了卓然独立于西方学术理论的阐释范式和文化精神导向。曲曲折折、明明暗暗，当代中国的阐释学和读者理论始终在一种学术创新、文化兼容、传统延续的大气候中推陈出新、继往开来。

第五章
福柯在中国

20世纪80年代构成了现代中国的一个特殊的历史氛围和知识氛围。此时,“文化大革命”刚刚结束,由于“文化大革命”引发了一些悲剧性后果,这样,正统的马克思主义思想受到了知识分子的质疑。“文化大革命”甚至在党内遭到了批评。邓小平倡导面向西方世界的改革开放政策,使得中国开始大量翻译西方现代和当代哲学著作。这个时候,他们选择了谁?尼采、萨特和弗洛伊德被挑中了。为什么是尼采?一直被集体性所绑缚的人、一直被平均化信念所主宰的人、一直牢牢地受缚于同一种观念的人,此刻最需要的是激情,是创造性力量,是能够让个体生命得以迸发的各种抒情性,尼采为他们提供了呐喊的可能。为什么是弗洛伊德?人们需要将性合法化,需要将性非罪化,年轻人需要为自己旺盛的爱欲寻求自主性,弗洛伊德告诉他们爱欲是“自然”事实,不需要进行人为的压制。为什么是萨特?人们需要自己决定自己的命运,需要自我选择,而不再盲从于国家、单位组织和家庭的安排。尼采、弗洛伊德和萨特,这些思想家在80年代的中国具有强大的吸引力。无论是否能够真正地理解他们,当时几乎所有的大学生都在谈论他们。这些哲学著作可以销售到几十甚至上百万册,80年代的中国,出现了一个阅读西方哲学的奇观。

福柯正是在20世纪80年代这个引进西方思想的潮流中来到中国的。在80年代之前,中国没有人提到过福柯(这和日本完全不同,福柯在日本很早就被翻译和阅读了)。在80年代初期,在介绍西方思想,尤其是结构主义的文章中,有极少数人提到了福柯的名字,但是,这些作者并不了解福柯的著作——也就是说,只是知道法国有这么一个重要的哲学家而已。这个时候,福柯并没有受到中国人的注意。有些巧合的是,中国出现的第一篇专门介绍福柯的文章,是对福柯逝世的报道。1984年6月福柯去世后,在1984年9月出版的一个专门介绍西方思想的杂志《国外社会科学》上,发表了一篇文章《法国哲学家M.福柯逝世》[1]。这是中国人第一次将福柯作为一个单独主题来谈论。这实际上也是从法国报刊上编译的一篇文章,因为中国人此时还不了解福柯。这也表明,福柯是在逝世之后,才开始在中国引起人们的关注。也只是在这之后的1986年,中国开始有人发表零星的介绍福柯的文章。1986—1990年大概出现过十来篇专门介绍福柯的文章[2]。主要发表在《国外社会科学》和在知识分子中最有影响的杂志《读书》上面,这些文章都较为简要地探讨了福柯的一些重要主题:权力、疯癫、知识考古、话语,所评论的对象主要是《知识考古学》《性史》《疯癫与文明》和《规训与惩罚》这几本书。从文章本身来看,作者们介绍得极其简略,有些甚至还出现了明显的误解(比如在对福柯进行分期的时候,将谱系学阶段放到了考古学阶段之前),大多数文章都参考了西方人所写的有关福柯的论文,因为这些作者当时很可能并没有仔细阅读福柯的著作。不过,这样一种通过编译来介绍西方思想的方式,在80年代是非常普遍的。中国学者在那个时候几乎没有能力去理解和阅读福柯这样的思想家。而且,这些最早介绍福柯的学者,有好几位是在美国和法国攻读博士学位的中国留学生。他们之所以介绍福柯,完全是因为他们在西方的大学校园里感受到了福柯的巨大影响。除了中国人所写的介绍福柯的论文之外,还有一些被翻译成中文的西方当代哲学著作,也常常提到福柯,这对福柯在中国的早期传播也起到了一定的作用。

尽管从80年代中期之后开始的对福柯的零星介绍显得非常粗糙、简单和片面,但是,这些介绍性的论文,使得福柯引起了一小部分中国学者的注意。显然,福柯的主题,即便是简单地作一番介绍,也会令中国学者感到惊奇——因为这些完全不同于他们以前的知识系统,甚至也不同于他们粗浅了解到的西方哲学和理论知识。在80年代中期以后,萨特的影响降温了,而福柯则和德里达、罗兰·巴尔特、拉康等一道开始在一些为数甚少的年轻知识分子之间口口相传——之所以是相传,是因为他们的著述翻译成中文的极少,人们只是口头上听说了这些人,但是,在整个80年代,中国几乎没有人对他们有深入的研究。而且,中国学者把这些新法国哲学家作为一个"后结构主义整体"和"后现代整体"来对待,似乎这些哲学家之间并不存在着太大的差异。求知欲非常旺盛的中国的年轻知识分子,很快地知道了符号学、权力和解构这些关键词,但对这些

---

① 多家瑜:《法国哲学家M.福柯逝世》,《国外社会科学》1984(09)。

② 如潇扬:《福柯:权力的探索和知识的考古》,《探索与争鸣》1986(02);杜声锋:《疯态、理性与人——福柯〈古典时代的疯病史〉评介》,《读书》1988(10);尚志英:《西方知识考古福柯与〈词与物〉》,《读书》1988(12);吴清:《在批判的彼岸——评福柯权力论思想的演变》,《法国研究》1989(02);萧程:《性、系谱、主体 读福柯〈性史〉》,《读书》1989(07—08);李培林:《微型权力专家:福柯——巴黎读书札记》,《读书》1989(02);叶秀山:《论福柯的"知识考古学"》,《中国社会科学》1990(04);黄颂杰:《福柯的话语理论述略》,《南京社会科学》1990(06);赵一凡:《福柯的知识考古学》,《读书》1990(09);尚志英:《密歇尔·福柯:当代法国思想的巨擘》,《复旦学报》1990(04)等。

关键词的理解却是浅尝辄止的,福柯等人只是在一个对西方思想抱有极大好奇心的人数甚少的年轻知识分子圈子里为人所知。

福柯著作最早的两个中译本可以说明这一点。在1988年和1989年,中国人翻译出版了福柯的两个不同版本的《性史》①。这是最早的对福柯著作的翻译。但遗憾的是,这两个《性史》都不完整,而且都是从英文翻译的。1990年翻译出版了《癫狂与文明》②,也是从英文翻译的。这两本书刚刚翻译成中文的命运,却展现了意味深长的事实。《性史》在中国的传播经历,本身就能显现80年代的中国的知识社会学特征。这本书是由上海的一家科技出版社出版的,人们将它当成是一本性的科普读物,在书店里,它被摆在医学和健康的分类柜台中。年轻人买这本书,在当时的性知识非常匮乏的背景下,很多是出于猎奇心理或者是将它当成科普指南——但是,买回家后,发现内容晦涩,不知所云,完全没有任何性的指南知识,这些人大呼上当,将这本书当做废品处理掉了,这样,不久之后,这本书便遍布在中国大中城市的图书地摊上。事实上,在80年代,一切与性有关的书籍都非常走俏,这本书居然印刷了10万册!可是,印数如此之大,却并没有传播福柯的名声——事实上,当时的一般读者并不关心一本与性有关的书的作者是谁(只要是一个外国人就行!),福柯还是没有超出极少数知识分子的圈子而为人所知。《癫狂与文明》的出版也可以证明这个事实。与《性史》差不多同时翻译出版的《癫狂与文明》几乎没有受到什么关注,在当时翻译西方学术著作的热潮中,《癫狂与文明》默默无闻——很多年以来,它沉默地躺在中国大学的图书馆里,乏人问津。

不过,福柯还是越来越被人关注。到了90年代中期,福柯不再局限于一个狭小的学术圈子,开始在知识界广为人知了。或许是中国对西方世界的了解越来越多,或许是福柯在西方的影响越来越大,或许是中国知识分子同西方大学的接触更加密切,也或许是中国社会的“权力病”越来越醒目,总之,到了90年代中期,人们经常谈论福柯。不仅是哲学、文学,还包括社会学、政治学、历史学和教育学等,提到福柯的人越来越多。福柯开始成为一个醒目的学术人物。其标志是,中国人自己写出了两本论述福柯的著作:刘北成的《福柯思想肖像》(1995)和莫伟民的《主体的命运》(1996)。③ 但是,因为福柯的著作翻译成中文的很少,而且,先前翻译的福柯的两本著作已经在书店里面绝迹了,人们还是没有看到福柯的著作。这加剧了福柯的神秘感,也越发地刺激了人们的好奇心。

---

① 米歇尔·福柯:《性史》,黄勇民等译,上海:上海文化出版社,1988年;米歇尔·福柯:《性史》,张廷琛等译,上海:上海科学技术文献出版社,1989年。

② 米歇尔·福柯:《癫狂与文明》,孙淑强、金筑云译,杭州:浙江人民出版社,1990年。

③ 刘北成:《福柯思想肖像》,北京:北京师范大学出版社,1995年;莫伟民:《主体的命运:福柯哲学思想研究》,上海:三联书店,1996年。

这样，90 年代末期，福柯著作的翻译出版成为中国知识分子的期盼。也正是在这个时候，福柯的几本重要著作和文集应运而生：包亚明编选的《权力的眼睛：福柯访谈录》[①]，杜小真编选的《福柯集》[②]都引起了广泛关注。尤其是后者，搜集了福柯的重要文章《什么是启蒙》《尼采，谱系学和历史》等。但是，将福柯制造成学术时尚的事件是，由最有影响的三联书店于 1998、1999 年间同时出版了《癫狂与文明》《规训与惩罚》《知识考古学》[③]。这几本著作的同时出版引起了轰动。人们争相购买，这些著作很快脱销，又重新再版。福柯这个时候成为了公众话题，各种学术讨论和文章中都频繁地提到福柯，甚至中国非常有影响的一家报纸周刊《南方周末》用了整版的篇幅向普通公众介绍福柯，这在中国是非常罕见的。可以说，从这时起，福柯在中国已经超出了知识分子圈子的范围。他的影响如日中天。到了 2000 年前后，几乎所有人文学科的研究生都知道福柯了（虽然并未有深入的了解）。甚至校园之外的人都可能听说了福柯。

或许，在刚刚过去的十多年时间里，福柯是对中国知识界影响最大的西方知识分子，至少是最被读得最多的知识分子。在今天的一家名为“豆瓣”的读书网站上，建立了各种各样的读书小组。这些小组的主要成员是高校的年轻学生。他们根据自己的专业兴趣组成了读书小组。有许多小组都是以思想家为主题的。我们发现，在所有的西方思想家中，除了尼采之外，福柯小组的成员最多，达到 5000 人以上。远远超过了康德、黑格尔、海德格尔和萨特等人。从 2000 年开始，福柯的《性经验史》[④]《词与物》[⑤]以及他在法兰西学院的讲座《必须保卫社会》《主体解释学》等相继出版。[⑥] 这更加激发了研究福柯的兴趣。关于福柯的论文也爆炸性地增长。在 1990—2000 年这十年间，在中国各类学术杂志上，专门讨论福柯的论文不到 30 篇，但是，从 2000 年到 2010 年的十年中，讨论福柯的论文达到了 600 多篇。几乎涉及除了经济学之外的所有社会科学和人文科学专业。以福柯作为研究对象的博士论文有近 20 篇。论述福柯的著作有 10 部左右。此外，还翻译了好几部外国人论述福柯的著作和文集，其中包括《德勒兹论福柯》[⑦]。尽管所有这些论文的质量参差不齐，主题也各个不一，但

---

① 包亚明：《权力的眼睛：福柯访谈录》，上海：上海人民出版社，1997 年。

② 杜小真：《福柯集》，上海：上海远东出版社，1998 年。

③ 米歇尔·福柯：《疯癫与文明：理性时代的疯癫史》，刘北成、杨远婴译，北京：三联书店，1999 年；米歇尔·福柯：《规训与惩罚》，刘北成、杨远婴译，北京：三联书店，1999 年；米歇尔·福柯：《知识考古学》，谢强、马月译，北京：三联书店，1998 年。

④ 米歇·福柯：《性经验史》，余碧平译，上海：上海人民出版社，2000 年。

⑤ 莫伟民：《词与物：人文科学考古学》，上海：三联书店，2001 年。

⑥ 钱翰：《必须保卫社会》，上海：上海人民出版社，1999 年；米歇尔·福柯：《主体解释学》，余碧平译，上海：上海人民出版社，2005 年。

⑦ 杨凯麟：《德勒兹论福柯》，南京：江苏教育出版社，2006 年。

是,这充分说明了福柯在中国知识分子中所引起的巨大反响。今天,在中国,绝大部分知识分子都或多或少地读过福柯。福柯渗透到各个学科,尤其受到年轻人的喜欢。较之当今其他的法国思想家或者欧洲思想家而言,福柯的影响确实更大一些,而且,受到的尊重也更多一些,人们几乎总是满怀着敬意地提到福柯——当然,这并不意味着他的理论得到了普遍的欢迎。

为什么福柯在中国的影响如此之大?最根本的原因是他本身的思想魅力。在中国,人们很愿意,而且似乎也很能顺利地接受福柯的思想,尤其是他的权力一知识思想,人们愿意将福柯的理论应用于中国的历史和社会实践,并动摇了传统的学术思路和分析方式;福柯持续地讨论权力问题——无论怎样来理解这种权力概念——这对中国人本身就是一个巨大的诱惑,因为中国人就是被权力问题所苦苦折磨。福柯高度历史化的批判风格同中国的知识分子的批判传统较为接近;对社会的关注和干预,是中国知识分子的一个强大的传统,福柯符合这一传统,相反,纯粹的抽象哲学思辨不为中国知识分子所擅长。同时,福柯对西方传统和西方思想的理解,也为中国知识分子打开了另外一种视野,人们可以借助福柯的著述去重新看待西方,一种既不同于马克斯·韦伯,也不同于马克思的西方,后两者对西方现代社会的阐释为中国读者所熟悉。第二个原因是福柯独有的论述方式,福柯的著作写得非常漂亮,即便是翻译成中文,也能感受到他的著作的华丽和激情,能感受到它的文学性,这使得福柯的著作具有较强的可读性。而且,相对而言,福柯的著作不是典型的抽象的哲学思辨,因为著作中有大量历史事件的描述,因此比一般的哲学著作更能吸引哲学圈以外的人,这使得他的读者较为广泛。第三个原因是福柯的生活方式本身的魅力——福柯的两本传记都翻译成了中文,人们对于福柯的生活有了更多的了解,福柯对任何权力机制的怀疑和抵制,对生活本身的审美要求,以及他所推崇的“危险生活”,所有这些,对那些被各种权力所纠缠的年轻人,对那些不满现状的年轻人,对还没有完全丧失理想的年轻人来说,都是一种鼓舞。福柯成为他们的生活楷模。

福柯在中国产生了诸多影响,这直接导致了中国的知识生态和习性不可逆转地发生了改变。除了哲学讨论外,历史学、政治学、法学、社会学和文学的研究都受到了福柯的影响。就文学而言,在很长一段时间里,中国的文学评论家遵循的是苏联的美学模式。在大学里面,文学理论教科书总是反映论式的,是苏联马克思主义式的。但是,现在,文学教师会讨论福柯的话语理论,会强调文学话语的实践性和物质性,文学话语并非是对现实的忠实“再现”。它们也有自主性,语言本身可以有自己的独自重量。此外,福柯的规训和凝视理论,对文学研究、文化研究以及艺术研究产生了重大影响:文学和艺术中有关主体形成的探讨,有关观看机制的探讨,越来越频繁地引用福柯;许多学生在讨论奥威尔的

《1984》的时候，都自觉地运用福柯的规训理论。福柯关于“知识型”的讨论，同时是文学史和艺术史写作的参考模式。在史学领域，人们也正是在福柯的启发下，开始讨论一些微观历史的问题，而不再局限于对重大历史事件的勾勒和回顾。人们更加强调历史的偶然性，而不再完全信奉有一个绝对的历史规律存在。同时，人们也开始用权力改造主体的概念来讨论历史——这在以前的保守的历史学界是不可想象的，对于后者而言，历史就是追求真相，就是将历史还原，但是，受福柯影响的历史学家，开始重视微观历史，人们现在也开始谈论医学史，谈论空间和身体的历史，谈论日常生活的历史。教育学理论也用福柯的“规训”来谈论学校对学生的教育和管理。法学界的人开始注意到《规训与惩罚》中的法学思想。这些学术取向上的变革，都直接或间接地同福柯有关。尽管对福柯的理解还存在着各种各样的误区，尽管人们对福柯理论或许还没有充分地消化，尽管对福柯理论的运用有时候并不是非常熟练，但是，毫无疑问，福柯改变了许多学科的面貌和取向。

但是，遗憾的是，福柯的有些著作翻译得不是很理想。尤其是他的《性史》，尽管出现了好几个译本，但没有一个译本是可靠的。同样，《主体解释学》也是一个糟糕的译本。最近几年，福柯的一些重要的著作和论文还在陆续翻译成中文。这包括他在法兰西学院的一些重要讲座，比如《安全、领土与人口》《生命政治的诞生》，以及一部重要的论文集《福柯读本》，还有福柯讨论马奈的著作[①]等。这些著作刚刚出版，中国知识分子还没有对它们进行消化阅读。但它们所讨论的一些问题，我个人认为同中国的现实，甚至是当今世界的现实有很大的关系，但是，遗憾的是，中国知识分子对此并不了解。中国知识界最近十几年来围绕着自由主义展开了一场大辩论，但是，福柯在《生命政治的诞生》中对自由主义的杰出讨论，完全没有被中国知识分子所注意到。此外，令人遗憾的是，福柯一个非常重要的遗产“生命政治”(biopolitics)概念，中国知识分子也很少提到。事实上，中国今天的治理，在很大程度上，正是福柯的“生命政治”思想的一个实践——中国政府所采取的治理方式，正是要不断消除各种纷至沓来的社会危险，就是要保护社会。或许，要过几年之后，福柯对自由主义和生命政治的讨论才会成为人们注意的焦点——而这些在西方已经成为讨论的热点。也或许，这些一直不会成为人们注意的焦点。因为“福柯热”在今天已经退潮了(由我本人主编的刚刚出版的一本《福柯读本》，就没有引起太多的关注，尽管里面的文章都是从前没有翻译成中文的)。福柯在法兰西学院最后几年的讲座也还没有

---

① 钱翰、陈晓径：《安全、领土与人口》，上海：上海人民出版社，2010年；莫伟民、赵伟：《生命政治的诞生》，上海：上海人民出版社，2011年；汪民安：《福柯读本》，北京：北京大学出版社，2010年；谢强、马月：《马奈的绘画》，长沙：湖南教育出版社，2009年。

被完全翻译成中文,这是关于古典思想的讨论。但是,中国对西方古典思想的讨论也没有人注意到福柯。尽管很多人重视福柯,但是,人们已经认为这已经是一个学术“老人”了——中国知识界的一个特点是,总是要找到新的潮流,要找到新的代表人物,总是要找到新的热点。福柯作为一个学术时尚人物,已经持续十几年了(这在学术时尚化的中国,已经是一个奇迹),他所激发的兴奋正在成为过去,他在中国也被高度符号化和口号化了,尽管他还有大量的思想没有被人消化,尽管中国知识界对他的了解并不全面和深入,但是,人们已经没有耐心再去深入研究了。这样的情况不是发生在福柯一个人身上,而是发生在所有的思想家身上,在80年代,尼采是这样,弗洛伊德是这样,海德格尔也是这样。除了马克思之外的所有西方思想家都是这样。中国人没有耐心对西方思想家作出特别深入而细致的研究。他们通常是作为学术时尚人物而存在。

最后,我还想表明的是,包括福柯在内的当代法国哲学和思想是怎样传入到中国来的?我们对法国哲学的选择基本上采用的是美国标准,也就是说,如果一个法国思想家在美国被广泛讨论的话,在中国才会有更多的关注者。法国思想家如果不在美国成名,就很难在中国成名。为什么会出现这样的事实?因为,在中国的哲学系,法国哲学研究一直是比较薄弱的,既懂法语又懂哲学的人非常少,而且这些人在整个哲学界不占据主导地位,他们直接推动的法国哲学很难在学术界广为流行。哲学系的主流是德国哲学和英美分析哲学。德国哲学研究之所以有力量,是因为马克思主义、康德和黑格尔研究在中国有一个深厚的传统,因此,中国的哲学系有丰富的德国哲学传统。分析哲学之所以重要,语言是很大一部分原因,中国懂英语的人非常多。相形之下,虽然这几年有所改善,但法国哲学研究还是处在一个较为弱势的状况。事实上,对当代法国哲学在中国的推动,除了哲学系研究法国哲学的人之外,中文系、英文系,甚至是社会学和历史系的教师起到了很大的作用。很多重要的法国哲学著作都是通过英文转译的(福柯的《癫狂与文明》《规训与惩罚》和《临床医学的诞生》也是通过英文翻译的,尽管这几个译本质量不错),大量的法文著作无法直接从法文翻译过来。而在中国,能够从事英文翻译的人很多,留学美国的人也很多,中国知识界对美国最为了解。因此,只要是在美国成名的哲学家,肯定会在中国产生影响。我举一个例子:德勒兹在法国的地位和影响丝毫不逊于福柯和德里达,但是,在中国,德勒兹的影响远远不及这两个人。这其中的根本原因是,德勒兹在美国的影响不及福柯和德里达。总之,一个法国哲学家要在中国产生影响,并不一定要在法国产生影响,但一定要在美国产生影响。中国进口法国理论,肯定要通过美国这个中转站。

当然,在中国,和在法国一样(我曾在巴黎也碰到了很多反对法国新理论的学院知识分子),甚至在全世界各地都一样,都有一些反对法国新理论的人,他们总是说，这些源自欧洲的理论无法解释中国的现实。而且，更重要的是，他们指责这些法国理论趋于极端，而且不负责任，它们具有天生的摧毁性，对中国这样本身十分需要秩序和理性的国家来说，这些理论具有危险性。中国不需要这些东西，更需要建设性的东西。这些指责法国理论的人成分殊异，有些是大学里面的旧式权威，因为他们不了解这些理论——准确地说，他们没有能力去研究这些理论——如果这些理论在大学里面占了上风，他们就会失去自己的权威，进而失去自己的学术利益——他们完全是基于自己的既有学术位置来反对这些理论的流行和引进的。还有另外一些反对者——主要是政治领域中的儒家保守主义者和新自由主义者，他们都将法国理论视作是激进左派传统的延续，尽管他们大部分人对这些理论道听途说，缺乏研究，但因为他们对左派传统从来都缺乏好感，因此，首先，从意识形态上，他们就毫不犹豫地拒绝这些法国理论。

尽管有这些保守势力的存在，但是，以福柯为代表的法国当代哲学还是逐渐在中国大学中扎根了。福柯等哲学家在持续地影响年轻人，并且在逐渐地改变大学人文科学的面貌。

第六章
拉康研究与三种主体性

拉康研究在中国已经形成相当可观的学术规模。到目前为止,中国内地拉康研究的著作(包括有关拉康的齐泽克研究)已有二十多部、论文数百篇。对于一个以艰深晦涩著称的理论家而言,这个数字可谓庞大。自2000年我国第一部研究拉康的专著出版以来,我国学者对拉康的兴趣与日俱增。如今学界对拉康的理解也以"空缺主体论"的阿尔都塞模式转向了"感性主体论"的米勒/齐泽克模式。随着对拉康与意识形态相关性的认识,拉康研究也不断"政治化、社会化和大众化"[①]。可以说拉康的思想现在已经超越学院派的纯学术范畴,开始成为一种文化批判工具。这使拉康吸引了更多的读者,拉康研究也因此呈现出一派欣欣向荣的景象。

本章的第一个目标是梳理和把握内地引进和研究拉康理论的过程。从20世纪80年代的译介到90年代的初步研究,再到2000年以后拉康研究的繁荣,我国学者已经涉及了拉康早期和晚期的各种主要概念,而且对英语世界的拉康研究也有一定程度的了解。本章旨在勾画出一个拉康研究的认知图,看看我国的拉康研究走到了哪里。

本章的第二个目标是将拉康研究与我国学界30年来对主体性问题的讨论联系起来。笔者认为,拉康研究的进展还有其学术文化背景。现在人们对拉康晚期思想的浓厚兴趣,标志着我国学界关于第三种主体性的思想开始形成。相对于20世纪80年代以朱光潜、李泽厚、刘再复为代表的人文主义主体概念,以及20世纪90年代以阿尔都塞、福柯、克里斯蒂娃和拉康的"符号界"所代表的后结构主义"空缺主体"概念,如今我国学界对主体性的理解已经有了新的认识。这可以说是一个"否定之否定"的过程,有些类似于黑格尔的"正、反、合"的辩证发展路线。虽然目前关于第三种主体性的思想还有待于理论深化和实际

---

① 韩振江:《齐泽克意识形态理论研究》,北京:人民出版社,2009年,第1页。

应用,但毕竟,拉康为我们进一步探讨这一问题提供了一个良好的开端。

一、早期译介

拉康的理论是20世纪80年代前后介绍到中国来的。学术界初步了解拉康主要是通过三位西方学者:詹姆逊、伊格尔顿和伊丽莎白·赖特。1985年詹姆逊来华演讲,简要介绍了拉康是如何将索绪尔的能指/所指概念应用于弗洛伊德的无意识理论。詹姆逊告诉我们,所谓欲望的压抑就是语言的压抑:“拉康认为学习语言就是暴力、隐抑和异化的开端。”[①]而精神分裂就是语言的“表意链”“完全崩溃”的结果。[②] 这个观点在当时还是相当新颖的。拉康关于语言对无意识形成的作用的发现,使精神分析面目一新。此行詹姆逊还带来了他的著名论文《拉康的想象界和象征界》,交由张旭东翻译并于1989年发表。虽然这篇文章相当晦涩,一如詹姆逊过往的风格,但他对拉康“实在界”的阐释却出人意料的通俗易懂。詹姆逊把“实在界”理解为历史:“它就是历史本身。”[③]我国学者也注意到这一影响极大的观点。方汉文认为此说与拉康的原意“并不吻合”[④]。张一兵也认为“詹姆逊此处的总体判断恰好是错误的”[⑤]。这些看法符合某些西方学者观点。伊格尔顿认为,“詹姆逊错把它[实在界]当作是物质历史,而这是最不可能的……不管实在界到底是什么,对于拉康而言它都是非历史的。”[⑥]不过,其他研究者如严泽胜则更为肯定“实在界”作为“缺场的原因”与“总体历史”的关系。[⑦]

的确,这是一个广受争议而且没有定论的问题。如果我们认可海登·怀特把历史看作是一种叙事的观点,那么詹姆逊把“实在界”与历史类比,比其他人把“实在界”与康德的“物自体”类比要合理得多。历史与“实在界”的确有某种相似之处:它的不可知性(抵制符号化),它不在场的在场,它作为精神创伤与当代现实的联系等。纵观1840年以来的中国近代史,作为历史创伤的“实在界”,与作为个人精神创伤的过往事件一样,无时无刻不对我们现在的生活发生影

---

① Fredric Jameson, *The Ideology of Theory*: *Essays 1971—1986*, Vol. 1, Minneapolis: The University of Minnesota Press, 1988, p. 186.

② Ibid., p. 187.

③ 杰姆逊(詹姆逊):《雅克·拉康的“幻想之物”与“符号之物”》,张旭东译,《东西方文化评论》第3集,北京:北京大学出版社,1991年,第104页。

④ 方汉文:《后现代主义文化心理:拉康研究》,上海:三联书店,2000年,第240页。

⑤ 张一兵:《不可能的存在之真——拉康哲学映像》,北京:商务印书馆,2006年,第345页。

⑥ Terry Eagleton, *Trouble with Strangers*: *A Study of Ethics*, Chichester: Wiley-Blackwell, 2009, pp. 141—142.

⑦ 严泽胜:《穿越“我思”的幻象——拉康主体性理论及当代效应》,北京:东方出版社,2007年,第226页。

响。实际上拉康本人就把记忆和历史化相提并论。他认为,“在人类心理驱力的作用下,记忆与历史化并存”[①]。作为马克思主义批评家,詹姆逊为他的历史主义方法找到了一个精神分析的理论依据,同时也为文学文本与历史现实的结合找到了一个心理中介。

与詹姆逊的风格迥然不同的是伊格尔顿,他的功力在于深入浅出。伊格尔顿的《文学理论导论》在中国有两个影响很大的译本:一是伍晓明译本《二十世纪西方文学理论》(陕西师范大学出版社,1987);一是王逢振译本《当代西方文学理论》(1988)。我国读者对拉康的兴趣主要源自这两个译本中关于拉康的介绍。伊格尔顿非常清楚地转述了拉康的“镜像阶段”和随后发生的“象征界”(符号界):“幼儿在镜子中‘误读’了自己”,发现了自身并不存在的“令人愉快的统一”,因此产生了一个由他者“虚构的自我”。[②] 这种自我的分裂在日后的语言习得中变本加厉,无意识随之产生。

詹姆逊和伊格尔顿转述的拉康理论使我们接触到与弗洛伊德理论不同的精神分析概念。拉康使我们认识到无意识并非存在于我们内心深处,而是存在于我们之外:“无意识在我们的‘外部’而不存在于我们的‘内部’——或者宁可说它存在于我们‘之间’”[③]。这种全新的无意识观念使我们超越了弗洛伊德,使精神分析走向更广阔的社会文化领域。在这方面,伊格尔顿的通俗表述功不可没。“误认”和“之间”这两个关键词语是当时我们理解拉康想象界和符号界的钥匙。

伊丽莎白·赖特的功绩主要是介绍了一个作为文学批评家的拉康。赖特关于拉康的文章有两篇中译,一篇收录于安纳·杰弗森和戴维·罗比编的《西方现代文学理论概述与比较》中译本(湖南文艺出版社,1986)。这篇文章还被收录于王忠勇的《本世纪西方文论述评》(1989)[④],作为教材在当时流传甚广。赖特另一篇文章是她的著作《精神分析文学批评:实践中的理论》的节选,中译文收录于王宁主编的《精神分析》论文集(1989)。赖特重点介绍了拉康本人对爱伦·坡《窃信案》的分析。作品中的三个人物——大臣、王后和探警轮番被信件支配,说明我们一旦拥有语言(或作为语言隐喻的信件),就进入了无意识状态。拉康认为我们的整个语言都是一种“失言”[⑤],或者说是“语误”[⑥]。他不是像弗洛伊德那样,把无意识仅仅锁定在梦境、笑话、症候等语言的边缘材料之

---

① Jacques Lacan, *The Ethics of Psychoanalysis 1959—1960*, *The Seminar of Jacques Lacan*, Book VII, ed., Jacques-Alan Miller, trans., Dennis Porter, London: Routledge, 1992, p. 209.

② 伊格尔顿:《当代西方文学理论》,王逢振译,北京:中国社会科学出版社,1988年,第238页。

③ 同上书,第250页。

④ 王忠勇:《本世纪西方文论述评》,昆明:云南教育出版社,1989年,第365-389页。

⑤ 同上书,第244页。

⑥ Terry Eagleton, *Literary Theory: An Introduction*, Oxford: Basil Blackwell, 1983, p. 169.

中。《窃信案》对此观点是一个出色的注脚。

对弗洛伊德的超越更体现在拉康对《哈姆莱特》的分析中。拉康论《哈姆莱特》的长文也收录于王宁编的《精神分析》(1989)之中，并与欧内斯特·琼斯对《哈姆莱特》的经典解读并置，使读者可以比较两者的异同。拉康将《哈姆莱特》看作是欲望(缺乏)的悲剧和语言的悲剧，从中我们看到了精神分析理论如何通过语言并从社会文化层面解读文学作品。王宁在为此书作的序言中指出，拉康"终于为无意识更有效地应用于文学批评找到了一个中介物——语言"。这是精神分析中的"语言革命"[①]。

如前所述，20 世纪 80 年代是朱光潜、李泽厚和刘再复的人文主义主体论盛行的年代。当时的人文主义者在和蔡仪为代表的典型论者的论战中占有绝对的话语优势。前者有里普斯的移情论、阿恩海姆的格式塔心理学和苏珊·朗格的象征理论以及后来兴起的海德格尔存在论、伽达默尔阐释学作为理论支持。而读者对于这些人文主义理论的兴趣远远超过对拉康的兴趣。这从张隆溪于 1984 年在《读书》杂志上介绍阐释学所获得的巨大学术反响以及学界对海德格尔和萨特存在主义的浓厚兴趣中可以略见一斑。因此拉康在这样的文化学术背景下并没有显示出应有的理论意义。学界对拉康的理解仅仅限于技术层面，侧重点在于他对弗洛伊德的超越。拉康关于主体生成和建构过程的描述并没有引起足够的重视。拉康在当时的影响甚微，与海德格尔、伽达默尔、阿恩海姆、苏珊·朗格和韦勒克等人的流行程度相比，完全不可同日而语。在当时权威性的西方文论读本——伍蠡甫、胡经之主编的《西方文艺理论名著选编》(上、中、下)(北京大学出版社，1985—1987)中，拉康作品也付阙如。只有到下一个十年，拉康早期的"空缺主体论"才浮出水面。

二、研究滥觞

20 世纪 90 年代前后可以看作是中国拉康研究的滥觞期。这段时间我国学者介绍拉康的论文有近 20 篇。[②] 这些论文所描述的拉康在当时令人耳目一

---

① 王宁编:《精神分析》，成都:四川文艺出版社，1989 年，第 62 页。

② 比较有代表性的篇目可以举出:张旭东:《幻想的秩序——作为批评理论的拉康主义》，《文学评论》1989(04);李淑言:《幻想的秩序——作为批评理论的拉康主义》，《文学评论》1989(04);赵一凡:《拉康与主体的消解》，《读书》1994(10);周小仪:《拉康的早期思想及其"镜象理论"》，《国外文学》1996(3);方成:《试论拉康的符号学心理分析理论》，《四川外语学院学报》1997(3);方汉文:《后现代主义文化心理:拉康的理论》，《国外社会科学》1998(06);褚孝泉:《穿越拉康的魔镜》，《国外社会科学》1998(06);朱立元:《拉康的结构主义精神分析美学》，《文艺研究》1998(06);陈永国:《雅各·拉康的结构主义精神分析学》，《吉林大学社会科学学报》1998(04);王岳川:《拉康的无意识与语言理论》，《人文杂志》1998(04)。

新。张旭东从结构主义角度考察了拉康早期的主体概念。张旭东认为“在拉康那里,主体却是一个空虚的一无所有的项”。“‘自我’只有在‘他者’之中才能把自己确定为另一个自我。”[①]与80年代我们对主体的理解完全不同的是,在这里,主体并不在场,而是一个由他者构成的存在。但主体是如何在语言中构成的呢?李淑言不仅从认识论和文化背景方面介绍了他者的观念,而且首次涉及了描述这一构成机制的概念,她译为“空话”和“实话”(empty speech and full speech)。这一对概念是理解拉康无意识理论的核心所在。此后对它们的翻译也在不断改进:如“虚语/实语”[②]“空洞的话/实在的话”[③]“虚言/实言”[④]等。这标志着我们对拉康理解的深入。

赵一凡的《拉康与主体的消解》是继张隆溪之后,在《读书》杂志发表介绍西方文论的系列文章之一。这个系列在当时影响也相当广泛。赵一凡从科耶夫所阐述的黑格尔主奴关系入手,讨论了拉康他者观念的理论渊源。接下去赵一凡并没有局限于结构主义语言学(“语言说我”)和德里达解构主义(“不在场”)这些传统阐释拉康的模式,而是另辟蹊径,把拉康思想与中国老庄哲学并置,开创了比较研究的先河。赵一凡将拉康的主体论对照老庄的“无我”境界:“庄子视人欲为祸患之源,并嘲笑人类自以为是的毛病。他把天地造化比作铁匠铸金:假如有一块矿石突然从炉中蹦出,大喊:‘我要做宝剑!’那么此石肯定是邪物。‘今一犯人形,而曰“人耳人耳”,夫造化必以为不祥之人’。”(《庄子·大宗师》)赵一凡以这样一种风趣的方式对西方人文主义主体性进行了批判,这在当时极为罕见。赵一凡说,“庄子目中的‘不祥之人’,自启蒙运动起,便开始独立西方,自称是‘万物灵长’。(何尝不也是天地间的祸害?)”[⑤]

将启蒙时期以来的主体性看作是庄子的“不祥之人”,不仅别开生面,而且对于80年代人文主义主体性狂热,是一个重大的思想转变。实际上,拉康本人的学术思想在形成过程中也受到东方哲学的很大影响。据程抱一回忆,拉康曾经跟他学过汉语,并“让所有精神分析学的学生,读我的《虚与实》和《中国诗语言》两本著作”。因此在程抱一看来,拉康的精神分析学说“也熔铸了他对中国哲学精神的思考”[⑥]。褚孝泉也指出,拉康研读过中国经典,并受惠于虚实概念:“汉字的构造特点以及中国传统思想中的一些重要概念如虚和实及有名和

---

① 张旭东:《幻想的秩序——作为批评理论的拉康主义》,《批评的踪迹》,北京:三联书店,2003年,第32、33页。

② 拉康:《拉康选集》,褚孝泉译,上海:三联书店,2001年,第256页。

③ 张一兵:《不可能的存在之真——拉康哲学映像》,北京:商务印书馆,2006年。

④ 吴琼:《雅克·拉康:阅读你的症状》下卷,北京:中国人民大学出版社,2011年,第360—362页。

⑤ 赵一凡:《欧美新学赏析》,北京:中央编译出版社,1996年,第122页。

⑥ 程抱一、钱林森:《借东方佳酿浇西人块垒——关于法国作家与中国文化关系的对话》,《中国比较文学》2004(03)。

无名等对拉康思想的形成都有过启发性的影响。”[①]因此，褚孝泉关于“虚语/实语”概念的翻译颇有中国哲学特征，可谓神来之笔。

后来的学者也不断提及拉康思想中的中国因素。张一兵在《不可能的存在之真》(2006)中对拉康的解读就颇具佛学色彩。书中戏称拉康的虚无观念“正是佛、老之无!”[②]拉康对主体的理解与“《红楼梦》中的‘好了歌’”有某种类似，都道出了一个“普通的事理”。[③] 张一兵在书中还大量使用了佛学色彩相当浓厚的词汇如“本真”[④]“悲苦”[⑤]“无为”[⑥]“心像”[⑦]“伪心像”[⑧]“太虚幻境”[⑨]等，并建议将拉康的“实在界”译为“真实域”。其他学者如刘玉贤也涉及拉康的东方传统，在谈及主体生成时对比了“道生一、一生万物”的道家思想。[⑩] 此外在2008年上海交通大学召开的拉康学术研讨会上，中法学者都提交了关于拉康与孟子的论文。但总体而言，我们对拉康理论中的东方因素的研究还远远不够。我们过于热衷对拉康进行描述性介绍，而忽略了可以提出自己独创性观点的领域。

不过即便是这种简单的类比，也使我们远离了人文主义主体论的80年代。无论是拉康、阿尔都塞、福柯式的“空缺主体”，还是中国哲学的空无主体，都使我们的主体理论发展到一个新的阶段，并发生了质的变化。拉康理论的引介为这“第二种主体性”奠定了坚实的理论基础。

三、全方位阐释

2000年之后拉康研究的著作和论文呈爆炸性增长。拉康在中国已经成为与巴尔特、阿尔都塞、福柯、德里达和鲍德里亚一样最炙手可热的理论家。特别是在齐泽克引进中国之后，拉康晚期的思想引发中国读者的极大兴趣。此前主导拉康研究的还是后结构主义或“阿尔都塞模式”:人们对拉康的兴趣主要集中在他关于想象界和符号界的论述。雅克-阿兰·米勒和齐泽克对拉康的诠释使

---

① 拉康:《拉康选集》,褚孝泉译,第2页。

② 张一兵:《不可能的存在之真——拉康哲学映像》,第2页。

③ 同上。

④ 同上书,第100页。

⑤ 同上书,第157页。

⑥ 同上书,第333页。

⑦ 同上书,第311页。

⑧ 同上书,第8页。

⑨ 同上书,第128页。

⑩ 孔明安编:《精神分析视野下的意识形态》,开封:河南大学出版社,2012年,第144页。

中国的拉康研究发生了重大变化。“米勒/齐泽克模式”以拉康《精神分析的伦理学》(1959—1960)为分界线,为我们呈现出一个超越后结构主义、超越“空缺主体论”的拉康,一个致力于探讨实在界、对象a、幻象结构、快感主体和死亡驱力的拉康。因此下面我们将研究齐泽克的著作也一并列出。这些著作不仅涉及大量拉康的理论概念,而且对齐泽克的探讨也加深了我们对拉康的理解,并展示出在社会学、意识形态、文化研究层面应用拉康理论的可能性。如今拉康研究已经突破纯粹精神分析研究的领域,指向更为广阔的社会历史文化维度。

拉康研究有如下专著和论文集(含齐泽克):方汉文的《后现代主义文化心理:拉康研究》(2000),是第一部关于拉康的专著,以20世纪80年代知识背景阐释拉康;方成的《精神分析与后现代批评话语》(2001),探讨从弗洛伊德到拉康的理论发展以及精神分析理论的各种变异;黄作的《不思之说——拉康主体理论研究》(2005),直接依据法语资料研究拉康的著作,重点在早期“空缺主体论”;张一兵的《不可能的存在之真——拉康哲学映像》(2006),深受“米勒/齐泽克模式”影响,对实在界的理论传承有独到见解;黄汉平的《拉康与后现代文化批评》(2006),重点在早期“空缺主体论”,并论及拉康的理论渊源及后续影响;马元龙的《雅克·拉康:语言维度中的精神分析》(2006),重点在拉康的“空缺主体论”,也论述了对象a、移情等晚期概念;严泽胜的《穿越“我思”的幻象——拉康主体性理论及当代效应》(2007),重点在符号界和“空缺主体”问题及其对后现代理论家的影响;万书辉的《文化文本的互文性书写:齐泽克对拉康理论的解释》(2007),重点阐述拉康晚期概念:凝视、快感、死亡驱力、实在界等;啜京中的《从Gutt到拉康——无意识理论用于翻译研究的尝试》(2008),重点在拉康理论与翻译学“关联理论”的相互阐释;吴冠军《爱与死的幽灵学:意识形态批判六论》(2008),并非严格意义上的拉康研究,但对拉康/齐泽克的广泛应用有助于理解拉康理论的文化层面;刘玲的《后现代欲望叙事——从拉康理论视角出发》(2009),将拉康欲望理论应用于消费社会、后现代主义和网络文化研究,涉及剩余快感问题;岳凤梅的《艾米莉·迪金森的欲望——拉康式解读》(2009),以拉康欲望理论解读迪金森作品,英文著作;韩振江的《齐泽克意识形态理论研究》(2009),极为出色地解读了拉康的幻象、快感、驱力诸概念,“实现了拉康哲学的政治化”;吴琼的《雅克·拉康:阅读你的症状》(2011),上卷为拉康评传及精神分析学术史,下卷阐述了拉康的拓扑学、欲望图及凝视、移情、对象a、原乐(快感)和话语诸概念,是目前为止最为全面的拉康研究;王泉的《文本的分析师:文学中的拉康》(2011),以文学作品为例解读拉康的早期理论;刘世衡的《难以摆脱的意识形态缠绕——齐泽克意识形态理论研究》(2011),以齐泽克理论解读拉康的主体、幻象、症候诸概念,并演进为社会意识形态批判;马元龙的《精神分析:从文学到政治》(2011),聚焦于拉康等人分析文学作品的经典案例,涉及幻象、主体、升华和意识形态等问题;孔明安编的《精神分析视野下的意识形态》(2012),是2010年在北京举办的"精神分析与现代意识形态理论"研讨会论文集,主要议题为主体、幻象、话语、对象a和意识形态诸概念;莫雷的《穿越意识形态的幻象——齐泽克意识形态理论研究》(2012),涉及拉康幻象、征兆、缝合、实在界诸概念;还有曾胜的《视觉隐喻:拉康主体理论与电影凝视研究》(2012)、于琦的《齐泽克文化批评研究》(2012)和严泽胜的《拉康与后马克思主义思潮》(2013)。

纵观上述著作,拉康研究大致可分为三类:文本学基础研究、意识形态阐释研究和文学文化应用研究。刘玲将国外拉康研究区分为"释义性研究"和"文化研究"[①];吴琼区分为"'文本化'阅读"和"'阐释性'阅读"[②],类似于我们所说的前两项。第三项应用研究对于我们理解拉康理论也颇有助益,且显示出拉康理论的威力,故此单独列为一类。上面方汉文、方成、黄作、马元龙(2006)、黄汉平、严泽胜、吴琼等人的著作属于第一类。这些著作旨在厘清拉康理论的基本概念、归纳拉康思想发展的图谱,指明拉康理论在哲学史和精神分析发展史中的位置和影响,对我们整体把握拉康的理论,具体了解拉康精神分析的概念大有裨益。而张一兵、万书辉、韩振江、刘世衡、莫雷、于琦等人可以被称为拉康研究的"米勒/齐泽克派"。他们侧重于对拉康进行意识形态理论阐释,并从社会文化角度解读拉康的基本概念。这些研究与马克思主义和后现代主义理论相结合,形成了一个批判当代资本主义的学术立场,拥有一定的学术影响力。其他如啜京中、吴冠军、岳凤梅、王泉、刘玲、马元龙(2011)、曾胜等人的著作则以拉康理论在文学和文化研究以及在翻译理论、电影理论中的应用见长,不仅使我们看到应用拉康理论的广阔前景,而且文本分析与理论概念相互阐释,也加深了我们对拉康的理解。关于拉康研究的单篇论文数量庞大,在这里不能一一列举。其中有多篇论文的作者对拉康理论中的某些问题颇有见解,值得关注;如孔明安(主体、实体、对抗)、禾木(欲望、符号界、实在界)、李英(欲望、莫比乌斯带、意识形态)、赵子昂(主体性、美学、剩余快感)、张法(美学、主体性)、张少文(能指,镜像)等,有些在后面的论述中还要涉及。

以上是对我国拉康研究的整体概述。下面对一些关键概念和热点问题进行总结,以期看出我国学界对主体性问题的研究进展以及社会文化转向在文学研究中的意义。

---

① 刘玲:《后现代欲望叙事——从拉康理论视角出发》,西安:陕西人民出版社,2009年,第2页。

② 吴琼:《雅克·拉康:阅读你的症状》上卷,第11页。

四、实在界

我们先从拉康的"实在界"概念入手。这个词的翻译本身就充满争议。张一兵认为"实在界"这个译名易于和哲学史上的"实在论"相混淆,主张译为"真实域"。[①] 但目前学界大多译为"实在界",本节暂且采用这一译法。

实在界是拉康晚期的重要议题,也是"米勒/齐泽克模式"的核心。对于实在界的理解,中外学界都众说纷纭。和詹姆逊关于实在界"就是历史本身"的说法相比美的是齐泽克关于"资本本身就是我们这个时代的实在界"的论断。[②] 虽然这种解释也广受争议,但比荷格蕾特-苏里雯用康德的"物自体"定义实在界则更有思想意义。[③]

从认识论角度看,实在界确实先于我们的认知结构(康德的先验范畴、索绪尔的差异结构等)而存在,且呈现为一种空无或混沌状态。但是,与被动的"物自体"不同的是,实在界时刻对现实发生着作用,"是介入和干预现实的"[④],是德里达式的不在场的在场。而资本和历史一样,符合实在界这一悖论逻辑。资本不仅是一种"真正的抽象"[⑤],它还是一种幽灵式的在场。

拉康本人对实在界的论述是零散的。因此詹姆逊呼吁如果能将拉康关于实在界的表述汇集起来,"那一定很有益处"[⑥]。黄作从事了这项工作。他在"实在界的在场"一章中,将拉康不同时期关于实在界的论述一一引述[⑦],使我们了解到这一概念的复杂多样性。黄作也将实在界与物自体作了区分:物自体的不可知性"主要是就认识论而言",而实在界的"不可到达性主要是从象征活动的角度来看,故两者的根本性质是不一样的。"[⑧]这一看法是很有见地的。

考虑到拉康的现象学和存在主义思想背景,不能把实在界还原为康德的认识论。张一兵从存在论的角度探讨实在界,并试图说明它的理论渊源。张一兵强调巴塔耶对拉康的影响。巴塔耶关于"世俗世界"和"神圣世界"的二分法对应于拉康符号界和实在界的区分。张一兵指出,"拉康的不可能的真实概念直

---

① 张一兵:《不可能的存在之真——拉康哲学映像》,第 321 页。

② Slavoj Zizek, *The Ticklish Subject*, London: Verso, 1999, p. 276.

③ 黄作:《不思之说——拉康主体理论研究》,北京:人民出版社,2005 年,第 119－120 页。

④ 韩振江:《齐泽克意识形态理论研究》,第 196 页。

⑤ Sarah Kay, *Zizek: A Critical Introduction*, Cambridge: Polity Press, 2003, p. 147.

⑥ 詹姆逊:《詹姆逊文集》第 2 卷,王逢振编,北京:中国人民大学出版社,2004 年,第 103 页。

⑦ 黄作:《不思之说——拉康主体理论研究》,第 113－152 页。

⑧ 同上书,第 120 页。

接缘起于巴塔耶异质性的圣性事物。”[①]他进而引进海德格尔的本真存在并称之为“本真性的不可能”[②]，以突出实在界的否定性质。拉康正是从创伤、否定和对立的角度理解实在界的。这使我们把拉康与马克思的阶级概念和拉克劳与墨菲的对抗概念相结合成为可能。实在界不只是一般的匮乏或欠缺，也不是海德格尔本真的诗意乡愁，甚至不是佛学的美丽空无。拉康的实在界充满矛盾对立，制造创伤，是人人所要逃避的残酷和否定性的真实。[③] 从这个意义上说，我们只能从“生活”（巴塔耶）、“关系”（海德格尔）、“实践”（马克思）的角度去理解实在界，而不是仅仅从认知模式的失败之处理解它。

五、符号界

萨特认为我们生来就被抛到这个“荒谬”的世界，而海德格尔则声称在诗和言语之外我们“无家可归”[④]。拉康则把这个命题表述为空虚、否定、对抗和创伤性的实在界。那么我们面对这样的实在界究竟如何应对呢？拉康早期的想象界和符号界就是两种解决方案。我们面对空无的世界，通过他者建构想象的自我和符号化的现实。这是我国学者对拉康理解比较透彻、研究比较充分的两个领域。

方汉文对想象界的探讨非常详尽。他不仅追溯了梅妮·克莱茵的影响，也指明了镜像阶段与弗洛伊德自恋情结之间的联系。[⑤] 他甚至将柏拉图的岩洞映像也看作是类似的“自我认证”的方式，提出“三个映像：岩洞映像—纳喀索斯映像—镜子阶段”模式。[⑥] 这无疑加深了对想象界的纵向理解。方汉文广泛涉及维柯、阿德勒、皮亚杰、阿恩海姆等 80 年代流行的理论家，为我们呈现出一个 80 年代知识结构中的拉康。这为我们过渡到 90 年代后结构主义的拉康起到了重要的桥梁作用。

拉康关于主体建构的思想更多地表述在他的符号界概念中。最初学界将它译为象征界，但译为符号界更符合其结构主义语言学的特征。符号界涉及语言与无意识的关系，是拉康 50 年代最有创意的领域，也是阿尔都塞所理解的那一部分拉康。对于阿尔都塞而言，主体就是主体化过程。拉康侧重于主体化进

① 张一兵：《不可能的存在之真——拉康哲学映像》，第 332 页。

② 同上书，第 339 页。

③ 齐泽克：《意识形态的崇高客体》，季广茂译，北京：中央编译出版社，2002 年，第 63－64 页。

④ 张一兵：《不可能的存在之真——拉康哲学映像》，第 345 页。

⑤ 方汉文：《后现代主义文化心理：拉康研究》，上海：三联书店，2000 年，第 29、33－37 页。

⑥ 同上书，第 161 页。

程中语言的作用;阿尔都塞则引申为意识形态机器的作用。这种对主体性从空无到创建的理解,超越了80年代朱光潜的“移情论”和李泽厚的“情感本体论”的人文主义主体观。从此,“空缺主体论”成为我国学界的主导思想,使我们对主体性概念的理解达到了很高的水平。

拉康的主体理论被广泛接受,主要得力于我国对后结构主义理论家的研究和介绍。巴尔特的作者之死说、福柯的主体兴衰史、阿尔都塞的意识形态质询说、德里达的不在场、德鲁兹的游牧式主体等理论起到了推波助澜的作用。在后结构主义理论框架中,空缺主体论几乎是不言自明的真理。严泽胜和黄汉平的著作广泛讨论了各种后结构主义理论家,使我们对这种联系的理解更加系统。

如前所述,拉康把弗洛伊德“压抑回返”的内容(梦、语误、征兆等)扩展到我们整个日常生活中的语言,并以此说明主体在语言中以无意识的方式构成。相对于后结构主义关于主体构成的宏观理论,拉康的主体论侧重于微观的心理层面。在这方面,我国学者的表述也是十分细致的。马元龙对“狼人”案例进行了详细解说,以期说明实在界、符号界与幻象之间的关系。“狼人”不敢说出自己的幻觉,也就是拒绝了符号化,因而主体只能锁定在幻觉之中。因此幻觉是无法符号化的主体的创伤在“在生活经验中的表现”①。其实从精神病人的角度看,他在幻觉中确实看到了“真实”。中国古代文献中那些疯癫者和行为怪异者往往被看作是真理的代言人就是这个道理。拉康将此表述为“我思故我不在,我不在则我思”②。也就是说,我们在社会生活中,在语言编织的网络之中,是处于一种无意识的蒙蔽状态。

相对于人文主义主体论而言,“空缺主体论”堪称“哥白尼式的革命”。而拉康关于语言与无意识的学说(符号界)为后结构主义提供了心理实证基础。我国学界现在已经基本认可了这第二种主体性。虽然“空缺主体论”的到来并不像80年代人文主义主体论那样轰轰烈烈,但经过15年左右的译介、阐发、理解和消化,如今它已经深入人心,成为文学分析、作家研究、社会文化批判的流行研究范式。正如福柯本人在60年代所言,他的主体理论“已经远离、非常远离上一代了,即萨特和梅罗-庞蒂的一代”③。同理,我国学界也已经非常远离朱光潜和李泽厚人文主义美学的一代了。从这个意义上讲,拉康理论的译介和研究是这一思想变革的重要催化剂。它不仅从理论上解释了主体的构成,同时也帮助我们理解主体在当代资本主义消费文化中的境遇。刘玲的著作运用拉康的

---

① 马元龙:《雅克·拉康:语言维度中的精神分析》,北京:东方出版社,2006年,第252页。

② Jacques Lacan, *Ecrits: A Selection*, trans., Alan Sheridan, London: Tavistock, 1977, p. 166.

③ J. M. 布洛克曼:《结构主义:莫斯科—布拉格—巴黎》,李幼蒸译,北京:商务印书馆,1986年,第12页。

理论分析后现代消费社会中身体、欲望和写作等问题，就是很好的例证。[①]

其他研究者对拉康的应用也卓有成效。吴冠军以拉康为依据进行“主体性”和意识形态批判[②]；王泉的文本分析揭示了主体在能指网络中的位移[③]；啜京中用无意识结构解释了翻译学“关联理论”[④]；岳凤梅则从拉康关于欲望和他者的角度解读了迪金森。[⑤] 其他应用拉康理论的单篇论文更是无计其数，从中可以看出“空缺主体论”在外国文学和相关研究中的巨大学术价值。

六、快感

后结构主义“空缺主体论”不仅在学理上充满魅力，在社会思想上也是对资本主义体制和现代性理论的一次密集的文化批判。它昭示出皇帝新衣的真相，撕开了人文主义“温情脉脉的面纱”，揭示出主体被制度所构成的境遇。但随着时间的推移，后结构主义主体论也开始受到质疑。人们批评阿尔都塞、福柯、法兰克福学派、德里达和鲍德里亚仅仅“关注宰制集团的权力”[⑥]，并假定了系统结构、资本体制的“成功性”。虽然他们从学理上推翻了资本主义体制赖以生存的现代性理论基础，但却缺乏具有现实意义的社会实践。他们出色地分析了话语结构和权力结构运作的规律，但主体仍被理解为木偶、齿轮和螺丝钉或群氓与蝼蚁，在话语网络和权力游戏中无能为力。然而这与我们的实际生活状况不符。一些大众文化理论家开始关注下层民众的生命活力与能动作用，并从日常生活、消费文化、大众娱乐中寻找主体的能动性。[⑦]

按黑格尔辩证法否定之否定的思维发展逻辑，学术界对“空缺主体论”的扬弃实属必然。而首先注意到这一理论问题的正是拉康本人。齐泽克这样描述了拉康在精神分析实践中所遇到的难题：尽管分析师对征兆进行了解释，空缺主体性的构成机制已经明白无误，然而在病人身上，“为什么征兆不能进行自我消除，为什么它会持续存在？”[⑧]贺翠香在《穿越幻象，认同征兆》(2012)一文中也

---

① 刘玲：《后现代欲望叙事——从拉康理论视角出发》，第146－157、180－197、205－224页。

② 吴冠军：《爱与死的幽灵学：意识形态批判六论》，长春：吉林出版社，2008年，第294－301页。

③ 王泉：《文本的分析师：文学中的拉康》，北京：现代教育出版社，2011年，第108－122页。

④ 啜京中：《从Gutt到拉康——无意识理论用于翻译研究的尝试》，天津：天津科学技术出版社，2008年，第128－160页。

⑤ 岳凤梅：《艾米莉·迪金森的欲望——拉康式解读》，北京：国防工业出版社，2009年，第19－43页。

⑥ 约翰·费斯克：《理解大众文化》，王晓珏、宋伟杰译，北京：中央编译出版社，2001年，第24页。

⑦ 同上书，第58页；Michel de Certeau, *The Practice of Everyday Life*, trans., Steven Rendall, Berkeley: University of California Press, 1984, pp. 29－30.

⑧ 齐泽克：《意识形态的崇高客体》，季广茂译，第102－103页。

敏锐地注意到拉康和齐泽克对这一棘手问题的看法。[①] 这说明虽然主体很清楚地知道其构成是结构化的,但他们仍然努力地生活,保持着"无意识"状态。这和消费社会中消费者的境遇如出一辙:即便从理论上揭示出消费社会的宰制功能和消费主义意识形态的欺骗性,但主体仍然不能自已。他们消费,并以此为乐。[②]

齐泽克指出,"拉康对此问题的回答当然是快感。征兆不仅是加密的信息,它同时还是主体对其快感进行组织的一种方式——这就是为什么即使进行了完整的解释,主体还是不准备放弃其征兆的原因所在,这也是为什么'他爱征兆胜过爱他自己'的原因之所在。"[③]

因此关键的问题是,主体在主体化的过程中获得了快感。快感问题是拉康晚期关注的一个重点,也是齐泽克为我们展示的另一个拉康:一个构筑了第三种主体性的学理基础而不同于阿尔都塞模式的拉康。这一拉康超越了以符号界为代表的"空缺主体论",将快感、征兆等"新感性"[④](借用马尔库塞和李泽厚术语)概念纳入精神分析的视野。这使我们对主体性问题的认识达到了前所未有的深度。

对于快感问题我国学界并不陌生。在人文主义主体论时代,快感(pleasure)是作为美感(aesthetic feeling)的对立面而出现的。在这样一组二元对立中,快感仅仅占据了弱项的位置:不平等结构昭然若揭。西方传统美学的基本立场就是美感与快感的区分。这种区分早在古希腊就由柏拉图提出,并一直是西方精英主义美学的正统。在《大希庇阿斯篇》中,苏格拉底说美感"不是任何一种快感,而是从眼见耳闻来的快感"。"美就是由视觉和听觉产生的快感。"[⑤]这将美感严格限制在一定范围之内,而把"其他感觉——例如饮食色欲之类快感"完全排除在审美活动之外。[⑥] 因此美学史家鲍桑葵说,柏拉图"竭力坚持审美感官和非审美感官之间是有分界线的。"[⑦]这一分界线后来被英国经验主义美学家所接受并发扬光大:夏夫兹博里和哈奇生倡导一种"内在感官"说,即把美感看做是一种超越"外在感官"的"一种心理的能力"。[⑧] 此后格兰·亚伦甚至认为,发生美感的耳目是"高等感官",而"舌、鼻、皮肤、筋肉、内脏等

---

① 孔明安编:《精神分析视野下的意识形态》,第188页。

② 周小仪:《消费文化与生存美学:试论美感作为资本世界的剩余快感》,《国外文学》2006(02)。

③ 齐泽克:《意识形态的崇高客体》,季广茂译,第103页。

④ 李泽厚:《美学四讲》,北京:三联书店,1989年,第105页。

⑤ 朱光潜:《朱光潜全集》第12卷,合肥:安徽教育出版社,1987—1992年,第171、172页。

⑥ 同上书,第172页。

⑦ 鲍桑葵:《美学史》,张今译,北京:商务印书馆,1985年,第69页。

⑧ 朱光潜:《朱光潜全集》第6卷,第236、245页。

'低等感官'则不能发生美感"[1],其等级观念更为明确。这种"高等感官"说或"内在感官"说在德国古典美学,特别是在康德的审美无功利说中得到理论的说明:审美和艺术被理解为无目的的目的论。美感是沉思的,理性在先;而快感则是直接的感官享受。美感与快感的区分理论由朱光潜等老一代美学家介绍到国内,成为美学界不言自明的真理。李泽厚在此基础上对美感进行了更为精细的划分,提出美感的"不同形态"论:美感的层次从"悦耳悦目"到"悦心悦意",然后到"悦志悦神",逐步向高级精神层面递增。[2] 这可以说是对上述"内在感官"说、"高级感官"说和审美无功利说的更为精彩的表述;并使我们想起柏拉图关于"美形体""美的行为制度""美的学问知识"和"美的本体"这一最古老的审美阶梯论。[3] 总之,将"低级"的快感剔除于审美活动之外,是西方古典美学的前提。

然而 90 年代引进中国的后结构主义理论改变了美感/快感的二元对立格局。在后结构主义主体论中,美感并没有位置。但传统美学不屑一顾的身体快感概念却频频出现在巴尔特、福柯、德鲁兹、克里斯蒂娃、西苏、詹姆逊、费斯克等人的著作中。[4] 当然法国理论家所说的快感(jouissance)这个词歧义丛生,与英国传统美学中的快感还不完全吻合,在此不能赘述。[5] 但有一点是肯定的:这个概念虽然包括精神愉悦的意思,但有很大成分是身体的感觉。它并不排除古典美学从审美经验中所剔除出去的"低等"快感,包括生理快感。正如日常生活审美化理论不再对艺术与生活进行区分,那么这一快感概念也不再对美感与快感进行区分。关键的问题是,它与后结构主义把主体理解为空白和不在场的观念有着明显的矛盾。在后结构主义的理论框架中,这种具有本体论性质的主体感受是不可思议的。吴琼谈到这一悖论:"在这样一个极力以结构或结构的他在性取代主体的自在位置的时代,我们居然看到有一个主体或者说主体的某种终极性体验密切相关的概念在那一代人的理论文本中萦绕不去。"[6]那么这一内在矛盾如何解决呢?结果就是主体新的存在方式。这也是拉康超越

---

① 朱光潜:《朱光潜全集》第 1 卷,第 271 页。

② 李泽厚:《美学四讲》,第 131 页。

③ 朱光潜:《朱光潜全集》第 12 卷,第 234 页。

④ 吴琼在讨论拉康的快感理论时列出了巴塔耶、巴尔特、福柯、德鲁兹、克里斯蒂娃和列维纳斯。见吴琼:《雅克·拉康:阅读你的症状》下卷,第 686 页。这个名单还可以加上巴赫金、西苏、詹姆逊、齐泽克、费斯克等人。

⑤ 巴尔特在《文本的愉悦》一书中对 jouissance 和 plaisir 做过著名的区分。英语学界曾经将 jouissance 译为 bliss 以示与 pleasure 的区别。但 jouissance 现在已正式进入英语词汇,不再用斜体表示为外来词。有关拉康快感概念的歧义性,参见 Nestor Braunstein, "Desire and Jouissance in the Teaching of Lacan", in Jean-Michel Barate, ed., *The Cambridge Companion to Lacan*, Cambridge: Cambridge University Press, 2003.

⑥ 吴琼:《雅克·拉康:阅读你的症状》下卷,第 686 页。

同时代人的地方。

快感问题无疑显示出主体能动性的方面,是生命区别于木偶的存在方式。拉康的看法是,快感是主体在社会化、结构化过程中的感性"剩余"。齐泽克称之为"神经质主体"[①](台湾译)或"敏感的主体"[②](大陆译)。我们不妨用更为通俗的词汇,称之为"感性主体"以区别于"空缺主体"。齐泽克在《神经质主体》(1999)这部著作中,构筑了一个完全不同于后结构主义的新的主体性,而他的主要理论依据就是拉康的晚期思想。

关于拉康的快感理论,文本学解读最为详尽的是吴琼[③];阐释性解读最为清晰的是韩振江[④]。把拉康的快感理论应用于后现代社会和大众文化研究,刘玲有专章论述[⑤]。吴琼把快感翻译成原乐,并对两者的差异进行了区分。他从主体间性的角度看待拉康对后结构主义的超越:"主体虽然只是满足他者原乐的工具,但主体也可以借此把自己成就为原始的快感主体。"[⑥]显然,这里拉康的"快感主体"不同于后结构主义的空缺主体。但是另一方面,这一"快感主体"也不是人文主义主体性那种自律性存在。相反,这一主体离不开他者:因为"主体对'对象 a'的欲望实际是在欲望一个他者享乐的对象,主体由此而获得的快感满足实际只是在享乐他者的原乐。"[⑦]这就是"快感主体"的悖论:主体虽不在场,但确实感受到快感。不过此种快感不是由内而外的体验,而是他者快感的内置和转移。拉康称之为"剩余快感":他者可以代理我们审美和享乐,就像儿女、亲友可以代替我们享受快乐;或者反过来说,我们也可以分享他人的快乐。在这里,主体虽然是结构化的,但却能感到愉悦。拉康说,对于一个听着歌剧却心不在焉、为生活琐事所困扰的观众,舞台上的合唱队可以代替他欣赏剧情的内容,并以悲伤的曲调表达他的感受。[⑧] 这和我们过去把审美活动看作是主体本身固有的内在情感的"移情"或"对象化"完全不同。[⑨] 这就是第三种主体性的全新面貌,它是对以往人文主义主体性概念的"否定之否定"。

---

① 齐泽克(纪杰克):《神经质主体》,万毓泽译,台北:台北桂冠图书公司,2004年。

② 齐泽克:《敏感的主体》,应奇等译,南京:江苏人民出版社,2006年。

③ 吴琼:《雅克·拉康:阅读你的症状》下卷,第686—759页。

④ 韩振江:《齐泽克意识形态理论研究》,第194—234页。

⑤ 刘玲:《后现代欲望叙事——从拉康理论视角出发》,第205—224页。

⑥ 吴琼:《雅克·拉康:阅读你的症状》下卷,第739页。

⑦ 同上书,第738页。

⑧ Jacques Lacan, *The Ethics of Psychoanalysis 1959—1960 The Seminar of Jacques Lacan*, Book VII, ed., Jacques-Alan Miller, trans., Dennis Porter, London: Routledge, 1992, p. 252.

⑨ 笔者称之为"代理审美"。见周小仪:《消费文化与生存美学:试论美感作为资本世界的剩余快感》,《国外文学》2006(02)。

结语:拉康的政治性

拉康的快感理论不仅对我们理解第三种主体性至关重要,而且对我们认识全球化资本主义的经济与文化格局也具有重要意义。韩振江在他的著作中探讨了一种"快感的经济学"①,指出社会各阶层有不同的快感分配额,统治者向人民支付"快感薪酬"②。这一视角使精神分析理论走向政治经济学和意识形态分析:"统治阶级还通过意识形态幻象来遮蔽、转移和控制快感的分配。"③因此,正是在对快感的分配、剥夺和转移过程的分析中,以精神分析理论为依据的社会文化批判成为可能。

拉康的主体理论使我们以新的视角看待广受争议的阶级问题。韩振江在讨论齐泽克时指出,如果仅仅把主体理解为主体化过程,即把主体看作是阿尔都塞或福柯式的主体空位或缺场,那么解决方案就是多元文化主义,或称之为"多元民主时代"④。以多元主义角度看待民族、种族和社群等问题,就会把文化理解为一种争夺话语权的斗争。于是,体制中的各种边缘人群如黑人、妇女、犹太人、移民、酷儿、单亲等都可以并有权占据一个合法的政治主体的位置。这一思想取向正是目前文学批评界所流行的女性主义研究、少数民族研究、流散文学研究以及某些后殖民主义研究的理论依据。这种从边缘到中心的政治努力,或体制内的批判,并没有触及体制的根基。因为它们对体制的批判仅仅停留在表面。但是,如果把这些边缘人看作是体制外的征兆或病症,看作是神经质主体或安提戈涅式的歇斯底里主体,也就是我们所说的第三种主体性,那么他们本身就是普遍性的代表。齐泽克称之为"黑格尔的具体普遍性"⑤。这也是马克思主义对阶级概念的理解。韩振江通俗地表述了这一观点:"认同病症就是认同例外的内在合理性,在政治和意识形态领域中把它标举为真正的普遍性。无产阶级之所以代表全人类,不是因为它是最底层的、被剥削程度最深的阶级,而是因为它体现了资本主义社会的根本矛盾和失序,因此,无产阶级是资本主义的病症,认同病症就是全世界无产阶级联合起来,把人类的解放事业进行到底。"⑥

---

① 韩振江:《齐泽克意识形态理论研究》,第 226 页。
② 同上书,第 234 页。
③ 同上书,第 220 页。
④ 同上书,第 308 页。
⑤ 同上书,第 307 页。
⑥ 同上书,第 309 页。

从这个意义上说,第三种主体性在存在哲学上是一种感性本体论,在政治上是一种行动哲学,在社会生活中是一种革命主体。正因为如此,齐泽克主张“回到列宁”也就是一种逻辑的必然。列宁主张行动的哲学在拉康的精神分析中找到了理论依据。显然,拉康的晚期理论远远超越了后结构主义的“空缺主体论”,它使我们从理论上了解到多元文化主义对资本主义批判的虚假性,也使我们摒弃所谓“和而不同”的多元价值观。我国对拉康和他的阐释者齐泽克的译介和研究,不仅在学术上开辟了一条理解主体性的全新之路,而且也促使我们严肃思考我们在全球化语境下和资本主义体系中的位置和文化角色。拉康对我们的学术启示和思想意义正在不断地显现出来。

第七章
作为文化实践的新中国典型论研究

在当今纷纭复杂的批评理论流派中间，典型论在学术界几乎没有立锥之地。与往日的辉煌相比，典型论像是一个过气的明星，门前冷落且鞍马稀疏。但典型论兴衰的理论落差本身就值得我们认真探索。这与伊格尔顿对悲剧观念的看法相似。他认为悲剧在当今是个过时的话题，但“这正是讨论它的一个很好的理由”[①]。典型论亦复如是。

典型论曾经在我国文艺界影响巨大。从20世纪40年代前后形成理论雏形开始，到50—60年代，典型论都是我国文学理论中的核心概念。[②] 80—90年代，典型论的核心地位已被朱光潜和李泽厚的主体论所动摇，但它仍然以不同的变体出现，如当时曾热烈讨论过的“典型情感说”[③]、陆学明关于典型的神话原型阐释[④]和王一川的“卡里斯马典型”[⑤]。近20年来，典型论基本被学界所遗忘，只有在一些学术史的著作中可以见到对它的理论局限性的零星分析和批判。[⑥] 然而典型论为何在当时具有那么大的社会影响？它今天的缺席和它当年在文学批评中的过度应用是否具有某种历史意义？在今天全球化的时代，随着我们对东西方关系的理解不断深入，对过去文艺界的一些批评概念重新进行梳理也就具备了可行性。特别是在我们与历史拉开一定距离之后，一些被尘封的思想观念也开始显示出它另一面的涵义。

---

① 特里·伊格尔顿：《理论之后》，商正译，北京：商务印书馆，2010年，第1页。

② 王锺陵在《典型论在中国二十世纪三四十年代的内涵、争论和应用》一文中考证，中国现代文学批评史上对典型的讨论可以追溯到20世纪30年代前后。他在文中评述了30年代胡风、周扬关于典型论的争论以及郭沫若、茅盾对典型概念的论述。见《学术交流》2009(01)。

③ 马玉田、张建业编：《1979－1989十年文艺理论论争言论摘编》，北京：十月文艺出版社，1991年，第972－980页。

④ 陆学明：《典型结构的文化阐释》，长春：吉林教育出版社，1993年，第168－226页。

⑤ 王一川：《中国现代卡里斯马典型》，昆明：云南人民出版社，1994年，第3－36页。

⑥ 包忠文编：《当代中国文艺理论史》，南京：江苏教育出版社，1998年，第134－135页。

一、典型论的理论背景和现实意义

根据朱光潜的考察,典型性可以追溯到古希腊的“模子”一词,而亚里士多德关于普遍性的类型说是对它最早的表述。[①] 陆学明则认为是“柏拉图最早地把‘典型’用之于艺术”,指“完美的、普遍恒定的、理想的、非现实的艺术形象”。[②] 自古代到18世纪,哲学家和文学家不断涉及典型问题,让我们看到关于典型或类型的丰富思想:从贺拉斯到鲍姆嘉通到歌德,[③]从朗加纳斯到莱辛到维柯。[④] 但真正奠定典型论哲学基础的是黑格尔,典型的个性与共性的统一是他的辩证法的一部分。黑格尔美学中的“理念的感性显现”观念[⑤]应用到文艺批评就是典型论。恩格斯的“典型环境中的典型人物”[⑥],俄国批评家别林斯基的“似曾相识的不相识者”[⑦](或“熟识的陌生人”[⑧]),卢卡奇对司各特历史小说的典型分析[⑨],都是黑格尔理论的变体或应用。苏联理论家日丹诺夫和马林科夫关于典型也有论述。[⑩] 20世纪40年代,蔡仪在《新艺术论》和《新美学》两部书中对典型问题进行了探讨。他在1981年的《自述》中写道,他于1933年看到日译的恩格斯谈论文艺的文献,“其中提倡现实主义与典型的理论原则,使我在文艺理论的迷离摸索中看到一线光明。”[⑪]此外蔡仪在《新美学》中引用了马克思《1844年经济学—哲学手稿》中关于“美的规律”[⑫]的论述,并提出“美的规律即典型的规律”的观点。[⑬] 马克思和恩格斯的美学思想成为他构建典型理论的思想基石。

---

① 朱光潜:《朱光潜全集》第7卷,合肥:安徽教育出版社,1991年,第363页。

② 陆学明:《典型结构的文化阐释》,第22—23页。

③ 朱光潜:《朱光潜全集》第7卷,第365—371页。

④ 陆学明:《典型结构的文化阐释》,第240—250页。

⑤ 黑格尔:《美学》第1卷,朱光潜译,北京:商务印书馆,1981年,第142页。

⑥ 恩格斯:《恩格斯致玛·哈克奈斯》,中共中央马克思恩格斯列宁斯大林著作编译局编:《马克思恩格斯选集》第四卷,北京:人民出版社,1972年,第462页。

⑦ 别林斯基:《别林斯基选集》第一卷,满涛译,上海:上海译文出版社,1979年,第191页。

⑧ 朱光潜:《朱光潜全集》第7卷,第375页。朱光潜的这个译法在学界更为流行。

⑨ 卢卡奇认为,“司各特努力描绘了历史的对抗和斗争,通过他笔下的人物的心理和命运,表现出社会发展趋势和历史动力。”卢卡奇把司各特的小说人物看作是黑格尔所说的“世界历史中的个人”,他称之为“社会历史典型”。See G. Lukacs, *The Historical Novel*, trans. Hannah and Stanley Mitchell, London: Merlin Press, 1962, p. 34、39、35.

⑩ 孟繁华:《中国20世纪文艺学学术史》第三部,上海:上海文艺出版社,2001年,第248页。

⑪ 汝信、王德胜:《美学的历史》,合肥:安徽教育出版社,2000年,第692页。

⑫ 马克思:《1844年经济学—哲学手稿》,刘丕坤译,北京:人民出版社,1979年,第91页。

⑬ 汝信、王德胜:《美学的历史》,第694页。

到了20世纪50年代，典型论在中国文艺界已经成为主导的意识形态。50年代中期关于典型问题的大讨论，更是使这一学说在理论形态上不断深入与完善。当时比较有社会影响的有张光年的“典型即本质”说、巴人的“典型即代表性”说、王愚的“典型即个性”说，以及谷熊的“典型即阶级性”说。关于这些理论，孟繁华已有很好的概括与评价，在此不作赘述。[①]

本章的重点不是对典型论本身进行纯粹理论辨析。早在80年代，朱光潜所倡导的里普斯的“审美的移情说”[②]与李泽厚的“情感本体论”[③]等主体表现理论取代典型论时，文艺界对典型论的理论缺陷就有了充分认识。人们对典型论在文学批评实践中的机械化、片面化倾向进行了清算。的确，典型论在新中国成立的前30年，尤其是“文化大革命”十年间，被当时社会出于政治目的而加以了片面化的利用，使之成为一种政治斗争的工具。但本章不局限于批评概念的理论传承和逻辑正误。因为在我们看来，任何理论概念和批评方法从根本上说都是一种社会实践的象征性表达。把文学思想和理论概念看作是一种社会生活的修辞或转喻，或看作是精神分析所描述的症候，更符合当代马克思主义的批评方法。[④] 这个道理从存在主义流行之后就开始为人们所认识：我们不能脱离我们的生存条件去认识这个世界，也不能超越社会历史现实进行抽象的理论分析。

本章认为，不应该孤立地将典型论看作是当年社会主义国家内部的理论产物。从当时中国封闭的文艺界本身解释典型论流行的成因不够全面。我们应该把典型论放在更为广阔的文化背景中看待：把它看作是全球化的产物或东西方文化关系的符号。也就是说，它是对西方现代性和全球化的一种回应。从根本上说，典型论是为人们的生存状况赋予意义的文化实践行为，其结果是创造了一种非西方的历史主体性。如果我们借用一些学者关于“另类现代性”的论述，[⑤]我们也可以说，典型论在中国是不同于西方的现代性表现形式，使我们在追求科学、进步、合理化、效益等西方概念的同时，也具有了一种相对独立性。典型论在当时文学批评和外国文学研究中的广泛应用，完成了这种非西方主体

---

① 孟繁华：《中国20世纪文艺学学术史》第三部，第248—258页。

② 朱光潜：《朱光潜全集》第7卷，第262—280页；朱光潜：《朱光潜全集》第1卷，1987年，第247页。

③ 李泽厚：《美学四讲》，北京：三联书店，1989年，第207页。

④ See Fredric Jameson, *The Political Unconscious: Narrative as a Socially Symbolic Act*, London and New York: Routledge, 1989, pp. 17—102.

⑤ See Liu Kang, “Is There an Alternative to (Capitalist) Globalization? The Debate about Modernity in China”, *Boundary 2* 23. 3 (Fall 1996), pp. 193—218. 詹姆逊和齐泽克不同意作为“多元文化主义”之“另类现代性”的表述。见詹姆逊：《詹姆逊文集》第4卷，王逢振编，北京：中国人民大学出版社，2004年，第10页；齐泽克：《跨文化齐泽克读本》，徐钢编，上海：上海人民出版社，2011年，第1—2页。本章所述的另类现代性与当今流行的种族、性别、肤色、酷儿、流散等“多元文化主义”不同，在此不作赘述。

性从理论向文学批评实践的转换，成为建立民族国家的有力手段之一。因此，现在重新探讨中国的典型论及其独特性之所在，可以使我们理解我们今天融入世界却丧失自我、言论自由却罹患“失语症”[①]的某些原因。我们在世界范围内失去文化话语权，应该说有某种更为深刻的社会根源。

典型论的核心内容是它关于共性的阐述。如上所述，典型形象是个性与共性的统一。所谓个性就是指艺术形象的具体性、丰富性、独特性，涉及的是艺术形式方面的问题。但典型论中关于共性的表述是它的精华之所在。这使它具有了独特的政治内容和社会实践意义。但这个“共性”原则到底是什么，说法很多：对黑格尔来说是“普遍性的理念”[②]，对别林斯基来说是时代的“精神”[③]，对恩格斯来说是作为历史发展趋势的“必然性”[④]，对卢卡奇来说是“某种历史过渡时期的总体性”[⑤]，对列宁来说是“党的文学的原则”[⑥]，对毛泽东来说是“阶级性”和所谓“人民大众的人性”[⑦]。我国的典型理论，主要受到毛泽东《在延安文艺座谈会上的讲话》(1942)的影响，兼容并蓄地吸收了别林斯基、恩格斯和列宁的思想。

关于阶级性概念，有很长一段时间我国文艺界都保持沉默，很少对此进行讨论。其中部分原因是我们对过去以阶级斗争为纲的斗争哲学记忆犹新，甚至心有余悸。但是近些年来，在文学批评界，一些学者如孟繁华、程巍等讨论了中产阶级的问题。[⑧] 在社会学领域，国家主导的关于社会阶层的分析报告陆续出版；[⑨]在外国文学研究领域，探讨阶级性的文章也有所增加。[⑩] 阶级概念逐渐成为一个值得重新探讨的课题。实际上，海外中国研究中阶级概念一直就是一个时髦的话题，关于中国中产阶级和工人阶级的著作汗牛充栋。而在社会学和传媒研究领域，关于中产阶级的讨论更是不绝于耳。这说明阶级概念在我们生活

---

① 曹顺庆：《21世纪中国文化发展战略与重建中国文论话语》，《东方丛刊》1995年第3辑，第216页。

② 黑格尔：《美学》第1卷，朱光潜译，第142页。

③ 别林斯基：《别林斯基选集》第一卷，第490页。

④ 恩格斯：《恩格斯致玛·哈克奈斯》，中共中央马克思恩格斯列宁斯大林著作编译局编：《马克思恩格斯选集》第四卷，第463页。

⑤ G. Lukacs, *The Historical Novel*, trans., Hannah and Stanley Mitchell, London: Merlin Press, 1962, p. 35.

⑥ 列宁：《列宁论文学》，曹葆华等译，北京：人民文学出版社，1959年，第5页。

⑦ 毛泽东：《在延安文艺座谈会上的讲话》，《毛泽东选集》第三卷，北京：人民出版社，1991年，第870页。

⑧ 参见孟繁华：《中产阶级话语空间的扩张》，《东方文化》2002(05)；程巍：《中产阶级的孩子们》，北京：三联书店，2006年。

⑨ 参见陆学艺：《当代中国社会阶层研究报告》，北京：社会科学文献出版社，2002年；李培林、李强、孙立平等：《中国社会分层》，北京：社会科学文献出版社，2004年。

⑩ 参见程巍：《伦敦蝴蝶与帝国鹰：从达西到罗切斯特》，《外国文学研究》2001(01)；黑马：《阶级与文学》，《译林》2001(05)。

中的重要性与日俱增。自改革开放以来，世界上中低端商品生产大量转移到中国内地，全球化的劳动分工使我国的“工人阶级”人口大量增加，而国际资本从中获取了巨额利润。因此可以说，经典马克思主义所描述的阶级概念并没有消失，在全球一体化的生产和消费机制中，阶级性以民族性的形式表现出来。巴西学者特奥托尼奥·多斯桑托斯在谈到全球化经济分工和阶级性概念的现代演变时指出，国家集团之间的冲突是“两个具有国际根基的社会阶级之间的冲突以及由这两个阶级所代表的两种不同的生产方式之间的冲突”[①]。因此从某种意义上说，拉丁美洲、东南亚和中国内地的部分国民都具备了某种“工人阶级”的性质。如果我们忽略这一现实状况，仅仅强调现代化进程，站在全人类的立场上说话，倡导一种普遍主义的文学性概念或形式主义的文本中心论，就无可避免地脱离我们自身应有的立场。正如伊格尔顿在《民族主义：反讽与立场》(1988)一文中引用雷蒙·威廉姆斯的话所言：“在这个意义上民族主义就像阶级一样，拥有它，感觉到它的存在，才是消灭它的唯一方法。如果你不能对它有所坚持，或者过早地放弃了它，那么你只会受到其他阶级与其他民族的欺骗。”[②]

因此，在资本主义全球化扩张的背景下，中国典型论中关于阶级性的内涵，具有了某种新的现实意义。我们的问题是，典型论为中国知识分子的独立性赋予了哪些意义？典型论如何具备了塑造主体性的功能，并使文学批评独具特色？

二、典型论的历史维度

黄仁宇在谈到中国近代史时指出，自1840年以来，“中国革命”的核心诉求就是建立起一个能“在数目字上管理”的现代化民族国家。[③] 他认为这是“人类历史上规模最大的一次革命”[④]。因此追求现代化是中国近代以降的历史动力。它有时以救亡图存的工业化形式出现，有时以现代性观念和启蒙主义的思想形式出现。与传统决裂，成为现代民族国家，是五四一代知识分子的毕生信念。然而，作为非西方国家，追求现代性有一个致命的缺陷，那就是，现代性观念为西方所独有，是一种以西方为中心的意识形态。关于这一点，弗兰克、布劳

---

① 特奥托尼奥·多斯桑托斯：《帝国主义与依附》，杨衍永等译，北京：社会科学文献出版社，1999年，第2页。

② Terry Eagleton, Fredric Jameson and Edward W. Said, *Nationalism, Colonialism, and Literature*, Minneapolis: University of Minnesota Press, 1990, p. 23.

③ 黄仁宇：《万历十五年》，北京：中华书局，1982年，第274页。

④ 黄仁宇：《中国大历史》，北京：三联书店，1997年，第7页。

特等西方学者与刘禾、汪晖等中国学者均有出色的评论,在此不作赘述。[①] 事实上是,我们虽然擅长"拿来主义"(鲁迅),但是必然要付出代价。这个代价之一就是中国自近代以降历史主体性的丧失。阿里夫·德里克在谈到中国历史时指出,由于我们采纳了现代性历史进程这样一个观点,中国的历史似乎停滞不前,发展极为缓慢:中国封建社会竟然"延宕近三千年"[②]。正如马克思所言,中国历史"像植物一样缓慢地成长"[③]。这样一种关于中国历史的表述正是基于现代性叙事,即"通过压制其他故事不让它们拥有自己的情节,建立起一个以资本主义为起点和终点的世界观的霸权地位。"因此从这个意义上说,中国的历史"是作为资本主义的客体存在,而不是作为历史的主体存在"[④]。这一点解释了为什么黑格尔说中国没有历史:"中国和印度可以说还在世界历史的局外,而只是预期着、等待着若干因素的结合,然后才能够得到活泼生动的进步。"[⑤]而马克思与黑格尔的观点如出一辙,认为中国这个"人口几乎占人类三分之一的幅员广大的帝国,不顾时势,仍然安于现状,由于被强力排斥于世界联系的体系之外而孤立无依"[⑥]。可见在现代性的理论框架里,中国在世界历史进程中并没有一个与之相匹配的位置。而正是这种现代性思想,使我们在文化领域、意识形态领域丧失了话语权,成为亦步亦趋的西方文化的接受者和模仿者。由于这种历史主体性的缺乏,我们丧失了大部分理论创新能力而患上"失语症"。于是,创造有中国特色或"民族形式"的文艺理论[⑦]、"建立比较文学中国学派"[⑧],成为当代知识分子的普遍学术诉求。

那么有没有一种能与中国的历史主体性相吻合的现代性呢?这需要对西方现代性的某些内容进行改造,让它具有不同的内涵。在《中国现代卡里斯马典型》(1994)一书中,王一川曾敏锐而深刻地指出,中国的"现代性工程","其焦点正在于已失势的、被放逐到边缘的中心的重建问题。有了中心的重建,才能

---

① 参见贡德·弗兰克:《白银资本》,刘北成译,北京:中央编译出版社,2000年,第31—55页;J. M. 布劳特:《殖民者的世界模式:地理传播主义和欧洲中心主义史观》,谭荣根译,北京:社会科学文献出版社,2002年,第9—19页;刘禾:《跨语际实践》,宋伟杰等译,上海:三联书店,2002年,第27—32页;汪晖:《死火重温》,北京:人民文学出版社,2000年,第15页。

② 阿里夫·德里克:《后革命氛围》,王宁等译,北京:中国社会科学出版社,1999年,第310页。

③ Karl Marx, *Marx on China 1853—1860* , ed., Dona Torr, London: Lawrence and Wishart, 1951, p. 55.

④ 阿里夫·德里克:《后革命氛围》,王宁等译,第317页。

⑤ 何兆武、柳御林编:《中国印象——世界名人论中国文化》上册,桂林:广西师范大学出版社,2001年,第180页。

⑥ 马克思:《鸦片贸易史》,中共中央马克思恩格斯列宁斯大林著作编译局编:《马克思恩格斯选集》第二卷,北京:人民出版社,1972年,第26页。

⑦ 包忠文编:《当代中国文艺理论史》,南京:江苏教育出版社,1998年,第404页。

⑧ 黄维樑、曹顺庆编:《中国比较文学学科理论的垦拓》,北京:北京大学出版社,1998年,第139—184页。

有中国现代'新文化'的诞生。"而贯穿于中国现当代文学中的卡里斯马英雄典型正是这"现代化工程"一部分。[①] 我们知道，现代性与欧洲资产阶级崛起同步，最终扩散到市民阶层。与西方现代性相关联的文化概念诸如审美、审美教育、艺术独立性、生活艺术化、美感（而非快感！）等与中产阶级生活方式相辅相成。毛泽东曾经把这些"为艺术而艺术的、贵族式的、颓废的"观念一概斥之为"非无产阶级的创作情绪"而加以摒弃，[②]代之以人民大众喜闻乐见的工农兵文艺。不过后来这种政治批评走向了极端，其僵化和教条对外国文学的学术研究造成了不良后果。但同时我们也应该看到，这是对现代性观念进行理论改造的一次尝试。毛泽东以人民性和阶级性概念取代了现代性的普世主义，以下层劳动群众的喜闻乐见取代了中产阶级趣味（美感），以工农兵人物形象取代了帝王将相、才子佳人。这使现代性的阶级内涵突出，也使现代性中加进了中国农民和农村乡土文化的特色。这种乡土特色与鲁迅《女吊》等作品中那个"'鬼'世界"或"民间性的世界"一脉相传。[③] 这是一个有别于西方现代性的中国本土文化概念，一个充满"民间想象的、原始的、具有再生能力的世界"，一个类似于巴赫金在中世纪和文艺复兴时期作品中发现的、完全另类的"狂欢节"。[④] 从这种意义上说，中国社会又成为自己历史的"主人"。中国知识分子在追求现代性的同时，也掌握了一定程度上的文化话语权。典型论正是构建这一历史主体性文化工程的一部分。

可以说典型论是一种真正的关于主体性的理论表述，而不仅仅是一种文学分析的技术手段。如前所述，典型性的阶级内涵是它的关键所在。以阶级性为出发点是20世纪50—70年代外国文学研究领域所遵循的基本立场和方法，这种情况一直延续到80年代。这种方法的僵化、教条和片面已经有很多学者指出，在此不赘。我们仅看几例：那时批评家谈到艾米莉·勃朗特的《呼啸山庄》和哈代的《德伯家的苔丝》时，把希斯克利夫和苔丝看作是下层劳工或农民阶级的典型。希斯克利夫和苔丝所承受的苦难是地主阶级和资产阶级对农民阶级等下层人民的迫害所致。在那时出版的教材中，希斯克利夫"代表着受压抑的下层人民对资本主义社会发出的强烈抗议"[⑤]；而"农家女子苔丝"，"为了生活，不得不忍受农业资本家的剥削"，并最终"成为资产阶级伦理道德的牺牲品"。[⑥] 这与我们现在所理解的哈代和勃朗特大相径庭。我们现在更倾向于从普遍性

---

① 王一川：《中国现代卡里斯马典型》，昆明：云南人民出版社，1994年，第33页。

② 毛泽东：《在延安文艺座谈会上的讲话》，《毛泽东选集》第三卷，第874页。

③ 汪晖：《死火重温》，第420－422页。

④ 同上书，第420－421页。

⑤ 智量编：《外国文学名作自学手册》，上海：上海文艺出版社，1985年，第239页。

⑥ 杨周翰、吴达元、赵萝蕤编：《欧洲文学史》下卷，北京：人民文学出版社，1979年，第296－297页。

的角度看待这两部作品:《德伯家的苔丝》的主题是古希腊悲剧式的命运,而《呼啸山庄》则表现出弗洛伊德无意识的力量。20世纪70年代末到80年代初出版的一套外国文学教学参考资料《世界文学名著选评》中,批评家所用的基本上都是阶级分析方法,以典型的阶级内涵理解作品人物。刘彪在分析《李尔王》时指出,"爱德蒙是莎士比亚人物画廊中的一个著名典型","这是文艺复兴时期产生的资产阶级阴谋家野心家的典型"。[1] 赵澧在评论《威尼斯商人》时指出,"这部喜剧的价值主要在于莎士比亚以他的生花妙笔塑造出夏洛克这一高利贷资产者的典型形象,通过他的活动,深刻地揭露批判了资本主义发展初期的唯利是图的剥削本质"[2]。有些学者则侧重恩格斯所说的"典型环境":何孔鲁在分析左拉的《萌芽》时指出,"展示无产阶级同资产阶级矛盾冲突的服娄矿场,在作品中是作为典型环境安排的。"[3]

以阶级论评判文学作品其机械性和片面性显而易见,但也不乏一些精辟和细腻的分析,对哈姆莱特性格的探讨就是一例。我们知道歌德把哈姆莱特理解为性格的悲剧。而我国批评家则把个人性格上升为阶级性格的象征:"新兴的资产阶级还是一个正在成长中"的阶级,它企图以人文主义思想"解决社会矛盾,却显得软弱无力"。[4] 因此,哈姆莱特作为资产阶级的典型人物,"空有'重整乾坤'的雄心壮志,在'颠倒混乱的年代',却无法独立扫荡社会罪恶,改造现实,只能造成个人悲剧。"[5]这反映出莎士比亚及众多"资产阶级"作家的思想矛盾:"他只好把理想与现实的冲突解释为善与恶的冲突。"[6]这里包括两个置换:个人性格置换为阶级性格;善恶冲突解读为阶级矛盾。应该说,就批评技巧而言,这个案例分析是相当成功的,即便放在今天以文本细读著称的作品研究中,也属于相当出色的一例。这让我们想起刘禾将国民性这一民族性格解读为阶级概念那个精彩的置换。[7]

从表面上看,以上对典型人物和典型环境的阶级分析都是对西方资本主义国家社会状况的描述,与社会主义国家内部阶级已被消灭的实际生存状况几乎无关。但是正是这种对他者的表述确立了自我的主体位置。这是一种话语转换,或者用精神分析术语说是一种修辞学转喻,即言此意彼。拉康把这两者的区别看作是"虚语"与"实语"的关系。当我们与朋友见面讨论天气或吃饭时,真

---

① 李明滨、徐京安等编:《世界文学名著选评》第二集,南昌:江西人民出版社,1979年,第18页。
② 同上书,第8页。
③ 李明滨、徐京安等编:《世界文学名著选评》第三集,南昌:江西人民出版社,1981年,第138页。
④ 二十院校编:《外国文学教学参考资料》,福州:福建人民出版社,1980年,第568—569页。
⑤ 同上书,第569页。
⑥ 同上书,第570页。
⑦ 刘禾:《跨语际实践》,宋伟杰等译,第84页。

正的意思并不在此，因此是“虚语”。我们问候的真正涵义是表达双方友好的人际关系，这才是我们说话背后的“实语”。[①] 如果说问候语是人际关系的转喻，那么我们整个的语言包括文学批评都可以看作是现实生存状况的修辞。典型论和相应的阶级分析方法是对什么样的现实进行修辞呢？简单说，从全球化角度看，这是对当时我们的生存状况和西方社会之间对立关系的象征性表述。

因此，阶级分析方法只有放在东西方矛盾关系的背景中才可以理解。不然就无法解释社会上阶级斗争消失之后却在意识形态方面表现出如此强烈的阶级意识。典型论在分析文学作品时确立了无产阶级与资产阶级的对立。它背后真正的涵义是全球化背景下社会主义阵营和资本主义阵营的对立，或如多斯桑托斯所言，是两种不同生产方式之间的对立。福柯的著作向我们表明，正是这种对立，即对“他者”的排斥，使社会主体得以建立并保持稳定和持续性存在。把麻风病人和疯癫者排斥于文明社会之外，文明社会才会“证明自身的合理性”[②]。同样的道理，典型论对资产阶级“邪恶”本质的抨击，使我们的文化主体的轮廓得以清晰地呈现出来。虽然在“文化大革命”期间对“典型论”的利用，使之发展成为“高大全”原则，成为当时国内的政治斗争工具，并对外国文学研究造成了不良后果，但是排除掉“典型论”过度延伸和误用中的“国内因素”，我们可以看到它的另一面，也就是它在“国际关系”格局中产生出来的意识形态差异性以及文化主体性。事实上这是最具特色的本土文学批评：中国的文化主体不再衔接在西方现代性的轨道上，而是走出了一条不同的道路。从某种角度看，典型论正是这一历史主体性的文化表述，它的阶级内涵使中国的外国文学研究完全区别于西方国家的主流学术观点。当然今天看来，典型论在技术层面还嫌粗糙。但正是由于20世纪80年代对它的复杂化改造，使典型论纳入普世主义的轨道而日趋衰落。

三、典型论的衰落与中产阶级美学的崛起

我们今天的社会变革使我们能够以新的视角去理解过去的历史和文化。如今中国城市化进程如火如荼。在短短的30年时间里，中国完成了城市化率从10%到50%的飞跃。城市化意味着农民阶层及其意识形态的解体。30年来农民工进城大潮使当地的农民文化逐渐式微。像赵树理、浩然这样的农民作家也不再是社会关注的焦点。在中国文坛代之而起的是城市文学，而城市文化的

---

① 雅克·拉康：《拉康选集》，褚孝泉译，上海：三联书店，2001年，第256页。

② 米歇尔·福柯：《疯癫与文明》，刘北成、杨远婴译，北京：三联书店，1999年，第269页。

兴起使农民阶层在文艺界不再主导话语权。农民阶层已成为沉默的大众,农民意识形态和生活方式如过去那种“斗争哲学”也不再有任何市场。

从城市化进程和农民阶层的文化没落的角度看待80年代那场美学意识形态转换,可以使我们对典型论有一个更为深入的理解。在80年代“美学热”中,朱光潜和李泽厚之所以能够取代蔡仪,除了前者理论技术上的复杂性之外,另一个深层原因就是审美主体性理论所代表的城市中产阶级群体正在崛起这一趋势。蔡仪理论的社会基础已经开始瓦解。这有点像恩格斯对巴尔扎克的评述:在19世纪法国,贵族没落而资产阶级崛起。朱光潜和李泽厚所倡导的德国古典美学思想,以其温文尔雅的中产阶级品味迅速征服了渴望现代化生活和城市优美环境的年轻一代。美学著作一时洛阳纸贵,成为街边书摊上的流行作品。审美作为社会理想、生活艺术化作为人生目的、唯美主义作为生活方式,这在19世纪的英国鼓噪一时的观念开始在中国的城市中蔓延,并改变了历史反映论的思维定式和解析作品的社会学方法。以文本为核心、以审美为指归、以情感表现为目标的理论体系最终成为文艺界和大学课堂的标准批评范式。而典型论在审美理论的冲击下,已被多数学者所摒弃。充满感性魅力的审美分析取代了千篇一律的典型分析,特别是在现代派和后现代派作品解读中,典型论几乎没有用武之地。

正是在这样的背景下,80年代很多学者希望使典型论增加更多的感性内容,以适应文艺界新的形势发展。前面提到的“典型情感论”就是一次卓越的学术努力。所谓“典型情感论”,就是说典型论不仅可以用来分析以塑造人物形象为主的小说创作,也可以用来分析以情感表现为中心的诗歌作品。关于这种文类的跨越,典型情感论者说得很清楚。肖文苑在《典型的感情》(1981)一文中指出:“具体到诗歌,还可以说有一种典型的感情”。“抓住一种典型的感情,也就是抓住千百万的读者。”[①]吴亮在《典型的历史变迁》(1983)一文中也有类似的表述。在对西方现代派作品中支离破碎的形象进行分析之后,他指出,人类有一种“形而上”的“共同经验”,因此“现代文学艺术即令再抽象、再玄奥,也不失为一种体现典型观念、典型体验和典型情绪的艺术形态。”[②]此后典型论学者陆学明还把“典型情感说”追溯到古代罗马:朗加纳斯就已经谈到,萨福的痴情痛苦所表现的“不是单纯一种感情,而是一大堆感情”,是一种“特质积聚”。[③] 由此可见,对典型论感性层面的拓展是替换阶级论内容的一种巧妙的过渡方式。

另一种试图拓展典型论中的形式因素和感性内容的学术努力就是“性格组

---

① 马玉田、张建业编:《1979—1989十年文艺理论论争言论摘编》,第974页。

② 同上书,第973页。

③ 陆学明:《典型结构的文化阐释》,第240页。

合论”。刘再复《论人物性格的二重组合原理》(1984)的发表引起学界的热烈讨论。这种观点对传统典型论的冲击也是巨大的。刘再复所倡导的复杂性格结构实际上颠覆了以阶级斗争为核心的单一性格形象,进而否定了典型的阶级内容本身。刘再复在当时得到了众多学者的支持。如朱立元把刘再复的“二元论”观点进一步发展为“多元论”观点。他认为,“大凡复杂的典型,其性格总是呈多向、多侧面、多层次的复杂结构。”①当一个人物在立场上摇摆不定,或者理性思想和感性生活之间发生矛盾纠葛之时,他所信奉的阶级概念的真实性也就值得怀疑了。阶级概念从此让位于更具普遍性的、人类共同的多元情感内容。用朱立元的术语说就是“单向”的人变为“多向”的人。② 典型的单一共性发展演变为复杂多样的个性,那么典型论所赖以生存的理论基础也就烟消云散了。

但其他批评家仍然怀有“重新建构典型理论的愿望”。陆学明在《典型结构的文化阐释》(1993)中以神话原型解释典型的共性,试图以此说明“社会生活的丰富多彩、人的内心世界的隐秘复杂”。他认为:“神话原型与典型的内在的某种一致性是引导我们将典型回归文学、回归到我们的心灵、回归到典型自身的一个起点、一个突破口。”③不过让典型论回归心灵,和典型情感说一样,都是试图为它在当时流行的“情感表现论”中找到一个位置。王一川以符号结构和韦伯的卡里斯马概念重新解释了典型人物的“历史性”和“个人魅力”,使传统的典型理论具有了结构主义思想内涵和相当的理论深度。但他也指出,在文艺创作领域,“随着现代卡里斯马典型传统在 80 年代前期走向衰落,到了 80 年代后期即 1985 年至 1990 年,这一传统就最终支离破碎了。”④

审美分析和情感扩张是 80 年代文学和艺术批评的主要特色。那个年代的日常生活也以感性爆炸为标志。人们从单一的中山装改换为五彩缤纷、风格各异的服装;从单一的集体歌咏娱乐方式发展到五花八门的个体休闲方式。在这样的社会背景下,典型论被各色各样的文论概念所取代也不足为奇。然而在这种巨大的审美扩张的背后,全球化的资本扩张也同样风起云涌。20 世纪 70 年代末改革开放以来,审美理论的兴起与西方商品大潮的涌入几乎同步,这恐怕并非巧合。资本和现代化商品涌入中国市场,随之而来的就是消费文化作为思想观念和生活方式成为城市生活的主流意识形态。现在我们看到,消费文化均以审美的面目出现,诉诸人的感觉和情感而非理智。审美文化在中国的大中城市中快速蔓延,如潮水般洗刷了一切陈旧的思维方式和思想观念,包括典型论。审美与资本的结合如今已是不争的事实。按照詹姆逊的观点,在晚期资本主义

---

① 马玉田、张建业编:《1979—1989 十年文艺理论论争言论摘编》,第 1022 页。

② 同上。

③ 陆学明:《典型结构的文化阐释》,第 168 页。

④ 王一川:《中国现代卡里斯马典型》,第 10—15、250 页。

阶段,资本的扩张体现在对感性的殖民。“形象文化、无意识以及美学领域完全渗透了资本和资本的逻辑。”[①]鲍德里亚则指出,在资本主义消费社会,价值形态进入“病毒性或放射性”阶段,审美泛化如同癌症毫无规则地疯狂扩散,形象“无休止循环”。[②] 然而我们知道,资本的世界没有主体,只有主体的位置。福柯的权力关系理论、阿尔都塞的意识形态理论已经说明了在资本主义条件下主体的空白与不在场。因此朱光潜、李泽厚的审美理论中的主体性在现实生活中可以说仅仅是一种理论幻象。对这种主体幻觉的审美描述反而使我们轻易地丧失了典型论曾经赋予我们的历史主体性。这不能不说是一个具有讽刺意味的悖论:主体性的理论所带来的却是主体性的不在场。80年代的美学热使我们又回到五四时代:翻译传播、借鉴移植、拿来主义,却很少有自己的东西。从某种意义上可以说,至少在当代消费社会的条件下,审美话语以及抽象的艺术形式已经成为金融资本的文化触角。[③] 它迅速摧毁了典型论曾经筑起的、抵御西方现代性的堡垒。

以上对典型论的思想渊源、历史沿革、批评实践、晚期变体以及曲终人散的过程作了一个简要的回顾。从中我们可以看出,典型论从根本上说是对西方现代性的一次理论回应,是创造民族主体性的一次学术努力。典型论的单一的理论内核即阶级性,正是它的核心之所在。当这一内容被审美主义、形式主义和多元主义等普遍性文艺概念所取代时,它也就无疾而终了。但是对它在历史上有过的繁荣,我们理应重新评估。这不仅是因为它曾经为当时的生活赋予过意义,而且也在于今天全球化劳动分工的现实使我们对它的理解和阐释具备了新的条件。可以说典型论不仅是一种批评概念和方法,它还是一种立场、一种存在的修辞、一种社会生活的意识形态,或者说是一种文化实践。在全球化资本扩张与阶级分化在我们身边愈演愈烈之时,典型论的阶级内容所隐含的对东西方经济与文化关系的象征性表述,值得我们去深入探讨。从这个意义上说,典型论的另一种理论价值正在显现。

---

① F.杰姆逊(詹姆逊):《后现代主义与文化理论》,唐小兵译,西安:陕西师范大学出版社,1987年,第129页。

② Jean Baudrillard, *The Transparency of Evil*, trans., James Benedict, London: Verso, 1993, p.5, 11.

③ 参见詹姆逊:《文化转向》,胡亚敏等译,北京:中国社会科学出版社,2000年,第133—157页。

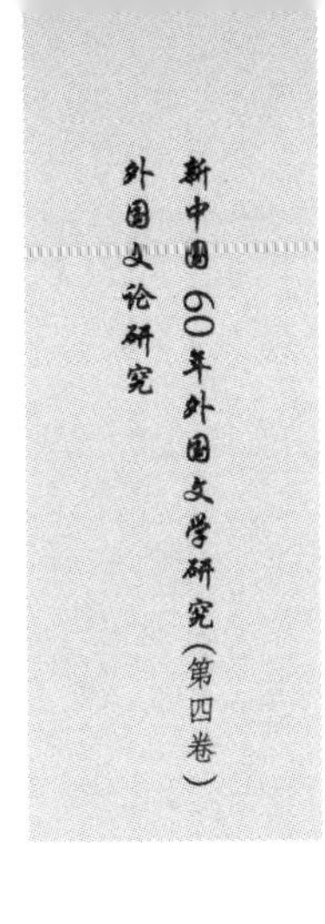

第八章
詹姆逊与20世纪80年代中期以后的中国文化批评

弗雷德里克·詹姆逊(1934—　)今天仍然是英语国家最负盛名的文化批评家,是隶属于马克思主义传统的重要的文学理论家,也是开创后现代文化批评的最重要的思想家之一。他眼光犀利、涉猎广泛,从建筑到文学、从哲学到电影、从先锋艺术到晚期资本主义、从存在主义哲学到结构主义人类学、从结构主义马克思主义到现代精神分析学,无不是他文化批评的分析对象,无不是他后现代主义"宏大叙事"的构成要素,因此也是把他与"庸俗马克思主义者"区别开来的一个重要标志。然而,詹姆逊文化批评中两条不变的基本路线是马克思主义和后现代主义;他的文学理论的两大坚实基础是德国哲学和法国哲学;而他用以建构后现代"宏大叙事"的两大思想武器则是辩证法和资本主义批判。他的全部著述几乎都与一个特殊的"总体"系统相关,这就是促进历史发展的阶级和社会力量,因此,无论是文化文本还是社会文本,都必须进行"历史化",正是在这个意义上,詹姆逊也堪称一位历史主义思想家。

1985年9月到12月,应北京大学比较文学研究所和国际政治系国际文化专业的邀请,詹姆逊在北京大学进行了为期四个月的以"后现代主义与文化理论"为题的演讲(1987年出版)。这是他继1971年发表《马克思主义与形式》、1972年发表《语言的牢笼》、1981年发表《政治无意识》而牢固地奠定了英美马克思主义文学批评家的地位之后,向后现代主义文化批评转向的一个重要标志。从某种意义上说,詹姆逊的"北大演讲"对于他后现代主义文化批评理论的形成起到了构成性作用。他在北京大学演讲后发表的主要文章和著作基本上都是关于后现代主义文化理论和文化批判的,包括以意识形态和乌托邦为论题的《理论的意识形态》(1988)、论述法兰克福学派马克思主义理论家阿多诺的《晚期马克思主义》(1990)、系列电影批评《可见的签名》(1990)、作为晚期资本主义文化批评之典范的《后现代主义,或晚期资本主义的文化逻辑》(1991)、第二部电影论文集《地缘美学:世界系统的电影和空间》(1992)、讨论后现代文化和乌托邦问题的《时间的种子》以及论述后现代主义悖论的《文化转向:后现代论文集》(1998)。进入21世纪,詹姆逊明显从后现代主义转向了现代性研究,如视后现代主义为一种现代性的《后现代主义,一种单一的现代性》(2002)、讨论乌托邦和科幻小说的《未来考古学(社会形式诗学)》(2005)和讨论现代主义的文集《现代主义文献》(2007)。詹姆逊当下的研究似乎有回归哲学的趋势,尤其是对辩证法、黑格尔和马克思的关注,如《辩证法的价值》(2009)、《黑格尔诸变体》(2010)和《再现资本:读〈资本论〉第一卷》(2011)。

对于在20世纪80年代中期刚刚开始进入"文化热"的中国知识分子来说,詹姆逊的"北大演讲"恰如久旱后的一场及时雨,给他们带来了西方马克思主义和后现代文化理论的丰富资源,为90年代掀起的后现代主义理论和文化研究"热潮"开辟了路径,或许能像乐黛云教授所希望的那样,成为与"罗素北大演讲录"同样重要的历史文献。[①] 就事实而论,詹姆逊的"西方马克思主义者"和"文化批评家"这一双重身份,以及把心理分析、结构主义、后结构主义、符号学和辩证法统统纳入"西方马克思主义"传统的做法,就足以使中国文艺理论工作者大开眼界,令从事马克思主义美学和文艺学研究的学者教授们倍感新奇,而对于刚刚熟悉特里·伊格尔顿的《马克思主义与文学批评》(1980)和韦勒克的《文学理论》(1984)的文学批评家和文学研究者来说,阿多诺、本雅明、阿尔都塞、威廉斯等马克思主义理论家的名字,经詹姆逊的介绍,已经不那么陌生了。在风格上,詹姆逊跳跃式的思维方式和融"抵制与快感"于一炉的语言"难度",更使中国读者在反复"回味"中见其思想深度,更使其影响长久持存。

"北大讲演"以"文化"为主线,把生产方式、宗教、意识形态、叙事分析和后现代主义串联起来,从经济基础和上层建筑的关系出发,根据比利时经济学家恩内斯特·曼德尔对资本主义发展阶段的分期,对资本主义社会的文化发展进行了对应性的时代划分,即对应于第一阶段市场资本主义的现实主义,对应于第二阶段垄断资本主义的现代主义,和对应于第三阶段晚期资本主义的后现代主义。詹姆逊指出,后现代主义是晚期资本主义发展的文化逻辑,代表了对世界和自我的一种新的体验。在资本主义的晚期阶段,尚未被资本主义占领的最后两个领地自然和无意识也被殖民化和资本化了。被商品化的后现代文化抹杀了高雅文化和大众文化之间的界限,大大扩展了自身的疆界,从而渗透到生活的各个方面。不仅如此,后现代文化与商品生产的密切关联还把文化产品变成了消费品,因此把晚期资本主义社会变成了消费社会。詹姆逊总结了后现代文化的特征:零散化,平面感或无深度感(或距离感的消失),历史感或历史意识

---

① 乐黛云:《后现代主义与文化理论·序》,杰姆逊(詹姆逊):《后现代主义与文化理论》,唐小兵译,北京:北京大学出版社,1997年。

的消失，以及机械模仿和复制等。总起来说，他对后现代主义持批判态度，但这是理论批判，而不是道德批判。在1991年出版的《后现代主义，或晚期资本主义的文化逻辑》一书中，他对这些概念和观点逐一进行了广泛和深入的分析。

“北大演讲”无论对詹姆逊本人还是对中国知识分子都是至关重要的。虽然他在80年代初就开始在零散的单篇文章中提出自己的后现代文化理论[①]，但全面系统地向世人介绍自己的这种理论，“北大演讲”还是第一次。众所周知，他此前的理论著作与后现代主义几乎没有直接的联系：《萨特：一种风格之缘起》(1961)论述的是萨特及其存在主义；《马克思主义与形式》(1971)系统分析了西方马克思主义的主要代表人物；《语言的牢笼》(1972)则以结构主义与俄国形式主义为研究客体。如果说这些研究著述与他的后现代文化理论有什么具体联系的话，那也只能说是一种理论上和知识构架上的准备。“北大演讲”为他后来对后现代文化的系统研究提供了契机，激发了他对后现代文化进行全面研究的热忱，在此后的几年里，他始终把注意力集中在西方资本主义的晚期发展阶段，用马克思主义的基本理论和西方各种新的批评方法，尤其是结构主义和后结构主义的批评方法，来透视、分析和批判消费社会的种种文化现象，终于在1991年完成了《后现代主义，或晚期资本主义的文化逻辑》，把后现代主义文化批评理论推向了巅峰。这部著作也因之被誉为后现代性研究的里程碑，不仅就后现代、后现代性和后现代主义等基本问题与利奥塔、法国“新哲学”和后结构主义者构成了对话，而且就时空动态、文化逻辑、地缘政治和全球化等焦点问题提出了颇有影响和最具争议性的见解，在美国乃至西方学界产生了重大影响。

“北大演讲”对中国学界的意义和影响是巨大的。詹姆逊来华之前，国内研究后现代主义的文章寥寥无几，比较重要的有董鼎山的《所谓“后现代派”小说》和袁可嘉的《关于“后现代主义”思潮》，基本上是在对西方现代派文学研究的基础上，对后现代主义文学加以介绍和概括评价，属于综述性文章。在概念、术语和表述上具有深刻后现代文化理论内涵的一种批评话语此时尚未出现。詹姆逊的《后现代主义与文化理论》出版后，以陈晓明、张颐武等为代表的一批青年学者从这本书中看到了后现代主义的重要性，接触到了西方后现代主义的批评家们及其全新的理论话语，开始领悟其深刻的思想内涵，激发了他们研究西方后现代文化理论的热情。此后不久，通过后现代主义文化理论的大量译介，这种批评话语和思维方法也被应用到中国文化和文学的表征上来，阐述中国文化中的后现代现象，致使20世纪80年代末和90年代初的中国文学和文化批评界出现了一股“后现代”的热潮。1992年中国社会科学院文学研究所和中国比

① 这是詹姆逊1983年以“后现代主义与消费社会”为题所做的演讲，该文1984年经修改扩充以《后现代主义，或晚期资本主义的文化逻辑》为题发表。

较文学学会后现代研究中心联合召开了以“后现代:台湾与大陆的文学形势”为主题的研讨会;1993年北京大学、中国社会科学院文学研究所、中国比较文学学会后现代研究中心、德国歌德学院北京分院和南京《钟山》杂志社联合召开了后现代文化与中国当代文学国际研讨会,此后,电影、小说等领域也都先后召开了后现代文学与当代文学艺术的若干讨论会。这一时期发表的比较重要的相关著作有陈晓明的《无边的挑战》(1993)、王治河的《扑朔迷离的游戏》(1993)、张颐武的《在边缘处追索》(1993)等,虽然这些初期的理论阐述仍存在着许多尚需改进的地方(即使是被译介的西方后现代理论也仍属形成过程之中),真正意义上的与西方学者的对话尚未展开。但重要的是,中国学者已经开始以自己的不懈努力让西方学者注意到了后现代主义或后现代性并不是西方学者的专利,也不是只有西方的单一模式,它可以在世界任何地方甚至第三世界国家以某种变体出现,因此极大地丰富了西方的后现代文化理论。在此后的几年里,关于西方后现代主义、后结构主义、后殖民主义等思潮的介绍性和研究性论著频频问世,如陈晓明的《解构的踪迹》(1994)、郭贵春的《后现代科学实在论》(1995)、赵一凡的《欧美新学赏析》(1996)、陆扬的《德里达——解构之维》(1996)、徐贲的《走向后现代与后殖民》(1996)等。这期间关注后现代主义和詹姆逊理论的文章也逐渐增多,比如刘峰的《后现代主义文艺思想》(1986),唐小兵的詹姆逊访谈《后现代主义:商品化和文化扩张》(1986),伍晓明、孟悦的《历史－本文－解释:杰姆逊的文艺理论》(1987),王逢振的《杰出的西方马克思主义批评家:弗雷德里克·詹姆逊》(1987)等。随之出现的还有关于后现代主义及其文化理论的反思,如董朝斌的《文化的现代困惑——读〈后现代主义与文化理论〉》(1989)和盛宁的《人文困惑与反思——西方后现代主义思潮批判》(1997),比较典型地反映了中国知识分子对西方后现代文化理论的积极思考。

由于詹姆逊的后现代文化理论产生了重大影响,他前期发表的理论著作也开始受到重视。《语言的牢笼》和《马克思主义与形式》的中文版相继于1995年问世,其简明的表述和逻辑性极强的论证赢得了中国学界的好评,使之影响进一步扩大。然而,需要指出的是,恰恰由于其影响的扩大及其理论自身的有用性和局限性,许多学者一方面积极用他的理论探讨西方后现代主义与中国文学和文化的关系;另一方面又从这种理论自身的缺失和不完善中产生了批判性的误读,引发了一场关于中国后现代主义的争论。有人认为中国20世纪80年代中期之后出现的一些现象虽与西方后现代文化契合,但本质上大不相同,只能说是后现代主义在中国产生的影响。[①] 另一些人认为中国在社会经济与国民经济、上层建筑与文化生产等方面都几乎处于前现代或准现代阶段,因此根本

---

① 贺奕:《不幸的类比:“后现代主义”理论的中国市场》,《当代作家评论》1993(05)。

不存在后现代主义产生的现实基础，后现代理论在中国也不具有本土意义。[①] 还有人认为，在中国知识分子的理想主义消失、商品经济大潮冲击旧有社会法则的复杂历史条件下，“后现代主义”乘虚而入，与中国的大众文化一拍即合，形成巨大声势。[②] 这些观点大多出自对中国本土文化的思考，而忽视了詹姆逊在开始介入后现代主义理论争论时就表现出来的强烈的批判态度。

尽管有这些误读或批判，与德里达、利奥塔、哈桑等后现代主义理论家相比，詹姆逊似乎更受中国学者的欢迎，原因何在呢？首先，这是由中国当时的接受环境决定的。新中国成立之前，马克思主义就在中国播下了种子，帮助中国共产党建立了新中国，因此成了中国人民唯一的信仰，也是新中国成立以后出生和成长起来的一代知识分子所接受的唯一一种意识形态教育。詹姆逊以马克思主义理论家的身份出现在中国的讲坛上，自然会减弱人们对其他西方知识分子感到的敌意和疑虑，而且，他的分析是从经济基础与上层建筑之间的关系这一角度展开的，遵循的是马克思主义的基本原则，因此对于非常熟悉马克思主义话语和长期接受马克思主义教育的听众来说，接受起来就比较容易了。而最重要的是，詹姆逊对后现代主义文化，对晚期资本主义的消费社会，尤其是对后来的全球化，都采取马克思主义的批判态度，大多数情况下都站在第三世界的立场上（尽管他的身份是第一世界的知识分子）来说话，对坚持走中国特色的社会主义道路的中国来说没有丝毫的敌意，反而对其抱有厚望，他受到欢迎当然是情理之中的了。

其次，詹姆逊以讲学的形式亲口传播西方马克思主义，阐述自己的后现代文化理论，以直观的方式描述了令人眼花缭乱的后现代文化景观，对文学、建筑、绘画、广告、摄影、电影等文化文本进行了具体分析，指出了后现代主义文化的重要特征，而且表述深入浅出、明白易懂，致使《后现代主义与文化理论》一书成了中国后现代研究的启蒙读物，更为后来接受《后现代主义，或晚期资本主义的文化逻辑》铺垫了道路。在理论上，他所涉及的后结构主义思想让中国读者耳目一新，开始摆脱非此即彼的僵化思维方式，走出本质主义的模式，从多重视角探讨和研究文学和文化，因此受到中国学者的极大重视。

再次，中国国土上大众文化的出现和后现代主义文学的萌芽为接受詹氏理论做好了准备。改革开放以来，党的工作从“以阶级斗争为纲”转移到“以经济建设为中心”，改革开放的政策为思想文化交流提供了宽松的社会环境。大量的西方大众文化形式涌入中国，健美操、迪斯科、交谊舞、卡拉 OK、流行歌曲、通俗小说、消遣性报刊、畅销读物、娱乐电影、录像、家庭肥皂剧、流行电视连续

---

① 参见《大家》1996 年 6 期的座谈纪要《后现代话语的尴尬与评说》。

② 贺奕：《不幸的类比：“后现代主义”理论的中国市场》。

剧、现代广告、摇滚乐、流行歌曲、居室装潢、时装表演等具有娱乐功能的文化工业,仿佛一夜之间遍及中国大地,生产出无深度、市场化、媚俗化、形象化、游戏化、机械复制的消费产品,让人们在体验娱乐的同时失去判断能力和分析能力,对精英文化和经典文学构成了极大威胁。这些正是詹姆逊描述的西方后现代文化的特征,他用来描写和批判这些文化现象的理论也便轻易地随之在中国落定了脚跟。

在文学领域内,当时的中国文学正处于向"后新时期"转型的时期,后现代主义的变体已经萌芽。1985年先锋小说异军突起,一批年轻的先锋派小说家,如刘索拉、徐星、苏童、王朔、格非、孙甘露、余华、马原、洪峰、残雪、叶兆言、吕新、刘恒等,都或多或少受到西方后现代主义作家的影响。他们怀疑文学的崇高和审美性,进行不同程度的语言实验,玩叙述的游戏,强调写作的表演性和操作性,让能指和所指在作品中相互追逐、碰撞、互融、颠覆,从而消解了文本的深层结构,呈现一系列"二元对立",使之成为专供批评解构的元文本,因此多具娱乐功能,而少具认知价值。此时期的诗歌创作也旨在打破艺术的雅俗界限,消解深度结构,使用戏拟和反讽手法,使诗歌结构具有破碎性,反映时代的精神分裂症。此外,注重"平民意识"、崇尚"经验的直接性",表现平民生活、致力于"稗史"的一种新写实小说也应运而生。总起来看,随着文化商品化的冲击,写作变得越来越商业化,出现了拼凑文学、受委托文学、传媒文学、消费文学和议价文学,这些都是"表征危机"和"后工业文化"的症状,亟待一种理论来予以分析和批判。在这个意义上,詹姆逊的后现代文化理论在中国恰逢其时。如李欧梵所说,中国当代文学是各种潮流的汇聚,其中有历史、民族国家、现代性等,要描述和表现它们,中国学者必然会选择后现代文化理论。何况中国要走向世界,成为世界的一部分,进入所谓的全球系统,而适合于描述这一现状的就只有后现代主义了,"因为后现代标榜的是一种世界'大杂烩'的状态,各种现象平平地摆放在这里,其整个空间的构想又是全球性的。"[①]

詹姆逊在中国产生如此巨大的影响还不仅是其理论自身和中国的现状所使然,也由于他对中国文化的密切关注。他撰文评论茅盾、老舍、鲁迅的作品,希望能充实自己对"第三世界文化"的理解。但他对中国文化的理解并不是非常准确的,因而从反面引起了中国学者的注意。在《处于跨国资本主义时代中的第三世界文学》中[②],他把第三世界文化置于第一世界/第三世界的二元对立之中,认为"所有第三世界的文本均带有寓言性和特殊性:我们应该把这些文本

---

① 李欧梵:《当代中国文化的现代性和后现代性》,《文学评论》1999(05)。

② 这是作者在为加州大学圣地亚哥分校已故的同事罗伯特·艾略特举行的第三次纪念会上的讲演稿。1989年由张京媛译出发表在《当代电影》第6期上。

当做民族寓言来阅读。”[①]他认为鲁迅的《狂人日记》《阿Q正传》和《药》都是典型的民族寓言。詹姆逊主张在研究文化现象时用一种文化来反观另一种文化，因此“第三世界文化”理论是他后现代理论的一部分，甚至是很重要的一部分，因为它是“一个(在他看来)后现代主义者脑中必不可少的‘认识映象’和手中的历史图册”[②]，以帮助他全面认识和反映后现代社会。

詹姆逊从第一世界内部对其霸权进行了批判，对受压迫的第三世界文化表示同情，肯定了第三世界文学文本的价值和意义，这一点赢得了许多中国学者的好感，可以说有一批中国学者就是在詹姆逊关于“第三世界文化”的理论的启发下走上了后殖民批评的道路的，如张颐武、王一川、张法等人。他们站在民族主义立场上对西方文化霸权进行批判，聚焦于近现代以来的西化殖民倾向，对中国文化进行“去殖民化”的批评，同时试图建构一种本质上与西方不同的具有中国民族性的语言文化文本，[③]寻找民族性(地域性、汉语独特的句法结构和修辞策略等)和本土性。张法、张颐武、王一川都提出要立足于本土文化传统的中华性。[④] 他们积极倡导詹氏提出的“第三世界文化”理论，认为这种理论注重文学的本土特点和独特传统，给各种带本土性的文学以生存的权利。他们希望从“第三世界文化”理论开始发掘，创造本土性理论，在国际理论界中发出中国学者自己的声音。[⑤] 他们提倡“第三世界”把自己的文本视为一个“民族”生存的寓言，并积极地将“民族寓言”用于自己的批评实践中。[⑥] 乐黛云对“第三世界文化”的提出也表示乐观的态度，认为它本身就是“一个开放的概念而不同于过去封闭的‘文化本位’或单纯的‘本土文化’”，是对“过去第一世界/第三世界二元对立模式的颠覆与重构，它本身就是作为新的‘世界文化’的一部分而存在的”。[⑦]

但是，中国学界对詹姆逊这样的马克思主义批评家并不是全盘接受的。中国知识分子的敏锐意识和批评实践使他们能够看到西方理论(包括詹姆逊的马克思主义批评)的局限性。比如，一些学者认为张颐武等人的本土性、中华性源于詹姆逊的二元对立的本质主义立场，是民族主义的，与真正的后殖民批评相

---

① 张京媛主编：《新历史主义与文学批评》，北京：北京大学出版社，1997年，第234—235页。

② 韩毓海：《詹姆逊的企图——评杰姆逊的“后现代主义”及“第三世界”文化理论》，《上海文学》1993(11)。

③ 见《文艺争鸣》1992(04)“汉语文学与中华文学专号”及张颐武的《在边缘处追索——第三世界文化与当代中国文学》(时代文艺出版社，1993)等文。

④ 张法、张颐武、王一川：《从“现代性”到“中华性”——新知识型的探寻》，《文艺争鸣》1994(02)。

⑤ 参看张颐武：《第三世界文化与中国文学》，《文艺争鸣》1990(01)；张颐武：《第三世界文化：新的起点》，《读书》1990(06)。

⑥ 张颐武：《反寓言艺术：中国的选择》，《美苑》1996(01)。

⑦ 乐黛云：《第三世界文化的提出及其前景》，《电影艺术》1991(01)。

悖,因此予以批判。[①] 郑敏指出,詹姆逊强调民族主义"对于本世纪饱经忧患的知识分子有一定煽动力",很容易激起他们狭隘的民族情绪,导致他们对西方文明的排斥,妨碍中国文化的正常发展。[②] 韩毓海也指出,詹姆逊提出"第三世界文化"及其民族寓言的企图是要为生活在后现代文化政治中的人们制造出一个用来认识自我的"他者",一个"认识映象"。如此看来,詹氏的文本与被赛义德批判的"东方主义"没有什么两样。罗钢认为,詹姆逊并没有摆脱白人中心主义的偏见,仍然把第三世界当作一个"他者"来看待,[③]因此他和刘象愚主编的《后殖民主义文化理论》并未把该文收录其中,相反却收录了艾贾兹·阿赫默德对该文进行后殖民批判的《詹姆逊的他性修辞和"民族寓言"》。李世涛非常正确地指出,不能照搬詹姆逊关于第三世界批评的结论,因为语境不同,如果不适当地强调文化"民族性"就会脱离中国的实际,有可能掩盖民族文化内部的矛盾。[④] 黄应全清楚地看到,詹氏的"第三世界文化"是个虚构的概念,"民族寓言"本身也不是对第三世界文学所作的如实描述,而是"西方文论最新发展与西方马克思主义文论最新发展相互融合的产物",是他发明出来强加给第三世界的,他的"第三世界文学"不过是"西方文学"的一个"镜像","只不过是西方文学自身的投影而已"。[⑤] 这些批判无疑是有道理的,詹姆逊在后来有关全球化和第三世界文化的论述中修改了这一说法。

20世纪90年代后期,詹姆逊的著作陆续在中国出版,研究詹姆逊学术思想的文章、硕士和博士论文日益增多,论述他学术思想的专著或专章探讨相继问世,他来华讲学或参加中国国际性学术会议的活动更加频繁。然而,无论他后来在国际文坛占有多么重要的位置,无论他后来的后现代文化理论和全球化批判多么重要,无论他后来把西方马克思主义批评发展到何等高度,他在理论上的"千里之行"都不可否认地"始于"北大演讲的"足下",如果没有那时播下的种子,也许不会有后来的丰实的理论之果。同样,中国至今余热犹存的后现代文化批评如果没有詹姆逊的奠基和支持,也就不会出现后来的文化研究热潮。虽然步入21世纪以后,理论的热潮逐渐被"回归经典"所取代,后现代性的理论话语也随着人们认识的加深而转向对现代性的重新理解,但詹姆逊对中国理论界的发展仍然功不可没,必将在中国文论史上占有重要的位置。

---

① 参见赵稀方:《中国后殖民批评的歧途》,《文艺争鸣》2000(05);陶东风:《文化本真性的幻觉与迷误》,《文艺报》1999年3月11日;李夫生:《我国后殖民批评中的几个理论迷误》,《文艺报》1999年7月31日。

② 郑敏:《从对抗到多元》,《外国文学评论》1993(04)。

③ 罗钢:《关于殖民话语和后殖民理论的若干问题》,《文艺研究》1997(03)。

④ 李世涛:《对第三世界文学(文化)理论及其在中国接受的反思》,《学习与探索》2005年(01)。

⑤ 黄应全:《民族寓言:"西方文学"的一种镜像——评杰姆逊的"第三世界文学"观》,转引自文化研究网(http://www.culstudies.com)。

然而,詹姆逊的后现代文化批评理论对中国的影响并未就此画上句号。2012年12月12—13日,年近八旬的詹姆逊再度应北京大学中文系和文学艺术批评理论中心的邀请,以北京大学"大学堂顶尖学者"的身份,做了关于"美学单一性:后现代主义新概念"的演讲。演讲中,他明确谈到1985年的"北大演讲"是他后现代文化批评理论的起点,并认为当时提出的后现代主义和后现代性这两个已被广泛批评的概念在当今的全球化时代仍然是不可或缺的,只有在将其指定为某种风格时,才显得过时。他从事后的观点说明,他当时主要关注的是后现代主义,而不是后现代性;而当后现代理论开始形成的时候,全球化这个全新的概念和术语就已经出现,它所指涉的现实恰好是他的文化批评理论中所缺失的,但又是当下后现代性讨论所不可或缺的。因此,鉴于全球化是后现代性的经济基础,后现代性是全球化的上层建筑,所以,要想充分理解我们自己所处的时代,就必须把全球化作为资本主义发展的第三阶段、把后现代性作为最广义的全球文化来加以阐释。

无论詹姆逊的这次北大演讲会对中国未来的批评理论发展产生多大的影响,中国学界对他的认可和评价是不容忽视的。这可从邀请方借演讲之机与《人民论坛》杂志社合作召开的"杰姆逊(詹姆逊)与中国当代批评理论"学术研讨会上见其一斑。会议邀请函称:"近三十年来,杰姆逊教授对中国社会实践和思想文化发展始终抱有特殊的感情和知识兴趣,其精深的理论亦为中国当代学术,尤其是文艺理论学科的发展,提供了丰富的理论资源和思想启迪,杰姆逊教授也因此成为最为中国当代青年学子熟悉和推重的西方理论家,其广泛而深远的影响无人能出其右。杰姆逊及其在中国的理论影响业已成为中国当代学术史的重要'事件'。"我们暂且不论这番总结性的评价是否中肯,一个不争的事实是,从1985年夏到2012年冬,詹姆逊在中国的学术活动及产生的影响的确堪称中国当代学术史上的重大事件。

詹姆逊在中国产生如此巨大的影响(在某种意义上远远大于他在本国的影响)无疑得益于中国学者对他的著述的译介和研究。自1986年刘峰的《后现代主义文艺思想》和1987年《后现代主义与文化理论》中译本的发表,到2013年蒋洪生的《杰姆逊的乌托邦冲动与未来诗学》,"詹姆逊研究"已在中国历时27年之久。此期间,他的主要著作和学术文章都已译成中文,有些甚至是中英文同步面世的。由于译介相对迅速及时,对其研究也相对普及广泛。自1999年谢少波的《抵抗的文化政治学》发表以来,研究詹姆逊的专著、学术文章和硕博学位论文频繁问世,迄今应以数百计。这些著述主要涉及詹姆逊关于后现代主义文学、西方马克思主义、资本主义社会和文化批判、现代性批判、全球化、后现代城市文化、意识形态和美学、乌托邦以及德法现当代哲学等方面的研究和建树。就研究内容和深度而言,这些著述大多立足于对詹氏文本的阐释和综述,试图利用其思想和理论的工具性和实用性,立竿见影地用于中国当代社会和文化的研究上来,因而不可避免地带有追风和功利之嫌。如同詹氏本人所批判的后现代文化之无深度感一样,有些研究浮于詹氏文本的表面,满足于字面意义的理解,而不能深入字里行间,更不能把詹氏理论置于特定的哲学传统或更大的文化语境,因而一旦将其应用到中国特定的社会和文化语境之中时,难免重犯詹姆逊本人在中国文学问题上犯过的"错误"。这或许是舶来的思想和理论所面临的普遍的本土化问题。

总起来说,詹姆逊的文化批评理论在中国仍然具有极大的阐释性和发展的持续性。撇开其概念、理论、思想在中国的接受现状(近年来随着福柯、德里达、德勒兹、拉康等法国"原装"思想家的深入研究而受到严重冲击)不谈,詹姆逊与中国当代马克思主义,与中国当代文学理论和文化理论,与中国社会当下由市场经济主导的大众文化和消费主义,与中国当代马克思主义研究之"西马化"等问题,都息息相关。抑或,深入探讨詹姆逊的马克思主义文化政治阐释学,对于中国学者立足本国理论话语,找寻"中国特色的马克思主义"与"西方马克思主义"之间的异同,在此过程中认识自身理解和理论建树的不足和误区,增进问题和方法意识,像詹姆逊现在所做的那样(重读《资本论》第一卷)从根本上重读"原汁原味"的马克思,或许能够从马克思主义的根本立场和方法出发,解决中国的现实问题。

第九章 女性主义研究

概述

作为文学研究领域的一种批评理论与学术思想,"女性主义"兴起于20世纪六七十年代的欧洲。这与当时社会生活中广泛展开的女权运动密切相关。女权运动强调妇女拥有选举权、教育权,提倡婚姻自由、男女同工同酬,这些都是以男女平等为核心立场,也是文学研究范畴女性主义的重要思想。可见,女性主义从一开始就包含了理论与实践两个维度。它既有理论概念的内涵与外延,也有用于文学批评实践的方法与问题。从文学研究领域看,女性主义主要表现为从性别视角重新审视文学传统和批评标准,揭示文学现象和阐释成规隐含的父权话语,同时,在批评与修订的过程中构建自己的理论与批评方法。因此,文学批评领域的女性主义主要包括女性主义理论和女性主义文学批评。本章集中介绍、评析女性主义文学理论在中国的引入与发展过程,总结研究成果,同时揭示这一过程的特点与问题。

一、思想萌芽期

"女性主义"一词源自英语 feminism,经日语译入中国。据夏晓虹和张莲波考据,1900年6月《清议报》刊登了日本人石川半山的《论女权之渐盛》一文,"首次向中国介绍了西方女权之来源、女权的重要性以及女子争取参政权、经济权的情况"[①]。不过,男女平等观念传入中国发生在五四运动前夕。当时的旗舰刊物《新青年》第四卷6号(1918年6月)以"易卜生号"为名,刊登了胡适的文章《易卜生主义》。通过介绍易卜生的戏剧思想和讨论《娜拉》表明的妇女解放思想,该专号对参与新文化运动的女性产生了启蒙作用。这一事件被学界视为女性主义思想正式进入中国现代历史的一个标志。[②] 不过,由于这一时期的女性主义本身缺乏统一的纲领,进入中国的女性主义思想萌芽主要表现为用来启迪民众的现代思想,与当时"中学为体,西学为用"的拿来主义立场十分吻合。因此,新思想的倡导者们并没有真正关注男女平等。例如,陈独秀支持妇女解放。梁启超也积极提倡妇女应当享有受教育的权利,不过,他并不反对一夫多妻,在日本留学期间还有小妾伺候;徐志摩也有类似的"不良记录"。[③]

带有群体特征的妇女觉醒思想出现在五四运动以后一批女作家的作品中。冰心、庐隐、丁玲、萧红、沅君、凌叔华、张爱玲、苏青等女作家,以不同的方式塑造了一个个父权社会的叛逆者,向社会发出要求平等的呐喊,由此,对封建政治、封建伦理乃至封建符号体系的否定开始"浮出历史地表"[④]。这是中国文学史上直接唱响男女平等思想的一段重要历史。

二、1981—1989:译介与批评实践起步期

一般认为,系统的女性主义理论进入中国学术界发生在20世纪80年代。[⑤] 1981年,朱虹在《世界文学》第4期上发表了《美国当前的"妇女文学"》,首次介绍了当时在美国文学界刚刚登场的"妇女文学"。文章指出,"妇女文学"的出发点在于"重新发掘和评价文学史上女作家的作品,批判过去文学史对女作家的贬低与忽略"[⑥]。文章还提到了《第二性》《思索女人》《一间自己的屋子》《阁楼里的疯女人》这些重要论著,对一些核心观点作了概述。这篇文章使国内读者对女性主义、妇女文学以及女性主义文学批评的重要观点和批评方法有了初步了解。两年后,朱虹编选的《美国女作家短篇小说选》与读者见面。收录其中的代

① 张莲波:《中国近代妇女解放思想的历程》,开封:河南大学出版社,2006年,第103页;夏晓虹:《晚清文人妇女观》,北京:作家出版社,1995年,第120—121页。

② Ya-chen Chen, *The Many Dimensions of Chinese Feminism*, Palgrave: Macmillan, 2011, pp. 38—39.

③ Ibid., p. 39.

④ 孟悦、戴锦华:《浮出历史地表:现代妇女文学研究》,郑州:河南人民出版社,1989年,第26页。

⑤ Ya-chen Chen, *The Many Dimensions of Chinese Feminism*, p. 170.

⑥ 朱虹:《美国当前的"妇女文学"》,《世界文学》1981(04)。该文原是朱虹为她主编《美国女作家作品选》所作的序言。

表作使中国读者对“妇女文学”的基本特征有了具体认识。当然，从现在的角度看，这些初期介绍显得不够系统。例如，女作家的介绍基本上局限于主流文学的代表人物。或许正是因为这些不足，国内有学者认为，女性主义进入我国外国文学研究领域属于思想解放运动的副产品，是全面介绍外国文学和西方现代思想的“捎带”品，因此，相对于国外业已展开的批评态势，中国的女性主义显得有些“滞后”[①]。对此，本章认为应该历史和辩证地看。首先，女性主义从20世纪60年代至80年代虽然已经初步确立其核心立场，但作为文学理论和阐释方法，它依然处于建构期，一些概念及其批评方法本身尚处于发展阶段，不仅在理论上缺乏系统性，而且内部也存在差异。因此，作为前期介绍与引入，缺乏系统的理论介绍以及时间上滞后可以说是理论旅行的必然；其次，就女性主义理论的介绍而言，朱虹把“妇女文学”作为一种文学批评现象介绍给国内学者，在当时使国内学者避免了在接受初期可能发生的理论纠缠。从这个角度看，这个时期的“滞后”恰恰为以后的大规模引入与本土化发展提供了可以耐心等待的时机，使学者们在采取“拿来主义”姿态的同时多了几分理性的思考与选择。

从1986年开始，国内学者关于女性主义的介绍与评述表现出较强的自觉意识。一个重要事件是1986年2月由湖南文艺出版社出版的《女人——第二性》。该版本虽然是根据台湾译本所做的删节本，许多译法也不符合内地读者习惯，但是，这并没有打消读者的热情。1987年，《书林》第7期、第8期连续刊登了两篇关于《女人——第二性》的述评。其中一位作者称该书是近年来读过的一本“最难忘、最受启迪的书”，是西方妇女获得解放的《圣经》，也是对中国妇女产生类似影响的力作。[②] 这一说法自然有些夸张，但是，“女人不是天生的，而是被塑造的”——贯穿全书的这一思想纲领使得国内学者明确了生理性别与社会性属之根本差别。

1986年下半年至1989年间，女性主义理论介绍与评述在国内出现了一个小高潮，一些具有影响力的学术期刊先后刊登了一批高质量的论文。李小江关于《女性文学的传统》的评述（《中州文坛》1986年第1—2期）对肖瓦尔特的性别诗学进行了系统的介绍与评析。王逢振的《关于女权主义批评的思索》（《外国文学动态》1986年第3期）对西方女权运动与女权主义文学批评之间的影响关系做了细致辨析，同时述评了法国女性主义理论家克里斯蒂娃的符号学思想。1987年，朱虹发表了《女权主义批评一瞥》一文，深入分析了肖瓦尔特女性主义思想的基本特征。随着理论评述的展开，关于妇女作家作品研究的论文相继出现在一些重要学术期刊上。1987年，《读书》连续三期（6月、8月、10月）刊

---

① 陈志红：《反抗与困境：女性主义文学批评在中国》，北京：中国美术学院出版社，2002年，第28页。

② 曹晓鸣：《女性的困境与超越——读〈第二性——女人〉》，《书林》1987(07)。

登了黄梅的三篇文章:《女人与小说》《玛丽们的命运》和《阁楼上的疯女人》。作者没有生搬硬套西方女性主义理论,而是用历史眼光对文学作品中的女性形象、女读者、女作家之间的聚合关系进行了客观陈述,同时对西方女权主义一些偏激的观点和立场表示疑虑。

与此同时,女性形象研究、妇女文学体裁研究、叙事情节结构和象征模式分析逐渐成为学者们的普遍关注,形成了一股"女性主义阅读"与批评潮流。例如,1987年,朱虹发表在《河南大学学报》上的文章《〈简·爱〉与妇女意识》揭示男性人物背后代表的父权压迫势力,强调小说"把女人作为第一位的、独立自在的人来表现"①。1988年,适逢《简·爱》《呼啸山庄》问世140周年之际,《外国文学研究》第1期刊登了一组文章,其中有韩敏中的《女权主义文评:〈疯女人〉与〈简·爱〉》。文章以吉尔伯特和古芭提出的"疯女人"寓言为切入点,剖析了简·爱的双重人格意识。值得关注的是,作者没有套用女性主义理论,而是立足于寓言本身在人物形象塑造和故事情节建构两方面的展现方式,揭示西方女性主义文学批评的一个常见特点:"女权批评家对历史上妇女受到压迫的社会现实有清晰的认识,但她们一旦进入作品,对问题的提出,论证和解决便都在文学的圈子内进行,"妇女作家以及女性主义批评提倡的女性角度(阅读和创作),代表了妇女意识在文学想象与表述领域中的表现。② 这一观点表明,国内学者已经注意到这样一个事实:文学范畴的女性主义有别于社会学范畴的女权主义运动,女性主义文学批评并不是希望通过批评来改善妇女现实生活状况,而是希望通过对文本进行修正阅读来展示代表平等诉求的一种政治无意识。

从上面提及的代表作来看,我国这一时期集中于"妇女文学"和"女性阅读"的研究路径与我国学者对60年代末至70年代西方世界的"妇女批评"(feminist criticism)和"女性批评"(gynocriticism)的评述密切相关。从1987年到1989年,一批学者先后发表了相关评论文章,强调女性主义阅读方法与写作模式的独特性。1989年,朱虹、文美惠主编的《外国妇女文学词典》由漓江出版社出版。她们在"前言"中宣称,女性主义理论与批评的目的在于挖掘妇女文学传统,重新评价作品的文学和思想价值,"还她们本来面目"③。此后相当长一段时间,国外妇女作家及其作品,尤其是来自妇女作家的女性形象研究,一直是国内女性主义文学批评的一个关注点。1989年刊登在《青年外国文学》上的《美国当代女权作家笔下的妇女形象》(蔡昌卓)不失为一个代表例子。文章列举了从威拉·凯瑟到苏珊·克丽芬十多位美国女作家笔下的妇女形象,强调作

---

① 朱虹:《〈简·爱〉与妇女意识》,《河南大学学报》1987(05)。
② 韩敏中:《女权主义文评:〈疯女人〉与〈简·爱〉》,《外国文学研究》1988(01)。
③ 朱虹、文美惠主编:《外国文学词典·前言》,桂林:漓江出版社,1989年。

品中的女性形象与男性作家对妇女的刻板描写构成的差异。概括而言，这一时期我国学者对西方女性主义内部围绕理论问题的纠缠保持了相当的距离，他们专注于具体文学文本和文学现象的阐释工作，使得女性主义文学批评成为外国文学研究领域一种新的阐释方式。

毫无疑问，80年代女性主义译介的深入展开以及女性主义文学批评的兴起在中国文学界产生了不同反响。正如作家盛英所说，西方女性主义对于中国文学研究方法的作用最多是“点化”而已，因为中国从来没有发生过女权运动，因此，“不宜将外国人的妇女意识硬套到中国人头上”[①]；张抗抗也表示，中国目前并没有出现妇女文学，自己的作品中虽然出现不少妇女形象，但作品本身不属于“妇女文学”范畴，她描写的“是这个世界上男人和女人所面临的共同的生存和精神的危机”[②]。乐黛云则认为，女性主义理论和女性主义文学批评在中国具有很广阔的发展前景，不过，“女性主义批评应该回归到一种跟社会历史文化联系在一起的文学批评”[③]。相对而言，戴锦华的立场接近于西方激进女性主义。她表示自己十分赞赏“用女性视点去解构文学中的男权主义文化中心和整个男权社会的权力机构”，因为，从女性主义立场看，“所有的作品都是我们批评的对象，特别是男性作家的作品更是我们批评的对象”[④]。不难看出，这些声音在立场、观点上存在较大差异，但都反映了中国学者对西方女性主义批评话语和范式的普遍关注。其间表现的不同态度表明，国人在采取“拿来主义”姿态之后面对这一西方知识采取的审慎与反思。有学者指出，这种现象反映了80年代中国学术界对新时期中国文化转型的深刻关注，人们普遍思考这样一个问题：“西方女权主义对于正在重建价值体系和进行文化嬗变的中国社会有些什么意义？”[⑤]1989年，《上海文论》第2期推出了“女权主义批评专辑”，刊登了朱虹、王逢振、孟悦、林树明等一批学者的文章，对女性主义理论前沿做专题述评，从总体上肯定了女性主义理论和批评方法对我国文学研究和文化研究产生的积极作用。1989年，孟悦、戴锦华合著的《浮出历史地表：现代妇女文学研究》由河南人民出版社出版。该著立足于女性主义立场，选取中国新文学历史上有代表的女作家及其代表作进行了细致分析，揭示一批女性作家在中国整体历史文化语境中的特殊书写方式。有学者指出，这部作品“体现中国女性主义文学批评发展第一次浪潮的最高水准”，“标志了本土化的女性主义文学批评的真正

---

① 盛英：《女性主义批评之我见》，《文论报》1988年6月5日。

② 张抗抗：《我们需要两个世界》，《文艺评论》1986(01)。

③ 乐黛云：《女权主义与文学批评》，《文学自由谈》1989(01)。

④ 乐黛云等：《女权主义与文学批评》，《文学自由谈》1989(06)。

⑤ 海莹、花建：《feminism是什么？能是什么？将是什么？》，《上海文论》1989(02)。

成熟”[①]。

可喜的是,随着讨论的深入推进,女性主义理论译介继续发展,逐步赶上国外女性主义理论前沿。1989年,湖南文艺出版了由林树明、胡敏、陈彩霞翻译的《女权主义文学理论》(玛丽·伊格尔顿主编,原著1987年出版)。该书汇集了从1929年至1986年西方女性主义文学理论代表作的摘要,清晰勾勒了女性主义第一、第二阶段发展的基本轮廓。这是第一部进入我国的西方女性主义文学批评集,为中国读者提供了一幅较为完整的图谱,使得学者们能够系统了解西方女性主义理论发展脉络。同年,三联书店出版了伍尔夫的《一间自己的屋子》(王还译)。几乎同时,国内关于女性主义理论的评述应运而生。文学理论界权威杂志《文学评论》(1988年第1期)刊登了唐正果的《女权主义文学批评述评》。文章将女性主义置于20世纪60年代的反传统潮流中进行重新审视,揭示女性主义的反传统立场,即以解构男性中心主义为政治旗号,通过批判旧有的文学阐释和创作传统,在思想和文化领域对资产阶级正统文化发起的一场文化革命。对此,作者指出,这个意义上的“女性批评”(gynocriticism)“给自己圈定的领地似乎过于宽泛”,因而容易导致研究方向上的分散,“如果它走向多学科的妇女研究,它可能超出文学批评的范围”,而且可能对文学批评产生不良影响,比如,有些批评家望文生义,把文学写作遣词造句层面的风格特征当做具有性别倾向的批评对象,显然有失偏颇。[②] 这一批评表明我国学者对当时在西方文论界势头高涨的女性主义保持了冷静的反思与批评。这对90年代以后女性主义在我国学界的稳步发展十分重要。

三、1990—2000:稳步发展期

90年代以后,女性主义理论研究和批评实践在中国进入平稳发展阶段。这可以从以下两方面见出:

首先,女性主义理论译介呈现了前所未有的多维度特点,一些重要的理论译著弥补了前期译介的不足。1992年,时代文艺出版社出版了挪威学者托里·莫伊的《性与文本的政治——女权主义文学理论》(原著1985年出版)。1999年,该社出版了米利特的《性的政治》(原著1970年出版,在美国20年间连续再版8次)。1995年,商务印书馆出版了玛丽·沃斯通克拉夫特等著的《女权辩护·妇女的屈从地位》。此外,法国女性主义理论也开始进入研究者的视

---

① 杨莉馨:《女性主义诗学在中国的流变与影响》,北京:北京大学出版社,2005年,第72页。

② 唐正果:《女权主义文学批评述评》,《文学评论》1988(01)。

野。程锡麟等人翻译的论文集《文学理论的未来》(中国社会科学院出版社，1993)收录了法国女性主义理论家埃莱娜·西苏的《从潜意识的场景到历史的场景》，极大地填补了法国女性主义译介的严重不足。

除了理论译著以外，由中国学者主编的女性主义理论评论集也陆续出版。较有代表性的有：郑伊编选的《女智者共谋——西方三代女性主义理论回展》(作家出版社，1995)、李银河主编的《妇女：最漫长的革命——当代西方女权主义理论精选》(三联书店，1997)、鲍晓兰主编的《西方女性主义研究评介》(三联书店，1995)、叶舒宪主编的《性别诗学》(中国科学文献出版社，1999)，以及由张京媛主编的译文集《当代女性主义文学批评》(北京大学出版社，1992)。正如学界普遍认可，最后一部尤其重要。在该书的"前言"中，张京媛介绍了欧美女性主义的历史背景，辨析了英美学派、法国学派的特点及其相互关系，概述了两个学派的研究重心，指出了英、美、法三个学派在建构女性主义批评理论过程中形成的共同立场。[①] 收入该书的文章绝大多数是西方 80 年代以后的理论成果，这些论文至今仍然是国内研究者们的资料来源之一。

其次，这个时期涌现了一大批观点独到的评论文章，一些研究专著也陆续出现。就评论文章而言，从女性主义视角展开的妇女作家及其作品研究、采用女性主义视角或理论重读文学经典，成为重要学术期刊的关注点。以《外国文学评论》为例，从 1995 年到 1999 年间关于妇女作家及作品研究的文章聚焦于德拉布尔姐妹(1995 年第 2 期)、玛杰丽·凯普(1995 年第 3 期)、凯特·肖邦(1997 年第 2 期)、安吉拉·卡特(1997 年第 3 期)、托尼·莫里森(1997 年第 1 期)、朱厄特(1999 年第 1 期)。其他一些重要学术期刊上的相关文章表现了类似倾向，一些"边缘"的作家、作品进入研究者的视野，如英国女作家范尼·伯尼(《外国文学研究》1996 年第 4 期)、凯瑟(《外国文学研究》1998 年第 2 期)、吉尔曼(外国文学研究 1995 年第 1 期)、玛丽·雪莱(《外国文学研究》1998 年第 1 期)、里斯(外国文学研究 1998 年第 3 期)。这些文章以一种对立的、反抗的阅读立场对既往阐释进行重新阅读，通过分析人物形象、情节结构、语言风格，揭示隐含在作品形式层面的女性意识。这些文章表明，女性主义理论已经成为我国外国文学研究领域一种较为普遍的文学批评与阐释方法。在具体实践中虽然不乏生搬硬套现象，但占据主流的是学理层面的理解与接受。同样可喜的是，一些男性学者也对女性主义文学批评表示认同和支持。如瞿世镜在介绍德拉布尔的一篇文章中指出："作为女作家，她对女性的生活和感受，自然有深刻

---

① 最新相关论述见陈众议主编：《当代中国外国文学研究》(1949—2009)，北京：中国社会科学出版社，2011 年，第 329 页。

的体会……因此使人感到格外亲切而有说服力"[①]。针对男性读者在女性主义理论阵营中可能存在的尴尬,郭英剑撰文提出,"尽管女权主义批评唤醒了女性的自我意识,但女权主义批评得出的结论并不为女性所独有","男性不一定是反女权的。相反,他有可能与女权主义的指向相同,甚至殊途而同归"[②]。实际情况也的确如此。如,杜维平在重读康拉德《黑暗中心》时察觉到,"如果我们从女权主义视角来看作品中的象征,那么,我们就会发现这部小说充满了男权意识。马洛的非洲之行同时也是对女性的殖民过程,而他对自身冒险经历的叙述则是他对失败的非洲之行的掩饰,是一个重构男性主体的过程"[③]。可以看出,从女性主义立场重新阅读男作家的作品,这已经成为我国外国文学研究的一种普遍实践。这种现象显示,学者们普遍意识到,女性主义不仅是一种鲜明的政治立场,同时也是一种文学批评方法。这种认识无疑为文学阐释活动提供了一个新视角,使得形式审美研究与政治意识批评成为互为映照的两个维度。这对80年代以形式审美研究为主的批评形态起到了有益的平衡作用,一些被奉为代表普遍价值的文学现象成为人们重读和解构的对象。例如,有论者指出,如果我们把海明威塑造的硬汉形象置于"西方父权文化历史所提供的批评视角和方法来重新审视他,海明威和他的小说已构成一个典型的现代西方父权文化的隐喻",因为女人在海明威小说世界里几乎都是"爸爸"的女人们,她们不是作为审美对象的天使就是需要男人去征服的魔女或女英雄。[④]

不同于这一时期的西方女性主义批评,我国学者没有纠缠于女性主义内部纷繁复杂的理论问题,而是专注于具体文学文本,对具体文学现象进行重新解释。当然,这种单一性同时也导致了一些缺乏新意的重复阅读。例如,2000年,《外国文学评论》连续两期刊登了两篇聚焦于海明威作品中的人物形象研究论文,集中谈论的问题依然是海明威作品对女性形象描写。[⑤] 前一篇的作者强调海明威是一位具有强烈女性意识的作家,后一篇概述了《太阳照常升起》中的女主角在美国评论界从"魔女"到"新女性"的不同阐释。稍加留意,就会发现,两篇文章的主要观点基本上源自《剑桥海明威指南》(1996)的相关篇章。

研究对象与路径的单一化倾向同样表现在文类研究方面。西方女性主义文评虽然重视小说研究,但并不完全排除对诗歌、戏剧、传记等其他体裁的性别政治研究。20世纪80年代末,西方女性主义批评开始关注女性主义诗歌、女

---

① 瞿世镜:《英国女作家德拉布尔的小说创作》,《外国文学评论》1995(02)。

② 郭英剑:《男性与女权主义文学批评——当代女权主义文学批评述评》,《外国文学》1997(03)。

③ 杜维平:《非洲、黑色与女人——〈黑暗的中心〉的男性叙事话语批判》,《外国文学评论》1998(04)。

④ 于冬云:《对海明威的女性解读》,《外国文学评论》1997(02)。

⑤ 王慧、徐凯:《海明威笔下的女性》,《外国文学评论》2000(02);张叔宁:《魔女还是新女性?》,《外国文学评论》2000(03)。

性主义戏剧研究，并提出了许多有新意的理论观点。例如，吉尔伯特和古芭、克劳森(Jan Clausen)、里奇(Adrienne Rich)都出版过论述妇女与诗歌问题的著作，但是，国内相关介绍与研究却很少涉及。至于女性主义戏剧研究，则更是罕见。

此外，西方女性主义在90年代末曾发生过剧烈的变化与危机。1999年，苏珊·古芭发表了一部名为《危机时刻：世纪之交的女性主义》的文集，对美国女性主义自身的问题进行了反思，由此在美国女性主义理论家引发了不小的争论。关于这场争论以及由此引发的理论反思，国内并没有看到详细的介绍与评述。

回溯自90年代初至世纪之交我国的女性主义研究总体状况，我们可以看出，女性主义理论和文学批评经过80年代传播后在我国文学研究领域得到广泛展开。不同于80年代我国学者初识女性主义理论时对理论本身的好奇与热情，90年代的主要特点是在深入了解理论的同时注重文学批评实践。其间女性主义理论在西方文学理论界的嬗变也为我国女性主义理论研究和文学阐释提供了多样性发展机会，同时也为理论反思与批评奠定了基础。

四、2000年至今：反思与拓展

进入新世纪以后，女性主义在我国学界呈现出两个重要特征。第一，继续追踪女性主义在西方的发展态势，这一点主要表现为译介与国外理论前沿同步，一批重要的译著与读者见面，《女权主义理论：从边缘到中心》(江苏人民出版社，2001)、《女权主义思潮导论》(华中师范大学出版社，2002)、《女权主义的知识分子传统》(江苏人民出版社，2003)、《越界的挑战——跨学科女性主义研究》(上海社会科学出版社，2003)。第二，对前期研究成果展开讨论，开始进入"融化新知"的反思阶段。相形之下，第二个特点尤为突出。以外国文学研究领域具有影响力的期刊文章为例，大多集中在对女性主义自身问题的思考。林树明在《身/心二元对立的诗意超越》一文中以"女性身体书写"为切入点，详述法国女性主义理论的基本立场，强调指出，"两性共体论并不像一些人所理解的那样是两性特征的趋同"，而是"一种文化的而非生理的定位"，"是差异而不是对立"；身体书写"并非直接用一种身体语言或姿态去表达或诠释意义而是指用一种'于身体的语言'去表达女性的整体的、对抗逻各斯中心主义的全部体验"。[①]林文对"文化定位"和"差异"的强调对于20世纪90年代我国女性主义理论评

① 林树明：《身/心二元对立的诗意超越》，《外国文学评论》2001(01)。

介关于“身体书写”的误解起到了纠偏作用。

20世纪80年代末,欧美女性主义理论界开始出现“后女性主义”思潮,对男女平等、女性身份、身体与话语等女性主义理论核心观点的理论基础提出全方位质疑。我国学者以审慎的态度观察这一动态,并提出了独到的见解。李昀认为,英美后女性主义学者没有理解法国女性主义关于身体差异与语言的理论,一味追求女性主义批评话语的普遍性,因此,抹杀了法国女性主义提出的差异理论,导致英美后女性主义在理论上毫无建树,对于文学领域的女性主义批评实践或理论建设而言是一种灾难。[①] 李昀的批评虽然有些过于剧烈,但是,就文章对英美后女性主义领军人物巴特勒的分析而言,言之凿凿、直入堂奥。文章指出,“巴特勒最大的失误是把主体身体置于话语(语言)的统治中。她援用后结构主义的做法,提出用话语来反对结构主义的语言。但是她的话语却是已有的各种‘惯例’的重复,希望在话语重复中重新为各种‘惯例’洗牌,从而破除话语霸权的支配地位。然而,由于话语在巴特勒的文本中总带有先在的意味,决定着个体身体的述行,这意味着主体彻底丧失了在话语中的代理权。”[②] 与此不同,魏天真的文章《后现代语境中的女性主义:问题与矛盾》对后女性主义进行了带有辩护性质的阐述。她指出,“女权主义者之间关于‘平等与差异的对立’的争论就是在政治上弄巧成拙的方式表达出来的”,“一个二元对立体被创造出来以供女权主义者作出选择,她们要么支持‘平等’,要么支持它的假设对立面‘差异’”,在这番批评之后,文章通过引用女性主义学者的观点提出,“事实上,这个对立面本身遮蔽了这两个概念的相互依存,因为平等并不是把差异消灭干净,而差异也不排斥平等”。[③] 换言之,男女不平等问题不应以对立立场提出。

众所周知,“后女性主义”并非是对以往女性主义的否定,而是一种反思立场,它与20世纪欧美“后现代主义”强调的“去中心”“解构”方法有着直接关系,而各种纷繁复杂的“去中心”的立场也使女性主义之后的女性主义讨论变得复杂异常。目前我国学者展开的“后女性主义”讨论基本上属于一种反思的策略或立场,有利于我们加深对女性主义的理解。

需要强调,伴随着“后女性主义”思潮出现的反思并不意味着女性主义理论和批评的终结。事实上,西方女性主义自20世纪80年代开始出现了多向度桥接的多角度研究趋势。女性主义以性别差异为轴心对文学文本携带的政治无意识进行考察,这一方法为族裔文化研究提供了启发,而女性主义自身也从中

---

① 李昀:《差异的谋杀:反思英美后女性主义文学观》,《国外文学》2008(03)。

② 同上。

③ 同上。

开始反思，极大地推动了族裔女性主义和后殖民女性主义文学批评的发展；注重文本内部研究的各种结构主义方法也从女性主义批评方法中汲取资粮，形成了互相促进的对话关系。这一现象在我国学界表现明显。如2002年，林树明发表文章《性别意识与族群政治的复杂纠葛：后殖民女性主义文学批评》，对后殖民文学批评与女性主义批评联姻的理论基础和发展过程做了详细述评。文章指出，“将性别问题放在国家、地理、种族、地理界域、帝国主义、资本主义跨国公司、殖民与被殖民的各种因素中去探讨”，这种结合而成的多维度批评视角能够避免性别研究同一性和均质化，突出女性主义批评话语的多元多层次性，关注跨文化的差异性。[①] 同样值得关注的是，申丹在2004年连续发表两篇文章，通过阐述文学叙事结构与性别政治关系，详述女性主义叙事学的发展过程，从“与女性主义文评之差异”和“对结构主义叙事学之批评的正误”揭示女性主义叙事学与女性主义文学批评和结构主义诗学的互补关系。[②] 为了说明后一种互补关系，申丹在《“话语”结构与性别政治》一文中从“叙述结构与文体语气”“叙述模式”“叙述视角”和“自由间接引语”四个方面进行了详细阐述。[③] 这是国内评介女性主义叙事学的首篇理论力作，标志了以语境为导向的女性主义文学批评模式进入我国学者的理论视野。

结 语

女性主义理论及其批评方法伴随着新时期外国文学研究在我国的发展进程，从理论的译介引进，到接受和理解，以及随后开始的反思，每一个过程都显示了我国学者对于现代西方思想采取的开放与批评姿态，对于推进文学批评范式和理论思考产生了极其深刻而广泛的影响。与英美国家前期研究立场有所不同，中国经历了长期的政治批评，不少学者对那种把文学批评当成政治工具的做法持审慎态度，更倾向于把女性主义批评视为具有自身规律的学术研究。这在客观上促进了女性主义在我国稳步发展。当然，就研究进程本身而言，存在一些值得进一步研讨和反观的问题与现象。不足之处，略陈陋见如下：

一、理论介绍与阐述缺乏完整性和系统性，对于法国女性主义的介绍与梳理尤其不足。如果说在理论引入初期可以用“英美女性主义”“法国女性主义”让国人大致了解西方女性主义，这样的说法在今天显然已经无法概括其完整面

① 林树明：《性别意识与族群政治的复杂纠葛：后殖民女性主义文学批评》，《外国文学研究》2002(03)。

② 申丹：《叙事学与性别政治——女性主义叙事学评析》，《北京大学学报》（哲学社会科学版）2004(01)。

③ 申丹：《“话语”结构与性别政治——女性主义叙事学“话语”研究评介》，《国外文学》2004(02)。

貌,也难以满足读者求知欲。

二、具体阐释过程中依然存在很多生搬硬套概念术语的现象。不少论著浮泛地援用一些所指不明、语焉不详的概念,不仅让人费解、困惑,而且导致概念混淆。

三、从20世纪80年代开始,欧美学者开始关注同性恋和异性恋问题,从而将女性主义纳入更加广泛的性别研究之列。相对而言,我国学者的研究视野有待拓展。

四、女性主义进入我国已经三十余年,然而,依然没有进入理论本土化,也没有打开与国外理论进行对话的局面。即便在国内,内地学者也没有与台湾、香港学者进行广泛的交流。

从这些方面看,我国的女性主义研究还有很大的发展空间。

第十章 后现代主义与后殖民主义研究

后现代主义与后殖民主义是20世纪后半期西方思潮中两种重要的理论,也是当代传入中国时间最长、影响最大的两种理论。顾名思义,后现代主义的核心在"现代"之"后",这个历史阶段与中国当前正在全力以赴实现现代化的现实相距并不太远;而后殖民主义的核心在"殖民主义"之"后",这与中国这个曾经体验过半殖民主义切肤之痛的社会也同样密切相关。也许正是这些关联引发了国人的重大关切。自改革开放西学再次大规模引入中国以来,这两种理论是国内学术思想界谈论最多的,也是有一定研究实绩的,当然也有一些不足。

一、两"后"理论在中国的旅行

"文化大革命"结束之后,中国社会开启了改革开放的国策。改革开放导致经济从原来的大一统计划模式逐渐向多元的市场模式转化,这个进程不能没有理论的论争与思想解放运动相伴随。正是在这样一个大背景下,20世纪西方的种种思潮、理论被大量引入,形成自五四以来第二次西学东渐的洪流。而在芜杂、生涩的种种西方思潮中,最先引起人们注意的是文学艺术领域的所谓"现代主义"。产生在20世纪上半叶的现代主义实质上是对此前一个多世纪西方文艺中占据主流地位的浪漫主义和现实主义的反思和反拨,这在当时奉行现实主义或者说现实主义与浪漫主义两结合的中国文艺界无疑是一个异数,因此在最初几年,学者们主要是高举批判的旗帜对其大张挞伐,进入80年代之后,才逐渐有了辩证分析的意识。最先在批判的前提下引入客观剖析的是中国社会科学院外国文学所长期从事现代主义研究的袁可嘉,他对现代主义本质特征的归纳和批判在当时的文艺界产生了重要影响,也正是在以他为代表的一批外国文学研究者的学术文章与活动中,引入了"后现代主义"。其实,"后现代主义"

在当时西方也是一个新概念,60 年代后半期刚刚诞生,还不足 20 年。学者们对于什么是后现代主义?后现代主义究竟是一种思潮、一种运动、还是一个历史分期?它和现代主义是什么关系?它的本质特征是什么之类的关键问题众说纷纭、争论不休,使其呈现出一种复杂多变、难于界定的面貌。在这种情况下,国人最初的引入,就很难摆脱鹦鹉学舌、亦步亦趋的困惑。

随着后现代主义研究在西方的深入,在中国旅行的后现代主义也经历了一个由表及里、由浅入深的过程。大致说来,这个过程可分为两个阶段,1985 年西方著名马克思主义文化批评家詹姆逊到北京大学做一个学期讲座,专题讲解"后现代主义与文化理论"可以看作第一个阶段的开端,从那时直到 90 年代中期前后的第一阶段总体上还是一个以译介为主、研究为辅的阶段。1994 年在西安召开的"后现代主义在当代中国"的学术研讨会可以看作第二个阶段的开端,从那时直到当今的近 20 年间的第二阶段则是后现代主义研究在中国进一步发展的阶段,这个时期的中国后现代主义呈现出多样丰富的基本面貌。

詹姆逊在北京大学做的讲座,听者众多,许多学者从这些讲座中获得了有关后现代主义的最早知识,讲座之后不久,其内容被迅速翻译出版,题作《后现代主义与文化理论》,在学界广为流传,影响甚大,成为中国后现代主义研究乃至"后学"的一本启蒙教材。

如果说詹姆逊讲座是中国后现代主义发端的直接源头的话,中国比较文学的复兴则是中国后现代主义乃至"后学"发端的大背景。就在詹姆逊讲座的前一年,中国比较文学学会在深圳成立并召开国际学术研讨会,正式宣告中国比较文学学科复兴。在此前后,中国比较文学还在南宁、天津等多地举办过具有相当规模的讲习班和研讨会,海内外众多学者参加了这些研讨会和讲习班。研讨会与讲习班的主要议题除比较文学的学科理论及中外文学比较研究个案之外,现代主义与后现代主义等理论也是谈论较多的一个话题,詹姆逊、佛克马等知名比较学者都从各自的角度论及了后现代主义,他们的论述引发了包括笔者在内的许多中国比较学者的兴趣。从事比较研究的学者由于学科的基本要求必然高度关注异质文化和理论,加之他们中不少人原本就有文论的背景,对理论有浓厚的兴趣,这使他们自然成为译介和研究后现代主义等当代西方文论的中坚力量,使复兴的中国比较文学成为接受、引进后现代主义等西方文论的前沿阵地。事实上,后来从事后现代主义乃至"后学"译介研究的学者多数来自比较文学或者深受比较文学观念和方法论影响的人文社科学者。就此而论,我们不妨说,没有中国比较文学的复兴,就没有今天中国后现代主义研究乃至"后学"的这番气象。

80 年代中后期和 90 年代初,有关后现代主义译介和讨论的文字逐渐增多。这一时期出现了几部比较重要的译著。1991 年,北京大学出版社出版了王宁等翻译的荷兰比较学者佛克马和伯顿斯合编的文集《走向后现代主义》；翌年，北京大学出版社出版了王岳川和尚水编译的文集《后现代主义文化与美学》；再一年，台北时报文化出版公司出版了刘象愚翻译的美国学者哈桑的《后现代的转向》。第一本主要是欧美学者 1984 年在荷兰乌特勒支大学举办的有关后现代主义专题研讨会的十余篇论文集结，篇幅有较大局限，但比较侧重欧洲学者的视角；第二本节选自西方学者的 30 篇文章，选编范围比较大，所收作者比较多，相对比较全面，且加入了中国学者的视角，因此容易为中国学者所接受，但仍难于摆脱编选眼光与读解的偏颇，而且节选的做法也容易产生遗漏或读解上的问题，很难完全客观地传达原作者的思想；第三本的作者是最早开始后现代主义研究，且对这一概念给予了较长时间关注的研究者，书中所收不足 10 篇文章是其从 60 年代以来对这个议题专门研究的成果，这些文章虽然分量很重，在西方后现代主义研究早期曾产生过较大影响，但因是个人专集，视角的个人化色彩也相对浓重。三本书都试图从理论上界定后现代主义，讨论它的起源、分期、疆界、内涵、基本性质等，尽管各有短长，但就总体而言，仍可基本上传达这一概念早期在西方产生的问题、争论和复杂性。这三本书与已经广为人知的詹姆逊讲演集相互补充，成为学界认识后现代主义这一思潮的基本途径，催生了国人研究这一课题的热潮。

1994 年初夏，中国现代外国哲学学会联合陕西师范大学等高校在西安召开“后现代主义在当代中国”学术研讨会。与过去有关后现代主义的会议相比，这次会议有几个特点：一是与会学者主要来自哲学、社科领域，而不是像过去那样主要来自文学艺术领域；二是会议的中心议题虽然像过去一样是围绕“后现代主义”的读解，但却在更深广的层次上展开，论者的视野集中在哲学与认知层面上，而不是像过去那样过多地停留在文艺审美的现象层面上；三是讨论中有了更强的争论意识和理论视角，而不是像过去那样过多地停留在问题的陈述与梳理的层面上；四是将后现代主义这一舶来的新概念更自觉地置于与中国文化的关系中，集中讨论诸如后现代主义与哲学、后现代主义与中国哲学、后现代主义与中国文化等问题，而不是像过去那样过多地站在西方的立场上陈述。正是这些与过去不同的特点使这次会议成为后现代主义在中国进入第二个阶段的显著标志。

这次会后，《中国社会科学》《哲学研究》《光明日报》等国内多家社科报纸杂志都开辟专栏，集中研讨后现代主义与中国文化的问题，从而进一步推动了“后现代主义与当代中国”的专题讨论，不仅使其成为此后十余年间中国思想文化领域长盛不衰的一个热门议题，也使中国后现代主义研究突破了文艺的疆界，进入了哲学、政治、历史、教育等更广阔的人文社科领域，与中国文化与现实发生了关联。

后殖民主义在西方的诞生比后现代主义大约晚十余年,以法农的被发现以及赛义德、斯皮瓦克、巴巴等人的论述产生重大影响为标志,这个时间段大约在80年代中后期到90年代初,这时正逢中国引入西方思潮的盛期,于是,后殖民主义被迅速论及。但学者们的谈论多半比较零碎,且往往情绪化,不免想象多于实际。直到90年代末几部重要的译著出版,这种情况才得以改观。1999年,张京媛主持编译了《后殖民理论与文化批评》、罗钢与刘象愚主持编译了《后殖民主义文化理论》、王宇根翻译了赛义德的《东方主义》(此译标题作《东方学》),诚如论者所说,这几本书的问世"对于国内学者和读者了解这一理论的原貌与全貌无疑大有助益"①。

后殖民主义与后现代主义虽然在历史背景、源流、理论视野、视角、内涵等诸多方面均有不同,但也有不少共同与相通之处,特别是在理论渊源上,二者接受的主要影响都来自后结构主义和西方马克思主义。因此从诞生之时起,后殖民主义就与后现代主义结下不解之缘,一起成为"后"字号理论中最引人瞩目的两种。这种你中有我、我中有你的情形在后殖民主义传入中国后变得愈发突出。事实上,自90年代中期中国后现代主义译介和研究进入第二阶段以来,后殖民主义便与其合流,呈现出纠缠不清、难分轩轾的面貌,并在与中国文化、社会实际的紧密关联中做出了成绩。

二、解构的理论与理论的解构

后现代主义与后殖民主义在中国当今的学术背景中可以合并称作两"后"理论,其内涵复杂,视角多元,但在芜杂的外表下,仍可大致紬绎出其共同的哲理内核,这个内核就是两个字:解构。无论是后现代主义还是后殖民主义,都深得后结构主义的精髓,它们秉承福柯、德里达等后结构主义者拆解西方社会几千年形成的形上思想体系以及历史,颠覆过去一向被认为真实、正确的二元结构的彻底革命精神,融汇西方马克思主、新历史主义、女性主义等思潮,对自启蒙运动以来的西方社会、文化、语言以及自殖民主义、帝国主义以来的东西方关系和现状做出了振聋发聩的深刻剖析,从这个意义上说,两"后"理论本质上是一种"解构"的理论。

对于两"后"理论,中国学界大体上把握了其基本精神。近一二十年间发表的数百篇论文表明,大多数学者都在不同程度上切近了它们这种"解构"的本质特征,当然学者们的读解未必人人到位,更未必人人完满,常常不免有各自的局

---

① 陈厚诚:《后殖民主义理论在中国的传播》,《社会科学研究》1999(06)。

限，但就总体而言，他们的讨论基本上是在有关两“后”理论基本性质的范围内。在大量的有关论述中，王岳川、王治河、徐贲、刘康等人的论述较为宏阔，较有代表性。譬如王岳川在其《后现代主义文化研究》中提出后现代主义具有“反中心性”“反二元论”“反体制性”“反整体性”的四“反”性；王治河在其《扑朔迷离的游戏》中提出后现代主义具有“非哲学”“非中心化”“非理性”的三“非”性，这些提法中有些如“反体制性”“非哲学”“非理性”等的准确性似乎仍有相当大的商榷余地，但其余提法却从不同角度大体上接近了两“后”理论的本质特征。徐贲在其《走向后现代与后殖民》中将两“后”理论归纳为一种“对抗性”批评，并挪用利奥塔关于后现代主义可以有“审美意义”“思想意义”与“文化与政治批判意义”三个层次的区分，说明后殖民主义也可以有“有关殖民地经验的写作与阅读”、“西方世界对殖民化主体的构成”与“对第三世界本土历史的消声”、“第三世界对殖民主义和新殖民主义的思想批判及其对抗形态和策略”等三个类似层次的分野，而后两个层次正是其侧重展开的领域。① 这种挪用尽管未必十分必要，但却给国人读解后殖民主义提供了新的视角。刘康等在《后殖民主义批评：从西方到中国》一文中指出包括两“后”理论在内的整个西方 60 年代以来的“文化反思”“带有强烈的左翼色彩”和严厉的批判意识。② 这一提法切中肯綮，指出了两“后”理论的本质。他们的论述可以看作中国学界读解这一理论的代表，大体上显示了国人对两“后”理论本身认识由浅入深、由表及里的轨迹。

必须指出，虽然不少著述都提到了两“后”理论的复杂性、多元性和不确定性，但在对这些性质的把握上仍有进一步拓展和深化的空间。譬如，两“后”理论，特别是“后现代主义”，与文学艺术紧密相关，可以说，它们都是首先发轫于文学艺术领域中的。后现代主义最初是对建筑、绘画、文学诸领域中现代主义的一种深刻反思和反拨；后殖民主义最初也是缘于对文学艺术文本中与殖民主义、帝国主义相关的分析。正因为如此，最先出现的 postmodernism 是对 modernism 的反思，而当其从文学艺术领域拓展到社会学、政治学、人类学等其他文化领域时，postmodernity 等术语和概念才出现；明白了这一层，我们便不难理解，为什么最初谈论后现代主义的学者大都来自文学艺术领域；为什么利奥塔要把“审美意义”作为后现代主义的第一个层次。遗憾的是，今天一些学者在谈起后现代主义时，却往往忘记了它从哪里来，只谈它的文化意义，而丝毫不记得它最初的审美意义，好像这种主义压根儿就没有在文学艺术中存在过一样。这种数典忘祖的情形不仅发生在西方学界的部分人身上，而且相当显著地表现在国人的后现代主义研究中。再譬如，即便在谈论文学艺术领域的后现代

---

① 徐贲：《走向后现代与后殖民》，北京：中国社会科学出版社，1996 年，第 166－167 页。

② 刘康、金衡山：《后殖民主义批评：从西方到中国》，《文学评论》1998(01)。

主义时,也鲜有学者能清楚地辨析不同艺术门类中的后现代主义,要知道,建筑中的后现代主义与文学中的后现代主义在理论内涵上是大相径庭的。至于说在广阔的文化领域中,各种后现代主义同样差异很大,哲学中的后现代主义与神学中的后现代主义、文学批评中的后现代主义与社会学中的后现代主义往往不是一回事,更遑论不同学者口中的后现代主义了,难道伊哈布·哈桑所讲的后现代主义和让-弗朗索瓦·利奥塔所讲的后现代主义没有区别吗?林达·哈琴所讲的后现代主义与海登·怀特所讲的后现代主义是一回事吗?显然不是。正是在这里体现了后现代主义理论本身的复杂性和多元性。然而遗憾的是,我们的学者却鲜见对各种后现代主义和不同学者口中的后现代主义做出认真的、翔实的辨析,而往往只停留在浮泛的谈论上。进一步说,也正是因了这种复杂性与多元性,后现代主义的基本性质才极难归纳。可以毫不夸张地说,任何归纳都有流于简单化的危险,都很难避免以偏概全和挂一漏万。当然,这样说,并不意味着我们反对任何归纳和概括。事实上,必要的、比较到位的归纳与概括对于理解两"后"理论是十分必要的。但是,认识到此中的危险,以谨慎、谦逊的心态,努力辨析其复杂性与多元性,对于我们真正弄通两"后"理论,依然有很大的意义,有广阔的空间。

两"后"理论这种"解构"的核心性质不仅颠覆了此前的西方文化,也暗含了对它自身的解构。它这种潜在的价值取向提示我们,完全可以用它高扬的这种解构精神来解构它自身。譬如,利奥塔在分析现代知识的"合法性危机"时提出了"宏大叙事"(元叙事)的观点,认为从后现代视角看,这类"宏大叙事"充满问题和疑问,因而丧失了可信性和合法性。后现代主义者大都将"启蒙精神""马克思主义""弗洛伊德主义"等现代重大理论看作这类"宏大叙事"。利奥塔的观点自有一定的合理性,但他的这种"宏大叙事"的提法是不是也有不少问题和疑窦?是不是也可能成为一种"宏大叙事",同样失去可信性与合法性?再譬如,詹姆逊秉持西方马克思主义的立场解构了马克思关于基础和上层建筑的理论,但他关于现实主义、现代主义和后现代主义三个阶段的划分却完全建立在资本主义经济发展三个时期(即资本自由竞争的早期、资本垄断的帝国主义中期以及资本更大规模的跨国流动和更为庞大的世界市场形成的晚期)的基础上。可以说,他之所以得出后现代主义是"晚期资本主义的文化逻辑"的著名观点完全建立在资本主义经济发展的基础上。那么,他这个理论立场中有没有矛盾,有没有问题?答案是不言而喻的。经济"决定"论自然是有问题的,但经济的巨大作用却是无论如何不能低估的,当我们看到"文化"的巨大作用时,还必须看到经济的巨大作用,因此,离开了经济,仅仅说"文化"是晚期资本主义形成的"逻辑"恐怕也有某种程度的偏颇。再譬如,哈桑最早对后现代主义的"解构"特征做过理论概括,使用 unmaking(解构)、indeterminacy(不确定性)等关键术语指称后现代主义的“解构”特征，但他也同时认识到，后现代主义并非仅仅有负面的、颠覆的特征，也还有某种正面的、建设性的特征，于是又拈出了另一个术语 immanence（内在性），并将其与 indeterminacy 合为一体，自造了一个新的术语 indetermanence（不确定内在性）。显而易见，这个新术语较之原先单一的 indeterminacy 或 immanence 要全面、辩证一些，但其所指称的那些特征在什么具体意义上是建设性的，或者说建构的，却并没有讲清楚，况且 immanence 是与 transcedence 含义相反的一个术语，具有浓厚的宗教和哲学意味，用这类形上意义很强的术语能指明后现代主义“建构”的特征吗？恐怕是很值得怀疑的。由此可见，种种后现代主义，不同后现代主义者所讲的后现代主义充满内在的不协调与张力，正需要用它所倡导的“解构”精神来解构它自身。国内少数批评家对此有所察觉，罗钢、周小仪、刘康等人都不同程度地看到了这些理论中内在的矛盾。譬如罗钢在《关于殖民话语和后殖民理论的若干问题》中通过对殖民话语与后殖民主义理论中诸如“东方主义”“第三世界”“第三世界文学”“民族寓言”“善恶对立模式”等概念引发的论争及其历史语境的剖析，一方面充分肯定这一理论的贡献，另一方面又尖锐地指出其深层次存在的问题。在他看来，后殖民主义理论家们，无论是来自第一世界的白人学者，抑或来自第三世界的非白人学者，都无法彻底摆脱“西方文化认识基素和文化符码”的制约，无论他们的初衷多么良好，最终都将不同程度地、不自觉地受制于资本主义生产方式、西方文化历史语境以及西方中心主义世界观的局限，因而他们所提出的种种后殖民主义概念和理论终究不能“成功地应对变化中的世界的挑战”，这里一个重要的原因是这种理论“缺乏一种完整的历史观”①。可以说，作者的眼光是冷静的、清醒的、犀利的、富于批判精神的。在当今国人大量的后现代论述中像这类有分量的、用后现代解构精神解构这种理论本身的文章着实不多见。也许，用批判的眼光和解构的精神更深入地探讨两“后”理论仍是国内“后”学界尚未完成的任务之一。

三、两“后”理论与当代中国文学

改革开放之后的中国文学艺术界，在对“文化大革命”前 17 年和“文化大革命”10 年文艺理论和政策、历史和现状的检讨中，迎来了来自西方的现代主义与后现代主义文艺。象征主义、超现实主义、达达主义、未来主义、语言诗、抽象诗、表现主义戏剧、荒诞派戏剧、存在主义小说、意识流小说、黑色幽默小说、新

---

① 参阅罗钢：《关于殖民话语和后殖民理论的若干问题》，《文艺研究》1997(03)。

小说、立体派绘画、抽象派绘画、后现代音乐与建筑等如潮水般涌入。对于长期困顿在批判现实主义和体制窠臼中的中国文学艺术家们来说,这些舶来品,无疑都是可以攻错的他山之石,于是他们兼收并蓄、无分轩轾,按照各自的理解,各取所需,创造了所谓的朦胧诗、实验戏剧、新潮小说、新潮电影、摇滚乐、现代舞等一批又一批在当时被一律目为现代派或先锋派的文艺作品。

从实际情形看,西方现代主义与后现代主义对于20世纪80年代中国文学艺术的影响是巨大的、广泛的。首先,借取这类新观念、新技巧成为当时的时代精神。可以毫不夸张地说,不仅是人们熟知的北岛、顾城、舒婷、杨炼、芒克、多多、梁小斌、高行健、徐星、刘索拉、马原、格非、孙甘露、北村、叶兆言、残雪等代表性人物较多地借取了现代主义与后现代主义,从70年代末的反思文学、伤痕文学、寻根文学直到近十余年来的新写实、新历史主义、新生代、晚生代等多种名目的整个新时期文学或者说包括莫言、余华、苏童、王安忆、钟阿城、韩少功、史铁生、贾平凹、王朔、阎连科、韩东、朱文、鲁羊等在内的其余许多成绩突出的作家也都不同程度地借鉴了现代主义与后现代主义。可见,借鉴新思想、新方法、新技巧成为整个80年代中国文学界的基本共识。其次,这个短暂的时期为中国当代文艺创立了"新的审美原则"(孙绍振语),这些原则是多样的、丰富的,甚至可能是不易归纳的,但却是新颖的、中国传统没有的。这些新的审美原则已经对近一二十年间的中国文学发生了决定性影响,也必将对此后的中国文学艺术继续产生引领作用。正因为此,这个历史时段尽管短暂,且难免芜杂浮躁,但却绚丽多姿,光彩夺目。它必将在中国当代文学史上留下自己的印记,保留不可替代的位置。

中国当代文学批评界在接受现代主义与后现代主义的同时,也关注着这些西方新文艺思潮对中国的影响。从早期的谢冕、孙绍振、徐敬亚到90年代中期的陈思和、陈晓明,再到后来的张清华、洪治纲以及近年来崭露头角的最年轻批评家谢有顺,都对这一论题给予了较多的关注,写出了一些颇有见地的论文与著作。

谢冕、孙绍振、徐敬亚三位可说是研究现代主义与后现代主义对中国文学影响这一论题的始作俑者。他们为朦胧诗正名,指出这一在当时不合时宜、令人眩惑的新诗蕴含着创造力和新精神,充分肯定它的审美价值和现代意义。陈晓明也许是中国当代批评家中对这一论题用功最勤且收获最丰的一位。从80年代末直到最近十余年间,他的理论热情和兴趣似乎一直没有离开过这个论题。从他发表的论文与论著不难看出,他对从西方现代主义到后现代主义这一文学思潮是熟悉的,对运用这一理论视角来剖析当代中国文学是自觉的、充满激情的。在《无边的挑战:中国先锋文学的后现代性》中,他集中探讨了以格非、余华、孙甘露、苏童等一代崛起于80年代后期中国文坛的青年作家的创作,把这代风格独特的作家群冠以“先锋派”的雅号，对他们的创作从形式到观念，从技巧到内涵做了深度解读，试图将他们在形式、风格、技巧等多方面的实验归纳在“后现代性”的名目下，这种归纳的不确切性是显而易见的。事实上，这代作家的创作中虽然不无“后现代主义”，但“现代主义”却是居于主要地位的，这一归纳很容易将不少“现代性”归纳进“后现代性”的范畴。不过，就当时的情况看，这种不确切并不重要，原因是，七八十年代整个西方(更遑论中国)理论界尚未对文学艺术中的“现代主义”与“后现代主义”做出十分明确的区分；再说，中国学者完全可以从自己的文学实际出发来讨论这些概念，而无须步人后尘、人云亦云。然而令人稍感遗憾的是，作者并没有对这些概念做出属于自己的充分论述，事实上，作者自己对此似乎已经有所察觉，在10年后此书的再版中，他不仅增补了三分之一的篇幅，做出了某种修正，且在新的“自序”中说：这些后现代性“显然是在那个特定的历史时期”，“才得以成立，才成为可能”，“实际上，后现代性的意义要远为广泛得多”。[①]不过，话说回来，尽管有这些概念上的不确切，但瑕不掩瑜，此书在有关那一特定历史时期的特定一代作家研究中仍不失为一部最早、最有分量的著作，它不仅是那时当代中国文学专业青年学子与学者们的主要参考书之一，获得了较高的引用率，而且也是后来学者研究这一课题无法绕过的一部奠基之作。[②] 陈思和及其带领的团队对这一问题的研究不似陈晓明那样集中全面，但同样不乏深度与精彩。他的特点是将现代主义与后现代主义等西方思潮对中国新时期文学的影响置于当代文学史乃至中国20世纪文学的大语境中，选取那些有代表性的作家作品，从他所谓的“开放性与整体性”“共名与无名”等二元的宏大视角加以考察，既注意时代的特点也注意历史的线索，既注意外来的影响又注意现实的关联。他的解读往往客观冷静，却又不乏同情心，不少见解均为不刊之论，如谈及“朦胧诗”时说，虽然它“在形式上显现为与西方现代主义某种相似，但在经验内容的历史上却仍是‘五四’意识的回归。”在谈到“先锋文学”时说，“所谓先锋精神，意味着以前卫姿态探索存在的可能性以及与之相关的艺术的可能性，它以不避极端的态度对文学的共名状态形成强烈的冲击”。中国当代先锋文学在“叙事革命、语言实验、生存状态”三个层面同时探索推进，一方面，其极端的先锋精神和前卫姿态可以溯源到“文化大革命中青年一代在诗歌与小说领域的探索”；另一方面，80年代西方各种思潮涌入的大环境又使他们“有意识地”通过“移植”西方现代主义的“艺术手法与文学

---

① 陈晓明：“我确实偏爱理论，喜欢用理论来审视并且贯穿我对文学作品的阐释”；“我从存在主义、结构主义和后结构主义的理论森林走向文学的旷野，遭遇‘先锋派’，几乎是一拍即合。对先锋派文学的阐释我不只是带着最初的激动，还有我挥之不去的理论前提。”参阅《无边的挑战：中国先锋文学的后现代性》“原版自序”和“自序”，桂林：广西师范大学出版社，2004年，第1—4、5—7页。

② 可参阅并比较此书1993年时代文艺版与2004年广西师范大学修订版。

观念"来实现自己的这种探索成为可能,因此,先锋文学"先天地"带有西方现代主义影响的清晰印迹。[①] 没有对研究对象的精研细磨、苦思冥索,这样的论述是断然无法产生的。

与二陈相比,张清华显现出更为宏阔的理论视野和勇气。他在《从启蒙主义到存在主义:当代中国先锋文学思潮论》等作中从思潮与运动的高度来概括从60年代末、70年代初,直到90年代中期的当代中国文学,力图在"白洋淀诗群""今天派""朦胧诗""文化诗歌运动""整体主义""意识流小说""寻根小说""先锋小说""实验戏剧""第三代诗""非非主义""新传统主义""新历史主义""女性主义""新写实""新生代""晚生代"等种种不同名目的文学现象中寻找共性,建立联系,用"从启蒙主义到存在主义"的理论线索将它们整合起来,统统归结在"先锋文学思潮"的大旗下。他指出,这个思潮在艺术内涵上,早期指向"现代性",后期指向"自我解构性",其基本逻辑是"唯新论";基本特征是模仿性与本土化、原则性与策略性、异端性与正统性、中心性与边缘性、启蒙性与现代性等的对立统一。这些归纳无疑对人们认识当代中国文学中的这一特定历史阶段具有启示意义。不过,这本书的理论价值也许并不主要表现在这里,因为任何理论概括都是一种双刃剑,它在具有合理性的同时也将无可避免地潜藏着悖谬性。难能可贵的是,作者在采用西方理论视角的同时,更为自觉地结合了个人化的理解,对一些舶来的概念作了细致的辨析。譬如,在谈及"先锋"这一核心概念时说,"'先锋'在本文中不是一个固有和既成的静态模式,它是一个过程,一种在历史的相对稳定状态中变异与前驱的不稳定因素",同时又指出其理论内涵是"思想上的异质性"和"艺术上的前卫性"。[②] 这样的辨析无疑使他所使用的"先锋"概念与20世纪初西方文学中出现的avant-garde的概念既不失关联,又保持了距离。此外,对另外两个核心概念"启蒙主义"与"存在主义",他也做了同样细致的辨析,一方面保留了它们的理论内涵,另一方面又扩大了它们的指代外延,从而与18世纪法国出现的The Enlightenment以及20世纪上半叶出现在欧陆哲学与文学中的Existentialism既不是风马牛,又不是毫无差别。这些概念的阐释自然不是毫无商榷的空间(譬如,"启蒙主义"和"存在主义"),但正是这些颇具辩证思维和深度的辨析为其总体的理论整合奠定了一个充分的、合理的基础。

作为更为年轻的一代批评家,洪治纲与谢有顺理所当然更多地关注90年

---

① 参阅陈思和主编:《中国当代文学史教程》,上海:复旦大学出版社,1999年,"前言",第14页;"绪论",第12—14页;以及有关"朦胧诗"与"先锋文学"的章节。此书由陈思和主编、由他的博士生为主的团队集体撰写。但正如他所说,"这部文学史的写作虽然是集体项目,但能够比较鲜明地体现我多年文学史研究的心得。"见该书第444页。

② 张清华:《从启蒙主义到存在主义:当代中国先锋文学思潮论》,《中国社会科学》1997(06)。

代之后和新世纪的文学，但他们同样对“先锋文学”倾注了较多的热情。如果说二陈的研究属于早期，张清华的研究属于中期的话，他们的研究则可归为晚期。相对而言，他们更注重中国当代先锋文学的精神内涵。在他们看来，80年代文学的先锋性更多地表现在外在形式与技巧的实验中；而90年代后期乃至当下文学的先锋性则更多地表现内在精神的追求和变化中。因此，他们提出，先锋文学的叛逆性、创造性、前瞻性不仅表现在形式上，也表现在内容中，不仅是一个怎样写的问题，也是一个写什么的问题。“真正的先锋除了在形式上与传统存在差异外，更重要的是作家在精神生活的本源上对人类生活的历史、文化、生命和自然有着更为深远的体认”[①]。在他们看来，先锋不是要远离生活，而是要拥抱生活，关注当下的真实世界。“真正的先锋不必害怕生活”。而要“对这种‘无论如何与我相关’的事物有一种语言上的承担。有了对‘我’的处境的敏感，有了对此时此地的生活的痛切感受，并知道了什么事物‘无论如何与我相关’，真实的写作才有可能开始。”[②]按照这样的理解，他们不仅将先锋文学与现代主义和后现代主义联系了起来，也使先锋文学与现实主义传统发生了关联。

由上述讨论不难看出，20世纪西方文学，从先锋派，到现代主义，再到后现代主义，对中国当代文学影响颇大，当代中国文学批评界对这种影响的研究也取得了显著成绩，然而值得指出的是，这类研究在深度与广度上仍有进一步开拓的空间。在深度上似可通过认真研讨从先锋派与现代主义到后现代主义的西方文论，在比较的视野中丰富和发展关于先锋文学的理论；在广度上，似可通过比较研究中西当代一些典型作家的创作理念与实践，为夯实先锋文学的理论基础提供充分的个案。

四、两“后”理论与当代中国文化

两“后”理论进入中国的时候早已变成了一种文化理论，与大致同时或前后出现的种种“主义”如后结构主义、解构主义、新马克思主义、女性主义、新历史主义等混融在一起，成为20世纪后半叶或者说当代西方也即“后现代”的一个有机部分，当时的中国在经历了30年意识形态的禁锢，特别是“文化大革命”的灾难之后，精神处于极度贫困和饥饿状态，改革开放的国门一旦打开，国人便开始狂热地引进、吸收来自异域的精神食粮，其狂热、其混乱是不难想象的。由于西方后现代思潮本身庞杂、相互纠缠，其后现代性常常蕴涵着现代性的因素；加

---

① 洪治纲：《守望先锋》，桂林：广西师范大学出版社，2005年，第58页。

② 参阅谢有顺：《先锋就是自由》，《青年文学》1999(09)。

之对西方当代文化认识的浅薄以及个人理论装备的困乏，后现代思潮的引入一开始就呈现出驳杂、含混的情景，这种情形虽然随着时间的推移有所改观，但综观三十余年来中国思想文化界对西方后现代思潮的借鉴与吸纳，在总体上仍旧处于各是其是、自说自话的状态。然而，另一方面，这些新潮的西方理论毕竟极大地充实、丰富了国人的精神世界，为学术思想界认真讨论、剖析自己的文化提供了有力的思想武器，从而对国人产生了不可低估的启蒙作用。如果说，五四新文化运动是现代第一次启蒙，使国人认真反思、检讨几千年来的封建文化，80年代西学的引进则是这第二次启蒙，这次启蒙接续了五四新文化的精神，使国人将反思、批判的眼光凝聚到了近百年特别是"文化大革命"的历史时期。

两"后"理论或者说后现代思潮与中国现当代文化碰撞之后，引发的一个主要问题是，我们应该如何对待这种来自异域的新思潮。在这个问题上，大体不外三种立场，一些人基本肯定，一些人基本否定，而多数人则认为应该通过冷静的分析，充分的讨论，有选择、有批判地吸收、借鉴其有益的思想资源，从而为建设当代中国新文化提供富有意义的视角。至于具体如何吸纳、借鉴这一新思潮，学界讨论的焦点集中在究竟是现代还是后现代？或者说究竟是现代性还是后现代性这类问题上。

如前所述，后现代思潮形成的语境和理论基础，是后工业社会和晚期资本主义，也即后现代的历史阶段的社会现实。利奥塔等学者认为，现代文化与工业社会紧密相关，而后现代文化与后工业社会紧密相关。在现代文化与工业社会语境中，科学知识以追求真实性、完整性、有机性等为鹄的，凌驾于其他一切知识形式之上，并逐渐形成一种所谓的"宏大叙事"(Grand narrative)，而正是这些宏大叙事构成了现代性话语的基础。然而这种状况在进入后工业社会与后现代文化之后发生了巨大变化，现代性话语的那些宏大叙事的合法性受到强力挑战。自然科学自身的迅捷发展和众多发现不仅使"科学知识本身成为一种话语"，成为与一般知识一样的叙事形式，而且使其作为"宏大叙事"的可信性完全丧失。在后现代文化中，科学知识传统的崇高地位和合法性遭到颠覆，形形色色的小叙事(petit narrative)反倒成为后现代话语的主流，它们互不通约，甚至相互抵牾，它们在种种语言游戏中相互竞争，表现出活力、灵活性与创造性，以权宜的方式充当着社会契约的作用。后现代话语变成了一种"述行性"(performativity)话语，它表明，追求真知、追求共识、追求完整性和有机性已经成为不可能。在后现代话语场上，现代性赖以存在的那些宏大叙事已经成为神话，科学知识和普通知识的叙事形式一样，呈现出多元性、不确定性、断裂性、矛盾和悖论。这种从文化与社会视角对现代性的质疑与颠覆，汇入以德里达和福柯等为代表的后结构主义洪流中，形成了一股巨大的解构之力，彻底颠覆了现代乃至几千年西方传统文化的构成基础。

哈贝马斯等学者与利奥塔们的观点相反，在他们看来，现代性不仅没有消失，没有成为神话，而且依然是一桩“尚未完成的”伟大事业。他们认为，启蒙是现代性的核心内涵，启蒙现代性形成了两个相反的走向，一是使科学、道德和艺术从现代之前混融的状态相互分离，形成完全自治自主的领域，分别具有各自的本质特征，科学求真、道德向善、艺术唯美。另一是要求这三个分治的领域又不能走入象牙之塔，脱离社会实际，而必须深入民众，与现实世界紧密关联。前者是一种专门化的走向，而后者是一种平民化、大众化的走向。然而，当代的实际是，这些已经专门化的领域不仅没有能深入民众与社会生活，反而与之更加疏远。解决现代性内在矛盾的唯一出路是通过“公共领域”主体间的“交流行为”使“专门化”与“平民化”相互关联，形成相反相成的趋势，即在总体上保持专门化的同时，又使各专门与具体领域之间相互沟通，并使其与大众的现实世界紧密结合，通过倡导公共领域内的交往行为，恢复与实现现代性的精神。这正是哈氏在《交往行为理论》等后来的著述中论述的基本思想。

上述两种针锋相对的意见表明，即使在西方学界基本认可的后现代文化语境中，现代性依然有着强大的生命力，那么在尚未发展到后现代阶段的中国现当代文化语境中，西方的这种后现代性究竟有没有适用性，或者说有多大适用性呢？事实上，不少中国学者清醒地认识到了这个问题。李欧梵在《当代中国文化的现代性和后现代性》一文中十分警醒地问道：“中国现代的文化是否已进入了杰姆逊（即詹姆逊）所说的后现代阶段？”在他看来，从 20 世纪初开始至今，“中国的现代性建构并未完成”。从这一视角出发，他对部分中国学者完全用“后现代性来概括中国现象”的做法提出疑问。当然，他并没有简单地否认当代中国文化中存在“后现代性”，而是认为，现代性与后现代性在当代中国文化中呈现了一种相互交融的复杂形态。[①] 此文给我们的启示是，如何用后现代理论阐释当代中国文化自然可以讨论，但审慎地辨析中西在历史时代与文化上的差异，而不是盲目照搬这些舶来的理论应该是讨论的前提。

在这样一个基本认识的前提下，一些学者提出，中国现代的启蒙任务还远未完成，因此，不应奢谈后现代主义，否则就犯了“急性病”，他们认为，自五四新文化运动以来，中国现代的“启蒙话语一直不绝如缕”，虽屡遭挫折，不时中断，但其精神一直为广大进步知识分子所抱持。直到今天，启蒙仍旧是中国“一项崇高、必需而未竟的事业”。从这样一个视角，他们批评那些从“后主义”衍生出来的“后话语”（如后现代主义、东方主义、后殖民主义、后新时期文化批评等）对近现代中国启蒙事业的“攻击”，指出，“由于‘后主义’的内在逻辑，它们很难致

---

① 参阅李欧梵：《当代中国文化的现代性和后现代性》，《文学评论》1999(05)。

力于捍卫启蒙和现代"的事业。[1] 这种从时代的不相容性和"启蒙"仍旧是中国现代化最紧迫的任务出发,批评那种急于拥抱"后主义"的偏颇,显然具有相当的合理性。然而,另一方面,也有一些学者提出,不能仅仅从时代化的角度简单地理解后现代主义。后现代主义是一种"思维方式",它"并不仅仅局限在某一个特定的时代"。[2] 按照这样一种观点,尽管当代中国仍处在现代,其现代化的启蒙事业尚未完成,各种"后主义"的思维方式同样有适用的一面。从实际情况看,如何用"后主义"这把双刃剑的另外一面,即"解构"的快刀解析中国文化,从而辨析出其中的是非得失也还有很多可以用力的空间。譬如,我们几千年绵延不绝的传统文化中究竟有哪些是真正的精华,值得发扬光大,有哪些是绝对的糟粕,应该彻底丢弃?再譬如,近百年我们在现代化的进程中,有哪些经验又有哪些教训值得记取?改革开放以来实行的种种政策有哪些获得了成功?哪些遭遇了失败?即使在学术研究的领域里,哪些学术思想和规范(包括来自西方的)是正确的,哪些是错误的?如此等等,这些问题都有必要从解构的视角加以剖析和辨证。可以说,这也正是我们尚未完成的启蒙事业的主要任务。事实上,对于这些问题,我们的两"后"理论或者说"后主义"研究是很不够的。

与此相关的一个问题是关于中国传统文化与世界的关系。由于"后主义"或者说"后话语"与全球化的语境密不可分,这个问题是不可避免的,而且是首先面临的。这个问题可以做这样的表述:在未来世界文化格局中,中国文化或者说中国传统文化究竟应该占有一个怎样的位置?一种意见认为,随着中国经济的突飞猛进,21世纪中国文化必将在世界大行其道,成为世界文化的主潮流。按照这样的思路,一些"后"学家则鼓吹儒学复兴或者说"重建新儒学"。他们说,中国作为"世界的中心"的"中央帝国",既然在过去一二百年里被西方边缘化,沦为"三流大国",那么她"为什么不能乘着全球化的东风实现自己的'非边缘化'和'重返中心'的理想呢?"[3]这种论调蕴含着某种看似"热爱"民族文化的"爱国"情怀,应该说无可厚非,但这里的问题首先是,要让中国和中国文化成为"世界的中心"究竟有无可能?进一步说有无必要?在我看来,在一个越来越多元的世界格局中,中国文化既不应该也不可能成为"中心",我们不赞成欧洲或西方中心主义,难道我们可以赞成中国中心主义吗?至于向世界强力推行儒学传统或者说"重建新儒学"的努力也是值得商榷的。文化的传播和被接受由许多内外的复杂因素促成,强力推行未必是一种有效的方式,即使人为地去推行,恐怕也只能推行那些优秀的、具有普适性的成分,而不是一股脑儿地向外推

---

① 参阅徐友渔:《"后主义"与启蒙》,《天涯》1998(06)。

② 王治河:《作为一种思维方式的后现代哲学》,《中国社会科学》1995(01)。

③ 王宁:《"全球本土化"语境下的后现代、后殖民与新儒学重建》,《南京大学学报》2008(01)。

行儒学或“新儒学”,因为中国传统文化的核心内容中并非都是精华,然而其中哪些是具有普适性的精华?哪些不是?百余年来,中国文化在努力实现现代化的进程中有哪些得失?有哪些经验和教训?这些问题不仅是中国对国民进行启蒙教育、提高民族素质、实现民族振兴、完成现代化大业所必需的,也是让“中国文化走出去”所必需的。要审视和剖析这些复杂的问题,种种“后主义”可以为我们提供有益的解构视角和强力的理论工具,可惜,我们的两“后”理论或者说“后主义”研究在这些问题上尚未展开,还有很多的事可做。

第十一章
消费文化与鲍德里亚研究

引言

20世纪70年代末以来的改革开放最终改变了中国社会的风貌。中国从一个短缺经济和匮乏社会逐渐演变成过剩经济和丰盛社会。虽然这一过程在乡村和中西部地区尚未完成,但这一趋势仍在继续。这在中国促成了消费社会的崛起。与此同时,中国加入世界贸易组织也使我们完全进入世界资本市场和贸易体系。全球经济周期与产能过剩也在中国产生同步效应。在这样一个背景下,过去以生产为主导的经济以及与之相适应的价值观如勤劳、节俭和工作伦理正在被以消费为主导的价值观如休闲、奢侈、享乐等所侵蚀。在文化领域,消费观念的发展尤为明显。这引发的社会变革不容小觑。

消费行为和消费文化最初主要是作为社会学的研究对象纳入国内学界的视野。从90年代初到2000年前后,以彭华民、王宁等为代表的一批社会学学者发表了最早的一批消费社会论著,促成了中国消费社会学的诞生。[①] 王宁在其影响甚大的《消费社会学》(2011)的再版后记中写道:“消费问题的重要性已成为全社会广泛的共识。……可以说,今天,国内社会学界已经承认了消费社会学的学科地位,消费社会学已经成为一门显学。”[②]

实际上,作为显学的消费文化的研究,50年代在西方已经确立。当时欧美和日本等经济体已从第二次世界大战的破坏中恢复,社会生产力得到极大发展,消费文化成为时尚。如今消费社会学作为学科十分发达,涌现出一批出色的学者。他们从各个角度讨论了消费问题:从消费社会的历史发展,到各种消

---

① 参见王宁:《消费社会学》,北京:社会科学文献出版社,2011年(初版2001年),第7—9页。

② 同上书,第283页。

费观念的形成;从消费行为对自我、情感、审美的影响,到消费主义作为生存方式,可谓面面俱到。其中像柯林·坎贝尔、玛丽·道格拉斯和巴伦·伊舍伍德、斯图亚特·伊文、丹尼尔·米勒、唐·斯莱特、约翰·费斯克、迈克·费瑟斯通等都是杰出代表。[①] 这方面的情况以及后来消费社会学内部的分支和流派我国学者都有初步介绍。[②] 此外在消费文化理论方面,我们熟悉的一批大师级人物如巴尔特、德赛都、德波、布迪厄、鲍德里亚等,也是在 50 年代之后开始活跃起来的。他们的著作不仅极大地丰富了我们对消费社会的认识,而且也改变了我们关于主体、媒体、快感和审美等重要观念的看法,使消费文化研究从社会学实证主义上升到哲学美学的高度。我国学界对上述理论家的兴趣是十分浓厚的。

但上述理论家并非消费文化研究的始作俑者,对消费现象的关注也非他们首创。实际上消费文化的理论源远流长。早在 19 世纪,那时消费文化还主要局限在社会中上层,思想家对消费现象已有出色的表述。马克思《资本论》第一卷(1867)关于"商品拜物教"的论述最为人称道,是消费文化理论的源头之一。此外马克思在《1844 年经济学—哲学手稿》(1932)中关于异化劳动的观点对卢卡奇的物化理论、阿多诺和马尔库塞的批判理论和鲍德里亚的符号理论的影响贯穿始终。夏莹在《消费社会理论及其方法论导论》(2007)中对这一发展脉络有极为清晰的描述,并把西方马克思主义所继承的黑格尔"异化—复归"思维模式看作是消费文化理论发展的一条主线。[③]

马克思之后重要的消费文化理论家当属凡勃伦和齐美尔。凡勃伦的"炫耀消费"概念早已脍炙人口,并成为鲍德里亚"符号价值"的思想源头。齐美尔关于都市形态、时尚系统和货币的文化功能等研究也启发了本雅明、巴尔特和卢卡奇。卢卡奇的物化理论影响了整整一代法兰克福学派的理论家。詹姆逊在《政治无意识》(1981)一书中对康拉德印象主义的分析也仍然以物化概念为核心观点。[④] 50 年代之后,消费文化理论可分为德国法兰克福学派(霍克海默、阿多诺、弗洛姆、马尔库塞、豪格等)和法国结构主义学派(列斐伏尔、巴尔特、德赛都、德波、布迪厄、鲍德里亚等)。消费文化研究已不仅是社会学领域的显学,它

---

① See Martyn J. Lee, ed., *The Consumer Society Reader*, Oxford: Blackwell, 2000, pp. x-xxvi; Daniel Miller, ed., *Consumption: Critical Concepts in the Social Sciences*, 4 vols, London and New York: Routledge, 2001, vol. 1, pp. 3—12.

② 见王宁:《消费社会学》,第 19 页;蒋道超:《德莱赛研究》,上海:上海外语教育出版社,2003 年,第 213—216 页;罗纲、王中忱编:《消费文化读本》,北京:中国社会科学出版社,2003 年,第 36—37、46—50 页。

③ 夏莹:《消费社会理论及方法论导论:基于早期鲍德里亚的一种批判理论建构》,北京:中国社会科学出版社,2007 年,第 24—48、63—88 页。

④ Fredric Jameson, *The Political Unconscious: Narrative as a Socially Symbolic Act*, London: Routledge, [1981] 1989, pp. 206—280.

也成为哲学美学的基本理论。我国学者对上述理论家的翻译和研究成果不胜枚举。译本和相关专题研究覆盖了上述全部理论家。[①] 这些译著和论著成为文学和文化批评学者所频繁参考和引用的理论资源。

消费文化理论广泛涉及美学与文化问题。特别是巴尔特、德波和鲍德里亚的著作在50、70和80年代相继被译成英文出版之后,法国消费文化理论在英美批评界取代法兰克福学派,成为影响最为广泛的理论之一。消费文化理论所涉及的美学观念使批评家的注意力从文学文本研究转向社会符号研究,从对现实的批判转向对虚拟世界的批判。这使日常生活而非文本中的美学形式受到极大的关注。自康德以来的德国古典美学中,艺术与生活从来都是对立的,现在两者却走向统一。正如金惠敏在《消费时代的社会美学》(2006)一文中指出,消费社会中商品的符号化使美学不再"局限于'纯艺术'的象牙塔"。消费文化理论使我们得以"重新确认了美学与社会的关联"。因为"一个符号的社会就是一个'看'的社会因而[是]一个美学的社会。"[②]消费文化理论特别是巴尔特和鲍德里亚的理论使我们得以理解当今社会的"审美泛化"现象。这种思维方式和认知框架的转变也必然引发文学批评内部的变革。

80年代鲍德里亚的著作在英语世界的出版促成了文学批评中消费文化研究范式的诞生。詹姆逊在这个时期发表的三篇著名论文可以说奠定了消费文化研究的基础。他在《后现代主义或晚期资本主义的文化逻辑》(1984)中提出后现代社会深度模式的消失,成为讨论后现代文学艺术的重要观点。《后现代主义与消费社会》(1983)中关于美感经验与精神分裂的关系使我们重新看待消费社会中美感的社会作用。《理论的政治性:后现代主义论争中的各种意识形

---

① 马尔库塞:《单向度的人》,张峰等译,重庆出版社,1988年;卢卡奇:《历史与阶级意识》,张西平译,重庆:重庆出版社,1989年;霍克海默和阿多诺:《启蒙辩证法》,洪佩郁等译,重庆:重庆出版社,1990年;本雅明:《发达资本主义的抒情诗人》,张旭东、魏文生译,北京:三联书店,1989年;邢崇:《后现代化视域下本雅明消费文化理论研究》,济南:山东人民出版社,2009年;陈学明等编:《痛苦中的安乐:马尔库塞、弗洛姆论消费主义》,昆明:云南人民出版社,1998年;曹卫东:《为"商品审美"祛魅》(豪格评述),载曹卫东:《20世纪德国马克思主义文艺理论研究》,北京:北京大学出版社,2012年;包亚明编:《现代性与空间的生产》,上海:上海教育出版社,2003年;巴尔特:《流行体系》,敖军译,上海:上海人民出版社,2000年;巴尔特:《符号帝国》,孙乃修译,北京:商务印书馆,1994年;德赛都:《权宜之计》,载罗纲、张中忱编:《消费文化读本》,北京:中国社会科学出版社,2003年;德波:《景观社会》,王昭风译,南京:南京大学出版社,2007年;刘扬:《媒介·景观·社会》(德波研究),重庆:重庆大学出版社,2010年;布迪厄:《艺术的法则:文学场的生成和结构》,刘辉译,北京:中央编译出版社,2001年;张意:《文化与符号权力——布迪厄的文化社会学导论》,北京:中国社会科学出版社,2005年;波德里亚(鲍德里亚):《消费社会》,刘成富、全志钢译,南京:南京大学出版社,2000年;鲍德里亚:《生产之镜》,仰海锋译,北京:中央编译出版社,2005年;波德里亚(鲍德里亚):《象征交换与死亡》,车槿山译,南京:译林出版社,2012年(初版2006年);道格拉斯·凯尔纳编:《波德里亚:一个批判性读本》,陈维振等译,南京:江苏人民出版社,2008年;鲍德里亚:《符号政治经济学批判》,夏莹译,南京:南京大学出版社,2009年;波德里亚(鲍德里亚):《论诱惑》,张新木译,南京:南京大学出版社,2011年。

② 见刘方喜编:《消费社会》,北京:中国社会科学出版社,2011年,第285、290页。

态立场》(1984)则讨论了各种后现代理论的大众文化背景。他的鸿篇巨制《后现代主义或晚期资本主义的文化逻辑》(1991)一书更是确立了这一范式在文学和文化研究中的重要地位。[①] 在80—90年代初,其他英美消费文化学者如鲍尔比、加尼尔、弗里德曼也在各自的文学批评领域取得不俗的成绩。[②] 1995年以后,以消费文化角度研究文学的著作更是层出不穷。迄今为止,消费文化已成为最具活力的研究领域之一。这些研究将最初流行于社会学领域的消费文化理论成功地应用于文学研究,对我们在文化层面上重新认识文学与社会的关系做出了重要贡献。

一、消费文化研究在中国

中国文学批评界对西方消费文化理论的应用也始于90年代,与中国消费社会学研究基本同步。但相对于早期社会学研究的实证主义倾向,文学批评界对文化观念的重视可以看作是一种有益的补充。消费文化理论在英美文学、西方文论、美学和中国当代文学研究中都有所应用,并取得一定成果。在英美文学研究领域,90年代主要有周小仪的王尔德研究和蒋道超的德莱塞研究。周小仪在1994—1996年间发表的相关论文以及《超越唯美主义:奥斯卡王尔德与消费社会》(1996)一书中揭示了唯美主义的消费文化特征,改变了国内学界将佩特、王尔德、西蒙斯等唯美主义者仅仅看作是精英主义纯艺术运动的代表这一传统观念。[③] 蒋道超90年代末和2000年初发表了一系列有关德莱塞的论文,后成书为《德莱塞研究》(2003)出版。在这部著作中,作者回顾了19世纪美

① Fredric Jameson, "Postmodernism and Consumer Society", in Hal Foster, ed., *Postmodern Culture*, London and Sydney: Pluto Press, [1983] 1985; "The Politics of Theory: Ideological Positions in the Postmodernism Debate" (1984), in Fredric Jameson, *The Ideologies of Theory: Essays 1971—1986*, vol. 2, Minneapolis: University of Minnesota Press, 1988, pp. 103—113; Fredric Jameson, "Postmodernism, or the Cultural Logic of Late Capitalism", *New Left Review*, no. 146 (1984), pp. 53—92; Fredric Jameson, *Postmodernism, or, The Cultural Logic of Late Capitalism*, London and New York: Verso, 1991.

② Rachel Bowlby, *Just Looking: Consumer Culture in Dreiser, Gissing and Zola*, New York and London: Methuen, 1985; Regenia Gagnier, *Idylls of the Marketplace: Oscar Wilde and the Victorian Public*, Aldershot: Scolar Press, [1986] 1987; Jonathan Freedman, *Professions of Taste: Henry James, British Aestheticism, and Commodity Culture*, Stanford: Stanford University Press, 1990.

③ 周小仪:《奥斯卡·王尔德,十九世纪末消费文化与后现代主义理论》,《国外文学》1994(02);《唯美主义与消费文化:王尔德的矛盾性及其社会意义》,《外国文学评论》1994(03);《消费文化与日本艺术在西方的传播》,《外国文学评论》1996(04);Xiaoyi Zhou, *Beyond Aestheticism: Oscar Wilde and Consumer Society*, Beijing: Peking University Press, 1996.

国消费社会的发展状况,并从中发掘出德莱塞的思想根源。[①] 这是继英国学者鲍尔比之后,从消费文化角度研究德莱塞的又一部重要著作。

在文论方面,90年代中盛宁和赵一凡发表了介绍和研究鲍德里亚的论文。他们将鲍德里亚对"虚拟现实"的批判追溯到柏拉图。[②] 盛宁认为,鲍德里亚关于生活与消费的区分可以用索绪尔所指与能指的区分加以概括,而这一替代的结果就是"消费成了一种社会文化代码……甚至成了生产活动的主宰因素"[③]。因此文化符号与社会生活之间的断裂成为理解鲍德里亚的核心问题。赵一凡以"表征"与现实的关系为题描述了当代的"表征危机"。文章梳理了"表征"问题的历史发展,为我们理解鲍德里亚"类像"和"仿真"这些难度很大的概念提供了哲学史的参照。[④]

在美学研究方面,周宪《中国当代审美文化研究》(1997)和姚文放《当代审美文化批判》(1999)是两部具有代表性的著作。80年代国内学界热衷于对抽象的审美本质与审美经验进行探讨,而这两部著作则有很大不同。作者吸收了文化研究的成果,关注审美经验在当代消费社会中的表现,强调审美的世俗化过程。在这方面,他们也受到詹姆逊关于晚期资本主义相关论述的启发,着眼于国内的社会变革如何促成审美性质的变化。[⑤] 周宪认为,消费主义意识形态的兴起意味着"理想型文化"转向"世俗型文化";"艺术和生活的界限的消失"与"生活的审美化"导致"喜剧范畴取代崇高"。[⑥] 姚文放则认为,如今艺术家的角色与地位皆"由他与消费者的关系来确立"。在文化市场上,消费大众拥有绝对的"话语权"。因此这种权力关系的转换"导致当代审美文化中媚俗倾向的蔓延"[⑦]。以上论文和著作,包括祁述裕《市场经济下的中国文学艺术》(1998)这部全面揭示消费文化如何"侵入"中国当代"审美话语"的著作,为我们从整体上把握当代社会文化形态的巨大变化起到了重要作用。[⑧] 80年代流行的德国古典美学中有关审美解放的社会理想在此受到质疑,消费文化研究范式也已初露端倪,为后来的文化批评开创了一个全新的视角。

---

① 蒋道超:《德莱赛研究》,上海:上海外语教育出版社,2003年,第212—236页。

② 盛宁:《鲍德里亚·后现代·社会解剖学》,《读书》1996(08);赵一凡:《欧美新学赏析》,北京:中央编译出版社,1996年,第170页。

③ 盛宁:《鲍德里亚·后现代·社会解剖学》,《读书》1996(08);盛宁:《危险的让·鲍德里亚》,《读书》1996(10)。

④ 赵一凡:《欧美新学赏析》,第175—178页。

⑤ 周宪:《中国当代审美文化研究》,北京:北京大学出版社,1997年,第299页;姚文放:《当代审美文化批判》,济南:山东文艺出版社,1999年,第141页。

⑥ 周宪:《中国当代审美文化研究》,第299、303—304、305页。

⑦ 姚文放:《审美文化批判》,第242、244、253页。

⑧ 祁述裕:《市场经济下的中国文学艺术》,北京:北京大学出版社,1998年,第49页。

2000年之后，有关消费文化研究的论文和著作汗牛充栋，对相关理论家的介绍也不断增多。除法兰克福学派关于消费文化的论述引起重视之外，如前所述，布迪厄、德波和鲍德里亚的著作也相继被译成中文。其间费瑟斯通的《消费文化与后现代主义》(2000)的翻译出版，对中国关于日常生活审美与消费文化的关系的研究起到了很大的推动作用。王宁的《消费社会学》中的大量章节论及情感、形象、符号等问题，使消费文化的研究重点从过去的实证研究转向文化层面。消费文化成为联结社会学研究和文化批评的桥梁，而且使我们得以重新审视传统审美批评中关于"情感快乐及梦想与欲望等问题"[①]。这些译著和论著引发了我国学界关于日常生活审美化等讨论。陶东风在一系列关于日常生活审美化的讨论中将美学研究与文化批评结合起来。[②] 周小仪《唯美主义与消费文化》(2002)一书论述了消费文化对中西唯美主义的巨大作用和影响，并对80年代中国的审美乌托邦思潮重新进行了评价。[③]

2003年，罗纲与王中忱编辑的《消费文化读本》出版。这个读本主要依据国外学者马丁·李和丹尼尔·米勒的两个消费社会学权威选本，成为国内学者获得消费文化相关理论资料的重要来源之一。罗纲的长篇序言概括了西方消费文化理论和实践的发展状况。[④] 2004年蒋荣昌出版《消费社会的文学文本：广义大众传媒时代的文学文本形态》[⑤]；同年四川大学召开"消费时代的文学与文化研究"学术研讨会。会议有五十多位学者参加，二十多篇会议论文在《中外文化与文论》第11辑(2004)中发表。[⑥] 上述选本和论文集促进了文学批评领域消费文化研究范式的形成和发展。消费文化不论是作为研究对象还是研究角度和方法，均吸引大批学者。到2011年，刘方喜编选了"新世纪文论读本"《消费社会》这部论文集，标志着消费文化理论作为文学研究和文化研究的基础理论的学科地位得到学界认可。编者总结了消费文化研究在国内史学、经济学、社会学、哲学、伦理学、文艺学、美学等各个领域的研究状况，[⑦]并选出哲学、美学和文艺学方面的代表性论文，展示出我国学者在文化转向、日常生活审美化、文学史研究和文论建构等方面的观点和成果。

近年来消费文化研究的热潮仍然没有减缓的迹象，在文学和美学研究方面又有一批相关著作问世，如高岭的《商品与拜物》(2010)、王昌忠的《美学审视下

---

① 迈克·费瑟斯通：《消费文化与后现代主义》，刘精明译，南京：译林出版社，2000年，第18页。

② 陶东风：《社会转型期审美文化研究》，北京：北京出版社，2002年。

③ 周小仪：《唯美主义与消费文化》，北京：北京大学出版社，2002年，第1—21页。

④ 罗纲、王中忱编：《消费文化读本》，北京：中国社会科学出版社，2003年，第1—50页。

⑤ 蒋荣昌：《消费社会的文学文本：广义大众传媒时代的文学文本形态》，成都：四川大学出版社，2004年。

⑥ 曹顺庆编：《中外文化与文论》第11辑，成都：四川大学出版社，2004年。

⑦ 刘方喜编：《消费社会》，第53—62页。

的中国当今消费文化》(2012)等。[1] 这些著作不仅拓宽了我们的视野,而且其中关于具体的审美现象和审美经验分析对我们也不无启发。我国消费文化研究还有一个趋势,就是特别重视对消费文化理论发展史的描述和总结。目前这方面出版的著作有:莫少群的《20世纪西方消费社会理论研究》(2005)、朱晓慧的《新马克思主义消费文化批判理论》(2008)、闫方洁的《西方新马克思主义的消费社会理论研究》(2012)、李辉的《幻象的饕餮盛宴:西方马克思主义文化消费理论研究》(2012)、杨魁和董雅丽的《消费文化理论研究:基于全球化的视野和历史的维度》(2013)。[2] 莫少群描述了20世纪各种消费文化理论的发展轮廓。接下来三部书的作者均把消费文化理论归属于西方马克思主义的理论传统,认为它是对经典马克思主义的补充和发展。朱晓慧重点描述了法兰克福学派本雅明、阿多诺和马尔库塞的理论发展沿革,继而评估了詹姆逊消费文化理论的重要性,最后探讨了鲍德里亚对马克思主义的继承和发展。闫方洁的历史叙述则更加全面,在上述理论家的基础上又增加了马克思异化理论、卢卡奇物化理论、弗洛姆异化消费和列斐伏尔消费社会批判等章节,并对中国社会的消费文化现象进行了初步分析。李辉的著作也是一部消费文化理论发展史,除上述理论家之外,还增加了近年来在国内学界影响甚大的学者费斯克一章,并对消费文化语境中的中国文学艺术现状进行了专门的论述。杨魁和董雅丽追溯了西方消费观念的历史演变,并梳理了19世纪至当代消费文化理论的主要概念。以上著作对于我们从历史的角度把握消费文化理论的发展甚有帮助。但我们对于西方消费文化理论的总结和概述较多,对国外消费社会学实证研究的发展史以及外国文学批评中消费文化研究的关注较少。而那些细致具体的研究成果才是学术创新之所在。因此在消费文化史论方面,我们还有进一步深化和拓展的空间。

消费文化研究深入发展的另一个标志,就是关于单个理论家和相关重点问题的专题讨论。这使我们可以超越浮光掠影的整体描述而深入具体的理论问题之中。由于我国对法兰克福学派的译介和研究已经相当充分,本章就不再单独评述。以下篇幅重点评述最重要的消费文化理论家鲍德里亚在中国的研究情况以及一些相关问题。

---

① 高岭:《商品与拜物——审美文化语境中商品拜物教批判》,北京:北京大学出版社,2010年;王昌忠:《美学审视下的中国当今消费文化》,桂林:漓江出版社,2012年。

② 莫少群:《20世纪西方消费社会理论研究》,北京:社会科学文献出版社,2005年;朱晓慧:《新马克思主义消费文化批判理论》,上海:学林出版社,2008年;闫方洁:《西方新马克思主义的消费社会理论研究》,上海:上海人民出版社,2012年;李辉:《幻象的饕餮盛宴:西方马克思主义文化消费理论研究》,北京:中国社会科学出版社,2012年;杨魁、董雅丽:《消费文化理论研究:基于全球化的视野和历史的维度》,北京:人民出版社,2013年。

二、鲍德里亚研究在中国

如前所述,国内学界早在20世纪90年代就已经开始介绍鲍德里亚。在此之前,罗兰·巴尔特的文化研究著作如《神话学》《符号帝国》和《流行体系》已经广为人知,这也是鲍德里亚的理论来源之一。影响鲍德里亚的另外两个法国理论家列斐伏尔和德波也被译介到国内,在空间理论和视觉文化方面产生影响。此外布迪厄在国内也引起广泛的兴趣。国内读者对鲍德里亚的理论传承和思想语境都有了相当的了解。

目前我国研究和介绍鲍德里亚的著作已有11部,论文八百余篇。[①] 这一规模是相当大的,说明鲍德里亚是西方批评理论家中极受关注的一个。目前引介和研究鲍德里亚的学者中来自哲学和社会学领域的居多,研究对象主要集中在鲍德里亚的早中期著作。鲍德里亚晚期的美学和虚无主义思想的研究介绍还不够充分,仅有十余篇论文。这种情况很大程度上是因为80年代的审美解放运动影响了整整一代学人,而后来人们对法兰克福学派和福柯美学思想的理解又延续了这一德国古典美学传统:在对抗政治异化之后,仍然以美学对抗和批判商品社会的物化现象。因此鲍德里亚彻底的否定性美学及其对消费社会极端悲观的看法,还一时难以为人接受,有待于学界进一步消化。这一点我们下面还要谈到。随着资本对审美的殖民在中国愈演愈烈,鲍德里亚对审美彻底否定的思想终将成为理解和表达当代社会体验的一种方式;而他的一些惊世骇俗的前瞻性观点也会赢得更多认同。鲍德里亚研究在文学和文化批评领域仍有广泛应用的前景。

我国的鲍德里亚研究更多涉及其早中期思想的介绍与研究,主要关注他在消费社会和符号政治经济学方面的贡献。仰海峰的《走向后马克思:从生产之

---

① 仰海锋:《走向后马克思:从生产之镜到符号之镜——早期鲍德里亚思想的文本学解读》,北京:中央编译出版社,2004年;戴阿宝:《终结的力量——鲍德里亚前期思想研究》,北京:中国社会科学出版社,2006年;高亚春:《符号与象征——波德里亚消费社会批判理论研究》,北京:人民出版社,2007年;夏莹:《消费社会理论及其方法论导论:基于早期鲍德里亚的一种批判理论建构》,北京:中国社会科学出版社,2007年;孔明安、陆杰荣编:《鲍德里亚与消费社会》,沈阳:辽宁大学出版社,2008年;张天勇:《社会符号化——马克思主义视阈中的鲍德里亚后期思想研究》,北京:人民出版社,2008年;张一兵:《反鲍德里亚》,北京:商务印书馆,2009年;孔明安:《物·象征·仿真——鲍德里亚哲学思想研究》,合肥:安徽师范大学出版社,2010年;刘翔:《采取物的立场——让·鲍德里亚的极端反主体主义思想研究》,北京:中国社会科学出版社,2012年;韩欲立:《马克思政治经济学批判的哲学意义——鲍德里亚的批判及其回应》,上海:复旦大学出版社,2013年。张劲松:《重释与批判:鲍德里亚的后现代理论研究》,上海:上海人民出版社,2013年。论文数据根据2013年9月中国知网的检索统计。

镜到符号之镜》(2004)是关于鲍德里亚的第一部著作。这部书主要从马克思主义发展史的角度理解鲍德里亚的早期思想对符号学和媒体研究方面的贡献。这一马克思主义理论史的研究框架为后来许多研究者所采纳。戴阿宝的《终结的力量——鲍德里亚前期思想研究》(2006)一书除了介绍符号政治经济学之外,还大量涉及了鲍德里亚有关后现代文化的思想观点。作者的文学背景使他更加关注时尚、身体、形而上学、后现代艺术、后现代思维方式等问题。对于目前广泛流行的鲍德里亚社会学研究是一个补充。高亚春的《符号与象征——波德里亚消费社会批判理论研究》(2007)以鲍德里亚的"双螺旋"概念作为把握他思想发展的认识框架。在另一篇论文中,他也认为鲍德里亚的思想发展是围绕着符号/象征或主体/客体这两个概念所进行的"双螺旋运动"[①]。夏莹的《消费社会理论及方法论导论:基于早期鲍德里亚的一种批判理论建构》(2007)是一部思路清晰、鞭辟入里的著作。如果读者希望了解鲍德里亚与批判理论之间的关系,以及鲍德里亚在西方马克思主义发展史中的位置和贡献,这部书有出色的描述。从马克思主义发展史角度讨论鲍德里亚的还有韩欲立的《马克思政治经济学批判的哲学意义——鲍德里亚的批判及其回应》(2013)一书。这些著作基本属于宏观研究,与其他专注于文本细读的著作相辅相成。

2007年8月在辽宁大学召开了全国"鲍德里亚与消费社会"学术研讨会。会议对鲍德里亚的一些重要概念进行了梳理和讨论。这些概念包括:符号价值、象征交换、消费转向、拟像(类像)、诱惑等。会议论文集以《鲍德里亚与消费社会》(2008)为题出版。这部论文集已经涉及鲍德里亚中晚期的概念,诸如诱惑、完美罪行、宿命策略等。张天勇的《社会符号论》(2008)的副标题为"鲍德里亚晚期思想研究",但全书大部分内容仍然讨论鲍德里亚的早中期思想。关于鲍德里亚思想发展的分期,我国学者一般采用道格拉斯·凯尔纳的观点,即将鲍德里亚的著作分为早期的符号和消费社会研究、中期的媒体和类像研究以及晚期的形而上学和美学研究。[②] 根据这一划分,张天勇在专著中仅在附录部分涉及鲍德里亚晚期的美学思想。张一兵的《反鲍德里亚》(2009)是他众多文本学解读著作中的一部。他认为追溯巴塔耶的影响是理解鲍德里亚的起点[③],这与他对拉康的看法一样。作者对鲍德里亚晚期的思想有较多的保留意见。

随着消费社会的发展,符号、媒体、形象、类像、仿真等问题日益突出。鲍德里亚在这方面的论述对我们理解消费社会的构成和发展具有重要意义。因此,

---

① 孔明安、陆杰荣编:《鲍德里亚与消费社会》,第66—67页。

② 见道格拉斯·凯尔纳编:《波德里亚:一个批判性读本》,陈维振等译,南京:江苏人民出版社,2008年,第4—5页;道格拉斯·凯尔纳、斯蒂文·贝斯特:《后现代理论》,张志斌译,北京:中央编译出版社,1999年,第149—177页。

③ 张一兵:《反鲍德里亚》,第11—18页。

鲍德里亚的中期思想很快成为我们理解消费文化的重要理论依据，被许多批评家所引用。张劲松的《重释与批判：鲍德里亚的后现代理论研究》(2013)把类像、仿真和超现实等概念作为鲍德里亚的核心思想看待，表现出对当代社会现象的关注。但鲍德里亚晚期的美学和形而上学观点相对而言难度较大。如前所述，虽然鲍德里亚对后现代社会的分析不乏真知灼见，但他彻底的悲观主义态度和诸多惊世骇俗的观点在我国学界一时难以让人接受。比如他关于审美泛化和宿命策略的观点，以及他对晚期资本主义的结论性论断，在我国就存在较大的争议。我国的现代化进程十分迅速，社会思想构成也复杂纷纭。雷蒙·威廉姆斯曾经用主导、残存和初现三种元素概括社会转型时期文化的多样杂陈现象。这种复杂性尤其存在于我们对鲍德里亚的理解和评价上。鲍德里亚思想中显得比较激进的部分，比如审美如病毒般扩散、审美价值消亡等观点，就难以让经历过 80 年代美学热那一代学者所认可。而这一观点正是鲍德里亚超越法兰克福学派美学的地方。再如，鲍德里亚晚期所倡导的与资本共舞的犬儒主义立场，在我国学者中得到的也多是负面评价。但实际上，在彼得·斯洛特迪克和齐泽克看来，这种犬儒理性是当今世界普遍被人接受的一种意识形态。[①]只是鲍德里亚语词尖刻，并把它发展到极端而已。

对鲍德里亚晚期思想的不同评价反映在我国学者的著作中。孔明安《物·象征·仿真》(2010)一书在讨论鲍德里亚中晚期论著时，肯定了他对现代科学技术所引发的社会弊端的批判性反思。但同时也指出，鲍德里亚的宿命策略是“无可奈何和一种悲观的情调宣泄，所以他采取的是一种调侃的、戏谑的、嘲讽和挖苦的态度，也就是以一种‘不负责任’的批判态度来对待技术及其所带来的现象”[②]。这就是说，虽然鲍德里亚对当代社会的描述有不可忽略的价值，但是他所下的结论和所提供的应对方式是我们无法接受的。刘翔的《采取物的立场——让·鲍德里亚的极端反主体主义思想研究》(2012)一书对鲍德里亚的评价也同样持双重立场。一方面，作者分析了鲍德里亚关于宿命策略、物的反攻、虚无主义等思想，认为鲍德里亚对其所处的时代具有“深刻的洞察和悲悯的关切”；他所展示的“物的逻辑”是“极为犀利的”。但令作者遗憾的是，“他不曾为我们提供一个对症下药的可行性方案”。因此，对于鲍德里亚的夸张、反讽和怪诞的风格，作者宁可以文学的眼光来看待。作者把鲍德里亚看作是“尼采、罗兰·巴尔特、博尔赫斯、卡尔维诺和卡夫卡等人”的同类，因为鲍德里亚兼具他

---

① Peter Sloterdijk, *Critique of Cynical Reason*, trans. Michael Eldred, Minneapolis and London: University of Minnesota Press, 1987, p. 3；齐泽克：《意识形态的崇高客体》，季广茂译，北京：中央编译出版社，2002 年，第 40 页。

② 孔明安：《物·象征·仿真——鲍德里亚哲学思想研究》，第 180、189 页。

们的“神韵”[1]。如前所述,我国现代化过程尚在进行之时,社会发展和学术进步的理想和热情仍在,而鲍德里亚的思想显得过于超前。不过相对于张一兵和孔明安对于鲍德里亚晚期思想的否定和批判,刘翔的批评显得比较温和。

以上对我国鲍德里亚研究专著和论文集进行了简要的评述。关于鲍德里亚的论文也不乏一些出色的篇章,我们在下面相关专题的讨论中将有所涉及。

三、鲍德里亚研究中的几个论题

1. 互文式解读

鲍德里亚对晚期资本主义形态的描述和分析极为深刻。他对当代社会作为客体的理解,所达到的理论深度,只有拉康对主体理解的深刻程度可以与之媲美。他创造了一系列脍炙人口的概念。从早期的符号价值,到中期的“类像”“仿真”与“超现实”,都成为我们理解和把握当代消费社会的核心概念。由于鲍德里亚复杂的哲学背景,他的理论并非一目了然;普通读者阅读鲍德里亚有相当大的难度。因此,对鲍德里亚主要著作的阐释和解说就成为国内学者的一项主要任务。当然,纯粹的文本学解读有很大局限性,而将鲍德里亚与那些我们已经有所了解的理论家相比较,找出他们之间的相同和相异之处,则不失为一种实际有效的方式。

由于近十年来我国的拉康研究大热,以拉康的心理分析概念解读鲍德里亚的学者不乏人在,如张一兵、韩欲立等,都指出了鲍德里亚与拉康之间的联系。韩欲立认为,“拉康对鲍德里亚的影响更为直接”。鲍德里亚的“生产之镜”“借用拉康的镜像理论”;“拉康的主体理论成为一种显性的理论支撑。”[2]此外,对于“超现实”这一艰深晦涩的概念,笔者认为也可以用拉康关于主体与现实之间关系的思想加以解读。按鲍德里亚的说法,由符号、媒体、类像等构成的当代现实生活是不真实的。资本主义客体社会构成的虚拟成分太多,是认识论无法企及的。我们过去所信奉的思维与存在的同一性关系,如今已经受到广泛质疑。而这一切都可以用拉康“实在界”和“象征界”的理论加以说明。张一兵在分析“超现实”概念时就指出,鲍德里亚在这里遵循了一种“拉康的逻辑,空心人、空心物和空心伪事件”:“能指链所铸就的模式,则幻化出比真实更真实的拟真世界。”在这种复制和仿真世界中,真实的东西不过是一种拷贝,而且是一种使源头无足轻重的符号繁殖。对鲍德里亚而言,在农场经过基因改造的“拟真中的

---

① 刘翔:《采取物的立场——让·鲍德里亚的极端反主体主义思想研究》,第194页。

② 韩欲立:《马克思政治经济学批判的哲学意义——鲍德里亚的批判及其回应》,第92页。

鸡”，使“自然生长的鸡变得难看和‘不真实’”。[①] 在这个意义上，鲍德里亚指出，“真实与想象的矛盾也在这里消失了。”[②]因此可以这样说，鲍德里亚所理解的“超现实”，就是拉康从结构主义精神分析角度所理解的幻象现实：“我们到处都已经生活在现实的‘美学’幻觉中了。”[③]这是一个境由心造的过程，是从想象界到符号界再到幻象的升级。在这里，鲍德里亚与拉康的区别是鲍德里亚更强调现实幻象作为客体的规律，而拉康的侧重点仍然是主体如何促成幻象的生成。如果用两个古代文论术语粗略概括，我们可以说，一个是无我之境，一个是有我之境。

由此可见，拉康的理论更为突出作为个人幻象的心理基础，即主体如何从想象界、符号界和幻象中获得构成自我的元素。拉康的后继者雅克-阿兰·米勒和齐泽克则着重描述了幻象的范围和边界，聚焦于主体与幻象之间那个“缝合点”，关注主体如何把现实整合成幻象这一过程。这是从幻象生成的角度来理解现实的虚幻性。而鲍德里亚更进一步：他探讨了幻象的构成规律，揭示出幻象如何从符号的差异化开始，到媒体的形象流与类像的繁殖，进而达到“超现实”阶段，并以审美泛化状态作为结束。如果说拉康更多的是进行描述性工作，那么鲍德里亚则不遗余力地对现实实施批判。正如张一兵所言，消费行为“在拉康那里，这表现为由他者的欲望构建出来的‘伪我要’，而鲍德里亚则将它成功地政治化了。”[④]显然，鲍德里亚对于消费社会的批判更为直接而且激烈。

按照结构主义的观点，事物的意义由事物之间的关系所决定。这条原理在理解和阐述鲍德里亚方面也仍然有效。我国学者把鲍德里亚放在现当代社会的文化语境中进行解读，对比巴塔耶、法兰克福学派和拉康并看出他们的异同，对读者来说确实大有裨益。比较研究的前景十分广阔，我们还有很多工作要做。

2. 美学

目前国内学者对鲍德里亚美学思想的阐述主要集中在他对后现代主义和当代艺术的评论中。如戴阿宝对鲍德里亚关于后现代艺术空间和小说虚构问题的评述。[⑤] 鲍德里亚对法国巴黎蓬皮杜艺术中心的建筑空间和对博尔赫斯小说的评论可以看作是他关于超现实和宿命策略诸理论的一种注释。孔明安

---

① 张一兵：《反鲍德里亚》，第 418、419 页。

② 波德里亚（鲍德里亚）：《象征交换与死亡》，车槿山译，南京：译林出版社，2012 年，第 96 页；又见张一兵：《反鲍德里亚》，第 416 页。

③ 波德里亚（鲍德里亚）：《象征交换与死亡》，第 98 页。

④ 张一兵：《反鲍德里亚》，第 95 页。

⑤ 戴阿宝：《终结的力量——鲍德里亚前期思想研究》，第 275—288 页。

讨论了鲍德里亚与后现代主义的关系，认为象征交换突破了后现代主义的局限，因此不能将鲍德里亚的理论与后现代主义简单地画等号。[1] 刘翔也强调了鲍德里亚超越后现代主义的立场。[2] 上述学者也大量引述了詹姆逊、凯尔纳和甘恩等人的评价，基本认同他们的观点。

除了具体的艺术案例研究，鲍德里亚对美学问题还发表了许多重要看法。在《看不见的邪恶》(1993)一书中，鲍德里亚对当代消费社会中的审美现象的深刻剖析和严厉批判使法兰克福学派和福柯的美学显得逊色。在阿多诺、马尔库塞和福柯看来，虽然德国古典美学对现代性的救赎和反抗均告失败，但他们仍然能够在具体的审美经验和审美快感方面发掘出某种积极的意义，以抵抗消费文化对审美的侵蚀。鲍德里亚对于美学则不抱任何幻想。他认为当代社会中审美像癌症一样扩散，导致了自身的毁灭。不仅如此，审美与金融资本同流合污，构造出虚幻的快感并使资本获利。鲍德里亚视美学为病毒学，是资本的呈现，愤世嫉俗的态度溢于言表。詹姆逊的后现代美学批判所依据的正是鲍德里亚的美学立场。詹姆逊对文化与金融资本之间关系的出色论述也脱胎于鲍德里亚关于美学和金融市场相关联的思想。[3] 我国的鲍德里亚研究对他在建筑美学、文化产业、日常生活审美化、欲望与艺术、虚拟现实等方面的观点关注较多，而他提出的关于美学与金融资本的联系则是消费文化研究中更值得深入挖掘的领域。

3. 玄学

如前所述，对鲍德里亚晚期思想的评价，国内学者采取批评和保留态度的居多。这一立场主要受到国外鲍德里亚权威研究者凯尔纳的影响。凯尔纳从马克思主义立场出发，认为鲍德里亚偏离法兰克福学派和结构马克思主义理论太远，其理论已经发展成为一套玄学，表达了对现代文明极度悲观的态度，失去了其早中期社会批判的光芒。但是这一评价不应成为我们理解鲍德里亚晚期思想的唯一模式。在国外，甘恩、詹姆逊等对鲍德里亚的评价都是非常积极的。因此鲍德里亚晚期思想还有待于我们去发掘，因为它充满了解释当代社会现象的真知灼见。

鲍德里亚晚期著作中最具争议的是他的虚无主义和犬儒主义思想。他的观点可以放在西方思想史中加以认识。鲍德里亚是狄欧根尼和尼采最晚近的变种；他也不是唯一采取犬儒主义立场的当代理论家。如前所述，齐泽克对德

---

① 孔明安：《物·象征·仿真——鲍德里亚哲学思想研究》，第216页。

② 刘翔：《采取物的立场——让·鲍德里亚的极端反主体主义思想研究》，第179—180页。

③ See Jean Baudrillard, *The Transparency of Evil*, trans., James Benedict, London: Verso, 1993, p.19. 詹姆逊：《詹姆逊文集》第4卷，王逢振主编，北京：中国人民大学出版社，2004年，第259页。

国哲学家斯洛特迪克充满同情的引述，使鲍德里亚的理论获得某种理论支持。斯洛特迪克认为，当今世界犬儒主义已经成为一种普遍性的社会思潮，是当代社会中大部分人的生存方式和思想取向。这一现象表现在政治、文化、日常生活等各个领域。齐泽克曾概括出这一倾向的重要特征和表现形式："人们很清楚那个虚假性，知道意识形态普遍性下面掩藏着特定的利益，但他拒不与之断绝关系。"[①]也就是说，现在人们已不再去追究思想上的是非曲直，而是执著于日常生活实践本身。这与法兰克福学派、阿尔都塞、福柯和其他诸多批判理论家对现存制度的激进对抗截然不同。鲍德里亚的宿命策略与资本同流合污，从批判的态度转为合作的态度。用他的话说，就是以顺应潮流的方式促成整个现存体系的毁灭。

其实这是一种更为激进的思想立场。在目前阶段，这已超出我国学界的理解和想象。近十年来，我们刚刚习惯于当代西方文论对资本主义和现代性的批判所带来的震撼，而鲍德里亚的"否定之否定"有些让人目不暇接。鲍德里亚过于超前。我们的消费社会才刚刚成形，而且仅限于沿海及大中城市。消费文化的发展程度还不足以让我们对鲍德里亚的洞见感同身受。伊格尔顿在《理论之后》(2003)一书中定义了当代西方文论的反资本主义性质，并把批评理论看做是左派知识分子对现存制度进行揭露的"文化政治学"[②]。而在80和90年代，我国学界一直将西方文论理解为一套批评理论概念或文学研究方法论。经历过50年代和"文化大革命"的过度政治化时期，我们曾刻意回避文学批评理论的政治性和意识形态本质。在2000年前后，我们发现西方批评理论也是一种社会批判武器。但此时鲍德里亚早已开始了对武器本身的批判，并淡化了他早中期的批判性话语，转而求助于一种更具争议的虚无主义。可以想见，随着我国的社会形态由生产型向消费型转变，随着我们的经济发展模式由工业生产和基础设施建设向金融管理过渡，鲍德里亚的晚期思想也一定会像他的早中期思想那样引人注目。因为他为我们即将面临的社会现实提供了一套颇为异类的观点、立场和表述方式；他锐利而独特的思想还有待于我们去理解和发现。

限于篇幅，我们仅遴选以上几个问题加以讨论，不免有以偏概全之嫌。关于鲍德里亚研究的热点问题还有很多，比如关于科技意识形态和女性主义的讨论，在这里就不能一一列举了。在资本主义全球化进程中，消费文化、美学与金融资本之间越来越呈现出密切的联系，而鲍德里亚在这方面的重要性也与日俱增。相信他在消费文化研究与当代文学批评中的作用和影响会不断显示出来。

---

① 齐泽克:《意识形态的崇高客体》，第40页。

② See Terry Eagleton, *After Theory*, New York: Basic Books, 2003, p.46.

下　编

新中国60年俄苏文论研究

第十二章
俄苏现实主义文论研究

别林斯基(1811—1848)、车尔尼雪夫斯基(1828—1889)和杜勃罗留波夫(1836—1861)是19世纪俄国革命民主主义美学家、文艺批评家和政论家。这三人又被称为俄国文学批评界"三巨头"(又称"三驾马车"),在19世纪俄国批判现实主义文学中享有崇高的地位。

占据首位的别林斯基,更是被誉为"俄国文学批评之父"。他是俄国现实主义美学和文艺批评的奠基人,毕生以文艺批评为武器反对沙皇专制农奴制度。列宁指出:"维·格·别林斯基是早在农奴制时代出现的,我国解放运动中平民知识分子完全取代贵族的先驱者。"[①]别林斯基集文艺学家、文学史家和文艺批评家于一身,是俄国新兴的现实主义文艺思潮在理论上的主要代表和旗手。俄国"自然派"作家和后来许多进步作家都把别林斯基看作自己的导师,承认在他的"思想学派"中受到了极大教益。[②]

"三驾马车"中占据第二位的车尔尼雪夫斯基,是俄国19世纪继别林斯基之后又一位伟大的革命民主主义美学家、文艺批评家,哲学家、经济学家。他的美学观点集中体现在他的硕士学位论文《艺术与现实的审美关系》(1855)。车尔尼雪夫斯基是唯物主义美学的奠基人,也是俄国19世纪现实主义文艺批评的杰出典范。普列汉诺夫曾经赞誉他为"文学中的普罗米修斯",马克思称他为"俄国伟大的学者和批评家",列宁则说:"车尔尼雪夫斯基是唯一真正伟大俄国著作家",说他"由于俄国生活的落后,不能够上升到马克思、恩格斯的辩证唯物主义",但"他从50年代起直到1888年,始终保持着完整的哲学唯物主义的水平"。[③]

---

① 《列宁全集》第二十五卷,北京:人民出版社,1988年,第98—99页。

② 刘宁主编:《俄国文学批评史》,上海:上海译文出版社,1999年,第122页。

③ 转引自《艺术与现实的审美关系》,北京:人民文学出版社,1979年,第112—114页。

"三驾马车"中最后一位杜勃罗留波夫是卓越的革命民主主义思想家,车尔尼雪夫斯基的杰出战友。贫穷的生活和过度的劳累,过早地夺去了他年轻的生命。但是他短短5年的理论和文学批评活动,却在俄国思想史、美学史上做出了宝贵的贡献。他同车尔尼雪夫斯基一道,保卫和发展了别林斯基创立的革命民主主义美学。他具有高昂的战斗激情,敏锐而深邃的理论见解,善于用文学评论提出现实斗争中重大而迫切的问题,激发人们为推翻封建农奴制度而斗争。[①]

我国从20世纪初起就开始对别、车、杜文论加以介绍和引进,新中国成立后的50年代形成高潮。"文化大革命"期间,别、车、杜被"四人帮"别有用心的"文艺黑线专政论"打入冷宫。进入新时期以来,别、车、杜文论研究在我国迎来了它的新的高潮期。期间,20世纪80、90年代,在我国引进西方文论的热潮中,别、车、杜文论一度被边缘化,受到一定程度的冷落。进入新世纪以来,别、车、杜文论研究再次进入新的高潮。其中,别林斯基历史的批评与美学的批评的有机统一论、别林斯基的批评精神和伟大的文学批评家的人格、车尔尼雪夫斯基"美是生活(命)"的核心命题等,都成为我国批评界热议的话题。在详细深入讨论这些问题之前,先简要回顾一下我国介绍和引进别、车、杜文论的简史。

一、俄苏现实主义文论"三巨头"研究在中国

中国对于俄苏现实主义文论的引进和介绍,从20世纪初就已开始,随着俄国文学被大量引进和介绍,俄国的文学理论与批评,其中主要是俄国革命民主主义文学理论和文学批评,与马克思主义文艺理论一道,在中国得到了广泛的传播,从而对于我国新文学运动、革命文学运动,对于文学创作和文学理论与文学批评的建设和发展,都产生了广泛而又深远的影响。别林斯基在俄国文学中的崇高地位,使其成为对中国文论和文学批评建设最早发挥影响力的俄国批评家之一。早在1904年金一(金松岑)在其所著《自由血》中,就提到了包括别林斯基名字在内的众多俄国批评家、作家的名字。

在俄国文学成了"中国文学家的目标"(瞿秋白语)的五四时期,在"走俄国人的路"的思想指引下,俄国文学理论伴随着作家作品的被大量引进和介绍也开始步入国门。最早介绍俄国现实主义文论的期刊,当为以"为人生"为宗旨的文学研究会主办之《小说月报》。1921年该刊在于9月出版的第12卷特刊《俄国文学研究》中,刊出了郭绍虞的论文,对于在俄国文学批评史上占有重要地位

① 李尚信:《谈俄国革命民主主义美学》,《吉林大学社会科学学报》1978(04)。

的别林斯基、车尔尼雪夫斯基、杜勃罗留波夫，都有非常准确的评价。同年该刊在其十二月号《俄国文学研究》专刊的一篇文章《俄国美论与其文艺》中，称“裴林斯基（别林斯基）为俄国批评界的嚆矢”，并称“当时俄国的文艺差不多随其思想为转移”，而随着他的去世（别林斯基年仅 39 岁时因积劳成疾而去世）俄国文艺学“失去强有力的指导。”

1923 年，郑振铎在其所著《俄国文学史略》（《小说月报》第 14 卷第 5—9 期）的第 11 章“俄国文艺评论”（第 9 期），对别林斯基、车尔尼雪夫斯基、杜勃罗留波夫的文艺批评活动有了更高、更确切的评价，指出“文艺评论在俄国地位之重要是无论何国都不能与之并肩的”，而俄国报刊的“真灵魂就是艺术评论家。”作者认为别林斯基等的文学批评“是一切为人生的艺术派的批评的开始。”瞿秋白在旅俄期间（1921—1922）写成《俄国文学》（后作为蒋光慈所著《俄罗斯文学》下篇于 1927 年出版）中，辟有“俄国文学批评”专章（第 13 章）。文中认为别林斯基是“俄国真正文学评论的鼻祖”。作者进而认为别林斯基和车尔尼雪夫斯基是俄国“社会的评论”的代表，而杜勃罗留波夫则是“现实的评论”的代表。瞿秋白还给予俄国文学批评以崇高评价：“总之，俄国文学的伟大产生这种文学评论的伟大，——引导着人类的文化进程和人生的目的，于是可见俄罗斯文学对于世界文化的价值了。”①

而我国文坛对于车尔尼雪夫斯基的介绍和翻译，也开始于这个时期。早在 1919 年，田汉就在《民铎》发表《俄罗斯文学思潮之一瞥》，对别、车、杜分别做了介绍。文中称车尔尼雪夫斯基为“急进派之中坚”。1920 年 2 月 15 日出版的《文艺研究》创刊号登载了普列汉诺夫的论文《车勒苗绥夫斯基的文学观》的第一章“文学及艺术的意义”（鲁迅译），阐明“美就是生活”的原理。鲁迅后来曾回忆说：因刊物停办，“故后半未译”，又因“很难懂，看的人怕不多”。瞿秋白的《俄国文学史》和郑振铎的《俄国文学史略》也是此期介绍别、车、杜的重要文献。30、40 年代，开始大量出现别、车、杜原文的翻译。1936 年 4 月 1 日出版的《文学》第六卷第四期上有周扬的一篇论文《典型与个性》，文章在批判胡风对社会主义现实主义文学创作方法的攻击时，引用了车尔尼雪夫斯基论典型创造的话。1937 年 3 月 10 日出版的《希望》杂志创刊号发表周扬的介绍文章：《艺术与人生——车尔尼雪夫斯基的〈艺术与现实之美学关系〉》。1937 年，周扬在《希望》创刊号发表《艺术与人生——车尔尼雪夫斯基》。文中把别、车、杜看作是“为人生的艺术旗帜之下发展过来的”卓越的批评家。1942 年周扬更在《解放日报》发表《唯物主义的美学——介绍车尔尼雪夫斯基的美学》。普列汉诺夫论述车尔尼雪夫斯基和杜勃罗留波夫的论文，也被鲁迅和冯雪峰翻译过来。

---

① 参见陈建华主编：《中国俄苏文学研究史论》第二卷第三编第十二章，重庆：重庆出版社，2007 年。

新中国成立后,别、车、杜文论在我国一直被当作“准马列”,而学界认为由于沙皇文网的严密,也由于流放、早死等等原因,别林斯基等三人没有机会读到马克思和恩格斯的著作,但是马克思、恩格斯却很了解车尔尼雪夫斯基和杜勃罗留波夫。恩格斯在《流亡者文献》中就说过:“一个产生了杜勃罗留波夫和车尔尼雪夫斯基这样两个作家、两个社会主义的莱辛的国家,绝不会因为一度产生了像巴枯宁这样的骗子和一些好吹牛皮、像癞蛤蟆一样不自量力、到头来总是互相吞食的不成熟的大学生而就会灭亡。”①

新中国成立后到“文化大革命”前的17年中,我国文论界对于别林斯基的引进、介绍、研究和评论,在新中国成立前文论研究的基础上,又有许多建树,并逐渐形成一个小高潮。首先,是出版了《别林斯基选集》(满涛译)。苏联学者和我国学者研究别林斯基的论著,也陆续出版。由于马克思、恩格斯、列宁、斯大林都没有专门的文艺学著作,所以别、车、杜的文论和批评,就被作为“准马列”加以介绍和研究。由刘宁、刘宝端翻译的《俄国革命民主主义美学中的现实主义》是苏联美学界研究别、车、杜的代表作。而朱光潜、满涛、戈宝权、刘宁、任涛、马家骏、樊可则都是相关重要文章的作者。

由于别林斯基在俄苏批评界首屈一指的重要地位使然,中国介绍其批评成就、批评特色的文字,数量很多。新中国成立后“文化大革命”前的17年间,介绍别林斯基的文章约二十篇。其他散见于各类文学史类著作中涉及别林斯基的文字尚不在内。但夏中义认为:“中国文坛正式发现别、车、杜的巨大价值”是在1956年。②

在此期间,别、车、杜文论原著开始被大量译介过来,从而为研究提供了巨大的理论支撑。除了满涛翻译的《别林斯基文集》外,由周扬翻译的车尔尼雪夫斯基的《生活与美学》(1959初版,1962再版)由人民文学出版社出版。与此同时,由缪灵珠翻译的车尔尼雪夫斯基的《美学论文选》也得以重印(1959)。1958年,由众人合译的《车尔尼雪夫斯基选集》由三联书店出版。1961年和1965年,由辛未艾翻译的《车尔尼雪夫斯基论文学》上卷和中卷分别由上海文艺出版社和人民文学出版社上海分社出版。50、60年代,别、车、杜在我国文艺学界相当于“准马列”的地位,引用率居高不下,仅次于马克思、恩格斯和列宁。据温儒敏文章,对以群《文学基本原理》所做的引用率调查表明:引用马克思(50次),恩格斯(49次)、列宁(48次),别林斯基(24次),车尔尼雪夫斯基(10次),杜勃罗留波夫(10次)。③ 50、60年代的别、车、杜热,很大程度上也是由于在党内位

---

① 辛未艾:《谈谈俄国三大批评家》,《上海文艺》1978年(07)。

② 智量等:《俄国文学与中国》,上海:华东师范大学出版社,1991年,第311页。

③ 温儒敏:《当代文学思潮中的“别、车、杜现象”》,《读书》2003(11)。

高权重的周扬,始自新中国成立前以来的一贯推重和揄扬。而最重要的,还是因为别、车、杜在周扬眼里更加适合中国的国情。二是因为在同时代的苏联,别、车、杜已经被纳入苏联官方合法的马克思主义文艺理论的"伟大传统"。其三,在于别、车、杜的理论本身具有被革命文坛起用并加工阐释的潜质。

新中国成立后我国文论界介绍和宣扬别林斯基、车尔尼雪夫斯基、杜勃罗留波夫文论最有力的人物,当然非周扬莫属。他不但是我国最早翻译和介绍别林斯基、车尔尼雪夫斯基文论的学者之一,而且也是在新中国成立后宣扬别林斯基、车尔尼雪夫斯基、杜勃罗留波夫文论最有力的人物之一。恩格斯关于某种学说的流行程度与实践对它的需求程度成正比的说法,可以用来解释为什么别林斯基、车尔尼雪夫斯基和杜勃罗留波夫文论在我国新中国成立后会长期如磁石般吸引文坛这一现象。按照夏中义的解释,以别林斯基、车尔尼雪夫斯基、杜勃罗留波夫为代表的俄国革命民主主义美学和文艺批评之所以会对中国文坛产生巨大影响,主要是因为其天生具有一种亲和性。"看来,整个西方美学史,能在政治与艺术两方面皆投中国文坛所好者,非别、车、杜而莫属。加上新中国成立初外交上'一边倒',加上平民革命思想家的身份,加上马、列的赞颂,这就更使别、车、杜俨然成为能在'文化大革命'前中国享受美学豁免权的唯一的非马克思主义的西方学派了。"[①]

自五四时期,我国对于俄苏现实主义文论的引进和介绍就具有鲜明的指向性和目的性。在整个19世纪俄国文学中,也曾经有过不同于俄国革命民主派美学的唯美派批评和俄国形式主义批评,但在我国,学术界予以密切关注的,则始终是俄国以别林斯基、车尔尼雪夫斯基、杜勃罗留波夫等人为代表的俄苏现实主义文学理论和文学批评,认为他们非常契合我国的实际,是一种为我们所看重的"为人生而艺术"的美学和批评。俄国现实主义批评贯穿着一种密切联系社会斗争的传统,他的发展和进步,与俄国解放运动密切相关。我国文学理论界对他们的关注,也始终基于这一点。

对于别、车、杜为代表的俄国革命民主主义美学在中国的传播建立了首要功勋的,当然非周扬莫属。周扬不仅是我国最早翻译和介绍别、车文论著作的专家之一,而且也是党在文艺界的重要领导人。其次,别、车、杜文论所内在具有的"亲和性"也是其在中国文论界得以传播的重要原因之一。这也正印证了恩格斯所说的,某种学说的流行程度和实践对它的需求成正比的说法。在19世纪俄国,别、车、杜的文艺美学著作和文艺批评,紧密联系并且密切服务于当时蓬勃发展的民族解放运动,为俄国现实主义文学注入了蓬勃旺盛的生命力和内驱力。这种把美学和社会运动,把革命与艺术联系起来的批评方法,恰好正

---

① 智量等:《俄国文学与中国》,第311页。

是如周扬这样的政治家兼诗人,理论家兼翻译家所追求的目标。别、车、杜文论在周杨这样的学者眼里,自然会成为把革命的崇高使命和唤醒民众认识并改造世界的现实主义结合起来的典范。和别、车、杜一样,周扬等人也格外重视现实主义所固有的社会认识功能和价值,使文学成为宣传、激励民众憎恨旧时代、欢呼新纪元的最佳号角。

但别、车、杜文论对于中国文坛产生巨大影响的高潮,却始自1956年。那一年,中央提出了“百花齐放,百家争鸣”的“双百”方针。这一方针的提出原因在于此前文坛公式化、概念化已经演变到非常严重的地步,而别、车、杜所倡导的现实主义“自然派”理论,则适足以医治文学失却了现实主义精髓后所患上的“软骨症”。在这一高潮中,以《文艺报》为首,报纸杂志开始纷纷撰文讨论“写真实”“典型性”和“形象思维”和“人民性”等问题。

在这样的思想文化大背景下,当时参与讨论的大量文章,开始把别、车、杜文论的精髓,和毛泽东《在延安文艺座谈会上的讲话》的精神嫁接起来。毛泽东的“讲话”是在中华民族处于最危难的时刻发生的,它贯穿着想把国内一切力量(包括文艺)都动员起来,组织起来救国救民的意图。这是时代的最强音,某种意义上也是文艺的本质所在。应当看到,在构建19世纪俄国现实主义批判(又名“自然派”)美学大厦的过程中,别、车、杜之间只有思想上的契合和趋同,私人关系上并无多少交集。但他们却“不约而同”地为建设批判现实主义美学大厦做出了各自独特的贡献。要而言之,可以概括为:别林斯基为这一美学大厦提供了观念框架,车尔尼雪夫斯基奠定了其方法论基石,杜勃罗留波夫则以其“现实的批评”为其装饰了墙体。①

别、车、杜研究在我国“文化大革命”中,经历了一个特殊的“疏离”期:以“四人帮”为首的极左派,炮制了所谓“文艺黑线专政论”,把别、车、杜说成是什么“俄国资产阶级文艺评论家”。别、车、杜这三位俄国大批评家遭到“四人帮”发动的无理清算和讨伐。受姚文元指使的上海写作班子甚至不惜对别、车、杜肆意进行人身攻击和辱骂,说他们是资产阶级“侏儒”“亡灵”和“僵尸”,甚至说他们“臭名昭著”“腐朽透顶”“恬不知耻”。1969年,“四人帮”操纵下的一个批判别、车、杜的小组,炮制了一大批所谓的“批判文章”,试图“拆穿西洋镜”,说别、车、杜“原来不过是沙皇俄国的整个资产阶级文艺评论家、剥削制度的辩护士、资本主义的吹鼓手”。他们还胡说别、车、杜所极力鼓吹的“理想社会”,“挂的是社会主义的羊头,卖的是资本主义的狗肉;他们爱的、想的、颂的是剥削阶级的剥削制度,他们恨的、怕的、骂的是劳动人民和无产阶级革命”,把别、车、杜说成

---

① 智量等:《俄国文学与中国》,第316页。

是“最最凶恶的阶级敌人”。[1]

进入改革开放新时期以来，我国的别、车、杜研究和介绍开始“拨乱反正”并重入正轨。1978年，上海译文出版社出版了辛未艾翻译的《车尔尼雪夫斯基论文学》。次年，由满涛、辛未艾翻译的《别林斯基选集》也宣告问世。很快又重新再版了《杜勃罗留波夫选集》和《杜勃罗留波夫文学论文选》。别、车、杜的著作开始“较为完整地出现在我国读者面前”。与此同时，我国报纸杂志也开始涌现大量研究别、车、杜思想的文章。很快还出版了由马莹伯撰著的《别、车、杜文艺思想论稿》。而重要文章的作者则有辛未艾、李尚信、程代熙、杨汉池、汝信、钱中文等。但是，进入80年代末以来，别、车、杜却逐渐淡出我国学者的视野，甚至在新时期文坛受到冷落。庄桂成分析这种现象的成因有两点：一是随着社会的开放，西方文论如潮水般涌入国门，在方法论热的背景下，我国文论学者的视野更加开阔，因而不会再仅仅局限于在我国已经成为传统之一部分的俄国革命民主主义美学和文论。其二，是由于别、车、杜文论本身的原因。在一些被中国学者热烈认同的西方学者，如勒内·韦勒克这样的学者看来，车尔尼雪夫斯基“他这个人好像几乎没有审美感受力，一位疏浅严峻的思想家，即使谈论文学时也是偏重于眼前的政治问题”。他甚至认为车尔尼雪夫斯基的大部分文章不能被称之为“文学批评”。关于车尔尼雪夫斯基那篇著名的学位论文，勒内·韦勒克也认为这篇被苏联和卢卡奇看重的论文“卖弄大量定义以示治学严，它是一个外省后生目无余子的粗鲁表现，迄今为止世人认为伟大美妙、值得花费时间竭尽全力的一切，他都想嗤之以鼻”[2]。而且，最为致命的，是韦勒克与我国学者大相径庭，并不同意把别林斯基归入“现实主义”和“唯物主义”阵营。

此间，别、车、杜文论也迎来了它的复苏期。众多研究者首先致力于做的工作，就是清理“四人帮”在涉及别、车、杜问题上所散布的迷雾，进行一番正本清源，恢复名誉的系统工作。这一时期，曾经在我国文坛享有盛誉的别、车、杜文论再度成为新宠。此期，开始出现了我国第一部专门研究别、车、杜文艺思想的专著——马莹伯的《别、车、杜文艺思想论稿》。[3] 这部著作的发表是一个标志，它标志着我国文艺界对别、车、杜的认识，比较“文化大革命”前的17年，有了很大提高。由于资料的积累逐渐丰富，由于认识的逐渐深入，更由于文坛思潮的演变，文艺界对于别、车、杜文论的现实意义，认识得更加清楚。但是，80年代，在我国当时盛行的西方文艺思潮热中，作为俄国革命民主主义美学家、批评家的别、车、杜，再次被重新边缘化了。在西方舶来的文艺新思潮的冲击下，别、

---

① 辛未艾：《谈谈俄国三大批评家》，《上海文艺》1978(07)。

② 参见庄桂成：《别、车、杜与中国20世纪文论》，《理论月刊》2011(2)。

③ 马莹伯：《别、车、杜文艺思想论稿》，北京：文化艺术出版社，1986年。

车、杜的光芒似乎逐渐暗淡下去。

转变发生在进入新世纪以后。而转变的契机,首先要在我国文坛批评的状况中寻找。问题在于:进入90年代以来,我国文坛出现了一种“病象”,即所谓“批评的失语”或“批评的缺席”。中国文坛正当的文学批评的缺席,导致人们反思:这一切背后的原因究竟是什么?批评界开始把目光转向19世纪的俄国,并且开始重新发现别、车、杜的典范价值:是的,别、车、杜不仅以其彪炳史册的文论巨著为现实主义文论奠定了牢固的基础(当今俄国文学对于现实主义的回归更加令人感念现实主义的不竭的生命力),而且还以其伟大的批评家的人格为万世树立了效法的榜样。学习别林斯基的文学精神,建设真正的文学批评,成为新世纪文坛的普遍呼声。别、车、杜文论及其伟大的批评家形象,也在中国文坛再度获得新生。

二、历史的批评与美学的批评的有机统一

如前所述,别林斯基对于俄国现实主义美学的最大贡献,在于为现实主义美学提供了观念框架和理论范畴。“文化大革命”期间,对于别林斯基所提供的理论范畴的科学讨论被“四人帮”批“文艺黑线专政论”所干扰,正常的、建立在学理依据上的讨论无法进行。进入新时期以来,别、车、杜文论开始重新进入学术界的视野。期间,虽然一度有过短暂的“消沉”期,但总的来说,这种建立在学理基础上的讨论得以继续,并且由于打破了思想禁锢,因而取得了令人瞩目的成绩。在此基础上,别林斯基为文艺批评树立的典范作用,以及别林斯基作为杰出批评家所体现的批评精神,也受到了高度赞誉,成为医治我国文艺批评的“失语”和“失职”状态,起到了良好的作用。而延续至今的讨论中,对于别林斯基现实主义美学范畴的讨论开始引向深入,得出了许多共识,而对别林斯基批评的整体趋向的认识,也得出了普遍为大家所认可的结论。

别林斯基的文艺批评是美学的批评和历史的批评的有机统一。在别林斯基那里,历史的批评与美学的批评的有机统一是文艺批评的最高原则,这是别林斯基在深刻反思欧洲文艺批评,尤其是俄国文艺批评发展的结果。别林斯基在反对把批评庸俗化倾向时明确地指出:“用不着把批评分门别类,最好是只承认一种批评,把表现在艺术中的那个现实所赖以形成的一切因素和一切方面都交给它去处理。不涉及美学的历史的批评,以及反之,不涉及历史的美学的批评,都将是片面的,因而也是错误的。”[1]这就是别林斯基在推动俄国文艺健康

① 《别林斯基选集》第三卷,满涛译,上海:上海译文出版社,1980年,第595页。

有序的发展中所追求的真正的文艺批评。而别林斯基提出这种美学的历史的批评,既是别林斯基深刻把握诗人和他所处时代的辩证关系的产物,也是别林斯基对艺术自身深刻认识的结果。别林斯基在把握美学的批评和历史的批评的辩证关系时虽然在不同时候存在不同的偏重甚至矛盾,但在追求美学的批评和历史的批评的有机统一上却是一以贯之的。

早在20世纪50年代,我国文坛就已经有了建立在深入研究基础之上的,对于别林斯基美学思想的系统论述的文章和专著,其重要的代表作,以刘宁所著《别林斯基的美学观点》(《北京师范大学学报》,1958年第3期)和朱光潜的《西方美学史》的别林斯基专章为代表。刘宁此文介绍的重点,是别林斯基批评思想中的人民性原则。在别林斯基的美学思想中,人民性原则是与现实主义原则结合在一起的。别林斯基从人民性原则出发,"正确地阐明了艺术与政治之间的辩证的统一关系"。他指出:"由别林斯基奠定了基础,而以后由车尔尼雪夫斯基和杜勃罗留波夫发展了的革命民主主义美学,是马克思主义产生以前唯物主义美学发展的最高阶段。""别林斯基所奠定的革命民主主义美学的历史作用,就在于它从理论上肯定和巩固了批判现实主义的方向,并从革命解放运动的基本任务出发,阐明了文学与人民的关系,深刻地论证了文学的思想性和人民性原则,从而,进一步加强了俄国进步文学与革命解放运动的联系。"[①]

别林斯基把人民性看作是"伟大理念"的一个方面,其对人民性的理解,显然未能把文学的社会意义和思想方向包括在内。19世纪40年代起,别林斯基从革命民主主义立场出发,把文学的人民性原则与捍卫人民的利益、促进人民自觉的革命任务结合起来。他开始把文学中的人民性,理解为对人民生活和思想感情的真实反映。他明确指出,文学的高度的思想性和积极的社会意义,是构成文学中人民性的基本因素。他指出:文学的真正含义"应该理解为人民的意识"。文学不仅应该反映人民的生活,而且责无旁贷地应该成为人民的,应该满足人民的要求和为人民所爱。众多论文还援引列宁的论述,对别林斯基晚年著名的《给果戈理的一封信》给予充分的评价:"他的总结了自己的文学活动的著名的给果戈理的信,是一篇没有经过审察的民主出版界的优秀作品,直到今天,它仍具有巨大的、生动的意义。"[②]

人民性是别林斯基美学中的重要问题之一。在别林斯基之前的俄国文坛,缺乏一种有关人民性的客观定义。究竟应该如何理解人民性呢? 有一种观点认为:一部具有人民性的作品,就必须出自属于人民行列的作家才是。别林斯基认为:重要的不在于作品描写了什么,而在于作家以什么态度处理其题材,描

① 刘宁:《别林斯基的美学观点》,《北京师范大学学报》1958(03)。

② 李尚信:《谈俄国革命民主主义美学》,第50页。

写真实到什么程度,客观上具有什么倾向。“别林斯基称普希金的诗作具有高度的人民性,是因为他在里面看到了俄国贵族的危机,统治阶级的危机,它对于人民有着非常重要的意义。”①

马莹伯出版于80年代的学术专著《别、车、杜美学思想论稿》对“三驾马车”的美学思想进行了系统深入的分析探讨。但他提出的下列观点,却成为后来的学者讨论的一个焦点。他认为别林斯基的著作中,由于народность兼有人民性和民族性之意,而由于民族性另有национальность传达,所以需要在研读中认真区分其含义。他还认为“在别林斯基的著作中,这个词指的是民族性,而不是人民性……而在杜勃罗留波夫的著作中,这个词指的就是人民性”②。

在别林斯基笔下,其实也是在两种意义上使用这个概念的,因此,需要读者在阅读时仔细甄别。由于俄文中的“人民性”有时又可以理解为“民族性”(虽然民族性在俄文中另有一个词表达),所以,在我国文论界对于别林斯基“人民性”的阐释中,在特殊语境下,又包含“民族性”的意思在里面。这一点自然难以逃脱学者们的“法眼”。“文学是民族意识、民族精神的表现。因此,文学民族化的实质就是深刻地、真实地描绘社会生活。当然,文学的民族化还表现在作品的语言和艺术形式等方面,不过,这一切都必须首先服从对现实生活的真实反映。”因而,在别林斯基的语境下,“民族的诗人”的社会意义比“人民的诗人”要更大一些。“人民的诗人”不一定是“民族的诗人”,而“民族的诗人”则一定是“人民的诗人”。程代熙此文的特点是厘清了“人民性”和“民族性”概念的区别。与其他论文不同之处在于程代熙此文是以原文为基础(而其他论文大都以译文为基础)。③

人民性问题和“写真实”问题有着天然的、密切的关联。文学中的人民性并不在于单单只注重写什么人,而是“要看他对被描写的东西的解释和评价,都应该与人民群众的思想感情一脉相通,作品的客观效果符合人民群众的利益和愿望,符合人类时代的进步和社会发展的积极意义,同时,它又是真实地、具体地把这些东西体现在鲜明的艺术形式中”。“重要的是不在于作品里描写了什么,而在于他以什么态度处理他的题材,描写真实到什么程度,客观上具有什么倾向。”④

一般说,我们把“写真实”理解为对于本质的真实的一种揭示。而对本质真实的忠实也就必然会是一种特定的倾向。别林斯基指出:“在有真实的地方也就有诗。”众所周知,在别林斯基思想发展过程中,曾经有过一个与现实妥协的

---

① 记哲:《略谈文学的人民性问题》,《山东师范学院学报》(现代文学版)1959(03)。

② 陈建华主编:《中国俄苏文学研究史论》第二卷,第19页。

③ 程代熙:《略论别林斯基的文学民族化思想》,《社会科学战线》1978(02)。

④ 记哲:《略谈文学的人民性问题》。

短暂时期，此期他信奉黑格尔的"一切现实的都是合理的，一切合理的都是现实的。"当然，对于别林斯基这次思想上的迷误，在我国批评界朱光潜就早已指出过了。但问题在于：正如恩格斯所指出的那样，黑格尔的意思绝不是说，凡存在的一切无条件地都是现实的。在他看来，现实的属性仅属于那同时是必然的东西。针对这一问题，王元化在其文章中质疑道：为什么一定要把真实和本质隔绝开来？根据什么理由可以断言真实的属性一定不是仅属于那同时是必然的东西？接下来，作者援引列宁的话指出："任何个别都不能完全列入一般之中。"王元化反对文艺理论中那些以写本质去代替写真实的主张。他指出："我们只能吃到葡萄、苹果、桃子和梨，而不能吃到抽象的纯粹的水果实体。"作者继而援引车尔尼雪夫斯基的"茶素不是茶，酒精不是酒"的名言，指出："在文学创作上，用写本质去代替写真实，那结果往往是以牺牲本质去代替写真实，那结果往往是以牺牲本质所不能囊括的现象本身所固有的大量成分作为代价的。这个代价未免太大了，它剥去了文学机体的血肉，使之变成只剩筋骨的干瘪躯壳。"①

应当指出：早在"文化大革命"前，朱光潜就通过其名著《西方美学史》的别林斯基专章，为我国的别林斯基研究进而至于别、车、杜现实主义美学思想研究，奠定了坚实的基础。几乎别林斯基研究中所提出的所有问题，都最先在这部著作的专章中体现。嗣后的研究者大致只是在朱光潜所提出的理论框架内，对一些美学范畴的细节进行讨论罢了。

朱光潜先从主观和客观的关系入手分析别林斯基的美学观，指出：别林斯基早期笃信纯艺术论，但也不是"只顾形式而不顾内容"。别林斯基早期虽然"从黑格尔哲学中""吸取了他的'绝对理念'一方面，忽视了它的辩证发展的历史观方面，因此他过分轻视艺术的主观方面而片面强调艺术的客观性，努力寻求艺术的客观规律作为文学批评的基础。"接着朱光潜援引了普列汉诺夫在《论别林斯基的文学观点》的观点，对别林斯基所找到的艺术的客观规律归纳为五条：(1)诗用形象来思维，应显示而不应论证；(2)诗以真理为对象，它的最高美在真实与单纯，不美化生活；(3)艺术所显示的理念应该是具体的理念，应具有整一性；(4)理念与形式应互相融合；(5)艺术作品的各部分应组成一个和谐的整体。②

朱光潜认为：别林斯基"在他的思想发展中始终是一个现实主义者，也始终没有完全摆脱黑格尔的影响"。应该认为：朱光潜的看法是有道理的。朱光潜

---

① 王元化：《文学的真实性和倾向性》，《上海文学》1980(12)。

② 朱光潜：《西方美学史》下卷，北京：人民文学出版社，1982年，第521页。

的看法也得到了苏联和当今俄罗斯研究界的佐证。新近出版的《俄国哲学史》[①],作者瓦·津科夫斯基就把别林斯基划入"黑格尔主义者"的行列。别林斯基终其一生,其主要建树在文学批评领域里,而且,他也始终作为一个杰出的文学批评家见著于俄国文坛。在影响19世纪俄国文坛至巨的文学批评"三巨头"中,别林斯基也首先是作为批评家而闻名于世的。在哲学美学思想方面,别林斯基虽然也有部分建树,但其根本理念,却来源于德国古典哲学大师黑格尔。别林斯基自己并没有独立的哲学著作,也并未建构独立的哲学体系。作为黑格尔主义信徒,别林斯基善于把来自欧洲的哲学美学理念应用在自己本国的文艺实际中,对其加以发挥,从而建立了俄国现实主义美学体系和批评体系,为批判现实主义文学在俄国的发扬光大,作出了不可磨灭的贡献,居功至伟。因此,如果从美学体系、逻辑架构的角度入手,则别林斯基可能的确如前人所说的那样,是矛盾百出、左支右绌,难以在理论上自圆其说。但在美学见解、美学观点方面,却又是不容忽视的理论大师。事实上朱光潜也并未"以一眚而掩大德",他在指出别林斯基体系中的矛盾的同时,却又对其在文学理论方面的建树,做了恰如其分的圆满介绍。我们认为朱光潜对于别林斯基的阐释,即使在今天也未过时,仍然是后学无法逃避的一"课"。

继朱光潜之后,80年代,我国研究别、车、杜文论的主要著作,应当以马莹伯《别、车、杜文艺思想论稿》为代表。这部著作标志着我国文艺界系统全面深入把握和研究别林斯基文艺思想的开端。别林斯基并非一个单纯注重政治而置艺术于不顾的口头理论家,而是一个在行的文艺鉴赏家和批评家。别林斯基的文艺批评就是他的美学思想在批评实践中的体现。他之所以会被后人称之为"俄国文学批评之父",原因就在于他为俄国现实主义文艺批评奠定了坚实的基础,并且提出了一系列行之有效的评论文艺作品的价值标准和批评范畴。别林斯基的"情志说"(пафос),他关于文学的真实性和典型性、文学的民族性和时代性,以及他关于文艺批评的理论和实践,都在马莹伯的这部著作中,得到了充分的阐述。

典型问题也是别林斯基美学中的一个重要范畴。别林斯基在典型问题上的论述是学界耳熟能详的。他说:典型是"熟悉的陌生人",也就是说,典型是共性(普遍性)和个性(特殊性)的统一。我国学术界长期争论的一个问题是典型是否等于阶级性的问题。一般认为:典型的普遍性不等于阶级性。典型并不一定表现为不多不少的阶级性。"每个人物都有阶级性,阶级性是他的普遍性。但是典型人物的普遍性,不只是阶级性。""如果我们把典型比作'一',那么典型就不是生活中某个'一'的摹写,也不仅是许多'一'的集中概括;虽然典型本身

---

① 瓦·津科夫斯基:《俄国哲学史》,张冰译,北京:人民出版社,2013年。

是一个'一',也是许多'一'的概括,但是它所表现出来的数目却要比'一'大好多倍!"因此,"文学是意识形态,典型是反映了社会生活的某些本质方面,接触到社会问题深处的人物形象"。"典型之所以是典型是因为:他是反映了社会生活的某些本质方面,接触到重大社会问题深处的形象,同时,又是具有活生生的代表性性格的形象。"[①]还有的学者采用哲学范畴来解释别林斯基的"似曾相识的不相识者"内涵。所谓典型人物就是共性与个性辩证统一的艺术形象。1839年,别林斯基在《现代人》里说:"什么叫做作品中的典型?一个人,同时又是许多人,一个人物,同时又是许多人物,也就是说,把一个人描写成这样,使他在自身中包括表达同一概念的许多人,整类人。"[②]

一般说,别林斯基典型说的合理内核,在于它正确处理了"一"与"多"、一般与个别、偶然与必然、理想与现实的辩证关系。"文化大革命"前我国文论界的主流认识正是如此。"文化大革命"后,文坛在对典型说的反思过程中,许多论者大胆对别林斯基典型说进行置疑。别林斯基关于典型性有一个著名的言论,即认为"在一位具有真正才能的人写来,每一个人物都是典型,每一个典型对于读者都是似曾相识的不相识者"。对这段名言,长期以来,颇有人把"熟悉的陌生人"解释为"由于共性而熟悉,由于个性而陌生"。这种理解会导致一种误解,即以为别林斯基相对忽略了对人物个性、特殊性的描写的要求。[③] 更有人直截了当地指出:"别林斯基在处理文艺典型自身所体现的普遍性与特殊性(或曰共性与个性)的对立统一关系时,把重心放在了普遍性一边,而对特殊性一边有所忽视。"[④]朱光潜早就指出:别林斯基是"第一个把典型化提到艺术创作中的首要地位"的人。的确,别林斯基在提倡典型化上是不遗余力的。他说:"典型化是创作的一条基本法则,没有典型化,就没有创作。""没有典型化,就没有艺术。"但我国文坛也不乏对此提出严峻置疑的。他们认为典型化哪里有那样大的神通。"别林斯基的概括不合文艺现象的实际。"作者立论的依据仍然在于共性和个性的关系问题的难于折中。困难在于如何把"个性"从形象身上分离,如何把本质概括到个性鲜明的人物身上,以及如何使个性化和共性化同步进行?这些在创作实践中都是无法解决的。[⑤]

别林斯基的突出特点在于他是历史的批评与美学的批评的有机统一论者。一般我们认为他是"社会—历史批评"的代表人物,似乎他仅仅关注作品的社会历史内容和作家的思想倾向。殊不知他在指出艺术作品应当放到它对时代、对

---

① 狄其骢:《对文学典型的思考——兼与蔡仪同志商榷》,《文史哲》1963(03)。

② 张春吉:《别林斯基的典型观》,《天津师大学报》1987(01)。

③ 朱兰芝:《"熟悉的陌生人"——一个被误解了的命题》,《理论学刊》1990(05)。

④ 尹旭:《别林斯基典型观的一个缺陷》,《朔方》1993(03)。

⑤ 顾祖钊:《"典型化"质疑》,《安庆师范学院学报》1993(03)。

社会的关系中去考察的时候,曾特别强调:“确定一部作品的美学优点的程度,应该是批评的第一要务”;因为,“当一部作品经受不住美学的评论时,它就已经不值得加以历史的批评了”。他甚至认为“在艺术中,形式占第一位,因此,一切都包含在形式中”。别林斯基的批评观,概括地表现在他所得出的这一结论中:“用不着把批评分门别类,最好是只承认一种批评,把表现在艺术中的那个现实所赖以形成的一切因素和一切方面都交给它去处理。不涉及美学的历史的批评,以及反之,不涉及历史的美学的批评,都将是片面的,因而也是错误的。”由此可见,别林斯基并非“社会一历史批评”的提倡者。别林斯基说:“只是历史的而非美学的批评,或者反过来,只是美学的而非历史的批评这都是片面的、从而也是错误的。”

一般把别林斯基为代表的俄国革命民主主义美学及其文艺批评称之为社会历史的,但随着时间的迁移,人们普遍注意到别、车、杜文论,尤其是别林斯基的文论,毋宁说是历史的批评与美学的批评的有机统一论。别林斯基并不是单纯只注重作品的社会指向性和现实战斗性的批评家,他更多地表现为一个在行的艺术鉴赏家。对他来说,评价作品的社会历史标准和美学标准是密不可分的。别林斯基在分析作品的美学价值时,很重视它们是否忠实于一定历史条件之下的现实,而在历史地评价作品时,又时刻不忘它们的审美意义,将美学的批评和历史的批评有机地融合在一起。作为具体评价文学现象(包括作家、作品、文学流派、文学思潮、文学运动)的文学批评是一定的文学理论的具体运用。而文学理论也是历史的、发展的,不是静止的、不变的。因此,从美学观点和历史观点来进行文学批评,既要以一定的文学理论为指导,又不能囿于既有的理论,而要倾听实践的呼声,善于总结文学实践的经验,概括文学创作的规律,从而发展和丰富理论,把文学理论不断推向前进。别林斯基说得好:“理论是美文学法则的有系统的和谐的统一;可是,它有一个不利之处,就是它局限于时代的某一时期,而批评则不断地进展,向前进,为科学收集新的素材,新的资料。这是一种不断运动中的美学。”别林斯基本人的文学批评,称得上是名副其实的“运动中的美学”。他从不把理论当作现成的公式往一切文学现象上硬套,而是从实际出发,出色地总结了19世纪30、40年代文学发展的经验,特别是以果戈理为代表的“自然派”的经验,使文学理论的面目为之一新。

对于别林斯基的形象思维论、情致说等,正应该这么看待。当然,形象思维论是一个大问题,在对形象思维问题的讨论中,别林斯基是众多外国理论家之一,并不是独此一家,别无分店。但是,也有人对形象思维立论本身,提出质疑的。[1] 还有人则从内容与形式的关系入手对别林斯基的形象思维论提出质疑。[2]

但是,别林斯基毕竟不是西方那种意义上的思辨美学家、哲学家,而是一个对于俄国文学的发展做出无可估量巨大贡献的文艺批评家。俄国文学由于历史文化方面的原因,始终贯穿着一种深刻的人文精神,在俄国,由于纯哲学受到鄙视,所以文学成为人民用来发出声音的唯一讲坛。众多学者一致指出:文学史上,俄国伟大的革命民主主义的先驱别林斯基的文学批评——"运动中的美学",奠定了俄国现实主义美学的基础,对19世纪俄罗斯文学和世界进步文学发生了深远的影响。别林斯基文学批评之所以影响广泛深远,产生巨大的力量,是同他在文学批评活动中所具有的科学战斗精神,直率、公正、诚实的文风分不开的。

关于文艺批评别林斯基有一个非常有名的定义,说"文艺批评是运动着的美学"。曾镇南指出:"这个定义是非常准确的,也是意蕴丰饶的。所谓运动着的美学,就是具有实践品格的美学——在对层出不穷的文学现象的跟踪评论中,在对作家、作品的跟踪评论中存在着、发展着、丰富着的美学。把这种跟随文学创作的发展而发展的文艺批评实践提升到美学的高度,使之成为以文学艺术为对象的高级的审美活动,这是有出息的创新型的文艺批评工作者的使命。要真正肩负起这样的使命,文艺批评工作者能力的培养问题,就提到我们思考的日程上了。"[3]

三、别林斯基精神与重建批评的时代

进入新世纪以来,俄国革命民主主义美学家、批评家别、车、杜的美学和批评遗产,尤其是"俄国文学批评之父"别林斯基的光辉形象和伟大人格,在我国外国文论界开始重新焕发光彩。别林斯基文学批评遗产在我国文坛的复苏,其最深刻的原因,应当源于我国文坛自身的状况。

进入新世纪以来,我国文学批评界表面上似乎还很热闹,但大都是"你好、我好、大家好"似的一片恭维和褒扬。批评在"丰盛"的同时又难免令人感到"贫乏"。这种"丰盛"中的"贫乏"正是文坛身患重症的征象,是文艺评论的缺乏公信力的征象。这样的评论和论文越多,证明评论离"人民"的距离越远,离"人

① 施用勤:《形象思维与语言障碍症》,《学术月刊》1996(06)。
② 赵炎秋:《论传统形象理论的局限》,《求索》1996(05)。
③ 曾镇南:《文艺批评工作者能力的构成问题》,《文艺报》2007年8月11日。

民”的信任度越来越远。

唐翰存继而援引别林斯基的言论,他说,俄罗斯伟大的文学评论家别林斯基说:“人民是土壤,它含有一切事物发展所需的生命汁液;而个人则是这土壤上的花朵和果实。”别林斯基的这个比喻看似寻常,实则有些意味。从文艺评论的角度讲,说人民是“土壤”,意味着人民是评论家言说的根本语境,离开这个语境,评论也就丧失了生命力。评论家个人从土壤里生出来,变成“花朵和果实”,一方面说明这个“个人”带有了“人民性”,包含了正义和进步等因素;另一方面也说明,作为“人民”的成果,个人以美和丰满的形式回应了“人民”。对“人民”的回应是评论家的本分所在,也是独特所在。他独特到可以用人民供养的“生命汁液”去写评论,写出既有个性又能感染人的文字,并且可以有向土壤言说的权威了。①

黄书泉写道:“当批评已经成为一种写作游戏或游戏写作,一种话语欲望的表达,一种商业文化的操作时,有谁还记得别林斯基?”他继而写道:“然而,正是由于文学批评的这种自身危机和对文学创作与欣赏的缺席和失语,促使我们反思:文学批评的性质究竟是什么?文学批评何为?文学批评与文学究竟是什么关系?什么才是文学批评家应有的修养与人格?评判优秀的文学批评的标准究竟是什么?……对批评现实的困惑使我想到了别林斯基。历史即将跨入新的世纪,文学批评上的诸多问题还需要重新开始,别林斯基就是一个源头,一个参照。正是从他那里,我获得了对探讨上述问题的有益启示。”②

许多论者之所以从中国文坛现状一下子油然想起19世纪俄国文坛,想起别林斯基,原因在于19世纪俄罗斯文学的世纪辉煌、群星璀璨,“是因为那里不仅有屠格涅夫、陀思妥耶夫斯基、托尔斯泰、契诃夫、果戈理、普希金、莱蒙托夫等文学巨匠,而且有与之比肩相匹配的别林斯基、车尔尼雪夫斯基、杜勃罗留波夫等大评论家。倘若没有那些评论家的精彩演绎与阐释,俄罗斯的那些伟大作家的光辉肯定会黯淡许多。”③19世纪中叶,处在时代前列的革命民主主义知识分子,通过文学批评来推动社会变革,如别林斯基所说:“批评早已成为我们公众迫切的需要了,任何一份杂志,任何一张报纸,如果不辟出批评和书报评述的专栏,就不能够继续存在。”④

其次,还因为别、车、杜的文学批评,是以“人民为本位,具有强烈的现实针对性和开创性。别林斯基文学思想的力量来自于他对现实的强烈关注,对俄罗斯民族和人民命运的深切忧患意识。他的一系列理论命题的提出,如文学的真

---

① 唐翰存:《土壤与花朵:文艺评论的个人化与人民性》,《中国艺术报》2013年8月16日。
② 黄书泉:《不朽的“时文”——重读别林斯基》,《文艺争鸣》2000(02)。
③ 张建安:《文学批评需坚守文学理想》,《文艺报》2013年8月9日。
④ 王先霈:《文学批评的功能》,《语文教学与研究》2012(31)。

实性、文学的人民性、民族性、现实主义、世界文学，等等，都是立足于文学与现实的关系，直接从对当时俄国文坛现状的批判中产生的，是破之后的立。”[①]

在重建批评的时代，我们最需要的，恰好就是别林斯基的文学批评精神。那么，什么是别林斯基的文学批评精神呢？马莹伯认为：别林斯基文学批评的精神就是“直率的批评”。他一贯反对“躲闪的批评”。前者是“不怕被群众所笑，敢于把虚窃名位的名家从台上推下来，把应该代之而起的真正的名家指点出来”；后者则是“虽然同样地了解问题，却阿谀地、审慎地，用暗示、带着保留条件来说话”。别林斯基的文学批评是一种有原则的批评。他发表任何意见，都不是出于某种私利，他从不随声附和，或哗众取宠，更不会屈服于某种外在压力而做违心之论。他的自白是：“我从来没有说过一句超出我理解之上的话。”他认为：“为了促进学术和文学成就起见，每一个人都可以勇敢而坦白地申述自己的意见，尤其是如果这些意见——不管对或错——是他的信念的结果，而不是出于利害打算的话。”他坚信批评家应当把自己的批评建立在深刻的信念基础上。别林斯基的文学批评，永远都指向真理，指向人民和人民的利益，人类的利益，因此，他没有私敌，只有公恶。作为文学批评家，别林斯基并非一个人人都喜欢的人，而且他也不愿意做一个八面玲珑、投机取巧、见风使舵之徒。也许，在当时的俄国社会，他更像是一个四面树敌、不懂得人情世故的人。“他是专制政府和斯拉夫主义者的眼中钉，也是文学界许多人的肉中刺。他之所以成为不少人集矢的怨府，很大程度上，是因为他的极为罕见的坦率和正直，按照伯林的形象而夸张的描述：‘他常像一只肉食鸟，扑击一位作家，酣畅尽言，将其人片片撕碎。’不错，敢于表达自己态度和主张的坦率性，敢于反驳对方观点的论战性，这就是别林斯基作为一个优秀批评家最重要的精神特点。”[②]

别林斯基的文学批评，旗帜鲜明、立场坚定，从不敷衍塞责、虚与委蛇。而我国新时期文坛最需要的，恰恰就是别林斯基这样的具有职业素养的文学批评。有人甚至喊出了“我们呼唤别林斯基，就是呼唤别林斯基精神”的口号。那么什么是别林斯基精神呢？仍然还是上文所说过的“直率的批评”：别林斯基一贯反对文学批评中的随声附和，或仅凭个人利益妄加衰贬的庸俗作风。他说：“尊敬是尊敬，礼貌是礼貌，真理也总是真理，闲谈和情歌只适用于在客厅里，在镶花地板上，却不适用于在杂志上。”他认为作为批评家“最重要的是正直的、独立的，不为个人利害的，但却坚定的、顽强的意见。”他自己就是这样做的。19世纪群星灿烂的俄国文坛——果戈理、莱蒙托夫、屠格涅夫、冈察洛夫、赫尔岑、陀思妥耶夫斯基等天才作家，都是别林斯基首先发现，才一举成为俄国文坛的

---

① 黄书泉：《不朽的“时文”——重读别林斯基》。

② 李建军：《重读别林斯基》，《粤海风》2013(06)。

一级星的。但别林斯基并不因此而姑息其中任何人的错误和失误，一旦发现，立即毫不留情地予以指正，哪怕为此牺牲对方的好感也在所不惜。对果戈理和陀思妥耶夫斯基，就是这样。[1] 以平等而自由的姿态向作家说真话，一针见血而又有理有据地指出问题，是别林斯基文学批评的基本原则。在别林斯基心目中，没有哪位作家是不可以批评的，也没有什么问题是不可以谈论的。他绝不讨好任何作家，无论他社会地位有多高，无论他曾经享有多高的文学威望。[2] 但是，别林斯基一旦发觉自己错了时，也毫不留情地批判自己，认真地检讨和反省自己的错误，并不会为自己护短。[3]

在一切靠人情左右的中国文坛，不仅需要别林斯基精神，更需要别林斯基的伟大的批评家的人格、文学批评家的伟大典范。根据屠格涅夫的回忆，别林斯基在当时文坛曾被蔑称为“酷评家”和“冷评家”。屠格涅夫评论道：别林斯基是“我国少见的一个真正热情和真正诚恳的人，在爱憎方面没有一点私心”。许多论者指出：别、车、杜等人所以能享有“批评大家”的美誉，是因为他们的批评不是任意妄为、主观武断，而是都有自己的批评观念和理论依据，所运用的批评方法也比较明确。还是别林斯基的话：批评的“判断应该听命于理性，而不是听命于个别的人，人必须代表全人类的理性，而不是代表自己个人去进行判断。”

现代接受美学告诉我们：任何文学作品，如果没有进入读者的欣赏，就是未完成品。同此一理，任何文学创作，如果不经过文学批评的阐释和评价，其意义和价值也是得不到体现的，因而作为一个精神产品的生产过程，是没有最后完成的。所以也有人认为，批评是对文学作品的再创造，它本身也是一种创作。这无疑是批评观念的一种彻底革新。事实上，时至今日，仍然有人固执地以为：创作家不需要批评的指导。大多数人认为搞批评的人大都不懂得创作，因而他们就作品所说的一切，都是隔靴搔痒，不着边际。

还有人以为文学批评是一种低级劳动，是一种依附性精神现象，任何人只要粗通文字，略知表达都可以搞。然而——李建军指出：文学批评乃是一种极有难度、极为复杂的工作，需要具备多方面的能力和修养才行。别林斯基在《论〈莫斯科观察家〉的批评及其文学意见》中说：“批评才能是一种稀有的、因而是受到崇高评价的才能；……有人认为批评这一门行业是轻而易举的，大家或多或少都能做到的，那就大错特错：深刻的感觉，对艺术的热烈的爱，严格的多方面的研究，才智的客观性——这是公正无私的态度的源泉，——不受外界诱引

---

① 荣国：《新世纪文学批评呼唤别林斯基》，《小说评论》2013(04)。

② 李建军：《重读别林斯基》。

③ 安葵：《从别林斯基对“智慧的痛苦”批评错了谈起》，《剧本》1980(05)。

的本领;从另一方面来说,他担当的责任又是多么崇高! 人们对被告的错误习见不以为怪;法官的错误却要受到双重嘲笑的责罚。"[①]

於可训指出:真正严格意义上的文学批评,是一种带有"科学研究"性质的活动。普希金甚至把它叫作"揭示文学艺术作品的美和缺点的科学"。真正的文学批评必须要有一种学理上的根据,你得有一种比较自觉的理论观念或批评意识,依据某种评价尺度、评价标准,运用某种方法论手段从事批评,包括以前曾经流行过的模式化的方法等。文学批评如果缺少了这些东西,就成了一种即时性的、随意的感想、体会和意见,就不是严格意义上的文学批评。别林斯基曾经有一个很极端的说法,认为当你对事物的判断涉及文学艺术等问题时,"仅仅根据自己的感受和意见任意妄为地、毫无根据地进行判断的所有一切的我,都会令人想起疯人院里的不幸病人。"

文学批评的重要任务之一,在于鉴别真伪,黄金美玉或粗劣顽石绝不可混淆。於可训就此指出:批评家的话不是金科玉律,但文学批评却能发现黄金美玉。中外文学史上,许多重要作家作品,包括我们今天称之为经典的作家作品,都是经由历代文学批评的阐释和评价认定的。德国戏剧家莱辛曾说:"如果在我较晚的作品中有些可取之处,那我确知是完全通过批评得来的。""批评据说能把天才窒息,而我自谓从批评得到了一些类似天才的东西。"[②]

可见,问题的症结不在于批评是否必要,而是我们究竟需要什么样的文学批评。什么才是我们所需要的文学批评呢? 我国批评界在经历过西方文艺思潮的洗礼之后,开始更加深刻地感受到别、车、杜的现代意义,开始从全人类价值的角度,重新阐释别、车、杜在俄国文学史中的意义。也许,在这个问题上,认真听取一位长期以来被摒除在俄国主流文学之外,流亡国外的俄国文学史家的话是很有意义的。这就是被纳博科夫评价为"用包括俄语在内的所有语言写就的最好的一部《俄国文学史》"的作者,著名的俄国文学史家米尔斯基。米尔斯基是这样评价别林斯基的:"他是知识分子的真正父亲,体现着两代以上俄国知识分子的一贯精神,即社会理想主义、改造世界的激情、对于一切传统的轻蔑,以及高昂无私的热忱。他似乎成了俄国激进派的守护神,直到如今,他的名字几乎仍是唯一不受批评的姓氏。……他对于那些于1830—1848年间步入文学的作家所做评判,几乎总被无条件接受。这是对一位批评家的崇高赞颂,很少有人获此殊荣。"[③]

别林斯基不仅以其辉煌的批评论著,更以其伟大的文学批评家的人格,为

---

① 李建军:《重读别林斯基》。

② 李遇春:《重建文学批评的时代——文学评论家於可训访谈》,《文艺报》2013年2月14日。

③ 李建军:《重读别林斯基》。

文学批评树立了万世效法的典范。在别林斯基身上,伟大文学批评家的人格和文品密不可分地联系在一起。他所说的文学的“普遍性”,是一种高尚的、有教养的生活态度和生活方式,是开放的、包容的、利他主义的,而不是封闭的、狭隘的、利己主义的。对别林斯基来讲,文学即生活,谈论文学就是谈论生活本身,谈论如何写作就意味着谈论如何生活。所以,一个优秀的作家,就是一个摆脱了低级的生活形态的人,就是一个鼓舞并引导人们高尚地生活的人。在别林斯基眼里,在生活中耽于吃吃喝喝、争名夺利、蝇营狗苟、阿谀奉承,或是为了金钱而钩心斗角、尔虞我诈,或是打打纸牌、结党营私,这种屈服于动物的本能的生活,不啻为行尸走肉。在别林斯基眼里,只有思想是高贵的,只有思想者才是生活者。他似乎信奉我国古人的一句话:朝闻道,夕死可也。这样的生活,哪怕短暂到只有一瞬间,也是值得的。这样的生命才有其价值和尊严。

别林斯基试图帮助自己时代的人们理解个人与祖国的关系、爱祖国与爱人类的关系:“对于一个完备而健康的人来说,祖国的命运总是沉重地压在他的心头;一切高贵的人,总是深刻地认识到他和祖国的亲密关系、血肉联系。……在他的灵魂里,在他的心里,在他的血液里,负载着社会的生活:他为社会的疾病而疼痛,为社会的苦难而痛苦,随着社会的健康而蓬勃发展,为社会的幸福而感到快乐。……对祖国的爱应该从对人类的爱出发,正像局部从普遍出发一样。热爱自己的祖国,这就是意味着:热诚希望祖国实现人类的理想,并且尽力促其实现。”别林斯基的这些观念,完全是一种崭新的新人文主义思想。优秀的俄罗斯作家之所以优秀,伟大的俄罗斯文学之所以伟大,就是因为“社会性”和“人类性”被当作灵魂性和基础性的东西,而这“灵魂”和“基础”的形成,是与别林斯基的启蒙主义引导分不开的。这样的评价是很高的,也是很恰当的。[①]

作为一个新型的知识分子,别林斯基从不为了“论战”而论战。他的“论战”有着利他主义的积极的性质,有着稳定的价值立场与明确的精神指向——为了实现人的解放与自由,为了捍卫人的价值与尊严。别林斯基热爱真理和自由,富有正义感和同情心,是一个热情的理想主义者和高尚的利他主义者。他反抗权贵阶级和社会不公,同情那些受奴役与受损害的底层人。对他来讲,为了自己的利益而随波逐流,或者,因为恐惧而沉默或撒谎,简直就是可耻的堕落。他将文学批评当作追求真理和正义的事业。别尔嘉耶夫说:“对他来说,文学批评只是体现完整世界观的手段,只是为真理而斗争的手段。”正因为这样,在表达意见的时候,他的态度就特别坦率和勇敢,没有一丝一毫的犹豫和畏惧,总是表现出“角斗士”般的激情。

文学批评的直接客体对象是作品,直接主体对象则是作家。文学交流本质

---

① 李建军:《重读别林斯基》。

上是人与人之间的交流。文学批评则是主体之间经由作品展开的对话和对抗。以开放的态度承受他者的批评，以对话的姿态回应别人的质疑，是每一个参与公共生活的现代公民的社会义务。[①] 文学批评作为文学活动中不可或缺的一种文学形式，是一种具有创造性的精神劳动，不仅需要作者的才气、智力、学识，更需要作者个人的人格历练与节操修为。文学批评坚守文学理想的要求之一，就是要求文学批评家坚持真理。文学讲究人文，人文离不开理想，文学艺术从来就是表达人类理想的一种媒介。表现在文学批评上，"理想"就是要秉持对生活积极向上的激情，坚持务实求真的批判态度，还在于批评家拥有献身文学的勇气和真诚无私的人格。人之所以为人，就在于人有灵魂，而理想信仰是灵魂的支柱，有了理想信仰我们的灵魂才会强壮起来。从这个角度来说，我们这个时代如果失落理想信仰的话，其实是一种很可怕的精神危机，这必将导致人们灵魂的衰竭。[②]

也许，对于一个伟大人格的养成，别林斯基生命中的最后一刻往往更有助于说明其伟大的一生。别林斯基实足只活了 37 岁，而杜勃罗留波夫则更是年仅 25 岁就中道而亡。他们都死得实在太早、太可惜了。别林斯基生前曾在致鲍特金的信中说过这样的话："我将死在杂志岗位上，吩咐在棺材里，在头旁放一本《祖国纪事》。我是文学家，我带着病痛的、同时是愉快而骄傲的信念这样说。俄国文学是我的生命和我的血。"为了俄国文学，他不知疲倦地阅读和写作，实可谓鞠躬尽瘁，死而后已。[③]

四、艺术与现实的审美关系：车尔尼雪夫斯基研究在中国

车尔尼雪夫斯基对我国的影响主要建基于他的美学著作《艺术与现实的审美关系》(1855)和《俄国文学果戈理时期概观》(1856)等。但他在我国最重要的绍介者、推行者和忠诚的信徒，是周扬。正如前文所说，车尔尼雪夫斯基在俄国 19 世纪革命民主主义美学大厦建设中的独特贡献，就是他为这座大厦提供了坚实的美学基础。而他之所以能在"尼古拉三雄"中占有特殊重要的地位，原因就在于此。而周扬对于车尔尼雪夫斯基的介绍，始于 20 世纪 30 年代，而 30、40 年代为推行期。50、60 年代为深入期。70 年代末以后，则为疏离期。

周扬宣扬车尔尼雪夫斯基美学的第一篇文章《艺术与人生——车尔尼雪夫

① 李建军：《重读别林斯基》。
② 张建安：《文学批评需坚守文学理想》。
③ 李建军：《重读别林斯基》。

斯基的“艺术与现实的美学关系”》发表于1937年。按照我国学者的研究,周扬之所以对车尔尼雪夫斯基“一见钟情”,理由有三点:车尔尼雪夫斯基是马、恩、列高度赞扬过的唯物主义美学家,身上有特殊的“光环”;其二,由于时代的因素,周扬早年在日本期间深受日本左翼文化即“拉普”派影响;其三,是周扬文艺思想与车尔尼雪夫斯基美学具有很大程度上的亲和性和契合性。在中国文坛,首先把别、车、杜并列的,是瞿秋白。而周扬则是瞿秋白之后第二个把“三大批评家”视为一体的研究者。他和瞿秋白一样,都把别、车、杜视为“都是在这个为人生的艺术的旗帜之下发展过来的。”中国文坛习惯于把别、车、杜相提并论,肇始于此。

周扬关于车尔尼雪夫斯基的第二篇文章《唯物主义美学——介绍车尔尼雪夫斯基的美学》(后改名为《关于车尔尼雪夫斯基和他的美学》)发表于1942年4月16日《解放日报》。随后,周扬又把他全文翻译的车尔尼雪夫斯基的学位论文《艺术与现实的审美关系》(原名为《生活与美学》)交由延安新华书店出版。论文和译著的发表表明周扬对于车尔尼雪夫斯基的研究,已经从早期的简单介绍发展到了深入系统阶段。这篇文章和译著均发表于延安整风时期,但彼时《在延安文艺座谈会上的讲话》尚未出台。但国内某些学者认为,这两篇东西的发表就是在为行将到来的“讲话”造势的。[①]

毛泽东的《在延安文艺座谈会上的讲话》精神,事实上,按照周扬的解释,也与车尔尼雪夫斯基美学,有着密不可分的联系。毛泽东把文艺看成是从属于一定的政治的。文艺为人民服务和为政治服务在毛泽东那里是统一在一起的。周扬在其对车尔尼雪夫斯基的翻译和研究中,显然首先对二者之间的契合之处,给予了优势关注。《讲话》的主旨之一,是解决了文艺为什么人和如何为人民大众服务的问题。而作为“一个具有社会主义精神的革命民主主义者”的车尔尼雪夫斯基,是一个“对人民事业无限忠诚的、高尚的、自我牺牲的人”。他自觉地站在俄国人民的立场上,把文艺批评和文学创作当作是斗争武器,“号召农民起来为他们自身的解放而战斗”。车尔尼雪夫斯基美学和《讲话》的关系,概括起来,不外乎是:“并不仅仅是一种论证和被论证的关系,而是一种互动的关系:在《讲话》没发表之前,车尔尼雪夫斯基美学是作为论据而存在,甚至通过周扬而在一定程度上影响了《讲话》的形成;在《讲话》发表后,它又成了《讲话》的注释,凭借《讲话》而增大了自己的威力,甚至在事实上成为中国马克思主义文艺理论的一个有机组成部分。”[②]

新中国成立后,虽然周扬本人由于公务繁重等原因,一段时期内不能专心

---

① 蔡同庆:《周扬接受车尔尼雪夫斯基美学的过程》,《成都大学学报》(社科版)2004(02)。

② 同上。

致志地从事学术研究，但国内学术界在翻译和研究别、车、杜著作方面，却掀起了一个高潮，其热烈程度在中外文艺交流史上是罕见的。在此期间，周扬对于车尔尼雪夫斯基美学的研究进入了一个深入期，其标志之一，就是在深入学习车尔尼雪夫斯基美学的基础上提出的“写真实”论。20世纪50、60年代中研究车尔尼雪夫斯基美学的论文、论著，如雨后春笋，多得无法计算。尤其是在发生于1956年的“美学大讨论”中，车尔尼雪夫斯基成为被引用得最多的西方美学家之一，成为论者批驳论敌的利器。此期的周扬已经不再需要引经据典地借重于车尔尼雪夫斯基的权威，而是已经能够娴熟地把车尔尼雪夫斯基的美学观点有机地融合进自己的文艺论述中。

我们有理由认为，“文化大革命”期间“四人帮”抛出的“文艺黑线专政论”旨在全面地在文艺领域里掀起“夺权”的狂潮，并非直接或专门针对周扬观点而来，但周扬却成为“文艺黑线专政论”的第一个和最重要的牺牲品。尊崇别、车、杜成为导致周扬下台的三大罪状之一。但周扬此时对于别、车、杜的观点开始趋于成熟、客观和冷静。

纵观周扬一生，他和车尔尼雪夫斯基“结下了不解之缘”。车尔尼雪夫斯基和倡导“行动中的美学”的别林斯基不同，其主要建树在于他那部在西方美学史上具有为唯物主义美学奠基作用的学位论文。车尔尼雪夫斯基在我国的积极介绍者周扬，以如下方式阐述了车氏和别林斯基的不同。和别林斯基相比，车尔尼雪夫斯基更进了一步。“他认为艺术不但是‘再现人生’，而且还要‘说明被再现的对象’，给予判断。”这样一来，针对艺术与现实生活孰优孰劣，甚至艺术低于现实论的解说，周扬指出：艺术非但没有因此降低其身份，而是相反，其伟大的作用得到了合理的阐发。[①] 如果我们把目光聚焦在车尔尼雪夫斯基伟大的一生的话，我们可以断言：车尔尼雪夫斯基以其不朽名著《怎么办?》，的确身体力行地实践了他为文艺提出的崇高目标：即文学应当成为“生活的教科书”。《怎么办?》在俄国社会思想史上，以其对“新人”形象和新人伦理的刻画，以其对于空想社会主义理论和实践的探索，给予嗣后一代又一代革命者以无穷的启发和教育。《怎么办?》以独特的方式提出并且解决了社会改革、妇女解放和未来的理想社会等时代核心问题。在俄国文学史上，普列汉诺夫、列宁都曾高度赞誉这部不朽名著的巨大魅力。克鲁泡特金甚至说：《怎么办?》“变成了俄罗斯青年的纲领……它仿佛成了俄罗斯青年的一面旗帜”[②]。

但是，车尔尼雪夫斯基对于我国文坛影响最大的，仍然还是他那部美学名

---

① 彭萍、罗孝廉：《“生活的教科书”与周扬的文艺功能观——兼论车尔尼雪夫斯基对周扬的影响》，《湖南城市学院学报》2009(05)。

② 仵从巨：《批评家车尔尼雪夫斯基与小说〈怎么办?〉》，《读书育人》2005(04)。

著《艺术与现实的审美关系》所提出的美学命题:美是生活。他写道:"美是生活;任何事物,凡是我们在那里面看得见依照我们的理解应当如此的生活,那就是美的;任何东西,凡是显示出生活或使我们想起生活的,那就是美的。"

这一定义有三层含义:第一,美是生活;第二,那种我们在其中看得见依照我们的理解应当如此的生活的事物就是美的;第三,那种显示出生活或使我们想起生活的东西就是美的。①

"美是生活"这一定义体现了车尔尼雪夫斯基美学思想的基本旨趣。它不但摆脱了传统的美的定义的形而上学阴影,而且确立了美的现实生成基础。车尔尼雪夫斯基艺术观所提出的"艺术的第一目的是再现现实生活"和"艺术的另一作用是说明生活"则可以看作"美是生活"定义的具体应用,其中所包含的现实主义色彩既显示了他的唯物哲学倾向,也是这一审美"范式"转换的逻辑结果。② 艺术与现实的审美关系问题是美学的基本问题。在这个问题上,车尔尼雪夫斯基和别林斯基一样,肯定现实生活是第一性的,艺术是第二性的,这对于使美学摆脱唯心主义的束缚,把美学建立在唯物主义的坚实基础上,具有革命性的意义。"现实——这就是当代世界的口号和最新的词!在事实中,在意识上,在感情的信仰上,在理智的结论中——在一切方面,在所有地方,现实都是我们这个世纪的第一和最新的词。把现实提到突出的和决定的地位,确认现实是人们精神活动的基础、依据和源泉,这就是革命民主主义美学理论的出发点,是当时美学领域里具有革命意义的新观念。"③

"美是生活,但美不是一般的类的求生存的活动,而是超越于生存活动之上的人类的生活;美是生活,但美不是现实生活过程本身,而是超越于现实生活之外的生活虚构,这种生活虚构是什么呢?即依照我们的理解应当如此的生活,所以,美是什么呢?美是应当如此的生活,'应当如此'是未来时,所以美总是现实生活中的人对未来的生活的一种期待。"④

"美是生活"这一命题的革命性意义,就在于它给现实主义的"再现论"提供了理论论证。这是唯物主义美学的纲领性定义。美是有客观性的,美不是纯然主观精神的花朵。艺术只有真实地再现生活,才能是美的。因此,"再现生活是艺术的一般性格的特点,是它的本质"。"再现论"把艺术从唯心主义的束缚中解放出来,放到现实生活的广阔天地里,扩大了艺术的内容。艺术的本质是对

---

① 蒋孔阳、朱立元主编:《西方美学通史》第五卷"十九世纪美学",上海:上海文艺出版社,1999年,第352页。

② 刘涵之、马丹:《车尔尼雪夫斯基"美是生活"的美学思想与现实主义艺术观——以"艺术与现实的审美关系"为中心》,《俄罗斯文艺》2011(01)。

③ 李尚信:《谈俄国革命民主主义美学》,《吉林大学社会科学学报》1978(04)。

④ 孙博:《美学,生活的诗学》,《长春师范学院学报》2004(5)。

生活的再现。“谁要是为诗所激动，嫌恶生活中的散文，只有从崇高的对象才能获得灵感的话，他还算不上一个艺术家。对于真正的艺术家，哪儿有生活，哪儿就有诗。”①

车尔尼雪夫斯基的“美是生活”命题的提出，具有很强的现实针对性。同样，“四人帮”反对这一命题，同样也是为他们的文化专制主义服务的。“美是生活”这个在美学史上具有革命意义的命题，运用到文艺创作上，就是要求文艺必须反映现实生活。“车尔尼雪夫斯基所说的‘生活’，不光指有生命的事物，主要是指社会生活。在他那个时代，社会生活的最重要的内容就是同沙皇农奴制的斗争。歌德在《谈话录》里虽也一再强调文艺反映现实生活的重要性，但是把‘生活’提到这样重要的地位，在车尔尼雪夫斯基以前的美学里，可以说是前无古人。”艺术的内容不是美而是现实，是指自然和社会中使人发生兴趣的事物。也就是具有社会意义的事物。其次，车尔尼雪夫斯基指出：“任何事物，凡是我们在那里面看得见依照我们的理解应当如此的生活，那就是美的。”艺术反映现实的第一要求，是写真实。②

我国文论界在20世纪70年代以前，对车尔尼雪夫斯基的“美是生活”命题，大都是从艺术与现实的审美关系入手，肯定该命题强调“写真实”的现实主义指向。别、车、杜三位俄国文论家在我国的研究热，一个基本原因在于他们“在批评实践中形成的文学和美学理论具有比较系统的理论形态，特别是他们对美感、形象思维、形式因素等属于‘内部关系’的探讨，是正统的马列文论所缺少的，由此也就成了‘必要的补充’。”③进入80年代以来，肯定“美是生活”这一命题的持论者们，还有把该命题与李泽厚的生活美学嫁接的。④ 与前一段有意悬置“美”的概念而特别强调“现实”“生活”的内涵不同，此时的评论者们并未把这个命题割裂开来，而是将其看作一个完整的观点体系。“美是生活”的合理内涵在于车尔尼雪夫斯基倾向于从“美是生活”、现实高于想象、艺术创作低于现实、艺术再现生活、人类实际活动对形式完美的追求、艺术的本质与功能等几个方面阐释“艺术与现实”的“审美关系”之建立的内在机制，并呈现出自足的“理论形态”和“对艺术创作规律独特性的尊重”。显然，在车尔尼雪夫斯基那里，突出美之为美的特性，以美为中心重新界定学科的边界和范围，对于“纠正传统美的定义的偏差，走出其形而上学的阴影”是十分必要的。车尔尼雪夫斯基将美

---

① 别林斯基：《别林斯基论文学》，梁真译，上海：新文艺出版社，1958年，第112页。

② 程代熙：《“尊重现实生活，不信先验假设”——从重印车尔尼雪夫斯基的〈艺术与现实的审美关系〉谈起》，《读书》1980(01)。

③ 温儒敏：《当代文学思潮中的“别、车、杜”现象》，《读书》2003(11)。

④ 刘纪：《美是生活与日常生活中的美——读车尔尼雪夫斯基的“艺术与现实的审美关系”有感》，《文教资料》2010(33)。

的事物和对美的欣赏结合起来考虑,从美感的获得的生活形态上来求解关于“美的本质的意见”,进而在对象的多样化、形式的多样化上实现美的普遍性。[①]

但是,在扭转从康德、黑格尔以来自上而下美学的同时,车尔尼雪夫斯基美学却和他们一样,也是一种艺术低于现实论的美学价值论。车尔尼雪夫斯基在宇宙论上信仰唯物主义,在他看来,人世间真正美的事物存在于物质现实之中,最可爱的莫过于人的实际生活。文艺的本质、目的和基本功能即在于再现现实,这就决定了文艺不论怎样贴近生活,毕肖现实,都不可能与其源出的现实生活本身相媲美或相提并论。车尔尼雪夫斯基在艺术与现实的关系问题上,过分强调现实的美学价值,而贬低艺术的价值和意义,认为生活是没有戳记的“金条”,艺术不过是它的“假定价值”的“钞票”而已。[②] 但是,文艺相对真与美统一的物质现实、人的生活来说既然如斯之低劣,人们何以还要创造和欣赏它呢?车尔尼雪夫斯基的看法是:充当物质现实、人的生活的代替物。他明确谈道:现实中美的事物并不是人人都能随时欣赏的,经过艺术的再现(固然拙劣、粗糙、苍白,但毕竟是再现出来了),却使人人都能随时欣赏了,艺术作品的目的和作用也是这样。它并不修正现实,并不粉饰现实,而是再现它,充作它的代替物。所以,从车尔尼雪夫斯基美是生活的美学本体论出发,实际可能得出的结论,只能是对文艺的全盘否定。[③]

其次,肯定“美是生活”,生活是多种多样的,多样的生活之所以美,是因为生活从本质而言乃是人的生活。“美是生活”其实是“美是人生”,没有人的生活无所谓美。美的本质,就在于人;美的核心就是人。美是生活就是人所愿意过、所喜欢过的那种生活,更准确地说,就是人理想的生活。那么,美的理想也就是一种具体的、感性的、活的、有生命的理想,而不是抽象的、笼统的、宽泛的概念或理念。车尔尼雪夫斯基这一关于美的本质的概括,在美学史上第一次把美(生活)的客观性和审美(生活的理想)的主观性结合起来,应该说是一个比较科学的概括。

长期以来,对于这一定义的这种理解已经根深蒂固深入人心,以至于没有人会想到对这一定义提出质疑。但是,进入新世纪以来,我国学术界对于这一定义的思考开始向纵深发展。问题的焦点在于究竟应当如何理解“美是生活”这一定义里的“生活”(жизнь)一词。问题在于当年周扬翻译这部名著时,所依据的原文是转译为日文的,因而,这就势必会在翻译时带来诸多的不确定性和

---

① 刘涵之、马丹:《车尔尼雪夫斯基“美是生活”的美学观与现实主义艺术观——以“艺术与现实的审美关系”为中心》,《俄罗斯文艺》2011(01)。

② 陆学明:《对别林斯基典型学说的再认识》,《吉林师范学院学报》(哲学社会科学版)1987(01)。

③ 唐铁慧:《“高于现实”与“低于现实”——评析两种现实主义文艺价值论》,《江汉大学学报》(人文社科版)2011(02)。

含糊性。而对这个词的理解直接关系到如何理解这一定义、阐释这个定义的核心问题。林精华在其论文《文学理论的迁徙：俄国文论与中国建构的俄苏文论》中，参考奥热科夫主编之《俄语详解词典》、俄国著名俄罗斯文化史专家科列索夫的相关论述后，明确指出，俄文中的 жизнь 词条有六个义项，分别着眼于：存在、人的生命、生平或生涯、生活、现实、生命力或生机等，而对 жизнь 词源义的研究则表明，凡与活的生物或有机体，首先是与人的任何存在联系在一起的一切，在斯拉夫语中一律用词根 жизнь 来标识。[①] “这种阐释，使得 жизнь 一词的盎然生机扑面而来。”[②]林精华显然把这一发现也写进了他另外一部论著《“误读”俄罗斯》里，而另外一位论者刘涛对这一发现的把握，显然出自这部著作。作为译者的周扬之所以会产生这样的误译，这和周扬对于车尔尼雪夫斯基美学的整体理解有着很大关系。[③]

显然，《艺术与现实的审美关系》中车尔尼雪夫斯基的核心命题：美是生活的传统译法，并未正确传达该词所包含的最重要的生命的意义。那么，正确的译法又该如何呢？据此，林精华对车尔尼雪夫斯基的这个定义，进行了改译：对任何人而言，在他活着的时候，没有什么比生命更为宝贵了。首先，人人都愿意按着他所希望和所喜欢的那种方式生活；其次，任何类型的生存机会都同样宝贵，因为无论如何活着终究比不活着要好：但凡生物，就其本性而言，总是恐惧死亡、害怕生命不复存在并且热爱生命的。这样一来，似乎就可以下定义了：美是生命；美是一种存在，我们从中能看得见生命，并且是按照我们的理念应当如此的那种生命；美是这样一种事物，它自身就显现或提示生命。这里所表达的美是生命无疑是在强调美是生活的生命内涵。[④] 美是生活，但也可能是生命和生命力。

从美是生命出发去看，则“美是生活（命）”便与生态美学构成了有机关联。进入新世纪以来，许多研究者便是从这一角度，对车尔尼雪夫斯基的这一著名命题，做出全新的阐释。人本生态美学对于阐发“美是生活（命）”这一命题的内涵，的确是一个不可或缺的有益的视角。美学是人文学科，它必须对其所研究对象（如命题中的生活）作出价值判断。人本生态美学正是这样一种强调价值关怀的美学。讨论美是生活的生命内涵有两个前提：首先，从车尔尼雪夫斯基与费尔巴哈在哲学上的关联来看，车尔尼雪夫斯基始终声称自己是费尔巴哈的忠实信徒，而费尔巴哈的感性人学非常强调人的生命的重要性，那么命题中的生活与生命应该具有密切的联系；其次，俄语中的 жизнь 一词，具有生活、生命、

---

① 林精华：《文学理论的迁徙：俄国文论与中国建构俄苏文论》，《中外文化与文论》第十二辑，第 29 页。

② 艾莲：《美是生活的生命内涵》，《西南民族大学学报》（人文社科版）2008(11)。

③ 刘涛：《从“想象”到“误读”：对苏俄“进步”文学研究的学术进展》，《中国俄语教学》2006(02)。

④ 同上。

生命力等多层意思,它意味着美是生活,美也可能是生命、生命力。

从车尔尼雪夫斯基的哲学著作《哲学中的人类学原理》也可以清楚地看到他接受了费尔巴哈的人类学原理,同样强调从生理学来看待人及人与自然关系的问题,强调社会性的人也有着动物性的渊源。朱光潜也直觉地感到美是生活命题涵义的丰富性。在《西方美学史》中他指出,车尔尼雪夫斯基的"生活"有时指带有社会意义的"生活",有时指只有生理学意义的"生命",在用作"生命"时,他就只从人类学的原理出发,例如说美由于健康,丑由于疾病,植物茂盛就美,枯萎就丑,鱼游泳很美,蛙和死尸一样冰冷,所以丑,如此等等。

人本生态美学是一种富有强烈人文关怀的美学,具有鲜明的价值取向,它以实践论人类学为理论基础,强调生成本体论和人本生态观。人本生态美学深入地阐明了自然界的人的本质的涵义,它以节律感应为核心范畴、将生态系统思维与审美活动本体特性思维有机融合、科学精神与人文精神充分统一,深刻揭示了人类审美活动的生态本性。对于阐释美是生活的生命内涵,人本生态美学对人类审美活动的生态本原、审美活动的生态功能、审美价值的生态尺度的终极主体的观点有直接的启示:一、从审美活动的生态本原看,美是生命,是蓬勃的生命力;二、从审美活动的生态功能看,美是促进万物生、和、合、进的生命,是优生、惜生、护生,有利于生命的生命,是应当如此的生命;三、从审美价值的生态尺度的终极主体看,美的价值主体是具有自觉的生态意识和生态智慧的人,美是按照我们的理念(人的理念)应当如此的生命,是有利于人的生命的生命。[①] 这种美感活动实际上就是人类审美活动的生物性前提。在自然向人生成的过程中,它最终随着人的生成而上升为一种主体性的审美关系。

从这个意义上来理解车尔尼雪夫斯基提出的美是生活,我们更能理解其深刻用意。生命的存在形态各种各样,究竟什么样的生命才是真正美的呢?车尔尼雪夫斯基作为革命民主主义思想家,从挣扎在死亡线上的农奴们的实际处境出发,认为人首先要活着才是美的,进一步要像劳动者那样健康而富于活力的生命才是真正美的,这样的生命才能对车尔尼雪夫斯基给予深刻触动,引起他深切同情农奴们的生、和、合、进。可见,对于美的生命,车尔尼雪夫斯基是有明确而深刻的界定和意蕴揭示的。

从人是审美价值生态尺度的终极主体看,在自然向人生成的生态进化运动中,具有生态智慧的人作为自然迄今所生成的最高成果即主体化的自然,理应是生态价值的终极主体。一切价值都产生于自然界生成为人的生态关联中。这种认识根源于人本生态美学着力强调的人本生态观。人本生态观在自然—社会—文化的网络状整体关联中,进一步揭示出自然向人生成的生态进化规

---

① 马晓婧:《车尔尼雪夫斯基美学理论中的人本生态美》,《哈尔滨工业大学学报》(社科版)2009(04)。

律。这种生态观不仅树立起为了人的生态目的原则，同时也坚持通过人的工具性原则，在两者的统一中实现人的本质的全面生成，实现自然与人的积极统一。人本生态观超越了人类中心主义和生态中心主义的对立，强调在与自然界的对象性关系的基础上肯定人类在地球生态系统中的主体地位和自觉能动的生态调节作用。人既不是自然的不肖子、地球的恶性肿瘤（极端的生态保护主义者语），也不是凌驾于自然之上的控制者，人是自然界的自我意识。人只有遵循生态规律而不是违背它、破坏它，才能够健康地生成，在生态和谐的自由中进入美的王国；自然生态也只有依靠人的生态智慧、自觉调节才会和谐发展。

这样一来，我们就可以将美是生活的生命内涵的阐释更进一步，美是生命，美是符合人的本体生成、符合人的审美价值生态尺度的生命，美是一种存在，我们从中能看得见生命，并且是按照我们的理念应当如此的那种生命。①

综上所述，俄国 19 世纪现实主义美学和文论“三大批评家”对于我国文坛的影响都很巨大，而且深远。其中，以杜勃罗留波夫为标志的“现实的批评”在许多方面，都对今天的我们有着多种宝贵的启示。客观地说，19 世纪的俄国农奴制现实，距离今天的俄国和今天的我们，都已经相当遥远了，今天的我们所面对的，是决然不同于那个时代的新的现实生活。但是，时间可以迁移，现实生活可以发生各种各样的变化，但别、车、杜所昭示的美学典范和现实批评的精神，却是永远都不会过时的。而且，在现实主义在俄国和我国重新焕发生机的今天，对于我们来说就更具有特殊重要的意义。我国文坛今后仍然还是会一再地回到俄国这三位大批评家身上，向他们学习文艺批评的风范、文艺批评的根本准则，从而为我国文论的建设提供他山之石的。在这个意义上我们可以说，别林斯基的批评精神和车尔尼雪夫斯基的“美是生活（命）”的命题，依然焕发着勃勃的生机，会成为我们走向未来时一个回望的坐标，会成为我们永恒的伴侣。

---

①　马晓婧：《探寻车尔尼雪夫斯基美学理论中的人本生态美学意义》，《时代文学》（下半月）2009(05)。

第十三章
俄苏马克思主义文论研究

一、新中国成立后俄苏马克思主义文论在中国的基本走向

(一)

20世纪中国文论的发展,始终与我国对俄苏马克思主义文论的译介与研究无法分开。从20世纪二三十年代,普列汉诺夫、列宁、卢那察尔斯基、托洛茨基、沃罗夫斯基、弗里契等人的文论思想分别被鲁迅、冯雪峰、郭沫若、胡风、蔡仪、瞿秋白等人,通过日文和俄文两种文字译入之后,它们就与中国新民主主义革命的需要相伴生,逐渐在我国文论中占据了主流地位。作为马克思主义中国化的经典文本,1942年毛泽东《在延安文艺座谈会上的讲话》的发表,最终证明了俄苏文论与中国文论以及中国革命文艺理论相结合,结出了完美的理论成果。这一成果的影响到1949年新中国成立以后,甚至可以说一直到"文化大革命"结束以后才基本停止。

俄苏马克思主义文论对中国的持续影响,是与我国社会主义的政治意识形态性质紧密相关的。因此,新中国成立后60年,俄苏马克思主义文论在中国的走向,就与中国与苏联两国政治关系的远近亲疏,与中国在社会主义建设中的思想、政治、经济等领域的发展与独立等不可分割。学界习惯于将新中国成立后60年分为前后两个30年,从1949年到1978年前后为第一个30年,这30年又以1966年为界从而主要分为两个时间段,即前"17年"和"文化大革命"10年。1976年至1978年作为前后30年的过渡时期,也是"拨乱反正"时期。1978年党的十一届三中全会以后的30年,开始进入"新时期",这是具有中国特色的社会主义建设大发展的时期。如果按照这种分期来审视俄苏马克思主义文论在中国的发展情况,我们能做出的基本判断应该是:前"17年"虽然中苏关系面临了许多问题与考验,但总体上说是俄苏马克思主义文论在我国最受追捧的时

期，出现了新中国成立后译介与研究的第一次高潮。“文化大革命”10年是极左文艺思潮泛滥的时期，包括俄苏马克思主义文艺理论在内的整个马克思主义文论都遭到了前所未有的破坏和曲解。新时期之初，伴随着学术界对机械反映论以及庸俗的经济决定论文艺观的批判与论争，对俄苏马克思主义文艺理论的研究再一次出现了高潮。然而随着之后西方文艺理论思想及新方法论的大量引入，西方文论慢慢占据了我国文艺理论的主流地位，包括俄苏马克思主义文艺理论在内的整个马克思主义文艺理论失去了往日的风光，逐渐丧失了其作为主流文艺理论思想一家独大的地位。今天，经典马克思主义文艺理论、俄苏马克思主义文艺理论、西方文论（包括现当代西方马克思主义文论）与中国古典文论一起，共同成为我国文艺理论进步发展的资源与基础。俄苏马克思主义文艺理论仍然受到学界的重视与研究。

（二）

有学者认为，50年代的中苏文学关系大致可以分为三个阶段：即“全盘苏化”的50年代初期，文学理论“解冻”的50年代中期以及自觉回归苏联文论的50年代后期。[①] 新中国成立初期，由于面对美国等西方国家的敌视与国家安全方面的考虑，我国采取了“一边倒”的外交政策，即新中国的外交完全倒向社会主义阵营一边。与“一边倒”的外交政策相适应，中外文论之间的交流主要以中国译介苏联文论为主，美国等西方国家的文艺理论虽偶有介绍，但主要目的不在于“交流”，而在于批判，以防范各种形式的“修正主义”意识形态对知识分子阶层的侵蚀。当然，苏联文论译介的“一边倒”除了国家外交这一政治背景原因外，其文化背景原因则至少可以追溯到1940年的《新民主主义论》和1942年毛泽东《在延安文艺座谈会上的讲话》，特别是《讲话》。可以说，《讲话》中所谈到的文艺的“工农兵方向”、文艺属于党在一定历史时期的政治路线的性质、文艺的源泉是来自社会生活等文论主张，已经为新中国文艺理论的主要框架定下了基调，这就直接决定了新中国成立后我国文艺理论对外交流的主要方向。因此，苏联文论的翻译与介绍自然应该是新中国成立后我国文论必然要做的事情。

50年代初期，列宁、斯大林等革命领袖的文艺论著及相关的一些研究著作都很好地被翻译了进来。列宁的《党的组织和党的文学》（司徒真译，新潮书店，1950）、《论托尔斯泰》（林华译，北京中外出版社，1952），斯大林关于民间文艺的论述、他的“社会主义现实主义”创作原则、文学艺术的“竞赛”原则、语言的非阶

① 陈建华：《二十世纪中俄文学关系》，北京：高等教育出版社，2002年，第六章相关内容。

级性问题等被介绍进来[1];列宁、斯大林与苏联文学关系的许多研究著作也在这时候被翻译了过来,如由叶高林等著、陈汉章等译的《列宁、斯大林与苏维埃文学》(人民文学出版社,1951),由叶戈林著、水夫译的《斯大林与文学问题》(人民出版社,1953),以及《斯大林与文艺》(1950)、《斯大林与文化》(1951)等。除此之外,在1953年至1954年期间由上海新文艺出版社出版了七辑《文艺理论学习小译丛》,也分别译介了大量苏联文坛、文论的最新动态。

新中国成立初期,我国文艺界对日丹诺夫主义的介绍和接受,也成为当时译介的重要内容。安德烈·日丹诺夫是斯大林在文艺界实行一系列文艺政策的执行者和忠实代表,日丹诺夫用政治宣判的方法解决文艺问题,成为斯大林时期苏共文艺界的主要理论思想。日丹诺夫等人明确表示文学家应"以政策为指针",苏联文学就是在"反对一切敌视苏联人民的资产阶级思想形态的斗争中成长和巩固起来的。"应该说,新中国成立初期,日丹诺夫主义一定程度上适应了一个新生政党对国家意识形态建设的需要,因此这种思潮在50年代初的中国影响甚大,直接与毛泽东文艺思想一起成为当时我国文艺理论界的主要思想。早在1949年5月,日丹诺夫演讲文集《论文学、艺术与这些诸问题》[2]就在中国出版,新中国成立后苏共一系列决议、报告和文章当时都被一一翻译过来。1949年10月25日,由毛泽东亲笔题写刊名的《人民文学》创刊。作为新中国最为重要、最为突出也最具权威性和代表性的文学刊物,《人民文学》在其创刊号的"发刊词"中,强调"最大的要求是苏联和新民主主义国家的文艺理论"。

日丹诺夫的影响在新中国成立之初的确是比较强大的,1951年,日丹诺夫关于《星》与《列宁格勒》两杂志的报告连同1946年联共中央关于文学艺术的系列决议一起,被列为当年文艺界整风学习的官方文件。日丹诺夫式的批判风格——政治宣判、无限上纲,人身攻击与谩骂式的"批评"渗透到新中国成立后的历次思想大批判运动中。当时的文艺界,不仅领导人从上至下把日丹诺夫式的政治干预看作是加强党对文艺工作领导的必要手段,而且文艺理论家们与作家们也都诚惶诚恐地按照官方要求的标准校正着自己的方向。1951年5月,周扬在中央文学研究所的一次讲演中说道:"我们必须向外国学习,特别是向苏联学习,社会主义现实主义的文学艺术是中国人民和广大知识青年的最有益的精神食粮,我们今后还要加强翻译介绍的工作。"[3]1953年11月,周扬还认为:"关于社会主义现实主义,苏联的理论家写了很多文章,数也数不清的,但最有权威的还

---

① 介绍进来的主要有斯大林给高尔基、比尔-别洛采尔科夫斯基、杰米扬·别德讷衣等几位作家的信,以及1950年由解放社出版的《马克思主义与语言学问题》等。

② 日丹诺夫:《论文学、艺术与这些诸问题》,葆荃、梁香译,上海:上海时代书报出版社,1949年。

③ 周扬:《周扬文集》第二卷,北京:人民文学出版社,1985年,第61页。

是在1934年日丹诺夫第一次对于社会主义现实主义的解释，也是最正确的。”[①]

在50年代初期，文艺理论界组织了全国大规模的理论学习，由此引发了对文艺理论教材教学的讨论。从1951年11月到1952年4月，《文艺报》开展了关于高校文艺学教学的大讨论，[②]文艺学教学不突出毛泽东文艺思想，理论脱离实际，流于教条主义等问题受到了理论界批评；1951年的文艺学教材大讨论则批判了文艺学教学中的资产阶级观点，新中国成立前从西方引进或自编的文艺教材被要求停止使用。当时中国并没有自己的文艺理论教材，这样，1953年，查良铮翻译了季摩菲耶夫的《文学原理》，1954年春至1955年夏，依·萨·毕达可夫在北京大学中文系为文艺理论研究生讲授“文艺学引论”，1958年高等教育出版社正式出版了他的讲稿《文艺学引论》。[③] 这两本书给中国文学理论带来了一个基本框架，对中国以后的教材体系产生了深远的影响。除此之外，1956—1957年北京师范大学请了柯尔尊，他的讲稿以《文艺学概论》为名于1959年由高等教育出版社出版。

在50年代不长的时间里，我国翻译出版了苏联的文艺理论和美学教材十余种，其中产生重要影响的还有维诺格拉多夫的《新文学教程》(1952)、季摩菲耶夫的《文学发展过程》(1954)、涅多希温的《艺术概论》(1953)、契尔柯夫斯卡雅等的《苏联文学理论简说》(1954)、叶皮诺娃的《文艺学概论》(1958)、从苏联大百科全书选译的《文学与文艺学》(1955)等；还翻译或编译出版了《文艺理论译丛》《苏联文学艺术论文集》《苏联美学论文集》等数种。由此，在拒绝西方文艺学教材之后，苏联文艺学教材在我国新中国成立后的高校文艺学教学中占据了中心地位。尽管50年代中期，国内也出现了由我国学者自编的文艺学教材，但其观点和体系都来自苏联文艺学教材。在相当长的时期内，中国马克思主义文论家、批评家理论的开展要依赖于苏联文论。童庆炳、陈雪虎认为，“苏联文论体系通过两条渠道进入中国，一是翻译，几乎所有在苏联占主流地位的理论专著和论文及教材，都被一一译介进来，如季莫菲耶夫的三卷本《文学原理》，涅多希温的《艺术概论》；一是请专家来华讲座，如北大请了毕达可夫，北师大请

---

① 周扬：《周扬文集》第二卷，第196页。

② 在中国20世纪50年代建构一体化的文艺观念过程中，苏联文论起了极为重要的作用，而《文艺报》又在其中扮演了一个十分重要的角色。如现实主义问题的论争、真实性问题的论争、典型问题的论争等，都是由《文艺报》发起的。《文艺报》主要是在历次重大文艺论争中，通过译介苏联文论来引导国内文艺潮流的。《文艺报》的译介工作强化了现实主义的地位，为真实性原则找到了合法性依据，同时又深化了对典型问题的认识。但《文艺报》的译介也存在着缺点，主要是对苏联文艺思想缺乏应有的批判和反思，助长了对苏联文艺观的盲从倾向。详情见陈国恩、祝学剑：《1950年代文艺论争与苏联文论传播中的〈文艺报〉》，《江汉论坛》2008(02)。

③ 此书由北京大学中文系文艺理论教研室翻译，于1956年由北京大学印刷厂付印，后经整理于1958年由高等教育出版社出版。

了柯尔尊,他们在中国开班设课,编写出版讲义,其授课对象是新中国第一代的青年文艺学教师,其影响是巨大的。"[①]在谈到50年代苏联文论对中国文学理论研究与教学的积极影响时,曾经参加了北京大学举办的"文艺理论进修班"的张文勋在他的回忆访谈中说:"当时的文艺学确实是个空白,那时主要有毛泽东的《在延安文艺座谈会上的讲话》,主要是文艺为工农兵服务、普及与提高,更谈不上系统的、严格的体系性的理论了。苏联的文艺理论把列宁的反映论运用到文学理论中,还是比较新的。季摩菲耶夫的文学理论还是有他的体系,文艺与社会的关系这些基本原理都有。他也提出了一些理论,他是按照马列主义提出来的,主要是反映论。文艺反映社会生活、文艺的技巧(也就是创作方法),我们过去也有,但没有他这么系统。季摩菲耶夫的教材也涉及文艺发展史,主要讲文艺思想发展的历史,也是有理论性的。我们把它弄过来以后,至少是把我们过去的理论系统化了。"[②]50年代初期的中苏文论的"亲密接触"可以说是空前绝后的,它以对日丹诺夫主义的追随为肇始,以毕达可夫来华讲学为高潮,其思想中所具有的文学的"党性"原则与"政治"要素成为俄苏马克思主义文艺理论在50年代初期对中国影响的重要标志。

1953年之后,苏联文学进入"解冻时期",我国开始就一些马克思主义文艺理论中十分重要的命题,如文学中的人性问题与人道主义问题、如何深化文学的现实主义精神问题、如何更好地处理文学的党性原则与作家的创作自由问题等进行讨论与反思,突破了一些原来设定的理论禁区,修正了许多对文学艺术问题的错误认识,从而为马克思主义文学理论研究的深入开展提供了难得的契机。由于当时中苏之间文化交流的信息十分通畅,苏联文艺界的理论动态与思想动态都能够很快地传播到国内。因此,苏联文艺界"解冻时期"对文艺问题的论争与思考,对国内的文艺理论界也产生了直接的影响。

1956年2月24日,赫鲁晓夫在主持召开的苏共"二十大"上发表了反斯大林的"秘密报告",从根本上否定斯大林,组织了对过去某些案件的复查和平反工作,在社会主义阵营产生了巨大的震动。中共中央认为苏共"开始在一系列原则性问题上背弃马克思列宁主义","中苏两党的分歧是从苏共'二十大'开始的"。[③] 因此,苏共"二十大"之后,我国国内政策出现调整,开始以苏联为借鉴,探索适合中国情况的建设社会主义的正确道路。正是在这样的背景下,1956年4月28日,毛泽东在中央政治局扩大会议上提出了"百花齐放、百家争鸣"的方针,即艺术问题上百花齐放,学术问题上百家争鸣。此后,文艺界的高层领导

---

① 童庆炳、陈雪虎:《百年中国文学理论发展之省思》,《北京师范大学学报》(社会科学版)1999(02)。

② 张文勋、李世涛:《关于北京大学文艺理论进修班(1954—1956)的回忆——张文勋先生访谈录》,《文艺理论研究》2007(02)。

③ 《关于国际共产主义运动总路线的论战》,北京:人民出版社,1965年,第55-63页。

也开始在公开场合支持对苏联文艺理论的单一化的批评，秦兆阳的《现实主义——广阔的道路》、钱谷融的《论"文学史人学"》、巴人的《论人情》等一批切中时弊的理论文章相继发表。与此相应，我国高校文艺学教材的编纂也出现了试图突破苏联毕达可夫等建立的"苏联框架"，先后有蒋孔阳的《文学的基本知识》（中国青年出版社，1957），霍松林编著的《文艺学概论》（陕西人民出版社，1957），冉欲达等编著的《文艺学概论》（辽宁人民出版社，1957），李树谦、李景隆编著的《文学概论》（吉林人民出版社，1957），以及北大中文系 1955 级编著的《毛泽东文艺思想概论》等，尽管这些教材依然在强调文艺为政治服务的意识形态功能，但却是中国学者自身努力的成果，这些成果构成这一阶段中国学者对自身文艺理论追求的积极探索。

1956 年 10 月匈牙利事件给国际社会带来巨大震动，国际上掀起了反苏反共浪潮，对以苏联为首的社会主义国家的文学进行肆意攻击，所有这一切迫使阶级斗争的神经再一次紧绷在中国国家领导人的意识之中。1956 年 11 月召开的中国共产党八届二中全会，决定从 1957 年起开展党内整风运动。对意识形态层面的控制的加强，在文艺理论方面的体现则是高调提出"保卫社会主义现实主义"[①]文艺斗争路线。与捍卫苏联共产党主导的"社会主义现实主义"原则相一致，当时中国科学院文学研究所苏联文学组编写了《苏联文艺理论译丛》，包括《苏联作家论社会主义现实主义（第一次苏联作家代表大会前后的有关言论）》（人民文学出版社，1960）、《世界文学中的现实主义问题》（主要是关于苏联文艺界有关"社会主义现实主义"的几次大规模讨论文章，人民文学出版社，1958）；同时当时还翻译出版了一批有关社会主义现实主义的著作，如留里科夫的《关于社会主义现实主义的几个问题》（殷涵译，作家出版社，1956）、奥泽洛夫的《社会主义现实主义的若干问题》（戈安译，新文艺出版社，1957）、阿·杰明季耶夫的《社会主义现实主义——苏联文学的主要方向》（曹庸译，新文艺出版社，1957）、特罗斐莫夫的《社会主义现实主义——苏联艺术的创作方法》（牛冶译，新文艺出版社，1958）等论著。1958 年 10 月，苏联学者谢皮洛娃著《文艺学概论》[②]由罗叶、光祥、姚学吾、李广成翻译出版。在这本翻译的《文艺学概论》中，我们可以看到 20 世纪 50 年代末期社会主义对文艺研究的深刻影响，文学

---

① 1958 年 7 月，由译文社编辑、作家出版社出版的《保卫社会主义现实主义》（第一辑）出版，同年 10 月，该系列的第二辑出版。第一辑"前言"在介绍本书编选背景时有这样的话："为了保卫马克思列宁主义的文艺思想和社会主义现实主义文学，苏联和其他社会主义国家的文学界，在各国兄弟党领导下，对敌人进行了坚决的反击，同时也对错误的文艺思想和文学作品展开了讨论和批判。经过一、两年时间大规模的辩论和斗争，马克思列宁主义原则终于在文学战线上取得了又一次伟大的胜利。""前言"还指出："为了帮助我国读者比较全面和系统地了解这次斗争的情况，我们从两年来国外报刊上选择一部分最主要的有关这次斗争的批评文章，编辑成专集，以资参考。"见"前言"第 1—2 页。

② 谢皮洛娃：《文艺学概论》，罗叶、光祥、姚学吾、李广成译，北京：人民文学出版社，1958 年。

艺术已经成为意识形态的一种特殊形式,在这一思想指导下,“社会主义现实主义”自然成为解读所有文艺现象的不二准绳。进入1959年之后,前阶段向苏联文论靠拢的路线并没有大的改变,4月苏联理论家维诺格拉多夫的《新文学教程》[①]出版。

实际上,50年代末苏共“二十大”、匈牙利事件等一系列发生在社会主义阵营里的重大事件的发生,致使中苏关系的“蜜月期”已经出现了冷却的征兆,尤其在文论界一个非常值得注意的现象是1958年5月,毛泽东在中共中央第八届代表大会第二次会议上提出了“无产阶级文学艺术应该采用革命现实主义和革命浪漫主义结合的创作方法”,这一“两结合”的方法的提出,实际上对苏联主导的“社会主义现实主义”原则提出了挑战,是我国高层在文艺理论上自觉自主、试图走出苏联影响的一种表现。1959年夏秋,中印之间发生了边界武装冲突,“这次事件不仅成为中印关系的转折点,而且成为中苏关系公开恶化的起点”[②],从1960年起,文艺上的修正主义被视为一种国际性现象,人性论和人道主义则被看作修正主义者的主要思想武器。与此同时,苏联文学开始被定性为“苏修文学”。从此我国对苏联文学和文论的态度急转直下,由全面学习、全面接受转向全盘批判、全盘否定。有关苏联文学和文论中的人性论、人道主义等著述,以及苏联对现代主义的重新探讨等著述,都被列入“现代修正主义文艺思潮”在内部翻译出版,专供批修参考之用。这就是那套“黄皮书”(因其封面是黄色而得名)。[③]

(三)

60年代,中苏两国关系交恶后,中国科学院外国文学研究所从1961年起创办了侧重文艺理论批评的内部刊物:《现代文艺理论译丛》《现代文艺理论译丛》增刊、《外国文学现状》《外国文学现状》增刊。这些内部刊物重点介绍国外(特别是苏联和其他社会主义国家)文艺理论和美学方面的论著和论争、文艺批评的倾向、文学史上重大问题的评价、创作思想的演变等内容。1961年,陆梅林翻译了苏联科学院学者集体撰写的《马克思列宁主义美学原理》一书,该书从美学发展史、艺术与现实的审美关系、美学范畴、艺术种类、创作方法等几个方

---

① 维诺格拉多夫:《新文学教程》,以群译,上海:上海文艺出版社,1959年。

② 这里的说法参考了沈志华主编:《中苏关系史纲——1917—1991年中苏关系若干问题再探讨》(增订版),北京:社会科学文献出版社,2011年,第252页。

③ 吴元迈:《“把历史还给历史”——苏联文论在新中国的历史命运》,《文艺研究》2000(04),第23页。关于“黄皮书”,可参见郑异凡:《中苏论战中的“反面材料”——“灰皮书”之来龙去脉》,《百年潮》2006(07);张惠卿:《“灰皮书”的由来和发展》,《书之史·出版史料》2007(01);王巧玲:《黄皮书、灰皮书:一代人的精神食粮》,《新世纪周刊》2008年6月30日。

面展开了对马克思主义美学思想的叙述，显示了马克思主义方法在美学、艺术学领域中的变革意义和巨大威力。[①] 此外，还有对苏联文论的相关反思和批判类著作在我国出版，1978年1月，《勃列日涅夫集团关于文艺问题的决议和言论选编》出版（北京师范大学外国问题研究所苏联文学研究室编，人民文学出版社出版）。

60年代中期，中苏边境冲突不断，次数、范围、形式和规模都出现了逐渐升级的状况。[②] 而国内在社会主义建设探索中开展的"大跃进"、人民公社化运动连续三年多的失误，造成了国家经济形势的严重恶化。在这种内忧外患的相互作用下，毛泽东将中国集中反帝的外交战略调整为反帝反修，于是苏联成为中国国家安全的一个假想敌，敌友角色的质变转换彻底扭转了中苏关系的发展方向。1966年5月4日到26日，中共中央政治局扩大会议在北京召开，5月16日中共中央政治局扩大会议发出了一项通知（简称《五·一六通知》），《通知》要求"高举无产阶级文化革命的大旗，……彻底批判学术界、教育界、新闻界、文艺界、出版界的资产阶级反动思想……"，《五·一六通知》标志着"无产阶级文化大革命"正式开始了，对"苏修"文艺和文论的批判随之也愈演愈烈。有学者指出："从中外文化交汇来审视，50年代中期之前（中苏关系正常时），是单向性的'受动'阶段，到60年代初（中苏关系因意识形态分歧公开化而破裂），由'一边倒'的单向受动转入全盘批判、全盘否定。斯大林去世后，苏联文艺进入了'解冻'时期……之后，苏联在美学和文艺学研究方面又有了新的发展，取得了许多新的重要成果。然而，由于中苏意识形态分歧加剧和两国关系的恶化，苏联的一大批被'解冻'的真正具有价值的艺术理论成果却无法被译介到中国来。这标志着中外文化交汇在由'受动'转为'主动'中走向自我封闭。这个阶段一直持续到'文化大革命'结束。"[③]

（四）

俄苏文论重新走进人们的视野，是在粉碎"四人帮"之后。有学者指出："进人新时期以来，马克思主义的社会批评所面对的第一个冲击，便是由它自身的尴尬处境所带来的'回归'浪潮。""'回归自身'便成为马克思主义的社会批评为挽救危机而发出的第一声呼号。"[④]由此在我国学术界展开了有关马克思主义

---

① 见孙伟科：《陆梅林对马克思主义美学研究的贡献》，《高校理论战线》2009(04)。

② 据1969年5月25日《人民日报》刊载，从1964年10月到1969年3月，由苏方挑起的边境事件达4189起，比1960年至1964年期间增加了一倍半，两国的领土摩擦最终导致了1969年3月2日爆发的珍宝岛武装冲突。这里的数据转引自沈志华主编：《中苏关系史纲——1917—1991年中苏关系若干问题再探讨》（增订版），北京：社会科学文献出版社，2011年，第431页。

③ 柏柳：《二十世纪中国的艺术研究——从中西文化交汇的背景上所作的考察（中、下）》，《文艺研究》2005(05、06)。

④ 於可训：《社会学批评在新时期的更新和开放》，《文艺争鸣》1987(01)。

文艺理论哲学基础的讨论、马克思主义文艺理论“体系论”争论、关于《手稿》是否马克思主义成熟思想,以及“异化”与人道主义的讨论等,然而,在这些讨论中,俄苏马克思主义重新被提及的时候,几乎常常是被作为反思的对象,作为庸俗的机械反映论的理论来看待的。80年代中期以后,尽管波斯彼洛夫《文学原理》(1985)在苏联文论界自成一派,但仍是“意识形态论”的调子,它的译出,使已厌倦了苏式文论的学者们大减胃口。[①] 欧美文论的大量译介,给中国的文艺理论界带来了更多新的观念与方法,加上进入新时期之后,文学理论也在解放思想、改革开放、市场转型等社会发展的大语境下,伴随着整个国家的政治、经济、思想、文化的重大变化而发展变化。“文学理论作为一种思想和意识,在整个社会生活中的重要性大大降低了,不再被看做是阶级斗争的晴雨表,不再是政治家们发动政治运动的工具,逐渐地获得了独立的学科地位,从而从‘中心’逐渐过渡到‘边缘’。”[②]俄苏马克思主义文论似乎一下子就被淹没在了西方文论与市场经济的大潮之中,悄无声息了。

文艺理论从“中心”走向“边缘”,从以往历史来看显得有些不够正常,然而就实际情形而论,这恰恰是它正常的表现。过去它的至高的地位,是被绑架在政治战车上的缘故,那时它其实没有多少的独立与自主。而恰恰是它现在的“边缘”的地位,使它回归到学术的常态之中,能够得到更为客观科学的研究状态。已经被“边缘”的俄苏马克思主义文艺理论实际也没有走出人们的视野,译介仍在继续,研究也在继续,而且产生不少学术价值很高的研究成果。1992年由北京师范大学出版社出版的刘宁、程正民的《俄苏文学批评史》,成为我国第一部系统论述俄苏文学批评史的专著,也是高校文科教材,它的出版填补了国内这方面研究的空白。进入新世纪以来,随着历史的发展,新中国成立后我国文论出现的“一边倒”现象和“文化大革命”极左文论离我们越来越远,一些痛苦的记忆与体验也逐渐从老一代学人敏感的神经中变得模糊而不再沉重;加上新时期之后,经历了西方文论大量译介后的众声喧哗,以及全球化思潮、消费文化和网络图像带给文学艺术的冲击,我国学术界已经变得更加多元。中西文化交流和对话以及西方兴起的文化研究热引发了文学与文学研究的“越界”与“扩容”、文学社会学的回归和文学反映论思想的重提。这为马克思主义文艺理论的复兴创造了条件。俄苏马克思主义文论在这种新的条件下,作为我国文论发展的重要理论资源,重新引起了学界的重视。人们开始以一种真正客观和科学的研究态度来审视它的价值与意义。

庄桂成认为,过去学界对苏联文论及其与中国文论关系的反思,大多看到

---

① 古风:《20世纪我国文学理论教材的主流话语论析》,《学术月刊》2002(07)。

② 童庆炳、陈雪虎:《百年中国文学理论发展之省思》。

了不利的负面因素,看到的是苏联模式的文论对中国文论及其中国文论教材的消极影响。然而,任何事情都要一分为二地来看,苏联文论的输入,对中国文论发展的积极作用也是巨大的。“正是因为有了后来苏联文论等非东方文论中‘异质性’因素的强烈而持久的刺激,才导致了中国文论的‘现代性’逐渐萌生。”[①]在作者看来,“中国文论的现代转型,就是中国文论从‘古代’型的文论,转化为‘现代’型的文论,这个转型的方向就是科学化和人本化。”[②]而苏联文论输入中的“科学理性”因素、苏联文论输入的“审美—人学”因素,对中国文论的现代转型恰恰起到了重要的作用。从20世纪20年代起,苏联各种“科学的艺术论丛书”[③]传入中国,使得中国文论学者也试着用社会学的方法解释文学的根本问题,开始把文学置于社会科学的框架中去理解,使得中国出现了众多的以马克思主义“唯物史观”为理论基础的文论。“到了20世纪50年代,各种苏联文论教材传入中国,更加强化了中国文论中的科学化因素。苏联的文论教材有科学严谨的体系,对我国文论教材有示范作用。新中国成立初期的文论教材,在体系上几乎无一不受苏联的影响。”“苏联的‘解冻文学’等也对中国文论中的‘人学’思想产生了重要的影响,包括50年代中期的中国文学和文论‘短暂的春天’,以及20世纪70年代末80年代初的文学思想解放,都不能说与之无关。”[④]美国批评理论家魏伯·司各特曾经说过:“显而易见,只要文学保持着与社会的联系——永远会如此——社会批评无论具有特定的理论与否,都将是文艺批评的一支活跃力量。”[⑤]我们也就此相信,包括俄苏马克思主义文艺理论在内的、以探讨文艺与社会的关系为主要特征的马克思主义文艺理论,不仅在过去,而且在今后都会是我国乃至世界其他诸多国家指导文艺工作的重要的思想财富。

二、普列汉诺夫文艺思想研究在中国

鲁迅曾在《艺术论》“译者序”中说,普列汉诺夫“给马克思主义艺术理论放

---

① 庄桂成:《中国文论现代转型中的“苏联”因素》,《当代文坛》2011(04)。

② 庄桂成:《论中国文学批评视野下的现代转型》,《华中师范大学学报(人文社会科学版)》2004(02)。

③ 20世纪20年代末30年代初,由冯雪峰主编、上海水沫书店和光华书局出版的“科学的艺术论丛书”中,就有许多是苏联文学论著。例如:普列汉诺夫:《艺术论》,鲁迅译,上海:光华书局,1930年;普列汉诺夫:《艺术与社会生活》,冯雪峰译,上海:水沫书店,1929年;波格丹诺夫:《新艺术论》,苏汶译,上海:水沫书店,1929年;卢那察尔斯基:《艺术之社会的基础》,冯雪峰译,上海:水沫书店,1929年;卢那察尔斯基:《文艺与批评》,鲁迅译,上海:水沫书店,1929年;弗里契:《艺术社会学》,天行(刘呐鸥)译,上海:水沫书店,1930年;沃罗夫斯基:《社会的作家论》,画室(冯雪峰)译,上海:光华书局,1930年;藏原惟人、外村史郎辑译:《文艺政策》,鲁迅译,上海:水沫书店,1930年。

④ 庄桂成:《中国文论现代转型中的“苏联”因素》。

⑤ 魏伯·司各特:《西方文艺批评的五种模式》,重庆:重庆出版社,1983年,第66页。

下了基础。……所遗留的含有方法和成果的著作,却不只作为后人研究的对象,不愧称为建立马克思主义艺术理论,社会学底美学的古典底文献的了"[①],称其是"用马克思主义的锄锹,掘通了文艺领域的第一个"[②]。苏联当代美学家M.卡冈在《美学史讲义》中则指出:普列汉诺夫的"大量著作对几乎所有美学基本问题作了详尽的论述"[③]。而苏联时期作为师范学院"俄语和文学"专业学生用教科书《十八世纪—二十世纪初俄国批评史》则认为,"正是因为普列汉诺夫,俄国的文艺批评,或者更准确地说,它的哲学方法论,在经过民粹主义的主观主义和实用主义的实证主义,幼稚的学理主义领域的30年徘徊之后,重新走上了19世纪世界革命和理论思维的道路"[④]。这就是普列汉诺夫,一个在马克思主义文艺理论个人贡献上几乎无可挑剔的理论家。

(一)普列汉诺夫译介、研究简况

普氏论著的译介在我国出现过三个高潮,二三十年代、五六十年代、80年代,普氏文艺思想对中国学术界的影响从译介之初到今天,也一直没有停止过。据初步统计,新中国成立前,从1929年至1949年这20年间,中国各个出版社共出版了普列汉诺夫的著作14部。[⑤] 新中国成立后五六十年代,我国在翻译出版普列汉诺夫文艺论著方面不仅更新了不少原有的译文,而且新译了许多重要的论著,《论艺术 没有地址的信》(曹葆华译)、《艺术与社会生活》(陈冰夷译)、《论西欧文学》(吕荧译)、《马克思主义的基本问题》(张仲实译)等先后在这一时期重译或新译。新时期以后,除曹葆华译的两卷集《普列汉诺夫美学论文集》(1983)外[⑥],主要译著还有程代熙的《普列汉诺夫美学论文选》(1983)等。1982年,有学者撰文统计:"一九二四年到现在的五十七年间,我国共翻译出版普列汉诺夫著作不下三十种,约五百六十余万字。按字数算,在除马克思恩格斯和列宁以外的所有外国哲学家著作汉译中是首屈一指的。"[⑦]然而,与译作数量之巨不相协调的,却是我们在普氏理论的研究方面却难尽如人意。进入新世纪之

---

① 鲁迅:《艺术论》"译本序",《鲁迅文集》第4卷,哈尔滨:黑龙江人民出版社,1995年,第224页。

② 鲁迅:《鲁迅译文集》第6卷,北京:人民文学出版社,1958年,第610页。

③ 卡冈:《马克思主义美学史》,《美学史讲义》第4册,北京:北京大学出版社,1987年,第57页。

④ 库列绍夫:《普列汉诺夫的文艺批评思想》,潘泽宏译,《湘潭大学学报》(社会科学版)1992(04)。

⑤ 见高放、高敬增:《普列汉诺夫著作在中国民主革命时期的传播》,《教学与研究》1982(04)。

⑥ 即曹葆华译《普列汉诺夫哲学著作选集》第5卷,这一卷全部是美学论文。这本书除作为中文版的《普列汉诺夫哲学著作选集》第5卷出版外,人民出版社于1983年10月,以《普列汉诺夫美学论文集》为名,出版了两册书。该集共收入普列汉诺夫1888—1913年间的美学论文19篇。可以说,他的重要美学论文大多数都收入了。这是我国翻译出版的收入普列汉诺夫美学论文最多的一部书,是我国近年来翻译出版普列汉诺夫文艺和美学论著取得的一个重大成果。见刘庆福:《普列汉诺夫的文艺论著在中国之回顾》,《学术月刊》1985(09)。

⑦ 王荫庭:《普列汉诺夫哲学著作的价值及其在中国的命运》,《读书》1982(06)。

后，有人统计新中国成立后的普列汉诺夫研究，从1949年到2005年，研究专著有10本，有关著作相关章节涉及普列汉诺夫的也有十本左右。[①] 实际上，这些被提到的著作又基本都是在新时期以后才出版的。

1987年，由王秀芳著《美学·艺术·社会——普列汉诺夫美学思想研究》一书，由河北人民出版社出版，这是中国学术界第一部系统地研究普列汉诺夫美学思想的专著。作者论述了普列汉诺夫美学思想的理论基础与方法论，评述了普列汉诺夫关于审美与艺术的起源、审美的特征、艺术的本质和社会作用、艺术与阶级斗争、艺术与社会心理、艺术的相对独立性、文艺批评、现代派艺术、别林斯基和车尔尼雪夫斯基的美学思想等方面的理论。该书还设专章介绍了普列汉诺夫本人，他的美学活动及主要美学著作，国内外对他美学思想的研究与评价以及他在马克思主义美学史上的地位。[②] 除王秀芳这一著作外，关于普列汉诺夫的美学思想研究，还有全国马列文论编委会编《普列汉诺夫美学思想论集》（黄河文艺出版社，1987），马奇《艺术的社会学解释——普列汉诺夫美学思想述评》（中国人民大学出版社，1988），楼昔勇《普列汉诺夫美学思想研究》（上海人民出版社，1990）等。这些文集或著作从不同的学术视角比较全面地对普列汉诺夫美学思想的各个领域进行了研究，其中楼昔勇的著作按"审美的一般理论""艺术的一般理论""艺术批评的理论"三编十二章展开，把普列汉诺夫的美学思想体系基本勾画了出来，同时本书善于从历史联系中来考察普列汉诺夫的美学思想，并对普列汉诺夫的美学思想做出了比较公正的评价。冯契认为，该著"是一本很有现实意义的著作，对于提高美学领域中的马克思主义水平，是能起到良好作用的。"[③]

(二) 普列汉诺夫社会学文艺观的基本内容

普列汉诺夫一生经历了多个思想阶段，自20年代始至今，国内外对普列汉诺夫政治、理论活动阶段划分有多种意见，比较详细地划分可分五个阶段，分别是民粹主义时期（1875—1883）、马克思主义时期（1883—1903）、孟什维克主义时期（1903—1908）、反对取消主义时期（1908—1914）、社会沙文主义时期（1914—1918）。这一见解是我国学者高放和高敬增提出的。[④] 由于普列汉诺夫思想一生中发生了诸多变化，尤其是1903年以后，其思想远离了马克思主义，

---

① 郭鹏：《普列汉诺夫研究综述》，《科教文汇（下旬刊）》2009(02)。

② 贺水贤、孙志娟：《一本研究普列汉诺夫美学思想的专著——评〈美学·艺术·社会〉一书》，《山西师大学报》（社会科学版）1988(03)。

③ 冯契：《马克思主义美学有待于发展——楼昔勇著〈普列汉诺夫美学思想研究〉序》，《文艺理论研究》1990(06)。

④ 李占一、李澄：《关于普列汉诺夫政治、理论活动阶段划分的问题》，《河北学刊》1992(01)。

这就影响到苏联学术界对他的思想价值评介的不同说法。不过从总体上说,普列汉诺夫主要还是一个马克思主义者,即使在他蜕变为孟什维克主义者的时候,他也没有和孟什维克派同流合污,而仍然坚持用马克思主义的基本方法与思路研究问题。列宁在十月革命后还说过:“不研究——正是研究——普列汉诺夫所写的全部哲学著作,就不能成为一个自觉的、真正的共产主义者,因为这些著作是整个国际马克思主义文献中的优秀作品。”[①]普列汉诺夫对马克思主义美学研究有许多独特的理解与贡献,有学者指出:“在马克思、恩格斯逝世以后到列宁主义出现以前,普列汉诺夫的美学思想毫无疑问代表了当时马克思主义美学的最高水平。”[②]新时期以前,对普列汉诺夫思想更多的只是译介,研究的比较少,而且很多研究还都带着政治的眼光,不能客观认识他的真正价值。新时期之后,人们对他的研究才真正有规模地开始。

1. 对普列汉诺夫文艺思想的总体研究

新时期之后,吴元迈较早通过论述普列汉诺夫有关无产阶级文艺的基本思想,在科学认识普列汉诺夫方面给学界带了个好头。吴元迈在文章中指出:“我们应当以列宁评价普列汉诺夫的全部指示为准绳,来评价他的文艺遗产。正是列宁无情地揭露了普列汉诺夫的孟什维克主义和对革命的背叛,同时又高度地评价了他在俄国革命思想的发展上和在马克思主义的宣传上所起的作用。”[③]这一主张在今天仍然是值得我们遵守的。在另一篇文章《普列汉诺夫论现实主义》中,吴元迈对普列汉诺夫关于现实主义的理论见解给予了高度的评价,认为普列汉诺夫的有关论述,对于我们了解和研究马克思主义的文艺理论及其发展的历史,对于我们批判“四人帮”一伙在“纪要”中借口“批判”资产阶级现实主义,实则全盘否定现实主义的奇谈怪论,对于我们进一步探讨社会主义文艺的理论问题,无疑都是一份宝贵和重要的材料。[④] 印锡华1980年的研究文章,同样认识到了普列汉诺夫文艺理论遗产的丰富性和复杂性,及其总体上鲜明的马克思主义文艺理论的基本特征。文章指出,普列汉诺夫在精辟地指出艺术对社会生活的依赖关系的同时,还研究了这种依赖关系在实践中的复杂表现,他十分重视在“劳动和艺术之间形成了一些中间性的东西”[⑤],这些构成了普列汉诺夫文艺理论遗产中具有特殊价值的部分。普列汉诺夫坚持运用历史唯物主义

---

① 列宁:《再论工会、目前局势及托洛茨基和布哈林的错误》,《列宁全集》第四十卷,北京:人民出版社,1986年,第292页。

② 陈辽:《论普列汉诺夫对马克思主义美学思想的发展》,《齐鲁学刊》1986(02)。

③ 吴元迈:《普列汉诺夫论无产阶级文艺》,《外国文学研究》1979(03)。

④ 吴元迈:《普列汉诺夫论现实主义》,《文学评论》1980(05)。

⑤ 普列汉诺夫:《从社会学观点论十八世纪法国戏剧文学和法国绘画》,《译文》1956(12)。

基本原理,来解释种种艺术创作和理论问题,给我们留下了许多精彩的篇章。[①] 吕德申则在文章中十分看重普列汉诺夫对文艺上现实主义理论所做出的诸多有益探索,在艺术发展规律及意识形态研究方面所坚持的辩证唯物主义一元论历史观,对艺术影响的"中间环节"中"社会心理"、阶级斗争因素的重视,以及文学艺术在人类社会发展史中的作用,和无产阶级自己的文艺的产生和发展的探讨,等等。[②] 樊大为也在文章中结合普列汉诺夫的具体著作,探讨了普列汉诺夫在诸如文艺的起源和发展、文艺的特征和创作原则、文艺欣赏和文艺批评、建设和发展无产阶级文艺等马克思主义文艺理论基本问题上所作过的精辟阐述。[③] 这些论述都表明,普列汉诺夫的文艺思想是始终围绕而从未离开马克思主义的哲学基础和方法指导。

赵宪章探讨了普列汉诺夫的文艺社会学思想。他认为普列汉诺夫"是继丹纳创立文艺社会学体系之后,第一位给文艺以历史唯物主义的社会学的解释的巨匠",普列汉诺夫对文艺社会学的确立和发展,做出了三方面的突出贡献:第一,"艺术是一种社会现象",这是普列汉诺夫文艺社会学理论的出发点。第二,注重从社会心理的角度研究文艺现象是普列汉诺夫的文艺社会学的重要特点。第三,在对文艺现象进行解释和研究中,普列汉诺夫始终坚持了历史唯物主义的基本观点,创立了以"五项因素公式"(又称"五层楼"公式)为主要内容的文艺社会学方法论系统。[④] 王秀芳也认为,"这个'五项因素公式'是普列汉诺夫对唯物史观概括的一个公式,也是他研究美学和艺术理论的总纲。"作者从关于艺术与审美的起源、关于美感的特征、关于艺术的本质与社会作用、关于艺术与社会心理等四个方面对此进行了探讨。[⑤] 陶东风研究了普列汉诺夫的文学史观,认为普列汉诺夫的文学史观的主要来源是三个方面:马克思主义的历史唯物主义、泰纳的文学史观、黑格尔的历史哲学。普列汉诺夫文艺史模式的特点有两个:确立了经济关系决定论,提出了社会心理中介论。[⑥] 卢那察尔斯基在他晚年完成的《作为文学批评家的普列汉诺夫》一文中认为"正是普列汉诺夫奠定了马克思主义艺术学的基础"[⑦],李心峰的文章就集中研究了普列汉诺夫对马克思主义艺术学方面的巨大贡献,作者认为,普列汉诺夫的艺术学之所以是"马克思主义艺术学",主要在于他明确地宣告:艺术理论的研究必须立足于唯物史观这一科

① 印锡华:《谈普列汉诺夫的唯物主义文艺观》,《徐州师范学院学报》(哲学社会科学版)1980(04)。
② 吕德申:《普列汉诺夫文艺思想的几个重要方面》,《北京大学学报》(哲学社会科学版)1985(05)。
③ 樊大为:《论普列汉诺夫的文艺观》,《河北大学学报》(哲学社会科学)1985(04)。
④ 赵宪章:《浅谈普列汉诺夫的文艺社会学理论》,《社会学研究》1986(02)。
⑤ 王秀芳:《普列汉诺夫与马克思主义艺术论》,《安徽大学学报》(哲学社会科学版)1990(04)。
⑥ 陶东风:《论普列汉诺夫的文学史观》,《晋阳学刊》1991(05)。
⑦ 卢那察尔斯基:《关于艺术的对话》,吴谷鹰译,北京:三联书店,1991年,第300页。

学的理论基础之上，文章对此进行了非常详尽的论证与分析。[①] 以上各家在探讨普列汉诺夫艺术思想的社会学面貌时，都十分重视普列汉诺夫对艺术独特性的认识与论述，避免了对普列汉诺夫社会学文艺思想的庸俗化、机械化理解。

在研究中，有学者们注意到普列汉诺夫的艺术观呈现出一种明显的功利主义特征。陈复兴认为，普列汉诺夫从社会学的观点——即从历史唯物主义的观点，从一个时代的生产状况和经济关系揭示出艺术的发生、发展和变化，从而认定"艺术是一种社会现象"，强调任何艺术所具有的功利主义性质，这是普列汉诺夫对马克思主义文艺学说的一大贡献。他还从普列汉诺夫重视艺术的思想性，捍卫现实主义的艺术传统等方面对这种功利性进行论证。[②] 刘文斌也认为文艺的功利性是普遍恒久地存在的，他通过分析普列汉诺夫对"纯艺术"论的批判来证明这一点。文章认为，普列汉诺夫运用唯物史观，深入地剖析了"纯艺术"论的荒谬性、产生原因及其对文艺发展的影响。在《艺术与社会生活》一文中，普列汉诺夫以大量事实说明："文艺的功利性是普遍恒久地存在着的，任何一个政权，只要注意到艺术，自然就总是偏重于采取功利主义的艺术观。"[③]艺术的功利目的，主要靠作品的思想内容去实现。在阶级社会里，文艺作品的思想内容主要是由阶级斗争的形式所决定的。普列汉诺夫深入考察了"纯艺术"论对艺术发展的作用和影响，对"纯艺术"论的消极作用进行了批判。[④] 与以上两位学者的探讨略有不同，王又如在对普列汉诺夫功利主义艺术观的探讨中，则更多地反映出自己对于功利主义艺术观的批判性反思。作者认为，对艺术的功利要求与功利主义艺术观是两个内涵与外延都不相等的不同概念，不能相互混淆，对艺术的功利要求不应当归结为功利主义。"人们衡量艺术，不仅有功利标准，而且有艺术的、美学的标准，前者必须融合于后者。如果把功利要求变成不顾艺术规律的唯一的、简单的和直接的要求，就成了功利主义。"由于没有将两者区别清楚，普列汉诺夫就不能在肯定对艺术的功利要求的同时，彻底地否定功利主义艺术观。事实上，功利主义艺术观给整个文艺的发展都带来损害。"艺术与其他意识形态之间的区别在于，它主要通过审美的方式反映社会生活，它对社会生活所起的作用，也必须通过审美的方式才能实现。离开审美特质，便不能科学地说明艺术。""普列汉诺夫只看到了为艺术而艺术的片面性，却没有看到功利主义艺术观的片面性，这恰恰说明普列汉诺夫关于功利主义艺术观的论述，并没有以他对审美活动和功利活动的具体分析为基础，它反映出普列

---

① 李心峰：《作为马克思主义艺术学家的普列汉诺夫》，《马克思主义美学研究》2005年卷。

② 陈复兴：《试论普列汉诺夫的功利主义艺术观》，《东北师大学报》1980(04)。

③ 普列汉诺夫：《普列汉诺夫美学论文集》Ⅱ，曹葆华译，北京：人民出版社，1983年，第830页。

④ 刘文斌：《文艺的功利性是普遍恒久地存在的——普列汉诺夫对"纯艺术"论的批判》，《内蒙古大学学报》(人文社会科学版)1997(03)。

汉诺夫美学思想的复杂矛盾。”[①]该文在艺术思想发展史的语境中探讨艺术功利主义的利弊得失，有理有据，给我们带来了许多启发与思考。

2. 关于艺术起源问题的探讨

普列汉诺夫对于马克思主义文艺理论与美学的贡献是多方面的，以下就国内学者探讨比较多的艺术起源问题、社会学文艺批评等，再进行一些粗浅的探讨。

对于艺术起源问题，过去比较流行的说法是“艺术起源于劳动”，并认为这是普列汉诺夫的观点，一些文学理论教材也基本持这一观点，并将其作为马克思主义文艺发生学的重要思想。新时期以后，有学者对此提出了质疑，认为文学艺术起源于原始人的主体情感，或者起源于原始人爱美的天性和他们的社会实践，“劳动说”忽视了艺术的自然根源以及原始人从事艺术创作的生理基础，等等。这些质疑引发了许多学者的思考，也发动了对普列汉诺夫关于艺术起源问题的研究。张育新认为，将“艺术起源于劳动”的公式说成是普列汉诺夫的观点是不对的，实际上，普列汉诺夫并没有提出这个公式，他对这个问题的论述远比“劳动说”全面、深刻。“普列汉诺夫在对艺术起源问题的论述上，并没有简单地归结为‘艺术起源于劳动’。他同时从两个方面来论述这一问题。从艺术与其社会根源的关系上，他认为原始艺术产生于原始人维持生存的物质活动之中，而不仅仅是生产劳动的过程中。从原始艺术的创作本身看，他认为原始艺术产生于原始人在物质活动中引起的特定感情思想的形象表现，是由人们的心理创造出来的。”[②]《文摘报》1983(81期)以《艺术起源于劳动不是普列汉诺夫的观点》为题摘登了张育新的文章。针对张育新的观点，何梓焜提出了自己的看法。他认为，“尽管普列汉诺夫没有简单地作出‘艺术起源于劳动’的结论，但他强调艺术对生产劳动的依赖关系。‘艺术起源于劳动’不是普列汉诺夫关于艺术起源问题的全部观点，但却是他的主要观点；生产劳动不是艺术起源的唯一因素，却是主要因素，因此，不能认为‘艺术起源于劳动不是普列汉诺夫的观点’。《文摘报》在摘登张育新的文章时所加的标题是不确切的。应该说，艺术起源于劳动，又不仅起源于劳动。艺术起源于劳动是普列汉诺夫的观点，并且是他的基本观点”。本文还针对张文论述艺术起源提出的“原始人在物质活动中引起的特定感情思想的形象表现”“艺术是由人们的心理创造出来的”等观点，进行了批评性分析，认为“在探讨艺术起源的时候，普列汉诺夫一方面强调艺术对生产劳动的依赖关系，另一方面又十分重视自然条件和其他社会因素在艺术的产生

① 王又如：《试评普列汉诺夫关于功利主义艺术观的论述》，《复旦学报》(社会科学版)1981(04)。

② 张育新：《普列汉诺夫怎样论述艺术的起源》，《中山大学学报》(社会科学版)1983(01)。

和发展中的作用,对艺术的起源作了比较全面比较深刻的分析"[1]。显然,在何梓焜看来,在探讨艺术起源问题上,普列汉诺夫的思想要丰富得多。

对普列汉诺夫的劳动起源说,究竟有没有一个统一的答案,为什么会造成如此多的解读,有些甚至是针锋相对的解读呢?周平远从普列汉诺夫研究问题的方法入手,对此进行了分析讨论。针对各种观点,作者认为普列汉诺夫理论自身的矛盾,乃是这些分歧发生之根源。作者从普列汉诺夫的研究方法、与达尔文的影响等方面对此进行了分析与探讨。[2] 艺术究竟起源于哪里,时到今日,仍然不是一个不证自明的问题,不管人们对于普氏的看法有多大的分歧,但有一点却是基本一致的,那就是他没有将艺术起源归根于主观观念的东西,而是将其扎根于人类生活的现实土壤中,这一点不仅给后来的研究者确定了方向,同时也开辟了更为广大的阐释空间。他的贡献显然是功不可没的。

3. 普列汉诺夫的社会学文艺批评

普列汉诺夫建立起了一套系统的马克思主义文艺理论思想,对许多文艺理论问题都提出了自己独特的主张。他在文艺批评方面的贡献,也是中国学者关注比较多的内容之一。王秀芳从五个方面比较细致地分析了普列汉诺夫关于文学批评的基本思想:(一)强调文艺批评在评价作品思想内容方面的职能;(二)重视对作品的美学评价;(三)认为文学批评的科学性、客观性与倾向性是一致的;(四)承认文艺批评标准的相对性与客观性;(五)重视文艺批评家的修养。[3] 印锡华则撰文认为,普列汉诺夫关于文艺批评的任务可以用"了解它的观念评价它的形式"[4]来概括,同时普列汉诺夫的批评观念与他的文学观念是一样的,那就是强调文艺批评标准的社会性、时代性,这是他的艺术社会学的核心内涵。[5] 张春吉撰文认为,文学艺术是社会生活的反映,文学艺术史是社会发展进程的历史,因此,分析文学艺术作品,就须把文学艺术作品放到它们赖以产生的社会背景去考察,这就是普列汉诺夫所倡导的社会学批评方法的基本特点所在。作者对在"方法热"思潮里,马克思主义的社会学批评方法被视为僵化、过时的模式,并遭到众多的非难这一现象,从普列汉诺夫的社会学批评实践

---

① 何梓焜:《对普列汉诺夫论艺术起源的理解——兼与张育新同志商榷》,《中山大学学报》(社会科学版)1985(01)。

② 周平远:《关于普列汉诺夫研究方法的思考——〈没有地址的信〉札记》,《上饶师范学院学报》1990(01)。

③ 王秀芳:《普列汉诺夫论文艺批评》,《江汉论坛》1984(05)。

④ 普列汉诺夫:《车尔尼雪夫斯基的美学理论》,《文艺理论译丛》1958(01)。

⑤ 印锡华:《"了解它的观念 评价它的形式"——普列汉诺夫论文艺批评的任务》,《徐州师范学院学报》(哲学社会科学版)1984(01)。

进行了考察分析,认为这一非难是言过其实的批评。[①]

普列汉诺夫的社会学文艺批评观还表现在他对托尔斯泰文艺思想的研究与评价上,即使在1903年以后,在政治和策略上滑到了孟什维克主义的泥潭,而在哲学、美学和文学批评方面普列汉诺夫却基本上仍然坚持着马克思主义的革命立场。在对托尔斯泰的评价中,这一点也是十分清楚的。陈复兴认为:"在普列汉诺夫看来,托尔斯泰不管在思想上还是在艺术上都是'贵族阶级的儿子','他是描写上层阶级生活的艺术家'。这是普列汉诺夫关于托尔斯泰的一组论文的一个基本的具有特征性的观点,也是他评论托尔斯泰一系列著名作品的出发点。"[②]几乎在普列汉诺夫评价托尔斯泰的同时,列宁也发表了一组评价托尔斯泰的文章,列宁和普列汉诺夫在评价托尔斯泰方面都有很好的建树,也引来了学者们对两者进行的比较研究。李珺平在文章中分别对列宁与普列汉诺夫评论托尔斯泰的"闪光"的地方进行了论述,同时也在论述中比较了二者的不同。作者认为,"普列汉诺夫的评论虽然有些地方不如列宁站得高,可是他的文章中确有个人的独特的'研究心得'和'精辟见解',有的方面正好填补了列宁没有论述的空白,为马克思主义文艺理论做出了很大的贡献。"[③]

与李珺平不同,张弼主要研究了由于方法论的不同而导致普列汉诺夫在评托尔斯泰中与列宁观点的分歧问题,作者分析了列宁批评的正确性和系统性,指出了普列汉诺夫所表现出的更多的局限与不足。[④] 这是新时期以后采用系统论、信息论、控制论、层次论等一些现代自然科学方法进行文学研究的一种新尝试,具有一定的启发意义。邱运华关于列宁和普列汉诺夫论托尔斯泰的比较研究,则更多地关注到了他们批评背后的东西,作者认为二人的差异与分歧不可能仅仅用政治观点的差异、学识和趣味的差异来解释,而是"触及了马克思主义意识形态理论具体运用到文学研究过程中的一些实践性问题"。笔者认为,这些问题包括以下内容:有关托尔斯泰全部学说的本质问题,如何历史地具体地在作家创作思想的发展变化中运用反映论的美学原则,意识形态内部诸因素之间的相互关系问题,以及文学与这些因素之间的影响关系,对托尔斯泰学说的社会历史土壤的重视等。[⑤] 在这种分析论述之下,邱运华基本得出了与张弼相近或相似的观点。

在普列汉诺夫所建立的系统的马克思主义文艺理论思想中,除了艺术起源问题、美感问题、社会学文艺批评理论之外,普列汉诺夫还在社会结构"五项因

---

① 张春吉:《试谈普列汉诺夫的社会学批评》,《厦门大学学报》(哲学社会科学版)1987(04)。

② 陈复兴:《普列汉诺夫的托尔斯泰论》,《扬州师院学报》(社会科学版)1983(02)。

③ 李珺平:《简评列宁、普列汉诺夫对托尔斯泰的评价》,《汉中师院学报》(哲学社会科学版)1986(03)。

④ 张弼:《从方法论上看普列汉诺夫和列宁在评托尔斯泰中的观点分歧》,《学术交流》1986(03)。

⑤ 邱运华:《在批评的背后——列宁和普列汉诺夫论托尔斯泰比较研究》,《俄罗斯文艺》1999(03)。

素公式”理论、两种社会意识形态理论等方面做出了巨大贡献，理论界对这些问题探讨的文章也是数量巨大，另外，他对鲁迅、瞿秋白等中国作家文艺观的影响等方面，学界也做了许多有益的探讨，限于篇幅，这里不再赘述。普列汉诺夫的思想异常丰富复杂，要真正理解普列汉诺夫的美学不去整体上阅读他的著作，是很难达到的。新时期以后，理论界对于普氏相关文艺理论问题的研究与论争，大大丰富了人们对于普氏的认识与理解，同时也为我国马克思主义文艺理论研究提供了宝贵的理论资源。或许这些探讨基本都处于理论层面，但实事求是地讲，普列汉诺夫在我国所受关注的冷热程度始终是与中国文艺的基本实践以及文艺理论的发展状况直接相关的。

三、列宁文艺反映论与我国文论的历史缘分

反映论不仅在20世纪中国文论中占据着主流主导的地位，而且反映论在推动20世纪中国文论的现代进程中也起着一个支点的作用，中国文论在20世纪的每一次进步与变化都与反映论有着这样那样的关系，尤其是新中国成立后，当代中国文艺理论每一步发展与演变片刻没有离开过反映论，无论是对它的巩固与神化，或是对它的反思与改进，抑或是对它的放弃或是在新的语境中对它的重新认识，可以说，反映论始终处于中国文艺理论的核心位置。对60年列宁反映论在我国状况的探讨，可以比较清楚地勾勒出我国文论60年发展的基本面貌。

(一)

中华人民共和国成立后三十多年，马克思主义文艺论著的翻译出版工作进入崭新的阶段，翻译出版的列宁文艺论著，较之新中国成立前，数量更多、内容更加充实完备、译文质量也更高。概括起来说，当时出版的有关列宁文艺论著的书籍，有综合本、专集本、合编本、回忆录四类。[①] 而新时期之后，1988年由杨柄编选的《列宁论文艺与美学》由漓江出版社出版，该书分上、下两卷，总计140万字，是当时由我国理论工作者辑录、编选，不仅在书的编排体例上具有自己的特色，而且也是材料最丰富、最完备的一部列宁文艺论集，被称为文艺理论的一项“大工程”[②]，受到了理论界的高度评价。

---

① 关于列宁文艺思想在中国的翻译介绍情况，可参见刘庆福：《列宁文艺论著在中国翻译出版情况》，《北京师范大学学报》1984(04)。

② 见吕德申：《学习、宣传列宁文艺思想——读〈列宁论文艺与美学〉》，《文艺理论与批评》1990(05)。

马克思主义文艺理论的反映论学说与古希腊的恩培多克勒提出的“流溢说”、德谟克利特提出的“影像说”、培根的“知识就是存在的映像”、洛克知识来源的“白板”说、费尔巴哈认识的“镜子”说等，都有着一定的关联，同时更直接得益于马克思、恩格斯关于物质与意识的辩证关系的思想。恩格斯说：“我们的意识和思维，不论它看起来是多么超感觉的，总是物质的、肉体的器官即人脑的产物。”[①]列宁在《唯物主义和经验批判主义》一书中批判马赫的“感觉的复合”理论时强调：“任何人只要略为留心地读一读《反杜林论》和《路德维希·费尔巴哈》，就会看到许许多多的例子，其中恩格斯讲到物及其在人的头脑中，在我们的意识、思维中的模写，等等。恩格斯并没有说感觉或表象是物的‘符号’，因为彻底的唯物主义在这里应该用‘映象’、画像或反映来代替‘符号’”。[②]

认识不仅反映现象，而且反映本质和规律；不仅反映当下的现实，而且以目的、计划、预见等形式对现实的发展作“超前”反映；不仅反映世界，而且通过实践改造世界，这些都是我们关于反映论的基本认识。“反映论”这一术语由列宁最终确立并使用，列宁关于反映论思想的主要著作有1908年完成的《唯物主义与经验批判主义》，1895—1916年期间所写的有关哲学的读书摘要、评注、札记和短文，后来于1929—1930年汇集出版的《哲学笔记》等。列宁所提出的文学的“党性原则”，可以看作是对反映论的深化及其在创作上对坚持反映论的更高要求，反映什么，写什么，这是党性的体现。

毛泽东文艺思想与列宁文艺思想有着明显的承继关系，有学者指出，文艺与生活、文艺与人民、文艺与革命是毛泽东文艺思想的主体，都是直接从列宁文艺思想继承、发展而来的，对中国革命文艺的发展和繁荣起到了巨大的推动作用。[③] 季水河在《毛泽东与列宁文艺思想比较研究》一文中认为，毛泽东与列宁的文艺思想具有相似的理论图景，其理论命题是基本相同的，都由反映论的文艺本质论、阶级性的文艺属性论、工具化的文艺作用论、大众化的文艺方向论、“两种文化”的文艺遗产论所构成。[④] 毛泽东文艺思想与列宁文艺思想的这种亲密关系，必然影响到我国马克思主义文艺思想的基本内容。实际上情况也正是这样。应该说从1942年毛泽东发表《在延安文艺座谈会上的讲话》直到新中国成立以后，我国文艺理论的确立与建设都始终围绕列宁的文学反映论思想展开，是在反映论框架下的理论建构，并且与苏联国内的文艺实践也有着较为明显的一致性。

---

① 恩格斯：《路德维希·费尔巴哈和德国古典哲学的终结》，《马克思恩格斯全集》第二十一卷，北京：人民出版社，1965年，第319页。

② 列宁：《列宁全集》第十八卷，北京：人民出版社，1988年，第35页。

③ 赖干坚：《毛泽东对列宁文艺思想的继承和发展》，《龙岩师专学报》1999(04)。

④ 季水河：《毛泽东与列宁文艺思想比较研究》，《文学评论》2008(02)。

40年代到50年代中期,关于反映论和经济基础与上层建筑的关系问题,在苏联学术界和文艺界展开了热烈的讨论,对我国知识界也产生了深远的影响。尤其是在50年代全国学苏联、学马列主义的高潮中,哲学界、文艺界也展开了热烈讨论,始于1956年的"美学大讨论"将这次讨论推向了高潮。以蔡仪为代表的客观派美学——其实就是马克思主义的认识论美学,蔡仪称之为"新美学",作为重要一派参与了这场大讨论。蔡仪认为,"美在于客观的现实事物,现实事物的美是美感的根源,也是艺术美的根源,因此,正确的美学的途径是由现实事物去考察美,去把握美的本质"[①],在他看来,"艺术是以现实为对象而反映现实的,也就是艺术是认识现实并表现现实的"[②]。因而,他对现实主义推崇备至,认为"现实主义才是最正确的创作方法"。蔡仪的认识论美学观点贯彻于其美学原理及文艺学等著作中,蔡仪的认识论美学是在对旧美学——以朱光潜为代表的直觉主义美学的批判的基础上确立起来的。朱光潜认为美不在于客观事物,而在于人的主观直觉,蔡仪则把美学置放在唯物主义的基础之上。与蔡仪观念相近的还有李泽厚,他认为,美是客观的,但客观性不是事物的自然属性,而是社会属性,是"人化的自然","只有在自然对象上'客观地揭开了人的本质的丰富性'的时候,它才成为美。"[③]李泽厚在当时坚持的也是"美感是美的反映、美的摹写"的反映论,所不同的只是对美的客观性的理解,蔡仪把客观性的根源放在自然属性上,而李泽厚则放在了社会实践的过程之中。有论者认为,就当时"美学热"中的四家——蔡仪("客观"论)、高尔泰("主观"论)、李泽厚("客观性与社会性统一"论)、朱光潜("主客观统一"论)来看,蔡仪、李泽厚是将列宁《唯物主义与经验批判主义》奉为中国美学原理建构的方法论基石,而朱光潜则选择了马克思的《1844年经济学哲学手稿》。[④] 其实,从这场讨论的发展情况来看,实际上李泽厚的理论也是以马克思《手稿》为理论资源的,同时还有蒋孔阳等人,他们以马克思主义实践观为哲学基础,提出了美的本质是客观性与社会性的统一,美感是历史积淀与社会实践的产物的看法,并对艺术中的形象思维和典型创造进行了深入研究。可以说,《手稿》研究推动中国当代马克思主义美学的哲学基础从机械反映论向实践论转变,这个过程经历了较长的时间,直到新时期以后持续开展的有关实践美学的讨论。

总之,新中国成立后17年的文学观是反映论和认识论的文学观,我们从蔡仪、霍松林、周勃、蒋孔阳、李泽厚、以群等文艺理论家在当时发表的意见中就可

---

① 蔡仪:《美学论著初编》(上),上海:上海文艺出版社,1982年,第197页。

② 同上书,第4页。

③ 李泽厚:《美学论集》,上海:上海文艺出版社,1980年,第25页。

④ 夏中义:《青年马克思与中国第一次"美学热"——以朱光潜、蔡仪、李泽厚、高尔泰为人物表》,《文学评论》2011(05)。

以明白这一点；也可以通过探讨新中国成立后文艺界领导人文学观念中的反映论思想、新中国成立初期几次文学批判运动的深层原因、“社会主义现实主义”的理论实践、革命的浪漫主义与革命的现实主义的二结合、50年代苏联文学理论教材及文论对中国文学理论的影响、50年代的“美学大讨论”“双百方针”与“文学是人学”的提出等事件中明白这一点。强调文学的本质是认识，即“文学是……的反映”的观念成为当时一代人的基本认识。而进入“文化大革命”之后，随着“文艺黑线专政”论（“黑八论”）、“革命样板戏”及其理论、无产阶级创作的“三突出”原则、英雄人物塑造的“高大全”理论以及“极左”文艺路线的批评实践等的确立与推行，文学反映论日益走向僵化的阶段，彻底陷入机械唯物论、庸俗社会学的泥潭之中。

（二）

新时期之后，对“工具论”“文艺为政治服务”等的拨乱反正，成为相当一个时期内文艺理论研究的重要课题，文学反映论一直面临着来自各个方面的冲击，有学者将这种冲击总结为四个阶段。第一阶段是1979年至80年代初，在“文学与政治”以及“马克思主义文艺理论体系论”两场讨论中，有人怀疑反映论在文艺理论体系中的主导地位；第二阶段是1980年至1983年，西方现代派文学及其思潮的渗入，构成了对反映论的强大冲击波。其中三个“崛起”，即1980年谢冕的《在新的崛起面前》，1981年孙绍振的《新的美学原则在崛起》和1983年徐敬亚的《崛起的诗群》是这一段的代表作；第三阶段是1984年至1985年，倡导“老三论”“新三论”等科学方法的借鉴的“方法论热”，试图从研究方法上促进与强化文学观念的除旧布新；第四阶段是1985年至1995年近十年，建立在不同哲学基础之上的文艺主体论、本体论、价值论、实践论和生产论等杂然纷呈，论辩飞扬，对文艺反映论进行了全面包抄式的“围攻”。[①] 应该说，这一梳理比较全面地概括了反映论在新时期以后所经历的处境和变化。

对反映论的批判，是从批判列宁《唯物主义和经验批判主义》中的反映论问题开始的。就理论上讲，对列宁反映论质疑的主要原因有这样一些：一是受西方“列宁学”的影响，认为列宁继承的是恩格斯的机械唯物主义；二是认为列宁在著作中关于认识论的观点是前后不一致的，后来的《哲学笔记》对其《唯物主义和经验批判主义》是一种否定；三是用皮亚杰的发生认识论削弱列宁唯物论反映论，从而提出列宁文艺思想过时论的看法；四是用“西马”文论家对反映论的否定来质疑反映论；五是19世纪末20世纪初，开始出现被统称之为西方现代派的各种艺术流派的影响，导致了反映论阐释能力的失效。如当代的某些西

---

① 张凌聪：《近十年文艺反映论论争概观》，《杭州大学学报》1995(02)。

方资产阶级“列宁学”家,对列宁的反映论发出种种责难,认为列宁没有从主体方面去理解认识活动,仍然停留在直观反映论的水平。[①] “西方马克思主义”者认为,列宁把“感觉看做是外部世界的映象”,不是坚持唯物论,而是“滑向了二元论”;列宁关于“改造世界必须首先正确地反映世界”的论断,则忽视了人类改造客观世界的能动作用。他们指责列宁是“只要反映不要创造的机械论”[②]。而现代科学的发展,给反映论也带来了挑战,有学者就认为,现代科学的发展把反映论的缺陷全面地衍射出来,“鉴于反映论与现代科学发展越益抵触的事实和理论基础本身的脆弱,可以断言它的确已经处于一种行将过时的历史时刻。”[③]

当然,针对关于反映论的质疑和批评,有不少学者都打起了捍卫的大旗,对一些批判与质疑进行了反驳。如王铁林通过对反映论三个不同历史发展阶段,即朴素唯物主义反映论、旧唯物主义反映论和辩证唯物主义反映论的历史,反映论不同阶段所呈现出的共同的一般原则,以及现代科学的新成果进一步证明了能动反映论原则的正确性等的分析,反驳了学术界对于反映论的质疑与“反映论”的终结说。[④] 郑伯农也认为,“我们反对把唯物主义反映论庸俗化,决不意味着要从根本上否定反映论。文艺必须反映人民群众的斗争生活,必须帮助人民推动生活的前进,这是马克思主义文艺观的一条重大原则。”[⑤]这样的文章有很多,潘翠菁的《能动的反映论是马克思主义文艺理论的基石》(《高校理论战线》1993年第2期)、李准的《文艺创作要坚持唯物主义反映论》(《社会科学战线》1979年第2期)都是这方面的论述。当然辩解的力量在于要面对问题提出符合历史与现实的思考,像董剑南的《还是应该提“能动的革命的反映论”》(《唯实》1983年第2期)、崔自铎《正确评价反映论——兼论反映论与实践论的统一》(《理论月刊》1987年第7期)等文章都对此做出了富有启发的探讨。

(三)

机械的反映论也好,能动的反映论也好,它们都是反映论,这是无法改变也很难改变的事实,而这种反映论给中国文艺所带来的诸多负面影响也是难以改变的。由于“‘反映论’始终联系着一系列阴暗的历史记忆与想象,过于沉重的历史债务,已然堵塞了它改进的空间”[⑥],因此,在经过了一段的质疑反思与辩解之后,寻找新的理论话语——一种与以往完全不同的理论话语——来解释文

---

① 石宝华:《浅探新版〈哲学笔记〉中的反映论》,《内蒙古社会科学》1993(01)。

② 御民:《评“西方马克思主义”者对列宁的反映论的攻击》,《复旦学报》(社会科学版)1983(06)。

③ 佘正荣:《反映论的当代危机》,《贵州社会科学》1989(02)。

④ 王铁林:《反映论:历程、原则和命运》,《甘肃理论学刊》1988(05)。

⑤ 郑伯农:《坚持马克思主义的反映论——纪念马克思逝世一百周年》,《音乐研究》1983(02)。

⑥ 黄平:《“文本”与“人”的歧途——“新批评”与八十年代“文学本体论”》,《当代文坛》2007(05)。

学并扭转反映论不良影响的任务就历史性地摆在了文艺理论工作者的面前。于是，走出对“反映论”清算的藩篱，一些新的富有创见性的理论建构被提了出来。而这些理论的提出，让我们真正看到了新时期之后理论界的激情与冲动，理论家的活力与智慧。

围绕文学“主体性”问题的论争，是80年代诸多论争中影响较大，也是开始时间较早的一次论争，与80年代发生的其他文学论争一样，这些论争都试图建构一种新的文艺理论体系，并都将反映论作为他们批判的主要对象。1985年7月8日刘再复在《文汇报》上发表《文学研究应以人为思维中心》之后，在《文学评论》1985年第6期和1986年第1期上又分两次发表了《论文学的主体性》这篇长文，从而引发了一场关于文学“主体性”的论争。刘文的基本观点是：文学的主体包括作为对象主体的人物形象，作为创造主体的作家和作为接受主体的读者和批评家。文章探讨了各种主体性的实现途径，概述了文学反映论的基本发展轮廓及文学主体性不断强化的历史，并对机械反映论进行了反省，从而说明了主体论在整个艺术过程中的历史地位。

在对刘再复文章持反对意见的论者中，为首的是老资格理论批评家陈涌，此外还有陆梅林、敏泽、程代熙、姚雪垠等富有影响的理论批评家、作家。陈涌认为：刘文明确地把马克思主义所阐明的关于文艺问题的许多本是文学艺术最根本最深刻的“内部规律”的基本原理（例如文学与政治的关系，文学与社会生活的关系，作家的世界观与创作方法的关系等）直截了当地认定是“外部规律”，不仅在理论上不能成立，在实践上也会带来有害的结果，依此逻辑只能导致“纯形式”“纯美”“纯艺术”，而使艺术走向绝境。他的“主体性”理论，离开社会实践，谈论人的受动性和能动性，不是回到机械唯物主义的直观反映论，就是走向唯心主义。[①] 陆梅林在《评一篇耸人听闻的报导》（1986年7月1日《文论报》）中，对陈涌的观点作了全面充分的肯定。而敏泽的批评则更为尖锐：从根本上说，刘再复不是以历史唯物主义观点而是以“人本主义”的观点来研究和宣传“人和人道主义问题”的，其主体性理论，在某种意义上说，是一篇“关于人的自由、博爱的宣言书”[②]。对刘再复文章提出批评的，还有杨柄、郑伯农、丁振海、李准、陈燊等人，具体观点与上述文章大体相近。

当然支持刘再复“文学主体性”理论的也大有人在，王春元、何西来、杜书瀛、陈辽、徐俊西、林兴宅、孙绍振、董子竹、梁志诚、程麻、杨春时等，都撰文表达了支持的观点。如董子竹从当代世界发展趋势强调，文学主体性的讨论，不仅

---

① 陈涌：《文艺方法论问题》，《红旗》1986(08)。

② 敏泽：《论〈论文学的主体性〉》，《文论报》1986年6月21日。不久，敏泽又发表《文学主体性论纲》提出了自己的文学主体性理论。详见《文艺理论与批评》1987(01)、(02)。

是“前几年关于马克思主义‘人’的理论的讨论的继续”,“还应是全球性关于‘人’的观念大裂变中的一个有机组成”[①]。杨春时从文艺理论自身发展需求认为,主体性理论的提出,“是新时期十年对于传统文艺理论反思的结果,是对几十年文艺实践经验教训总结的产物”,也是建立和完善马克思主义文艺理论体系的“历史要求”。[②] 何西来认为:这一理论,是论者“在马克思主义基本原理的指导下,对文学理论的一个一向被忽视了的方面所进行的大胆探索”,“它上承50年代巴人、钱谷融等人受挫的理论开拓,跨越了一个重大的文化历史断裂,并且接续了新时期几经沉浮的以周扬等人为代表的人道主义的思考和反省”,“单是提出这个问题就是有意义的”[③]。王春元、董子竹、徐俊西、程麻、杨春时等人还在他们文章中对陈涌的批判文章进行了反批判,认为陈涌是从因循守旧的视角看待现实,往往表现出“历史决定论”倾向,又由于离开马克思主义实践观来理解反映论,理论观念仍停留在新时期以前的水平,已无力为马克思主义文艺理论的发展提供新的“能源”。[④]

在批刘和挺刘队伍中还有不少学者介入争论,限于篇幅,这里不再多说。不过,值得一提的是,在这场争论中有些学者从第三方角度所提出的一些观点值得重视。如易中天在《重新寻找文艺学体系的逻辑起点》就认为,只有在超出了论争的问题自身之后才真正具有理论价值和美学意义。在他看来,双方的争论都没有“越过反映论雷池之一步”,都在反映论的既有之意中进行。[⑤] 陈传才也在《马克思主义与艺术主体性问题》中认为:主体的活动,其实就是审美反映与审美创造相统一的实践活动。既不能离开认识(反映)论去虚构艺术的“本体”、研究艺术的“本体”,也不能无视艺术本体中主体的地位与作用。必须重视对艺术主体的主观因素(感觉、观念、思维方式)和客观因素(肉体、自然力、社会本质)的有机融合及其独特的创造机制的研究,以促进社会主义文艺的繁荣与发展。[⑥]

如果说以上的诸种探讨,使我们比较完整地看到这场争论的状况的话,那么王若水的文章则将这场讨论引向了更为深入的理论讨论之中,同时也引发了一场新的争论。1988年5月8日,王若水在安徽省芜湖举行的中国文艺理论学会第五届年会上发表讲演,就反映论和文学主体性等问题对刘再复提出了质疑。他赞成刘再复对长期以来广为流行的机械反映论的批判,但不同意把这种

---

① 董子竹:《历史的进步与文学主体的增强》,《文论报》1986年11月21日。

② 杨春时:《充分的主体性是文艺的本质特征》,《文艺报》1986年8月2日。

③ 何西来:《对当前我国文艺理论发展态势的几点认识》,《文艺争鸣》1986(04)。

④ 王春元:《文学批评和文化心理结构》,《红旗》1986(4);徐俊西:《也说文艺的主体性和方法论》,《文艺报》1986年6月21日;程麻:《一种文学批评模式的终结》,《文论报》1986年7月21日;董子竹、杨春时的文章见前。

⑤ 易中天:《重新寻找文艺学体系的逻辑起点》,《江汉论坛》1987(03)。

⑥ 陈传才:《马克思主义与艺术主体性问题》,《中国人民大学学报》1991(02)。

机械反映论看作几十年来我们的现实主义文艺理论的基础。他认为，问题的关键不在于作家的主体性，而在于他们接受了些什么，如果自觉自愿地接受了错误的东西，他们就可能和笔下的人物一起异化掉。在这篇文章中，王若水还认为列宁的《唯物主义和经验批判主义》这本书只是强调现实的客体性，把反映了解为摹写、摄影，这种观点的基础是主体和客体的僵固对立，“马克思的观点与此不同”；“列宁在《唯物主义和经验批判主义》中坚持的直观反映论的观点，是我们无法为之辩护的。”[①]从实际情形来看，本文对列宁的反映论或许不太公平，因为列宁的反映论并不只是直观的机械的反映论，即使他的反映论与马克思的有所不同，但也并不是背离。当然由于列宁写作《唯批》的特殊背景，它的确造成了后来人们的机械直观反映的认识后果，这也是客观的事实。或许正是这一原因导致了关于这一问题的持续争论。

郭值京针对王若水认为列宁在《唯批》中所论述的反映论是直观反映论的观点，明确表示了反对，他探讨了《唯批》成书的时间及历史背景、《唯批》中阐述的实践理论等问题，批驳了针对《唯批》的虚无主义态度。[②] 陈涌也认为，不能离开《唯批》背景来谈它，列宁在这部著作里没有解决主观和客观、意识和存在的全部关系问题，但这些问题在后来的《哲学笔记》中得到了充分阐发。他认为，王若水、刘再复他们的那种人道主义，以及与此密切联系的主体性、主体意识的思想，不但是唯心主义的，而且至少带有浓厚的个人主义色彩。[③] 陆梅林认为，王若水从哲学上否定了列宁的反映论，重板子还是打在现实主义的文艺理论上。他有针对性地从哲学基本理论层面对王若水文章中所提出的看法与观点的错误进行了批驳。[④] 马莹伯也撰文认为，搞资产阶级自由化的人竭力否定和诋毁列宁的文艺思想，背弃能动的革命的反映论已经给文学艺术事业带来了严重的危害。[⑤] 与本次讨论相关的文章主要还有稽山的《“桌子”问题及其他》（《文艺理论与批评》1990 年第 1 期），杨春时的《也谈文学主体性与反映论问题——与王若水同志商榷》（《文汇报》1988 年 9 月 20 日），滕云起的《是反映论还是先验论？——答王若水同志》（《南京政治学院学报》1987 年第 4 期），姚志安的《不能夸大主体性，否定反映论——评王若水的〈现实主义和反映论问题〉》，陈守礼、徐瑞应的《关于列宁和反映论问题——与王若水同志商榷》（《文艺理论与批评》1989 年第 2 期），尹旭的《马克思恩格斯列宁反映论》（《宁夏社

---

① 该讲演后来王若水以《现实主义和反映论问题》为题发表在《文汇报》1988 年 7 月 12 日、8 月 9 日；另见《文艺理论研究》1988(05)。

② 郭值京：《列宁的反映论是直观反映论吗？》，《文艺理论与批评》1989(02)。

③ 陈涌：《也论现实主义和反映论问题》，《文艺理论与批评》1989(01)。

④ 陆梅林：《哲学上的狐步舞〈现实主义和反映论问题〉一文读后》，《文艺理论与批评》1989(04)。

⑤ 马莹伯：《列宁文艺思想的伟大现实意义》，《江苏社会科学》1990(04)。

会科学》1990年第6期),蒋少华的《从反映论到存在论——评一种关于文艺学哲学基础发展的理论》(文艺理论与批评1989年05期)等。这些文章都有自己非常独特的建树,如尹旭在文章中认为,"用'实践哲学'来概括马克思的哲学虽有新意却经不住认真的推敲。王若水与杨春时在谈到反映论时,仅仅着眼于'物质事实',似乎反映论只是一种对客观事物的物理属性进行反映的理论。这是令人难以置信的误解。"蒋少华认为,"走向存在主义,走向绝对的主体中心,对于文学反映论的核心命题——'反映现实'自然就要彻底抛弃。"文章批驳了杨春时试图用实践论否定反映论,并把存在论作为文艺学哲学基础的观点。

这场围绕"主体性"以及对王若水相关问题争论的学术讨论,引出了许多问题,既有对过去模糊问题的清理,同时也有对未来的建构,像杨春时所提出的实践论以及存在论问题,在进入新世纪之后又有了许多新的发展,由朱立元等掀起的"实践存在论美学"的讨论至今仍是方兴未艾,这是值得我们去进一步思考的。

在文学"主体性"的论争讨论外,比较重要的还有钱中文、王元骧、童庆炳等所提出的"审美反映"与"审美意识形态论",对于这一问题的相关讨论持续时间较长,影响巨大。与"主体性"讨论不同,这次讨论是在基本遵循反映论的原则的前提下展开的,李世涛在《钱中文的"审美反映论"论析》一文中认为,在尊重"反映论"哲学基础的前提下,钱中文强调了审美因素之于文艺反映的重要作用,提出了"审美反映"的概念,赋予了"反映论"以新的内涵。[①] 童庆炳也在文章中认为,"文学所反映的生活是整体的、美的、个性化的生活。这就是文学内容的基本特征。"[②]1984年,童庆炳出版的《文学概论》(上、下卷)进一步系统化了他的"文学是社会生活的审美反映"的思想。王元骧对于审美反映的阐述更多地是从哲学的视角展开的,他认为,文艺不同于科学就在于它是以审美情感为心理中介来反映生活的,这种反映方式不是分解的而是整体的。[③] "审美反映"论与"审美意识形态"论都是在反映论的框架下展开的,正如王元骧的一篇文章的标题所显示的那样"立足反映论,超越反映论"(《立足反映论,超越反映论——谈我对苏联文艺学模式的认识历程》,《杭州师范学院学报》1996年第5期),对文学审美属性的重视,使文学自身的问题成为文学关心的问题,对文学的政治功利性进行了消解,对那种纯认识论(或者说是科学主义)的苏联文艺学模式是一种突破。

除以上所述内容外,新时期以后在走出文艺的认识反映论的诸多探讨中,值得一提的还有孙绍振所提出的文学"价值论"、姚文放等对"中介论"的探讨、

---

① 李世涛:《钱中文的"审美反映论"论析》,《北京科技大学学报(社会科学版)》2010(02)。

② 童庆炳:《关于文学特征问题的思考》,《北京师范大学学报》1981(06)。

③ 王元骧:《反映论原理与文学本质问题》,该文见《审美反映与艺术创造》,杭州:杭州大学出版社,1992年。

何国瑞等对“生产论”的探讨、王振武等对“选择论”的探讨、郁沅等对“感应论”的探讨，其他还有“创造论”“物化论”，等等。[①] 这些理论都立足于文艺本身的性质，不再拘泥于从反映论来解释艺术的本质，大大拓展了文艺学研究的思维方式，丰富了人们对文艺创作的认识与理解，在揭示与发现文艺特殊规律方面做出了各自的贡献。随着时代的发展，随着80、90年代大量西方文论的引入，反映论作为一个备受诟病的文艺理论问题也慢慢成为了中国新中国成立60年历史长河中的一朵浪花。今天虽然还能看到有关反映论研究的文章，但与80年代那场大讨论相比，它的确已经不再成为热点问题了。

（四）

列宁的反映论并不是直观的反映论，这已经成为人们的共识。仅仅从理论探讨来判定反映论与中国文论发展的关系这场公案，怕是很难彼此说服的。以理服人，常常并不是件很难的事情，关键要看你的道理是针对怎样的事实。90年代中期在我国文艺理论界所出现的“文化研究转向”这一事实，让很多学者对反映论问题，又重新发生了兴趣。有学者认为，新时期30年我国文论的走向是：由改革前“反映论”一家独大主导文坛到上世纪80年代“主体论”“审美论”等流派的百家争鸣、众声喧哗式解说，再到20世纪90年代后，在观念分化、多元竞争的基础上，渐次呈现出来的一种走向交流对话、综合创新的发展态势。[②] 现代科学技术革命的成果和现代人类社会的发展与进步，都向马克思主义反映论提出了挑战，但同时也为反映论的进一步发展带来了机遇。为此，有学者甚至提出了发展反映论思想的十大路径，以期让反映论在文学活动中重放异彩。[③] 应该说，本章的确提出了一个需要我们深入思考的问题，那就是在新的信息科技时代，以电子计算机、微电子技术、信息技术等为先导的一系列高科技群的带动下，尤其是网络虚拟世界对人的生活与认识都有所改变的条件下反映论的深化与发展问题。有学者指出：“反映论的文学观、工具论的文学观、人本主义的文学观都是内在于马克思主义文学理论体系当中的，它们构成马克思主义文学理论的基本支点”[④]。或许这就是我国马克思主义文艺理论从历史的经验教训中总结出来的一个结论性成果。反映论绝不是一个理论问题，对反映论的理解与探讨也只有放在现实需要与历史选择中才可能更好地认识它的价值，它曾经起过的作用，它在未来的文艺理论中也可以继续发挥重要作用。当然，

---

① 详情请参见相关学者的著作论述，这里不再一一列举。

② 彭海云：《从“审美反映论”到“综合创新论”——对文艺学30年发展历程透视及建设的思考》，《文艺评论》2011(07)。

③ 徐龙福：《论马克思主义反映论的历史命运——实现历史性超越的发展道路》，《甘肃社会科学》2002(06)。

④ 泓峻：《马克思主义文论的理论支点及其相关问题》，《中州大学学报》2006(03)。

对反映论的探讨也须放在世界文艺史中，才有可能对它的未来作出更多的期待。从亚里士多德著名的摹仿说开始，文学是一种反映的思想就一直没有离开过文艺理论家们的视线，因此，作为一个世界性的文艺理论问题，我们也希望反映论及其相关探讨，能为中国的文艺文化事业提供更多的理论支撑。

四、卢那察尔斯基的文艺思想与60年中国文论发展

阿纳托利·瓦西里耶维奇·卢那察尔斯基对于中国文艺理论界并不是一个陌生的名字，由于大量译介以及政治意识形态相近等原因，卢氏的文艺思想对很多中国人来说，就像是我们自己的理论一样，是熟悉且亲切的。程正民指出，"在俄国三大马克思主义文艺理论批评家当中，普列汉诺夫在十月革命前逝世，沃罗夫斯基在革命后基本上停止了理论批评活动，唯有卢那察尔斯基亲身参加了社会主义文化建设，参加十月革命后的文艺理论批评实践和文学创作实践，有条件面对新的实践作出新的理论概括。因此，在20世纪马克思主义文艺理论批评发展中，卢那察尔斯基自然成为一个需要特别加以关注的重要人物，他的理论批评遗产也就特别值得珍视。"①

(一) 新中国成立后卢氏作品的译介与研究

与马恩列斯不同，对于卢氏著作的译介工作，由于没有来自官方的有规模和有计划的项目的推动，因此，个人译介成为其主要特点。新中国成立后，文学翻译家蒋路在卢那察尔斯基文艺论著在中国的传播方面做出了突出的贡献，主要表现在他翻译出版了卢那察尔斯基的两本文艺论著，第一本是《论俄罗斯古典作家》，人民文学出版社1958年6月出版。这是一本论俄罗斯古典作家的论文集，共收入文章15篇。这15篇论文中，除两三篇以前曾有人翻译过，其余的都是新译文，这在新中国成立之初对我们借鉴俄国文学经验，正确对待中外文化遗产，都是及时而有益的。第二本是《论文学》，人民文学出版社1978年12月版第一次印刷；经增补后，1983年11月第二次印刷。该书是我国出版的卢那察尔斯基文学论著中内容最丰富的一本，也是最普及的一本。第一次印刷本，收录作者文章37篇，第二次印刷本，增补了论罗曼·罗兰的两篇文章，共39篇。"《论文学》所译理论文章虽然数量不多，但节译的两篇《列宁与文艺学》《社

---

① 程正民:《卢那察尔斯基文艺批评的社会历史维度和美学维度》,《马克思主义美学研究》2005年卷，第167页。

会主义现实主义》，都是作者晚年写的重要的理论文章，有很高的理论价值。”[①]另外该书“译后记”详细介绍了卢那察尔斯基的生平、思想，比较全面地评述了他在不同历史时期在文艺理论上的主要贡献，同时也指出了他的文艺论著存在的缺点，以及他在指导文艺实践中犯过的错误。这对当时学习卢那察尔斯基的文艺论著是极有帮助的。

除以上两部译著外，还有一些关于卢氏文艺论著的翻译也值得一提。它们是1984年10月由上海文艺出版社出版、井勤荪翻译的卢那察尔斯基的《在音乐世界中》，1991年人民出版社出版的吴谷鹰译的《关于艺术的对话：卢那察尔斯基美学文选》，1998年百花文艺出版社出版的郭家申译的《艺术及其最新形式》等。卢那察尔斯基文艺论著在中国的翻译出版，与新时期之后学界重新重视苏联马克思主义文艺理论家的文艺思想无法分开。

随着译介的增多，一些研究著作也对卢氏的理论给予了足够的重视，1992年由北京师范大学出版社出版的刘宁、程正民的《俄苏文学批评史》将卢那察尔斯基与别林斯基、车尔尼雪夫斯基、杜勃罗留波夫、普列汉诺夫、沃罗夫斯基、列宁、高尔基并列在一起，并用专章对他的思想发展、美学观、文艺批评理论与实践等进行了详细的介绍与论述。1999年，刘宁主编的《俄国文学批评史》由上海译文出版社出版。该书除了以整整一章专门论述列宁的文艺思想外，同时也研究了普列汉诺夫、沃罗夫斯基、卢那察尔斯基、高尔基等人的文论。2012年由程正民、邱运华、王志耕、张冰著的《20世纪俄国马克思主义文艺理论研究》，作为“20世纪马克思主义文艺理论国别研究”丛书中十分重要的一本，也列专章对卢氏的文艺批评思想进行了研究。

(二) 对卢氏艺术社会学批评的理论探讨

在《关于马克思主义的批评任务的提纲》中，卢那察尔斯基指出：“马克思主义批评不同于任何其他批评的特征，首先是它不能不具有社会学的性质，而且不言而喻，具有马克思和列宁的科学社会学精神的社会学性质。”[②]卢氏的社会学批评理论包含内容广泛，对马克思主义文艺理论的社会学思想在很多方面都有所发展与丰富，60年来国内学者的探讨主要表现在对其“社会主义现实主义”观念、其对社会学批评的贡献，以及他的社会学批评理论对鲁迅、周扬等的影响几个方面。

1. 关于“社会主义现实主义”

“社会主义现实主义”这一概念，是斯大林1932年10月26日在高尔基寓

---

① 刘庆福：《卢那察尔斯基文艺论著在中国》，《北京师范大学学报》1987(03)。

② 卢那察尔斯基：《关于艺术的对话》，北京：三联书店，1991年，第164页。

所举行的一次文学家座谈会上提出来的。1934年8月17日,作家协会在苏联召开的第一届全苏作家代表大会上,大会发言人安德烈·日丹诺夫将社会主义现实主义宣布为苏联文学唯一可以接受的模式,是“苏联文学创作和文学批评的基本方法”,后来,这一方法又写进了苏联作家协会章程中。[①] 卢氏对社会主义现实主义的提法是持支持态度的,他专门写过两篇文章,一篇是《社会主义现实主义》,另一篇是《论社会主义现实主义》。关于现实主义的创作方法,国外国内一直争论不断。新时期之后,由于饱受机械地遵循现实主义所造成的诸多问题之困,国内学者对现实主义问题也展开了新一轮争论。但这场争论大都陷入学院式的思辨之中,并没有从更高角度对现实主义进行历史发展与现实需要两个维度的关照,这让人有些失望。有学者就指出,现实主义的提出必然一定要有其合理的现实为依托,艺术的理论和实践是难以分家的。[②]

由于斯大林在提出“社会主义现实主义”的时候,提到了“艺术家首先应该真实地反映生活”这一命题,因此,关于“写真实”的问题就成为学术界关于现实主义问题争论的一个焦点。卢那察尔斯基关于如何看待一座正在建造中的宫殿的比喻,是常为人们引用的如何看待社会主义现实主义“真实”的一个著名的比喻。1933年2月卢那察尔斯基在苏联作家协会筹备委员会第二次全体会议上作报告时说:“请想象一下,要建造一幢房子,当房屋建好时,它将是一座漂亮的宫殿。但是当它还没有建好时,您就把它当时的样子画下来,并且说:‘这就是你们的社会主义,——连个屋顶都没有。’当然,您是现实主义者,您说的是实话,但明眼人一看便知,您的这种实话其实是一派谎言。”[③]显然,这里卢氏所说的真实就是要以“发展的”眼光来看待事物,这才是一种辩证唯物主义的态度,而非机械的唯物主义,只有在发展中才能看出规律,看出事物的本质来。他的这一看法是切合实际而且有说服力的。

在我国,新时期之后,对“写真实”的理解,基本是两种观点。周忠厚认为,“写真实是现实主义的主要特征”,是社会主义现实主义的“核心内容”,“是马克思主义认识论和唯心主义认识论,是马克思主义创作论和反马克思主义创作论的分水岭”。[④] 与此相反,胡义成则认为,“写真实”的口号是资产阶级文艺家提出的,打倒了“四人帮”之后,文艺界在唯物论的反映论的意义上,一再强调“写真实”,对于冲破林彪、江青一伙的精神枷锁,肃清“左”的流毒和影响,无疑是有

---

① 《苏联文学艺术问题》,曹葆华等译,北京:人民文学出版社,1959年,第25页。

② 童道明:《关于现实主义的再思考——从于敏同志〈求真〉一文谈起》,《电影艺术》1980(11)。

③ 卢纳察尔斯基(卢纳察尔斯基):《艺术及其最新形式》,郭家申译,天津:百花文艺出版社,1998年,第551页。

④ 周忠厚:《“写真实”是否定不了的——答胡义成同志》,《社会科学辑刊》1986(06);周忠厚:《马克思主义经典作家是主张“写真实”的》,《红旗》1980(12)。

巨大意义的。但创作中存在的小市民趣味和向往资本主义生活方式的暗潮，也可以用“写真实”为自己辩解。作者认为，“写真实”三个字只能朴素地表达一种唯物论的反映论意思，不能科学地表达马克思主义艺术认识论的全部精华。“在今日之中国，离开了作家世界观的马克思主义化，就谈不上其作品的真实性。”[①]看来，关于“写真实”的问题也是需要具体问题具体分析的，而不能机械地以贴标签的方式来判断它的价值与意义。

对世界观的强调或对艺术的阶级属性的强调，也是卢那察尔斯基文艺思想的奠基石。卢那察尔斯基认为，艺术的前途如何，要看它同无产阶级的联系密切到什么程度而定。[②] 他甚至有把握地宣称，“对艺术作品进行阶级分析，是研究艺术作品最有成效的方法”[③]。强调世界观的重要意义当然有利人们对于社会主义现实主义“写真实”的完整理解，但问题好像并不能在此停止，吴国璋对此进行了反思，他从分析斯大林、高尔基、卢那察尔斯基对社会主义现实主义及其“写真实”问题的有关论述出发，探讨了社会主义现实主义何以从要求写真实开始，结果却恰恰缺少真实的原因。[④] 吴国璋的思考让我们看到了关于“写真实”的复杂性，真实并不只有肯定“是”，真实也绝不能成为粉饰现实的工具，成为阶级服务的工具。在20世纪50年代中苏关系“蜜月”时期，我们“全面学习苏联”的日子里，阶级分析作为最新和最科学的文学研究方法，在中国大陆普遍推广，造成了文艺界很多的问题，直到新时期以后，人们才走出了这一分析方法的魔圈。[⑤]

1991年5月28日至6月1日，中国社会科学院外国文学研究所和河南省外国文学学会联合在郑州召开了“全国苏联文学现状研讨会”，对“社会主义现实主义”等相关问题进行了热烈的讨论。通过探讨，大家比较一致的看法是社会主义现实主义的发生和发展有其历史的客观因素，不能一概否定。[⑥] 然而，进入21世纪以后，刘亚丁借助20世纪末在苏联和俄罗斯出现的大量关于苏联文学的解密档案、历史回忆，同时还有大量研究社会主义现实主义的文字史料和论著，重新反思了苏联社会主义现实主义问题。他认为，“如果我们把社会主义现实主义（方法、理论、概念）不加分析批判地继承下来，作为建立我们的文艺学、发展社会主义文艺事业的圭臬，那会是一场灾难”[⑦]。该文还对《文艺理论

---

① 胡义成：《“写真实”的历史地位及其片面性——与周忠厚同志商榷》，《社会科学辑刊》1981(06)。

② 卢那察尔斯基：《论文学》，蒋路译，北京：人民文学出版社，1978年，第741页。

③ 卢纳察尔斯基：《艺术及其最新形式》，第188页。

④ 吴国璋：《“写真实”、“第三现实”、“宫殿”——苏联社会主义现实主义问题初探》，《上海社会科学院学术季刊》1998(02)。

⑤ 见代迅：《革命与艺术是否相敌对——卢那察尔斯基文化诗学问题》，《西北师大学报》(社会科学版)2005(03)。

⑥ 李辉凡：《全国苏联文学现状研讨会观点概述》，《四川社联通讯》1991(04)。

⑦ 刘亚丁：《姓苏未必就姓马——与张冠华先生商榷》，《文艺理论与批评》2002(03)。

与批评》杂志2002年第2期发表的张冠华《否定之后的思考——关于"苏联模式"文艺学几个范畴的探索》一文所说的苏联的马克思主义文艺学"应是中国当代社会主义文艺学的组成部分"这一观点进行了质疑、驳难和批判。

受"社会主义现实主义"理论的影响,我国在文艺实践中,先后提出过"革命现实主义与革命浪漫主义"相结合、"革命的现实主义"等说法,其是非功过,怕也只能一起交给历史去评判了。

2. 卢氏对马克思主义文艺理论体系的贡献

卢氏对马克思主义文艺理论体系是做出了巨大贡献的,作为苏共中央在美学方面当之无愧的理论权威和意识形态领域的掌控人,卢那察尔斯基对马克思主义经典作家高度简约化的文艺思想进行了大幅度的填充。

新时期之后,伴随思想解放的潮流涌动,有学者开始对马克思主义文艺理论的科学体系性表示怀疑,声言"马克思主义文艺学不成体系",马克思主义的经典作家没有太多关于文艺的论述,而只有一些散见于他们哲学经济学著作中的"断简残篇"①。对马克思主义文艺理论体系论思想的这种质疑,对刚刚走出"文化大革命"阴霾的理论界,对许多对"文化大革命"的政治运动仍心有余悸的理论家而言,其所引起的震荡的确是不可小觑的;而对于更多对马克思主义文艺理论始终抱有坚定的信念与信仰,有着无比崇敬的理论家和学者们而言,更是产生了强烈的冲击,引起了他们的不满,许多文艺理论工作者不同意这种看法,纷纷撰文商榷,就这样,围绕马克思主义文艺理论体系问题展开了一场大讨论。

其实早在20年代至30年代初,认为马克思、恩格斯的美学观点和文艺思想不成体系,在苏联学术界是相当普遍的,卢那察尔斯基起初对马克思主义奠基人的美学遗产也是估计不足的。他认为:"我们极端缺乏美学论著,不但我们,俄国共产党人如此,而且一般马克思主义也是这种状况。马克思、恩格斯本人只留下了某些零散的片断。"②可以这样说,国内学者在新时期之初对马克思主义理论体系产生新的质疑,是卢氏这一观点的继承与延续。当然在这场讨论中,也有学者指出,卢氏之所以认为马克思主义文艺理论没有完整的体系,与20年代马恩等经典作家的著作被介绍到苏联的还比较少有关。③

对马恩文论"片断"论的看法,在卢氏这里,目的在于激发自己对于建立这一体系的努力。刘宁在《马克思美学思想在苏联的传播和研究》一文,就对卢氏

① 刘梦溪:《关于发展马克思主义文艺学的几点意见》,《文学评论》1980(01)。

② 见A.卢那察尔斯基为B.沃利肯什泰因的《现代美学实验》一书所作的序言,1931年俄文版,第7页。转引自刘宁:《马克思美学思想在苏联的传播和研究》,《苏联文学》1983(02)。

③ 见程代熙:《海棠集》,重庆:重庆出版社,1986年,第117—120页。

在这一方面的努力进行了探讨，认为卢氏的贡献主要表现在以下几个方面：(1)卢那察尔斯基主持了1933年为纪念马克思逝世五十周年由米·李夫希茨和弗·希里尔编辑的《马克思恩格斯论艺术》这一出版项目，并为之作"序"，该书是世界上将马克思主义奠基人关于文学艺术的论述与整个马克思主义学说有机地联系起来汇编成集子的最早的一本；(2)卢那察尔斯基在1932年发表了《列宁与文艺学》一书，首次系统地阐述了列宁的文艺思想及其对于马克思主义美学的重大发展，在具体运用马列主义美学观点分析研究苏联现实的文艺问题方面，提出了一系列精辟的见解[①]，为构筑苏联马克思主义文艺理论的基本面貌做出了贡献。

卢氏马克思主义文艺理论的突出贡献，还表现在他对列宁文艺思想的重视与研究，这一点得到了国内学者的充分肯定。吕德申认为卢氏是"列宁文艺思想最早的阐述者和宣传者"，同时在"论社会主义现实主义""论高尔基""批判地继承文化遗产"等方面都很好地与列宁的理论相互支撑，形成了关照。[②] 周忠厚也认为，卢那察尔斯基是列宁文艺思想的首倡者，又是"社会主义现实主义"创作方法确立的"功臣"。他关于文艺本质、文艺与社会的关系、文艺的阶级性、党性的论述，以及在社会主义悲、喜剧问题上的建树，较早地回答了社会主义文艺中出现的具体问题，在马克思主义文艺思想史上占有重要地位。[③]

3. 卢氏对社会学批评中艺术性、审美性的强调

在卢氏看来，追求一种科学的高质量的批评，"马克思主义者不能对艺术作品限于社会学的分析，而且也应当对它作美学的分析"[④]。程正民认为，"卢那察尔斯基的社会历史批评有两块重要的基石，一是阶级斗争的观点，一是艺术反映论"[⑤]。社会学批评和美学批评的融合，在卢那察尔斯基这里，不仅是马克思主义批评的特点，而且也是一般批评所追求的最高境界。

卢那察尔斯基认为，马克思主义的文艺批评应该包括社会历史批评和美学批评，两者缺一不可，而且彼此融合。文学作品的风格问题、技巧问题、形式问题、艺术感染力问题，都应当给予高度重视，只有进入美学批评这扇门，"才能成为真正的、完美的马克思主义文学批评家"[⑥]。卢那察尔斯基十分重视创作主

---

① 刘宁：《马克思美学思想在苏联的传播和研究》，《苏联文学》1983(02)。

② 吕德申：《卢那察尔斯基——列宁文艺思想的阐述者和捍卫者》，《文艺理论与批评》1989(06)。

③ 周忠厚：《卢那察尔斯基的美学、文艺学思想》，《中国人民大学学报》1991(06)。

④ 卢那察尔斯基：《关于艺术的对话》，第396页。

⑤ 程正民：《卢那察尔斯基文艺批评的社会历史维度和美学维度》，《马克思主义美学研究》2005年卷，第168页。

⑥ 卢那察尔斯基：《关于艺术的对话》，第370页。

体的作用,在关注创作主体如何从自己创作个性出发对社会历史做出独特的反映时,特别善于揭示作家创作个性的内在矛盾,并把这种内在矛盾看成是某个时代现实社会矛盾的反映。卢那察尔斯基对创作个性和社会时代关系的认识是相当辩证的,他不仅研究创作个性是在什么社会历史环境中生成,如何以独特的方式反映历史现实,同时也关注创作个性特别是强大的创作个性对抗时代,甚至超越时代的可能性。

卢那察尔斯基在分析作家创作倾向时,还特别重视作家的病态因素,并且注意将病态因素融化在社会因素之中。在《艺术史上的社会因素和病态因素》一文中,卢那察尔斯基对普希金、莱蒙托夫、果戈理、陀思妥耶夫斯基、托尔斯泰等俄国一流作家普遍具有的病态因素进行了考察,对德国浪漫主义诗人荷尔德林的解读,指出马克思主义者应当研究病态现象对某些文学作品明显的影响,而"不是简单地断言:文学上一切都是纯粹社会学的现象"[①]。程正民认为,卢那察尔斯基的文艺批评是坚持了马克思主义文艺批评的原则和精神的,他既反对普列汉诺夫文学批评的客观主义倾向,也反对"左派"文学批评的非艺术倾向,他非常重视文艺批评的社会功能,又强调应当通过社会历史分析和美学分析来实现文艺批评的社会功能,很注意文艺批评中政论的、历史的和美学的观点的有机统一。[②] 赖力行也指出,卢那察尔斯基的批评著作和批评思想,"在恩格斯逝世到20世纪30年代这一时期的马克思主义文学评论史上,具有重要地位。他不仅是一位理论家,更是一位实际的指导者,他的一系列杰出的思想,都是从苏联当时的社会现实和文学现象的具体分析中升华出来的,不只是受到列宁文艺学思想和文学批评实践的启发,同时也影响了列宁……对我国马克思主义批评的形成,也曾做出过历史的贡献。"[③]这一评价是极高的。

4. 卢氏对鲁迅、周扬等的影响研究

俄苏文论成为鲁迅文艺思想的重要来源,这是学界人所共知的。除了介绍鲁迅对卢氏著作译介的情况外,学术界有许多探讨卢氏对鲁迅产生影响的文章。如顾钧就认为,面对纷纷扰扰的关于无产阶级革命文学的争论,卢氏等人的理论著作成为鲁迅廓清自己思想的重要手段。正是在对卢氏的翻译过程中,鲁迅形成了关于中国的无产阶级革命和左翼文学的一套看法,并对他后期的创作产生了直接的影响。[④] 李春林在《角色同一与角色分裂——鲁迅与卢那察尔斯基》一文中认为,卢那察尔斯基对于鲁迅而言,首先,是鲁迅唯物史观的形成

---

① 赖力行:《卢那察尔斯基的文学批评观》,《外国文学研究》1995(03)。

② 程正民:《卢那察尔斯基文艺批评的社会历史维度和美学维度》,《马克思主义美学研究》2005年卷。

③ 赖力行:《卢那察尔斯基的文学批评观》,《外国文学研究》1995(03)。

④ 顾钧:《鲁迅的苏联文学理论翻译与左翼文学运动》,《扬州大学学报》(人文社会科学版)2006(03)。

的重要来源之一；其次，是鲁迅进行一系列文学研究和文艺批评的重要参考；再次，鲁迅某些文艺观点可能直接受启于卢氏。[①] 卢氏是鲁迅十分重视的苏联文艺理论家，对卢氏文论成果的运用鲁迅也有着他自己的标准与原则。张直心的《鲁迅文艺思想与苏俄文艺思想的再比较》一文在研究鲁迅文艺思想与苏俄文艺思想的深刻联系时，侧重于辨异，以期发现鲁迅接受苏俄文艺思想过程中的创造性转换以及他在探讨文艺与政治、主观与客观的关系、新的艺术方法时的独立识见。[②]在另一篇文章中，张直心、潘仕瑞认为，在接受初期，鲁迅曾受过普列汉诺夫、托洛茨基机械决定论的影响，这是难免的一时的被动，不久作为接受主体的鲁迅先在文艺思想中的辩证内核便与卢那察尔斯基的理论发生了感应；换言之，作为传播主体的卢那察尔斯基理论中的辩证因素“激活”了鲁迅文艺思想中潜藏的同质因素。在文艺与政治这一问题上，卢那察尔斯基强调了被普列汉诺夫、托洛茨基所忽视的文学的政治功利性。正是在对上述各种观点的参照、辨析中，鲁迅逐渐得出“无产文学，是无产阶级解放斗争的一翼”“在阶级社会里文学不能不暂有禁约”等论断。卢那察尔斯基对普列汉诺夫忽视主观的庸俗客观主义思想给予了批评，他不同意普列汉诺夫主观倾向性必然降低艺术水平的观点，在译介卢那察尔斯基文艺理论著作的过程中，卢那察尔斯基在这一问题上所持的观点无疑强化了鲁迅从自身的斗争实践与创作实践中得出的重主观的辩证认识。在苏俄文艺理论界，从普列汉诺夫那个混同于哲学唯物论的现实主义定义，到“拉普”纲领，再到社会主义现实主义纲领，现实主义创作方法逐步升级，终于被推到了“独尊”乃至绝对尺度的地位；而在鲁迅的文艺思想及其创作实践中，尽管特别重视现实主义创作方法，却从来没有出现过独尊的倾向。鲁迅的现实主义既是一种人生哲学，也是一种文学思想。其中体现了他努力把现实战斗精神与现实主义创作精神相融合的追求。[③] 鲁迅对卢氏思想是甄别接受的。

同鲁迅与卢氏研究相比，周扬与卢氏在许多地方可能更有可比性，有人认为，周扬就是苏联的卢那察尔斯基在中国的化身。因为周扬在新中国成立后的角色与卢氏在苏联的地位极为相似，他们都既有自己的理论建树同时又都是文艺界的领导者和文艺政策的决策者，而更为重要的是，周扬的文艺理论与文艺思想与卢氏有着更多的渊源与影响关系。他们都自觉地执行时代的威严命令，建构了以政治为轴心话语的文艺思想：夸大文艺的社会政治作用，强调文艺的阶级性和党性，主张争夺文艺领域的话语霸权，积极推行“社会主义现实主义”，

---

① 李春林：《角色同一与角色分裂——鲁迅与卢那察尔斯基》，《鲁迅研究月刊》2011(01)。

② 张直心：《鲁迅文艺思想与苏俄文艺思想的再比较》，《思茅师专学报》(综合版)1994(01)。

③ 张直心、潘仕瑞：《契合与对抗——论鲁迅对苏俄文艺思想的创造性转换》，《云南学术探索》1996(04)。

从而或多或少忽视了文艺自身的规律和独立性。这些思想在中苏文艺生活中都产生了巨大的影响。

当然,他们的文艺思想也具有复杂和多面的内容。1933年11月,周扬的《关于"社会主义的现实主义与革命的浪漫主义"——"唯物辩证法的创作方法"之否定》及至后来的《现实主义试论》等关于现实主义的系列文章,与俄苏文论中的"现实主义"探讨是分不开的。但周扬在汲取俄苏文论的前提下,也有许多自己的理论贡献。周扬与卢氏的关系是个值得探讨的课题,对周扬、卢那察尔斯基的文艺思想进行分析比较,总结他们在文艺理论与批评方面的异同与得失,对于把握中国现代文艺理论与思潮,建设新世纪中国的文艺理论有着重大的学术价值。

(三)结语:对社会学批评的反思

卢氏的社会学批评存在着不少问题,对它的反思或补充在我国学术界也一直没有停止过。李健吾在《漫话卢那察尔斯基论〈爱与死的搏斗〉》一文中,就认为卢氏是在用左的方式来看待罗曼·罗兰,该文还对《卢那察尔斯基论文学》一书的译者蒋路在译注中所表现出的完全站在卢那察尔斯基一边的立场提出了批评。[①] 无独有偶,李洁非、张陵也在《请已故的大师们原宥——有感于卢那察尔斯基的一篇文章》中对卢那察尔斯基的在《艺术和它的最新形式》一文对现代派所作的批评、所持的社会历史批评的理论框架进行了批判,认为卢氏只从社会学的角度理解和解释现代主义的发生,并且更进一步地只集中考虑现代主义艺术的政治—经济背景,这是造成他在该问题上一系列失误的最重要的原因之一。[②]

相信社会学批评的合理性,这是卢氏的基本思想,也是他进行文艺批评的理论武器,这同时也造成了他的局限性。但这一局限是属于历史的,而且他本人实际上一直都在不断地弥补它。卢氏虽然对形式主义、现代派进行批评,但如前所述,实际上卢氏并非以一种庸俗社会学的方式来对待其他文艺流派,而是对这些派别给予足够的尊重与帮助,对于艺术的形式之维给予了相当的重视。卢那察尔斯基在论莎士比亚、狄更斯、司汤达、托尔斯泰、高尔基等人作品的一系列文章中,都认为塑造典型毋庸置疑地要走个性化道路。薛瑞生在《论典型的个性化道路及其他》[③]一文中论证"个性出典型"时,就阐述了卢那察尔斯基关于典型化的这一见解。

对于任何事情的判断都要求科学客观,不要走极端,钱中文在《科学的文学

---

① 李健吾:《漫话卢那察尔斯基论〈爱与死的搏斗〉》,《读书》1981(10)。

② 李洁非、张陵:《请已故的大师们原宥——有感于卢那察尔斯基的一篇文章》,《文艺评论》1986(05)。

③ 薛瑞生:《论典型的个性化道路及其他》,《西北大学学报》1981(02)。

社会学建设》一文中，既对在新中国成立初期社会学批评得到确立，后由于一些有影响的人物的极端推动走向了庸俗社会学进行了批评，同时也对新时期之后，许多人断然不分社会学方法与庸俗社会学的区别的做法提出了质疑。[①] 该文指出了社会学批评与庸俗社会学批评的不同，替真正的马克思主义的社会学批评张目，这在对当时对社会学一片批评之声的情况下，反映出作者的学术胆识及态度。王志耕也对新时期后对社会学批评的鄙视现象进行了反思，2005年他撰文认为，近二十年来由于众所周知的对"政治—社会批评话语"的逆反心理，使得我们从一个极端走向了另一个极端。因此，今天有必要重新认识社会学批评的重要性。[②]

美国批评理论家魏伯·司各特曾指出："只要文学保持着与社会的联系——永远会如此——社会批评无论具有特定的理论与否，都将是文艺批评的一支活跃力量。"[③]我国也有学者认为，"卢那察尔斯基一个难能可贵的贡献，正是他比较深刻地、结合当时苏联文学发展实际，阐述和发挥了列宁在文艺方面的基本思想，对当时的许多文艺问题发表了很有见地的新鲜见解。"[④]今天文化研究思潮的兴盛，文学观念的更新，使我们相信，文学社会学批评并不会离我们而去，而有可能在不远的将来重新受到重视。

五、托洛茨基文艺思想的中国影响

列夫·达维多维奇·托洛茨基是俄国与世界历史上最重要的无产阶级革命家之一，20世纪国际共产主义运动的左翼领袖、工农红军、第三国际和第四国际的主要缔造者，以对古典马克思主义"不断革命"和"世界革命"的独创性发展闻名于世。托洛茨基对文学理论有很高的造诣，他关于文艺问题的许多论述，独特而富有创见，许多思想令人耳目一新。其著作《文学与革命》甚至影响了整整一代的国际左翼知识分子，中国的陈独秀、鲁迅、胡风、王实味等人都受到了他的影响。只可惜，由于政治原因，我们在这方面的研究在新中国成立后长期没有得到重视。

(一)《文学与革命》的影响与研究

1922年起，托氏利用两年的休假时间，写出一组文艺问题文章，1923年《文

---

① 钱中文：《科学的文学社会学建设》，《文艺报》1987年1月24日。

② 王志耕：《文学社会学批评理论的演进》，《文学前沿》2005(01)。

③ 魏伯·司各特：《西方文艺批评的五种模式》，第66页。

④ 徐民和：《作家是斗争前沿的"侦察兵"——卢那察尔斯基〈论文学〉的启示》，《读书》1986(06)。

学与革命》初版，由“当代文学”和“前夜”两组文章组成，前一组文章论述当时苏联文学的现状，后一组文章则主要是关于20世纪初俄国现代派文学的几篇述评，以及谈论西方艺术文化以及俄国现代派文学与西方文化精神上的联系。1924年出第二版时，作者增收了其在1924年5月9日俄共中央关于文学问题讨论会上的讲话。该书出版后，在苏联文艺界引起极大反响。该著虽然在我国二三十年代就曾有过两个译本，但都不是全译本，直到1992年才由刘文飞、王景生、张捷三人从俄文重新翻译了他的全本，由外国文学出版社出版。

二三十年代，《文学与革命》曾对当时我国文艺界的文学论争产生了很大影响，后来随着托氏政治命运的变化，他的影响便淡出了人们的视线，在60年代“灰皮书”[①]中，《文学与革命》位列其中，但基本上没有产生任何影响。新时期之后，《文学与革命》才重新受到学界的关注。然而，对《文学与革命》中文艺思想的探讨仍然是贬多褒少。如李辉凡认为，《文学与革命》的基本命题之一“无产阶级在社会主义过渡时期不可能也不必要建立无产阶级文艺”这一理论的错误乃至反动的性质，已由历史做出了判定。他认为，托洛茨基把无产阶级文学(文化)同社会主义文学(文化)对立起来的做法、否定社会主义过渡时期有无产阶级文化存在的论点都是极其荒谬的；托洛茨基所断言的唯有“旁观者”即同路人，更能反映革命的论调同样显得荒诞无稽。托洛茨基的这套文学主张完全是反列宁主义的。[②] 80年代末，尤其是进入90年代后，伴随着我国的思想解放运动以及苏联对左派反对派的开始平反，学界对托氏及其《文学与革命》的看法才有了真正的改变。

1989年周忠厚撰文认为，托洛茨基的文艺思想是一个回避不了和不容忽视的问题。实事求是地研究他的文艺思想，才能填补马克思主义文艺思想发展史上的一个空白，才能接受托洛茨基于今天有益的遗产，才能有助于克服苏联和我国文艺界长期“左”的错误，才能有助于总结历史经验，推进社会主义文艺事业的繁荣。该文认为：“在二十年代，从总体上说，托洛茨基的文艺思想虽然有这样那样的错误，但还是马克思列宁主义的。在批判无产阶级文化派的文艺思想的斗争中，托洛茨基起到了关键性的作用。托洛茨基的文艺思想，对于苏联社会主义文学和艺术的发展是起到了良好作用的。”[③]周忠厚对托氏的肯定，在当时情况下，还是比较大胆的，表现出了很强的学术敏锐性与判断力。

1992年新译《文学与革命》出版后，同样是李辉凡在谈及《文学与革命》时，

---

① 关于“灰皮书”，可参见郑异凡：《中苏论战中的“反面材料”——“灰皮书”之来龙去脉》，《百年潮》2006(07)；张惠卿：《“灰皮书”的由来和发展》，《书之史·出版史料》2007(01)；王巧玲：《黄皮书、灰皮书：一代人的精神食粮》，《新世纪周刊》2008年6月30日。

② 李辉凡：《托洛茨基取消主义文学主张》，《苏联文学》1984(01)。

③ 周忠厚：《托洛茨基的文艺思想》，《求是学刊》1989(02)。

态度与用语上也都有了很大的改变，在评价上也要客观得多。文章围绕托氏的一些基本思想做了分析评述。在这些评述中，作者所表现出的客观与肯定是显然易见的，如文章认为，“托洛茨基常常以一个激烈的政治家的面目出现，但有时又像一个内行的文艺批评家，对某些文艺现象能说出很中肯的话，不但谈思想倾向，而且谈艺术分析”。“托洛茨基对形式主义的理论和方法的分析和评价也是有见地的。”“托洛茨基这本书在苏联文学界乃至史学界无疑有着重要的影响。”[①]当然，该文也对托洛茨基文艺观点中的“庸俗社会学观点”和“纯政治功利主义的性质”，以及他的观点存在的矛盾等给予了分析。与李辉凡的相对保守的看法不同，有学者认为，《文学与革命》一书是“马克思主义的”，而之所以这样认为是根据书中所体现出的美学观念，所运用的分析、批评方法以及所提出的一系列原则和判断标准。在作者看来，首先，此书用唯物史观看待整个文学的发展，认为文学作为人类文化的一个组成部分，其起源、繁荣、发展以至衰落，都是由经济基础决定的；其次，它强调文学与现实不可分割的联系，认为文学应该，而且必须是人类生活的反映；最后，它提出了文学的阶级标准，明确了文学服务于社会、服务于民众的功利性。文章还对托洛茨基心目中的文艺政策所包含的具体内容进行了论述，比较全面地介绍了托氏的文艺思想观，并给予了充分的肯定。[②]

应该说，90 年代以后直到新世纪以来，大多数学者都能够比较客观辩证地评价托氏及其文艺理论，这一点我们还可以从李莉的《托洛茨基的文艺观》(《鲁迅研究月刊》2004 年第 5 期)、黄力之的《列宁无产阶级文化理论探析》(《毛泽东邓小平理论研究》2011 年第 5 期)、郑异凡的《托洛茨基持无产阶级文化派观点吗——兼与蓝英年先生商榷》(《探索与争鸣》2011 年第 11 期)等文章中窥其一斑。如黄力之就认为，“托洛茨基消灭阶级的愿望与马克思主义是一致的，但是，他试图一步从资产阶级的阶级社会进入无阶级的社会，从而认为无产阶级文化本来就是不必要存在的，这只能认为是乌托邦的东西”[③]。郑异凡也在文章中针对蓝英年、朱正“托洛茨基所持的就是无产阶级文化派的观点，一切文化从无产阶级开始”的说法予以分析澄清，认为托洛茨基不是无产阶级文化派，他并不排斥传统文化，“他所主张的文化政策，今天看来也还有可取之处”[④]。

除以上文章外，对托氏文艺思想进行深入研究，值得一提的还有邱运华的《问题与主义：托洛茨基的文化理论研究》、冯宪光的《托洛茨基的政治学文艺思想》、王蓉的《托洛茨基文艺思想研究》、孙国林的《重新研究和评价托洛茨基的

---

① 李辉凡：《托洛茨基的〈文学与革命〉》，《苏联文学联刊》1993(03)。

② 见苏玲：《托洛茨基的文学观——读〈文学与革命〉》，《外国文学评论》1993(02)。

③ 黄力之：《列宁无产阶级文化理论探析》，《毛泽东邓小平理论研究》2011(05)。

④ 郑异凡：《托洛茨基持无产阶级文化派观点吗——兼与蓝英年先生商榷》，《探索与争鸣》2011(11)。

文艺思想》等。邱运华在文章中对周忠厚的《托洛茨基的文艺思想》和李辉凡的《托洛茨基取消主义文学主张》中的观点进行分析,认为,首先,在托洛茨基的"文化理论"和"无产阶级文化"学说里面,还存在着合理的内核,不能作简单的否定。其次,托洛茨基的错误在于机械地和形而上学地理解和发挥了马克思主义关于无产阶级革命的学说,因而,在文化问题上,也就出现了简单化的倾向。第三,托洛茨基本人对现实工作中的无产阶级文化建设是持肯定态度的。第四,托洛茨基关于文化理论和无产阶级文化的学说,作为苏维埃政权的领导者的实践体验和总结,对于20世纪马克思主义文化理论建设,具有重大的参照价值。"托洛茨基在政治革命之初意识到文化建设的相对独立性,提醒注意文化和文艺建设自身的规律性,并把'文化'和'无产阶级文化'概念作为整个革命的一个独立的问题提出来,我以为,在马克思主义文化研究的历史上,还具有很大的思想价值。"[①]作者将托氏放在文化研究的谱系中来探讨他的无产阶级文化理论的价值与意义是值得肯定的。冯宪光也在文章中认为,托洛茨基是唯一出版过文论专著的苏联早期党和国家领导人,他的政治学文论思想在一定程度上体现了共产党在第一个社会主义国家执政时,管理文艺所面临的问题和所作的一些思考。作者认为,"他的政治学文论,在20世纪马克思主义文艺理论中仍然有着突出地位,研究他的文学理论,对于总结百年马克思主义文艺理论的发展,吸取某些经验和教训,仍然是有益的"[②]。作为2006年首都师范大学硕士论文,王蓉的文章主要从无产阶级文化观、对待文学"同路人"的态度、文艺创作的标准问题以及对待文化遗产的态度四个方面入手,对比托洛茨基在这些问题上与列宁和极左文艺派的异同,最终得出托洛茨基的文艺思想可被看作列宁在文艺方面的指导思想的具体实践的结论。同时该文还对托洛茨基文艺思想对我国文论界造成的影响进行了研究。孙国林的文章将托洛茨基的文艺思想分六个方面进行了比较全面的梳理:关于无产阶级文化问题,关于新文化、新文艺问题,关于联共(布)对文艺的领导问题,关于文艺的特殊性问题,关于继承文化遗产问题,关于艺术家与阶级、群众的关系问题。在评价上也比较客观,认为"从总体上看,他的基本观点是正确的"[③]。

由以上内容可以看到,实际上从20世纪80年代末一直到21世纪以来,从1989年周忠厚的文章到2011年郑异凡、黄力之等人的文章,人们对托氏文艺思想的整个看法并没有发生更大的变化,这一状况表明,我国在托氏文艺思想研究方面还需要加强,需要深入。

---

① 邱运华:《问题与主义:托洛茨基的文化理论研究》,《首都师范大学学报》(社会科学版)2006(01)。

② 冯宪光:《托洛茨基的政治学文艺思想》,《马克思主义美学研究》第10辑,2007年,第73页。

③ 孙国林:《重新研究和评价托洛茨基的文艺思想》,《延安大学学报》(社会科学版)2007(03)。

(二) 托洛茨基对鲁迅等人文艺思想的影响研究

鲁迅与托氏文艺思想的渊源关系，是国内学者托氏研究的一个热点，这不仅因为鲁迅一直是我国文艺界关注的重点人物之一，而且也因为鲁迅文艺观与托氏文艺思想有着即合即离、又矛盾又一致的复杂关系。从另一个角度讲，弄不清鲁迅与托氏的关系，实际上也就很难真正理解鲁迅。新时期之后，许怀中在其《鲁迅与文艺思潮流派》（湖南人民出版社，1985）一书中，在谈到日本、苏俄、欧洲的某些重要文艺流派对鲁迅和中国现代文艺思潮的影响时，就提到了普列汉诺夫、卢那察尔斯基、托洛茨基等人。

鲁迅与托氏的缘分是多方面的，五四运动之后，鲁迅大量接触马列主义文艺思想，其中既包括苏联的一系列文艺方针和政策，也包括普列汉诺夫、托洛茨基、卢那察尔斯基等的文艺思想。有学者认为，《文学与革命》是他得到的第一本马克思主义文艺批评专著，而且在购入该书的第二年即 1926 年，他就亲自翻译了该书的第三章"亚历山大·勃洛克"，并把它作为未名丛刊之一出版的勃洛克的长篇叙事诗《十二个》的"序言"，同时在该诗集"后记"中，称托洛茨基是"深解文艺的批评者"[①]。之后，鲁迅不止一次谈到托洛茨基，言辞大都是褒义的。在托洛茨基被斯大林从俄共除名（1927 年 11 月）、流亡国外（1929 年 1 月）之后的一段时间，鲁迅仍对其保持了肯定乃至中立的态度。1930 年，鲁迅在他著名文章《"硬译"与"文学的阶级性"》中，仍把托洛茨基的《文学与革命》和卢那察尔斯基、普列汉诺夫的书相提并论，仍然把托洛茨基的《文学与革命》看作是苏联无产阶级文学理论著作。鲁迅不只译介了托洛茨基的部分文学论著，而且还从托洛茨基的文学思想中吸取了不少有益的见解，将之融化在自己的文学主张中，以丰富自己的文学思想。刘庆福认为，鲁迅至少在以下几个方面受到托氏的影响。一是关于"同路人"文学问题，鲁迅自己曾花费相当大的力量译介苏联"同路人"作家的作品，并在有关的前言、后记及其他文章中，对他们的思想和作品做了许多精辟的分析，大大丰富发展了托洛茨基首先提出的、苏联许多理论家所阐发过的"同路人"的理论，充实了中国无产阶级的文学理论，指导了中国革命文学的发展；二是关于文学和革命的关系问题，1926 年 4 月 8 日，鲁迅在黄埔军官学校发表的题为《革命时代的文学》的著名演讲，既包括他自身斗争经验的总结，也有他受托洛茨基"文学与革命"观影响的结果[②]；三是关于什么是革命文学的问题，托洛茨基的意见很明确，看艺术作品是否是革命艺术，关键不在作品的题材，不在作品是否写了革命斗争、革命人物、革命事件，而在于作品是

---

① 见鲁迅：《集外集拾遗》，《鲁迅全集》第七卷，北京：人民文学出版社，1958 年，第 400 页。

② 王凡西（惠泉）在其所译《文学与革命》（香港信达出版社，1972）一书中说："他（指鲁迅）一九二七年四月八日《革命时代的文学》的讲演，其中论点几乎全部与《文学与革命》所阐明者相吻合。"

否有革命的思想意识。鲁迅在论述革命文学,阐述文学作品思想和题材关系的时候,一直都坚持托洛茨基的上述观点,直到晚年,从未改变。[①] 在80年代中期提出这一看法,虽然在今天看来没有什么特别的地方,但在当时,无论对于鲁迅研究还是对于托氏研究都有着非常重要的意义,要知道苏联对左派反对派的平反是在80年代末才开始的,而在中国这可能仍然是鲁迅和托洛茨基文学思想联系上"讳莫如深的禁区"。

90年代以后,鲁迅与托氏关系研究比较重要的成果要数张直心在1997年出版的《比较视野中的鲁迅文艺思想》一书,该著整整用了三分之一的篇幅、三章的内容来论述鲁迅与苏俄文论的关系,第一章是"鲁迅接受苏俄文艺思想的先结构"、第二章是"鲁迅与普列汉诺夫、卢那察尔斯基文艺思想"、第三章是"鲁迅与托洛茨基、'拉普'文艺思想"。该著从接受的角度论证了鲁迅接受苏俄文艺思想的必然性和有异于其他接受者的独特性。关于托洛茨基对鲁迅的影响,作者指出,认为鲁迅只在20年代中期受过托氏一定的影响,而到20年代末便彻底清除了,是错误的观点。而之所以是错误的,就在于它主观地认定托洛茨基对鲁迅的影响只有消极的一面,而实际上却远非如此。"鲁迅移花接木——将托洛茨基局部理论的鲜活嫁接到'拉普'无产阶级文学观的枝干上,更用自己含情带血的体验滋润着口号中主观意念先在的僵硬,竭力使无产阶级文学的树扎根于审美深层,由灰色变得郁郁葱葱。"[②]作者这种深入细致的剖析,将那种简单化的、教条主义的、不顾客观事实也不认真钻研问题的"彻底清除"说"彻底"粉碎了。

其实鲁迅的"移花接木"并非是一个简单的事情,实际上在托氏与"拉普"之间,鲁迅有着自己难以祛除的纠结,这在张直心1994年撰写的文章《拥抱两极——鲁迅与托洛茨基、"拉普"文艺思想》一文中有着比较透彻的论述。文章认为,"如果说,托洛茨基对无产阶级文学的思考更多地偏重于它的严格的文学意义,那么,'拉普'则毫不隐讳,所以高扬无产阶级文学这一旗帜,并非着眼于文学意义,而是着眼于它的政治意义"。鲁迅前期显然是赞成托氏的,然而后来却倾向于"拉普"主张了,然而"即便在鲁迅摈弃托洛茨基无产阶级文学取消论后,托洛茨基的文艺思想尤其是其中关于无产阶级文学的思考仍然对鲁迅产生着不可低估的积极影响"。而问题的关键还在于,鲁迅对"拉普"所强调的主观能动性仅仅局限于政治理念层面、在于丧失创作主体意识这一点上有所不满,那么接下来,"就在主观意识急待深入审美层面之际,一度在能动地发起无产阶级文学运动、推动无产阶级政治革命这一点上交会的鲁迅与'拉普'终于离异

---

① 刘庆福:《鲁迅与托洛茨基的文学思想》,《北京师范大学学报》1986(03)。

② 见袁良骏:《鲁迅研究的新突破——读〈比较视野中的鲁迅文艺思想〉》,《云南学术探索》1998(03)。

了”。这些让我们看到了鲁迅交替偏侧于各执口号一端的托洛茨基与“拉普”两极的轨迹。由此我们可以从另一角度窥视托氏对于鲁迅的深刻影响，窥见在托氏的艺术思想与“拉普”的无产阶级文学需要之间，鲁迅心中所产生的那种矛盾与纠缠，这种矛盾与纠缠在中国20世纪文学的发展历史上，似乎并非个案。当然，也正如张直心所指出的，“一定意义上，恰恰是鲁迅理论的内在矛盾与那种勉为其难地拥抱两极的努力，显示了鲁迅文艺思想的丰富性与深刻性。”[①]因此，在研究鲁迅与普列汉诺夫、卢那察尔斯基、托洛茨基等苏俄理论家文艺思想的深刻联系时，他不仅关注彼此间的契合，更侧重于论述鲁迅的“对抗”，以期发现鲁迅接受过程中的创造性转换以及他在探讨文艺与政治、主观与客观的关系、新的艺术方法时的独立识见。[②] 关于鲁迅在托氏与“拉普”之间难以取舍的矛盾，王克勇在《由叶赛宁之死看鲁迅对革命文学的态度》一文中也有所提及。作者认为，“关于革命与文学的思考，贯穿了鲁迅的后半生，他时而以革命为本位，时而以文学为本位，思考呈现出复杂的状态”。“鲁迅认为自己就像叶赛宁一样并不是新时代的弄潮者，他属于旧的时代，在革命中扮演的就是叶赛宁式的悲喜剧角色，自己的生命价值就在于以悲剧之结束昭示革命时代的到来。”[③]

我们已经知道，在托洛茨基被斯大林从俄共除名（1927年11月）、流亡国外（1929年1月）之后的一段时间，鲁迅仍对其保持了肯定乃至中立的态度。然而，1932年10月以后，托洛茨基的名字便从鲁迅的著作中消失了。1936年7月，鲁迅发表了一篇作为与托氏彻底决裂的书信——《答托洛茨基派的信》（收入《且介亭杂文末编》），成为痛打中国托派的宣言。作为鲁迅与托氏决裂的文字凭证，人们对这封信的观点深信不疑，以致此后在鲁迅的著作中，很多与托氏有关的东西都被有意地删去了。在新中国托洛茨基的名字是“反革命”的代名词，他的名字同鲁迅的名字放在一起成为一种禁忌。鲁迅翻译的托洛茨基《文学与革命》中的评论“亚历山大·勃洛克”也被有意从《鲁迅译文集》中删除，与同是鲁迅翻译的潘捷列夫的小说《钟表》中与托洛茨基相关部分也被从《鲁迅译文集》中删除。然而，事实又是怎样的呢？《新文学史料》第二辑（人民文学出版社，1979）刊登了冯雪峰《有关1936年周扬等人的行动以及鲁迅提出“民族革命战争的大众文学”口号的经过》一文，冯雪峰在其中证言，《答托洛茨基派的信》是他代替病床上的鲁迅写的，鲁迅在信发表后才过目，表示同意的。澄清这一问题意义重大，以往我们认为决定着鲁迅托洛茨基观的这封公开信，实际上根本不能说是鲁迅的作品，并不像以往人们所认为的那样，是由鲁迅口述、冯雪峰

---

① 张直心：《拥抱两极——鲁迅与托洛茨基、“拉普”文艺思想》，《鲁迅研究月刊》1994(07)。

② 见张直心、潘仕瑞：《契合与对抗——论鲁迅对苏俄文艺思想的创造性转换》，《云南学术探索》1996(04)。

③ 王克勇：《由叶赛宁之死看鲁迅对革命文学的态度》，《内蒙古电大学刊》2010(01)。

直接记录的。

“同路人”文学问题,是托氏最早提出来的,鲁迅与“同路人”文学的关系与托氏是无法分开的。所谓“同路人”文学,首先是一个政治上的概念。托洛茨基认为,当时的苏联文学界,除“非十月革命文学”(即旧俄地主资本家的文学)外,还有一种由十月革命产生的文学,但它也不是革命的文学,而是介于死亡的资产阶级文学与新文学之间的一种“过渡性文学”,也就是“同路人”文学。皮利尼亚克、弗·伊万诺夫、叶赛宁和意象派小组、尼·吉洪诺夫和“谢拉皮翁兄弟”以及勃洛克、克留耶夫等都被列为“同路人”作家,这些作家“不是无产阶级革命的艺术家,而是无产阶级革命的同路人”。当时的苏联文学,在托洛茨基看来主要就是“同路人”文学,因为非十月革命文学已经死亡,而革命之学又还没有诞生。关于“同路人”的问题,在1923—1925年,苏联无产阶级文学内部曾经发生了一场以文学的社会使命与对待文学遗产的态度问题为中心的大争论,他们围绕无产阶级能否建立自己的文化包括文学,无产阶级文学的特征及它与前代文学、与“同路人”文学的关系,党对文学应该采取什么政策等问题展开了激烈的争论。苏联对待“同路人”作家的态度,在1928年左右分别由冯雪峰和鲁迅自日文翻译成中文。有学者认为,鲁迅翻译的托洛茨基的《文学与革命》一书中的“亚历山大·勃洛克”一节是最早向中国输入“同路人”问题的开始。[①] “同路人”文学及其相关研究在中国20年代是一个热点,新时期之后,也得到了人们的关注。吕进在研究中认为,鲁迅是从建立无产阶级文学的同盟军这一高度来看待“同路人”文学的。鲁迅认为,“同路人”之所以是无产阶级文学的同盟军,主要由于他们的基本政治态度、他们作品的艺术倾向,以及早期无产阶级文学的状况所决定的。当然,鲁迅在肯定“同路人”文学的同时总是指出“同路人”作家的不足,强调“同路人”改造世界观的极端重要性。鲁迅开始较为集中地译、评“同路人”文学是在1928年,这与当时中国文坛上的无产阶级革命文学之争有关,鲁迅是在为“估量中国的新文艺”寻求经验,为批评当时中国某些作家的“左”派幼稚病寻求武器。[②]

学界最早肯定鲁迅接受托氏“同路人”理论的学者陈胜长,曾在分析鲁迅与托氏关系的基础上,坚持将鲁迅归入“同路人”行列[③],日本学者长堀佑造也是坚持把鲁迅当作“同路人”理论的接受者的。[④] 持大致相同观点的,还有李春林的《理智审视同感情拥抱的合与离——对鲁迅与前苏联文学关系的理解》、廖四

---

① 王维国:《鲁迅与文学“同路人”问题》,《开封教育学院学报》,1997(03)。

② 吕进:《鲁迅论苏联“同路人”文学》,《西南师范大学学报》1981(03)。

③ 陈胜长:《鲁迅·托洛茨基·革命文学的“同路人”》,《联合书院学报》(香港)1972年第1卷(11)。

④ 见长堀佑造:《鲁迅“革命人”的提出——鲁迅接受托洛茨基文艺理论之一》,《鲁迅研究月刊》2002(10)。

平的《托洛茨基与鲁迅》等文章。如李春林认为，在理智层面上，鲁迅认为苏联文学为建立中国无产阶级文学所必需；在感情层面上，鲁迅对“同路人”文学的艺术性情有独钟，尽管对其思想倾向亦不乏批评。[①] 廖四平也认为，托洛茨基的文艺思想对鲁迅产生了明显的影响，这主要表现在20、30年代鲁迅的“革命文学”观和“‘同路人’文学”观的形成过程中。[②] 当然也有学者对此持不同的意见，赵璕就在文章中对陈胜长和长堀佑造的观点提出了质疑，并进行了辨析。[③] 方维保曾在文章中认为，“鲁迅等中国左翼文艺家对托洛茨基的接受，一开始就是把他作为当时的无产阶级革命与文学理论的一部分来看待的，而且后来始终如此”。这样，实际上托洛茨基关于文学与革命的关系的理论，影响了鲁迅为首的一部分左翼作家及其在左翼运动中采取的姿态；他的“同路人”理论成为鲁迅等人对抗和修正左联初期关门主义倾向的话语策略；他的关于革命语境中艺术独特性的论述被以鲁迅为代表的若干左翼理论家认同；在左翼文学中引起共鸣或反对的还有他的对无产阶级文艺的取消主义态度。[④]

当然托氏对中国作家的影响并不限于鲁迅一人，国内学者比较多的关注的还有他对蒋光慈的影响，这种影响同样与他的“同路人”文学思想相关。齐晓红依据史料，通过研究发现，学界将鲁迅翻译的托洛茨基的《文学与革命》一书中的“亚历山大·勃洛克”一节作为最早向中国输入“同路人”问题是不对的，实际上，早在1926年4月，蒋光慈就在《创造月刊》上专门发表《十月革命与俄罗斯文学》，介绍了一些“同路人”(蒋光慈将之译为“同伴者”)作家，后来他将对这些作家的论述编成了《俄罗斯文学》一书，1927年由上海创造社出版部出版。这样就比鲁迅在1926年7月21日对《文学与革命》一书中的“亚历山大·勃洛克”的译介还要早两个多月，而比李霁野和韦素园的《文学与革命》译本(1928年2月初版)几乎早了两年。[⑤] 张广海也在文章中指出，蒋光慈在20世纪20年代中期的文章已多处褒扬托洛茨基，对其文艺理论也多有征引。蒋光慈所编著的《俄罗斯文学》一书，在结构设置上很明显也是对托洛茨基《文学与革命》的模仿，蒋著几乎原样照抄了托氏对“同路人”的长篇定义。当然，文章也指出“蒋光慈也没有认同托氏对‘同路人’评价的内在逻辑”。[⑥] 关于托氏对蒋光慈的这一影响，吴述桥也在《文学家在革命中的位置——蒋光慈与托洛茨基文学思想》一

---

① 李春林：《理智审视同感情拥抱的合与离——对鲁迅与前苏联文学关系的理解》，《社会科学辑刊》2001(05)。

② 廖四平：《托洛茨基与鲁迅》，《湘潭大学社会科学学报》2001(03)。

③ 赵璕：《翻译与鲁迅的阶级之“眼”：在自由主义文学与政党文学以外》，《鲁迅研究月刊》2007(06)。

④ 方维保：《托洛茨基与中国现代左翼文艺》，《安徽师范大学学报》(人文社会科学版)2005(05)。

⑤ 齐晓红：《蒋光慈与“同路人”问题在中国的输入》，《中国现代文学研究丛刊》2006(06)。

⑥ 张广海：《蒋光慈前期文艺思想探源》，《南京师范大学文学院学报》2010(02)。

文中给予了论述。[①]

托氏对中国文学界的影响是多方面的,方维保指出,“托洛茨基作为上世纪二三十年代苏联马克思主义的一翼,影响了中国左翼文艺家和思想家,虽然它在30年代以后的岁月中,在正统的中国马克思主义那里是非法的,但它的流传始终没有中断过,以致50年代有关人性和人道主义、有关现实主义广阔的道路的论争,依然和其理论有着同样的逻辑起点”[②]。然而,从现实情况来看,由于过去的有意回避,史料的散佚,以及中国革命文学接受苏俄及日本等多家文学理论的混杂状态,要从中剥离出托洛茨基的全部影响并非是一件十分容易的事情。本章以上所进行的个案说明旨在抛砖引玉,以引起学界对托氏研究的重视,期待有更多新的研究成果不断涌现。

---

① 吴述桥:《文学家在革命中的位置——蒋光慈与托洛茨基文学思想》,《中国现代文学研究丛刊》2010(01)。

② 方维保:《托洛茨基与中国现代左翼文艺》,《安徽师范大学学报》(人文社会科学版)2005(05)。

第十四章
俄国形式主义研究

众所周知,俄国形式主义主要活动于20世纪10—20年代,而到30年代,由于历史原因,逐渐在文坛销声匿迹。始自那时的苏联文艺理论与批评,也自然会把俄国形式主义作为批判的对象,作为"反面人物"拉出来"示众"。我国介绍俄国形式主义的第一篇文章,据汪介之引证,是1936年11月南京出版的《中苏文化》第1卷第6期,其中辟有"苏联文艺上形式主义论战特辑"[①],集中介绍了苏联国内批判形式主义的文章。那个时代我国国内迫于时势,同时也受到苏联的影响,对俄国形式主义如果不是一无所知,就只是以批判的方式提及。与此相对照,改革开放之后,俄国形式主义在我国受到格外重视,出现了俄国形式主义研究的热潮,俄国形式主义所关涉的文艺学本体论问题、陌生化与诗语问题以及俄国形式主义的文学史观等都成了热门话题。在详细深入地探讨这些话题之前,先简要回顾一下我国的俄国形式主义热。

一、新中国的俄国形式主义热

我国开始正面介绍俄国形式主义文艺学的历史可以追溯到20世纪的40年代。钱锺书出版于1948年6月(曾于1949年7月再版)的《谈艺录》中,就曾三次引用俄国形式主义代表人物维克多·什克洛夫斯基(又译维克托·什克洛夫斯基)的言论以为奥援。这应该是在中国文化语境下俄国形式主义者的名字和言论第一次被正面提及和引用。[②] 由于俄国形式主义在苏联的30年代以后开始遭受批判,并且一直持续到50、60年代的解冻时期。我国在新中国成立以

① 汪介之:《回望与沉思》,北京:北京大学出版社,2005年,第257页。

② 钱锺书:《谈艺录》,北京:中华书局,1984年,第35、186—187、363页。

来直到“文化大革命”前的17年中,俄国形式主义理论家的论著及其学说,大都是在和苏联国内十分相似的大批判中,成为批判对象或陪绑的对象。

对俄国形式主义大规模的介绍和研究开始于新时期。而在西方,则从20世纪50年代起,俄国形式主义的理论遗产就受到普遍关注,出现了许多重要的译著和论著。在我国,俄国形式主义首先是伴随着80年代的方法论热和巴赫金热而走红。80年代国内学术界有过一个方法论热潮,主要是西方各种批评流派的理论学说被纷纷介绍到国内来。最初被介绍进来的俄国形式主义者的理论著作,是经由西方各国文艺学界的途径进来的。最早提到“俄国形式主义”的是袁可嘉的论文《结构主义文学理论》(《世界文学》1979年第2期)。次年,布洛克曼的《结构主义》中文版出版,书中列有关于俄国形式主义的专章。1983年,李辉凡发表《早期苏联文艺界的形式主义理论》(《苏联文学》同年第4期)。

李辉凡的论文是对俄国形式主义的理论建树持基本否定态度,是当时几乎唯一的例外。李辉凡认为:“对艺术来说,不论是新内容还是新形式,都是由时代、历史决定的,而不是由几个形式主义理论家主观臆想出来的”,并且强调“文学不是自然科学,也不是纯语言现象,而是具有高度党性和阶级性的意识形态和上层建筑,它是不能脱离人类的现实生活的。”基于这样的文学观,文章评判道:“它们(形式主义)乃是资本主义走向没落时期的征兆在文艺上的反映,其基本特点就是脱离现实生活、反对思想内容,追求奇特的、怪诞的表现形式。”“这种理论的认识论根源是形而上学和唯心主义。”文章甚至认为俄国形式主义对“年幼的苏联文艺的发展产生过十分不良的影响”,是“苏联早期文艺理论发展中的一块绊脚石”①。

约略与此同时,国内俄国形式主义的文选类读物也逐渐增多。第一部集中介绍俄国形式主义的文集是方珊主编的《俄国形式主义文论选》(三联书店,1989)。文集汇编和介绍了俄国形式主义代表人物维·什克洛夫斯基、鲍·艾亨鲍姆(又译艾巴乌姆)、尤里·迪尼亚诺夫(又译特尼亚诺夫或蒂尼亚诺夫)、鲍里斯·托马舍夫斯基、维克多·日尔蒙斯基(又译维克托·日尔蒙斯基)的若干篇代表作,在学界引起广泛关注。同年,由法国著名符号学家茨维坦·托多罗夫编选的《俄苏形式主义文论选》也由蔡鸿滨翻译出版(中国社会科学出版社,1989)。托多洛夫(又译“托多罗夫”)是最早向法国学术界介绍俄国形式主义文艺学理论的专家之一,他的选本似乎更加精粹,文集编选者除以上所述各位外,还增加了在俄国形式主义统一运动过程中,曾经发挥过重大作用的莫斯科语言学小组的负责人罗曼·雅各布逊(又译雅各布森或雅克布逊),以及在俄

① 雍青、孙芳兰:《俄国形式主义接受中的思维问题与当代文论的转型》,《江西社会科学》2007(05)。

国形式主义理论发展的结构主义符号学一翼起过重大作用的弗·普罗普和早期奥波亚兹[①]成员奥·勃里克的文章。对于比较全面反映该运动的全貌和整个过程，该文集有其独特贡献。爱沙尼亚的扎娜·明茨和伊·切尔诺夫主编的《俄国形式主义文论选》(编译者：王薇生，郑州大学出版社，2005)由于其编者之一是当今俄罗斯文化学研究领域里的大师巨擘米·尤·洛特曼的夫人，再加上此书出版时间稍晚于前两个选本，所以自有其不可替代的优点。其中所收集的，大多是很难在书市见到的珍贵文本，文本的作者除以上两个选本中相同者外，主要还增加了一般被认为是外围俄国形式主义者或准俄国奥波亚兹分子的维诺格拉多夫、斯米尔诺夫和斯洛尼姆斯基、吉皮乌斯。俄国形式主义在其鼎盛时期，即所谓"狂飙突进"时期，曾经在早期苏联文坛占据压倒一切的主导地位。当时文坛中人都或是奥波亚兹分子，或是所谓的"拉普"分子等马克思主义社会学家，二者必居其一。该文集就反映了"不分平地与山尖，到处风光尽被占"的当时文坛的状况。此书可贵之处也恰恰在于保存了历史的原貌。新时期以来，除以上所提到的那些文集外，其他一些以文论介绍为主的文集，也都程度不同地涉及俄国形式主义——20世纪文艺学史上第一个本体论文艺学流派。如由伍蠡甫、胡经之主编的《西方文艺理论名著选编》(上、中、下卷，北京大学出版社，1987)，就收有俄国形式主义几位主要代表人物的论文——什克洛夫斯基、艾亨鲍姆、雅各布逊、迪尼亚诺夫。以上诸人的论文，还零星见于这个时期出版的外国文论类期刊中，因篇幅原因恕不一一列举。

俄国形式主义的引进和介绍，在世纪之交达到一个比较成熟的阶段。此期出现的众多研究论著，立足于原文原著解读和历史的还原，对于俄国形式主义所以会产生的社会历史条件、发展过程、理论建树、长处和短处等，都进行了深入细致的剖析和分析。涉及俄国形式主义的由中国学者撰写的著作有：胡经之、张首映的《西方二十世纪文论史》(1999)，胡经之主编的《西方文艺理论名著教程》(1986)，董学文的《走向当代形态的文艺学》(1989)，徐岱的《小说叙事学》(2010)，申丹的《叙述学与小说文体学研究》(1998)，胡经之、王岳川主编的《文艺学美学方法》(2012)中由方珊撰写的专章"形式研究法"，朱栋霖主编的《文学新思维》(1996)中的有关章节，朱立元主编的《当代西方文艺理论》(2005)和郭宏安、张国锋、王逢振的《二十世纪西方文论研究》(1997)，赵宪章主编的《西方形式美学研究》(1996)，赵宪章的《文体与形式》(2004)，赵毅衡的《符号学文学论文集》(2004)等。此外还有叶水夫主编的三卷本《苏联文学史》(1995)的第一卷，彭克巽的《苏联文艺学派》(1999)，张杰、汪介之的《二十世纪俄罗斯文学批评史》(2000)。此间一些重要译著同样也构成了我国研究俄国形式主义的成

① 此系俄文"诗歌语言研究会"缩写名称的音译形式。

果,即研究雅各布逊诗学理论的乔纳森·卡勒的《结构主义诗学》、佟景韩翻译波利亚科夫编选的《结构符号学文艺学》收录了雅各布逊的《语言学与诗学》、雅各布逊与列维-施特劳斯合著之《评夏尔·波德莱尔的猫》、扬·穆卡洛夫斯基著撰写的《什克洛夫斯基"散文理论"序》、让-伊夫塔迪埃的《20世纪的文学批评》。进入21世纪以来,又出现了一些译著涉及俄国形式主义。主要有马克·昂热诺的《问题与观点》、拉曼·塞尔登的《文学批评理论》、罗杰·法约尔的《批评:方法与历史》、托多洛夫的《批评的批评》、什克洛夫斯基的《个人价值的危机》、扎娜·明茨的《俄国形式主义文论选》等。

应该看到,在引进和介绍俄国形式主义文论方面筚路蓝缕,建树了开山之功的钱锺书、张隆溪、钱佼汝的文章,对于嗣后的研究具有"定音叉"的效应。钱锺书的《管锥编》《谈艺录》是我国比较文学典范之作。在人们热衷于比较,但却茫然于比什么,怎么比而不知所措时,钱锺书的诸多著作,为比较文学应当如何做出了表率。钱锺书笔下,没有"大问题",有的全都是"小见识",但这些深入诗歌肌理和内部的"小见识",却恰恰是真正的文艺学应当关心而研究的"诗歌的本质问题"。钱锺书善于"因小识大",见微知著,一叶落而知天下秋的文章做法,并未脱离文学,正是传统文艺学弃之如敝屣的。真正的比较文学应当是"文学比较",而非脱离文本而在意识形态的天空里任意翱翔,下笔千言,离题万里。钱锺书在《谈艺录》里对维克多·什克洛夫斯基的三段引文,也恰到好处,因为俄国形式主义本来就更多的是一种诗学问题的探讨,他们从一开始就刻意规避形而上学和意识形态问题。将其刻意地意识形态化,恰恰背离他们的初衷。

在把俄国形式主义引入中国语境方面,各种介绍西方文学理论的著作,在其中起了良好的作用。学界甚至有一种说法,即说俄国形式主义是借着我国西方文论的热潮而在我国兴盛起来的。这种说法的确有其道理。在短短几年中,各类译著纷纷出版问世,而俄国形式主义的名字也就随着这些译著的被阅读而逐渐深入人心。伊格尔顿的《二十世纪西方文学理论》,霍克斯的《结构主义和符号学》,佛克马、易布思的《二十世纪文学理论》,韦勒克的《批评的诸种概念》,休斯的《文学结构主义》。中国学者的著作与文集有:辽宁大学中文系的《文艺研究的系统方法文集》(1985),傅修延、夏汉宁的《文学批评方法论基础》(1986),中国人民大学编写的《文艺学方法论讲演集》(1987),文化部教育局编写的《西方现代哲学与文艺思潮》(1987),班澜、王晓秦的《外国现代批评方法纵览》(1987),马克思主义文艺理论研究编辑部选编的《美学文艺学方法论》(1985),张秉真、黄晋凯的《结构主义文学批评论》(1987)。[①] 80年代末到90年代,俄国形式主义开始从西方舶来的结构主义背景下突显出来。此期间出版的

① 陈建华、耿海英:《俄国形式主义文论在中国30年》,《学习与探索》2009(05)。

译著有:托多罗夫编选的《俄苏形式主义文论选》、什克洛夫斯基等著《俄国形式主义文论选》、什克洛夫斯基的专著《散文理论》、巴赫金的《文艺学中的形式主义方法》。译文则有什克洛夫斯基的著名文章《艺术即手法》(《外国文学评论》1989年第1期)、《词语的复活》(同年第2期),迪尼亚诺夫的《文学事实》(《国外文学》1996年第4期)。

在此,值得一提的是方珊的《形式主义文论》(2000),张冰的《陌生化诗学——俄国形式主义研究》(2000)和张杰、汪介之合著之《20世纪俄罗斯文学批评史》(2000)。这三部著作被称为是"我国俄国形式主义研究开始走向成熟"的标志。[1] 前者从整个结构主义符号学在西方20世纪的发展源流出发,对俄国形式主义的结构主义符号学一翼的理论建树进行了评述。如前所述,这当然也是俄国形式主义在整个20世纪发展过程中非常重要的一个方面。但问题在于:俄国形式主义并非西方同类文论在俄国的一个翻版,而是有其本土产生的原因、发展的特殊道路,进而至于有其独特的理论建树,这些都未能在方珊著作中得到合理的阐释。张冰的这部专著,是在深入系统研究原著,尤其是充分借鉴了俄国形式主义研究的国际权威、前耶鲁大学教授维克多·厄利希的基本著作《俄国形式主义:历史与学说》的基础上写出的。厄利希的这部著作在俄国形式主义国际化研究界,是一部奠基之作,被誉为西方文艺学中的"圣经",是大凡涉足俄国形式主义者都无法绕开的一部主要基础性著作。厄利希之所以能在国际俄国形式主义研究界拔得头筹,这和作者本人的斯拉夫血缘以及罗曼·雅各布逊亲自执教等有着密切关系。作为俄国形式主义运动极其重要的代表人物之一,罗曼·雅各布逊亲身经历了俄国形式主义运动发展的全程,并且在该运动被取缔之后,也依然与该运动的参加者保持密切的创作联系。在其亲自指导下的厄利希的这部专著,体现了历史与逻辑统一的原则,其评述紧密结合运动发展的各个阶段,深入、全面、细致、客观地介绍了其理论源流和发展走向、历史贡献,所以,至今也依然是我国认真研究俄国形式主义者不可超越的基本著作。笔者为了让我国研究者能够深入考察俄国形式主义的实际情况,业已将此书译为汉语。相信此书的出版,会把我国的俄国形式主义研究,推向一个更高的阶段。后一部专著立足于20世纪俄国美学和文艺批评的实践,从文学批评视角出发,对于俄国形式主义的理论建树,进行了具有深刻美学背景的评述和分析,因此也能给予我们以众多有益的启发。

张冰在深入研究俄国形式主义相关资料基础上精心构思写作的《陌生化诗学》从"诸多角度,系统、深入地研究了俄国形式主义的理论思想,并就该流派与西方哲学、美学和文学批评的关系,以及与本国其他文学批评流派的关系作了

---

① 陈建华主编:《中国俄苏文学研究史论》第二卷,重庆:重庆出版社,2007年。

论述”。以上三本专著是我国接受与研究俄国形式主义的一个缩影,“标志着我国对俄国形式主义研究进入了一个新的阶段”[①]。

根据目前我们所掌握的材料,根据粗略统计,我国截至目前,在学术期刊上论及俄国形式主义及其代表人物文论思想的论文将近二百篇,专著3部。

二、自律与他律:文艺学本体论价值体系问题

俄苏形式主义文论是在西方文论史上,第一个以文艺学本体论为号召的流派,而文艺学主体性的建立,恰好是经历过“文化大革命”十年以后的中国文论界迫切需要的。在文化交流的场域里,一种外来影响之所以会在特定国别文学中产生反响,引起回应,激发与之对话的热情,首先是接受主体的某种需求使然。在俄苏语境下,俄国形式主义并非一个持续发展至今的批评运动,相反,它的存在时间非常之短暂,早在20世纪的20年代末,就已在苏联本土逐渐销声匿迹,宣告解体了。这样一种早已被苏联文论界丢弃的理论遗产,在半个多世纪以后的中国文论界,居然能够“借体还魂”“枯树着花”,只能用我国文论的某种内在需求加以解释。经历过“文化大革命”十年动乱的中国文坛,滋生了一种迫切要使文学理论摆脱意识形态的干扰,建立自己独特的话语体系的内在需求。俄苏形式主义文论在中国的勃然而兴,就是借着这样一种本土性需求应运而生的。俄国形式主义“不仅是对俄国学(院)派文艺学的挑战,同样对深受苏联文艺学影响的中国文学理论也是有力地矫正”[②]。

张隆溪是在我国学界最早介绍俄国形式主义流派的学者之一,他在相关文章中开宗明义地揭示了俄国形式主义运动发生之初,其作为一个批评运动的主旨:那就是建立本体论文艺学的宏大志愿。什克洛夫斯基有一句名言,被张隆溪引作文章标题——“艺术旗帜上的颜色”。原话还有下半段话,即“艺术旗帜上的颜色并不反映城堡上空旗帜的颜色”。这当然是一句比喻,而比喻总是蹩脚的。什克洛夫斯基的原意是:艺术与社会无关,与意识形态无关。这种观点当然未免绝对化了,但考虑到这种观点产生的语境,我们就不难释然和理解,何以这位俄国形式主义的代表人物,会有如此决绝断然的表态了。当时,包括什克洛夫斯基本人在内的“奥波亚兹”成员,因痛感传统文艺学缺失自己特有的研究对象,沦为别的相邻学科的附庸而有感而发。他们认为文艺学要想谋求建立自身的价值,就必须找到自己独有的研究对象,那就是文学性——使文学具有

---

① 陈建华主编:《中国俄苏文学研究史论》第二卷,第223页。

② 辛刚国:《中国文学对俄国形式主义的拒斥和接受》,《东岳论丛》2004(01)。

文学性的那种东西。应当指出:刚刚走出"文化大革命"阴影的中国文坛,当时迫切需要的,正是建立文艺学自身的价值观体系。而这才是俄国形式主义文论一介绍进来,便引起广泛反响的根本原因。张隆溪在上述文章中写道:"当什克洛夫斯基说艺术的颜色不反映城堡上旗帜的颜色时,他当然犯了片面的错误,不过我们不应当忘记,艺术也不像一面普通镜子那样机械地反映现实。正如高尔基说过的,俄罗斯风景画家列维坦作品中那种美是非现实的,因为在现实中那种美并不存在。的确,艺术并不能完全独立于自然,然而在艺术的旗帜上,我们常常会发现现实生活中没有的绚烂丰富的色彩。"也就是说,艺术在反映现实的同时,对现实又会有所超越。艺术绝不是亦步亦趋,对现实生活的毕恭毕敬的单纯模仿。

还有学者指出:俄国形式主义研究在中国的兴起,最初就是被当作是"清算极左文艺思潮,冲破文艺从属于政治观念束缚的一支重要力量",因而俄国形式主义被认为是"在中国文学界具有革命性意义的文学批评理论"[①]。有学者指出:俄国形式主义的主要目标之一是促使文学研究的科学化。他们认为,文学不是传达观念的媒介,不是社会现实的反映,也不是某种超越真理的体现,而是一种物质,一种我们可以像检查一部机器那样分析它的活动。[②] 这里所关注的,显而易见,是俄国形式主义所倡导的科学性问题。

在这方面,钱佼汝的文章以俄国形式主义在西方20世纪文论中传播的现实为背景,向国内介绍了俄国形式主义文论对于20世纪西方文论具有广泛影响的事实。钱佼汝提炼了俄国形式主义的两个核心命题——文学性和陌生化——对其理论的实质进行了深入剖析。毫无疑问,钱文对于嗣后中国俄国形式主义文论研究,具有导向意义。而钱文的副标题恰当地标志了此文的核心命题。

众所周知,俄国形式主义是在众多西方哲学美学新潮的影响下产生的本土文论,在其产生的过程中,来自西方的影响固然重要,但俄国文化传统自身的影响,才是最直接的。俄国形式主义所接受的来自西方的影响中,以索绪尔为代表的结构功能语言学无疑是很重要的一支。在其影响下,在统一的俄国形式主义运动中,出现了偏向于索绪尔语言学的一翼,那就是以罗曼·雅各布逊为代表的莫斯科语言学小组——布拉格结构主义文艺学。经由罗曼·雅各布逊的学术活动,这一翼后来的发展已经超越了俄苏语境,成为一个国际化符号学运动,因而已经超出了俄国形式主义发展的本土范畴。当然,早期俄国形式主义者们,包括罗曼·雅各布逊和什克洛夫斯基在内,都从索绪尔那里受到很大启

---

① 陈建华、耿海英:《俄国形式主义文论在中国30年》。

② 东田:《俄国形式主义与中学语文教学》,《语文教学与研究》1996(06)。

发。但早在这一运动发展的初期,俄国形式主义内部的这两种不同取向之间,就已经呈现出分裂趋势。以罗曼·雅各布逊为代表的语言学倾向,越行越远,以致后来甚至发展到呈现某种对立的地步。当然,后来俄国形式主义在80年代中国的回归,在很大程度上,是借助于国际范围内结构主义符号学的兴盛而回潮的。

众所周知,俄国形式主义产生之初,是以要建立一种科学的诗学体系为初衷的。也就是说,他们把文艺学的独立自主性视为其首要任务,把寻找文艺学的"主人公"即"文学性"当作自己的主要任务。无独有偶,新时期以来的我国文艺学界,面临的也几乎是相同的问题。刚刚经历过"文化大革命"这样的文化大劫难的知识分子,心有余悸,战战兢兢,对于"极左思潮"复归心存警惕,有着沉重精神创伤的知识分子,迫切要求予文艺以独立地位,破除人们附加在艺术身上的意识形态负荷,对其实施真正意义上的"解意识形态化",把属于艺术的东西还给艺术。在这个意义上,从俄苏舶来的俄国形式主义文论,以其对于文艺学主体价值体系的追求,以其对于文学性和陌生化的言说,为迹近于"失语"的中国文论界提供了"一泓创新的泉水"。

80年代我国在引进和介绍俄国形式主义文论方面掀起的小高潮,大体上就是在这样一种思想文化背景及心理内驱力驱动下形成的。正是对文艺学本体论价值的诉求,促使我国外国文论界把目光转向俄国形式主义这样一个短命,但却在20世纪文论史上具有"哥白尼式革命"意义的文艺美学和文学批评运动所留下的理论遗产。俄国形式主义在其产生之初,对于建立科学的文艺学的价值诉求,对于文学性和诗语问题的学术探讨,对于所谓"形式"而非"内容"的青睐,对于"怎么"而非"什么"的辨析和探讨,在刚刚走出"文化大革命"梦魇的中国文论界,产生了巨大的反响和热烈的呼应。诸如此类的与我国以"文以载道"为传统的文论相异的理论学说,在习惯于把文艺首先当作阶级斗争之武器的中国文论界面前,呈现了一个前所未见的"他者"的形象,而在方法论热蔚为一时风尚的80年代,为我国文艺学界提供了一个不可多得的参照系和范本,从而成为伴随着西方文论的被引进而引进的文论大户。

这样一来,文艺学界对于俄国形式主义理论的介绍和阐释,也就自然会主要围绕着文学的自律与他律,文学(文艺学)的自主独立性即本体论价值体系的建立问题展开。我国学术界对于俄国形式主义文艺理论的引进和介绍,首要看重的,是俄国形式主义产生之初的那样一种试图建立科学诗学、本体论文艺学的创作宗旨和内在驱动力。

众所周知,在苏联当时的文艺论战中,所谓"俄国形式主义"是反对派们赐给此派代表人物的一个"恶谥",而他们自己则宁愿被人称之为"形态论者"或别的什么名称。但是,事物是不以人的意志为转移的:由于他们触动了传统文艺学的神经，所以，无论他们自己愿意与否，这个“恶谥”却到底成了刻在罪犯脸上的“红字”，在他们作为一个学派早已不成行伍的将近一个世纪之后的今天，依然如带着“原罪”一般潜在地发挥着其效应。时至今日，一说“俄国形式主义”，一种原罪感立刻油然而生，似乎不容辩驳。也许正是由于这个原因，俄国形式主义被大量引进和介绍到国内的80年代初，许多文章首先必做的一个“功课”，就是为“俄国形式主义”“正名”。

而对“形式”和“内容”二分法的辩证思考，就是此类学术讨论的问题之一。当年，以什克洛夫斯基为代表的俄国形式主义者们，曾经极力批评这种传统的形式与内容的二分法。有的论者这样写道：俄国形式主义者们认为，内容和形式实际上总是融合于审美对象之中而密不可分，你中有我，我中有你。内容总是表现为形式，不然就会化为乌有；反之，形式总是蕴含着某种内容。从这样的角度看，如果说形式成分意味着审美成分，那么艺术中所有内容也都成为艺术形式。实际上这也就是俄国形式主义者所谓的“内容形式化了，而形式内容化了”的内涵。内容与形式是不可绝对分离的和一体的，没有可以分离的内容，也没有可以分离的形式。形式的变化也就是内容的变化。这一观点颠覆了内容决定形式的内容决定论，突出强调了形式的重要作用。认为内容是因形式的需要而变化的，内容从属于形式，形式不是内容而是由其他形式所决定的，这就体现了形式决定论。不但如此，形式是但凡每个认真研究文本的人都必须首先跨越的一道坎，而且只有经由这道坎，才能对其内容有所问津。所以，人文学者必须把被别的学科当作形式的东西，当作内容来接受。更有甚者的是，形式不但在某种程度上决定内容，甚至可以创造自己的内容。“这一观点是形式主义的一大突破。传统文论观中，人们都认为影响作品形成的总是外部因素，例如社会环境、历史变迁、作者的情感变化等。形式主义者首先认识到影响作品形成的主要因素是作品内部的形式，他们从形式入手，认为形式才是作品的内动力，由于形式的变化和要求，内容随之进行改变，这才构成作品的变化。这一观点将文本研究由外部转向内部，回归到文本本身，这是很大的进步。”[①]按照俄国形式主义者的论说，把传统的内容与形式等同于内容与素材是错误的，因为素材“只有用艺术特有的形式进行加工和变形”后，才能成为诗意的主题，并且只有其参与了审美意向的创造，才能够成为内容。因此，形式主义对传统内容与形式二元论的批判是突破性的变革。[②] 由此可见，我国学者在对俄国形式主义的研究中，已经不止一人注意到他们所说的“形式”，与传统文论中的“形式”具有不同的内涵。

---

① 郝敏：《关于俄国形式主义理论中的“形式”》，《语文学刊》2007(12)。

② 同上。

梁宗岱认为"在创作最高度的火候里,内容和形式是像光和热般不能分辨的。正如文字之于诗,声音之于乐,颜色线条之于画,土和石之于雕刻,不独是表现情意的工具,并且也是作品底本质;同样,情绪和观念——题材或内容——底修养,锻炼,选择和结构也就是艺术或形式底一个重要元素"。也就是说,正是人们惯常视为次要的形式的因素构成了作品的存在,同时,人们视为首要的内容因素却是构成艺术形式的材料,这种观念显然与梁宗岱从象征主义诗歌的阅读中得到的经验有某种密切关系。"梁宗岱承自法国象征主义的诗学观念则显然恢复了古希腊时期的一元论'形式'观念,把形式视为艺术呈现给人们的第一现实,而为了打破'内容—形式'的二元论,他有意鄙弃内容,凸出形式因素的地位。不免让我们听到了与俄国形式主义文论的同调复声。"①

在同一篇论文里,作者还援引现代文艺理论家李长之的言论来佐证。作者指出:李长之所谓的"内容",是"表现在作品里的作者之人格的本质",这是在作品中"把层层外在的因素提炼过后的一点核心"。不但如此,作者还把内容与形式问题,放在西方文论背景来加以探讨。作者指出:形式和内容的概念源自西方,在整个西方美学史上是一对具有重大意义的历史命题。从古希腊开始,无论是柏拉图还是亚里士多德,都秉持一元论的"形式"观念,把美和艺术作为形式统一体,形式是美和艺术的本质规定和现实存在,尤其是亚里士多德,把事物的存在归纳为"质料因"与"形式因"两大要素,质料是构成事物的原料,而形式则是事物本身的现实存在。前者是事物的"潜能",后者是事物的"现实",事物的生成就是质料的形式化。到了古罗马的贺拉斯才产生了形式与内容的二元对立观念,这种观念后经黑格尔的发扬光大,影响甚大,为人们所普遍接受,在文艺批评上形成了重内容轻形式,并以提取内容为目的的文艺批评观念。黑格尔注意到了艺术的内容和形式和谐整一的特殊性。作者在这里所归纳和概括的"一元论形式观"和"二元论形式观"的对立,为解剖俄国形式主义形式观提供了有益的借鉴视角。

作者进而指出:"在形式主义派看来,所谓'什么'与'怎么'(即内容与形式)的划分,只是人为的抽象,因为事实上表达的东西不是独立存在的,而是必须存在于借以表达的具体形式之中。任何内容总是一定形式中的内容,不然,它就什么也不是,就是无,确切地说,就是子虚乌有。因此,日尔蒙斯基在《诗学的任务》一文里认为,一方面,形式与内容是统一在审美对象上的。艺术中的任何新内容都必须表现为形式,这是因为艺术中不存在没有得到形式体现的内容。任何形式上的变化都是新内容的发展。因为形式本身就是一定内容的表

---

① 张迪平:《俄国形式主义文论与黑格尔辩证形式论——略论内容与形式》,《巢湖学院学报》2007(02)。

达程序,而空洞的形式表现是不可思议的。所以形式和内容的约定划分不仅苍白无力,而且还无法弄清形式在艺术结构中的特征。另一方面,形式和内容的划分是含混不清的。在日尔蒙斯基看来,艺术内容是不能脱离艺术形式结构的普遍规律而独立存在的,应当说它进入诗作整体,参与了审美意象的创造,融合在艺术形式之中。因此,他认为:'简言之,如果说形式成分意味着审美成分,那么,艺术中的所有内容事实也都成为形式的现象。'"[①]

许多学者也严正指出:俄国形式主义者所坚持的文学自律功能,与持文学社会功能的批评者们一样,同样也是一种极端。即使"棉纱"及"纺织方法"应该是注意的中心,但是完全脱离"世界棉纱市场的行情",脱离"托拉斯的政策",棉纺业也是不会找到自身发展动因的。使文学作品成为文学作品的东西,同样由两种力合成——即作为内因的本体因素和作为外因的背景因素,这两方面乃是辩证的关系。"俄国形式主义者强调文学的'独立性',把文学过程置于真空之中,从而割断了文学与社会、文化、历史等方面的联系,这无疑割断了文学与社会母体相连的脐带。这样俄国形式主义所坚持的本体研究,便成了孤立的本体,他们所寻找的'文学性'便成了无因之果。"[②]

邹元江的《关于俄国形式主义与陌生化问题的再检讨》一文,虽说是以探讨俄国形式主义的陌生化理论为宗旨的,但值得注意的是他将俄国形式主义对内容与形式二分的超越放在西方文论发展的历史中来检视。他指出,西方传统的艺术内容与形式的二元论并不具有价值对等的二元性,而只具有价值偏向的主从性,即形式对于广义内容表象的工具性、非本质性。可以说无论是对形而上的"理式""理念"的模仿显现论,还是对自然主义的"生活""自然"的反映复制论,都是以广义的内容为中心的。"只有在俄国形式主义这里,形式与内容才真正做到了辩证的统一",因为"陌生化的程序目的性总是基于艺术家创造的不可重复性","感知本身便是对被感知事物的一种创造",而所创造的事物之所以能被我们认识,是因为"它重新唤起了我们的想象力"。[③]

俄国形式主义者在这个问题上实际上陷入了自相矛盾,那就是一方面他们把形式视为纯形式,另一方面,又把情绪评价视为"布局要素内容",从而"无形中把形式扩展为包含内容的形式,不再是纯形式了"。"实际上,这是所有的形式主义者共同的矛盾,他们像捕捉影子却远避影子的实体一样,目的与方法相悖,难以实现科学批评的目标。"[④]的确,俄国形式主义者实际上很难把文学作品中的"形式"予以"提纯",因为在文学作品的统一系统中,内容形式化了,形式

---

① 张迪平:《俄国形式主义文论与黑格尔辩证形式论——略论内容与形式》。

② 仲文:《俄国形式主义批评的方法论特征初探》,《内蒙古社会科学》1987(01)。

③ 邹元江:《关于俄国形式主义与陌生化问题的再检讨》,《东南大学学报》(社科版)2004(2)。

④ 仲文:《俄国形式主义批评的方法论特征初探》。

内容化了,二者水乳交融,你中有我,我中有你,不可分割。好在俄国形式主义者们后来自动放弃了这种分析法,而且对这个问题的探讨,基本上属于早期阶段的事情。

众所周知,俄国形式主义在创立之初,回避讨论其学派的哲学基础问题。卢那察尔斯基将其哲学基础定位于“逃避主义”,当然明显不妥。俄国形式主义不能没有潜在的哲学基础,因为任何理论背后都有观念形态的东西予以支撑。因而俄国形式主义者们回避谈论但并不等于没有。这个问题时至今日依然是国际学术界有待解决的问题之一。可贵的是,我国学术界也对这一问题提出了自己的观点。有人认为俄国形式主义美学来源于康德和黑格尔美学,他们把艺术作品当作是艺术观察“形式”的一种产品,艺术作品的“内容”是艺术观察的“形式”。二者之间的共同点在于:康德认为审美判断和艺术观察在于形式,形式具有普遍性,具有适合主体的想象力与知解力的自由活动与谐调。康德的“美在形式”“无目的的合乎目的性”命题,也都强调的是艺术语言和艺术“方式”。俄国形式主义者对于形式的整体性(格式塔)观察便来源于此。而黑格尔的美是理念的感性显现,审美判断具有具体性、生动性,美的理念包含了具象和共相的统一的观念,显然也是俄国形式主义美学的来源。①

还有的学者在注重揭示俄国形式主义“形式主义”内涵的同时,不忘揭示其陌生化理论所具有的“逻辑内涵和哲学思想”,揭示其所包蕴的“丰富的审美内容”,从而证实:俄国形式主义文论的形式主义观念,实际与一般传统的形式主义有着本质区别。前者远远超越了后者,可以说是一种深刻的、充实的、辩证的形式主义。②

当然,和人不能拔着自己的头发脱离地球一样,语言和文学也无法根本摆脱其最根本的社会交际的属性。这一点事实上俄国形式主义者在其发展过程中也早已认识到了。显然,支配文学的规律,既有内在的,也有外在的。在文学现象的发生发展过程中,内在规律和外在规律都会同时发挥其作用的。20世纪20年代中期,在苏联文坛上的俄国形式主义(奥波亚兹)和马克思主义社会学之间的那场大论战,无论结果如何,事实上,对于俄国形式主义的良性发展,是极其有益的。争论的结果是奥波亚兹成员大幅度地吸收了对手的批评意见,对决定文学的外部因素给予了一定的关注,从而发生了一个前人未曾特别关注的“社会学转向”。奥波亚兹成员在30年代期间的学术工作,大抵都属于这样一个性质。由雅各布逊和迪尼亚诺夫于1928年发表的《语言与文学研究论纲》就是俄国形式主义者“社会学转向”的一个显著坐标。但在俄苏语境下,这种

---

① 仲文:《俄国形式主义批评的方法论特征初探》。

② 杨帆:《陌生化,或者不是形式主义——从陌生化理论透视俄国形式主义》,《学术界》2003(03)。

"声音"由于"时代的喧嚣"而被淹没了。和当年在早期苏联文化语境中一样，对于俄国形式主义这样一种明显"偏重"于艺术的"唯美"一端的文艺学流派而言，马克思主义社会学给予它的"当头断喝"，对于一种理论体系的成长和成熟而言，无疑是十分有益的。有趣的是，在时隔半个世纪以后的中国语境下，俄国形式主义在我国文论界，同样也遇到了来自马克思主义("西马"和"新马")的严峻置疑和挑战。这里首先要提到的是詹姆逊。他认为"仅仅依据文学体系本身的内在规律来探讨文学是不够的，还必须看到其他系统从外部作用于文学系统的问题"。而俄国形式主义的最大问题则在于"顽固地坚持内在文学性，以及固执地拒绝脱离'文学事实'而转向其他的理论形式"[①]。"使文学作品成为文学作品的东西，同样由两种力合成——作为内因的本体因素和作为外因的背景因素，这两方面乃是辩证的关系。俄国形式主义者强调文学的'独立性'，把文学过程置于真空之中，从而割断了文学与社会、文化、历史等方面的联系，这无疑割断了文学与社会母体相连的脐带。这样俄国形式主义所坚持的本体研究，便成了孤立的本体，他们所寻找的'文学性'便成了无因之果。"[②]

我国的俄国形式主义论者们大都认识到其所倡导的文艺学本体论的相对性问题。众多论者援引巴赫金的观点，对俄国形式主义的艺术本体论提出严厉批判。的确，作为俄国形式主义的"共生"现象，巴赫金早在其所著《文艺学中的形式主义方法》(最初原著署名为帕·梅德韦杰夫)就尖锐地指出：艺术作品"吸收意识形态环境的一些成分，把它们接受下来；把另一些成分作为外在的东西而加以摒弃。因此，'外在的'和'内在的'东西在历史过程中辩证地掉换了位置，在这种情况下当然并不完全等同。今天对文学来说是外在的东西，是文学外的现实的东西，明天可能作为内在的结构因素进入文学。而今天是文学的东西，明天可能成为文学之外的现实"[③]。这就是说，文学的"内"和"外"不是一种固定的东西，而是在文学动态发展过程中一个可以相互转化的因素："外"可以成为"内"，"内"也可以成为"外"。[④]

由此可见，俄国形式主义的本体论文艺学价值体系的意义，是相对的，而非绝对的；是有条件的，而不是无条件的。钱中文指出：概括形式主义的文学观念与理论和操作，我们可以看到，形式主义学派确实在文学理论中标新立异，大有创新。其中最重要的一点，就是"他们力图从文学自身的构成因素来理解文学

---

① 杨向荣、姜文君：《陌生化与语言的牢笼——詹姆逊对俄国形式主义的批判与超越》，《探求》2009(03)。

② 仲文：《俄国形式主义批评的方法论特征初探》。

③ 巴赫金：《文艺学中的形式主义方法》，桂林：漓江出版社，1989年，第207页。

④ 关于这一点，还可以参阅张冰：《文学事实》，《国外文学》1996(04)。

自身,提出了文学的自主性问题,这不能不说是文学研究的一个重大转向”①。吴元迈严正指出:正是因为19世纪居主导地位的文学社会学派和文化史派不重视文学形式的审美特征这一严重偏颇和缺陷,因而才会有包括俄国形式主义在内的“反其道而行之:从历史走向语言,从内容走向形式;把语言和形式绝对化”的理论转向。② 但俄国形式主义单纯注重形式而忽略内容,同样也是一种偏颇和缺陷。所以,吴元迈指出:正确的研究之路,是走辩证整合研究之路。应当说这是我国学术界对于俄国形式主义理论探索的一个系统的合理的总结,也是今后我国俄国形式主义研究的一个指导性坐标。

我国早期的俄国形式主义研究中,对奥波亚兹成员在20年代末30年代以来的“社会学转向”,基本上没有注意到。直到进入新世纪以来,学界才对这个问题加强了关注。最值得注意的是丁国旗的硕士学位论文《走出形式主义的牢笼——什克洛夫斯基后期文艺思想探讨》,对什克洛夫斯基后期思想中出现的社会学因素,进行了比较深入细致的探讨。丁国旗指出:国内研究界一向只注重什克洛夫斯基激烈主张形式主义的一面,而对其后期的思想转向,对其最终走出“形式主义牢笼”这一点关注不够,是不够全面的。“而后期他已走出了形式主义的牢笼,而进入了一个崭新的天地,这重要的一点却是被人给忽略了。”

显然,今后的研究应当对此加以关注,以便于从中吸取经验和教训,从而为我国文艺理论的发展和建设,提供有益的视角。

三、陌生化、诗语问题研究及其对我国诗论的影响

在我国的俄国形式主义研究文献中,出现次数最多的关键词是“文学性”和“陌生化”(正如钱佼汝文所标示的那样)。其中,又以“陌生化”为最。粗略浏览一下报刊刊载文献的题目,以“陌生化”为题的论文,就占绝大多数。“陌生化”(остранение)无疑是俄国形式主义者什克洛夫斯基文艺观中的核心观点,同时也得到了其他奥波亚兹成员的拥护和支持。“陌生化”这个核心概念在俄国形式主义文论中的重要地位,怎么强调都不过分。在后奥波亚兹时代,尽管俄国形式主义作为一个“运动”早已解体,但“陌生化”、文学性等一些具有生命力的术语,却保留和传播了开来,成为国际文艺学界常用术语。陌生化有点像是什克洛夫斯基所说的那条被割断尾巴的狗,竟然“跑遍了全球”。

西方研究俄国形式主义的权威学者、前耶鲁大学教授维克多·厄利希认

① 钱中文:《会当凌绝顶——回眸二十世纪文学理论》,《文学评论》1996(01)。

② 吴元迈:《20世纪文论的历史呼唤——走辩证整合研究之路》,《文艺报》2000年11月7日第3版。

为:在俄国形式主义的发轫过程中,什克洛夫斯基的批评论文所揭示的思想,成为这一批评运动的酵母。而这一"酵母"不是别的,就是充当俄国形式主义文艺学革命之因子的"陌生化"说。伊格尔顿在《文学原理引论》的"序"中指出:"倘若人们想确定本世纪文学理论发生重大转折的日期,最好把这个日期定在1917年。在那一年,年轻的俄国形式学派理论家维克多·什克洛夫斯基发表了开创性的论文《作为技巧的艺术》[①]。自那时起,特别是过去二十多年以来,各种文学理论大量涌现,令人为之瞠目。"[②]正是从俄国形式主义开始,20世纪文艺学开始了一个显著的"转向",即从自上而下的美学转向自下而上的美学,同时把兴盛于19世纪的以作者本体论为核心的文艺学,扭转到以文本为核心的轨道上来,从而成为整个20世纪西方文论的真正开端。"二十世纪西方现代文学理论的开山鼻祖——俄国形式主义是本世纪最有影响、最富活力的文学理论派别之一,而且也是结构主义思潮的真正发源地。"[③]

许多论者指出:陌生化并非一个纯形式的概念,而是触及了人的本质,并且直接关涉文学艺术的内部规律,即文艺的本体论问题。而所谓文艺的本体论问题,就是使文学具有文学性、艺术具有艺术性的问题,就是诗的形式如何塑造和陶铸,形式的表现力如何创造的问题。因而,陌生化所关涉的,往往是艺术作品的整体和艺术的本质特点。[④]

陌生化顾名思义是一种比较价值:只有在以特定审美对象为背景的情况下才能凸现出对象的或熟悉或陌生的性质。因而,厄利希又将俄国形式主义美学称之为"差异论美学"。值得庆幸的是,这一点也没有逃离我国学者的"法眼":不止一位学者指出陌生化的旨趣在于差异,在于如何为审美知觉设置障碍,从而增强审美主体的关注度,化认知为审美。许多作者都原文引用了什克洛夫斯基的名言:形式是以陌生化为基础的,陌生化是"使人恢复对生活的感觉,就是为使人感受事物,使石头显示出石头的质感","艺术的技巧就是使对象陌生,使形式变得困难,增加感觉的难度和时间长度,因为感觉过程本身就是审美目的,必须设法延长"。许多论者认为由于陌生化的感受就是"恢复人对事物原初的陌生感觉",就是"不承诺任何理论,力求将已有的认知、概念还原为必须重新审核的"。而在这个广阔的空间里,审美者"更能发掘生活的意义,从而丰富对生活的感受",也由于"各种各样的审美感受及相应的审美经验将会伴随人们对意义的把握而产生",所以,可以说俄国形式主义和胡塞尔现象学之间,具有某种

---

① 按:原文如此。笔者以为以译为《艺术即手法》为佳。

② 伊格尔顿著,刘峰译:《文学原理引论》,北京:文化艺术出版社,1987年,第1页。

③ 东田:《俄国形式主义与中学语文教学》。

④ 邹元江:《关于俄国形式主义形式与陌生化问题的再检讨》。

内在联系。陌生化作为一种形式,是一种具有深刻人本主义内涵的形式。[①]“由此可见,对比研究的结果是发现差异,那差异就是文学的形式也就是文学本身。于是文学研究的任务就是研究构成文学作品本身的差异,也就是文学本身的形式。”[②]

从这样一个角度出发,自然会得出这样一个结论,即俄国形式主义者所谓“陌生化”,就是一种“新奇感”“奇异化”。是的,陌生化就其最基本的含义而言,大抵都不脱离这样一种基本语义。“陌生化”一词的中文和英文译名,就很好地传达了原文的内涵:即“使之陌生”“使之奇异”之意。陌生化意味着在艺术文本的已知和未知之间建立了一道屏障,使感觉的难度增加,使感受的时值延长,同时也就意味着一种差异的建立。国际学术界著名的俄国形式主义研究专家维克多·厄利希称俄国形式主义美学是一种差异论美学,正是基于这一点。在20世纪学术发展史上,俄国形式主义可以说是较早受索绪尔语言学的启发,打破实证主义的批评霸权,以彻底反传统的姿态颠覆了内容与形式二分法、内容决定形式的思维模式,而提出文学的本质属性是其差异性,文本的意义在于形式的效果而非文本形式的源泉。这就把文学由外在的作家、社会研究引向了内在文本形式的研究,阐释了文学作为一门独立学科区别于其他门类的特质和个性。[③]

“陌生化这一概念由什克洛夫斯基创造性地提出来,无疑揭示了艺术创作和审美的一个重要规律。”[④]文学作品被创造出来,它的审美价值只有在被欣赏被阅读中才能实现,所以,欣赏和阅读是文学作品的存在方式和价值实现方式,离开欣赏和阅读,文学作品也就很难被称之为作品。这种来自接受美学的观念,其实肇始于俄国形式主义的创见。我国学者注意到,俄国形式主义者的“陌生化”理论,在俄国本土,也不乏对之青睐有加的。陌生化作为一个核心概念,当然是什克洛夫斯基首先将其定义的。但作为一种文艺学诗学现象,它却由来已久,而且在古今中外文学史上屡见不鲜。

俄国形式主义对于陌生化与文学性关系的探讨,对于诗歌语言理论问题的探讨,不仅为我国的古典诗歌研究,而且也为当代诗歌发展过程的解读,提供了很好的恰当的评价视角。有的学者正是从俄国形式主义陌生化理论对于语言诗性本体的注重着眼,看待我国诗坛从朦胧诗到先锋诗演变的动力机制的。崛起于20世纪70年代末、80年代初的朦胧诗群,就是要挣脱“文化大革命”中形

---

① 杨帆:《陌生化,或者不是形式主义:从陌生化理论透视俄国形式主义》。

② 陈本益:《俄国形式主义文学批评论的美学基础》,《东南大学学报》(哲社版)2003(03)。

③ 丁琪:《俄国形式主义与中国新诗潮——从朦胧诗到先锋诗的一种阐释》,《甘肃教育学院学报》(社科版)2001(03)。

④ 仲文:《俄国形式主义批评的方法论特征初探》。

成的文化专制主义的枷锁，突破传统的艺术规范，在一种更加自由且能体现一代青年个性的形式中铸造诗魂。诗“是按着诗人主观世界的秩序重新安排的”，“诗不是一面镜子，不是被动的反映”，“艺术家按照自己的意志和渴望塑造。他所建立的东西，自成一个世界，与现实世界发生抗衡，又遥相呼应”。这就是一代青年要求艺术变革的呼声。因而60、70年代“外在描写的场面”加“被某种政治倾向规定了的一致性表态”的模式就被他们抛弃了，而代之以一种“陌生化”的语言所创造的“陌生化的形式。诗的艺术变革，实际上是诗的语言的变革”。因而他们着力开掘语言对诗的本体性功能，全面启动语言的能指性及其所蕴含的艺术张力，通过各种艺术手段的综合操作制造审美的阻碍性，达到阅读的陌生化效果。[①]

如前所述，俄国形式主义在其产生之初，一度把探讨诗歌语言与日常实用语言之间的差别问题作为自己的初衷，为此，早期奥波亚兹和莫斯科语言小组的成员，都进行了大量繁杂的工作。后来，随着运动的发展和深入，他们认识到这种探讨方法不尽恰当（在具有了系统功能观念以后）后，便将这种探讨抛弃了。虽然如此，俄国形式主义在最初被介绍到我国来时，其对我国文论界影响最大的，就是陌生化学说和与其关系密切的诗语理论问题。诗语问题探讨在俄苏语境下是一个被抛弃了的理论视角，但却在我国结出了丰硕的果实，这个比较文学史上的实例，的确能给人以丰富的启发。

按照俄国形式主义者对于陌生化的解说，诗歌语言就是对于日常生活用语的一种“系统歪曲”和“误用”。诗歌的本质在于它是一种语言活动。诗歌的意义在于它是语言的一种用法。诗语之所以不同于日常生活中我们所用的语言，根本原因在于它是一种被“陌生化”了的语言。正如“走路”和“跳舞”属于不同的语义系列一样。诗的语言是实用语言的“陌生化”。两者的二元对立，是俄国形式主义者在诗歌研究中的支点。陌生化（остранение）理论最初就是针对文学作品中的语言何以有别于日常生活语言而立论的，因而，判别诗歌语言与日常生活语言有何不同、差别何在，就成为俄国形式主义者起步的基点。“由此可见，对比研究的结果是发现差异，那差异就是文学的形式，也就是文学本身。于是文学研究的任务就是研究构成文学作品本身的差异，也就是文学本身的形式。”[②]

文学语言与普通语言和日常生活语言是不同的，文学语言是以创造内涵为主要特征，普通语言则以所指意义为主要特征。总之，正如罗曼·雅各布逊所说的那样：日常生活语言以沟通信息，协调工作为旨归，而诗歌语言则不以传达信息，而以审美本身为目的。而对于两者的区别，法国象征主义诗人和文艺

---

① 丁琪：《俄国形式主义与中国新诗潮——从朦胧诗到先锋诗的一种阐释》。

② 陈本益：《俄国形式主义文学批评论的美学基础》。

理论家瓦莱里在《诗与抽象思维》一文中做了这样一个形象的比喻,他认为诗的语言和普通语言之间的关系就像跳舞和走路,走路这一动作就是为了到达一定的目的地,而到达目的地后,这些动作就毫无意义了。跳舞则完全是另外一回事,“跳舞并不是要跳到哪里去,跳舞是一套动作,这套动作本身就是目的”。他的意思告诉我们:诗人的创造不在语言之外,而是语言本身。20世纪兴起的文学文论把语言看作文学的本质,看作文学的第一要素,对文学特征进行了广泛探讨,最后得出结论:文学语言的主要特征是“陌生化”①。

朦胧诗到先锋诗的嬗变过程,如果从诗歌语言嬗变机制角度讲,的确体现了诗歌形式(按即内容)的演变轨迹。一位俄国形式主义研究者安·杰弗逊讲过:“在任何情况下,诗歌手段研究都不是为了诗歌手段本身。而是要研究他们的陌生化能力。”从读者接受角度讲,朦胧诗的写作手段和方法,与此前革命诗歌中那种古典主义式的抽象和一般化比,不能说不是一种超越。仅就其所采用的修辞手法,就已经大大超出了革命现实主义和浪漫主义诗歌中所使用的拟人、比喻、对偶、排比等习惯性用法,而运用了能“有效地歪曲和侵犯普通语言”的夸张、想象、类比、重复、通感等,通过语言本身的艺术张力扩大读者的想象空间,造成语义多种阐释的可能性。同时,其喻象运用也超出了传统的“松”“竹”“梅”“兰”和革命年代的“红旗”“青松”“钢铁”等的定型化解释,而带有主观想象的随意性、跳跃性、创新性,并且有意与现实世界拉开距离,而与人的心灵接近,随意识流动而自由编织,这就给读者的阅读欣赏造成一定的困难,增加了感觉的难度和时间的长度,但读者就是在这个破除障碍、由陌生变熟悉的过程中体味到了参与创造的惊喜,获得了阅读的快感。这或许也是朦胧诗一崛起就引起文坛的争议,但很快就得到评论界如谢冕、孙绍振等权威的认可,并被校园里的大学生们纷纷效仿的一个重要原因吧。②

陌生化所造成的效应,正如许多论者所说,其实远不止于新奇和奇特而已。只有当一种知觉惯性被有意打破时,审美的关注才开始发生。这时,读者在“好奇、震惊”之后面对的是陌生化形式所建构的新的意义空间,在这个广阔空间里,各种各样的审美感受及相应的审美经验将会伴随人们对意义的把握而产生。新奇的目的是为了无利害关系地去感觉对象的性质。它本身并不是审美的终结。当卡夫卡将小说主人公格里高利变形为一只大甲虫,读者除了震惊之外,面对人意义的变更,更多的是体验到人异化后的沉重的压迫感、无助感甚至是悲凉的绝望,不得不对人的本质作新的思考;当尤奈斯库摒弃一切情节,人物的塑造只是不停地往舞台上搬椅子,直至将人挤出舞台,被震慑了的观众在反

① 孙王燕:《俄国形式主义之“陌生化”——浅析文学作品中的“陌生化”》,《考试周刊》2008(42)。

② 丁琪:《俄国形式主义与中国新诗潮——从朦胧诗到先锋诗的一种阐释》。

常的戏剧表现下洞见到意义之无与物质之有的尖锐对立,觉察出强烈的荒诞意味,并为一切价值的忽然失重陷入深深的困惑和感伤。[①]

但陌生化在其产生之初,当然首先是与语言的创造、与文学作品的语言本质(文学是一种语言活动)的这种认识有关。按照俄国形式主义的观点,文学性就产生于语言的特殊用法。正如钱锺书所言:文学就是最好的语言。诗歌语言的意义是用法创造的。

吴建波在其论文中,对俄国形式主义诗学理论做了鞭辟入里、深入细致的探讨,并从中国戏曲和古典美学中汲取了大量有说服力的例证,加以佐证,体现了深厚的学养。的确,我国也许没有类似的"陌生化"理论,但与此相似的诗学话语却比比皆是,甚至是俯拾即是。吴建波认为:俄国形式主义固然有其缺陷,但其"陌生化"理论,却"道出了艺术的真谛,具有一定的真理性"。首先,俄国形式主义指出:"文学艺术不同于人们日常生活中对事物的感知和认识,它要把对象进行有目的的变形以后,再诉诸人的感知。"其次,文学艺术的语言不同于生活语言,也不同于其他非文艺学科的标准语言,它是"对普通语言的有组织的违反"。在艺术手段的压力下,普通语言被强化、凝聚、缩短、拉长,甚至变得"别扭""细薄""弯曲"……总之,是"对于普通语言的系统的歪曲"。就是这种特殊的语言造成了"陌生化"效果。俄国形式主义者认为,所谓"文学性",就是"由一种话语与另一种话语之间的区别性关系所产生的一种功能"[②]。

许多论者深入探讨西方美学大家的论述,以证实"俄国形式主义者发现的艺术规律,西方其他理论家和作家也发现了"。如康德认为诗人的特殊本领就在于使那些"无迹无象的情事的理性观念变为具形具体"。黑格尔说:"熟悉的东西所以不是真正知道了的东西,正因为它是熟悉的",从而揭示出了"陌生化"效果的哲学和心理的依据。骚塞认为把真实情景不加任何变形地直接搬上舞台会"显得奇形怪状"。丹纳也对变形十分青睐,并且认为变形是艺术的主要方法。诺瓦利斯直接使用"陌生化"概念给浪漫主义诗学下定义:"以一种舒适的方法令人感到意外,使一个事物陌生化,同时又为人们所熟悉和具有吸引力,这样的艺术就是浪漫主义的诗学。"雪莱的说法也跟俄国形式主义言论十分相近,"诗剥去笼罩在世界隐蔽的美容上的面纱,使熟悉的事物变成仿佛不熟悉的"[③]。

这样一种思路对于我国诗论的建设,的确颇有启发性。首先,我国诗歌发展的道路远比俄国诗歌发展的历史要漫长得多。在长达数千年的中国诗歌史上,类似陌生化这种说法,事实上在中国诗论中层出不穷,俯拾即是。只不过我

---

① 杨帆:《陌生化,或者不是形式主义——从陌生化理论透视俄国形式主义》。

② 吴建波:《"陌生化"在中国——俄国形式主义与中国戏曲及古典美学的比较》,《戏剧文学》1988(07)。

③ 同上。

国古人没有把类似规律总结出来，进而以之作为判别诗歌语言与散文或日常生活语言的着眼点而已。总之，正如在西方诗歌史上，类似现象早已有之，但将其归纳为陌生化规律的，却非什克洛夫斯基莫属一样。这一点我国论诗作者也注意到了。有作者援引了王国维在《人间词话》里的议论："盖文体通行既久，染指遂多，自成习套。豪杰之士，亦难于其中自出新意。故遁而做成他体。以自解脱，一切文体所以始盛终衰者，皆由于此。"[①]还有的作者援引俄国形式主义者的外围学者日尔蒙斯基的论述，指出在诗歌"这一王国中，讲究的是用词的艺术，于是，诗歌史乃变成了语文史，语文者，语言文学是也，这个词最明显地表达了语言是文学的材料的理念，同时也限定了语言类别，因而为日尔蒙斯基等人所青睐"[②]。

许多论者都指出，类似这样一种诗歌语言的陌生化手法，在中国古代诗歌中比比皆是。比如冯延巳的《南乡子》词云："细雨湿流光，芳草年年与恨长。"这是写怨恨之情随着时间的流逝而增长。这可以说是诗歌语言的通感现象：即通过动词把具象与抽象打通。流光者，流逝之光阴也，时间是一维的，流光被春雨催老，在迷蒙春雨中前行、消逝，既然如此，又岂能不被春雨打湿？这是把抽象的时间给具象化、物态化了，正如江船载不动的"愁"。中国古代诗词中的比喻、用典、代指、隐喻，以及像钱锺书所说的化雅为俗，以故为新等，乃是中西诗学的共有特征。再如杜甫的"风起春灯乱，江鸣夜雨悬"则是通过语言的陌生化将雨惯常的下、降、落的形态扭曲为"悬"，就把那雨似是永久悬在空际的情景，把江鸣雨声，无休无止，通宵不绝于耳的那种感觉，鲜明而又强烈地表现了出来，这就使我们的生命体验大大得以加强。[③]

和陌生化理论在西方的际遇一样，其在我国也同样引发了丰富的理论创见。陌生化首先意味着一种视角的转移，是观察事物的一种方法。既然如此，采用这一特异视角，必然会使我们在对文艺现象的观察中，得出许多发现。事实也是如此，我国众多学者不甘于只做一个介绍者，而是积极应用陌生化原理，来观察我国传统诗学美学中的众多语言现象。

大量学者开始自觉运用陌生化原理，来对文艺现象进行深入评析。如有用这一理论来分析詹姆斯·舍伯的现代童话《公主与锡盒》的[④]；有用陌生化原理来解读现代"元小说"(美国作家约翰·巴思的《迷失在游乐场》、美国作家罗伯特·库佛的《帽术》、阿根廷作家朱利奥·柯塔萨尔的《放大》)的[⑤]；有分析《第五

---

① 王国维：《人间词话》第54则，北京：中华书局，2013年。

② 王钟陵：《俄国形式主义研究》，《海南文理学院学报》(社科版)2006(03)。

③ 杨帆：《陌生化，或者不是形式主义——从陌生化理论透视俄国形式主义》。

④ 胡泓：《从童话到反讽》，《山东外语教学》2001(04)。

⑤ 邵锦娣：《破碎的框架闯进画面——"元小说"艺术特色》，《黑龙江大学学报》1992(03)。

号屠场》的[①]；有通过俄国形式主义诗学范畴具体分析元人散曲《高祖还乡》的[②]；有采用陌生化理论分析蒲松龄《聊斋志异》的[③]；有分析《花瓶》的；有分析托尔斯泰早年短篇小说习作《昨天的故事》的[④]；有分析俄国白银时代作家兼诗人安德烈·别雷的早期名作《交响曲》系列的[⑤]；有分析果戈理《死魂灵》的[⑥]；有分析《红楼梦》的[⑦]；有分析我国"新感觉派"小说的[⑧]；有分析鲁迅的《狂人日记》的[⑨]；有分析莫言和何立伟的小说作品的[⑩]。

俄国形式主义的陌生化理论，事实上更多的和首先是一种诗学，因而，就也是一种创作论。对此，很少会有人表示异议。这一点，我国许多学者是看到了的，他们也正是正确地从创作论角度来吸收这种理论的营养。采用创作论角度探讨陌生化理论的文章，在所有有关形式主义的论文中，占有很大比重。此外，陌生化理论对于相邻学科，如文学翻译学、写作学、书法和绘画的启发，也是我国学者关注的要点。这方面，学者们做了非常有益的探索，对于相关学科的发展和繁荣有一定贡献。这方面的文章有《陌生化与写作》（相福庭）[⑪]、《巧用陌生化理论、促进小说创作生机》（魏江华）[⑫]、《怎样写：使事物陌生化，使形式难化——略论什克洛夫斯基形式主义艺术"创作论"》（刘志友）[⑬]。研究书法艺术的有《陌生化——书法出新的必由之路》（张其凤）[⑭]。

陌生化效应实际上与惊奇、奇异、震撼等心理活动，有着天然渊源。无独有偶，在俄国语境下，当今俄国后现代理论家米·艾普斯坦，就是在陌生化所能造成的惊奇感的意义上，结合大量艺术创作实践中来的例子，来讨论陌生化的。而在我国学术界，也有众多研究者，正是从陌生化所能造成的惊奇感出发，来讨论这个范畴的。张晶在其文章《《审美惊奇论》》中，对陌生化所能造成的惊奇效应进行了深入广泛的探讨。作者援引了亚里士多德、黑格尔、海德格尔、华兹华斯、布莱希特等人的论述，指出"惊奇"是作品审美效应的一个重要标准。"惊奇

---

① 左金梅：《"第五号屠场"的陌生化》，《青岛海洋大学学报》（社科版）1997(03)。

② 马祥、张菊：《延宕艺术妙用例析》，《中学语文教学》2000(04)。

③ 安国梁：《论〈聊斋志异〉的"陌生化"技巧》，《郑州大学学报》（哲学社会科学版）1995(01)。

④ 王景生：《〈昨天的故事〉——托尔斯泰生前未发表的一篇意识流小说》，《国外文学》1996(02)。

⑤ 刘亚丁：《〈交响曲〉：俄国古典小说的终结》，《外国文学评论》1996(01)。

⑥ 吴晓都：《"旅途"和"道路"在文学中的意义》，《国外文学》1995(01)。

⑦ 张毅蓉：《"陌生化"与〈红楼梦〉的艺术描写》，《辽宁大学学报》1998(02)。

⑧ 漆永德：《试论新感觉派都市小说的陌生化效应》，《华中师范大学学报》（哲学社会科学版）1992(02)。

⑨ 易水寒：《自动化、陌生化、本质化——鲁迅〈狂人日记〉新探》，《湖北大学学报》（哲学社会科学版）1991(05)。

⑩ 陈浩：《知觉的分解和感觉的还原》，《文艺理论研究》1991(01)。

⑪ 见《语文学刊》1999(03)。

⑫ 见《惠州大学学报》（社会科学版）2000(03)。

⑬ 见《新疆大学学报》（哲学社会科学版）1992(02)。

⑭ 见《枣庄师专学报》1994(01)。

是一种审美发现”。从诗学角度来说,“惊人”是诗人们追求的一种至高境界和最佳效果。杜甫所谓“为人性爱耽佳句,语不惊人死不休”(《江上值水如海势聊短述》),把诗语的“惊人”作为最高追求目标,同时也是“佳句”的价值准绳。在《八哀诗》中,杜甫称颂严武时也说:“阅书百氏尽,落笔四座惊。”也以“惊人”作为对好诗的赞语。宋代诗人戴复古论诗绝句中云:“诗本无形在窈冥,网罗天地运吟情。有时忽得惊人句,费尽心机做不成。”宋代诗论家吴可有学诗诗云:“学诗浑似学参禅,自古圆成有几联。春草池塘一句子,惊天动地至今传。”唐代大诗人杜牧有《偶成》一诗云:“才子风流咏晓露,倚楼吟住日初斜。惊杀东邻绣床女,错将黄晕压檀花。”明代诗论家有《学诗诗》亦云:“学诗浑似学参禅,语有惊人不在联。但写真情并实境,任他埋没与留传。”宋代大诗人杨万里论诗以“惊人”为尺度,并举一些诗句为例,他说:“诗有惊人句。杜《山水障》:‘堂上不合生枫树,怪底江山起烟雾。’又‘斫却月中桂,清光应更多。’白乐天云:‘遥怜天上桂华孤,为问姮娥更寡无？月中幸有闲田地,何不中央种两株?’韩子苍《衡岳图》:‘故人来自天柱峰,手提石凛与祝融。两山陂陀几百里,安得置之行李中。’此亦是用东坡云:‘我持此石归,袖中有东海。……李贺云:‘女娲炼石补天处,石破天惊逗秋雨。’”清代诗论家赵翼论杜牧诗云:“诗家欲变故为新,只为词华最忌陈。杜牧好翻前代案,岂知自出句惊人。”[①]

众所周知,作为一个发展中的批评运动,俄国形式主义关于诗歌语言问题的探讨,在运动中走向成熟,在系统功能学说成为主导因素以后,实际上是被抛弃了的。尽管如此,俄国形式主义对于诗歌语言问题的探讨,却在其被介绍进中国语境后,成为对我国文论界影响最大、启发最大的一个诗学范畴。因此,陌生化和诗语问题的关系,也就成为我国文论界关注的重点和中心问题之一。

除了与布莱希特的联系外,“陌生化”说还与人的存在意识有着密切关系。这丝毫也不奇怪,30年代以来的什克洛夫斯基有句名言:文学表现的,是不在其位的人。人与其家园的分离构成了人类古往今来文学的原型叙事。同样,陌生化理论也不单单只是一个艺术形式变异问题,而是通过这种变异对抗人的异化的问题。陌生化并不是制造陌生,而是促进人的复归。这是因为语言的无意识化和自动化也会产生负面效应。[②]

首先,语言结构一旦深入人的无意识区域,人的意识就被语言所控制,沦为语言结构的奴隶。如拉康所说,无意识是他者的语言。语言本是人创造的,但语言反过来也创造着人,人的生成同语言的发展同步。美国的詹姆逊将语言对人的控制形象地称为语言的牢笼。他认为:在过去的语言学中,或是在我们的

---

① 张晶:《审美惊奇论》,《文艺理论研究》2000(02)。

② 刘月新:《陌生化与异化》,《江海学刊》2000(01)。

日常生活中，有一个观念，以为我们能够掌握自己的语言。语言是工具，人则是语言的中心。但现代语言学正是在这个意义上成为一场哥白尼式的革命。当我们说话时自以为自己在控制着语言，实际上我们被语言控制，不是我在说话，而是话在说我。说话的主体是他人而不是我。不是人借语言表达自己，而是语言借人表达自己，人就这样在语言的控制之下从主体沦为客体，陷入自我异化状态中。这种观念应当说也为当年的什克洛夫斯基等人所具有，因为他曾说过：不是我在写书，而是时代在借助他的手在书写着自己。人固然是使用语言的主体，但在实践中却又难免为语言所操纵。这就是意识的异化。

其二，是语言的抽象化与模式化对人的生动感觉的异化。文化史和语言史发展表明，在人类文化初期，语言与人的感受、体验和想象紧密联系在一起。语言走向抽象是一种必然，也是人的思维发展的必须。但是，人类为此又付出了很高代价，语言向着较高的抽象目标发展多少，人的经验的直接性、感觉的具体性就丧失了多少，留下的是一个理智化的符号世界，而不是直接经验的世界。这就是抽象语言对人的感觉的疏远与异化。

放眼国际学术界，应当认为，什克洛夫斯基的陌生化理论，得到了20世纪众多西方美学家们的响应和附和，首先是马尔库塞。马尔库塞认为当代发达工业社会是一个高度技术化的单向度社会，是一个工具理性横行无忌，以技术对人和自然的征服而使社会趋于一体化的社会。而艺术的否定和批判功能的丧失则为其突出特征。在这样的社会里，文化被全面异化和片面单一化。随着技术对人的全面控制，人的感性和理性也被扭曲和异化，丧失了批判功能和超越精神。各种丰富多彩的感觉被现实原则所压抑，意识和无意识被文化工业所操纵，人的内心过程变得僵化呆板。……文化被全面异化，沦为片面单一的文化，丧失了批判功能和超越精神。而只有实现人的解放才能反抗这种单向度的社会。马尔库塞的否定性美学便直接取法于什克洛夫斯基的陌生化原理，即通过致力于人的艺术感受之培养的新的艺术形式，才能“创造新感性，挣脱一体化的意识形态控制”，从而实现人的解放。[①]

关于陌生化与异化之关系问题，我国学者刘月新的看法足以作为代表。他指出：“陌生化与异化问题作为对立的二元贯穿于什克洛夫斯基、布莱希特、马尔库塞等人的美学思想中。虽然他们的具体思想各异，但都坚信陌生化可以对抗人的异化，可以让人摆脱习惯思维和社会偏见，促进人的解放。他把什克洛夫斯基和布莱希特分别当作对抗异化的陌生化的第一和第二阶段，而把马尔库塞、尧斯与伊瑟尔，当作对抗异化的第三个阶段。”[②]

---

① 刘月新：《陌生化与异化》。

② 同上。

当然,我国对于俄国形式主义的主要理论范畴——陌生化——的介绍、引进和研究、探讨,远不止这些。应当指出的是:我国学术界对于陌生化的理解和认识,经历了一个由浅入深、由知之不多到深有所知的过程。在最初引进时,甚至不乏一些认识上的错误和误解。而且,伴随误解的,还有程度不同的误译。例如峨博雅士(应为奥波亚兹)、索绪尔大弟子赛谢哈伊(应为薛施霭)、超理性(应为无意义)、宝塔式布局(应为阶梯式)等。

诚如卡西尔所说,语言在原初阶段是带有生动丰富的感性力量的,只是在语言的发展过程中,人们为了概念事物所使用的类概念逐渐覆盖、侵蚀了这部分感性底蕴。在这种覆盖、侵蚀过程中,知觉扮演了一个推波助澜的中介角色。向语言深处挖掘久已埋没的感性生命是现代文学的一个趋势,但在这种趋势中也隐伏着不少危机,对此应有所警惕。这不仅因为分解人们已经习惯的知觉经验须考虑到读者的心理负荷力,不致词语的搭配使人有风马牛不相及之嫌,因而产生抗拒心理导致作者的一切努力最后化为虚无。更值得注意的是,由为了刷新感觉而使用"陌生化"手法,可能逐渐演变、堕落成并不提高感知强度的为"陌生"而"陌生化"的语言游戏。事实上已经有了这种端倪。这种现象的实质仍是,一种新的语言创造,一旦蜕变为一窝蜂的摹仿,它已经是又一种新的固定经验、概念的灾难,语言再次耗尽了它的感性生命,成为一具没有血肉的僵尸。这种语言的僵尸正日益增多地漂浮在目前的小说诗歌之中。[①]

四、陌生化与俄国形式主义文学史观的探讨

众所周知,俄国形式主义虽然早在20世纪20年代末就宣告寿终正寝了,但实际上此后进入了潜在发展期。70、80年代以来,随着西方文论在俄国的被引入,一直处于"蛰伏期"的俄国形式主义具有生命力的一些概念,便重新死灰复燃。而所谓"迪尼亚诺夫—什克洛夫斯基定律"就是其中之一。

俄国形式主义的文学史观充满了动态感,从对文学风格流派的把握来说,甚至不乏历史感。在俄国形式主义者心目中,文学中各种风格流派的演替和嬗变,不啻一场革命和暴动,表现为边缘对中心的一种冲击。文学中新形式的诞生,往往发生在一个时代文坛的边缘,其间充满了新与旧的隐性的战争。

俄国形式主义的文学史观尽管自其诞生以来争议不断,但却在我国文坛不乏与之产生共鸣者。问题在于:在文学(文化亦然)发展史上,当旧有的形式不再能充当新思想的载体,其审美潜力发掘殆尽之际,文化自身内部便会酝酿产

① 吴建波:《"陌生化"在中国——俄国形式主义与中国戏曲及古典美学的比较》。

生一种介质革命，从而引发一场影响广泛的思想文化运动。在我国近代文化史中，由胡适启动的“白话文运动”就充当了思想革命的前驱和动力。胡适正是有鉴于旧有的语言与新思想、文学的书面语与口语发生严重脱节的现状，而发表他的《文学改良刍议》一文的。该文的发表，犹如在平静的湖水抛进一块巨石，又犹如暗夜里的一声枪响，在数年之间，引发了一场轰轰烈烈的白话文运动，这场运动如春潮澎湃，一时间全国各地白话文刊物如雨后春笋，又如决堤春水，荡涤着污泥浊水。这一思潮成为启动伟大的五四运动的一根导火索。有论者指出，胡适所主张的，就是“形式主义文学理论的萌芽”，而白话文运动则和“俄国形式主义文学史理论”“有着惊人的相似之处”。胡适的文学革命论和俄国形式主义文学理论都产生于两国文坛激烈动荡的变革时期。19 世纪末 20 世纪初，中国传统的文学理论、文学样式越来越无法适应社会发展的需要，从晚清的黄遵宪到梁启超，都在寻找文学发展的新的模式。“诗界革命”“小说界革命”标志着旧的文学形式已经处于解构状态之中，新的文学形式已经处于萌芽状态。在这一基础上胡适顺应了社会形势的发展，提出了以白话代替文言、以新诗代替旧诗的革命主张，“以形式主义为切入点揭开了新文学革命的序幕”①。

这两个发生在异地同期的文学运动都有着相同的基本出发点，那就是形式主义的历史观。胡适“从语言演变及文体发展的角度来考察中国文学发展的历史规律，其《五十年来中国之文学》及《白话文学史》便是这一理论的实际产物。他将白话与文言、白话文学与文言文学对立起来，要求以前者代替后者，并使这一任务成了中国新文学革命的核心。由此可见，以语言形式作为逻辑起点来研究文学的发展变化是胡适与俄国形式主义学派文学史观的相同之处。②

俄国形式主义和胡适白话文运动所发动的，都是一场“介质”革命或曰都以语言形式为出发点。这也证明在一定条件下，形式可以转化成为内容，因而也是对“内容决定形式”的文学理论公式的一次反叛。“多少年来，内容与形式的关系问题，一直是个非常复杂而棘手的问题，人们既把它们分为相互对立的两个不同范畴，同时又让它们彼此发生关系，对它们之间关系的不同看法，就成为不同文学史观的重要标志。如传统文学史观用‘内容决定形式’的理论模式、从‘内容’角度考察文学的发展，把文学完全当成现实的机械反映而忽视了文学的能动性，结果文学发展史就被简化成了一种社会学史而体现不出文学形式的变迁。胡适及俄国的形式主义学派试图冲破这种僵化的公式，消解‘内容决定形式’的公式，从形式的角度来研究文学史发展的规律。胡适认为文学要革新、发展，必须先解放文学的工具即语言文字，只有工具解放了，然后文学的内容才能

---

① 吕周聚：《胡适与俄国形式主义学派文学史理论比较研究》，《山东社会科学》1998(06)。

② 同上。

得以更新。他将形式因素置于内容因素之前,强调形式对内容的限制、约束及促进作用;尽管胡适强调形式的作用,但他并没有割裂形式与内容的关系,而是要求结构与内容的统一。"①

胡适文学革命论与俄国形式主义另外一个相似性,在于什克洛夫斯基等人的"叔侄相传"理论和胡适的"遗行物"概念有异曲同工之妙。前者强调一个时代文学中的次要范型在后一时代上升成为主导性支配范型,亦即边缘文体对于主导文体范型的颠覆和取代。后者则认为"一种文学的进化,每经过一个时代,往往带着前一时代留下的许多无用的纪念品;这种纪念品在早先的幼稚时代是很有用的,后来渐渐地可以用不着他们了,但是因为人类守旧的惰性,故仍保存这些过去时代的纪念品。在社会学上,这种纪念品叫做'遗形物'(Vestiges or Rudiments)"。"叔侄相传"理论与"遗形物"观念在本质上是同一个东西,只是其论述的方向不同而已。前者是指文学系统中原来的次要因素上升为主要因素,后者则指文学系统中原来的主要因素蜕变为次要因素,它们是同一事物的两个不同层面。形式诸因素之间的动态变化,带来了文体自身的演化。胡适认为"今日而言文学改良,当'先立乎其大者',不当枉费有用之精力于微细纤巧之末:此吾所以有废骈废律之说也。即不能废此两者,亦但当视为文学末技而已,非讲求之急务也",古典律诗中占支配地位的骈、律都已沦为末技,成为"遗形物",而白话、语气的自然音节及每句内部所用字的自然和谐等因素则上升为支配、决定性因素,正是形式内部诸因素之间的地位、功能的变迁,导致了旧体诗的解构和新体诗的建构,并进而导致旧文学的消解和新文学的诞生。②

俄国形式主义文学史观是以考察诗歌语言的嬗变、诗歌语言与日常生活语言的差异、文学性功能的转移为基本范畴而构建起来的,这种以风格和手法为考察对象的文学史观,一定意义上体现了文学本体论研究的特点,在文学和文化史研究中具有很高价值。正如有的论者所指出的那样,按照俄国形式主义的文学史观,文学艺术的个体生命在于它总是不断地偏离既成的艺术形式,以区别于其他艺术个体。偏离意味着有背景,是相对以往的艺术形式而言的。因此偏离就是破坏传统,不断违反既成形式。这一观念用于"风格"研究,便得出风格乃语言组织形式的特异这一结论;用于历史研究,便认为:文学艺术的变革是由形式要求创新这一内在动力所引起的。一部艺术史就是不断破坏旧的表达方式创造新的表达方式的运动过程。③

如前所述,以俄国形式主义为理论参照系观察新时期我国诗坛各种诗潮的

---

① 吕周聚:《胡适与俄国形式主义学派文学史理论比较研究》,《山东社会科学》1998(06)。

② 同上。

③ 吴建波:《"陌生化"在中国——俄国形式主义与中国戏曲及古典美学的比较》。

起伏演替，可以看出其发展的轨迹和趋向："新诗的发展就是一次又一次对已有文学形式的陌生化，同时又是向以语言—生命为核心的诗本体的认真追问。"[①]显而易见,俄国形式主义文学史观已经开始被我国学者在对诗坛诗歌潮流的研究中,自觉地采用和运用。在这个问题上,丁琪的文章是个绝佳的范例。

丁琪指出:尽管关于诗的艺术本质问题早在20世纪20、30年代就已经由闻一多等人予以理论上的阐发,同时又有徐志摩、戴望舒等人从事的艺术实践加以支撑，但是，由于中国特殊的现实环境，日益严峻的民族危难情势，诗的本质观念不断被异化，在"文化大革命"十年中走上极端。"这种向诗本体的回归突出地体现为语言意识的觉醒和积极实践。这种语言意识的觉醒集中体现在两个方面:第一，从语言的工具意识革命性地转变为语言的生命意识。语言不再仅仅视为传递信息的符号,而是深层地触及了语言与生命的相互应答，从而扬弃了传统语言观对诗歌精神的间距游戏。第二,从语言的功能意识革命性地转变为语言的艺术本体意识，从而有力地保证了诗歌自觉写作态度的形成。"[②]

俄国形式主义的文学史观之所以具有动态特征,首先在于这样一个概念，即文学性不是固定不变的某种属性,而是一种变动不居的性质。一个时代文学的中心和边缘始终处于变动不居状态,但文学与非文学的距离则在变动中保持了下来。文学形式既然是对已有形式的陌生化，那么任何手段都有可能由新鲜而趋于陈旧;由唤起意识关注到"无意识化",丧失其陌生化能力。[③] 先锋诗在语言层面的超越性追求及敢于挑战权威的叛逆精神对中国当代文学的启发意义是不容低估的。而且，从朦胧诗到先锋诗的形式演变中还可以看出，没有一种手段可以保持永久的陌生化功能，任何手段都有一个"陌生化"—"自动化"—"再陌生化"的演变过程。文学类型的衍变也是依据陌生化这一内在革命性因素而始终不断向前发展。[④]

纵观我国文坛对于俄国形式主义理论的讨论不难看出:俄国形式主义文论,尤其是其以陌生化为核心的诗学思想,对于我国诗语研究,诗歌形式和内容的关系研究,以及文学史的本体论研究等,都提供了价值不菲的启发。这种研究毋庸讳言还有待于进一步深化,如陌生化理论与创造性思维(灵感思维)、文化批判理论、穆卡洛夫斯基的"前景化"学说、布莱希特的"间离效果"等的联系和关系问题,势必会成为新的研究热点,从而进一步推动研究向纵深发展。

---

① 丁琪:《俄国形式主义与中国新诗潮——从朦胧诗到先锋诗的一种阐释》。

② 同上。

③ 同上。

④ 同上。

第十五章
巴赫金对话主义理论研究

巴赫金（Бахтин，Михаил Михайлович，1895—1975）是20世纪苏联著名的文论家、哲学家和文化学家，也是一位最富创意的大思想家。他在众多理论领域里标新立异，提出了一系列令世人瞩目的理论问题：复调小说理论、对话理论、狂欢化理论、时空体理论等。他的许多思想往往经过数十年后才被人们"发现"和"理解"，并不断被汇入世界人文科学的主流之中，为西方各种文学批评流派，如西方马克思主义、结构主义、符号学、叙述学、解构主义、新历史主义……所接纳。巴赫金无愧为人文科学领域颇有建树的奇才。

巴赫金及其理论之所以能在国际学术界大放异彩，其原因是多方面的：一方面因为巴赫金思想本身博大精深，另一方面也得益于历史的契机。在当今中国的社会变革、意识形态、政治体制变化与全球化过程的背景下，考察巴赫金研究在中国的发展具有多方面的价值及现实意义。中国的巴赫金研究大致经历了以下三个阶段：第一阶段（20世纪70—80年代中期），从高校外国文学教学研究起步；第二阶段（20世纪80年代中期—90年代中期），巴赫金文论向纵深推进；第三阶段（20世纪90年代后期—21世纪），他山之石可以攻玉，巴赫金理论的实践与对话。关于中国的巴赫金接受史已有学者专门研究，例如：《接受的复调——中国巴赫金接受史研究》《问题意识的对话——中国巴赫金接受30年的回顾与反思》《国内巴赫金研究述评》《略谈国内的巴赫金理论研究——1982年至2010年》《中国巴赫金接受20年》《多语种跨学科的辐射与覆盖，理论与实践有效结合的平台——论当代中国对巴赫金文论的接受》[①]……尽管学术史研

---

① 曾军：《接受的复调——中国巴赫金接受史研究》，桂林：广西师范大学出版社，2004年；《问题意识的对话——中国巴赫金接受30年的回顾与反思》，《学习与探索》2009(05)；《中国巴赫金接受20年》，《人文杂志》2005(02)。李斌：《国内巴赫金研究述评》，《文艺理论研究》1998(04)。简圣宇：《略谈国内的巴赫金理论研究——1982年至2010年》，《高校社科动态》2010(04)。周启超：《开采·吸纳·创造——谈钱中文先生的巴赫金研究》，《多元对话时代的文艺学建设》，北京：军事谊文出版社，2002年；《多语种跨学科的辐射（转下页）

究中的交叉和重叠在所难免，但上述研究综述中多次提及的问题本文力求不再赘述。我们选取几个侧面择要论述，难免挂一漏万。

一、巴赫金研究历程回顾

1. 初识巴赫金：从高校外国文学教学研究起步（20 世纪 70—80 年代中期）

中国的巴赫金研究是从高校外国文学教学起步的。此时尚无巴赫金论著的中译本。1979 年北京大学俄语系彭克巽在他所开设的“苏联小说史”课上，对巴赫金的复调小说理论加以评析，首开巴赫金评介先河。时隔不久，夏仲翼在《苏联文学》杂志上发表《窥探心灵奥秘的艺术（陀思妥耶夫斯基艺术创作散论）》（1981 年第 1 期）、在《世界文学》杂志上发表《陀思妥耶夫斯基〈地下室手记〉和小说复调结构问题》（1982 年第 4 期）。

中国学者对陀思妥耶夫斯基与中国的社会学批评研究，揭示了当时引入巴赫金理论的重要意义。《陀思妥耶夫斯基与中国的社会学批评及其突破》[①] 一文剖析了中国陀思妥耶夫斯基评论与社会学批评的关系。文章作者指出：“中国新文学‘为人生’的倾向在文学评论中偏重于社会现实的认知，可以将这种批评看成是社会学批评，注重文学与社会的关系，注重作品与作家的时代、社会、思想传记之间的关系，注重文学的社会作用和教育意义，等等，到了 50 年代日趋极端，在陀氏评论中也不例外。”社会学批评是文学批评的重要方法之一，遗憾的是，“在中国此时期不仅不存在对它的缺陷的反思，反而将它推到极端，废黜了其他批评角度和方法，并从它这儿派生出庸俗社会学，甚至演变为‘政治标准第一’的单一狭隘的政治批判。”在巴赫金的理论引入之前，中国的陀氏评论大多是苏联一些评论的“中国版”，然而，令人遗憾的是，“在苏联那里是严厉批判之后的解冻，在我们这里则是由此进入冰封状态”[②]。

在 20 世纪 70—80 年代，主要是介绍巴赫金的复调小说理论。可以说，在巴赫金研究的起步阶段，成绩和局限同样明显。对这一时期中国的巴赫金译介活动，大致有两种评价。一是认为：“接受者们是用传统的现实主义的知识谱

（接上页）与覆盖，理论与实践有效结合的平台——论当代中国对巴赫金文论的接受》，《求是学刊》2013(01)。汪介之：《巴赫金的诗学理论及其在中国的流布》，《江苏社会科学》2005(05)。张素玫：《与巴赫金对话：巴赫金与中国当代文艺批评》，华东师范大学 2006 级博士学位论文，等等。以上这些从各自视角评述中国的巴赫金研究文章，为本章的梳理和研究提供了丰富的材料，在此一并致谢。

① 王圣思：《陀思妥耶夫斯基与中国的社会学批评及其突破》，《外国文学评论》1989(03)。

② 同上。

系来看待巴赫金”的，不过，外国文学研究界受当时政治气候的影响很大，较多运用阶级分析方法和社会分析模式进行研究，引入巴赫金的复调理论使人耳目一新；二是认为，当时在高校从事外国文学教学并传播巴赫金思想的研究者所扮演的是“启蒙思想者”的角色。

在改革开放之初，文学艺术，包括外国文学，用王一川教授的话来说，“在中国人的社会生活中还有着今天看来已变得陌生的奇特位置”，“文艺理论仍旧在充当着政治改革和社会变革的指导角色。相应地，文艺理论家被视为艺术真理的代言人和立法者”。“那时文艺理论家队伍主要由我国文艺体制内的两类人员构成：第一类是以中宣部、中国作协、中国文联、中国社会科学院及其各省份下属机构为主干的文艺理论专家加政治家；第二类则是高等学校的文艺教师。”[①]

而首开巴赫金评介先河的高校教师，“发自内心地要挣脱梦魇而重新寻求文化启蒙之光，也就是要重新接续那被‘文化大革命’野蛮中断了的现代文艺理论或文艺理论现代性的固有链条”。他们不仅期待着重新实现文艺理论的启蒙转向，也成为文艺运动的思想者和在高校身体力行的代表。“在此时，文艺理论家与其说是罗丹意义上的静默思想者，不如说是普罗米修斯式的偷取天火给人类的新文化创生的英雄，或者不如更准确地说是德拉克洛瓦笔下的引导人民抗争的自由女神。”[②]当时文艺理论界涌动起多股相互交织的思想解放潮流。“实际上为随即汹涌的文艺理论改革开放潮流起到了号角与契机作用，更让亟盼重新做文艺思想者的文艺理论家们如沐春风。”[③]

此后，北京师范大学等高校还为研究生增加了“巴赫金研究”课程。巴赫金的理论逐渐风靡于高校研究生之间。年轻一代学人作为新时期中国巴赫金研究队伍中的新生力量为巴赫金研究注入了青春活力。

拨乱反正或学术观念的变革，首先在于对文学从属于政治的研究模式的反拨。文学研究者们突破禁区，突破禁锢，以唯物主义史观为指导，开始了文学研究的转型，使外国文学研究及巴赫金研究走出了一片灿烂的新天地，学术研究进入了多元化发展的阶段。

2. 再识巴赫金：从巴赫金文论向纵深推进(20世纪80年代中期—90年代中期)

从20世纪80年代中期起，中国的巴赫金研究才渐成规模，这是中西会通的产物，也是学术对话的结果，是其鲜明的时代特征。学者们力求突破的创新

---

① 王一川：《从启蒙思想者到素养教育者——改革开放30年文艺理论的三次转向》，《当代文坛》2008(05)。

② 同上。

③ 同上。

意识，以及从中透露出的巴赫金研究新气象，都值得重视。

中国学界巴赫金研究的重大盛事是大量翻译出版巴赫金及其相关原著，如：张杰、樊锦鑫译的《弗洛伊德主义批判》（中国文联出版公司，1987），汪浩译的《弗洛伊德主义评述》（辽宁人民出版社，1987），佟景韩译的《弗洛伊德主义》（上海文艺出版社，1988），李辉凡、张捷译《文艺学中的形式主义方法》（漓江出版社，1989）。尤其是集体译作《巴赫金全集》（河北教育出版社，1998）的出版，应视为数十年间中国巴赫金翻译与研究影响深远的成就之一。

90 年代巴赫金学术研讨会相继召开：1993 年 11 月 26 日，在北京大学召开了“巴赫金研究：西方与中国”研讨会[①]；1995 年 11 月 16 日，在中国社会科学院召开了“纪念巴赫金诞辰 100 周年学术座谈会”[②]。

1995 年，在巴赫金百年诞辰日，世界各地的巴赫金研究者们都以各种方式纪念这位世界名人。俄罗斯的纪念活动尤为令人瞩目，一批重要的研究成果相继问世。呈现在世人面前的是继 60 年代和 80 年代之后“第三次发现”的巴赫金。实际上，这几乎是一个全新的巴赫金，而且不只是因为有了新发现的材料。因此，中国巴赫金研究学界比较重视引入国外巴赫金研究成果。

1995 年也是俄罗斯巴赫金研究热潮的高峰期，一批重要的研究成果相继问世。俄罗斯学者在以下方面为中国巴赫金研究者提供了借鉴：

（1）从关注作为哲学家的巴赫金转向关注作为教授、演讲人的巴赫金；

（2）从重视研究巴赫金的文本到重视研究巴赫金晚年的谈话录；

（3）注重多元“对话背景”下的个案问题理论剖析；

（4）反省人文科学思想与方法；

（5）发扬诗学研究优良传统；

---

① 1993 年金秋时节中国举办了“巴赫金研究：西方与中国”研讨会。会议有三个议题：（一）巴赫金理论引导人们在全球冷战时期从文化对峙走向文化对话；（二）阐释巴赫金的基本理论的要点；（三）巴赫金的理论对于文化转型时期的中国文艺研究现状的影响和启示。尤其是后一个议题引起了学者们广泛的兴趣。譬如，王宁在描述巴赫金对中国文坛所使用的叙述话语和批评话语的冲击时，指出权威话语丧失后，后新时期的主流是多元化。最初当先锋派受到新写实派的反拨后，一部分人返回经验的直接性和原生态。新时期中仍有一些人试图实现拯救大众的宏图大业，到了后新时期，部分学者就向市场妥协进而狂欢了。多音齐鸣的局面开始出现，文化生产和消费这一工业也呱呱坠地了。张颐武讲述了如何借助巴赫金的狂欢化理论去理解中国的后现代文化。他认为，自从 50 年代以来，文艺界一直倾向于将文本当做一种民族主义和个性解放的寓言来解读。个人经验和集体经验都毫无例外地被视为民族经验，如鲁迅的《狂人日记》、宗璞的《我是谁》。现在，借助巴氏理论，中国现当代文学中的喜剧性的狂欢传统被首次挖掘了出来，过去被视为非他性的、绝对恶的，可以忽略不计的“文革”文学也被重新纳入文学史的研究范围。在这一大规模的文化转型时期，巴氏理论有如一支锐不可当的攻城锥，它撼动旧的文化等级制度和二元化对立的模式，破除对中国的旧的寓言式的观看，标志着 20 世纪 90 年代的中国进入了一个新的众声喧哗的狂欢时期。

② 此后，1998 年 5 月 22—23 日，北京外国语大学与中国社会科学院召开了“巴赫金学术思想研讨会暨《巴赫金全集》首发式”；2004 年 6 月 18—21 日，在湘潭大学召开了“巴赫金学术思想国际研讨会”；2007 年 10 月 22—24 日，北京师范大学与中国社会科学院召开了“跨文化视界中的巴赫金”研讨会。

(6) 强化正本清源工作。

这一时期从巴赫金生平到巴赫金文论的研究迅速展开，研究的注意力主要集中在巴赫金的复调、对话和狂欢化理论上。围绕着“文论失语症”、中国文论话语的重建等问题，阐释巴赫金对话主义开始成为理论界的一个热点话题。

3. 他山之石可以攻玉：巴赫金理论的实践与对话(20世纪90年代后期—21世纪)

20世纪90年代，国际局势的变化和国内社会生活的转型，为外国文论研究范式的深化奠定了理论和现实基础，为巴赫金研究的深度耕犁开辟了全新的理论空间。进入新世纪以来，中国的巴赫金研究蓬勃发展。

伴随着历史诗学的专门研究开始起步，在历史诗学从“经典形态”到“当代形态”演变的背景下，巴赫金研究逐步深入。不少学者对维谢洛夫斯基的历史诗学思想与巴赫金的比较研究产生兴趣。1993年国家社科基金设立了由刘宁教授主持的“维谢洛夫斯基的历史诗学研究”专项课题。该项目拟计划上编研究维谢洛夫斯基的历史诗学，下编探讨维谢洛夫斯基历史诗学研究的历史命运，其中包括日尔蒙斯基的历史比较文艺学研究，康拉德、阿列克谢耶夫和李福清的东西方文学比较研究，普罗普的民间故事结构功能研究，俄苏形式主义学派、巴赫金、洛特曼、利哈乔夫、梅烈金斯基、阿维林采夫等人的研究。

中国学者在《新时期俄苏历史诗学在中国的接受与研究状况》[①]一文中指出，俄国历史诗学学派自维谢洛夫斯基开创以来逐渐成为俄苏文艺学中最主要、最有价值的科研方向之一，并在国内外产生了广泛和深远的影响，文艺学中的许多思想和原理，东西方许多常说常新、争论不休的问题都源自维谢洛夫斯基及其历史诗学。

在西方普遍解构历史本体及其对本体认识的意义时，俄国文艺学却在不断认真挖掘、采用、研读俄国文学艺术和审美的历史文献，充分利用本土文艺学资源来回应西方文艺学呼声，恢复俄国诗学传统。俄罗斯重视本土诗学研究传统的经验值得我们借鉴。

《论巴赫金的历史诗学》一文认为：“巴赫金的历史诗学对西方传统的摹仿说及‘思辨历史诗学’和‘批判历史诗学’形成了强劲的挑战，较早提出并部分回答了后来的结构主义、解构主义和符号学等理论的问题。正是这些贡献使其在历史诗学领域内具有革命性意义，也富有强烈的当代性。”[②]

这一时期，伴随着寻求与外国现代文论真正平等的文化交流和文论研究中

---

① 耿海英：《新时期俄苏历史诗学在中国的接受与研究状况》，《中州大学学报》2006(02)。

② 张进、李昭梅：《论巴赫金的历史诗学》，《天水师范学院学报》2002(03)。

自主意识的增强，中外文学与文艺理论从多话语多范式的共生并存状况步入整合和创新阶段。

进入20世纪90年代以来，中国的巴赫金研究进展迅猛。文艺学、语言学、历史文化学领域里的专家、博士、中青年学者纷纷把研究的目光投向了巴赫金。研究视野不断拓宽，研究领域不断拓展。在中国的报纸杂志上研究巴赫金的文章层出不穷，巴赫金研究专著也陆续问世。从已发表的研究成果来看，中国巴赫金研究的热点集中于：对话理论、文化理论、狂欢化理论、语言形式理论、文学研究方法论、小说理论等方面。

90年代以后，巴赫金研究的视野、角度、方法和规模有了飞跃发展。研究者们在吸收和运用新的方法时，积极进行学术反思，对传统的研究方法进行更新，旧的研究思维模式被打破，新的研究方法不断出现并被运用，并取得了重要成就，使多元的研究方法在研究不同的对象时，能各自发挥所长。

从20世纪90年代起文化研究在中国兴起，逐渐成为先锋新锐。这是文学研究最引人瞩目的现象之一。有学者将关注的焦点集中到《巴赫金之于“文化研究”的意义》。论文力图从一个新的切入点来考察巴赫金在当今的批评价值和影响，以便提出中国学者和批评家跻身国际学术界的积极对策。文章作者在此讨论的“文化研究”(Cultural Studies)并非一般意义上的文化研究，而是特指西方后现代主义的讨论和后殖民主义理论思潮逐步衰落之后崛起的一股文化理论思潮和学者们普遍关注的一种跨学科、跨文化的学术话语，它在当今这个全球资本化的后殖民时代，几乎成了一面可以包罗万象的新的旗帜。文章作者强调：“在这面旗帜下，巴赫金的理论所起的作用显然是不可忽视的。巴赫金著述中的特有的术语，诸如对话理论、时空体结构、话语理论、狂欢化、杂语共存、交往行为等，均高视阔步地频繁出现在后现代和后殖民理论家的著述中，并被他们接纳进论辩的学术理论话语。”[①]

《文化在文学领域中的表达——巴赫金的启示》[②]一文认为，巴赫金在文学研究与文化研究的关系问题上提出了许多富有启发性的创见。巴赫金研究的文化与我们所说的文化有所不同，其范围已经扩大到后现代、大众传媒、身份政治、生态、区域、种族、性别、后殖民、文化霸权等范畴，而且还有继续扩展的势头。它们对于当今文学的冲击空前强劲，而当今文学也因之而发生着深刻的变化，当今文学与当今文化如何达成相互沟通、交流和融合，已成为目前文学研究绕不过去的问题。这里也有一个文化如何进入文学、文学如何包容文化的问题，一个建立二者相互融通的机制、途径和模式的问题，或者说也有一个文化在

① 王宁：《巴赫金之于“文化研究”的意义》，《俄罗斯文艺》2002(02)。

② 姚文放：《文化在文学领域中的表达——巴赫金的启示》，《社会科学辑刊》2005(04)。

文学领域中如何表达自己的问题。

中外文论比较研究是一门跨学科的科学,它要求研究者对比较对象双方都要精通。比较研究既能够充分表达双方的特色和独创,又可以为双方提供新的立足点来重新观察自己,为“更新”和“重建”构成前提和可能,从而实现真正的对话,这是一件很需功力的工作。中国的巴赫金研究在此方面做了大量的探索。

《论克里斯特瓦与巴赫金的对话理论》[①]一文认为,对话理论是20世纪西方文学理论中的一个重要内容。俄国批评家巴赫金率先探讨这一理论主张,当代法国理论家克里斯特瓦则继承、发展了他的思想。文章着重从词语/文本间的对话、叙事结构的对话形式以及隐含对话性的复调小说这三个方面,论析他们关于对话理论思想的异同关系。

巴赫金与精神分析学派之异已是文论领域的共识,而二者之同却鲜有发掘。将巴赫金与精神分析文论不同层面的代表人物——弗洛伊德、荣格、拉康在文论观点方面进行比较,不难发现二者在诸多方面异曲同工,甚至互通有无。从精神分析文论的角度来重新解读并补充和完善巴赫金的文学理论,是《巴赫金文论与精神分析文论之比较研究》[②]的主要研究意图。

20世纪西方小说理论史上的两位大家卢卡奇和巴赫金在小说理论的叙述中存在着一种微妙的间性关系,《论卢卡奇和巴赫金“小说理论”的叙述关涉》[③]则立足这种间性,企图找寻他们的内在关联和差异。为此从三个层面进行立体观照和探究:一是总体指向:哲学与文学的辩证;二是文体关联:以史诗和小说的关系为中心;三是个案关涉:以陀思妥耶夫斯基为中心。

对话是文艺学家巴赫金的核心诗学理念,同时也是思想家巴赫金对存在的独特表述。对话是人的存在方式,也是语言的本质:人在言语中生存,在对话中与他人、与世界建立联系。世界在话语中得以显现,话语就是存在的家园。于此可以看到巴赫金思想与海德格尔语言存在论的异曲同工之处。[④]

尼采美学以酒神精神为出发点,体现出对生命的肯定和辩护。巴赫金美学则是一种狂欢美学,试图激活欧洲民间节日的狂欢精神以达到对官方意识形态的片面严肃性的消解而赢获个体自由。两种美学都非常强调生命和物质——肉体因素,企图用具体感性来克服抽象理性,恢复生命的丰富意义,在陶醉和狂欢中建构一种人人平等、泯灭等级的世界大同的乌托邦图景,在此基础上,两者

---

① 罗婷:《论克里斯特瓦与巴赫金的对话理论》,《外语与外语教学》2002(12)。

② 但汉松、隋晓荻:《巴赫金文论与精神分析文论之比较研究》,《学术交流》2004(10)。

③ 朱崇科:《论卢卡奇和巴赫金“小说理论”的叙述关涉》,《求索》2006(09)。

④ 周卫忠:《巴赫金对话诗学中的存在论刍议——兼与海德格尔语言存在论比较》,《学术研究》2006(08)。

构成丰富的对话关系。[①]

有学者尝试追溯巴赫金与伯明翰学派等的理论渊源，如《从"葛兰西转向"到"转型的隐喻"——巴赫金是如何影响伯明翰学派的》[②]。

还有学者将多位学者一同比较，如《从对话伦理想象传播的德性——哈贝马斯、阿佩尔和巴赫金对话思想的比较与思考》[③]一文。文章认为，哈贝马斯、阿佩尔和巴赫金共同致力于一种对话伦理的建构，但他们的取向并不全然相同。哈贝马斯注重交往伦理学，以沟通为目的，是一种弱对话形式；阿佩尔受研究共同体的启发，发展了一种论辩伦理学，要求一种非常理想而严格的强对话形式，类似心灵相通的要求；巴赫金的则是一种散漫的对话主义，更加接近耶稣式的撒播。前两者实际上要求一种相对比较规范的对话伦理，容易导致封闭和"独白化"。相比之下，巴赫金的理论具有更加彻底的宽容性和"对话性"。在差异之上，是他们共同的道德激情和对传播德性的追寻：在这个缺乏信仰和不确定的年代，确实需要深入思考传播伦理问题，以发展出一种更具弹性、更宽容、更能产的道德探讨机制，而开放的对话思维是可选择的路径之一。

在巴赫金理论与马克思主义研究方面，有直接探讨巴赫金的马克思主义语言观的著述（李曙光：《巴赫金的马克思主义语言观》，《江苏大学学报》〈社会科学版〉2006 年第 2 期），有尝试将巴赫金理论与马克思交往思想进行比较（翟婷婷：《巴赫金与马克思交往思想之比较》，《太原大学学报》2008 年第 4 期）等。

这一时期巴赫金研究的一个重要特点是，巴赫金的影响力已渗透到各个学科中，满足解决中国内在问题之需要，尤其是在理论与实践相结合方面做了大量尝试。例如，有学者考察了"复调小说"理论与中国古典小说研究并认为，传统的古典小说作品如《红楼梦》《三国演义》《水浒传》《金瓶梅》《聊斋志异》《莺莺传》《禅真逸史》《三言二拍》等，均被用巴赫金的"平等对话""多声部复调"等理论重新审视一番，从而得出与传统研究不同的结论。这种现象对学界提出了一个不容回避的问题：巴赫金的理论在研究对象上究竟有没有普适性？[④]

《"狂欢"与"逍遥"——巴赫金狂欢化诗学与庄子逍遥游思想异同比较》一文则从审美文化精神的角度进行比较，发现巴赫金的"狂欢化"诗学和庄子的"逍遥游"思想有着不同的精神内涵和文化取向。不同的社会文化语境造就了

---

① 黄世权：《两种美学乌托邦：酒神精神与狂欢精神——论尼采美学与巴赫金美学的对话关系》，《辽宁师范大学学报》（社会科学版）2007(04)。

② 曾军：《从"葛兰西转向"到"转型的隐喻"——巴赫金是如何影响伯明翰学派的》，《学术月刊》2008(04)。

③ 邱戈：《从对话伦理想象传播的德性——哈贝马斯、阿佩尔和巴赫金对话思想的比较与思考》，《浙江大学学报》（人文社会科学版）2011(01)。

④ 宫为菊：《"复调小说"理论与中国古典小说研究》，《安徽农业大学学报》（社会科学版）2007(04)。

二者不同的理论品格,共同的世俗压抑和社会不公又给他们注入了相似的叛逆因子。在他们的性格和理论中,“孤独”与“旷达”并存,“出世”与“入世”,“狂欢”与“逍遥”辉映。二者异曲同工,各具千秋。[①]

不少人还运用巴赫金的理论分析各种大众文化现象,研究平民的狂欢,从东北二人转到“花儿会”的狂欢化色彩,从喜剧小品丑角艺术的狂欢化特征到电视娱乐节目,直至后选秀时代的大众狂欢——电视K歌。研究对象五花八门,应有尽有。

学者们以对话的精神对巴赫金及其理论进行反思,是中国巴赫金研究中的热点问题之一。有论文试图通过具体分析巴赫金的部分论著,指出其对话理论和思想中的非对话性因素及其产生的根源。[②] 有论文探讨巴赫金《史诗与长篇小说——长篇小说研究方法论》的贡献与局限,分析《从审美建构论到复调小说理论——巴赫金对外位性立场的矛盾态度》,剖析《对“人”的发现和疏离——巴赫金〈拉伯雷研究〉狂欢话语的意义与局限》,揭示《狂欢理论的有效性及其阐释边界》,还有对巴赫金狂欢理论的质疑与回应批评,等等。

尽管学术争论并无直接的结论,但显然激发并推进了学界对巴赫金思想和研究方法的进一步思考。

如此多角度、多层面地考察巴赫金及其理论,使新世纪的巴赫金研究呈现出前所未有的蓬勃发展和生动多姿的面貌。

二、巴赫金研究现状思考

巴赫金研究东进西渐的发展,是20世纪学术交流史上罕见的成功事件。如中国学者赵一凡所说,这是“因为巴赫金研究在东西方的进展与影响,不仅是穿透意识形态壁障引起的单向激动,或者是跨越语言文化藩篱被外人片面地加以接受。它,恰如巴赫金本人的对话哲学所愿,在国际间、话语间、学科与派别之间广泛造就了复调性质的交流互动与‘杂语变异’现象。”虽然,在传导过程中充满矛盾、误解或扭曲,甚至连巴赫金自身都产生裂变。但就其影响所导致的巨大活力与各种边际理论的热烈交融而论,“巴赫金确实发挥了划时代的学术思想沟通与黏合作用”[③]。

---

① 何志钧、范美霞、张杰玉:《“狂欢”与“逍遥”——巴赫金狂欢化诗学与庄子逍遥游思想异同比较》,《山东科技大学学报》(社会科学版)2008(01)。

② 张杰:《巴赫金对话理论中的非对话性》,《外国语》2004(02)。

③ 赵一凡:《巴赫金研究在西方》,《外国文学研究集刊》第14辑,北京:中国社会科学出版社,1990年,第77页。

回眸改革开放以来数十载中国的巴赫金研究发展历程，堪称巴赫金研究不拘一格，成就斐然，不仅研究数量与日俱增，尤其是以多样性、个性化见长。研究的多样性，既指巴赫金研究领域的多样性、研究方法论的多样化，也涵盖了对巴赫金及其理论不同的认知与批判。研究的个性化，主要指中国的巴赫金研究者，已经不拘泥于某种单一的理论预设或研究框架，而是根据自己的学术旨趣、理论研究专长，因循自己的思路，从与众不同的理论视角，探讨巴赫金理论及其相关问题。许多观点新颖、补白性著述，不仅彰显出思维、思辨的深度，更彰显出个性的追求。

几十年来，巴赫金研究几代学人无论在研究的观念、立场和方法上，都积累了相当丰硕的成果。具体说来，表现在如下几个方面。

第一，一大批资料翔实、论证严密、具有学术影响的著述不断涌现；

日益繁荣的相关论文，风格不一、视角多样，其中不乏启人耳目之作，吸纳前人的研究成果，为传统的学术研究添砖加瓦。虽说这些论著所体现的学术水准有高下之分，但仅从数量而言，成就之硕，可见一斑：据不完全统计，1979—2009 年这 30 年里，中国已经刊发的“巴赫金研究”的论文至少也有 600 篇。[①]

第二，巴赫金研究人才辈出，新秀崭露头角；

巴赫金研究领域中不断涌现一批批富有学术潜力的学者。他们是中外文史哲研究领域富有活力的一个学术群体，其中，不仅包括正在国内外攻读相关学位的年轻学子，而且尤其以活跃在高校和研究机构的中青年学者最为瞩目。他们在各自的研究领域已经取得了一定的成就，而未来的发展还未可限量。

在改革开放后国家新培养的硕士、博士研究生中，不少人受到老一辈学人的悉心栽培，在学术上继承了前辈的优良传统和方法，但又不囿于传统的思维模式和方法，他们往往融古通今，而且能把现代学术理念贯彻到巴赫金研究当中。

第三，巴赫金所倡导的人文科学研究方法被广泛接受并采纳；

在人文科学研究方法上巴赫金研究有了很大的突破。一个重要的特点是，巴赫金所倡导的人文科学研究方法已被广大研究者所接受并采纳。这些方法亦被用于研究巴赫金本人的思想文化遗产。我们知道，巴赫金从他的学术生涯一开始，就力求探寻一种重他人、重语境、重各种因素的相互关系的研究方法，并积极用于实践中。这种方法日益显示出其无穷的潜力。近几十年来，巴赫金的研究者们也走上了这条重语境的道路。他们打破过去封闭式的研究格局，将巴赫金纳入整个世界的哲学、美学、文学、历史、文化的广泛语境中，并将他人视

---

① 参阅周启超：《多语种跨学科的辐射与覆盖，理论与实践有效结合的平台——论当代中国对巴赫金文论的接受》。

野和他人语境引入自己的研究中。这无疑开拓了一个无限广阔的新天地——巴赫金与他人世界:与同时代人,与俄罗斯思想,与西方,与世纪的哲学、文化……通过多方面的比较,不断引出许许多多的文化问题,并不断使问题得到深入的研究。在当今世界上,对话主义已成为巴赫金方法论精髓的代名词。对话主义体现着一种平等的民主的文化意识。它强调每一种理解不过是对话链环上的一个环节。它具有未完成的性质,而凭借它的"未完成性"可以将人们引向更广阔的文化天地。在对巴赫金的研究中,中国学者们一改过去那种单向式的研究方法而采纳了对话式的研究方法。这从两方面体现出来。一方面,研究者们以主动的参与精神积极投入对话;另一方面,一个平等对话的学术氛围正在形成。正因为研究方法的更新,不同声音的相互对话,致使研究中避免了"一边倒"和片面、僵化的弊病,新的见解不断推出,研究充满了活力。

中国的"对话"理论边界扩大了,外延拓宽了。它包括中国与西方之间、现代与传统之间、学科与学科之间、理论与创作之间、理论与理论之间、读者与作家之间的对话与交流。在这种对话与交流中,努力寻求冲突中的相互作用,撞击中的新契机,否定中的新希望与新可能,体现出"对话"理论的整合融会的宏观视界。①

第四,立足于中国文化的本土意识,坚守中国学者的对话立场。

从研究主体创造的角度考察巴赫金及其理论在中国传播、影响和接受的研究,可以看到:巴赫金的理论被移植到中国后,不断被赋予鲜明的中国特色。对巴赫金理论在中国运用的个案研究,有力地证明我国在移植外国现代文论的过程中,已经有了自主和创新意识,中国文学及文艺理论研究在此基础上稳步走上创新之路。巴赫金理论在中国的运用,对中国文学与文艺理论的创新活动提供了一种吸收异质文化的交流模式和范例。

文明多样性是人类社会的客观现实,是当今世界的基本特征,也是人类进步的重要动力。巴赫金的理论资源在维护世界多样性,推动不同文明的对话和交融等方面日益发挥巨大的作用,而在学界要真正实现巴赫金研究新一轮发展的契机,必须充分发掘国际学术及本土资源,必须同时借助于其他相关学科的共同成果。因此,当代中国巴赫金研究的发展,应在相关学科间充分建立起良好的互动联系,共同推进中外当代学术的繁荣发展,以此在世界文化和学术中发出中国的声音,提供应有的思想和学术资源。而在这个意义上,巴赫金研究仍然有着广泛的拓展空间。应当说,中国研究者对于巴赫金真正的了解和研究还有很长的路要走,那种认为巴赫金研究已走到尽头的看法,实属井底之见。中国的巴赫金研究可拓宽的课题还有很多,任重而道远。

---

① 参阅刘坤媛:《巴赫金"对话"理论中国化的启示》,《社会科学战线》2006(04)。

第十六章
洛特曼塔尔图学派研究

塔尔图符号学于20世纪60年代初形成于苏联，并在国际上产生了重大学术影响，但由于特定的历史原因，直至80年代中期才走入中国研究者的视野。回眸不足30年的研究，三个特定阶段构成了塔尔图符号学在中国的总体状貌，即1986—1993年的初步推介阶段，1994—2004年的纵深研究阶段和2005—2012年的视野扩展、立意多元、成果丰硕阶段。不足30年间，塔尔图符号学两大学科分支，即文艺符号学与文化符号学在中国扭结交错。先是初级阶段清一色的文艺符号学研究；后是中级阶段：文艺符号学占主要地位，文化符号学初露头角；最后阶段文化符号学研究飙升，渐进取代单义的文艺符号学研究。塔尔图符号学研究发展至今，已经不仅仅是初级阶段认定的文学理论，而是包罗万象的广义文化。

一

毋须说，塔尔图符号学因由塔尔图学派创建而得名。塔尔图学派别称繁多，包括"塔尔图—莫斯科符号学派""莫斯科—塔尔图符号学派""塔尔图—莫斯科—列宁格勒符号学派""莫斯科—列宁格勒—塔尔图符号学派"。塔尔图学者倾向于称"塔尔图符号学派"，莫斯科学者则习惯使用"塔尔图—莫斯科符号学派"。我国学者最早取"塔尔图—莫斯科符号学派"，后多用"莫斯科—塔尔图符号学派"，或"塔尔图学派"。笔者认为，"塔尔图—莫斯科符号学派"更接近文化史实，而且"塔尔图"在前，不仅因其是学派诞生地，而且学科成就也远大于莫斯科。另外，用洛特曼自己的表述，塔尔图人实际上都是彼得堡—列宁格勒科学流派的学生和继承人，所以，"塔尔图—莫斯科符号学派"或是"莫斯科—塔尔图符号学派"基本含纳了列宁格勒的符号学研究，成为三地两个研究方向的"合金”。但本章为行文简洁与方便,一律使用“塔尔图学派”,但不妨碍各具体研究文章的具体行文表达。

中国的塔尔图符号学研究和塔尔图符号学派在苏联诞生近乎源于同样的契机,均得益于文化领域的“解冻”:当时学术思想的解放,域外新观念新思潮的涌入,随之而来的是大量各种外国文艺学理论的译介。在中国,改革开放的触发,一批学人为弥补“文化大革命”十年所造成的损失而对世界文化紧迫吸纳,于是,中国的西方符号学研究自然也就有了苏联符号学这一支。然而,经历过文化荒废的中国,外国文化研究的振兴需要一个过程。自80年代下半期起至90年代初塔尔图符号学研究在我国处于初始阶段。初始阶段的中国塔尔图符号学研究由三个路径达成:本国研究、洛特曼理论著作翻译、外国相关研究的引进。这个时期的专论文章只有5篇,略有涉及的1篇,其余的研究多源自文集、著作或教材中的某一篇章。但不能否认,其中有些论述已经有了一定的学术分量,诸多论点对后续的研究具有一定的引领作用。

1986年出版的《文学批评方法论基础》[①]第七章“国外文学批评方法的演变:西方和苏联的批评方法”中,首次指出符号学在苏联文艺学中的广泛运用,并涉及1964—1968年间的苏联3次符号学会议。文字表达虽为苏联符号学,其实说的就是塔尔图符号学及该学派的早期活动。同时指出了形式主义对塔尔图学派形成的渊源关系。但基于学术开禁初始,信息有限,个别信息存有疏漏,个别论点难免留有时代印记。但该章节拉开了塔尔图符号学派在中国研究的序幕。

凌继尧是这一时段卓有成效的塔尔图学派研究者。四年间出版两部专著《苏联当代美学》(1986)[②]和《美学和文化学——记苏联著名的16位美学家》(1990)[③],均以较大篇幅论述洛特曼文艺符号学。他的文章《塔尔图—莫斯科学派——记苏联符号学家洛特曼和乌斯宾斯基》(《读书》1987年第3期)应该为我国最早专门研究塔尔图符号学学派的文章。该文于1986年9月写于莫斯科。论文首次将两位大研究家及其学术成就介绍给中国学人,并依据对这两位大理论家的实地采访,相对完整地论述了塔尔图学派成因与背景,以及研究方向与特色,第一次指出莫斯科与塔尔图的学科侧重点的各异,即前者基本上是研究文学理论的语言学家,后者则是研究语言学的文学理论家,同时表明两支力量并非排斥,而是互为补充,且协调了莫斯科与列宁格勒的学科分歧,用乌斯宾斯基的话说,将莫斯科学派的语言学传统与列宁格勒学派的文艺学传统熔成

① 傅修延、夏汗宁编著:《文学批评方法论基础》,南昌:江西人民出版社,1986年。

② 凌继尧:《苏联当代美学》,哈尔滨:黑龙江人民出版社,1986年。

③ 凌继尧:《美学和文化学——记苏联著名的16位美学家》,上海:上海人民出版社,1990年。

“合金”是塔尔图符号学派的最大贡献。这一点成为其后我国塔尔图学派研究多少年来所津津乐道的话题。文章对1962年召开的“符号系统的结构研究”研讨会予以了详细介绍，并将其视为塔尔图学派形成的基本标志，认为塔尔图符号学理论是控制论、结构语言学走向尽头的必然产物。作者第一次将第二性模拟系统介绍给中国学人，但对其异同尚缺足够的厘清，而在他的专著《美学与文化学——记苏联著名的16位美学家》专章“塔尔图莫斯科学派的首领——记Ю.М.洛特曼”中则给予了详尽的补足。该专章认为洛特曼符号学理论中语言可以分五类：自然语言、人工语言、科学语言、约定信号语言，还有就是第二性语言或称第二性模拟系统，它是建筑在自然语言水准上的交际结构。就此得出结论，艺术是第二性语言，艺术作品则是以这种语言写成的文本。凌继尧的这番论断为后来的塔尔图符号学研究提供了一个重要的母题。凌继尧的第二篇文章对洛特曼的内容与形式关系的定位、诗歌结构，其中包括韵脚、复沓、乐感、语法都有了一定的学术关照，同时指出了洛特曼理论系统的不足。认为“艺术作为一种语言”的命题是值得商榷的。在他看来，洛特曼创立的符号学是对艺术综合全面研究的一个重要环节，有助于我们精细深入地理解艺术作品的各种成分，但对于完整的艺术分析是不够的。

1987年3月，中国人民大学出版社出版的《文艺学方法论演讲集》收录了吴元迈的《苏联文艺学的历史功能研究和结构符号探讨》，被视为我国接受与研究塔尔图符号学领袖人物洛特曼理论过程中的一篇重要文章。[①] 文章指出结构分析与符号分析同样是苏联文艺学学界的探讨内容，且独具视角和方法。吴元迈的文章就符号学在苏联60年代研究状况、洛特曼理论思想与苏联的符号学都进行了足够的论述。同年出版的班澜和王晓秦的《外国方法纵览》[②]中辟有专章“洛特曼与苏联符号学”对洛特曼的两部重要著作《艺术文本的结构》和《诗歌文本分析》做出了自己的解读，同样可视为洛特曼文艺符号学研究的开山之作。作者用洛特曼的“信息即美”的审美主张来诠释诗歌文本，指出，文学文本的结构总在不断产生或破坏读者的各种期待中创新，同时对“艺术留白”做出了自己的阐释，称之为“本文中诸因素的对立性和差异性获得的隐形效果”。文章结合中国画中的“布白法”强调的“空即是画”，音乐中的“此时无声胜有声”等，准确到位地分析了文学中作者—文本—读者的辩证关系。在这位作者看来，诗人在诗歌中投放的文字越少越精炼越是其高超诗艺所在，而文本的符码信息储存越丰富，美的价值就越高，留给读者审美感受也就越丰富，反之，质量劣等的诗作，常常因缺乏足够量的信息，而缺乏诗应有的张力，从而给人留不下

① 陈建华：《中国俄苏文学研究史论》，重庆：重庆出版社，2005年，第305页。

② 班澜、王晓秦：《外国方法纵览》，广州：花城出版社，1987年。

记忆。

到90年代初,研究苏联符号学的文章时有出现,而且多关注洛特曼的结构诗学理论。所谓的苏联符号学依现今看来,实际上就是塔尔图符号学的代称。众所周知,60年代中期塔尔图大学已经成为苏联符号学的"依托单位",洛特曼的《结构诗学演讲集》和《艺术文本的结构》使他成为苏联符号学文艺与文化理论的领军人物,进而可以说,塔尔图学派诗学结构理论的形成是同尤利·洛特曼的名字联系在一起的,塔尔图诗学结构的研究常常也是洛特曼诗学理论的研究。

黎皓智在其论文《论前苏联结构符号学》(《江西社会科学》1992年第3期)认为洛特曼的结构文艺学体系,亦即结构诗学立足于功能说、模式论、符号学三个基点。在这位学者看来,苏联学者,其实亦即塔尔图符号学派(本文作者)"强调文学的整体功能,把内容与形式看成是系统中不可或缺的部分,强调其辩证统一而不抑此扬彼"。这一论点现今看来似乎尚可进一步商榷。在洛特曼看来,思想是几句话就能说尽的东西。思想不能脱离结构。面对一部艺术作品,单独考察其"思想内容"和"艺术特征",是"对艺术原理的无知,是十分有害的"。洛特曼认为,诗歌中没有通常理解的那种"形式成分",应当变内容与形式的二元论为思想通过适当的结构来表现,思想与结构并存,思想不能独立于结构之外,由改变了的结构带给读者不同的思想。洛特曼还认为,艺术文本是复杂组织起来的意义,它所有的成分都是意义成分。意义大于思想是洛特曼结构诗学的重要内容。

1989年《北京大学学报》(哲学社会科学版)于第5期刊登了孙静云的文章《洛特曼结构文艺学》,从十个方面对洛特曼的结构文艺学理论予以解读,第一次运用洛特曼的理论资源去分析与研究一批俄罗斯文学作品,同时运用艺术实例反观洛特曼结构诗学理论,以证实与艺术家对客体进行综合概括是构筑艺术模式的必要前提,研究可谓严谨深入,但论述中却时用现实主义概念与术语来"补缀"洛特曼理论。

初始时期的洛特曼作品翻译成就不大,共有5篇,其中4篇于1988年第一期的《外国文学报道》作为系列刊出。洛特曼的理论名篇《艺术文本的结构》翻译被收入胡经之、张首映主编的《西方20世纪文论选》[1]。80年代两部较大规模的西方文论译著,即佛克马、易布斯的《二十世纪文学理论》[2]和伊格尔顿的《当代西方文学理论》[3]对我国的洛特曼研究影响较大。后者对洛特曼的两部

① 胡经之、张首映编:《西方20世纪文论选》,北京:中国社会科学出版社,1989年。

② 佛克马、易布斯:《二十世纪文学理论》,林书武等译,北京:三联书店,1988年。

③ 伊格尔顿:《当代西方文学理论》,王逢振译,北京:中国社会科学出版社,1988年。

重要作品《艺术原文的结构》和《诗歌原文分析》予以了学术探讨，其论点多源自洛特曼的结构诗学理论。

不难看出，我国早期研究将塔尔图学派定位于文论学派，塔尔图符号学研究停留在文艺符号学部分内容的研究，且研究立论尚不能跳出既定的文学批评理论范式，研究成果相对单薄，未能窥得这个学派及其代表人物洛特曼的丰富复杂的理论世界。

二

1994—2003 年的十年是我国塔尔图符号学研究走向深入时期。洛特曼思想理论研究有所拓展，文艺符号学研究取得了一定的成就，与之相伴的，洛特曼的文化符号学理论也得到了一定的认知。

周启超的简评《"塔尔图学派"进入总结时期》(《外国文学评论》1994 年第 1 期)被称为我国的塔尔图符号学研究从初步译介到深入研究的标志性文字。周文认为，洛特曼的专著《艺术文本的结构》问世标志着"塔尔图学派"进入学术成熟时期。文章率先指出以洛特曼名字为标志的"塔尔图学派"所创立的符号学理论在广义文化上的开拓。不仅仅局限于文学文艺学诗学，而且涉及语言、神话、电影、绘画等各个领域，尤其是这些学科的交叉区域。这预示着我国对塔尔图符号学研究不仅在"文艺符号学"上，而且在向其"文化符号学"上有所扩展。其后，研究文章逐年增多，且质量渐近上乘，另外，国家与地方省市的大力扶持也推动了塔尔图符号学派在中国的研究，表现为三个项目的立项，其中两个为国家社科项目：1、南京师范大学张杰的"洛特曼及其艺术符号学研究"(1997)；2、北京外国语大学白春仁的"洛特曼符号学理论的研究"(2001)。另有黑龙江省教育厅的立项项目"洛特曼结构诗学和文义符号学问题研究"，项目主持人穆馨的文章《洛特曼的生活和创造》(《齐齐哈尔大学学报》〈哲学社会科学版〉，2003 年第 7 期)乃这一课题的阶段性成果。

洛特曼的文艺符号学理论仍是这一时期的首要研究内容，其焦点是结构诗学，可视为上个时期的延续与深化。

张冰的论文《尤·米·洛特曼和他的结构诗学》(《外国文学评论》1994 年第 1 期)当为他前期研究文章《苏联结构诗学——文学研究的符号学方法》的继续和深入。[①] 论文系统分析了诗歌语义学中的二分法、词形变化轴和句形变化轴。第一次对结构诗学的声音层面以致语音、音素、同分异构音等细致切分都

---

① 张冰：《苏联结构诗学——文学研究的符号学方法》，《苏联文学联刊》1991(02)。

做了剖析。张文探讨了洛特曼理论和实践的付诸对象为诗歌，起因于诗歌理论可以从具体简单的问题迅速过渡到较复杂抽象的问题上来的缘故。张文颇具学理地指出，纯文学散文是在诗歌而不是在散文的背景上产生的。在作者看来，艺术的简洁性比复杂性更难，因为它是经由复杂性的简洁化并在复杂性的背景和系统中产生的。诗是更复杂、信息量更大的研究领域，因为它的审美机制，比经由简单化而来的诗歌中产生的纯文学散文更鲜明突出。同时认为，诗歌零位手法的场合比纯文学散文少得多，因此也就更易于分析。

黄玫的论文《洛特曼的结构主义诗学观》一开始便点明文章要义，即文中所说的俄国结构主义并非传统意义上，亦即60年代法国兴起的结构主义，而是附着了俄国特色的结构文化研究方法。① 黄的观点与张冰的观点不尽相同，张冰在他的文章《苏联结构诗学——文学研究的符号学方法》中研究发现，"洛特曼喜欢把他的文艺理论称作结构诗学，"认为，"若要追溯结构诗学的发展过程，就必须回溯到20世纪初年的俄国形式主义"②，并且认定，洛特曼的结构诗学主要以符号学和结构主义为基础。而黄玫则认为，洛特曼反对将形式主义视为俄国结构主义的重要来源，更反对将形式主义和结构主义混为一谈。理由是，形式主义只研究文本的结构，而结构主义研究更广范围的结构，包括文本以外的文化、时代、国家、历史等。根据黄玫的研究，洛特曼诗篇结构原则的思想是对雅各布逊诗功能原理的继承和发展，但洛特曼关注的是诗歌的语义问题。结构层次和结构方式与语义变化的关系是洛特曼的关注点。赵晓彬在她的论文《洛特曼文化符号学理论的演变与发展》(《俄罗斯文艺》2003年第3期)也指出洛特曼的结构主义诗学研究与形式主义诗学研究的巨大不同，在于洛特曼的诗学研究避免了形式主义脱离文本内容的纯形式分析，洛特曼的诗歌文本的实例分析几乎涉及所有的文本层面：思想体系、情节和结构、形象系统、词汇、句法结构、词法、语音、节奏与韵律、韵文的音韵结构等。

赵晓彬的另一篇论文《符号学研究中的接受与认知问题》(《外语学刊》2004年第2期)对洛特曼艺术文本接受问题予以了独到研究，针对读者对文本的接受差异以及作者与读者对待文本的不对称关系予以了理论梳理与厘清。就文本的内在结构与外部联系，论文作者令人信服地指出，读者对艺术文本与非艺术文本的接受是有很大差异的。如果说，非艺术文本的接受是一次性行为，那么艺术文本接受则不属于时间而是空间意义上的各种重复列的接受，亦即整体性接受。艺术文本的接受始终就是"作者与读者之间的斗争"(洛特曼语)。

胡经之、王岳川、李衍柱主编的《西方文艺理论名著教程》(下卷)(北京大学

---

① 黄玫：《洛特曼的结构主义诗学观》，《中国俄语教学》2000(01)。

② 张冰：《苏联结构诗学——文学研究的符号学方法》。

出版社,2002)以较大篇幅对洛特曼的结构诗学理论展开论述。编者依托洛特曼的三部专著《结构主义诗学讲义》《艺术文本的结构》和《诗歌文本分析:诗歌结构》为立论基点,并认为三部著作相互补充、相辅相成,共同建构起较为完善的洛特曼诗歌结构理论,同时对《艺术文本的结构》予以了重点分析,称这部著作"代表了苏联文艺研究由结构主义发展到符号学—信息论的最高成就"。此教材将教材文本和文艺文本相比较,再次论争信息就是艺术文本的审美价值所在,同时对作者与读者、自然语言与艺术语言,以及同一美学与对立美学、聚合体研究与结构段研究等的关系都做了非常有意义的探讨。

王希悦、赵晓彬翻译了加斯帕罗夫的文章《苏联 60 至 90 年代的结构主义诗学研究——关于洛特曼的〈诗歌文本的分析〉一书》(《俄罗斯文艺》2003 年第 3 期)是对我国洛特曼结构诗学理论研究的一个补充。文章指出,洛特曼在诗歌分析上迈出的关键一步是,诗的所有要素,从思想内容到音位的区分特征都可以组成一个结构,结构是洛特曼诗歌文本分析最基本的概念,同时,结构性是洛特曼诗歌文本分析的首要显著特点。

这个时段文艺符号学研究的压轴之作当属张杰、康澄的专著《结构文艺符号学》(外语教学与研究出版社,2004),这是我国第一部研究洛特曼文艺符号学理论的专著。著作以方法论为特色,对洛特曼的符号学理论体系内与外之间予以合理的学理审视,第一次回答洛特曼文艺符号学理论体系怎样建构的问题。全书包容广大,既有洛特曼理论的本体研究,也有其理论与俄罗斯和西方相关理论的比较研究,同时还对洛特曼对普希金小说《叶甫盖尼·奥涅金》的具体分析予以了个性化探讨,后者顺带点明了另一个问题,即洛特曼不仅仅是符号学理论的建构者,同时也是该理论的践行者。两位学者在这一时段发表了一系列洛特曼对艺术文本研究的文章,如康澄的《试析洛特曼对〈叶甫盖尼·奥涅金〉的研究》(《外国文学研究》2002 年第 4 期),张杰、康澄的《叙事文本的"间离":陌生化与生活化之间——析洛特曼对〈叶甫盖尼·奥涅金〉的研究》(《外国文学研究》2003 年第 6 期),以及康澄的《结构与效果:艺术的复杂性也是生活的本然性——洛特曼论〈叶甫盖尼·奥涅金〉的本文建构特征》(《俄罗斯文艺》2003 年第 1 期)等,分别探讨了洛特曼对文学研究新途径的探寻,用整体性与系统化的研究方法来阐释艺术文本、同时揭示文艺符号学领域中的文本与生活关系,即生活的文本化走向文本的生活化。

这个时期,作为学派组织的塔尔图学派研究仍在继续。杜桂枝的《莫斯科—塔尔图符号学派》(《外语学刊》2002 年第 1 期)是该学科领域的重要文章。论文就学派产生的时代背景以及成员结构在一定程度上是凌继尧文章的细化。论文侧重于塔尔图学派研究宗旨及其主要学术思想,将文化符号学纳为主要研究对象,但杜桂枝所指的文化是广义的文化,其中包括文学艺术。此文对洛特曼的文艺符号学做了一定篇幅的研究。在这位学者看来，文化是人的时间—空间概念的符号系统。在强调文本信息重要性的同时，指出信息的意义因文化机制的不同而各异；在一种文化中不相关的信息，可能会在另一种文化语言中显得特别重要。杜桂枝以实例立论：在自然语言印欧语言中谈论每一个物体都要涉及数目字，而在别的自然语言中，如汉语、越南语等中则未必，这种数量的信息往往变得无关紧要。反之亦然。其实，同样的文本在不同文化语境中可以得到不同的解读。此观点为同一艺术文本的“仁者见仁智者见智”提供了理论依据。

中国的洛特曼文化符号学研究晚于文艺符号学研究，故而90年代中期往后的十年间文化符号学研究逊色于后者；但毕竟比前一阶段研究要多出许多，在一定程度上已经预示着洛特曼符号学研究初现转型。康澄的著作《文化及其生存与发展的空间：洛特曼文化符号学理论研究》(河海大学出版社，1998)为对这个领域的研究给予了强有力的提振，是我国专门探讨洛特曼的文化符号学的第一部学术专著，也是这个时段洛特曼文化符号学研究的最大成果。专著着力探讨洛特曼文化学的特征与运用。此外，白春仁的文章《文化的符号学透视》对作为学术定义的文化做了精准的定论，并认为，到了洛特曼为代表的塔尔图符号学派这里，探索文化的重点由精神意蕴转向它的符号表现；借用洛特曼的话说，“一切非遗传性信息及其组织与储存的方法，总称为文化”。白教授如是作注：不是得之于自然，却靠人的意识去创造，才属非遗传性信息，这恰恰就是文化的意义和精神。[①] 王铭玉、陈勇的文章《俄罗斯符号学研究的历史流变》(《当代语言学》2004年第2期)分章节勾勒出了塔尔图学派与洛特曼因时代变化而流变着的研究图景，为我国对学派及其领袖人物的研究对象的准确把握与继续深入提供了重要参考依据。徐贲的文章《尤里·洛特曼的电影符号学和曼纽埃尔·普伊格的〈蜘蛛女之吻〉》(《外国文学评论》1996年第3期)当为洛特曼电影符号学研究的第一篇文章，同时也是文化符号学比较研究的文章。作者发现，在电影符号学里洛特曼对结构分析的兴趣远不如他对社会和文化意义的关切来得浓厚。论文作者从四方面诠释洛特曼寄予人文关切的社会文化符号，即它的光以符号的一般特征、正价值和负价值两分对立、社会文化行为符号只在一个特定范围内有意义、其价值系统是以特定的知识和权力结合为基础。这个时段洛特曼文化符号学专门研究且有影响的文章还有李肃的《洛特曼文化符号学思想发展概述》(《解放军外国语学院学报》2002年第2期)和赵晓彬的《洛特曼文化符号学理论的演变与发展》(《俄罗斯文艺》2003年第3期)，两篇论文均向学界介绍了若干洛特曼文化符号学的代表作，并对相关作品予以了自己的学

---

① 白春仁：《文化的符号学透视》，《解放军外国语学院学报》2004(06)。

理界定，为后来的文化符号学研究命题做了一定意义上的铺垫。

这个时段的文艺符号学研究颇具成就，文化符号学研究初见成果，但就整体而言，研究尚不够系统，然而，研究高潮似正蓄势待发。

三

2005 年至 2012 年，洛特曼文艺符号学研究文章为数不算很多。周启超的论文《“文本外结构”与文学作品的建构——尤·洛特曼的文学文本/文学作品观》[①]以丰富的内容与独具见地的观点探讨洛特曼文本结构与文本外结构的互动性，文学文本的内部规则同该文本所属的文化代码的相互依存，自律性文本结构和他律性文本外结构在建构文学文本中所担负的作用。该学者认为，文本结构与文本外结构的互依互动这一文学作品的建构机制是洛特曼符号学文论的一大创新。论文高屋建瓴，不乏宏观性与前瞻性，“后索绪尔时代”文学文本观之说不乏创见性，代表了现阶段洛特曼文艺符号学研究的最新成就。黄玫专著《韵律与意义：20 世纪俄罗斯诗学理论研究》（人民出版社，2005）第三章以“洛特曼的结构主义诗学观”为题，对洛特曼文学篇章的交际模式以及诗章结构予以了不乏新意的研究。萧净宇的《洛特曼符号学中美学阐释中艺术文本的特色》（《俄罗斯文艺》2005 年第 2 期）研究了洛特曼在阐释具体艺术文本的符号学—美学特征中，关注的是文本内结构与文本外因素、文本的建构原则、作者与读者、文本空间与界限等的关系问题，论文涉及了洛特曼对普希金、果戈理的研究。

近 8 年期间塔尔图符号学研究在中国掀起高潮的标志是 2005 年 5 月北京外国语大学频频举办有关洛特曼学术思想研究的学术活动：先是为期 5 天的以洛特曼文化符号学为主题的俄罗斯文化系列讲座，后是为期 3 天的洛特曼学术思想研究专题研讨会。这是我国第一次为塔尔图符号学派以及洛特曼学术思想举行的如此规模盛大的专门学术活动。系列讲座以白春仁的学术报告《文化与符号学》拉开帷幕。专程前来参加洛特曼学术研讨会的尤利·洛特曼之子，塔尔图大学教授米哈伊尔·洛特曼分别以“塔尔图符号学派的历史与前景”和“俄国文化中的‘恐惧’符号分析”为题给大会带来精彩发言。此番讲座邀请了我国塔尔图符号学研究的各路专家，如王铭玉教授、张杰教授、周启超研究员；他们纷纷奉献出新近的塔尔图学派以及洛特曼符号学研究成果。为期 3 天的

---

① 周启超：《“文本外结构”与文学作品的建构——尤·洛特曼的文学文本/文学作品观》，《南开学报》（哲学社会科学版）2011(05)。

全国洛特曼学术思想研讨会是此次文化系列活动的中心。研讨会由北京外国语大学俄语学院与俄语中心联合中国社会科学院文学理论研究中心共同主办。大会收到论文五十余篇。与会的有全国各高校以及科研机构的洛特曼与符号学研究院专家。米哈伊尔·洛特曼做了题为“文化符号学中的文本问题”的主题报告,对洛特曼学术生平与思想作了介绍。北京外国语大学白春仁教授做了“符号与文化比较”的报告;周启超做了题为“洛特曼与现代斯拉夫文论”的报告,论述了洛特曼与塔尔图学派在现代世界文论格局中的地位。会议围绕着符号学与各文化门类,洛特曼与符号学方法等问题展开了热烈讨论。黑龙江人民出版社出版了此次会议论文集,名为《洛特曼学术思想研究》(王立业主编,2006);这也是我国第一本洛特曼研究专集,汇聚了塔尔图符号学与洛特曼学术思想研究的一切主流话语。本书的主要议题为:洛特曼学术思想解读、洛特曼符号学研究、洛特曼比较研究、运用洛特曼符号学视角解读文学作品等。

文集登载了洛特曼之子米哈伊尔·洛特曼的文章《塔尔图学派形成与特点》。文章指出了洛特曼思想形成初期走的是系统论的路径。论文大篇幅论述文本问题,视文本为学派的核心概念,并对文本的特点作了界定。在他看来,文本首先有完整的结构;其次,文本结构又像有机体的结构,且同文化一起发展。文本可以是一个音,一句话,甚至可以是卷帙浩繁的《战争与和平》。可喜的是,洛特曼之子的某些观点竟是我国学者此前研究的重述,由此可以窥出我国学者此前研究路径的正确和研究内容的准确。刘永红在其论文《诗本·诗筑·诗析——对洛特曼的诗本结构分析法及其验证》中认为诗本结构分析法和文化符号学是洛特曼对符号学的两大贡献,并对洛特曼的诗学体系层层解析。论文议题甚是丰富,修辞、语法、格律不一而足,其间有立论,更有丰富的艺术文本实例,为相关领域的教学与研究提供了重要的参考。高艺的论文《两种思维符号与文学文本》对以洛特曼为代表的塔尔图学派对文化符号的研究首先从分析文学认知的基本思维机制入手,对洛特曼两大基本类型的人类思维符号,约定性符号(也称离散型符号)和图像性符号予以了探讨。认为思维符号的两分法构成了洛特曼艺术符号学的基础和出发点。

文集的文本研究占了一定的比例。郝斌的《文本符号使用者的语义学阐释——兼论洛特曼的文本符号学理论》对广义的符号和狭义的符号、语言的共时性和言语的历时性、称谓单位与述谓单位等进行了甄别与研究,对文本的复杂交际过程予以了探究。康澄的《洛特曼文化符号学的核心概念——文本》力求客观阐释洛特曼文本理论的内涵、实质及其发展变化,并试图以此揭示出洛特曼文本理论的独特性与创新性。

不难看出,文集的特征是文化符号学研究占据主导地位,似乎在预示着新时期洛特曼符号学研究的重点已从单一深究转向了全面审视,即不再局限于单纯的文艺符号学，而是多维文化符号学。张杰的论文对以尤里·洛特曼为首的塔尔图艺术符号学派与以鲍里斯·乌斯宾斯基为代表的莫斯科文化符号学派进行了较为深入的比较，并将此纳入西方结构主义符号学理论语境中比较。论文彰显了塔尔图符号学派在诗学探索与文化追溯方面所取得的成就，挖掘了该理论学派在研究方法上的创新。彭甄的论文题为《意义构成的编码与文化政治——洛特曼意义理论初探》。论文认为洛特曼的文艺学思想凸现出俄国学术传统中的"意义"维度和人文精神，对当代文论研究在方法论上具有重要的影响和启发作用。赵晓彬的论文《洛特曼符号学的人文思想初探》认为，洛特曼及其结构主义符号学把生活和世界、文化和历史、社会和政治等所有与现实发生关系的课题都看作是彼此相互作用的符号，亦即文本系统，并以独特的"精确性的方法"潜心钻研文学、艺术、文化和历史。李肃的《洛特曼的符号学文化观》、贾淑芬的《解读洛特曼的文化符号学》、李英男的《论洛特曼的日常文化观》、罗苹的《二元对立的重新思考——从洛特曼的意义创新机制说起》、蔡晖的《转喻机制的符号学阐释》、管玉红的《洛特曼符号域边界理论研究》、张冬梅的《从文化符号学看电影文本的解读》等涉及了洛特曼文化符号学领域的方方面面。该文集堪称我国洛特曼文化符号学研究的集锦。

文化系列讲座和洛特曼学术会议的举办，成了我国洛特曼研究走向全面推进的标志性之举，随之而来的是一大批文化符号学研究的文章的问世。赵爱国教授 2008 年 10 月发表文章称，"据不完全资料统计，近 10 余年来，仅国内学界出版和发表的研究洛特曼学术思想的著述就不下 300 篇（部）"。我们无从仔细考证具体数量，但进入 21 世纪前十年中期的塔尔图符号学在中国的研究可以借用这位学者的话说，"由零星走向系统、由浅显走向深入、由附属学科走向独立学科"[①]。

洛特曼的符号域，亦称符号圈，成了这个时期的研究热点。康澄的《文化符号学的空间阐释》（《外国文学评论》2006 年第 2 期）认为符号圈是符号、文本、文化层层递进的结果。他解释说，孤立的文化是无法存在的。此文化需要彼文化；文化要生存与发展就必须进入文化空间，也就是洛特曼所说的文化圈。在这位学者看来，符号圈理论蕴含着洛特曼宏伟的构想——建立一种新的文化类型描述与研究的元语言，以此从根本上克服以往的文化研究方法本身的弊病。王铭玉的文章《符号的模式化系统与符号域》（《俄罗斯文艺》2011 年第 3 期）、郑文东的《符号域：民族文化的载体——洛特曼符号域概念的解读》（《中国俄语教学》2005 年第 4 期）和《符号域的空间结构——洛特曼文化符号学研究视角》（《解放军外国语学院学报》2006 年第 1 期），均认为符号域的思想核心均为空

---

① 赵爱国：《洛特曼"四维一体"的符号学理论思想略论》，《外语与外语教学》2008(10)。

间概念与结构,来自拓扑学。进入洛特曼理论体系后即指符号存在和运作的空间,是同一个民族文化中各种符号和文本存在与活动的空间。就动态平衡问题,郑文东着意探讨符号域内部空间的不均衡不对称性,认为从不对称和边界性概念来分析符号域的空间结构,可以突出符号域的拓扑性质。王铭玉对平衡的探讨则源自结构主义者洛特曼对文化共相和恒量的考量,并提出文化的恒量文本模式:1、文化的平衡与生态的平衡相类似;2、域间平衡理当为文化平衡关注的对象;3、就语言文化而言,异质文化的平衡构成主线;4、文化相互渗透中平衡问题势不可免。应该说,郑文东探讨的是文化符号学中的广义的内部空间,而王铭玉教授则是强调在空间的动态平衡中寻求文化要素的性质,并确定这种平衡为研究语言文化学的一种有效方法与途径。两位学者从不同路径引领我们对洛特曼符号学进行新解读。

颇有意味的是,文化符号学这一概念在21世纪初得到了挑战。赵爱国撰文《洛特曼"四维一体"的符号学理论思想略论》,第一次指出当今学界把洛特曼的理论思想笼统归纳成为"文化符号学"这一"一维范式"是有失全面的。在他看来洛特曼的文化学思想展现为"四维一体"的完整结构,即文本符号学、文化符号学、交际符号学和符号学系统论。按照这位学者所说,塔尔图学派远非文论学派,而是多元学科理论的汇聚。他甚至认为,"洛特曼的符号学理论就其性质而言是属于语言学的,而非文学或文化学的"[①]。赵的理念似乎更触摸到了洛特曼符号学理论的本真,即洛特曼的符号学理论涉及文本符号学、文化符号学、交际符号学、符号系统论等不同领域,故而放在"四维一体"中予以审视才更科学,更符合实际。文章最后得出结论:符号系统论是其理论依据、文本符号学是其基础,文化符号学是其核心,而交际符号学是对文本符号学即文化符号学的有益补充和发展,"四维"缺一不可。这篇论文反映了我国学者在新的时期对洛特曼符号学研究领域的积极探索与思考。

自20世纪末,一批学者开始关注洛特曼的比较研究,如赵晓彬的论文《洛特曼与巴赫金》(《外国文学评论》2003年第1期)首次就二位理论大家世界观,亦即宗教哲学思想,符号学中的时空与对话理论展开比较,同时探讨洛特曼符号学派对巴赫金理论的继承、发展与通融。张杰的论文《符号学王国的构建:语言的超越与超越的语言——巴赫金与洛特曼的符号学理论研究》(《南京师范大学学报》2002年第4期)则着力比较巴赫金"社会符号学"与洛特曼"结构文艺符号学"的研究方法,探索他们如何从语言学和超语言学的不同途径,共同走向社会文化系统研究,并一道为俄罗斯符号学做出自己的贡献。乌斯宾斯基的名字几乎与洛特曼同时被推介给中国读者;但同时,因为学界一味强调洛特曼

① 赵爱国:《洛特曼"四维一体"的符号学理论思想略论》。

及其理论建树的影响，乌斯宾斯基研究便很快让位于洛特曼研究；尽管有不少学者已经意识到，没有乌斯宾斯基等人的理论创作，洛特曼的结构诗学理论是不会如此缜密完整的。近年来，我国一批学者努力寻找这份“平衡”与“公道”，自始至终没有完全忘记乌斯宾斯基对塔尔图符号学派理论的贡献。先是乌斯宾斯基与洛特曼的比较研究，如张杰、康澄的专著与若干论文均涉及这类研究。进入新时期，年轻学者管月娥则开始了对乌斯宾斯基的专门研究，并取得了一系列研究成果。她的《乌斯宾斯基与艺术文本结构的视点研究》是我国第一篇专门研究乌斯宾斯基符号学的文章。论文对乌斯宾斯基艺术文本研究的独创性予以了诸多论述，同时探索乌斯宾斯基如何从视点问题切入，“通过对意识形态、空间—时间的特征描写、心理以及话语等多个层面展开分析，意在从结构构件的符号关系角度强调不同层面上视点之间的联系，进而探讨艺术文本信息的形成和渊源关系”[①]。管月娥另一篇乌斯宾斯基研究文章《乌斯宾斯基诗学研究的符号学方法探析》重点对乌斯宾斯基的诗学符号理论代表作《结构诗学》予以专门分析。认为乌斯宾斯基在强调艺术文本结构的整体性和系统性的同时，着力突出符号系统的动态性和开放性。认为这位理论家立足于莫里斯的符号分类思想，从视点角度“探讨艺术文本中的视点语义学、语构学和语用学，继而展开对视点结构的共时性研究”[②]。但论文作者也认识到了该部理论专著的不足，如淡化了历时性，忽略了时间对读者接受的影响，同时也没有足够地重视读者在文本视点结构建构中的作用。管月娥的论文《乌斯宾斯基的结构诗学理论及其意义》称乌斯宾斯基的结构诗学理论在研究方法上的独到性就在于，他既突破了西方传统的科学思维模式，同时又融合了中国古典诗学研究的“整体观”。“通过对‘视点’问题的多维度审视和深入的剖析……强调文本形式与内容的二元融合。”[③]此论文获得了良好的反响。严志军、张杰在论文《西方符号学理论在中国》对其专门予以点评，称其为我国西方符号学研究领域“值得一提”的有价值的论文。[④]

正如洛特曼之子米哈伊尔·洛特曼指出，塔尔图学派很多成员都是学理科的，并在数学、物理、哲学、心理学、佛学等研究领域卓有建树。洛特曼本人同样以其深厚的自然科学知识背景，为日后接受普里戈金的理论做好了准备。他认为，处于结构主义思潮中的文化符号学受到了自然科学的启迪。郑文东的文章《洛特曼学术思想的自然科学渊源》(《俄罗斯文艺》2007 年第 2 期)着力透过洛特曼学术思想方法论去研究其如何融合生物学、系统论、控制论、信息论、耗散

---

① 管月娥：《乌斯宾斯基与艺术文本结构的视点研究》，《扬州大学学报》2009(03)。

② 管月娥：《乌斯宾斯基诗学研究的符号学方法探析》，《南京师大学报》(社会科学版)2010(05)。

③ 管月娥：《乌斯宾斯基的结构诗学理论及其意义》，《俄罗斯文艺》2009(03)。

④ 严志军、张杰：《西方符号学理论在中国》，《外语学刊》2010(06)。

结构理论、拓扑学等自然科学方法,创建了一种以宏观视角把握文化的文化符号学理论,给读者提供了一个新的衡量和比较不同文化的尺度。论文从洛特曼学术思想的方法论和自然科学对洛特曼学术思想的启迪入手,对洛特曼学术思想的自然科学渊源予以梳理,提出,洛特曼符号域的概念源于维尔纳茨的生物域,从美国数学家香农的著作中捕捉到了信息传递的技术通道,并且借鉴了信息论的成果,把文化看作是集体保存和加工信息的机制,认为文化是由人创造的、把熵转为信息的最完善的一个机制。对洛特曼符号观念和自然科学的渊源关系予以探讨的还有彭佳与汤黎的文章《与生命科学的交光互影:论尤里·洛特曼的符号学理论》(《俄罗斯文艺》2002年第3期)。这篇文章同样关注到了洛特曼的符号域和自然科学,尤其是生物域的渊源,认为洛特曼的符号学理论与生命科学更是有诸多相互借鉴和影响之处。论文指出,在洛特曼宽广的视野之下,生物学、物理学、哲学等不同学科的理论因缘际会,相互交融,为文化发展勾勒出浑成的历史轮廓和世界图景。

这一时期人们开始关注洛特曼关于文学作品的研究。一些论文转而探究洛特曼对普希金和文学史的研究。赵红的《作为普希金研究家的洛特曼》(《西安外国语学报》2007年1期)将洛特曼定位为俄罗斯文论中结构主义符号学派的创始人和代表,并探究他如何以普希金的生活和创作为研究目标,使结构—符号研究和普希金研究相得益彰。李俊升的论文《洛特曼论俄国浪漫主义文学流派》[①]和杨明明的文章《洛特曼论俄国现实主义》[②]对洛特曼的文学研究有不同的侧重。前者侧重于对洛特曼俄国浪漫主义文学流派产生的史前史、浪漫主义的美学观和浪漫主义代表作家的研究予以梳理;后者则以对洛特曼早期著作《俄国现实主义发展的基本阶段》的分析为开端,将其视为"洛特曼早期对俄国现实主义发展与演变的一个总体考量"。同时后者以洛特曼一系列文本分析文章为实例,"陈列"出《论长篇小说〈叶甫盖尼·奥涅金〉的形象建构演变》(1960)到《论果戈理的"现实主义"》(1993)等十余篇论文,以证明洛特曼从未放弃过俄国现实主义研究。洛特曼的研究发展轨迹是:早年有着马克思历史主义与积极分析相结合的痕迹,后来着力冲破马克思主义的机械僵化模式,开始了对方法论的思索,尝试着一种既不抵触主流文艺思想又能对文学进行更加准确分析的方法体系。

与此同时,将洛特曼的诗学理论作为一种理论视角去解读国内外文学作品,这样的研究也不断增多。这类研究初见端倪于孙静云1989年发表的《洛特曼结构文艺学》。随后在1994年,这位学者用洛特曼艺术文本结构理论来解析

---

① 李俊升:《洛特曼论俄国浪漫主义文学流派》,王立业编:《洛特曼学术思想研究》,哈尔滨:黑龙江人民出版社,2006年。

② 杨明明:《洛特曼论俄国现实主义》,《理论界》2010(08)。

素被认为失败之作的高尔基小说《忏悔》,并对这部作品作出了恰当的符合实际的评价。读者从行文中看得出作者对洛特曼诗学结构理论的深谙与熟练驾驭。2006年出版的学术文集《洛特曼学术思想研究》刊登了一组运用洛特曼符号学思想解读中俄文学作品的文章:如王立业将洛特曼符号学理论运用于布宁小说名作《安东诺夫卡苹果》的解读;柏英将奥斯特洛夫斯基的小说《钢铁是怎样炼成的》视为一种文化文本去分析;贾茜则运用洛特曼的结构主义符号学理论诠释马致远的《天净沙·秋思》,均不乏新意。[①]

早在20世纪90年代初,就有许多学者对我国至今尚无洛特曼文集的翻译出版深表遗憾。他们认为,目前的洛特曼研究缺乏准确的文本依据,甚至诸多概念与术语的表达也没能达到统一。为适应我国塔尔图符号学研究的紧迫需要,自2005年全国洛特曼学术思想研讨会在北京外国语大学召开起,由北京外国语大学白春仁任主编、洛特曼之子米哈伊尔·洛特曼负责选定篇目、李英男作学术顾问的六卷本《洛特曼文集》这一巨大翻译工程已经启动,该文集基本上含纳了洛特曼创作于各个时期各种专题的研究论文和学术座谈等。经过8年的辛勤努力,2013年12月21日该项译事鸣金收兵,随即进入出版流程(暂未出版)。相信该文集的问世,对我国的塔尔图学派,尤其是洛特曼研究将是一次巨大的推动。

塔尔图学派随着洛特曼的离世(1993)停止了自己的学术活动,但30年的理论构建,却给世界符号学留下了一笔宝贵遗产,同时也为世界符号学创建了一个新型的学科体系,其间还留有许多未知领域有待于我们进一步开发,如文艺符号学中的情节空间研究,诗歌文本及至小说文本,诸如艺术留白与外语文本等的理论分析研究、洛特曼的俄罗斯文学史的书写研究、文学三角形"作者—形象—读者"的相互关系研究。洛特曼是研究语言学的文学理论家,他的语言理论矿藏十分丰富,文化符号及至作品文本与译本的语言语义研究都有进一步开采的余地。无须说,塔尔图符号学在中国的全盘接受还需要一个过程。目前,有的研究者认为这个学派理论尚有诸多不完善不缜密之处,很多教材和理论专著尚未能给它留有一席之地。但任何一个新生事物的出现都要经过实践检验才会认知其价值,目前很多学人已经为此做出默默努力,塔尔图符号学已经部分地走入我国的教学与研究,个别学校研究生阶段开设了洛特曼研究课程,若干教材已经设有塔尔图学派或洛特曼符号学研究专章。我们相信,随着洛特曼全集的出版,随着世界符号学塔尔图研究成果的引进以及我国研究水平的不断提高,洛特曼以及塔尔图理论全貌将为我国学者全面认知。这份理论珍品,沿用别林斯基的话说,将"变成一笔雄厚的文化资金,随着时日的推移而利息越来越多"。

---

① 王立业编:《洛特曼学术思想研究》。

主要参考书目

巴尔特:《符号帝国》,孙乃修译,北京:商务印书馆,1994 年。
巴尔特:《流行体系》,敖军译,上海:上海人民出版社,2000 年。
巴赫金:《文艺学中的形式主义方法》,桂林:漓江出版社,1989 年。
班　澜、王晓秦:《外国方法纵览》,广州:花城出版社,1987 年。
包亚明编:《现代性与空间的生产》,上海:上海教育出版社,2003 年。
包忠文编:《当代中国文艺理论史》,南京:江苏教育出版社,1998 年。
鲍德里亚:《符号政治经济学批判》,夏莹译,南京大学出版社,2009 年。
鲍德里亚:《生产之镜》,仰海锋译,北京:中央编译出版社,2005 年。
鲍桑葵:《美学史》,张今译,北京:商务印书馆,1985 年。
本雅明:《发达资本主义的抒情诗人》,张旭东、魏文生译,北京:三联书店,1989 年。
别林斯基:《别林斯基选集》第一卷,满涛译,上海:上海译文出版社,1979 年。
波德里亚(鲍德里亚):《论诱惑》,张新木译,南京:南京大学出版社,2011 年。
波德里亚(鲍德里亚):《象征交换与死亡》,车槿山译,南京:译林出版社,2012 年(初版 2006 年)。
波德里亚(鲍德里亚):《消费社会》,刘成富、全志钢译,南京:南京大学出版社,2000 年。
布迪厄:《艺术的法则:文学场的生成和结构》,刘辉译,北京:中央编译出版社,2001 年。
蔡仪:《美学论著初编》(上),上海:上海文艺出版社,1982 年。
曹顺庆编:《中外文化与文论》第 11 辑,成都:四川大学出版社,2004 年。
曹万生:《1930 年代清华史学家的新批评引入与实践》,《西南师范大学学报》2005 年第 11 期。
曹卫东:《为"商品审美"祛魅》,载曹卫东:《20 世纪德国马克思主义文艺理论研究》,北京:北京大学出版社,2012 年。
陈厚诚、王宁编:《西方当代文学批评在中国》,天津:百花文艺出版社,2000 年。
陈建华:《二十世纪中俄文学关系》,北京:高等教育出版社,2002 年。
陈建华主编:《中国俄苏文学研究史论》第二卷,重庆出版社,2007 年。
陈　钳:《唐诗传统章法与新批评》,《四川教育学院学报》1987 年第 4 期。
陈晓明、杨鹏:《结构主义后结构主义在中国》,北京:首都师大出版社,2002 年,
陈学明等编:《痛苦中的安乐:马尔库塞、弗洛姆论消费主义》,昆明:云南人民出版社,1998 年。
陈志红:《反抗与困境:女性主义文学批评在中国》,北京:中国美术学院出版社,2002 年。

陈众议主编:《当代中国外国文学研究》,北京:中国社会科学出版社,2011 年。

成中英:《本体诠释学》,北京:北京大学出版社,2002 年。

成中英:《何为本体诠释学》,北京:三联书店,2000 年。

程代熙:《海棠集》,重庆:重庆出版社,1986 年。

代 迅:《西方文论在中国的命运》,北京:中华书局,2008 年。

戴阿宝:《终结的力量——鲍德里亚前期思想研究》,北京:中国社会科学出版社,2006 年。

德 波:《景观社会》,王昭风译,南京:南京大学出版社,2007 年。

德勒兹:《德勒兹论福柯》,杨凯麟译,南京:江苏教育出版社,2006 年。

德里克:《后革命氛围》,王宁等译,北京:中国社会科学出版社,1999 年。

恩格斯:《恩格斯致玛·哈克奈斯》,中共中央马克思恩格斯列宁斯大林著作编译局编:《马克思恩格斯选集》第四卷,北京:人民出版社,1972 年。

方汉文:《后现代主义文化心理:拉康研究》,上海:上海三联书店,2000 年。

费瑟斯通:《消费文化与后现代主义》,刘精明译,南京:译林出版社,2000 年。

冯黎明:《走向全球化:论西方现代文论在当代中国文学理论界的传播与影响》,北京:中国社会科学出版社,2009 年。

佛克马、易布斯:《二十世纪文学理论》,林书武等译,北京:三联书店,1988 年。

福 柯:《必须保卫社会》,钱翰译,上海:上海人民出版社,1999 年。

福 柯:《不正常的人》,钱翰译,上海:上海人民出版社,2003 年。

福 柯:《主体解释学》,佘碧平译,上海:上海人民出版社,2005 年。

傅修延、夏汗宁编著:《文学批评方法论基础》,南昌:江西人民出版社,1986 年。

高 岭:《商品与拜物——审美文化语境中商品拜物教批判》,北京:北京大学出版社,2010 年。

高亚春:《符号与象征——波德里亚消费社会批判理论研究》,北京:人民出版社,2007 年。

高友工、梅祖麟:《唐诗的魅力》,上海:上海古籍出版社,1989 年。

韩欲立:《马克思政治经济学批判的哲学意义——鲍德里亚的批判及其回应》,上海:复旦大学出版社,2013 年。

韩振江:《齐泽克意识形态理论研究》,北京:人民出版社,2009 年。

何兆武、柳御林编:《中国印象——世界名人论中国文化》上册,桂林:广西师范大学出版社,2001 年。

黑格尔:《美学》1—4 卷,朱光潜译,北京:商务印书馆,1981 年。

洪治纲:《守望先锋》,桂林:广西师范大学出版社,2005 年。

胡经之、张首映:《新批评派》,《文学知识》1986 年第 2 期。

胡经之、张首映编:《西方 20 世纪文论选》,北京:中国社会科学出版社,1989 年。

黄仁宇:《万历十五年》,北京:中华书局,1982 年。

黄仁宇:《中国大历史》,北京:三联书店,1997 年。

黄维樑、曹顺庆编:《中国比较文学学科理论的垦拓》,北京:北京大学出版社,1998 年。

黄 勇:《论伽达默尔解释学的实存主义倾向》,《学术月刊》1988 年第 8 期。

黄 作:《不思之说——拉康主体理论研究》,北京:人民出版社 2005 年。

霍克海默和阿多诺:《启蒙辩证法》,洪佩郁等译,重庆:重庆出版社,1990 年。

蒋道超:《德莱赛研究》,上海:上海外语教育出版社,2003 年。

蒋孔阳、朱立元主编:《西方美学通史》,上海:上海文艺出版社,1999年。
蒋荣昌:《消费社会的文学文本:广义大众传媒时代的文学文本形态》,成都:四川大学出版社,2004年。
金元浦:《文学解释学:文学的审美阐释与意义生成》,长春:东北师范大学出版社,1997年。
卡　冈:《马克思主义美学史》,《美学史讲义》第4册,北京:北京大学出版社,1987年。
凯尔纳编:《波德里亚:一个批判性读本》,陈维振等译,南京:江苏人民出版社,2008年。
孔明安:《物·象征·仿真——鲍德里亚哲学思想研究》,合肥:安徽师范大学出版社,2010年。
孔明安、陆杰荣编:《鲍德里亚与消费社会》,沈阳:辽宁大学出版社,2008年。
孔明安编:《精神分析视野下的意识形态》,郑州:河南大学出版社,2012年。
拉　康:《拉康选集》,褚孝泉译,上海:三联书店,2001年。
李　辉:《幻象的饕餮盛宴:西方马克思主义文化消费理论研究》,北京:中国社会科学出版社,2012年。
李明滨、徐京安等编:《世界文学名著选评》第二集,南昌:江西人民出版社,1979年。
李培林、李强、孙立平等:《中国社会分层》,北京:社会科学文献出版社,2004年。
李泽厚:《美学论集》,上海:上海文艺出版社,1980年。
李泽厚:《美学四讲》,北京:三联书店,1989年。
列　宁:《列宁论文学》,曹葆华等译,北京:人民文学出版社,1959年。
列　宁:《列宁全集》,北京:人民出版社,1988年。
凌继尧:《美学和文化学——记苏联著名的16位美学家》,上海:上海人民出版社,1990年。
凌继尧:《苏联当代美学》,哈尔滨:黑龙江人民出版社,1986年。
刘北成:《福柯思想肖像》,北京:北京师范大学出版社,1995年。
刘方喜编:《消费社会》,北京:中国社会科学出版社,2011年。
刘　禾:《跨语际实践》,宋伟杰等译,上海:上海三联书店,2002年。
刘　玲:《后现代欲望叙事——从拉康理论视角出发》,西安:陕西人民出版社,2009年。
刘　宁主编:《俄国文学批评史》,上海:上海译文出版社,1999年。
刘　翔:《采取物的立场——让·鲍德里亚的极端反主体主义思想研究》,北京:中国社会科学出版社,2012年。
刘晓枫:《接受美学译文集》,北京:三联书店,1989年。
刘　扬:《媒介·景观·社会》,重庆:重庆大学出版社,2010年。
卢卡奇:《历史与阶级意识》,张西平译,重庆:重庆出版社,1989年。
卢那察尔斯基:《关于艺术的对话》,吴谷鹰译,北京:三联书店,1991年。
卢那察尔斯基:《论文学》,蒋路译,北京:人民文学出版社,1978年。
卢纳察尔斯基:《艺术及其最新形式》,郭家申译,天津:百花文艺出版社,1998年。
鲁　迅:《鲁迅译文集》,北京:人民文学出版社,1958年。
陆学明:《典型结构的文化阐释》,长春:吉林教育出版社,1993年。
陆学艺:《当代中国社会阶层研究报告》,北京:社会科学文献出版社,2002年。
罗　纲、王中忱编:《消费文化读本》,北京:中国社会科学出版社,2003年。
马尔库塞:《单向度的人》,张峰等译,重庆:重庆出版社,1988年。
马克思:《1844年经济学一哲学手稿》,刘丕坤译,北京:人民出版社,1979年。

马克思:《鸦片贸易史》,中共中央马克思恩格斯列宁斯大林著作编译局编:《马克思恩格斯选集》第二卷,北京:人民出版社,1972年。

马莹伯:《别车杜文艺思想论稿》,北京:文化艺术出版社,1986年。

马玉田、张建业编:《1979－1989十年文艺理论论争言论摘编》,北京:十月文艺出版社,1991年。

马元龙:《雅克·拉康:语言维度中的精神分析》,北京:东方出版社,2006年。

毛泽东:《在延安文艺座谈会上的讲话》,《毛泽东选集》第三卷,北京:人民出版社,1991年。

孟繁华:《中国20世纪文艺学学术史》第三部,上海:上海文艺出版社,2001年。

孟　悦、戴锦华:《浮出历史地表》,郑州:河南人民出版社,1989年。

莫少群:《20世纪西方消费社会理论研究》,北京:社会科学文献出版社,2005年。

莫伟民:《主体的命运:福柯哲学思想研究》,上海:上海三联书店,1996年。

普列汉诺夫:《普列汉诺夫美学论文集》Ⅱ,曹葆华译,北京:人民出版社,1983年。

齐泽克(纪杰克):《神经质主体》,万毓泽译,台北:桂冠图书公司,2004年。

齐泽克:《敏感的主体》,应奇等译,南京:江苏人民出版社,2006年。

齐泽克:《意识形态的崇高客体》,季广茂译,北京:中央编译出版社,2002年。

祁述裕:《市场经济下的中国文学艺术》,北京:北京大学出版社,1998年。

钱锺书:《谈艺录》,北京:中华书局,1984年。

邱运华:《19—20世纪之交的俄国马克思主义文学思想史论》,北京:北京大学出版社,2006年。

日丹诺夫:《论文学、艺术与这些诸问题》,葆荃、梁香译,上海:上海时代书报出版社,1949年。

汝　信、王德胜:《美学的历史》,合肥:安徽教育出版社,2000年。

瑞恰慈:《文学批评原理》,杨自伍译,天津:百花洲文艺出版社,1992年。

邵朝阳:《论新批评理论与袁可嘉新诗现代化理论》,《四川教育学报》2008年第6期。

申　丹:《结构与解构——评J.希尔斯·米勒的"反叙事"》,载《欧美文学论丛》第3辑,北京:人民文学出版社,2003年。

沈志华主编:《中苏关系史纲——1917－1991年中苏关系若干问题再探讨》(增订版),北京:社会科学文献出版社,2011年。

史　亮:《新批评》,成都:四川文艺出版社,1989年。

孙　津:《新批评之发旧——兼评〈新批评〉》,《当代作家评论》1988年第2期。

陶东风:《社会转型期审美文化研究》,北京:北京出版社,2002年。

陶家俊:《后伽达默尔思潮的文学人类学表证——论读者反应论之后的文学研究》,《民族文学》2009年第3期。

陶家俊:《后模仿时代文学的转化之力——从域限视角论伍尔夫冈·伊泽尔的批评理论》,《外国文学》2010年第3期。

陶家俊:《客体、文学与接触空间——通向接触空间诗学之路》,《当代外国文学》2008年第4期。

瓦·津科夫斯基:《俄国哲学史》,北京:人民出版社,2013年。

汪　晖:《死火重温》,北京:人民文学出版社,2000年。

汪介之:《回望与沉思》,北京:北京大学出版社,2005年。

王昌忠:《美学审视下的中国当今消费文化》,桂林:漓江出版社,2012年。

王逢振:《文坛"怪杰"斯坦利·费什》,《外国文学》1988年第1期。

王立业编:《洛特曼学术思想研究》,哈尔滨:黑龙江人民出版社,2006年。

王　宁:《消费社会学》,北京:社会科学文献出版社,2011年(初版2001年)。
王　宁编:《精神分析》,成都:四川文艺出版社,1989年。
王一川:《中国现代卡里斯马典型》,昆明:云南人民出版社,1994年。
王忠勇:《本世纪西方文论述评》,昆明:云南教育出版社,1989年。
韦勒克:《批评的诸种概念》,丁泓等译,成都:四川文艺出版社,1988年。
韦勒克、沃　伦:《文学理论》,刘象愚等译,北京:三联书店1984年。
维诺格拉多夫:《新文学教程》,以群译,上海:上海文艺出版社,1959年。
卫姆塞特、布鲁克斯:《西洋文学批评史》,颜元叔译,北京:中国人民大学出版社,1987年。
吴　琼:《雅克·拉康:阅读你的症状》上、下卷,北京:中国人民大学出版社,2011年。
夏晓虹:《晚清文人妇女观》,北京:作家出版社,1995年。
夏　莹:《消费社会理论及方法论导论:基于早期鲍德里亚的一种批判理论建构》,北京:中国社会科学出版社,2007年。
谢皮洛娃:《文艺学概论》,罗叶、光祥、姚学吾、李广成译,北京:人民文学出版社,1958年。
邢　崇:《后现代化视域下本雅明消费文化理论研究》,济南:山东人民出版社,2009年。
徐　贲:《走向后现代与后殖民》,北京:中国社会科学出版社,1996年。
闫方洁:《西方新马克思主义的消费社会理论研究》,上海:上海人民出版社,2012年。
严泽胜:《穿越"我思"的幻象——拉康主体性理论及当代效应》,北京:东方出版社,2007年。
杨慧林、耿幼壮:《西方文论概览》,北京:中国人民大学出版社,2013年。
杨　魁、董雅丽:《消费文化理论研究:基于全球化的视野和历史的维度》,北京:人民出版社,2013年。
杨莉馨:《女性主义诗学在中国的流变与影响》,北京:北京大学出版社,2005年。
杨周翰:《新批评派的启示》,《外国文艺》1980年第3期。
杨周翰、吴达元、赵萝蕤编:《欧洲文学史》下卷,北京:人民文学出版社,1979年。
仰海锋:《走向后马克思:从生产之镜到符号之镜——早期鲍德里亚思想的文本学解读》,北京:中央编译出版社,2004年。
姚文放:《当代审美文化批判》,济南:山东文艺出版社,1999年。
伊格尔顿:《当代西方文学理论》,王逢振译,北京:中国社会科学出版社,1988年。
伊格尔顿:《理论之后》,商正译,北京:商务印书馆,2010年。
袁可嘉:《40年代中国诗歌批评的一词现代主义总结》,《文艺理论研究》1997年第4期。
袁可嘉:《"新批评派"述评》,《文学评论》1962年第2期。
袁可嘉:《托·史·艾略特:美英帝国主义的御用文阀》,《文学评论》1960年第6期。
詹姆逊:《文化转向》,胡亚敏等译,北京:中国社会科学出版社,2000年。
詹姆逊:《詹姆逊文集》,1—4卷,王逢振编,北京:中国人民大学出版社,2004年。
张劲松:《重释与批判:鲍德里亚的后现代理论研究》,上海:上海人民出版社,2013年。
张莲波:《中国近代妇女解放思想的历程》,郑州:河南大学出版社,2006年。
张隆溪:《道与逻各斯:东西方文学阐释学》,南京:江苏教育出版社,2006年。
张隆溪:《二十世纪西方文论述评》,北京:三联书店,1986年。
张天勇:《社会符号化——马克思主义视阈中的鲍德里亚后期思想研究》,北京:人民出版社,2008年。

张祥龙、杜小真、黄应全:《20世纪现象学思潮在中国》,北京:首都师范大学出版社,2002年。
张一兵:《不可能的存在之真——拉康哲学映像》,北京:商务印书馆,2006年。
张　意:《文化与符号权力——布迪厄的文化社会学导论》,北京:中国社会科学出版社,2005年。
张月超:《对美国新批评派的评价》,《南京大学学报》1990年第1期。
章国锋:《文学批判的新范式:接受美学》,海口:海南出版社,1993年。
赵一凡:《欧美新学赏析》,北京:中央编译出版社,1996年。
赵毅衡:《"新批评"——一种独特的形式主义文论》,北京:中国社会科学出版社,1986年。
赵毅衡:《"新批评"文集》,北京:中国社会科学出版社,1988年。
智量等:《俄国文学与中国》,上海:华东师范大学出版社,1991年。
周　宪:《中国当代审美文化研究》,北京:北京大学出版社,1997年。
周小仪:《唯美主义与消费文化》,北京:北京大学出版社,2002年。
周　扬:《周扬文集》第二卷,北京:人民文学出版社,1985年。
朱光潜:《西方美学史》下卷,北京:人民文学出版社,1982年。
朱光潜:《朱光潜全集》第1—20卷,合肥:安徽教育出版社,1987—1992年。
朱　虹、文美惠主编:"前言",《外国文学词典》,桂林:漓江出版社,1989年。
朱晓慧:《新马克思主义消费文化批判理论》,南京:学林出版社,2008年。

主要人名索引

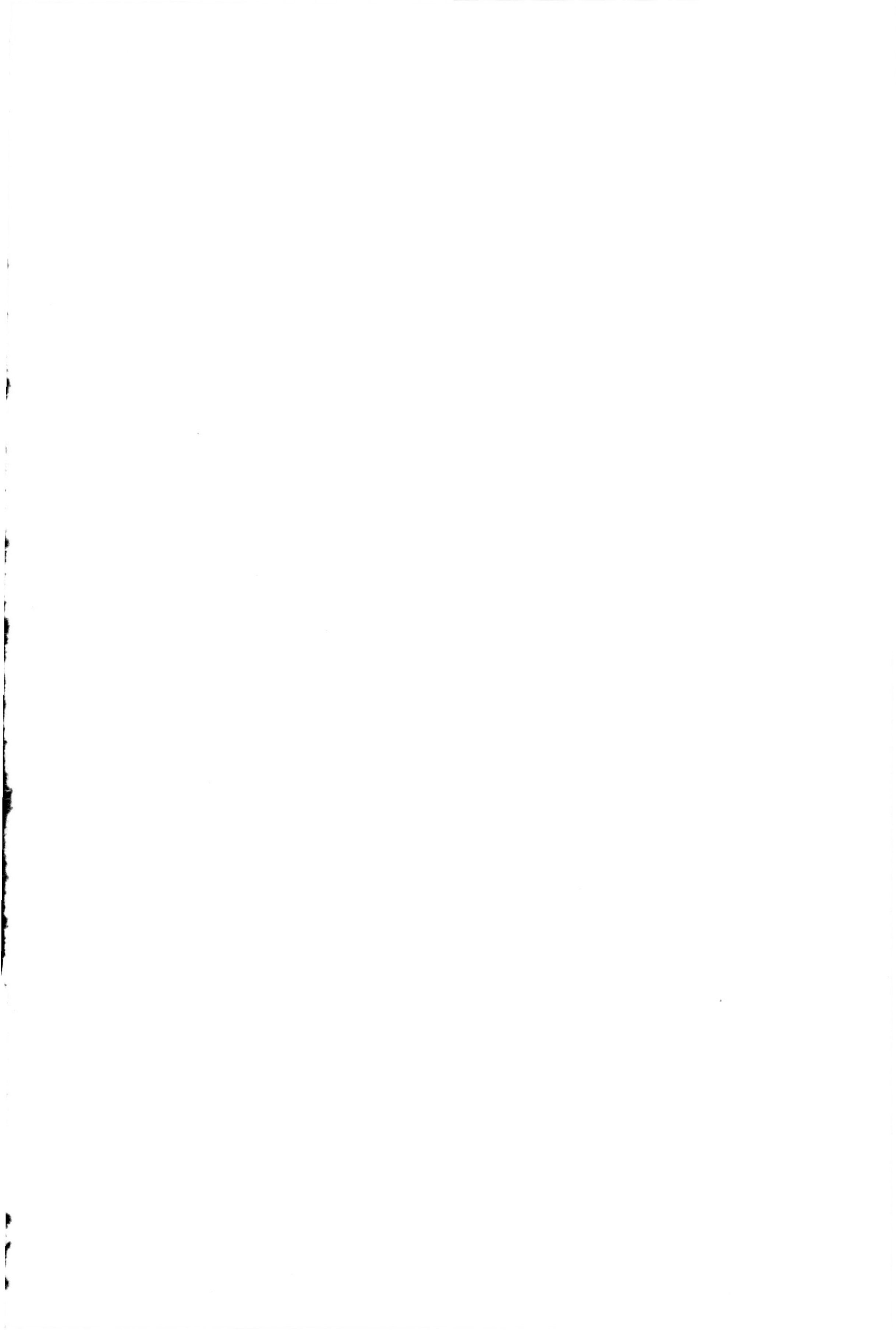